COLLECTION
FOLIO CLASSIQUE

Marcel Proust

À LA RECHERCHE DU TEMPS PERDU

V

La Prisonnière

Édition présentée, établie et annotée
par Pierre-Edmond Robert

Gallimard

PRÉFACE

On sait tout ce que le personnage d'Albertine doit à Alfred Agostinelli, et à quel point l'irruption de celui-ci dans l'existence de Proust bouleversa l'économie de la Recherche. S'il convient d'en rappeler les circonstances au seuil de la dernière partie de l'« épisode[1] » d'Albertine, c'est qu'elles y transparaissent au point que le texte prend parfois le ton d'un journal. On se souvient des événements principaux du « drame d'Agostinelli » : Proust, en mai 1913, prend chez lui comme secrétaire cet ancien chauffeur dont il a fait connaissance à Cabourg six ans auparavant, et qui amène avec lui sa compagne Anna. Commence alors boulevard Haussmann une captivité mutuelle et le huis-clos de la jalousie. Sans doute faut-il y voir le motif d'une des péripéties majeures de l'histoire : le départ précipité des protagonistes pour Cabourg en juillet 1913, suivi du brusque retour en train dix jours plus tard lors d'une excursion à Houlgate avec le seul Agostinelli. Après quelques mois à Paris, Agostinelli part soudainement pour Monaco au début de décembre avec Anna. Proust confie alors à Albert Nahmias, qui lui avait servi de secrétaire quelques années plus tôt, le soin de le surveiller, et tente vainement de monnayer son retour. Agostinelli, qui, lors de sa « captivité » boulevard Haussmann, avait, grâce à Proust, pris quelques cours d'aviation près de Versailles, reprend des leçons près d'Antibes (Proust va jusqu'à lui offrir un aéroplane). Lors du second vol qu'Agostinelli effectue seul, le 30 mai 1914, il s'écrase au large d'Antibes et périt noyé. « Je ne prévoyais guère, quand j'écrivais ces lignes », dira Proust à propos d'un article paru en 1907, « que sept ou huit ans plus tard ce jeune homme me demanderait à dactylo-

---

1. Terme employé par Proust dans une lettre de novembre 1915 à Mme Scheikévitch, *Correspondance*, t. XIV, p. 273.

graphier un livre de moi, apprendrait l'aviation sous le nom de
Marcel Swann dans lequel il avait amicalement associé mon nom
de baptême et le nom d'un de mes personnages et trouverait la
mort à vingt-six ans, dans un accident d'aéroplane, au large
d'Antibes[1]. »

On aura reconnu les grandes lignes de l'intrigue, le retour
précipité de Balbec à la fin de Sodome et Gomorrhe, la
réclusion de La Prisonnière s'achevant sur un brusque départ,
la mort tragique d'Albertine disparue suivie de la jalousie
posthume puis des lents progrès de l'oubli, mais aussi maints
détails : apparitions répétées d'aéroplanes dans le texte, évocation
du métier de chauffeur, épisodes se passant à Versailles. Ces
rappels autobiographiques se multiplieront dans Albertine
disparue, où on retrouvera les télégrammes adressés à Albert
Nahmias pour fléchir Agostinelli et la longue lettre envoyée le
jour même de sa mort (la seule qui nous reste), dont Proust va
jusqu'à réutiliser textuellement les termes dans le roman.

Tant de rapprochements ne doivent pas faire oublier que, dans
la genèse de la Recherche, le personnage d'Albertine a préexisté
au drame que Proust a vécu avec Agostinelli, même si Albertine
n'a pris sa véritable dimension qu'à partir de 1914[2]. Proust
d'autre part n'a pas tout emprunté au même modèle et on a
reconnu, parmi d'autres, son ami Bertrand de Fénelon (les
allusions à la Hollande qu'on trouve dans le roman peuvent
rappeler le voyage que Proust fit avec celui-ci en 1902), mais aussi
certains de ceux qui furent ses secrétaires : Albert Nahmias pour
quelques traits de sa personnalité, Henri Rochat pour ses
passe-temps, peinture et jeu de dames. Proust lui-même nous met
en garde : « Capitalissime : quand je dis qu'Albertine, etc.,
ont posé pour moi, d'autres aussi dont je ne me souviens pas,
un livre est un grand cimetière où sur la plupart des tombes on
ne peut plus lire les noms effacés. Parfois c'est le nom au contraire
que je me rappelle, et la femme sans pouvoir me rappeler si quelque
chose d'elle survit dans ces pages. Cette fille au charmant regard,
aux paroles si douces, est-elle ici ? Et dans quelle partie ? Je ne
sais plus[3]. » Les clés sont trop nombreuses, mais surtout l'écriture
met trop de distance pour qu'il ne soit pas vain de s'y arrêter.

---

1. *Pastiches et mélanges*, Pléiade, p. 66.
2. Voir la préface des *Jeunes Filles en fleurs*, p. XXII, et ci-dessous, p. XII.
3. Note préparant *Le Temps retrouvé, Matinée chez la princesse de
Guermantes*, p. 326.

*Au roman d'Agostinelli, Proust a donc préféré celui d'Albertine.
Curieux roman où il ne se passe rien, curieuse héroïne sur qui
nous n'apprendrons jamais toute la vérité. Ramenée à Paris par
le narrateur à la fin de* Sodome et Gomorrhe, *sa présence chez
lui forme toute l'action de* La Prisonnière. *Albertine est au
premier plan du récit, et pourtant on ne la voit guère. On ne
l'entend pas davantage. Le plus souvent silencieuse, elle ne répond
au narrateur qu'en lui faisant écho[1]. Si le narrateur la presse de
questions, elle se dégage d'un geste ou se tait. Parle-t-elle ? C'est
un mot de trop — peut-être le seul sincère[2]. Albertine, enfermée
dans l'appartement du narrateur, lui-même prisonnier de sa
jalousie, est surveillée par des geôliers dont il ne peut être sûr :
Andrée, le chauffeur, Françoise, qui, tous, le trahissent. Prisonnière, Albertine est ainsi soustraite par le narrateur à ses rivaux
et rivales possibles, sans qu'il la possède pour autant. Elle demeure
aussi insaisissable qu'elle est « encagée », que chaque minute de
son temps est vérifiée, chacun de ses gestes soupesé, chacune de ses
actions soupçonnée, aussi mystérieuse qu'elle est trop connue de son
amant. Même endormie, elle paraît être plusieurs femmes à la fois,
conserver tous ses secrets. Est-elle seulement jolie ? se demande le
narrateur, croyant ne plus l'aimer quand il ne craint pas de la
perdre. Rompre ? Mais pour cela il lui faut attendre de ne plus
être jaloux d'elle. Tandis qu'il remet cette décision à plus tard,
les incidents s'accumulent, sources de griefs que l'on ne se cache
même plus. Alors on en vient aux dernières étapes de l'amour :
on s'observe, on s'espionne. Le narrateur provoque une scène de
fausse rupture ; Albertine s'enfuit vraiment. Et tout recommence.*

*Pour dépeindre cet amour parcouru comme un chemin de croix,
Proust puise dans les figures de la rhétorique catholique, dévoie
le vocabulaire de la théologie thomiste. Décrire les baisers
d'Albertine, c'est écrire : « Elle glissait dans ma bouche sa langue,
comme un pain quotidien, comme un aliment nourrissant et ayant
le caractère presque sacré de toute chair à qui les souffrances que
nous avons endurées à cause d'elle ont fini par conférer une sorte
de douceur morale[3] » et répéter : « Je remplissais les devoirs d'une
dévotion ardente et douloureuse dédiée comme une offrande à la
jeunesse et à la beauté de la femme[4]. » Plus loin, son désir est*

---

1. Comme le narrateur, Albertine cite *Esther* ; elle reprend parodique-
ment le motif des cris de Paris en lui donnant des sous-entendus érotiques
(p. 117-121).
2. L'expression « casser le pot », p. 324-327.
3. P. 4.
4. P. 68.

un « ex-voto », son bonheur, « l'abdication d'un croyant qui
fait sa prière[1] ». Les comparses eux-mêmes figurent comme aux
tympans des églises les personnages des Jugements derniers. Le
chauffeur, malhonnête et sans doute maître-chanteur, ce « charmant mécanicien apostolique », est représenté « la main posée
sur sa roue » (comprendre son volant) « en forme de croix de
consécration[2] ». Un garçon boucher aperçu sur le boulevard est
à lui seul une allégorie : « Dans une boucherie, où à gauche
était une auréole de soleil et à droite un bœuf entier pendu, un
garçon boucher très grand et très mince, aux cheveux blonds, son
cou sortant d'un col bleu ciel, mettait une rapidité vertigineuse
et une religieuse conscience à mettre d'un côté les filets de bœuf
exquis, de l'autre de la culotte de dernier ordre, les plaçait dans
d'éblouissantes balances surmontées d'une croix, d'où retombaient
de belles chaînettes, et — bien qu'il ne fît ensuite que disposer
pour l'étalage, des rognons, des tournedos, des entrecôtes — donnait en réalité beaucoup plus l'impression d'un bel ange qui au
jour du Jugement dernier préparera pour Dieu, selon leurs
qualités, la séparation des Bons et des Méchants et la pesée des
âmes[3]. » Albertine endormie auprès du narrateur est une nouvelle
Ève s'éveillant au côté d'Adam ; c'est aussi un gisant que « la
trompette de l'Archange » rappelle à la vie dans un autre Jugement
dernier[4].

Elle ne peut que le décevoir. Sa jeunesse à lui s'éloigne. Il
constate la fin de ses illusions, mesure son impuissance au bonheur.
Il remet à plus tard la réalisation de ses ambitions d'écrivain.
Pour l'heure, n'en témoignent que la page sur les clochers de
Martinville qui doit paraître dans Le Figaro et « un récit relatif
à Swann et à l'impossibilité où il était de se passer d'Odette[5] »,
c'est-à-dire « Un amour de Swann », ainsi mis en abyme. Le
seul rêve que le narrateur n'ait pas encore tenté de réaliser est
le voyage à Venise, nom qui émeut son imagination depuis
l'adolescence et le projet avorté d'y passer les vacances de Pâques[6].
Mais Saint-Marc, le Grand Canal et toute la « cité gothique »,
où la présence d'Albertine l'empêche de se rendre, sont sans cesse
évoqués par les robes de Fortuny que le narrateur offre à Albertine.
Leur étoffe rappelle les couleurs des peintres vénitiens, Giorgione,

1. P. 69.
2. P. 124.
3. P. 128-129.
4. Voir p. 71 et 346.
5. P. 7 et 352.
6. Swann, p. 382.

*Carpaccio. Venise, « l'azur miroitant et doré du Grand Canal »,
est une vision aux dimensions aussi réduites que le motif des
« oiseaux accouplés, symboles de mort et de résurrection¹ »,
imprimé sur la robe d'Albertine.*

Dans La Prisonnière, *l'univers entier du narrateur se rétrécit
à la mesure de l'angoisse qui l'étreint. Les amis — Bloch et
Saint-Loup — sont écartés par crainte de voir Albertine séduite
par eux. Le monde est à peu près délaissé : le narrateur ne rend
visite à la duchesse de Guermantes, l'après-midi, qu'afin de lui
demander pour Albertine des renseignements sur ses toilettes les
plus élégantes ; elles sont, comme chez Baudelaire, l'image
nostalgique des « défuntes années ». La même nostalgie se fait
jour quand il pénètre chez les Verdurin, quai Conti, où les meubles
conservent le souvenir du salon de la rue Montalivet, où Swann,
vingt-cinq ans auparavant, venait retrouver Odette².*

*Les personnages de la comédie mondaine meurent tour à tour :
la princesse Sherbatoff, Cottard, Saniette, Mme de Villeparisis,
et même les maîtres à penser ou à écrire : Bergotte, et Swann,
dont la disparition, incidemment mentionnée dans* Sodome et
Gomorrhe, *n'est réellement évoquée que dans* La Prisonnière.
*D'autres ne valent guère mieux : Brichot est à demi aveugle,
Charlus court à sa ruine... Dans les silences de conversations
qui ne sont que des monologues où personne ne parle à personne,
on entend les* a parte *médisants de Françoise, les lettres
douloureuses de la mère du narrateur qui, de Combray, commente
les événements au jour le jour.*

*Abreuvé de déceptions, le narrateur peut s'en consoler par la
découverte du Septuor de Vinteuil, l'intuition de la réalité de l'art.
Intuition que Bergotte n'a eue qu'*in extremis *devant la* Vue
de Delft *de Vermeer et son petit pan de mur jaune et que Swann
n'a pas su approfondir avec la Sonate de Vinteuil. Bergotte mort,
aux vitrines des libraires, ses livres, « comme des anges aux ailes
éployées », sont « le symbole de sa résurrection³ ». Vinteuil, mort
lui aussi, vit encore par sa musique. « Prière, espérance », celle-ci
est la promesse d'une « patrie inconnue, oubliée de lui-même⁴ »,
la clé du paradis perdu. Si le narrateur de la* Recherche *n'en
a la révélation que dans* Le Temps retrouvé, *à la matinée chez
la princesse de Guermantes, l'audition du Septuor chez les*

1. P. 384.
2. P. 187 et 272.
3. P. 177.
4. P. 243, 245.

*Verdurin lui permet de la pressentir déjà. Audition et analyse
« capitalissimes », ainsi que le notait Proust dans les marges
de ses cahiers, qui sont des ajouts à* La Prisonnière *initiale,
Proust reprenant une ébauche de 1914[1] pour un quatuor destiné
à être entendu chez la princesse de Guermantes dans* Le Temps
retrouvé *et la plaçant au milieu de* La Prisonnière.*

   *La réalité de l'art ainsi prouvée, ses moyens — littéraires — en
sont démontés, expliqués : c'est la leçon de littérature que le
narrateur expose à Albertine. Une « Étude sur le roman », dont
Proust parlait en mai 1908 à son ami Louis d'Albufera[2], devait
compléter l'essai projeté sur Sainte-Beuve, sous la forme d'une
conversation entre le narrateur et sa mère. Enrichie de fragments
consignés par Proust dans le premier de ses carnets-agendas, la
conversation — également insérée après coup dans le récit
primitif — a subsisté, avec Albertine pour interlocutrice.
L'analyse des romans et nouvelles de Barbey d'Aurevilly, Thomas
Hardy, Dostoïevski, y met en lumière leur technique et prouve
l'unité de leurs œuvres. Si le narrateur n'a jusqu'à ce point du
roman guère écrit, il s'exprime avec le dogmatisme de son auteur[3],
qui, contre Sainte-Beuve, définit la critique des textes et place au
premier plan de l'écriture romanesque la composition, précise le
meilleur cadrage de l'action, souligne l'illustration des thèmes,
en somme tout ce qu'on voit à l'œuvre dans la* Recherche, *tout
le métier dont le narrateur du* Temps retrouvé *déclare regretter,
au moment de se mettre au travail, de ne l'avoir pas appris.*

   *Le roman d'Albertine succède, en 1914, à celui de Maria,
la Hollandaise, qu'on a vue apparaître en 1910[4] et qui laissera
plusieurs traces dans* La Prisonnière. *La première version rédigée
d'une passion vouée à l'échec est contenue dans les brouillons du
Cahier 71, que Proust appelle « Dux », et qu'il écrivit après
le départ et la mort d'Agostinelli. Il rassemble des ébauches qui
passeront dans* Sodome et Gomorrhe, La Prisonnière *et le
début d'*Albertine disparue. *Proust y a esquissé les rapports du
narrateur avec la jeune fille, depuis le second séjour à Balbec
jusqu'à la fuite d'Albertine mettant un terme à leur vie commune
à Paris. Tous les éléments psychologiques du roman d'Albertine
sont présents : les raisons du départ précipité de Balbec, d'où le*

---

1. Dans le Cahier 57.
2. *Correspondance*, t. VIII, p. 112.
3. Voir p. 361 et suivantes.
4. Voir *Sodome*, p. XXV.

*narrateur ramène Albertine, l'évolution de leurs relations,
marquées par des scènes, feintes ou réelles, des ruptures
temporaires, le départ définitif d'Albertine et l'indication de sa
mort. Sur les cent cinq feuillets du Cahier 71, une cinquantaine
préparent* La Prisonnière. *On y trouve notamment une première
rédaction de la comédie de la rupture, ainsi qu'un ensemble de
vingt-cinq folios qui contiennent la situation de* La Prisonnière,
*avec ses épisodes qui se répètent : la vie quotidienne du narrateur
et d'Albertine, les promenades de celle-ci avec Andrée, les
supputations du narrateur jaloux, les séances de pianola, et enfin
le départ d'Albertine*[1].

*Dans ce roman tout psychologique, aucune trace des
circonstances de l'intrigue. Même lorsqu'il aura réparti, dans les
versions suivantes, le contenu de cette première esquisse entre les
différents épisodes du roman, Proust négligera de justifier la
situation de* La Prisonnière. *Ce qui aurait été vraisemblable
dans l'histoire d'Agostinelli n'est plus dans celle d'Albertine :
le séjour de la jeune fille chez le narrateur, en l'absence de la
mère de l'un et de la tante de l'autre. Invraisemblance que l'auteur
écarte de quelques phrases en signalant le séjour à Combray de
la mère du narrateur et en rappelant la vénalité de Mme Bontemps, tante d'Albertine. Il s'agit là de justifications aussi rapides,
aussi parenthétiques, que celles qui accompagnent « Un amour
de Swann », première illustration du thème, fruit de confidences
improbables faites au narrateur trop bien renseigné.*

*Les décors de l'action ne sont pas davantage détaillés. Ils ne
le seront guère plus dans la dernière version de* La Prisonnière.
Dans Swann, *les* Jeunes Filles, Guermantes, *pour Combray,
Balbec et Doncières, types, respectivement, de gros bourg de
campagne, de station de bains de mer, de petite ville de garnison,
Proust s'était contenté de brosser en quelques traits un arrière-plan
stylisé. Dans* Albertine disparue, *commentant sa propre
technique, il note que le Grand-Hôtel de Balbec était « comme
cet unique décor de maison de théâtres de province, où l'on joue
depuis des années les pièces les plus différentes, qui a servi pour
une comédie, pour une première tragédie, pour une deuxième, pour
une pièce purement poétique ». Paris est en revanche un lieu réel,
mais tout aussi synthétique que les fictives petites villes de province.
Dans* La Prisonnière, *la capitale se réduit à des impressions
kaléidoscopiques, faites de perspectives en trompe-l'œil, de vues qui
sont elles-mêmes des souvenirs littéraires ou picturaux : un clair*

---

1 On lira cette première version p. 403-413.

de lune au-dessus de l'Arc de Triomphe illuſtre les métaphores
de la poésie du XIXe siècle, les bosquets du Bois de Boulogne où
l'on diſtingue parmi les promeneurs le pantalon rouge d'un
militaire paraissent peints par un impressionniſte à la mode de
1885, et l'architecture mauresque du Trocadéro d'alors rappelle
le fond du Saint Sébaſtien de Mantegna[1].

L'appartement du narrateur eſt un appartement de théâtre.
De sa fenêtre, le reclus volontaire observe dans la rue le ballet
des jeunes employées des commerçants, imagine « intercepter dans
le long déroulement de la frise animée quelque fillette portant son
linge ou son lait, la faire passer un moment, comme la silhouette
d'un décor mobile, entre les portants, dans le cadre de ma porte[2] ».
Ce boulevard vu d'en haut ressemble à tous ceux qu'a fait percer
le baron Haussmann. Les cris psalmodiés des marchands,
provenant en réalité de quartiers et de marchés diſtincts, éloignés
les uns des autres et de plus entendus ou glanés à des saisons
différentes, composent un concert polyphonique dont Prouſt a
orcheſtré, ouverture et refrains, le roman d'Albertine. Au-delà,
la ville entière n'eſt qu'un entrelacement de rues, un réseau
d'adresses dont chacune recèle un danger, évoque un rendez-vous
potentiel où des amants se rejoignent. Plus loin, les aérodromes,
autour de Paris, but des promenades du narrateur et de l'héroïne
(simplement passionnée par l'aviation dans le texte final alors
qu'elle voulait piloter dans les esquisses), sont décrits à diſtance,
ports au milieu des terres.

Pour l'hiſtoire d'Albertine, Prouſt avait à sa disposition un
cadre chronologique déjà utilisé : la matinée, c'eſt-à-dire ce moment
de la journée où le narrateur se réveille dans sa chambre et devine
aux bruits de la rue et à la couleur du jour au-dessus des rideaux
le temps qu'il fait. Il exiſte plusieurs esquisses de cette description
dans les cahiers de l'époque du Contre Sainte-Beuve de
1908-1909, que Prouſt a reprises et développées en 1910-1911.

La matinée qui ouvre La Prisonnière rappelle celles qui,
depuis le réveil du narrateur au début de la Recherche, rythment
l'ensemble du roman : on se souvient que « Combray », « Un
amour de Swann » et les Jeunes Filles s'achèvent chacun sur
l'évocation d'une matinée. Dans Guermantes, le thème sert
ensuite à deux reprises d'ouverture : dès la première page, c'eſt
« le pépiement matinal des oiseaux[3] » ; puis, préludant à la

1. Voir p. 157.
2. P. 129.
3. *Guermantes*, p. 3.

visite d'Albertine, on lit ces lignes dont le début de La Prisonnière
sera l'écho : « *Bien que ce fût simplement un dimanche d'automne,
je venais de renaître, l'existence était intacte devant moi, car dans
la matinée, après une série de jours doux, il avait fait un
brouillard froid qui ne s'était levé que vers midi*[1]. » *La matinée,
cadre chronologique et thématique des saisons et des jours de la*
Recherche, *fait ainsi partie intégrante de l'architecture du
roman. Pour* La Prisonnière, *comme pour* Guermantes, *elle
fournit un nouveau point d'appui, permet un nouveau départ.
Elle est un des piliers de l'œuvre, cette œuvre dont le narrateur
écrit, aux dernières pages du* Temps retrouvé, *qu'il veut la
« construire comme une église », craignant qu'elle reste inachevée,
ainsi que tant de grandes cathédrales.*

Cette structure organise encore le récit de La Prisonnière *où
se succèdent cinq journées principales — journées au sens large
puisque certaines sont formées de moments composites —, comme
les cinq actes de la tragédie classique que rappellent les citations
de Racine. Les deux premières*[2] *sont des journées-types, semblables
à beaucoup d'autres. Elles sont symétriques et se déroulent selon
le même schéma, depuis le réveil du narrateur jusqu'à la soirée,
passée en compagnie d'Albertine. La troisième journée*[3], *la plus
longue, est faite d'un ensemble d'événements particuliers : le réveil
du narrateur qui entend les cris des marchands dans la rue, puis
lit* Le Figaro *dans lequel il apprend ce qui a pu motiver le projet
d'Albertine de se rendre au Trocadéro. Une promenade avec
Albertine au Bois de Boulogne, la nouvelle de la mort de Bergotte,
la soirée chez les Verdurin, la comédie de la rupture mise en scène
par le narrateur, occupent l'après-midi, la soirée et une partie
de la nuit. La quatrième journée est en revanche faite de moments
empruntés à plusieurs jours différents*[4]. *Il en est de même d'une
cinquième journée, qui lui succède quelques mois plus tard*[5] : *tandis
que le temps s'accélère, on y retrouve un récit événementiel*[6], *et
les incidents se multiplient jusqu'à la fuite d'Albertine, qui a*

1. *Guermantes,* p. 335.
2. Voir p. 3 à 73 et 73 à 107.
3. Voir p. 107 à 346.
4. Voir p. 347 à 373.
5. Voir p. 373.
6. « Pourtant, à la venue du printemps, deux mois ayant passé depuis
ce que m'avait dit sa tante, je me laissai emporter par la colère un soir »
(p. 379).

lieu, non pas le lendemain matin[1] — *qui forme une sixième journée accolée à la précédente —, mais le surlendemain*[2].

À cette structure chronologique, se superpose dans La Prisonnière *l'alternance de scènes « d'intérieur », en tête-à-tête, et de scènes « générales », où figurent, comme dans tous les premiers volumes de la* Recherche, *l'ensemble des personnages. Une fois encore, ceux-ci se retrouvent chez les Guermantes — certes symboliquement, car on ne s'y réunit, l'après-midi, qu'en petit comité — puis chez les Verdurin. La division en trois parties de* La Prisonnière *(les deux premières journées, la soirée Verdurin, la quatrième et la cinquième journée suivie de son épilogue vingt-quatre heures plus tard) correspond à la division entre les trois cahiers dans lesquels Proust mit en forme l'histoire d'Albertine en 1915 : le Cahier 53, où figurent les deux premières journées, le Cahier 73, qui est essentiellement consacré à la soirée Verdurin, et le Cahier 55, qui contient la fin de* La Prisonnière *et le début d'*Albertine disparue. *De l'esquisse de 1914 — linéaire pour le thème de la jalousie qu'elle illustre, cyclique pour sa représentation —, Proust est ainsi passé, grâce à ses ébauches de 1908 à 1910, à une composition romanesque complexe et cohérente, la plus complexe peut-être de toute la* Recherche, *mais aussi la plus rigoureuse.*

Le manuscrit « au net » de la future Prisonnière *est le fruit d'une nouvelle rédaction, datant de 1916, considérablement augmentée par rapport aux brouillons de l'année précédente. Il est constitué par cinq nouveaux cahiers, numérotés par Proust de VIII à XII — la fin du Cahier XII concernant* Albertine disparue. *Tout en récrivant, Proust a prélevé certains feuillets dans les brouillons antérieurs pour les coller dans le manuscrit. Au cours des années suivantes, il a continué à apporter des modifications — essentiellement des additions —, jusqu'en 1922, où il a fait dactylographier ces cinq cahiers.*

Parallèlement à la révision du manuscrit, Proust a noté jusqu'à sa mort plusieurs fragments supplémentaires dans des cahiers, dits « d'ajoutages », les Cahiers 60, 61, 62, 59 et 75. On trouve dans le Cahier 62, de 1920-1921, le récit des circonstances de la mort de Bergotte, dont on connaît l'origine : les malaises qu'éprouva Proust le jour de sa visite, en mai 1921, à l'exposition de peinture hollandaise au musée du Jeu de Paume[3]. *Sa dernière*

---

1. P. 388.
2. Voir p. 395-399.
3. Voir note de J.-L. Vaudoyer à la lettre XL, *Correspondance générale*, t. IV, p. 88, et avant-propos de Robert Proust, p. II, III.

*maladie le conduisit encore à reprendre celle de son personnage,
puisque Proust, la veille de sa mort, dicta trois fragments mettant
en scène l'un Bergotte mourant*[1], *le deuxième l'impuissance et la
vanité de ses médecins ; quant au troisième, il se rapporte à la
méditation sur la mort de Swann*[2], *méditation dont la version
définitive figure dans le Cahier 59.*

*Découper le roman d'Albertine, donner un titre à chacune de
ses parties, le faire dactylographier, tout cela a absorbé Proust
de 1919 à 1922. D'abord incluse dans* Sodome et Gomorrhe,
puis subdivisée en Sodome III *et* Sodome IV *en janvier 1921*[3],
*l'histoire d'Albertine n'acquiert sa présentation finale et ses titres
que tardivement, et sans peut-être que ce soit d'une manière
définitive.* La Prisonnière *ne se substitue à* Sodome III — *titre
inscrit sur la première des dactylographies tandis que la deuxième
porte :* La Prisonnière (Sodome et Gomorrhe III) —, *et*
La Fugitive *à* Sodome IV, *qu'en juin 1922*[4]. *Cette symétrie
des titres paraît, un mois plus tard, impossible à Proust après
la publication d'un ouvrage de Tagore traduit sous le titre de*
La Fugitive[5]. *Mais en tête de la troisième des dactylographies,
la seule qui soit complète, figure le titre autographe* La
Prisonnière, *avec pour sous-titre :* Ire Partie de Sodome et
Gomorrhe III.

1. « [Ils] s'approchaient du malade allaient tenir entre eux des
conférences infinies [...]. Et puis un jour tout est changé, ce qui était
détestable pour nous, qu'on nous avait toujours défendu, on nous le
permet. "Mais par exemple, je ne pourrais pas prendre de cham-
pagne ? — Mais parfaitement si cela vous est agréable." On n'en croit
pas ses oreilles. On fait venir des marques qu'on s'était le plus défendu,
et c'est ce qui donne quelque chose d'un peu vil à cette incroyable frivolité
des mourants » (reproduit avec l'aimable autorisation de Louis Clayeux,
que nous remercions, ce fragment semble une addition destinée aux
p. 174-175).
2. On lira ce fragment p. 189, n. 1.
3. Dans une lettre de début janvier 1921, Proust annonce à Gaston
Gallimard : « *Sodome II*, *Sodome III*, *Sodome IV* et *Le Temps retrouvé*, quatre
longs volumes qui se succéderont à intervalles assez espacés (si Dieu me
prête vie) » (*Correspondance* Marcel Proust-Gaston Gallimard, éd. Pascal
Fouché, Gallimard, 1989, p. 306).
4. « J'ai pensé que je pourrais peut-être intituler *Sodome III La
Prisonnière* et *Sodome IV La Fugitive*, quitte à ajouter sur le volume (Suite
de *Sodome et Gomorrhe*) « lettre du 25 juin 1922 à Gaston Gallimard, *ibid.*,
p. 545).
5. « Donc pas de *Fugitive*, ce qui ferait des malentendus. Et du moment
que pas de *Fugitive*, pas de *Prisonnière* qui s'opposait nettement » (lettre
du 2 ou 3 juillet 1922 à Gaston Gallimard, *ibid.*, p. 552 ; voir encore lettre
du 26 septembre 1922, p. 621.).

Les dernières semaines de la vie de Proust, de septembre à novembre 1922, ont été un tourbillon de travail : choix d'un long extrait de la première partie de La Prisonnière *pour* Les Œuvres libres *(où le texte ne paraîtra, sous le titre de « Précaution inutile », qu'en février 1923) ; mise au point de deux autres fragments du même roman, « La regarder dormir » et « Mes réveils », pour* La Nouvelle Revue Française *qui les publie le 1ᵉʳ novembre 1922 ; enfin révision de la dactylographie de* La Prisonnière. *Dans sa dernière lettre — vers le 1ᵉʳ novembre 1922 — à son éditeur, Gaston Gallimard, Proust semble mettre un point final à son roman : « L'espèce d'acharnement que j'ai mis pour* La Prisonnière *(prête mais à faire relire — le mieux serait que vous fassiez faire les premières épreuves que je corrigerai), cet acharnement [deux mots illisibles] dans mon terrible état de ces jours-ci, a écarté de moi les tomes suivants. Mais trois jours de repos peuvent suffire. Je m'arrête, adieu, cher Gaston[1]. » Dans la nuit du 17 au 18 novembre 1922, Proust agonisant dicte encore, on l'a vu, des additions — incomplètes et qui ne passeront pas dans le texte final — relatives à la mort de Bergotte et à Albertine.*

Quant à la dactylographie de La Prisonnière, *remise à Gaston Gallimard, elle fut révisée, après la mort de Proust, par son frère Robert et par Jacques Rivière et sera publiée un an plus tard, le 14 novembre 1923. Lancée comme une bouteille à la mer à l'instant du naufrage, elle contient en guise de message l'image d'Albertine représentée en sainte Cécile devant un pianola qui joue des œuvres de Vinteuil. Le musicien méconnu dans la fiction est devenu plus célèbre que bien des compositeurs réels. Dans le parcours qui mène le narrateur de l'enfance au* Temps retrouvé, La Prisonnière *marque une étape capitale, celle où il entrevoit l'immortalité — même si elle est relative — que confère son œuvre à tout grand artiste, mais aussi la joie du créateur : « cette joie », dit-il de Wagner, qui « ne l'abandonne jamais[2] ».*

Pierre-Edmond Robert

---

1. Lettre du 30 octobre ou 1ᵉʳ novembre 1922, *ibid.*, p. 636.
2. P. 151.

Note sur le texte

Nous reprenons le texte établi pour la Bibliothèque de la Pléiade sous la direction de Jean-Yves Tadié. Ce texte diffère de l'édition originale tant dans l'agencement de certains passages que sur des points particuliers de lecture.

Les documents qui nous ont servi à établir le texte sont les cahiers du manuscrit « au net », complétés par des feuillets épars (« Reliquat » B.N.), les cahiers d'« ajoutages » 59 et 62 et les trois dactylographies de *La Prisonnière*.

Pour cette œuvre posthume, nous nous sommes efforcé de suivre toujours le dernier état revu par l'auteur. Cela nous a conduit à passer de l'une à l'autre des dactylographies et à recourir par endroits au manuscrit « au net ». On lira dans la Pléiade la justification des partis que nous avons adoptés.

Enfin, lorsqu'il arrive à Proust d'utiliser pour un personnage des noms différents, nous les avons unifiés : *Charlie Morel* pour *Bobby Santois*, *nièce* pour *fille* de Jupien, *Mme de Duras* pour *Mme de Canillac*, etc. Afin de faciliter la lecture, nous avons marqué par des alinéas les additions marginales les plus importantes, ainsi que les longs dialogues.

La Prisonnière

Dès le matin, la tête encore tournée contre le mur et avant d'avoir vu, au-dessus des grands rideaux de la fenêtre, de quelle nuance était la raie du jour, je savais déjà le temps qu'il faisait. Les premiers bruits de la rue me l'avaient appris, selon qu'ils me parvenaient amortis et déviés par l'humidité ou vibrants comme des flèches dans l'aire résonnante et vide d'un matin spacieux, glacial et pur ; dès le roulement du premier tramway, j'avais entendu s'il était morfondu dans la pluie ou en partance pour l'azur. Et peut-être ces bruits avaient-ils été devancés eux-mêmes par quelque émanation plus rapide et plus pénétrante qui, glissée au travers de mon sommeil, y répandait une tristesse annonciatrice de la neige, ou y faisait entonner, à certain petit personnage intermittent, de si nombreux cantiques à la gloire du soleil que ceux-ci finissaient par amener pour moi, qui encore endormi commençais à sourire et dont les paupières closes se préparaient à être éblouies, un étourdissant réveil en musique. Ce fut du reste surtout de ma chambre que je perçus la vie extérieure pendant cette période. Je sais que Bloch raconta que, quand il venait me voir le soir, il entendait un bruit d'une conversation ; comme ma mère était à Combray et qu'il ne trouvait jamais personne dans ma chambre, il conclut que je parlais tout seul. Quand, beaucoup plus tard, il apprit qu'Albertine habitait alors avec moi, comprenant que je l'avais cachée à tout le monde, il déclara qu'il voyait enfin la raison pour laquelle,

à cette époque de ma vie, je ne voulais jamais sortir. Il
se trompa. Il était d'ailleurs fort excusable car la réalité,
même si elle est nécessaire, n'est pas complètement
prévisible, ceux qui apprennent sur la vie d'un autre
quelque détail exact en tirent aussitôt des conséquences
qui ne le sont pas et voient dans le fait nouvellement
découvert l'explication de choses qui précisément n'ont
aucun rapport avec lui.

Quand je pense maintenant que mon amie était venue
à notre retour de Balbec habiter à Paris sous le même toit
que moi, qu'elle avait renoncé à l'idée d'aller faire une
croisière[1], qu'elle avait sa chambre à vingt pas de la
mienne, au bout du couloir, dans le cabinet à tapisseries
de mon père, et que chaque soir, fort tard, avant de me
quitter, elle glissait dans ma bouche sa langue, comme un
pain quotidien, comme un aliment nourrissant et ayant le
caractère presque sacré de toute chair à qui les souffrances
que nous avons endurées à cause d'elle ont fini par conférer
une sorte de douceur morale, ce que j'évoque aussitôt par
comparaison, ce n'est pas la nuit que le capitaine de
Borodino[2] me permit de passer au quartier, par une faveur
qui ne guérissait en somme qu'un malaise éphémère, mais
celle où mon père envoya maman dormir dans le petit lit
à côté du mien. Tant la vie, si elle doit une fois de plus
nous délivrer contre une souffrance qui paraissait inévitable, le fait dans des conditions différentes, opposées parfois
jusqu'au point qu'il y a presque sacrilège apparent à
constater l'identité de la grâce octroyée !

Quand Albertine savait par Françoise que, dans la nuit
de ma chambre aux rideaux encore fermés, je ne dormais
pas, elle ne se gênait pas pour faire un peu de bruit en
se baignant, dans son cabinet de toilette. Alors, souvent,
au lieu d'attendre une heure plus tardive, j'allais dans une
salle de bains contiguë à la sienne et qui était agréable.
Jadis un directeur de théâtre dépensait des centaines de
mille francs pour consteller de vraies émeraudes le trône
où la diva jouait un rôle d'impératrice. Les Ballets russes
nous ont appris que de simples jeux de lumières
prodiguent, dirigés là où il faut, des joyaux aussi
somptueux et plus variés. Cette décoration déjà plus
immatérielle n'est pas si gracieuse pourtant que celle par
quoi à huit heures du matin le soleil remplace celle que

nous avions l'habitude d'y voir quand nous ne nous levions
qu'à midi. Les fenêtres de nos deux salles de bains, pour
qu'on ne pût nous voir du dehors, n'étaient pas lisses,
mais toutes froncées d'un givre artificiel et démodé. Le
soleil tout à coup jaunissait cette mousseline de verre, la
dorait et, découvrant doucement en moi un jeune homme
plus ancien qu'avait caché longtemps l'habitude, me grisait de souvenirs, comme si j'eusse été en pleine nature
devant des feuillages dorés où ne manquait même pas la
présence d'un oiseau. Car j'entendais Albertine siffler sans
trêve :

> *Les douleurs sont des folles,*
> *Et qui les écoute est encor plus fou*[1].

Je l'aimais trop pour ne pas joyeusement sourire de son
mauvais goût musical. Cette chanson, du reste, avait ravi
l'été passé Mme Bontemps, laquelle entendit dire bientôt
que c'était une ineptie, de sorte qu'au lieu de demander
à Albertine de la chanter quand elle avait du monde, elle
y substitua :

> *Une chanson d'adieu sort des sources troublées*[2],

qui devint à son tour « une vieille rengaine de Massenet
dont la petite nous rabat les oreilles ».

Une nuée passait, elle éclipsait le soleil, je voyais
s'éteindre et rentrer dans une grisaille le pudique et feuillu
rideau de verre.

Les cloisons qui séparaient nos deux cabinets de toilette
(celui d'Albertine, tout pareil, était une salle de bains que
maman, en ayant une autre dans la partie opposée de
l'appartement, n'avait jamais utilisée pour ne pas me faire
de bruit) étaient si minces que nous pouvions parler tout
en nous lavant chacun dans le nôtre, poursuivant une
causerie qu'interrompait seulement le bruit de l'eau, dans
cette intimité que permet souvent à l'hôtel l'exiguïté du
logement et le rapprochement des pièces, mais qui, à Paris,
est si rare.

D'autres fois, je restais couché, rêvant aussi longtemps
que je le voulais, car on avait ordre de ne jamais entrer
dans ma chambre avant que j'eusse sonné, ce qui, à cause
de la façon incommode dont avait été posée la poire

électrique au-dessus de mon lit, demandait si longtemps que souvent, las de chercher à l'atteindre et content d'être seul, je restais quelques instants presque rendormi. Ce n'est pas que je fusse absolument indifférent au séjour d'Albertine chez nous. Sa séparation d'avec ses amies réussissait à épargner à mon cœur de nouvelles souffrances. Elle le maintenait dans un repos, dans une quasi-immobilité qui l'aideraient à guérir. Mais enfin ce calme que me procurait mon amie était apaisement de la souffrance plutôt que joie. Non pas qu'il ne me permît d'en goûter de nombreuses auxquelles la douleur trop vive m'avait fermé, mais ces joies, loin de les devoir à Albertine que d'ailleurs je ne trouvais plus guère jolie et avec laquelle je m'ennuyais, que j'avais la sensation nette de ne pas aimer, je les goûtais au contraire pendant qu'Albertine n'était pas auprès de moi. Aussi, pour commencer la matinée, je ne la faisais pas tout de suite appeler, surtout s'il faisait beau. Pendant quelques instants, et sachant qu'il me rendait plus heureux qu'elle, je restais en tête à tête avec le petit personnage intérieur, salueur chantant du soleil et dont j'ai déjà parlé. De ceux qui composent notre individu, ce ne sont pas les plus apparents qui nous sont le plus essentiels. En moi, quand la maladie aura fini de les jeter l'un après l'autre par terre, il en restera encore deux ou trois qui auront la vie plus dure que les autres, notamment un certain philosophe qui n'est heureux que quand il a découvert, entre deux œuvres, entre deux sensations, une partie commune. Mais le dernier de tous, je me suis quelquefois demandé si ce ne serait pas le petit bonhomme fort semblable à un autre que l'opticien de Combray avait placé derrière sa vitrine pour indiquer le temps qu'il faisait et qui, ôtant son capuchon dès qu'il y avait du soleil, le remettait s'il allait pleuvoir. Ce petit bonhomme-là, je connais son égoïsme ; je peux souffrir d'une crise d'étouffements que la venue seule de la pluie calmerait, lui ne s'en soucie pas et aux premières gouttes si impatiemment attendues, perdant sa gaieté, il rabat son capuchon avec mauvaise humeur. En revanche, je crois bien qu'à mon agonie, quand tous mes autres « moi » seront morts, s'il vient à briller un rayon de soleil, tandis que je pousserai mes derniers soupirs, le petit personnage barométrique se sentira bien aise, et ôtera son capuchon pour chanter : « Ah ! enfin, il fait beau. »

Je sonnais Françoise. J'ouvrais *Le Figaro*. J'y cherchais
et constatais que ne s'y trouvait pas un article[1], ou prétendu
tel, que j'avais envoyé à ce journal et qui n'était, un peu
arrangée, que la page récemment retrouvée, écrite
autrefois dans la voiture du docteur Percepied, en
regardant les clochers de Martinville. Puis je lisais la lettre
de maman. Elle trouvait bizarre, choquant, qu'une jeune
fille habitât seule avec moi. Le premier jour, au moment
de quitter Balbec, quand elle m'avait vu si malheureux
et s'était inquiétée de me laisser seul, peut-être ma mère
avait-elle été heureuse en apprenant qu'Albertine partait
avec nous et en voyant que côte à côte avec nos propres
malles (les malles auprès de qui j'avais passé la nuit à l'hôtel
de Balbec en pleurant) on avait chargé sur le tortillard
celles d'Albertine, étroites et noires, qui m'avaient paru
avoir la forme de cercueils et dont j'ignorais si elles allaient
apporter à la maison la vie ou la mort. Mais je ne me l'étais
même pas demandé, étant tout à la joie, dans le matin
rayonnant, après l'effroi de rester à Balbec, d'emmener
Albertine. Mais à ce projet, si au début ma mère n'avait
pas été hostile (parlant gentiment à mon amie comme une
maman dont le fils vient d'être gravement blessé, et qui
est reconnaissante à la jeune maîtresse qui le soigne avec
dévouement), elle l'était devenue depuis qu'il s'était trop
complètement réalisé et que le séjour de la jeune fille se
prolongeait chez nous, et chez nous en l'absence de mes
parents. Cette hostilité, je ne peux pourtant pas dire que
ma mère me la manifestât jamais. Comme autrefois, quand
elle avait cessé d'oser me reprocher ma nervosité, ma
paresse, maintenant elle se faisait un scrupule — que je
n'ai peut-être pas tout à fait deviné au moment, ou pas
voulu deviner — de risquer, en faisant quelques réserves
sur la jeune fille avec laquelle je lui avais dit que j'allais
me fiancer, d'assombrir ma vie, de me rendre plus tard
moins dévoué pour ma femme, de semer peut-être pour
quand elle-même ne serait plus, le remords de l'avoir
peinée en épousant Albertine. Maman préférait paraître
approuver un choix sur lequel elle avait le sentiment
qu'elle ne pourrait pas me faire revenir. Mais tous ceux
qui l'ont vue à cette époque m'ont dit qu'à sa douleur
d'avoir perdu sa mère, s'ajoutait un air de perpétuelle
préoccupation. Cette contention d'esprit, cette discussion
intérieure, donnaient à maman une grande chaleur aux

tempes et elle ouvrait constamment les fenêtres, pour se rafraîchir. Mais de décision, elle n'arrivait pas à en prendre de peur de m'« influencer » dans un mauvais sens et de gâter ce qu'elle croyait mon bonheur. Elle ne pouvait même pas se résoudre à m'empêcher de garder provisoirement Albertine à la maison. Elle ne voulait pas se montrer plus sévère que Mme Bontemps que cela regardait avant tout et qui ne trouvait pas cela inconvenant, ce qui surprenait beaucoup ma mère. En tous cas elle regrettait d'avoir été obligée de nous laisser tous les deux seuls, en partant juste à ce moment pour Combray où elle pouvait avoir à rester (et en fait resta) de longs mois pendant lesquels ma grand-tante eut sans cesse besoin d'elle jour et nuit. Tout, là-bas, lui fut rendu facile grâce à la bonté, au dévouement de Legrandin qui, ne reculant devant aucune peine, ajourna de semaine en semaine son retour à Paris, sans connaître beaucoup ma tante, simplement d'abord parce qu'elle avait été une amie de sa mère, puis parce qu'il sentit que la malade condamnée aimait ses soins et ne pouvait se passer de lui. Le snobisme est une maladie grave de l'âme, mais localisée et qui ne la gâte pas tout entière. Moi, cependant, au contraire de maman, j'étais fort heureux de son déplacement à Combray, sans lequel j'eusse craint (ne pouvant pas dire à Albertine de la cacher) qu'elle ne découvrît son amitié pour Mlle Vinteuil. C'eût été pour ma mère un obstacle absolu non seulement à un mariage dont elle m'avait d'ailleurs demandé de ne pas parler encore définitivement à mon amie mais dont l'idée m'était de plus en plus intolérable, mais même à ce que celle-ci passât quelque temps à la maison. Sauf une raison si grave et qu'elle ne connaissait pas, maman, par le double effet de l'imitation édifiante et libératrice de ma grand-mère, admiratrice de George Sand et qui faisait consister la vertu dans la noblesse du cœur, et d'autre part de ma propre influence corruptrice, était maintenant indulgente à des femmes pour la conduite de qui elle se fût montrée sévère autrefois, ou même aujourd'hui si elles avaient été de ses amies bourgeoises de Paris ou de Combray, mais dont je lui vantais la grande âme et auxquelles elle pardonnait beaucoup parce qu'elles m'aimaient bien. Malgré tout et même en dehors de la question convenance, je crois qu'Albertine eût insupporté maman qui avait gardé de Combray, de ma tante Léonie, de toutes ses parentes,

des habitudes d'ordre dont mon amie n'avait pas la
première notion. Elle n'aurait pas fermé une porte et, en
revanche, ne se serait pas plus gênée d'entrer quand une
porte était ouverte que ne fait un chien ou un chat. Son
charme un peu incommode était ainsi d'être à la maison
moins comme une jeune fille que comme une bête
domestique qui entre dans une pièce, qui en sort, qui se
trouve partout où on ne s'y attend pas et qui venait
— c'était pour moi un repos profond — se jeter sur mon
lit à côté de moi, s'y faire une place d'où elle ne bougeait
plus, sans gêner comme l'eût fait une personne. Pourtant
elle finit par se plier à mes heures de sommeil, à ne pas
essayer non seulement d'entrer dans ma chambre, mais
à ne plus faire de bruit avant que j'eusse sonné. C'est
Françoise qui lui imposa ces règles. Elle était de ces
domestiques de Combray sachant la valeur de leur maître
et que le moins qu'elles peuvent est de lui faire rendre
entièrement ce qu'elles jugent qui lui est dû. Quand un
visiteur étranger donnait un pourboire à Françoise à
partager avec la fille de cuisine, le donateur n'avait pas
le temps d'avoir remis sa pièce que Françoise, avec une
rapidité, une discrétion et une énergie égales, avait passé
la leçon à la fille de cuisine qui venait remercier non pas
à demi-mot, mais franchement, hautement, comme
Françoise lui avait dit qu'il fallait le faire. Le curé de
Combray n'était pas un génie, mais lui aussi savait ce qui
se devait. Sous sa direction, la fille de cousins protestants
de Mme Sazerat s'était convertie au catholicisme et la
famille avait été parfaite pour lui. Il fut question d'un
mariage avec un noble de Méséglise. Les parents du jeune
homme écrivirent pour prendre des informations une
lettre assez dédaigneuse et où l'origine protestante était
méprisée. Le curé de Combray répondit d'un tel ton que
le noble de Méséglise, courbé et prosterné, écrivit une
lettre bien différente, où il sollicitait comme la plus
précieuse faveur de s'unir à la jeune fille.

Françoise n'eut pas de mérite à faire respecter mon
sommeil par Albertine. Elle était imbue de la tradition.
À un silence qu'elle garda, ou à la réponse péremptoire
qu'elle fit à une proposition d'entrer chez moi ou de me
faire demander quelque chose, qu'avait dû innocemment
formuler Albertine, celle-ci comprit avec stupeur qu'elle
se trouvait dans un monde étrange, aux coutumes

inconnues, réglé par des lois de vivre qu'on ne pouvait
songer à enfreindre. Elle avait déjà eu un premier
pressentiment de cela à Balbec, mais, à Paris, n'essaya
même pas de résister et attendit patiemment chaque matin
mon coup de sonnette pour oser faire du bruit.

L'éducation que lui donna Françoise fut salutaire
d'ailleurs à notre vieille servante elle-même, en calmant
peu à peu les gémissements que depuis le retour de Balbec
elle ne cessait de pousser. Car, au moment de monter dans
le tram, elle s'était aperçue qu'elle avait oublié de dire
adieu à la « gouvernante » de l'hôtel, personne
moustachue qui surveillait les étages, connaissait à peine
Françoise mais avait été relativement polie pour elle.
Françoise voulait absolument faire retour en arrière,
descendre du tram, revenir à l'hôtel, faire ses adieux à
la gouvernante et ne partir que le lendemain. La sagesse
et surtout mon horreur subite de Balbec m'empêchèrent
de lui accorder cette grâce, mais elle en avait contracté
une mauvaise humeur maladive et fiévreuse que le
changement d'air n'avait pas suffi à faire disparaître et qui
se prolongeait à Paris. Car, selon le code de Françoise tel
qu'il est illustré dans les bas-reliefs de Saint-André-des-
Champs, souhaiter la mort d'un ennemi, la lui donner
même n'est pas défendu, mais il est horrible de ne pas
faire ce qui se doit, de ne pas rendre une politesse, de
ne pas faire ses adieux avant de partir, comme une vraie
malotrue, à une gouvernante d'étage. Pendant tout le
voyage, le souvenir à chaque moment renouvelé qu'elle
n'avait pas pris congé de cette femme, avait fait monter
aux joues de Françoise un vermillon qui pouvait effrayer.
Et si elle refusa de boire et de manger jusqu'à Paris, c'est
peut-être parce que ce souvenir lui mettait un « poids »
réel « sur l'estomac » (chaque classe sociale a sa patho-
logie) plus encore que pour nous punir.

Parmi les causes qui faisaient que maman m'envoyait
tous les jours une lettre, et une lettre d'où n'était jamais
absente quelque citation de Mme de Sévigné, il y avait
le souvenir de ma grand-mère. Maman m'écrivait :
« Mme Sazerat nous a donné un de ces petits déjeuners
dont elle a le secret et qui, comme eût dit ta pauvre
grand-mère, citant Mme de Sévigné, nous enlèvent à
la solitude sans nous apporter la société. » Dans mes
premières réponses, j'eus la bêtise d'écrire à maman : « À

ces citations, ta mère te reconnaîtrait tout de suite. » Ce qui me valut, trois jours après, ce mot : « Mon pauvre fils, si c'était pour me parler de *ma mère*, tu invoques bien mal à propos Mme de Sévigné. Elle t'aurait répondu comme elle fit à Mme de Grignan : "Elle ne vous était donc rien ? Je vous croyais parents[1]." »

Cependant, j'entendais les pas de mon amie qui sortait de sa chambre ou y rentrait. Je sonnais car c'était l'heure où Andrée allait venir avec le chauffeur, ami de Morel et prêté par les Verdurin, chercher Albertine. J'avais parlé à celle-ci de la possibilité lointaine de nous marier ; mais je ne l'avais jamais fait formellement ; elle-même, par discrétion, quand j'avais dit : « je ne sais pas, mais ce serait peut-être possible », avait secoué la tête avec un mélancolique sourire disant : « mais non, ce ne le serait pas », ce qui signifiait : « je suis trop pauvre ». Et alors, tout en disant : « rien n'est moins sûr » quand il s'agissait de projets d'avenir, présentement je faisais tout pour la distraire, lui rendre la vie agréable, cherchant peut-être aussi, inconsciemment, à lui faire par là désirer de m'épouser. Elle riait elle-même de tout ce luxe. « C'est la mère d'Andrée qui en ferait une tête de me voir devenue une dame riche comme elle, ce qu'elle appelle une dame qui a "chevaux, voitures, tableaux". Comment ? Je ne vous avais jamais raconté qu'elle disait cela ? Oh ! c'est un type ! Ce qui m'étonne, c'est qu'elle élève les tableaux à la dignité des chevaux et des voitures. »

Car on verra plus tard que, malgré des habitudes de parler stupides qui lui étaient restées, Albertine s'était étonnamment développée, ce qui m'était parfaitement égal, les supériorités d'esprit d'une femme m'ayant toujours si peu intéressé que si je les ai fait remarquer à l'une ou à l'autre, cela a été par pure politesse. Seul le curieux génie de Céleste m'eût peut-être plu[2]. Malgré moi, je souriais pendant quelques instants, quand, par exemple, ayant profité de ce qu'elle avait appris qu'Albertine n'était pas là, elle m'abordait par ces mots : « Divinité du ciel déposée sur un lit ! » Je disais : « Mais, voyons, Céleste, pourquoi "divinité du ciel" ? — Oh, si vous croyez que vous avez quelque chose de ceux qui voyagent sur notre vile terre, vous vous trompez bien ! — Mais pourquoi "déposé" sur un lit ? vous voyez bien que je suis couché. — Vous n'êtes jamais couché. A-t-on jamais vu personne couché ainsi ?

Vous êtes venu vous poser là. Votre pyjama en ce moment tout blanc, avec vos mouvements de cou, vous donne l'air d'une colombe. »

Albertine, même dans l'ordre des choses bêtes, s'exprimait tout autrement que la petite fille qu'elle était il y avait seulement quelques années, à Balbec. Elle allait jusqu'à déclarer, à propos d'un événement politique qu'elle blâmait : « Je trouve ça formidable », et je ne sais si ce ne fut vers ce temps-là qu'elle apprit à dire, pour signifier qu'elle trouvait un livre mal écrit : « C'est intéressant, mais, par exemple, c'est écrit *comme par un cochon.* »

La défense d'entrer chez moi, avant que j'eusse sonné, l'amusait beaucoup. Comme elle avait pris notre habitude familiale des citations et utilisait pour elle celles des pièces qu'elle avait jouées au couvent et que je lui avais dit aimer, elle me comparait toujours à Assuérus :

> *... La mort est le prix de tout audacieux*
> *Qui sans être appelé se présente à ses yeux.*
>
> *Rien ne met à l'abri de cet ordre fatal,*
> *Ni le rang, ni le sexe, et le crime est égal.*
>
> *Moi-même...*
> *Je suis à cette loi comme une autre soumise,*
> *Et sans le prévenir il faut pour lui parler*
> *Qu'il me cherche ou du moins qu'il me fasse appeler*[1].

Physiquement, elle avait changé aussi. Ses longs yeux bleus — plus allongés — n'avaient pas gardé la même forme ; ils avaient bien la même couleur, mais semblaient être passés à l'état liquide. Si bien que, quand elle les fermait, c'était comme quand avec des rideaux on empêche de voir la mer. C'est sans doute de cette partie d'elle-même que je me souvenais surtout, chaque nuit en la quittant. Car par exemple, tout au contraire, chaque matin, le crespelage de ses cheveux me causa longtemps la même surprise comme une chose nouvelle, que je n'aurais jamais vue. Et pourtant, au-dessus du regard souriant d'une jeune fille, qu'y a-t-il de plus beau que cette couronne bouclée de violettes noires ? Le sourire propose plus d'amitié ; mais les petits crochets vernis des cheveux en fleurs, plus parents de la chair dont ils semblent la transposition en vaguelettes, attrapent davantage le désir.

À peine entrée dans ma chambre, elle sautait sur le lit et quelquefois définissait mon genre d'intelligence, jurait dans un transport sincère qu'elle aimerait mieux mourir que me quitter : c'était les jours où je m'étais rasé avant de la faire venir. Elle était de ces femmes qui ne savent pas démêler la raison de ce qu'elles ressentent. Le plaisir que leur cause un teint frais, elles l'expliquent par les qualités morales de celui qui leur semble pour leur avenir présenter un bonheur, capable du reste de décroître et de devenir moins nécessaire au fur et à mesure qu'on laisse pousser sa barbe.

Je lui demandais où elle comptait aller. « Je crois qu'Andrée veut me mener aux Buttes-Chaumont que je ne connais pas. » Certes il m'était impossible de deviner entre tant d'autres paroles si sous celle-là un mensonge était caché. D'ailleurs j'avais confiance en Andrée pour me dire tous les endroits où elle allait avec Albertine. À Balbec, quand je m'étais senti trop las d'Albertine, j'avais compté dire mensongèrement à Andrée : « Ma petite Andrée, si seulement je vous avais revue plus tôt ! C'était vous que j'aurais aimée. Mais maintenant mon cœur est fixé ailleurs. Tout de même nous pouvons nous voir beaucoup, car mon amour pour une autre me cause de grands chagrins et vous m'aiderez à me consoler. » Or, ces mêmes paroles de mensonge étaient devenues vérité à trois semaines de distance. Peut-être Andrée avait-elle cru à Paris que c'était en effet un mensonge et que je l'aimais, comme elle l'aurait sans doute cru à Balbec. Car la vérité change tellement pour nous que les autres ont peine à s'y reconnaître. Et comme je savais qu'elle me raconterait tout ce qu'elles auraient fait, Albertine et elle, je lui avais demandé et elle avait accepté de venir la chercher presque chaque jour. Ainsi, je pourrais, sans souci, rester chez moi. Et ce prestige d'Andrée d'être une des filles de la petite bande me donnait confiance qu'elle obtiendrait tout ce que je voudrais d'Albertine. Vraiment, j'aurais pu lui dire maintenant en toute vérité qu'elle serait capable de me tranquilliser.

D'autre part, mon choix d'Andrée (laquelle se trouvait être à Paris, ayant renoncé à son projet de revenir à Balbec) comme guide de mon amie avait tenu à ce qu'Albertine me raconta de l'affection que son amie avait eue pour moi à Balbec, à un moment au contraire où je craignais de l'ennuyer, et si je l'avais su alors c'est peut-être Andrée que j'eusse aimée. « Comment, vous ne le saviez pas ? me dit Albertine, nous en plaisantions pourtant entre nous. Du reste, vous n'avez pas remarqué qu'elle s'était mise à prendre vos manières de parler, de raisonner ? Surtout quand elle venait de vous quitter, c'était frappant. Elle n'avait pas besoin de nous dire si elle vous avait vu. Quand elle arrivait, si elle venait d'auprès de vous, cela se voyait à la première seconde. Nous nous regardions entre nous et nous riions. Elle était comme un charbonnier qui voudrait faire croire qu'il n'est pas charbonnier, il est tout noir. Un meunier n'a pas besoin de dire qu'il est meunier, on voit bien toute la farine qu'il a sur lui, il y a encore la place des sacs qu'il a portés. Andrée, c'était la même chose, elle tournait ses sourcils comme vous, et puis son grand cou, enfin je ne peux pas vous dire. Quand je prends un livre qui a été dans votre chambre, je peux le lire dehors, on sait tout de même qu'il vient de chez vous parce qu'il garde quelque chose de vos sales fumigations. C'est un rien, je ne peux vous dire, mais c'est un rien, au fond, qui est assez gentil. Chaque fois que quelqu'un avait parlé de vous gentiment, avait eu l'air de faire grand cas de vous, Andrée était dans le ravissement. »

Malgré tout, pour éviter qu'il y eût quelque chose de préparé à mon insu, je conseillais d'abandonner pour ce jour-là les Buttes-Chaumont et d'aller plutôt à Saint-Cloud, ou ailleurs.

Ce n'est pas certes, je le savais, que j'aimasse Albertine le moins du monde. L'amour n'est peut-être que la propagation de ces remous qui, à la suite d'une émotion, émeuvent l'âme. Certains avaient remué mon âme tout entière quand Albertine m'avait parlé à Balbec de Mlle Vinteuil, mais ils étaient maintenant arrêtés. Je n'aimais plus Albertine, car il ne me restait plus rien de la souffrance, guérie maintenant, que j'avais eue dans le tram, à Balbec, en apprenant quelle avait été l'adolescence d'Albertine, avec des visites peut-être à Montjouvain. Tout cela, j'y avais trop longtemps pensé, c'était guéri. Mais par instants certaines manières de parler d'Albertine me faisaient supposer — je ne sais pourquoi — qu'elle avait dû recevoir dans sa vie encore si courte beaucoup de compliments, de déclarations, et les recevoir avec plaisir, autant dire avec sensualité. Ainsi elle disait à propos de

n'importe quoi : « C'est vrai ? c'est bien vrai ? » Certes,
si elle avait dit comme une Odette : « C'est bien vrai ce
gros mensonge-là ? » je ne m'en fusse pas inquiété, car
le ridicule même de la formule se fût expliqué par une
stupide banalité d'esprit de femme. Mais son air interrogateur : « C'est vrai ? » donnait, d'une part, l'étrange
impression d'une créature qui ne peut se rendre compte
des choses par elle-même, qui en appelle à votre
témoignage, comme si elle ne possédait pas les mêmes
facultés que vous (on lui disait : « Voilà une heure que
nous sommes partis », ou « Il pleut », elle demandait :
« C'est vrai ? »). Malheureusement, d'autre part, ce
manque de facilité à se rendre compte par soi-même des
phénomènes extérieurs ne devait pas être la véritable
origine de « C'est vrai ? c'est bien vrai ? » Il semblait
plutôt que ces mots eussent été, dès sa nubilité précoce,
des réponses à des : « Vous savez que je n'ai jamais trouvé
personne si joli que vous », « vous savez que j'ai un grand
amour pour vous, que je suis dans un état d'excitation
terrible », affirmations auxquelles répondaient, avec une
modestie coquettement consentante, ces « C'est vrai ? c'est
bien vrai ? », lesquels ne servaient plus à Albertine avec
moi qu'à répondre par une question à une affirmation telle
que : « Vous avez sommeillé plus d'une heure. — C'est
vrai ? »

Sans me sentir le moins du monde amoureux d'Albertine, sans faire figurer au nombre des plaisirs les moments
que nous passions ensemble, j'étais resté préoccupé de
l'emploi de son temps ; certes, j'avais fui Balbec pour être
certain qu'elle ne pourrait plus voir telle ou telle personne
avec laquelle j'avais tellement peur qu'elle ne fît le mal
en riant, peut-être en riant de moi, que j'avais adroitement
tenté de rompre d'un seul coup, par mon départ, toutes
ses mauvaises relations. Et Albertine avait une telle force
de passivité, une si grande faculté d'oublier et de se
soumettre que ces relations avaient été brisées en effet et
la phobie qui me hantait, guérie. Mais elle peut revêtir
autant de formes que le mal incertain qui est son objet.
Tant que ma jalousie ne s'était pas réincarnée en des êtres
nouveaux, j'avais eu après mes souffrances passées un
intervalle de calme. Mais à une maladie chronique, le
moindre prétexte sert pour renaître, comme d'ailleurs au
vice de l'être qui est cause de cette jalousie, la moindre

occasion peut servir pour s'exercer à nouveau (après une trêve de chasteté) avec des êtres différents. J'avais pu séparer Albertine de ses complices et par là exorciser mes hallucinations ; si on pouvait lui faire oublier les personnes, rendre brefs ses attachements, son goût du plaisir était, lui aussi, chronique et n'attendait peut-être qu'une occasion pour se donner cours. Or, Paris en fournit autant que Balbec.

Dans quelque ville que ce fût, elle n'avait pas besoin de chercher, car le mal n'était pas en Albertine seule, mais en d'autres pour qui toute occasion de plaisir est bonne. Un regard de l'une, aussitôt compris de l'autre, rapproche les deux affamées. Et il est facile à une femme adroite d'avoir l'air de ne pas voir, puis cinq minutes après d'aller vers la personne qui a compris et l'a attendue dans une rue de traverse, et en deux mots de donner un rendez-vous. Qui saura jamais ? Et il était si simple à Albertine de me dire, afin que cela continuât, qu'elle désirait revoir tel environ de Paris qui lui avait plu. Aussi suffisait-il qu'elle rentrât trop tard, que sa promenade eût duré un temps inexplicable, quoique peut-être très facile à expliquer sans faire intervenir aucune raison sensuelle, pour que mon mal renaquît, attaché cette fois à des représentations qui n'étaient pas de Balbec, et que je m'efforcerais, ainsi que les précédentes, de détruire, comme si la destruction d'une cause éphémère pouvait entraîner celle d'un mal congénital. Je ne me rendais pas compte que, dans ces destructions où j'avais pour complice, en Albertine, sa faculté de changer, son pouvoir d'oublier, presque de haïr, l'objet récent de son amour, je causais quelquefois une douleur profonde à tel ou tel de ces êtres inconnus avec qui elle avait pris successivement du plaisir, et que cette douleur, je la causais vainement, car ils seraient délaissés, mais remplacés, et parallèlement au chemin jalonné par tant d'abandons qu'elle commettrait à la légère, s'en poursuivrait pour moi un autre impitoyable, à peine interrompu de bien courts répits ; de sorte que ma souffrance ne pouvait, si j'avais réfléchi, finir qu'avec Albertine ou qu'avec moi. Même les premiers temps de notre arrivée à Paris, insatisfait des renseignements qu'Andrée et le chauffeur m'avaient donnés sur les promenades qu'ils faisaient avec mon amie, j'avais senti les environs de Paris aussi cruels que ceux de Balbec et j'étais parti quelques jours en voyage avec Albertine. Mais partout l'incertitude de ce qu'elle faisait était la même, les possibilités que ce fût le mal aussi nombreuses, la surveillance encore plus difficile, si bien que j'étais revenu avec elle à Paris. En réalité, en quittant Balbec, j'avais cru quitter Gomorrhe, en arracher Albertine ; hélas ! Gomorrhe était dispersée aux quatre coins du monde. Et, moitié par ma jalousie, moitié par ignorance de ces joies (cas qui est fort rare), j'avais réglé à mon insu cette partie de cache-cache où Albertine m'échapperait toujours.

Je l'interrogeais à brûle-pourpoint : « Ah ! à propos, Albertine, est-ce que je rêve, est-ce que vous ne m'aviez pas dit que vous connaissiez Gilberte Swann ? — Oui, c'est-à-dire qu'elle m'a parlé au cours, parce qu'elle avait les cahiers d'Histoire de France, elle a même été très gentille, elle me les a prêtés et je les lui ai rendus aussitôt que je l'ai vue. — Est-ce qu'elle est du genre de femmes que je n'aime pas ? — Oh ! pas du tout, tout le contraire. »

Mais, plutôt que de me livrer à ce genre de causeries investigatrices, je consacrais souvent à imaginer la promenade d'Albertine les forces que je n'employais pas à la faire, et parlais à mon amie avec cette ardeur que gardent intacte les projets inexécutés. J'exprimais une telle envie d'aller revoir tel vitrail de la Sainte-Chapelle, un tel regret de ne pas pouvoir le faire avec elle seule, que tendrement elle me disait : « Mais, mon petit, puisque cela a l'air de vous plaire tant, faites un petit effort, venez avec nous. Nous attendrons aussi tard que vous voudrez, jusqu'à ce que vous soyez prêt. D'ailleurs, si cela vous amuse plus d'être seul avec moi, je n'ai qu'à réexpédier Andrée chez elle, elle viendra une autre fois. » Mais ces prières mêmes de sortir ajoutaient au calme qui me permettait de rester à la maison.

Je ne songeais pas que l'apathie qu'il y avait à se décharger ainsi sur Andrée ou sur le chauffeur du soin de calmer mon agitation en leur laissant le soin de surveiller Albertine, ankylosait en moi, rendait inertes tous ces mouvements imaginatifs de l'intelligence, toutes ces inspirations de la volonté qui aident à deviner, à empêcher ce que va faire une personne. C'était d'autant plus dangereux que par nature le monde des possibles m'a toujours été plus ouvert que celui de la contingence réelle. Cela aide à connaître l'âme, mais on se laisse tromper par les individus. Ma jalousie naissait par des images, pour une souffrance, non d'après une probabilité. Or, il peut y avoir dans la vie des hommes et dans celle des peuples (et il devait y avoir un jour dans la mienne) un moment où on a besoin d'avoir en soi un préfet de police, un diplomate à claires vues, un chef de la Sûreté, qui au lieu de rêver aux possibles que recèle l'étendue jusqu'aux quatre points cardinaux, raisonne juste, se dit : « Si l'Allemagne déclare ceci, c'est qu'elle veut faire telle autre chose, non pas une autre chose dans le vague, mais bien précisément ceci ou cela qui est même peut-être déjà commencé. — Si telle personne s'est enfuie, ce n'est pas vers les buts *a*, *b*, *d*, mais vers le but *c*, et l'endroit où il faut opérer nos recherches est *etc.* » Hélas, cette faculté qui n'était pas très développée chez moi, je la laissais s'engourdir, perdre ses forces, disparaître en m'habituant à être calme du moment que d'autres s'occupaient de surveiller pour moi. Quant à la raison de ce désir, cela m'eût été désagréable de la dire à Albertine. Je lui disais que le médecin m'ordonnait de rester couché. Ce n'était pas vrai. Et cela l'eût-il été que ses prescriptions n'eussent pu m'empêcher d'accompagner mon amie. Je lui demandais la permission de ne pas venir avec elle et Andrée. Je ne dirai qu'une des raisons, qui était une raison de sagesse. Dès que je sortais avec Albertine, pour peu qu'un instant elle fût sans moi, j'étais inquiet, je me figurais que peut-être elle avait parlé à quelqu'un ou seulement regardé quelqu'un. Si elle n'était pas d'excellente humeur, je pensais que je lui faisais manquer ou remettre un projet. La réalité n'est jamais qu'une amorce à un inconnu sur la voie duquel nous ne pouvons aller bien loin. Il vaut mieux ne pas savoir, penser le moins possible, ne pas fournir à la jalousie le moindre détail concret. Malheureusement, à défaut de la vie extérieure, des incidents aussi sont amenés par la vie intérieure ; à défaut des promenades d'Albertine, les hasards rencontrés dans les réflexions que je faisais seul me fournissaient parfois de ces petits fragments de réel qui attirent à eux, à la façon d'un aimant, un peu d'inconnu qui, dès lors, devient douloureux. On a beau vivre sous l'équivalent d'une cloche pneumatique, les associations d'idées, les souvenirs continuent à jouer.

Mais ces heurts internes ne se produisaient pas tout de suite ; à peine Albertine était-elle partie pour sa promenade

que j'étais vivifié, fût-ce pour quelques instants, par les
exaltantes vertus de la solitude. Je prenais ma part des
plaisirs de la journée commençante ; le désir arbitraire — la
velléité capricieuse et purement mienne — de les goûter
n'eût pas suffi à les mettre à portée de moi si le temps
spécial qu'il faisait ne m'en avait non pas seulement évoqué
les images passées, mais affirmé la réalité actuelle,
immédiatement accessible à tous les hommes qu'une
circonstance contingente et par conséquent négligeable ne
forçait pas à rester chez eux. Certains beaux jours, il faisait
si froid, on était en si large communication avec la rue
qu'il semblait qu'on eût disjoint les murs de la maison,
et chaque fois que passait le tramway, son timbre résonnait
comme eût fait un couteau d'argent frappant une maison
de verre. Mais c'était surtout en moi que j'entendais avec
ivresse un son nouveau rendu par le violon intérieur. Ses
cordes sont serrées ou détendues par de simples différences
de la température, de la lumière extérieures. En notre être,
instrument que l'uniformité de l'habitude a rendu silencieux, le chant naît de ces écarts, de ces variations, source
de toute musique : le temps qu'il fait certains jours nous
fait aussitôt passer d'une note à une autre. Nous retrouvons
l'air oublié dont nous aurions pu deviner la nécessité
mathématique et que pendant les premiers instants nous
chantons sans le connaître. Seules ces modifications
internes, bien que venues du dehors, renouvelaient pour
moi le monde extérieur. Des portes de communication
depuis longtemps condamnées se rouvraient dans mon
cerveau. La vie de certaines villes, la gaieté de certaines
promenades reprenaient en moi leur place. Frémissant tout
entier autour de la corde vibrante, j'aurais sacrifié ma terne
vie d'autrefois et ma vie à venir, passées à la gomme à
effacer de l'habitude, pour cet état si particulier.

Si je n'étais pas allé accompagner Albertine dans sa
longue course, mon esprit n'en vagabonderait que
davantage et pour avoir refusé de goûter avec mes sens
cette matinée-là, je jouissais en imagination de toutes les
matinées pareilles, passées ou possibles, plus exactement
d'un certain type de matinées dont toutes celles du même
genre n'étaient que l'intermittente apparition et que j'avais
vite reconnu ; car l'air vif tournait de lui-même les pages
qu'il fallait, et je trouvais tout indiqué devant moi, pour
que je pusse le suivre de mon lit, l'évangile du jour. Cette

matinée idéale comblait mon esprit de réalité permanente, identique à toutes les matinées semblables, et me communiquait une allégresse que mon état de débilité ne diminuait pas : le bien-être résultant pour nous beaucoup moins de notre bonne santé que de l'excédent inemployé de nos forces, nous pouvons y atteindre, tout aussi bien qu'en augmentant celles-ci, en restreignant notre activité. Celle dont je débordais et que je maintenais en puissance dans mon lit, me faisait tressauter, intérieurement bondir, comme une machine qui, empêchée de changer de place, tourne sur elle-même.

Françoise venait allumer le feu et pour le faire prendre y jetait quelques brindilles dont l'odeur, oubliée pendant tout l'été, décrivait autour de la cheminée un cercle magique dans lequel, m'apercevant moi-même en train de lire tantôt à Combray, tantôt à Doncières, j'étais aussi joyeux, restant dans ma chambre à Paris, que si j'avais été sur le point de partir en promenade du côté de Méséglise ou de retrouver Saint-Loup et ses amis faisant du service en campagne. Il arrive souvent que le plaisir qu'ont tous les hommes à revoir les souvenirs que leur mémoire a collectionnés est plus vif par exemple chez ceux que la tyrannie du mal physique et l'espoir quotidien de sa guérison privent, d'une part, d'aller chercher dans la nature des tableaux qui ressemblent à ces souvenirs et, d'autre part, laissent assez confiants qu'ils le pourront bientôt faire, pour rester vis-à-vis d'eux en état de désir, d'appétit et ne pas les considérer seulement comme des souvenirs, comme des tableaux. Mais eussent-ils pu jamais n'être que cela pour moi et eussé-je pu en me les rappelant les revoir seulement, que soudain ils refaisaient en moi, de moi tout entier, par la vertu d'une sensation identique, l'enfant, l'adolescent qui les avait vus. Il n'y avait pas eu seulement changement de temps dehors, ou dans la chambre modification d'odeurs, mais en moi différence d'âge, substitution de personne. L'odeur dans l'air glacé des brindilles de bois, c'était comme un morceau du passé, une banquise invisible détachée d'un hiver ancien qui s'avançait dans ma chambre, souvent striée d'ailleurs par tel parfum, telle lueur, comme par des années différentes où je me retrouvais replongé, envahi avant même que je les eusse identifiées par l'allégresse d'espoirs abandonnés depuis longtemps. Le soleil venait jusqu'à mon lit et traversait la cloison transparente de mon corps aminci, me chauffait, me rendait brûlant comme du cristal. Alors, convalescent affamé qui se repaît déjà de tous les mets qu'on lui refuse encore, je me demandais si me marier avec Albertine ne gâcherait pas ma vie, tant en me faisant assumer la tâche trop lourde pour moi de me consacrer à un autre être, qu'en me forçant à vivre absent de moi-même à cause de sa présence continuelle et en me privant à jamais des joies de la solitude. Et pas de celles-là seulement. Même en ne demandant à la journée que des désirs, il en est certains — ceux que provoquent non plus les choses, mais les êtres — dont le caractère est d'être individuels. Aussi, si sortant de mon lit, j'allais écarter un instant le rideau de ma fenêtre, ce n'était pas seulement comme un musicien ouvre un instant son piano et pour vérifier si sur le balcon et dans la rue la lumière du soleil était exactement au même diapason que dans mon souvenir, c'était aussi pour apercevoir quelque blanchisseuse portant son panier à linge, une boulangère à tablier bleu, une laitière en bavette et manches de toile blanche tenant le crochet où sont suspendues les carafes de lait, quelque fière jeune fille blonde suivant son institutrice, une image enfin que les différences de lignes peut-être quantitativement insignifiantes suffisaient à faire aussi différente de toute autre que pour une phrase musicale la différence de deux notes, et sans la vision de laquelle j'aurais appauvri la journée des buts qu'elle pouvait proposer à mes désirs de bonheur. Mais si le surcroît de joie, apporté par la vue des femmes impossibles à imaginer *a priori*, me rendait plus désirables, plus dignes d'être explorés, la rue, la ville, le monde, il me donnait par là même la soif de guérir, de sortir et, sans Albertine, d'être libre. Que de fois, au moment où la femme inconnue dont j'allais rêver passait devant la maison, tantôt à pied, tantôt avec toute la vitesse de son automobile, je souffris que mon corps ne pût suivre mon regard qui la rattrapait et, tombant sur elle comme tiré de l'embrasure de ma fenêtre par une arquebuse, arrêter la fuite du visage dans lequel m'attendait l'offre d'un bonheur qu'ainsi cloîtré je ne goûterais jamais !

D'Albertine, en revanche, je n'avais plus rien à apprendre. Chaque jour, elle me semblait moins jolie. Seul le désir qu'elle excitait chez les autres, quand l'apprenant

je recommençais à souffrir et voulais la leur disputer, la
hissait à mes yeux sur un haut pavois. Elle était capable
de me causer de la souffrance, nullement de la joie. Par
la souffrance seule, subsistait mon ennuyeux attachement.
Dès qu'elle disparaissait, et avec elle le besoin de l'apaiser,
requérant toute mon attention comme une distraction
atroce, je sentais le néant qu'elle était pour moi, que je
devais être pour elle. J'étais malheureux que cet état durât
et, par moments, je souhaitais d'apprendre quelque chose
d'épouvantable qu'elle aurait fait, et qui eût été capable,
jusqu'à ce que je fusse guéri, de nous brouiller, ce qui
nous permettrait de nous réconcilier, de refaire différente
et plus souple la chaîne qui nous liait. En attendant, je
chargeais mille circonstances, mille plaisirs, de lui procurer
auprès de moi l'illusion de ce bonheur que je ne me sentais
pas capable de lui donner. J'aurais voulu dès ma guérison
partir pour Venise ; mais comment le faire si j'épousais
Albertine, moi si jaloux d'elle que, même à Paris, dès que
je me décidais à bouger, c'était pour sortir avec elle ?
Même quand je restais à la maison tout l'après-midi, ma
pensée la suivait dans sa promenade, décrivait un horizon
lointain, bleuâtre, engendrait autour du centre que j'étais
une zone mobile d'incertitude et de vague. « Combien
Albertine, me disais-je, m'épargnerait les angoisses de la
séparation si, au cours d'une de ces promenades, voyant
que je ne lui parlais plus de mariage, elle se décidait à
ne pas revenir, et partait chez sa tante sans que j'eusse
à lui dire adieu ! » Mon cœur, depuis que sa plaie se
cicatrisait, commençait à ne plus adhérer à celui de mon
amie ; je pouvais par l'imagination la déplacer, l'éloigner
de moi, sans souffrir. Sans doute, à défaut de moi-même
quelque autre serait son époux, et libre, elle aurait
peut-être de ces aventures qui me faisaient horreur. Mais
il faisait si beau, j'étais si certain qu'elle rentrerait le soir,
que même si cette idée de fautes possibles me venait à
l'esprit, je pouvais par un acte libre l'emprisonner dans
une partie de mon cerveau, où elle n'avait pas plus
d'importance que n'en auraient eu pour ma vie réelle les
vices d'une personne imaginaire ; faisant jouer les gonds
assouplis de ma pensée, j'avais, avec une énergie que je
sentais, dans ma tête, à la fois physique et mentale comme
un mouvement musculaire et une initiative spirituelle,
dépassé l'état de préoccupation habituelle où j'avais été

confiné jusqu'ici et commençais à me mouvoir à l'air libre, d'où tout sacrifier pour empêcher le mariage d'Albertine avec un autre et faire obstacle à son goût pour les femmes paraissait aussi déraisonnable à mes propres yeux qu'à ceux de quelqu'un qui ne l'eût pas connue. D'ailleurs la jalousie est de ces maladies intermittentes, dont la cause est capricieuse, impérative, toujours identique chez le même malade, parfois entièrement différente chez un autre. Il y a des asthmatiques qui ne calment leur crise qu'en ouvrant les fenêtres, en respirant le grand vent, un air pur sur les hauteurs, d'autres en se réfugiant au centre de la ville, dans une chambre enfumée. Il n'est guère de jaloux dont la jalousie n'admette certaines dérogations. Tel consent à être trompé pourvu qu'on le lui dise, tel autre pourvu qu'on le lui cache, en quoi l'un n'est guère moins absurde que l'autre, puisque si le second est plus véritablement trompé en ce qu'on lui dissimule la vérité, le premier réclame en cette vérité, l'aliment, l'extension, le renouvellement de ses souffrances.

Bien plus, ces deux manies inverses de la jalousie vont souvent au-delà des paroles, qu'elles implorent ou refusent les confidences. On voit des jaloux qui ne le sont que des hommes avec qui leur maîtresse a des relations loin d'eux, mais qui permettent qu'elle se donne à un autre homme qu'eux, si c'est avec leur autorisation, près d'eux, et, sinon même à leur vue, du moins sous leur toit. Ce cas est assez fréquent chez les hommes âgés amoureux d'une jeune femme. Ils sentent la difficulté de lui plaire, parfois l'impuissance de la contenter, et, plutôt que d'être trompés, préfèrent laisser venir chez eux, dans une chambre voisine, quelqu'un qu'ils jugent incapable de lui donner de mauvais conseils, mais non du plaisir. Pour d'autres c'est tout le contraire : ne laissant pas leur maîtresse sortir seule une minute dans une ville qu'ils connaissent, la tenant dans un véritable esclavage, ils lui accordent de partir un mois dans un pays qu'ils ne connaissent pas, où ils ne peuvent se représenter ce qu'elle fera. J'avais à l'égard d'Albertine ces deux sortes de manie calmante. Je n'aurais pas été jaloux si elle avait eu des plaisirs près de moi, encouragés par moi, que j'aurais tenus tout entiers sous ma surveillance, m'épargnant par là la crainte du mensonge ; je ne l'aurais peut-être pas été non plus si elle était partie dans un pays assez inconnu de moi et éloigné pour que je ne puisse imaginer, ni avoir la possibilité et la tentation de connaître son genre de vie. Dans les deux cas le doute eût été supprimé par une connaissance ou une ignorance également complètes.

La décroissance du jour me replongeant par le souvenir dans une atmosphère ancienne et fraîche, je la respirais avec les mêmes délices qu'Orphée l'air subtil, inconnu sur cette terre, des Champs Élysées[1]. Mais déjà la journée finissait et j'étais envahi par la désolation du soir. Regardant machinalement à la pendule combien d'heures se passeraient avant qu'Albertine rentrât, je voyais que j'avais encore le temps de m'habiller et de descendre demander à ma propriétaire, Mme de Guermantes, des indications pour certaines jolies choses de toilette que je voulais donner à mon amie. Quelquefois je rencontrais la duchesse dans la cour, sortant pour des courses à pied, même s'il faisait mauvais temps, avec un chapeau plat et une fourrure. Je savais très bien que pour nombre de gens intelligents elle n'était pas autre chose qu'une dame quelconque, le nom de duchesse de Guermantes ne signifiant rien maintenant qu'il n'y a plus de duchés ni de principautés, mais j'avais adopté un autre point de vue dans ma façon de jouir des êtres et des pays. Tous les châteaux des terres dont elle était duchesse, princesse, vicomtesse, cette dame en fourrure bravant le mauvais temps me semblait les porter avec elle, comme les personnages sculptés au linteau d'un portail tiennent dans leur main la cathédrale qu'ils ont construite, ou la cité qu'ils ont défendue. Mais ces châteaux, ces forêts, les yeux de mon esprit seul pouvaient les voir dans la main gantée de la dame en fourrure, cousine du roi. Ceux de mon corps n'y distinguaient, les jours où le temps menaçait, qu'un parapluie dont la duchesse ne craignait pas de s'armer. « On ne peut jamais savoir, c'est plus prudent, si je me trouve très loin et qu'une voiture me demande des prix trop *chers* pour moi. » Les mots « trop chers », « dépasser mes moyens » revenaient tout le temps dans la conversation de la duchesse, ainsi que ceux : « je suis trop pauvre », sans qu'on pût bien démêler si elle parlait ainsi parce qu'elle trouvait amusant de dire qu'elle était pauvre, étant si riche, ou parce qu'elle trouvait élégant, étant si aristocratique, c'est-à-dire affectant d'être une paysanne, de ne pas attacher à la richesse l'importance des gens qui ne sont que riches et qui méprisent les pauvres. Peut-être était-ce plutôt une habitude contractée d'une époque de sa vie où, déjà riche, mais insuffisamment pourtant eu égard à ce que coûtait l'entretien de tant de propriétés, elle éprouvait une certaine gêne d'argent qu'elle ne voulait pas avoir l'air de dissimuler. Les choses dont on parle le plus souvent en plaisantant, sont généralement au contraire celles qui ennuient, mais dont on ne veut pas avoir l'air d'être ennuyé, avec peut-être l'espoir inavoué de cet avantage supplémentaire que justement la personne avec qui on cause, vous entendant plaisanter de cela, croira que cela n'est pas vrai.

Mais le plus souvent à cette heure-là, je savais trouver la duchesse chez elle, et j'en étais heureux car c'était plus commode pour lui demander longuement les renseignements désirés par Albertine. Et j'y descendais sans presque penser combien il était extraordinaire que, chez cette mystérieuse Mme de Guermantes de mon enfance, j'allasse uniquement afin d'user d'elle pour une simple commodité pratique, comme on fait du téléphone, instrument surnaturel devant les miracles duquel on s'émerveillait jadis, et dont on se sert maintenant sans même y penser, pour faire venir son tailleur ou commander une glace.

Les brimborions de la parure causaient à Albertine de grands plaisirs. Je ne savais pas me refuser de lui en faire chaque jour un nouveau. Et chaque fois qu'elle m'avait parlé avec ravissement d'une écharpe, d'une étole, d'une ombrelle, que par la fenêtre, ou en passant dans la cour, de ses yeux qui distinguaient si vite tout ce qui se rapportait à l'élégance, elle avait vues au cou, sur les épaules, à la main de Mme de Guermantes, sachant que le goût naturellement difficile de la jeune fille (encore affiné par les leçons d'élégance que lui avait été la conversation d'Elstir) ne serait nullement satisfait par quelque simple à-peu-près, même d'une jolie chose, qui la remplace aux yeux du vulgaire, mais en diffère entièrement, j'allais en secret me faire expliquer par la duchesse où, comment, sur quel modèle, avait été confectionné ce qui avait plu à Albertine, comment je devais procéder pour obtenir exactement cela, en quoi consistait le secret du faiseur, le charme (ce qu'Albertine appelait « le chic », « le genre ») de sa manière, le nom précis — la beauté de

la matière ayant son importance — et la qualité des étoffes
dont je devais demander qu'on se servît.

Quand j'avais dit à Albertine, à notre arrivée de Balbec,
que la duchesse de Guermantes habitait en face de nous,
dans le même hôtel, elle avait pris, en entendant le grand
titre et le grand nom, cet air plus qu'indifférent, hostile,
méprisant, qui est le signe du désir impuissant chez les
natures fières et passionnées. Celle d'Albertine avait beau
être magnifique, les qualités qu'elle recelait ne pouvaient
se développer qu'au milieu de ces entraves que sont nos
goûts, ou ce deuil de ceux de nos goûts auxquels nous
avons été obligés de renoncer — comme pour Albertine
le snobisme : c'est ce qu'on appelle des haines. Celle
d'Albertine pour les gens du monde tenait, du reste, très
peu de place en elle et me plaisait par un côté esprit de
révolution — c'est-à-dire amour malheureux de la
noblesse — inscrit sur la face opposée du caractère français
où est le genre aristocratique de Mme de Guermantes.
Ce genre aristocratique, Albertine, par impossibilité de
l'atteindre, ne s'en serait peut-être pas souciée, mais s'étant
rappelé qu'Elstir lui avait parlé de la duchesse comme de
la femme de Paris qui s'habillait le mieux, le dédain
républicain à l'égard d'une duchesse fit place chez mon
amie à un vif intérêt pour une élégante. Elle me demandait
souvent des renseignements sur Mme de Guermantes et
aimait que j'allasse chercher chez la duchesse des conseils
de toilette pour elle-même. Sans doute j'aurais pu les
demander à Mme Swann, et même je lui écrivis une fois
dans ce but. Mais Mme de Guermantes me semblait
pousser plus loin encore l'art de s'habiller. Si, descendant
un moment chez elle, après m'être assuré qu'elle n'était
pas sortie et ayant prié qu'on m'avertît dès qu'Albertine
serait rentrée, je trouvais la duchesse ennuagée dans la
brume d'une robe en crêpe de Chine gris, j'acceptais cet
aspect que je sentais dû à des causes complexes et qui n'eût
pu être changé, je me laissais envahir par l'atmosphère
qu'il dégageait, comme la fin de certaines après-midi
ouatée en gris perle par un brouillard vaporeux ; si, au
contraire, cette robe de chambre était chinoise avec des
flammes jaunes et rouges, je la regardais comme un
couchant qui s'allume ; ces toilettes n'étaient pas un décor
quelconque, remplaçable à volonté, mais une réalité

donnée et poétique comme est celle du temps qu'il fait, comme est la lumière spéciale à une certaine heure.

De toutes les robes ou robes de chambre que portait Mme de Guermantes, celles qui semblaient le plus répondre à une intention déterminée, être pourvues d'une signification spéciale, c'étaient ces robes que Fortuny[1] a faites d'après d'antiques dessins de Venise. Est-ce leur caractère historique, est-ce plutôt le fait que chacune est unique qui lui donne un caractère si particulier que la pose de la femme qui les porte en vous attendant, en causant avec vous, prend une importance exceptionnelle, comme si ce costume avait été le fruit d'une longue délibération et comme si cette conversation se détachait de la vie courante comme une scène de roman ? Dans ceux de Balzac on voit des héroïnes revêtir à dessein telle ou telle toilette, le jour où elles doivent recevoir tel visiteur[2]. Les toilettes d'aujourd'hui n'ont pas tant de caractère, exception faite pour les robes de Fortuny. Aucun vague ne peut subsister dans la description du romancier puisque cette robe existe réellement, que les moindres dessins en sont aussi naturellement fixés que ceux d'une œuvre d'art. Avant de revêtir celle-ci ou celle-là, la femme a eu à faire un choix entre deux robes non pas à peu près pareilles, mais profondément individuelles chacune, et qu'on pourrait nommer.

Mais la robe ne m'empêchait pas de penser à la femme. Mme de Guermantes même me sembla à cette époque plus agréable qu'au temps où je l'aimais encore. Attendant moins d'elle (que je n'allais plus voir pour elle-même), c'est presque avec la tranquille sans-gêne qu'on a, quand on est tout seul, les pieds sur les chenets, que je l'écoutais comme j'aurais lu un livre écrit en langage d'autrefois. J'avais assez de liberté d'esprit pour goûter dans ce qu'elle disait cette grâce française si pure qu'on ne trouve plus, ni dans le parler, ni dans les écrits du temps présent. J'écoutais sa conversation comme une chanson populaire délicieusement française, je comprenais que je l'eusse entendue se moquer de Maeterlinck (qu'elle admirait d'ailleurs maintenant par faiblesse d'esprit de femme, sensible à ces modes littéraires dont les rayons viennent tardivement), comme je comprenais que Mérimée se moquât de Baudelaire, Stendhal de Balzac, Paul-Louis Courier de Victor Hugo, Meilhac de Mallarmé[3]. Je

comprenais bien que le moqueur avait une pensée bien
restreinte auprès de celui dont il se moquait, mais aussi
un vocabulaire plus pur. Celui de Mme de Guermantes,
presque autant que celui de la mère de Saint-Loup, l'était
à un point qui enchantait. Ce n'est pas dans les froids
pastiches des écrivains d'aujourd'hui qui disent *au fait*
(pour *en réalité*), *singulièrement* (pour *en particulier*), *étonné*
(pour *frappé de stupeur*), etc., etc., qu'on retrouve le vieux
langage et la vraie prononciation des mots, mais en causant
avec une Mme de Guermantes ou une Françoise. J'avais
appris de la deuxième, dès l'âge de cinq ans, qu'on ne
dit pas le Tarn, mais le Tar, pas le Béarn, mais le Béar.
Ce qui fit qu'à vingt ans, quand j'allai dans le monde, je
n'eus pas à y apprendre qu'il ne fallait pas dire, comme
faisait Mme Bontemps : Madame de Béar*n*.

Je mentirais en disant que ce côté terrien et quasi paysan
qui restait en elle, la duchesse n'en avait pas conscience
et ne mettait pas une certaine affectation à le montrer. Mais
de sa part, c'était moins fausse simplicité de grande dame
qui joue la campagnarde et orgueil de duchesse qui fait
la nique aux dames riches méprisantes des paysans qu'elles
ne connaissent pas, que goût quasi artistique d'une femme
qui sait le charme de ce qu'elle possède et ne va pas le
gâter d'un badigeon moderne. C'est de la même façon que
tout le monde a connu à Dives un restaurateur normand,
propriétaire de *Guillaume-le-Conquérant*[1], qui s'était bien
gardé — chose très rare — de donner à son hôtellerie
le luxe moderne d'un hôtel et qui, lui-même millionnaire,
gardait le parler, la blouse d'un paysan normand et vous
laissait venir le voir faire lui-même dans la cuisine, comme
à la campagne, un dîner qui n'en était pas moins infiniment
meilleur et encore plus cher que dans les plus grands
palaces.

Toute la sève locale qu'il y a dans les vieilles familles
aristocratiques ne suffit pas, il faut qu'il y naisse un être
assez intelligent pour ne pas la dédaigner, pour ne pas
l'effacer sous le vernis mondain. Mme de Guermantes,
malheureusement spirituelle et Parisienne et qui, quand
je la connus, ne gardait plus de son terroir que l'accent,
avait du moins, quand elle voulait peindre sa vie de jeune
fille, trouvé pour son langage (entre ce qui eût semblé
trop involontairement provincial, ou au contraire artificiellement lettré) un de ces compromis qui font l'agrément

de *La Petite Fadette* de George Sand ou de certaines
légendes rapportées par Chateaubriand dans les *Mémoires
d'outre-tombe*[1]. Mon plaisir était surtout de lui entendre
conter quelque histoire qui mettait en scène des paysans
avec elle. Les noms anciens, les vieilles coutumes,
donnaient à ces rapprochements entre le château et le
village quelque chose d'assez savoureux. Demeurée en
contact avec les terres où elle était souveraine, une certaine
aristocratie reste régionale, de sorte que le propos le plus
simple fait se dérouler devant nos yeux toute une carte
historique et géographique de l'histoire de France.

S'il n'y avait aucune affectation, aucune volonté de
fabriquer un langage à soi, alors cette façon de prononcer
était un vrai musée d'histoire de France par la conversation. « Mon grand-oncle Fitt-jam » n'avait rien qui
étonnait, car on sait que les Fitz-James proclament
volontiers qu'ils sont de grands seigneurs français[2] et ne
veulent pas qu'on prononce leur nom à l'anglaise. Il faut,
du reste, admirer la touchante docilité des gens qui avaient
cru jusque-là devoir s'appliquer à prononcer grammaticale-
ment certains noms et qui, brusquement, après avoir
entendu la duchesse de Guermantes les dire autrement,
s'appliquaient à la prononciation qu'ils n'avaient pu
supposer. Ainsi, la duchesse ayant eu un arrière-grand-père
auprès du comte de Chambord, pour taquiner son mari
d'être devenu orléaniste, aimait à proclamer : « Nous les
vieux de Frochedorf. » Le visiteur qui avait cru bien faire
en disant jusque-là « Frohsdorf[3] » tournait casaque au plus
court et disait sans cesse « Frochedorf ».

Une fois que je demandais à Mme de Guermantes qui
était un jeune homme exquis qu'elle m'avait présenté
comme son neveu et dont j'avais mal entendu le nom, ce
nom, je ne le distinguai pas davantage quand, du fond de
sa gorge, la duchesse émit très fort, mais sans articuler :
« C'est l'... i Éon, frère à Robert. Il prétend qu'il a
la forme du crâne des anciens Gallois. » Alors je compris
qu'elle avait dit : c'est le petit Léon (le prince de Léon,
beau-frère, en effet, de Robert de Saint-Loup). « En tout
cas, je ne sais pas s'il en a le crâne, ajouta-t-elle, mais sa
façon de s'habiller, qui a du reste beaucoup de chic, n'est
guère de là-bas. Un jour que, de Josselin où j'étais chez
les Rohan, nous étions allés à un pèlerinage, il était venu
des paysans d'un peu toutes les parties de la Bretagne. Un

grand diable de villageois du Léon regardait avec
ébahissement les culottes beiges du beau-frère de Robert.
"Qu'est-ce que tu as à me regarder ? je parie que tu ne
sais pas qui je suis", lui dit Léon. Et comme le paysan
disait que non : "Hé bien, je suis ton prince. — Ah !"
répondit le paysan en se découvrant et en s'excusant, "je
vous avais pris pour un englische." Et si, profitant de
ce point de départ, je poussais Mme de Guermantes sur
les Rohan (avec qui sa famille s'était souvent alliée), sa
conversation s'imprégnait un peu du charme mélancolique
des pardons et, comme dirait ce vrai poète qu'est
Pampille, "de l'âpre saveur des crêpes de blé noir cuites
sur un feu d'ajoncs[1]". »

Du marquis du Lau (dont on sait la triste fin, quand,
sourd, il se faisait porter chez Mme H***, aveugle), elle
contait les années moins tragiques quand, après la chasse,
à Guermantes, il se mettait en chaussons pour prendre le
thé avec le roi d'Angleterre, auquel il ne se trouvait pas
inférieur, et avec lequel, on le voit, il ne se gênait pas[2].
Elle faisait remarquer cela avec tant de pittoresque qu'elle
lui ajoutait le panache à la mousquetaire des gentilshom-
mes un peu glorieux du Périgord.

D'ailleurs, même dans la simple qualification des gens,
avoir soin de différencier les provinces était pour Mme de
Guermantes, restée elle-même, un grand charme que
n'aurait jamais su avoir une Parisienne d'origine, et ces
simples noms d'Anjou, de Poitou, du Périgord, refaisaient
dans sa conversation des paysages.

Pour en revenir à la prononciation et au vocabulaire
de Mme de Guermantes, c'est par ce côté que la noblesse
se montre vraiment conservatrice, avec tout ce que ce mot
a à la fois d'un peu puéril, d'un peu dangereux, de
réfractaire à l'évolution, mais aussi d'amusant pour
l'artiste. Je voulais savoir comment on écrivait autrefois
le mot Jean. Je l'appris en recevant une lettre du neveu
de Mme de Villeparisis, qui signe — comme il a été
baptisé, comme il figure dans le Gotha — Jehan de
Villeparisis, avec la même belle *h* inutile, héraldique, telle
qu'on l'admire, enluminée de vermillon ou d'outre-mer,
dans un livre d'heures ou dans un vitrail.

Malheureusement, je n'avais pas le temps de prolonger
indéfiniment ces visites car je voulais, autant que possible,
ne pas rentrer après mon amie. Or, ce n'était jamais qu'au

compte-gouttes que je pouvais obtenir de Mme de Guermantes les renseignements sur ses toilettes, lesquels m'étaient utiles pour faire faire des toilettes du même genre, dans la mesure où une jeune fille peut les porter, pour Albertine.

« Par exemple, madame, le jour où vous deviez dîner chez Mme de Saint-Euverte avant d'aller chez la princesse de Guermantes, vous aviez une robe toute rouge, avec des souliers rouges, vous étiez inouïe, vous aviez l'air d'une espèce de grande fleur de sang, d'un rubis en flammes, comment cela s'appelait-il ? Est-ce qu'une jeune fille peut mettre ça ? »

La duchesse rendant à son visage fatigué la radieuse expression qu'avait la princesse des Laumes quand Swann lui faisait jadis des compliments, regarda en riant aux larmes, d'un air moqueur, interrogatif et ravi, M. de Bréauté, toujours là à cette heure, et qui faisait tiédir sous son monocle un sourire indulgent pour cet amphigouri de l'intellectuel à cause de l'exaltation physique de jeune homme qu'il lui semblait cacher. La duchesse avait l'air de dire : « Qu'est-ce qu'il a ? il est fou. » Puis, se tournant vers moi d'un air câlin : « Je ne savais pas que j'avais l'air d'un rubis en flammes ou d'une fleur de sang, mais je me rappelle en effet que j'ai eu une robe rouge : c'était du satin rouge comme on en faisait à ce moment-là. Oui, une jeune fille peut porter ça à la rigueur, mais vous m'avez dit que la vôtre ne sortait pas le soir. C'est une robe de grande soirée, cela ne peut **pas** se mettre pour faire des visites. »

Ce qui est extraordinaire, c'est que de cette soirée, en somme pas si ancienne, Mme de Guermantes ne se rappelât que sa toilette et eût oublié une certaine chose qui cependant, on va le voir, aurait dû lui tenir à cœur. Il semble que chez les êtres d'action, et les gens du monde sont des êtres d'action (minuscules, microscopiques, mais enfin des êtres d'action), l'esprit surmené par l'attention à ce qui se passera dans une heure, ne confie que très peu de chose à la mémoire. Bien souvent, par exemple, ce n'était pas pour donner le change et paraître ne pas s'être trompé que M. de Norpois, quand on lui parlait de pronostics qu'il avait émis au sujet d'une alliance allemande qui n'avait même pas abouti, disait : « Vous devez vous tromper, je ne me rappelle pas du tout, cela ne me ressemble pas, car dans ces sortes de conversations je suis toujours très laconique et je n'aurais jamais prédit le succès d'un de ces coups d'éclat qui ne sont souvent que des coups de tête et dégénèrent habituellement en coups de force. Il est indéniable que, dans un avenir lointain, un rapprochement franco-allemand pourrait s'effectuer qui serait très profitable aux deux pays et dont la France ne serait pas le mauvais marchand, je le pense, mais je n'en ai jamais parlé, parce que la poire n'est pas mûre encore et, si vous voulez mon avis, en demandant à nos anciens ennemis de convoler avec nous en justes noces, je crois que nous irions au-devant d'un gros échec et ne recevrions que de mauvais coups. » En disant cela, M. de Norpois ne mentait pas, il avait simplement oublié. On oublie du reste vite ce qu'on n'a pas pensé avec profondeur, ce qui vous a été dicté par l'imitation, par les passions environnantes. Elles changent et avec elles se modifie notre souvenir. Encore plus que les diplomates les hommes politiques ne se souviennent pas du point de vue auquel ils se sont placés à un certain moment, et quelques-unes de leurs palinodies tiennent moins à un excès d'ambition qu'à un manque de mémoire. Quant aux gens du monde, ils se souviennent de peu de chose.

Mme de Guermantes me soutint qu'à la soirée où elle était en robe rouge, elle ne se rappelait pas qu'il y eût Mme de Chaussepierre[1], que je me trompais certainement. Or, Dieu sait pourtant si, depuis, les Chaussepierre avaient occupé l'esprit du duc et même de la duchesse ! Voici pour quelle raison. M. de Guermantes était le plus ancien vice-président du Jockey quand le président mourut. Certains membres du cercle qui n'ont pas de relations et dont le seul plaisir est de donner des boules noires aux gens qui ne les invitent pas, firent campagne contre le duc de Guermantes qui, sûr d'être élu, et assez négligent quant à cette présidence qui était peu de chose relativement à sa situation mondaine, ne s'occupa de rien. On fit valoir que la duchesse était dreyfusarde (l'affaire Dreyfus était pourtant terminée depuis longtemps, mais vingt ans après on en parlait encore, et elle ne l'était que depuis deux ans[2]), recevait les Rothschild, qu'on favorisait trop depuis quelque temps de grands potentats internationaux comme était le duc de Guermantes, à moitié Allemand. La campagne trouva un terrain très favorable, les clubs

jalousent toujours beaucoup les gens très en vue et
détestent les grandes fortunes. Celle de Chaussepierre
n'était pas mince, mais personne ne pouvait s'en offusquer,
il ne dépensait pas un sou, l'appartement du couple était
modeste, la femme allait vêtue de laine noire. Folle de
musique, elle donnait bien de petites matinées où étaient
invitées beaucoup plus de chanteuses que chez les
Guermantes. Mais personne n'en parlait, tout cela se
passait sans rafraîchissements, le mari même absent, dans
l'obscurité de la rue de la Chaise. À l'Opéra, Mme de
Chaussepierre passait inaperçue, toujours avec des gens
dont le nom évoquait le milieu le plus « ultra » de
l'intimité de Charles X, mais des gens effacés, peu
mondains. Le jour de l'élection, à la surprise générale,
l'obscurité triompha de l'éblouissement, Chaussepierre,
deuxième vice-président, fut nommé président du Jockey,
et le duc de Guermantes resta sur le carreau, c'est-à-dire
premier vice-président. Certes, être président du Jockey
ne représente pas grand-chose à des princes de premier
rang comme étaient les Guermantes. Mais ne pas l'être
quand c'est votre tour, se voir préférer un Chaussepierre
à la femme de qui Oriane, non seulement ne rendait pas
son salut deux ans auparavant, mais allait jusqu'à se
montrer offensée d'être saluée par cette chauve-souris
inconnue, c'était dur pour le duc. Il prétendait être
au-dessus de cet échec, assurant d'ailleurs que c'était à sa
vieille amitié pour Swann qu'il le devait. En réalité, il ne
décolérait pas. Chose assez particulière, on n'avait jamais
entendu le duc de Guermantes se servir de l'expression
assez banale : « bel et bien », mais depuis l'élection du
Jockey, dès qu'on parlait de l'affaire Dreyfus, « bel et
bien » surgissait : « Affaire Dreyfus, affaire Dreyfus, c'est
bientôt dit et le terme est impropre ; ce n'est pas une affaire
de religion, mais *bel et bien* une affaire politique. » Cinq
ans pouvaient passer sans qu'on entendît « bel et bien »
si pendant ce temps on ne parlait pas de l'affaire Dreyfus,
mais si les cinq ans passés le nom de Dreyfus revenait,
aussitôt « bel et bien » arrivait automatiquement. Le duc
ne pouvait plus du reste souffrir qu'on parlât de cette
affaire « qui a causé, disait-il, tant de malheurs », bien
qu'il ne fût en réalité sensible qu'à un seul, son échec à
la présidence du Jockey.

Aussi, l'après-midi dont je parle et où je rappelai à

Mme de Guermantes la robe rouge qu'elle portait à la
soirée de sa cousine, M. de Bréauté fut assez mal reçu
quand, voulant dire quelque chose, par une association
d'idées restée obscure et qu'il ne dévoila pas, il commença
en faisant manœuvrer sa langue dans la pointe de sa
bouche en cul de poule : « À propos de l'affaire
Dreyfus... » (pourquoi de l'affaire Dreyfus ? il s'agissait
seulement d'une robe rouge et certes le pauvre Bréauté,
qui ne pensait jamais qu'à faire plaisir, n'y mettait aucune
malice). Mais le seul nom de Dreyfus fit se froncer les
sourcils jupitériens du duc de Guermantes. « On m'a
raconté, dit Bréauté, un assez joli mot, ma foi très fin, de
notre ami Cartier (prévenons le lecteur que ce Cartier,
frère de Mme de Villefranche, n'avait pas l'ombre de
rapport avec le bijoutier du même nom !), ce qui du reste
ne m'étonne pas, car il a de l'esprit à revendre. — Ah !
interrompit Oriane, ce n'est pas moi qui l'achèterai. Je ne
peux pas vous dire ce que votre Cartier m'a toujours
embêtée, et je n'ai jamais pu comprendre le charme infini
que Charles de la Trémoïlle et sa femme trouvent à ce
raseur que je rencontre chez eux chaque fois que j'y vais.
— Ma ière duiesse, répondit Bréauté qui prononçait
difficilement les *c*, je vous trouve bien sévère pour Cartier.
Il est vrai qu'il a peut-être pris un pied un peu excessif
chez les La Trémoïlle, mais enfin c'est pour Iarles une
espèce, comment dirai-je, une espèce de fidèle Achate[1],
ce qui est devenu un oiseau assez rare par le temps qui
court. En tout cas, voilà le mot qu'on m'a rapporté. Cartier
aurait dit que si M. Zola avait cherché à avoir un procès
et à se faire condamner, c'était pour éprouver une
sensation qu'il ne connaissait pas encore, celle d'être en
prison[2]. — Aussi a-t-il pris la fuite avant d'être arrêté,
interrompit Oriane. Cela ne tient pas debout. D'ailleurs,
même si c'était vraisemblable, je trouve le mot carrément
idiot. Si c'est ça que vous trouvez spirituel ! — Mon Dieu
ma ière Oriane », répondit Bréauté qui se voyant contredit
commençait à lâcher pied, « le mot n'est pas de moi, je
vous le répète tel qu'on me l'a dit, prenez-le pour ce qu'il
vaut. En tout cas, il a été cause que M. Cartier a été tancé
d'importance par cet excellent La Trémoïlle qui avec
beaucoup de raison ne veut jamais qu'on parle dans son
salon de ce que j'appellerai, comment dire ? les affaires
en cours, et qui était d'autant plus contrarié qu'il y avait

là Mme Alphonse Rothschild. Cartier a eu à subir de la part de La Trémoïlle une véritable mercuriale. — Bien entendu, dit le duc de fort mauvaise humeur, les Alphonse Rothschild, bien qu'ayant le tact de ne jamais parler de cette abominable affaire, sont dreyfusards dans l'âme, comme tous les Juifs. C'est même là un argument *ad hominem* (le duc employait un peu à tort et à travers l'expression *ad hominem*) qu'on ne fait pas assez valoir pour montrer la mauvaise foi des Juifs. Si un Français vole, assassine, je ne me crois pas tenu parce qu'il est français comme moi de le trouver innocent. Mais les Juifs n'admettront jamais qu'un de leurs concitoyens soit traître, bien qu'ils le sachent parfaitement, et se soucient fort peu des effroyables répercussions (le duc pensait naturellement à l'élection maudite de Chaussepierre) que le crime d'un des leurs peut amener jusque... Voyons, Oriane, vous n'allez pas prétendre que ce n'est pas accablant pour les Juifs ce fait qu'ils soutiennent tous un traître. Vous n'allez pas me dire que ce n'est pas parce qu'ils sont juifs. — Mon Dieu si, répondit Oriane (éprouvant avec un peu d'agacement un certain désir de résister au Jupiter tonnant et aussi de mettre « l'intelligence » au-dessus de l'affaire Dreyfus). Mais c'est peut-être justement parce qu'étant juifs et se connaissant eux-mêmes, ils savent qu'on peut être juif et ne pas être forcément traître et anti-français, comme le prétend, paraît-il, M. Drumont[1]. Certainement s'il avait été chrétien, les Juifs ne se seraient pas intéressés à lui mais ils l'ont fait parce qu'ils sentent bien que s'il n'était pas juif, on ne l'aurait pas cru si facilement traître *"a priori"*, comme dirait mon neveu Robert. — Les femmes n'entendent rien à la politique, s'écria le duc en fixant des yeux la duchesse. Car ce crime affreux n'est pas simplement une cause juive, mais *bel et bien* une immense affaire nationale qui peut amener les plus effroyables conséquences pour la France d'où on devrait expulser tous les Juifs, bien que je reconnaisse que les sanctions prises jusqu'ici l'aient été (d'une façon ignoble qui devrait être révisée) non contre eux, mais contre leurs adversaires les plus éminents, contre des hommes de premier ordre, laissés à l'écart pour le malheur de notre pauvre pays. »

Je sentais que cela allait se gâter et je me remis précipitamment à parler robes.

« Vous rappelez-vous, madame, dis-je, la première fois

que vous avez été aimable avec moi ? — La première fois
que j'ai été aimable avec lui », reprit-elle en regardant
en riant M. de Bréauté, dont le bout du nez s'amenuisait,
dont le sourire s'attendrissait par politesse pour Mme de
Guermantes et dont la voix de couteau qu'on est en train
de repasser fit entendre quelques sons vagues et rouillés.
« Vous aviez une robe jaune avec de grandes fleurs noires.
— Mais, mon petit, c'est la même chose, ce sont des robes
de soirée. — Et votre chapeau de bleuets que j'ai tant
aimé ! Mais enfin tout cela c'est du rétrospectif. Je voudrais
faire faire à la jeune fille en question un manteau de
fourrure comme celui que vous aviez hier matin. Est-ce
que ce serait impossible que je le visse ? — Non, Hannibal
est obligé de s'en aller dans un instant. Vous viendrez chez
moi et ma femme de chambre vous montrera tout ça.
Seulement, mon petit, je veux bien vous prêter tout ce
que vous voudrez, mais si vous faites faire des toilettes
de Callot, de Doucet, de Paquin[1] par de petites couturières, cela ne sera jamais la même chose. — Mais je ne
veux pas du tout aller chez une petite couturière, je sais
très bien que ce sera autre chose, mais cela m'intéresserait
de comprendre pourquoi ce sera autre chose. — Mais vous
savez bien que je ne sais rien expliquer, moi, je suis *eun*
bête, je parle comme une paysanne. C'est une question
de tour de main, de façon ; pour les fourrures je peux au
moins vous donner un mot pour mon fourreur qui de cette
façon ne vous volera pas. Mais vous savez que ça vous
coûtera encore huit ou neuf mille francs. — Et cette robe
de chambre qui sent si mauvais, que vous aviez l'autre soir
et qui est sombre, duveteuse, tachetée, striée d'or comme
une aile de papillon ? — Ah ! ça, c'est une robe de Fortuny.
Votre jeune fille peut très bien mettre cela chez elle. J'en
ai beaucoup, je vais vous en montrer, je peux même vous
en donner si cela vous fait plaisir. Mais je voudrais surtout
que vous vissiez celle de ma cousine Talleyrand. Il faut
que je lui écrive de me la prêter. — Mais vous aviez aussi
des souliers si jolis, était-ce encore de Fortuny ? — Non,
je sais ce que vous voulez dire, c'est du chevreau doré
que nous avions trouvé à Londres, en faisant des courses
avec Consuelo de Manchester[2]. C'était extraordinaire. Je
n'ai jamais pu comprendre comme c'était doré, on dirait
une peau d'or. Il n'y a que cela avec un petit diamant au
milieu. La pauvre duchesse de Manchester est morte, mais

si ça vous fait plaisir, j'écrirai à Mme de Warwick ou à Mme Marlborough pour tâcher d'en retrouver de pareils. Je me demande même si je n'ai pas encore de cette peau. On pourrait peut-être en faire faire ici. Je regarderai ce soir, je vous le ferai dire. »

Comme je tâchais autant que possible de quitter la duchesse avant qu'Albertine fût revenue, l'heure faisait souvent que je rencontrais dans la cour, en sortant de chez Mme de Guermantes, M. de Charlus et Morel qui allaient prendre le thé chez... Jupien, suprême faveur pour le baron ! Je ne les croisais pas tous les jours mais ils y allaient tous les jours. Il est du reste à remarquer que la constance d'une habitude est d'ordinaire en rapport avec son absurdité. Les choses éclatantes on ne les fait généralement que par à-coups. Mais des vies insensées, où le maniaque se prive lui-même de tous les plaisirs et s'inflige les plus grands maux, ces vies sont ce qui change le moins. Tous les dix ans, si l'on en avait eu la curiosité, on retrouverait le malheureux dormant aux heures où il pourrait vivre, sortant aux heures où il n'y a guère rien d'autre à faire qu'à se laisser assassiner dans les rues, buvant glacé quand il a chaud, toujours en train de soigner un rhume. Il suffirait d'un petit mouvement d'énergie, un seul jour, pour changer cela une fois pour toutes. Mais justement ces vies sont habituellement l'apanage d'êtres incapables d'énergie. Les vices sont un autre aspect de ces existences monotones que la volonté suffirait à rendre moins atroces. Les deux aspects pouvaient être également considérés quand M. de Charlus allait tous les jours avec Morel prendre le thé chez Jupien. Un seul orage avait marqué cette coutume quotidienne. La nièce du giletier ayant dit un jour à Morel : « C'est cela, venez demain, je vous paierai le thé », le baron avait avec raison trouvé cette expression bien vulgaire pour une personne dont il comptait faire presque sa belle-fille, mais comme il aimait à froisser et se grisait de sa propre colère, au lieu de dire simplement à Morel qu'il le priait de lui donner à cet égard une leçon de distinction, tout le retour s'était passé en scènes violentes. Sur le ton le plus insolent, le plus orgueilleux : « Le "toucher", qui, je le vois, n'est pas forcément allié au "tact", a donc empêché chez vous le développement normal de l'odorat, puisque vous avez toléré que cette expression fétide de payer le thé, à quinze centimes je suppose, fît monter son odeur de vidanges jusqu'à mes royales narines ? Quand vous avez fini un solo de violon, avez-vous jamais vu chez moi qu'on vous récompensât d'un pet, au lieu d'un applaudissement frénétique ou d'un silence plus éloquent encore parce qu'il est fait de la peur de ne pouvoir retenir non ce que votre fiancée nous prodigue mais le sanglot que vous avez amené au bord des lèvres ? »

Quand un fonctionnaire s'est vu infliger de tels reproches par son chef, il est invariablement dégommé le lendemain. Rien au contraire n'eût été plus cruel à M. de Charlus que de congédier Morel et, craignant même d'avoir été un peu trop loin, il se mit à faire de la jeune fille des éloges minutieux, pleins de goût, involontairement semés d'impertinences. « Elle est charmante. Comme vous êtes musicien, je pense qu'elle vous a séduit par la voix qu'elle a très belle dans les notes hautes où elle semble attendre l'accompagnement de votre *si* dièse. Son registre grave me plaît moins et cela doit être en rapport avec le triple recommencement de son cou étrange et mince qui semble finir, s'élève encore ; en elle, plutôt que des détails médiocres, c'est sa silhouette qui m'agrée. Et comme elle est couturière et doit savoir jouer des ciseaux, il faut qu'elle me donne une jolie découpure d'elle-même en papier. »

Charlie avait d'autant moins écouté ces éloges que les agréments qu'ils célébraient chez sa fiancée lui avaient toujours échappé. Mais il répondit à M. de Charlus · « C'est entendu, mon petit, je lui passerai un savon pour qu'elle ne parle plus comme ça ! » Si Morel disait ainsi « mon petit » à M. de Charlus, ce n'est pas que le beau violoniste ignorât qu'il eût à peine le tiers de l'âge du baron. Il ne le disait pas non plus comme eût fait Jupien, mais avec cette simplicité qui dans certaines relations postule que la suppression de la différence d'âge a tacitement précédé la tendresse. La tendresse feinte chez Morel, chez d'autres la tendresse sincère. Ainsi, vers cette époque, M. de Charlus reçut une lettre ainsi conçue : « Mon cher Palamède, quand te verrai-je ? Je m'ennuie beaucoup après toi et pense bien souvent à toi, *etc.* Tout à toi, PIERRE. » M. de Charlus se cassa la tête pour savoir quel était celui de ses parents qui se permettait de lui écrire avec une telle familiarité, qui devait par conséquent beaucoup le connaître, et dont malgré cela il ne reconnaissait pas l'écriture. Tous les princes auxquels l'Almanach de Gotha accorde quelques lignes défilèrent pendant quelques jours dans la cervelle de M. de Charlus. Enfin, brusquement, une adresse écrite au dos l'éclaira : l'auteur de la lettre était le chasseur d'un cercle de jeu où allait quelquefois M. de Charlus. Ce chasseur n'avait pas cru être impoli en écrivant sur ce ton à M. de Charlus qui avait au contraire un grand prestige à ses yeux. Mais il pensait que ce ne serait pas gentil de ne pas tutoyer quelqu'un qui vous avait plusieurs fois embrassé, et vous avait par là — s'imaginait-il dans sa naïveté — donné son affection. M. de Charlus fut au fond ravi de cette familiarité. Il reconduisit même d'une matinée M. de Vaugoubert afin de pouvoir lui montrer la lettre. Et pourtant Dieu sait que M. de Charlus n'aimait pas à sortir avec M. de Vaugoubert. Car celui-ci, le monocle à l'œil, regardait de tous les côtés les jeunes gens qui passaient. Bien plus, s'émancipant quand il était avec M. de Charlus, il employait un langage que détestait le baron. Il mettait tous les noms d'hommes au féminin et, comme il était très bête, il s'imaginait cette plaisanterie très spirituelle et ne cessait de rire aux éclats. Comme avec cela il tenait énormément à son poste diplomatique, les déplorables et ricanantes façons qu'il avait dans la rue étaient perpétuellement interrompues par la frousse que lui causait au même moment le passage de gens du monde, mais surtout de fonctionnaires. « Cette petite télégraphiste, disait-il en touchant du coude le baron renfrogné, je l'ai connue, mais elle s'est rangée, la vilaine ! Oh ! ce livreur des *Galeries Lafayette*, quelle merveille ! Mon Dieu, voilà le directeur des Affaires commerciales qui passe. Pourvu qu'il n'ait pas remarqué mon geste ! Il serait capable d'en parler au ministre qui me mettrait en non-activité, d'autant plus qu'il paraît que c'en est une. » M. de Charlus ne se tenait pas de rage. Enfin, pour abréger cette promenade qui l'exaspérait, il se décida à sortir sa lettre et à la faire lire à l'ambassadeur, mais il lui recommanda la discrétion, car il feignait que Charlie fût jaloux afin de pouvoir faire croire qu'il était aimant. « Or, ajouta-t-il d'un air de bonté impayable, il faut toujours tâcher de causer le moins de peine qu'on peut. »

Avant de revenir à la boutique de Jupien, l'auteur tient à dire combien il serait contristé que le lecteur s'offusquât de peintures si étranges. D'une part (et ceci est le petit côté de la chose), on trouve que l'aristocratie semble proportionnellement, dans ce livre, plus accusée de dégénérescence que les autres classes sociales. Cela serait-il, qu'il n'y aurait pas lieu de s'en étonner. Les plus vieilles familles finissent par avouer, dans un nez rouge et bossu, dans un menton déformé, des signes spécifiques où chacun admire la « race ». Mais parmi ces traits persistants et sans cesse aggravés, il y en a qui ne sont pas visibles, ce sont les tendances et les goûts.

Ce serait une objection plus grave, si elle était fondée, de dire que tout cela nous est étranger et qu'il faut tirer la poésie de la vérité toute proche. L'art extrait du réel le plus familier existe en effet et son domaine est peut-être le plus grand. Mais il n'en est pas moins vrai qu'un grand intérêt, parfois de la beauté, peut naître d'actions découlant d'une forme d'esprit si éloignée de tout ce que nous sentons, de tout ce que nous croyons, que nous ne pouvons même arriver à les comprendre, qu'elles s'étalent devant nous comme un spectacle sans cause. Qu'y a-t-il de plus poétique que Xerxès, fils de Darius, faisant fouetter de verges la mer qui avait englouti ses vaisseaux[1] ?

Il est certain que Morel, usant du pouvoir que ses charmes lui donnaient sur la jeune fille, transmit à celle-ci en la prenant à son compte, la remarque du baron, car l'expression « payer le thé » disparut aussi complètement de la boutique du giletier que disparaît à jamais d'un salon telle personne intime, qu'on recevait tous les jours et avec qui pour une raison ou pour une autre on s'est brouillé ou qu'on tient à cacher et qu'on ne fréquente qu'au dehors. M. de Charlus fut satisfait de la disparition de « payer le thé », il y vit une preuve de son ascendant sur Morel et l'effacement de la seule petite tache à la perfection de la jeune fille. Enfin, comme tous ceux de son espèce, tout en étant sincèrement l'ami de Morel et de sa presque fiancée, l'ardent partisan de leur union, il était assez friand du pouvoir de créer à son gré de plus ou moins inoffensives piques, en dehors et au-dessus desquelles il demeurait aussi olympien qu'eût été son frère.

Morel avait dit à M. de Charlus qu'il aimait la nièce de Jupien, voulait l'épouser, et il était doux au baron d'accompagner son jeune ami dans des visites où il jouait le rôle de futur beau-père indulgent et discret. Rien ne lui plaisait mieux.

Mon opinion personnelle est que « payer le thé » venait de Morel lui-même, et que par aveuglement d'amour, la jeune couturière avait adopté une expression de l'être adoré, laquelle jurait par sa laideur au milieu du joli parler de la jeune fille. Ce parler, ces charmantes manières qui s'y accordaient, la protection de M. de Charlus, faisaient que beaucoup de clientes pour qui elle avait travaillé, la recevaient en amie, l'invitaient à dîner, la mêlaient à leurs relations, la petite n'acceptant du reste qu'avec la permission du baron et les soirs où cela lui convenait. « Une jeune couturière dans le monde ? dira-t-on, quelle invraisemblance ! » Si l'on y songe, il n'était pas moins invraisemblable qu'autrefois Albertine vînt me voir à minuit, et maintenant vécût avec moi. Et c'eût peut-être été invraisemblable d'une autre, mais nullement d'Albertine, sans père ni mère, menant une vie si libre qu'au début je l'avais prise à Balbec pour la maîtresse d'un coureur, ayant pour parente la plus rapprochée Mme Bontemps qui déjà chez Mme Swann n'admirait chez sa nièce que ses mauvaises manières et maintenant fermait les yeux sur tout si cela pouvait la débarrasser d'elle en lui faisant faire un riche mariage où un peu de l'argent irait à la tante (dans le plus grand monde des mères très nobles et très pauvres, ayant réussi à faire faire à leur fils un riche mariage, se laissent entretenir par les jeunes époux, acceptent des fourrures, une automobile, de l'argent d'une belle-fille qu'elles n'aiment pas et qu'elles font recevoir).

Il viendra peut-être un jour où les couturières, ce que je ne trouverais nullement choquant, iront dans le monde. La nièce de Jupien étant une exception ne peut encore le laisser prévoir, une hirondelle ne fait pas le printemps. En tout cas, si la toute petite situation de la nièce de Jupien scandalisa quelques personnes, ce ne fut pas Morel, car sur certains points sa bêtise était si grande que non seulement il trouvait « plutôt bête » cette jeune fille mille fois plus intelligente que lui, peut-être seulement parce qu'elle l'aimait, mais encore il supposait être des aventurières, des sous-couturières déguisées faisant les dames, les personnes fort bien posées qui la recevaient et dont elle ne tirait pas vanité. Naturellement ce n'était pas des Guermantes, ni même des gens qui les connaissaient, mais

des bourgeoises riches, élégantes, d'esprit assez libre pour
trouver qu'on ne se déshonore pas en recevant une
couturière, d'esprit assez esclave pour avoir quelque
contentement de protéger une jeune fille que Son Altesse
le baron de Charlus allait, en tout bien tout honneur, voir
tous les jours.

Rien ne plaisait mieux que l'idée de ce mariage au
baron, lequel pensait qu'ainsi Morel ne lui serait pas
enlevé. Il paraît que la nièce de Jupien avait fait, presque
enfant, une « faute ». Et M. de Charlus, tout en faisant
son éloge à Morel, n'aurait pas été fâché de le confier à
son ami qui eût été furieux et de mettre ainsi la zizanie.
Car M. de Charlus, quoique terriblement méchant,
ressemblait à un grand nombre de personnes bonnes qui
font les éloges d'un tel ou d'une telle pour prouver leur
propre bonté, mais se garderaient comme du feu des
paroles bienfaisantes, si rarement prononcées, qui seraient
capables de faire régner la paix. Malgré cela, le baron se
gardait d'aucune insinuation, et pour deux causes. « Si
je lui raconte, se disait-il, que sa fiancée n'est pas sans tache,
son amour-propre sera froissé, il m'en voudra. Et puis, qui
me dit qu'il n'est pas amoureux d'elle ? Si je ne dis rien,
ce feu de paille s'éteindra vite, je gouvernerai leurs
rapports à ma guise, il ne l'aimera que dans la mesure où
je le souhaiterai. Si je lui raconte la faute passée de sa
promise, qui me dit que mon Charlie n'est pas encore assez
amoureux pour devenir jaloux ? Alors, je transformerai
par ma propre faute un flirt sans conséquence et qu'on
mène comme on veut, en un grand amour, chose difficile
à gouverner. » Pour ces deux raisons, M. de Charlus
gardait un silence qui n'avait que les apparences de la
discrétion, mais qui par un autre côté était méritoire, car
se taire est presque impossible aux gens de sa sorte.

D'ailleurs, la jeune fille était délicieuse, et M. de
Charlus, en qui elle satisfaisait tout le goût esthétique qu'il
pouvait avoir pour les femmes, aurait voulu avoir d'elle
des centaines de photographies. Lui, moins bête que
Morel, apprenait avec plaisir les dames comme il faut qui
la recevaient et que son flair social situait bien. Mais il
se gardait bien (voulant garder l'empire) de le dire à
Charlie, lequel, vraie brute en cela, continuait à croire
qu'en dehors de la « classe de violon » et des Verdurin,
seuls existaient les Guermantes, les quelques familles

presque royales énumérées par le baron, tout le reste n'étant qu'une « lie », une « tourbe ». Charlie prenait ces expressions de M. de Charlus à la lettre.

Comment, M. de Charlus vainement attendu tous les jours de l'année par tant d'ambassadeurs et de duchesses, ne dînant pas avec le prince de Croy parce qu'on donne le pas à celui-ci[1], M. de Charlus, tout le temps qu'il dérobe à ces grandes dames, à ces grands seigneurs, le passait chez la nièce d'un giletier ? D'abord, raison suprême, Morel était là. N'y eût-il pas été, je ne vois aucune invraisemblance, ou bien alors vous jugez comme eût fait un commis d'Aimé. Il n'y a guère que les garçons de restaurant pour croire qu'un homme excessivement riche a toujours des vêtements nouveaux et éclatants, et qu'un monsieur tout ce qu'il y a de plus chic donne des dîners de soixante couverts et ne va qu'en auto. Ils se trompent. Bien souvent un homme excessivement riche a toujours un même veston râpé. Un monsieur tout ce qu'il y a de plus chic, c'est un monsieur qui ne fraye dans le restaurant qu'avec les employés et, rentré chez lui, joue aux cartes avec ses valets. Cela n'empêche pas son refus de passer après le prince Murat[2].

Parmi les raisons qui rendaient M. de Charlus heureux du mariage des jeunes gens il y avait celle-ci que la nièce de Jupien serait en quelque sorte une extension de la personnalité de Morel et par là du pouvoir à la fois et de la connaissance que le baron avait de lui. « Tromper » dans le sens conjugal la future femme du violoniste, M. de Charlus n'eût même pas songé une seconde à en éprouver du scrupule. Mais avoir un « jeune ménage » à guider, se sentir le protecteur redouté et tout-puissant de la femme de Morel, laquelle considérant le baron comme un dieu prouverait par là que le cher Morel lui avait inculqué cette idée, et contiendrait ainsi quelque chose de Morel, firent varier le genre de domination de M. de Charlus et naître en sa « chose » Morel un être de plus, l'époux, c'est-à-dire lui donnèrent quelque chose de plus, de nouveau, de curieux à aimer en lui. Peut-être même cette domination serait-elle plus grande maintenant qu'elle n'avait jamais été. Car là où Morel seul, nu pour ainsi dire, résistait souvent au baron, qu'il se sentait sûr de reconquérir, une fois marié, pour son ménage, son appartement, son avenir, il aurait peur plus vite, offrirait aux volontés de M. de

Charlus plus de surface et de prise. Tout cela et même au besoin, les soirs où il s'ennuierait, de mettre la guerre entre les époux (le baron n'avait jamais détesté les tableaux de bataille) plaisait à M. de Charlus. Moins pourtant que de penser à la dépendance de lui où vivrait le jeune ménage. L'amour de M. de Charlus pour Morel reprenait une nouveauté délicieuse quand il se disait : sa femme aussi sera à moi tant il est à moi, ils n'agiront que de la façon qui ne peut me fâcher, ils obéiront à mes caprices et ainsi elle sera un signe (jusqu'ici inconnu de moi) de ce que j'avais presque oublié et qui est si sensible à mon cœur que pour tout le monde, pour ceux qui me verront les protéger, les loger, pour moi-même, Morel est mien. De cette évidence aux yeux des autres et aux siens, M. de Charlus était plus heureux que de tout le reste. Car la possession de ce qu'on aime est une joie plus grande encore que l'amour. Bien souvent ceux qui cachent à tous cette possession, ne le font que par la peur que l'objet chéri ne leur soit enlevé. Et leur bonheur, par cette prudence de se taire, en est diminué.

On se souvient peut-être que Morel avait jadis dit au baron que son désir c'était de séduire une jeune fille, en particulier celle-là, et que pour y réussir il lui promettrait le mariage, mais le viol accompli, il « ficherait le camp au loin[1] ». Mais cela, devant les aveux d'amour pour la nièce de Jupien que Morel était venu lui faire, M. de Charlus l'avait oublié. Bien plus, il en était peut-être de même pour Morel. Il y avait peut-être intervalle véritable entre la nature de Morel, telle qu'il l'avait cyniquement avouée — peut-être même habilement exagérée — et le moment où elle reprendrait le dessus. En se liant davantage avec la jeune fille, elle lui avait plu, il l'aimait. Il se connaissait si peu qu'il se figurait sans doute l'aimer, même peut-être l'aimer pour toujours. Certes, son premier désir initial, son projet criminel subsistaient, mais recouverts par tant de sentiments superposés que rien ne dit que le violoniste n'eût pas été sincère en disant que ce vicieux désir n'était pas le mobile véritable de son acte. Il y eut du reste une période de courte durée où, sans qu'il se l'avouât exactement, ce mariage lui parut nécessaire. Morel avait à ce moment-là d'assez fortes crampes à la main et se voyait obligé d'envisager l'éventualité d'avoir à cesser le violon. Comme, en dehors de son art, il était d'une

incompréhensible paresse, la nécessité de se faire entretenir s'imposait et il aimait mieux que ce fût par la nièce
de Jupien que par M. de Charlus, cette combinaison lui
offrant plus de liberté, et aussi un grand choix de femmes
différentes, tant par les apprenties toujours nouvelles qu'il
chargerait la nièce de Jupien de lui débaucher que par les
belles dames riches auxquelles il la prostituerait. Que sa
future femme pût refuser de condescendre à ces complai-
sances et fût perverse à ce point n'entrait pas un instant
dans les calculs de Morel. D'ailleurs ils passèrent au second
plan, y laissèrent la place à l'amour pur, les crampes ayant
cessé. Le violon suffirait avec les appointements de M. de
Charlus, duquel les exigences se relâcheraient certainement, une fois que lui, Morel, serait marié à la jeune fille.
Le mariage était la chose pressée, à cause de son amour,
et dans l'intérêt de sa liberté. Il fit demander la main de
la nièce de Jupien, lequel la consulta. Aussi bien n'était-ce
pas nécessaire. La passion de la jeune fille pour le violoniste
ruisselait autour d'elle, comme ses cheveux quand ils
étaient dénoués, comme la joie de ses regards répandus.
Chez Morel, presque toute chose qui lui était agréable ou
profitable éveillait des émotions morales et des paroles de
même ordre, parfois même des larmes. C'est donc
sincèrement — si un pareil mot peut s'appliquer à lui —
qu'il tenait à la nièce de Jupien des discours aussi
sentimentaux (sentimentaux sont aussi ceux que tant de
jeunes nobles ayant envie de ne rien faire dans la vie,
tiennent à quelque ravissante fille de richissimes bourgeois) qu'étaient d'une bassesse sans fard les théories qu'il
avait exposées à M. de Charlus au sujet de la séduction,
du dépucelage. Seulement l'enthousiasme vertueux à
l'égard d'une personne qui lui causait un plaisir et les
engagements solennels qu'il prenait avec elle, avaient une
contrepartie chez Morel. Dès que la personne ne lui causait
plus de plaisir, ou même, par exemple, si l'obligation de
faire face aux promesses faites lui causait du déplaisir, elle
devenait aussitôt de la part de Morel l'objet d'une
antipathie qu'il justifiait à ses propres yeux, et qui, après
quelques troubles neurasthéniques, lui permettait de se
prouver à soi-même, une fois l'euphorie reconquise de son
système nerveux, qu'il était, en considérant même les
choses d'un point de vue purement vertueux, dégagé de
toute obligation.

Ainsi, à la fin de son séjour à Balbec, il avait perdu je ne sais à quoi tout son argent et, n'ayant pas osé le dire à M. de Charlus, cherchait quelqu'un à qui en demander. Il avait appris de son père (qui malgré cela lui avait défendu de devenir jamais « tapeur ») qu'en pareil cas il est convenable d'écrire à la personne à qui on veut s'adresser « qu'on a à lui parler pour affaires », qu'on lui « demande un rendez-vous pour affaires ». Cette formule magique enchantait tellement Morel qu'il eût, je pense, souhaité perdre de l'argent rien que pour le plaisir de demander un rendez-vous « pour affaires ». Dans la suite de la vie, il avait vu que la formule n'avait pas toute la vertu qu'il pensait. Il avait constaté que des gens auxquels lui-même n'eût jamais écrit sans cela, ne lui avaient pas répondu cinq minutes après avoir reçu la lettre « pour parler affaires ». Si l'après-midi s'écoulait sans que Morel eût de réponse, l'idée ne lui venait pas que, même à tout mettre au mieux, le monsieur sollicité n'était peut-être pas rentré, avait pu avoir d'autres lettres à écrire, si même il n'était pas parti en voyage, ou tombé malade, etc. Si Morel recevait par une fortune extraordinaire un rendez-vous pour le lendemain matin, il abordait le sollicité par ces mots : « Justement j'étais surpris de ne pas avoir de réponse, je me demandais s'il y avait quelque chose, alors comme ça la santé va toujours bien, etc. » Donc, à Balbec, et sans me dire qu'il avait à lui parler d'une « affaire », il m'avait demandé de le présenter à ce même Bloch avec lequel il avait été si désagréable une semaine auparavant dans le tram. Bloch n'avait pas hésité à lui prêter — ou plutôt à lui faire prêter par M. Nissim Bernard[1] — cinq mille francs. De ce jour, Morel avait adoré Bloch. Il se demandait les larmes aux yeux comment il pourrait rendre service à quelqu'un qui lui avait sauvé la vie. Enfin, je me chargeai de demander pour Morel mille francs par mois à M. de Charlus, argent que celui-ci remettrait aussitôt à Bloch qui se trouverait ainsi remboursé assez vite. Le premier mois, Morel, encore sous l'impression de la bonté de Bloch, lui envoya immédiatement les mille francs, mais après cela il trouva sans doute qu'un emploi différent des quatre mille francs qui restaient pourrait être plus agréable, car il commença à dire beaucoup de mal de Bloch. La vue de celui-ci suffisait à lui donner des idées noires, et Bloch ayant oublié lui-même exactement ce qu'il avait prêté à

Morel, et lui ayant réclamé trois mille cinq cents francs au lieu de quatre mille, ce qui eût fait gagner cinq cents francs au violoniste, ce dernier voulut répondre que devant un pareil faux, non seulement il ne paierait plus un centime, mais que son prêteur devait s'estimer bien heureux qu'il ne déposât pas une plainte contre lui. En disant cela ses yeux flambaient. Il ne se contenta pas, du reste, de dire que Bloch et M. Nissim Bernard n'avaient pas à lui en vouloir, mais bientôt qu'ils devaient se déclarer heureux qu'il ne leur en voulût pas. Enfin, M. Nissim Bernard ayant, paraît-il, déclaré que Thibaud[1] jouait aussi bien que Morel, celui-ci trouva qu'il devait l'attaquer devant les tribunaux, un tel propos lui nuisant dans sa profession, puis, comme il n'y a plus de justice en France, surtout contre les Juifs (l'antisémitisme ayant été chez Morel l'effet naturel du prêt de cinq mille francs par un Israélite), ne sortit plus qu'avec un revolver chargé. Un tel état nerveux suivant une vive tendresse, devait bientôt se produire chez Morel relativement à la nièce du giletier. Il est vrai que M. de Charlus fut peut-être sans s'en douter pour quelque chose dans ce changement, car souvent il déclarait, sans en penser un seul mot, et pour les taquiner, qu'une fois mariés, il ne les reverrait plus et les laisserait voler de leurs propres ailes. Cette idée était en elle-même absolument insuffisante pour détacher Morel de la jeune fille, et restant dans l'esprit de Morel, elle était prête le jour venu à se combiner avec d'autres idées ayant de l'affinité pour elle et capables, une fois le mélange réalisé, de devenir un puissant agent de rupture.

Ce n'était pas d'ailleurs très souvent qu'il m'arrivait de rencontrer M. de Charlus et Morel. Souvent ils étaient déjà entrés dans la boutique de Jupien quand je quittais la duchesse, car le plaisir que j'avais auprès d'elle était tel que j'en venais à oublier non seulement l'attente anxieuse qui précédait le retour d'Albertine, mais même l'heure de ce retour. Je mettrai à part, parmi ces jours où je m'attardai chez Mme de Guermantes, un qui fut marqué par un petit incident dont la cruelle signification m'échappa entièrement et ne fut comprise par moi que longtemps après. Cette fin d'après-midi-là, Mme de Guermantes m'avait donné, parce qu'elle savait que je les aimais, des seringas venus du Midi. Quand, ayant quitté la duchesse, je remontai chez moi, Albertine était rentrée, je croisai dans l'escalier Andrée que l'odeur si violente des fleurs que je rapportais sembla incommoder.

« Comment, vous êtes déjà rentrées ? lui dis-je. — Il n'y a qu'un instant, mais Albertine avait à écrire, elle m'a renvoyée. — Vous ne pensez pas qu'elle ait quelque projet blâmable ? — Nullement, elle écrit à sa tante, je crois. Mais elle qui n'aime pas les odeurs fortes ne sera pas enchantée de vos seringas. — Alors, j'ai eu une mauvaise idée ! Je vais dire à Françoise de les mettre sur le carré de l'escalier de service. — Si vous vous imaginez qu'Albertine ne sentira pas après vous l'odeur de seringa. Avec l'odeur de la tubéreuse, c'est peut-être la plus entêtante. D'ailleurs je crois que Françoise est allée faire une course. — Mais alors, moi qui n'ai pas aujourd'hui ma clef, comment pourrai-je rentrer ? — Oh ! vous n'aurez qu'à sonner, Albertine vous ouvrira. Et puis Françoise sera peut-être remontée dans l'intervalle. »

Je dis adieu à Andrée. Dès mon premier coup Albertine vint m'ouvrir, ce qui fut assez compliqué, car Françoise étant descendue, Albertine ne savait pas où allumer. Enfin elle put me faire entrer, mais les fleurs de seringa la mirent en fuite. Je les posai dans la cuisine, de sorte qu'interrompant sa lettre (je ne compris pas pourquoi), mon amie eut le temps d'aller dans ma chambre, d'où elle m'appela, et de s'étendre sur mon lit. Encore une fois, au moment même, je ne trouvai à tout cela rien que de très naturel, tout au plus d'un peu confus, en tout cas insignifiant. Elle avait failli être surprise avec Andrée, et s'était donné un peu de temps en éteignant tout, en allant chez moi pour ne pas laisser voir son lit en désordre et avait fait semblant d'être en train d'écrire. Mais on verra tout cela plus tard, tout cela dont je n'ai jamais su si c'était vrai.

Sauf cet incident unique, tout se passait normalement quand je remontais de chez la duchesse. Albertine ignorant si je ne désirerais pas sortir avec elle avant le dîner, je trouvais d'habitude dans l'antichambre son chapeau, son manteau, son ombrelle qu'elle y avait laissés à tout hasard. Dès qu'en entrant je les apercevais, l'atmosphère de la maison devenait respirable. Je sentais qu'au lieu d'un air raréfié, le bonheur la remplissait. J'étais sauvé de ma tristesse, la vue de ces riens me faisait posséder Albertine, je courais vers elle.

Les jours où je ne descendais pas chez Mme de

Guermantes, pour que le temps me semblât moins long, durant cette heure qui précédait le retour de mon amie, je feuilletais un album d'Elstir, un livre de Bergotte.

Alors — comme les œuvres mêmes qui semblent s'adresser seulement à la vue et à l'ouïe exigent que pour les goûter notre intelligence éveillée collabore étroitement avec ces deux sens — je faisais sans m'en douter sortir de moi les rêves qu'Albertine y avait jadis suscités quand je ne la connaissais pas encore et qu'avait éteints la vie quotidienne. Je les jetais dans la phrase du musicien ou l'image du peintre comme dans un creuset, j'en nourrissais l'œuvre que je lisais. Et sans doute celle-ci m'en paraissait plus vivante. Mais Albertine ne gagnait pas moins à être ainsi transportée de l'un des deux mondes où nous avons accès et où nous pouvons situer tour à tour un même objet, à échapper ainsi à l'écrasante pression de la matière pour se jouer dans les fluides espaces de la pensée. Je me trouvais tout d'un coup, et pour un instant, pouvoir éprouver pour la fastidieuse jeune fille, des sentiments ardents. Elle avait à ce moment-là l'apparence d'une œuvre d'Elstir ou de Bergotte, j'éprouvais une exaltation momentanée pour elle, la voyant dans le recul de l'imagination et de l'art.

Bientôt on me prévenait qu'elle venait de rentrer ; encore avait-on ordre de ne pas dire son nom si je n'étais pas seul, si j'avais par exemple avec moi Bloch que je forçais à rester un instant de plus, de façon à ne pas risquer qu'il rencontrât mon amie. Car je cachais qu'elle habitât la maison, et même que je la visse jamais chez moi, tant j'avais peur qu'un de mes amis s'amourachât d'elle, ne l'attendît dehors, ou que, dans l'instant d'une rencontre dans le couloir ou l'antichambre, elle pût faire un signe et donner un rendez-vous. Puis j'entendais le bruissement de la jupe d'Albertine se dirigeant vers sa chambre, car par discrétion et sans doute aussi par ces égards où autrefois dans nos dîners à La Raspelière, elle s'était ingéniée pour que je ne fusse pas jaloux, elle ne venait pas vers la mienne sachant que je n'étais pas seul. Mais ce n'était pas seulement pour cela, je le comprenais tout à coup. Je me souvenais, j'avais connu une première Albertine, puis brusquement elle avait été changée en une autre, l'actuelle. Et le changement, je n'en pouvais rendre responsable que moi-même. Tout ce qu'elle m'eût avoué facilement, puis volontiers, quand nous étions de bons camarades, avait cessé de s'épandre dès qu'elle avait cru que je l'aimais, ou, sans peut-être se dire le nom de l'Amour, avait deviné un sentiment inquisitorial qui veut savoir, souffre pourtant de savoir, et cherche à apprendre davantage. Depuis ce jour-là elle m'avait tout caché. Elle se détournait de ma chambre si elle pensait que j'étais, non pas même souvent, avec une amie, mais avec un ami, elle dont les yeux s'intéressaient jadis si vivement quand je parlais d'une jeune fille : « Il faut tâcher de la faire venir, ça m'amuserait de la connaître. — Mais elle a ce que vous appelez mauvais genre. — Justement, ce sera bien plus drôle. » À ce moment-là, j'aurais peut-être pu tout savoir. Et même quand dans le petit casino elle avait détaché ses seins de ceux d'Andrée, je ne crois pas que ce fût à cause de ma présence, mais de celle de Cottard, lequel lui aurait fait, pensait-elle sans doute, une mauvaise réputation[1]. Et pourtant alors elle avait déjà commencé de se figer, les paroles confiantes n'étaient plus sorties de ses lèvres, ses gestes étaient réservés. Puis elle avait écarté d'elle tout ce qui aurait pu m'émouvoir. Aux parties de sa vie que je ne connaissais pas elle donnait un caractère dont mon ignorance se faisait complice pour accentuer ce qu'il avait d'inoffensif. Et maintenant, la transformation était accomplie, elle allait droit à sa chambre si je n'étais pas seul, non pas seulement pour ne pas déranger, mais pour me montrer qu'elle était insoucieuse des autres. Il y avait une seule chose qu'elle ne ferait jamais plus pour moi, qu'elle n'aurait faite qu'au temps où cela m'eût été indifférent, qu'elle aurait faite aisément à cause de cela même, c'était précisément avouer. J'en serais réduit pour toujours, comme un juge, à tirer des conclusions incertaines d'imprudences de langage qui n'étaient peut-être pas inexplicables sans avoir recours à la culpabilité. Et toujours elle me sentirait jaloux et juge.

Nos fiançailles prenaient une allure de procès et lui donnaient la timidité d'une coupable. Maintenant elle changeait la conversation quand il s'agissait de personnes, hommes ou femmes, qui ne fussent pas de vieilles gens. C'est quand elle ne soupçonnait pas encore que j'étais jaloux d'elle que j'aurais dû lui demander ce que je voulais savoir. Il faut profiter de ce temps-là. C'est alors que notre amie nous dit ses plaisirs et même les moyens à l'aide

desquels elle les dissimule aux autres. Elle ne m'eût plus
avoué maintenant, comme elle avait fait à Balbec, moitié
parce que c'était vrai, moitié pour s'excuser de ne pas
laisser voir davantage sa tendresse pour moi, car je la
fatiguais déjà alors et elle avait vu par ma gentillesse pour
elle qu'elle n'avait pas besoin de m'en montrer autant
qu'aux autres pour en obtenir plus que d'eux, elle ne
m'aurait plus avoué maintenant comme alors : « Je trouve
ça stupide de laisser voir qui on aime, moi c'est le
contraire : dès qu'une personne me plaît, j'ai l'air de ne
pas y faire attention. Comme ça personne ne sait rien. »
Comment ! c'était la même Albertine d'aujourd'hui avec
ses prétentions à la franchise et d'être indifférente à tous
qui m'avait dit cela ! Elle ne m'eût plus énoncé cette règle
maintenant ! Elle se contentait quand elle causait avec moi
de l'appliquer en me disant de telle ou telle personne qui
pouvait m'inquiéter : « Ah ! je ne sais pas, je ne l'ai pas
regardée, elle est trop insignifiante. » Et de temps en
temps, pour aller au-devant de choses que je pourrais
apprendre, elle faisait de ces aveux que leur accent, avant
que l'on connaisse la réalité qu'ils sont chargés de
dénaturer, d'innocenter, dénonce déjà comme étant des
mensonges.

Tout en écoutant les pas d'Albertine avec le plaisir
confortable de penser qu'elle ne ressortirait plus ce soir,
j'admirais que pour cette jeune fille dont j'avais cru
autrefois ne pouvoir jamais faire la connaissance, rentrer
chaque jour chez elle, ce fût précisément rentrer chez moi.
Le plaisir fait de mystère et de sensualité que j'avais
éprouvé, fugitif et fragmentaire, à Balbec le soir où elle
était venue coucher à l'hôtel, s'était complété, stabilisé,
remplissait ma demeure jadis vide d'une permanente
provision de douceur domestique, presque familiale,
rayonnant jusque dans les couloirs, et dans laquelle tous
mes sens, tantôt effectivement, tantôt, dans les moments
où j'étais seul, en imagination et par l'attente du retour,
se nourrissaient paisiblement. Quand j'avais entendu se
refermer la porte de la chambre d'Albertine, si j'avais un
ami avec moi je me hâtais de le faire sortir, ne le lâchant
que quand j'étais bien sûr qu'il était dans l'escalier, dont
je descendais au besoin quelques marches[1].

Dans le couloir au-devant de moi venait Albertine.
« Tenez, pendant que j'ôte mes affaires, je vous envoie

Andrée, elle est montée une seconde pour vous dire
bonsoir. » Et ayant encore autour d'elle le grand voile
gris, qui descendait de la toque de chinchilla et que je
lui avais donné à Balbec[1], elle se retirait et rentrait dans
sa chambre, comme si elle eût deviné qu'Andrée, chargée
par moi de veiller sur elle, allait, en me donnant maint
détail, en me faisant mention de la rencontre par elles deux
d'une personne de connaissance, apporter quelque déter-
mination aux régions vagues où s'était déroulée la
promenade qu'elles avaient faite toute la journée et que
je n'avais pu imaginer.

Les défauts d'Andrée s'étaient accusés, elle n'était plus
aussi agréable que quand je l'avais connue. Il y avait
maintenant chez elle, à fleur de peau, une sorte d'aigre
inquiétude, prête à s'amasser comme à la mer un
« grain », si seulement je venais à parler de quelque chose
qui était agréable pour Albertine et pour moi. Cela
n'empêchait pas qu'Andrée pût être meilleure à mon
égard, m'aimer plus — et j'en ai eu souvent la preuve —
que des gens plus aimables. Mais le moindre air de
bonheur qu'on avait, s'il n'était pas causé par elle, lui
produisait une impression nerveuse, désagréable comme
le bruit d'une porte qu'on ferme trop fort. Elle admettait
les souffrances où elle n'avait point de part, non les
plaisirs ; si elle me voyait malade, elle s'affligeait, me
plaignait, m'aurait soigné. Mais si j'avais une satisfaction
aussi insignifiante que de m'étirer d'un air de béatitude
en fermant un livre et en disant : « Ah ! je viens de passer
deux heures charmantes à lire tel livre amusant », ces mots,
qui eussent fait plaisir à ma mère, à Albertine, à Saint-Loup,
excitaient chez Andrée une espèce de réprobation,
peut-être simplement de malaise nerveux. Mes satisfactions
lui causaient un agacement qu'elle ne pouvait cacher. Ces
défauts étaient complétés par de plus graves ; un jour que
je parlais de ce jeune homme si savant en choses de
courses, de jeux, de golf, si inculte dans tout le reste[2], que
j'avais rencontré avec la petite bande à Balbec, Andrée
se mit à ricaner : « Vous savez que son père a volé, il
a failli y avoir une instruction ouverte contre lui. Ils veulent
crâner d'autant plus, mais je m'amuse à le dire à tout le
monde. Je voudrais qu'ils m'attaquent en dénonciation
calomnieuse. Quelle belle déposition je ferais ! » Ses yeux
étincelaient. Or, j'appris que le père n'avait rien commis

d'indélicat, qu'Andrée le savait aussi bien que quiconque. Mais elle s'était crue méprisée par le fils, avait cherché quelque chose qui pourrait l'embarrasser, lui faire honte, avait inventé tout un roman de dépositions qu'elle était imaginairement appelée à faire et, à force de s'en répéter les détails, ignorait peut-être elle-même s'ils n'étaient pas vrais.

Ainsi, telle qu'elle était devenue (et même sans ses haines courtes et folles), je n'aurais pas désiré la voir, ne fût-ce qu'à cause de cette malveillante susceptibilité qui entourait d'une ceinture aigre et glaciale sa vraie nature plus chaleureuse et meilleure. Mais les renseignements qu'elle seule pouvait me donner sur mon amie m'intéressaient trop pour que je négligeasse une occasion si rare de les apprendre. Andrée entrait, fermait la porte derrière elle ; elles avaient rencontré une amie, et Albertine ne m'avait jamais parlé d'elle. « Qu'ont-elles dit ? — Je ne sais pas, car j'ai profité de ce qu'Albertine n'était pas seule pour aller acheter de la laine. — Acheter de la laine ? — Oui, c'est Albertine qui me l'avait demandé. — Raison de plus pour ne pas y aller, c'était peut-être pour vous éloigner. — Mais elle me l'avait demandé avant de rencontrer son amie. — Ah ! » répondais-je en retrouvant la respiration. Aussitôt mon soupçon me reprenait : « Mais qui sait si elle n'avait pas donné d'avance un rendez-vous à son amie et n'avait pas combiné un prétexte pour être seule quand elle le voudrait ? » D'ailleurs, étais-je bien certain que ce n'était pas la vieille hypothèse (celle où Andrée ne me disait pas que la vérité) qui était la bonne ? Andrée était peut-être d'accord avec Albertine. De l'amour, me disais-je à Balbec, on en a pour une personne dont notre jalousie semble plutôt avoir pour objet les actions ; on sent que si elle vous les disait toutes, on guérirait peut-être facilement d'aimer. La jalousie a beau être habilement dissimulée par celui qui l'éprouve, elle est assez vite découverte par celle qui l'inspire, et qui use à son tour d'habileté. Elle cherche à nous donner le change sur ce qui pourrait nous rendre malheureux, et elle nous le donne, car à celui qui n'est pas averti, pourquoi une phrase insignifiante révélerait-elle les mensonges qu'elle cache ? nous ne la distinguons pas des autres ; dite avec frayeur, elle est écoutée sans attention. Plus tard, quand nous serons seuls, nous reviendrons sur cette phrase, elle

ne nous semblera pas tout à fait adéquate à la réalité. Mais
cette phrase, nous la rappelons-nous bien ? Il semble que
naisse spontanément en nous, à son égard et quant à
l'exactitude de notre souvenir, un doute du genre de ceux
qui font qu'au cours de certains états nerveux on ne peut
jamais se rappeler si on a tiré le verrou, et pas plus à la
cinquantième fois qu'à la première ; on dirait qu'on peut
recommencer indéfiniment l'acte sans qu'il s'accompagne
jamais d'un souvenir précis et libérateur. Au moins
pouvons-nous refermer une cinquante et unième fois la
porte. Tandis que la phrase inquiétante est au passé dans
une audition incertaine qu'il ne dépend pas de nous de
renouveler. Alors nous exerçons notre attention sur
d'autres qui ne cachent rien et le seul remède dont nous
ne voulons pas, serait de tout ignorer pour n'avoir pas
le désir de mieux savoir. Dès que la jalousie est
découverte, elle est considérée par celle qui en est l'objet
comme une défiance qui autorise la tromperie. D'ailleurs,
pour tâcher d'apprendre quelque chose, c'est nous qui
avons pris l'initiative de mentir, de tromper. Andrée, Aimé
nous promettent bien de ne rien dire, mais le feront-ils ?
Bloch n'a rien pu promettre puisqu'il ne savait pas et, pour
peu qu'elle cause avec chacun des trois, Albertine, à l'aide
de ce que Saint-Loup eût appelé des « recoupements »,
saura que nous lui mentons quand nous nous prétendons
indifférents à ses actes et moralement incapables de la faire
surveiller. Ainsi succédant — relativement à ce que faisait
Albertine — à mon infini doute habituel, trop indéterminé
pour ne pas rester indolore, et qui était à la jalousie ce
que sont au chagrin ces commencements de l'oubli où
l'apaisement naît du vague, le petit fragment de réponse
que venait de m'apporter Andrée posait aussitôt de
nouvelles questions ; je n'avais réussi, en explorant une
parcelle de la grande zone qui s'étendait autour de moi,
qu'à y reculer cet inconnaissable qu'est pour nous, quand
nous cherchons effectivement à nous la représenter, la vie
réelle d'une autre personne. Je continuais à interroger
Andrée tandis qu'Albertine, par discrétion et pour me
laisser (devinait-elle cela ?) tout le loisir de la questionner,
prolongeait son déshabillage dans sa chambre.

« Je crois que l'oncle et la tante d'Albertine m'aiment
bien », disais-je étourdiment à Andrée, sans penser à son
caractère. Aussitôt je voyais son visage gluant se gâter,

comme un sirop qui tourne, il semblait à jamais brouillé.
Sa bouche devenait amère. Il ne restait plus rien à Andrée
de cette juvénile gaieté que, comme toute la petite bande
et malgré sa nature souffreteuse, elle déployait l'année de
mon premier séjour à Balbec et qui maintenant (il est vrai
qu'Andrée avait pris quelques années depuis lors) s'éclipsait si vite chez elle. Mais j'allais la faire involontairement
renaître avant qu'Andrée m'eût quitté pour aller dîner
chez elle. « Il y a quelqu'un qui m'a fait aujourd'hui un
immense éloge de vous », lui disais-je. Aussitôt un rayon
de joie illuminait son regard, elle avait l'air de vraiment
m'aimer. Elle évitait de me regarder, mais riait dans le
vague avec deux yeux devenus soudain tout ronds. « Qui
ça ? » demandait-elle avec un intérêt naïf et gourmand.
Je le lui disais et, qui que ce fût, elle était heureuse.

Puis arrivait l'heure de partir, elle me quittait. Albertine
revenait auprès de moi ; elle s'était déshabillée, elle portait
quelqu'un des jolis peignoirs en crêpe de Chine, ou des
robes japonaises dont j'avais demandé la description à
Mme de Guermantes, et pour plusieurs desquelles
certaines précisions supplémentaires m'avaient été fournies
par Mme Swann, dans une lettre commençant par ces
mots : « Après votre longue éclipse, j'ai cru en lisant votre
lettre relative à mes *tea gown*, recevoir des nouvelles d'un
revenant. » Albertine avait aux pieds des souliers noirs
ornés de brillants, que Françoise appelait rageusement des
socques, pareils à ceux que par la fenêtre du salon elle
avait aperçu que Mme de Guermantes portait chez elle
le soir, de même qu'un peu plus tard Albertine eut des
mules, certaines en chevreau doré, d'autres en chinchilla,
et dont la vue m'était douce parce qu'elles étaient les unes
et les autres comme les signes (que d'autres souliers
n'eussent pas été) qu'elle habitait chez moi. Elle avait aussi
des choses qui ne venaient pas de moi, comme une belle
bague d'or. J'y admirai les ailes éployées d'un aigle. « C'est
ma tante qui me l'a donnée, me dit-elle. Malgré tout elle
est quelquefois gentille. Cela me vieillit, parce qu'elle me
l'a donnée pour mes vingt ans. »

Albertine avait pour toutes ces jolies choses un goût bien
plus vif que la duchesse, parce que, comme tout obstacle
apporté à une possession (telle pour moi la maladie qui
me rendait les voyages si difficiles et si désirables), la
pauvreté, plus généreuse que l'opulence, donne aux

femmes bien plus que la toilette qu'elles ne peuvent pas acheter, le désir de cette toilette, et qui en est la connaissance véritable, détaillée, approfondie. Elle, parce qu'elle n'avait pu s'offrir ces choses, moi, parce qu'en les faisant faire je cherchais à lui faire plaisir, nous étions comme ces étudiants connaissant tout d'avance des tableaux qu'ils sont avides d'aller voir à Dresde ou à Vienne. Tandis que les femmes riches, au milieu de la multitude de leurs chapeaux et de leurs robes, sont comme ces visiteurs à qui la promenade dans un musée n'étant précédée d'aucun désir donne seulement une sensation d'étourdissement, de fatigue et d'ennui. Telle toque, tel manteau de zibeline, tel peignoir de Doucet aux manches doublées de rose, prenaient pour Albertine qui les avait aperçus, convoités et, grâce à l'exclusivisme et à la minutie qui caractérisent le désir, les avait à la fois isolés du reste dans un vide sur lequel se détachait à merveille la doublure ou l'écharpe, et connus dans toutes leurs parties — et pour moi qui étais allé chez Mme de Guermantes tâcher de me faire expliquer en quoi consistait la particularité, la supériorité, le chic de la chose, et l'inimitable façon du grand faiseur — une importance, un charme qu'ils n'avaient certes pas pour la duchesse, rassasiée avant même d'être en état d'appétit, ou même pour moi si je les avais vus quelques années auparavant en accompagnant telle ou telle femme élégante en une de ses ennuyeuses tournées chez les couturières. Certes, une femme élégante, Albertine peu à peu en devenait une. Car si chaque chose que je lui faisais faire ainsi était en son genre la plus jolie, avec tous les raffinements qu'y eussent apportés Mme de Guermantes ou Mme Swann, de ces choses elle commençait à avoir beaucoup. Mais peu importait du moment qu'elle les avait aimées d'abord et isolément. Quand on a été épris d'un peintre, puis d'un autre, on peut à la fin avoir pour tout le musée une admiration qui n'est pas glaciale, car elle est faite d'amours successives, chacune exclusive en son temps, et qui à la fin se sont mises bout à bout et conciliées.

Elle n'était pas frivole, du reste, lisait beaucoup quand elle était seule et me faisait la lecture quand elle était avec moi. Elle était devenue extrêmement intelligente. Elle disait, en se trompant d'ailleurs : « Je suis épouvantée en pensant que sans vous je serais restée stupide. Ne le niez pas, vous m'avez ouvert un monde d'idées que je ne soupçonnais pas, et le peu que je suis devenue, je ne le dois qu'à vous. »

On sait qu'elle avait parlé semblablement de mon influence sur Andrée. L'une ou l'autre avait-elle un sentiment pour moi ? Et, en elles-mêmes, qu'étaient Albertine et Andrée ? Pour le savoir il faudrait vous immobiliser, ne plus vivre dans cette attente perpétuelle de vous où vous passez toujours autres, il faudrait ne plus vous aimer, pour vous fixer ne plus connaître votre interminable et toujours déconcertante arrivée, ô jeunes filles, ô rayon successif dans le tourbillon où nous palpitons de vous voir reparaître en ne vous reconnaissant qu'à peine, dans la vitesse vertigineuse de la lumière. Cette vitesse, nous l'ignorerions peut-être et tout nous semblerait immobile, si un attrait sexuel ne nous faisait courir vers vous, gouttes d'or toujours dissemblables et qui dépassent toujours notre attente. À chaque fois, une jeune fille ressemble si peu à ce qu'elle était la fois précédente (mettant en pièces dès que nous l'apercevons le souvenir que nous avions gardé et le désir que nous nous proposions) que la stabilité de nature que nous lui prêtons n'est que fictive et pour la commodité du langage. On nous a dit qu'une belle jeune fille est tendre, aimante, pleine de sentiments les plus délicats. Notre imagination le croit sur parole, et quand nous apparaît pour la première fois, sous la ceinture crespelée de ses cheveux blonds, le disque de sa figure rose, nous craignons presque que cette trop vertueuse sœur nous refroidisse par sa vertu même, ne puisse jamais être pour nous l'amante que nous avons souhaitée. Du moins, que de confidences nous lui faisons dès la première heure, sur la foi de cette noblesse de cœur, que de projets convenus ensemble ! Mais quelques jours après, nous regrettons de nous être tant confiés, car la rose jeune fille rencontrée nous tient la seconde fois les propos d'une lubrique Furie. Dans les faces successives qu'après une pulsation de quelques jours nous présente la rose lumière interceptée, il n'est même pas certain qu'un *movimentum* extérieur à ces jeunes filles n'ait pas modifié leur aspect, et cela avait pu arriver pour mes jeunes filles de Balbec. On nous vante la douceur, la pureté d'une vierge. Mais après cela on sent que quelque chose de plus pimenté nous plairait mieux et on lui conseille de se

montrer plus hardie. En soi-même était-elle plutôt l'une
ou l'autre ? Peut-être pas, mais capable d'accéder à tant
de possibilités diverses dans le courant vertigineux de la
vie. Pour une autre dont tout l'attrait résidait dans quelque
chose d'implacable (que nous comptions fléchir à notre
manière), comme, par exemple, pour la terrible sauteuse
de Balbec qui effleurait dans ses bonds les crânes des vieux
messieurs épouvantés[1], quelle déception quand, dans la
nouvelle face offerte par cette figure, au moment où nous
lui disions des tendresses exaltées par le souvenir de tant
de dureté envers les autres, nous l'entendions comme
entrée de jeu nous dire qu'elle était timide, qu'elle ne
savait jamais rien dire de sensé à quelqu'un la première
fois, tant elle avait peur, et que ce n'est qu'au bout d'une
quinzaine de jours qu'elle pourrait causer tranquillement
avec nous ! L'acier était devenu coton, nous n'aurions plus
rien à essayer de briser puisque d'elle-même elle perdait
toute consistance. D'elle-même, mais par notre faute
peut-être, car les tendres paroles que nous avions adressées
à la Dureté lui avaient peut-être, même sans qu'elle eût
fait de calcul intéressé, suggéré d'être tendre. (Ce qui nous
désolait mais n'était qu'à demi maladroit, car la reconnaissance pour tant de douceur allait peut-être nous obliger
à plus que le ravissement devant la cruauté fléchie.) Je ne
dis pas qu'un jour ne viendra pas où, même à ces
lumineuses jeunes filles, nous n'assignerons pas des
caractères très tranchés, mais c'est qu'elles auront cessé
de nous intéresser, que leur entrée ne sera plus pour notre
cœur l'apparition qu'il attendait autre et qui le laisse
bouleversé chaque fois d'incarnations nouvelles. Leur
immobilité viendra de notre indifférence qui les livrera
au jugement de l'esprit. Celui-ci ne conclura pas, du reste,
d'une façon beaucoup plus catégorique, car après avoir
jugé que tel défaut, prédominant chez l'une, était
heureusement absent de l'autre, il verra que ce défaut avait
pour contrepartie une qualité précieuse. De sorte que du
faux jugement de l'intelligence, laquelle n'entre en jeu
que quand on cesse de s'intéresser, sortiront définis des
caractères stables de jeunes filles, lesquels ne nous
apprendront pas plus que les surprenants visages apparus
chaque jour quand, dans la vitesse étourdissante de notre
attente, nos amies se présentaient tous les jours, toutes les
semaines, trop différentes pour nous permettre, la course
ne s'arrêtant pas, de classer, de donner des rangs. Pour

nos sentiments, nous en avons parlé trop souvent pour le
redire, bien souvent un amour n'est que l'association d'une
image de jeune fille (qui sans cela nous eût été vite
insupportable) avec les battements de cœur inséparables
d'une attente interminable, vaine, et d'un « lapin » que
la demoiselle nous a posé. Tout cela n'est pas vrai que
pour les jeunes gens imaginatifs devant les jeunes filles
changeantes. Dès le temps où notre récit est arrivé, il
paraît, je l'ai su depuis, que la nièce de Jupien avait changé
d'opinion sur Morel et sur M. de Charlus. Mon mécanicien, venant au renfort de l'amour qu'elle avait pour
Morel, lui avait vanté, comme existant chez le violoniste,
des délicatesses infinies auxquelles elle n'était que trop
portée à croire. Et d'autre part, Morel ne cessait de lui
dire le rôle de bourreau que M. de Charlus exerçait envers
lui et qu'elle attribuait à la méchanceté, ne devinant pas
l'amour. Elle était, du reste, bien forcée de constater que
M. de Charlus assistait tyranniquement à toutes leurs
entrevues. Et venant corroborer cela, elle entendait des
femmes du monde parler de l'atroce méchanceté du baron.
Or, depuis peu, son jugement avait été entièrement
renversé. Elle avait découvert chez Morel (sans cesser de
l'aimer pour cela) des profondeurs de méchanceté et de
perfidie, d'ailleurs compensées par une douceur fréquente
et une sensibilité réelle, et chez M. de Charlus une
insoupçonnable et immense bonté, mêlée de duretés
qu'elle ne connaissait pas. Ainsi n'avait-elle pas su porter
un jugement plus défini sur ce qu'étaient, chacun en soi,
le violoniste et son protecteur, que moi sur Andrée que
je voyais pourtant tous les jours, et sur Albertine qui vivait
avec moi.

Les soirs où cette dernière ne me lisait pas à haute voix,
elle me faisait de la musique ou entamait avec moi des
parties de dames, ou des causeries que j'interrompais les
unes et les autres pour l'embrasser. Nos rapports étaient
d'une simplicité qui les rendait reposants. Le vide même
de sa vie donnait à Albertine une espèce d'empressement
et d'obéissance pour les seules choses que je réclamais
d'elle. Derrière cette jeune fille, comme derrière la
lumière pourprée qui tombait aux pieds de mes rideaux
à Balbec pendant qu'éclatait le concert des musiciens, se
nacraient les ondulations bleuâtres de la mer. N'était-elle
pas en effet (elle au fond de qui résidait de façon habituelle

une idée de moi si familière qu'après sa tante j'étais
peut-être la personne qu'elle distinguait le moins de
soi-même) la jeune fille que j'avais vue la première fois
à Balbec, sous son polo plat, avec ses yeux insistants et
rieurs, inconnue encore, mince comme une silhouette
profilée sur le flot ? Ces effigies gardées intactes dans la
mémoire, quand on les retrouve, on s'étonne de leur
dissemblance d'avec l'être qu'on connaît ; on comprend
quel travail de modelage accomplit quotidiennement
l'habitude. Dans le charme qu'avait Albertine à Paris, au
coin de mon feu, vivait encore le désir que m'avait inspiré
le cortège insolent et fleuri qui se déroulait le long de
la plage et, comme Rachel gardait pour Saint-Loup, même
quand il le lui eut fait quitter, le prestige de la vie de
théâtre, en cette Albertine cloîtrée dans ma maison, loin
de Balbec, d'où je l'avais précipitamment emmenée,
subsistaient l'émoi, le désarroi social, la vanité inquiète,
les désirs errants de la vie de bains de mer. Elle était si
bien encagée que certains soirs même, je ne faisais pas
demander qu'elle quittât sa chambre à la mienne, elle
que jadis tout le monde suivait, que j'avais tant de peine
à rattraper filant sur sa bicyclette et que le liftier même
ne pouvait pas me ramener[1], ne me laissant guère d'espoir
qu'elle vînt, et que j'attendais pourtant toute la nuit.
Albertine n'avait-elle pas été devant l'hôtel comme une
grande actrice de la plage en feu excitant les jalousies
quand elle s'avançait dans ce théâtre de nature, ne parlant
à personne, bousculant les habitués, dominant ses amies,
et cette actrice si convoitée n'était-ce pas elle qui, retirée
par moi de la scène, enfermée chez moi, était à l'abri des
désirs de tous qui désormais pouvaient la chercher
vainement, tantôt dans ma chambre, tantôt dans la sienne
où elle s'occupait à quelque travail de dessin et de
ciselure ?

Sans doute, dans les premiers jours de Balbec, Albertine
semblait dans un plan parallèle à celui où je vivais, mais
qui s'en était rapproché (quand j'avais été chez Elstir), puis
l'avait rejoint, au fur et à mesure de mes relations avec
elle, à Balbec, à Paris, puis à Balbec encore. D'ailleurs,
entre les deux tableaux de Balbec, au premier séjour et
au second, composés des mêmes villas d'où sortaient les
mêmes jeunes filles devant la même mer, quelle différence ! Dans les amies d'Albertine du second séjour, si

bien connues de moi, aux qualités et aux défauts si
nettement gravés dans leur visage, pouvais-je retrouver
ces fraîches et mystérieuses inconnues qui jadis ne
pouvaient sans que battît mon cœur faire crier sur le sable
la porte de leur chalet et en froisser au passage les tamaris
frémissants ? Leurs grands yeux s'étaient résorbés depuis,
sans doute parce qu'elles avaient cessé d'être des enfants,
mais aussi parce que ces ravissantes inconnues, actrices de
la romanesque première année, et sur lesquelles je ne
cessais de quêter des renseignements, n'avaient plus pour
moi de mystère. Elles étaient devenues pour moi,
obéissantes à mes caprices, de simples jeunes filles en
fleurs, desquelles je n'étais pas médiocrement fier d'avoir
cueilli, dérobé à tous, la plus belle rose.

Entre les deux décors si différents l'un de l'autre de
Balbec, il y avait l'intervalle de plusieurs années à Paris
sur le long parcours desquelles se plaçaient tant de visites
d'Albertine. Je la voyais aux différentes années de ma vie
occupant par rapport à moi des positions différentes qui
me faisaient sentir la beauté des espaces interférés, ce long
temps révolu, où j'étais resté sans la voir, et sur la diaphane
profondeur desquels la rose personne que j'avais devant
moi se modelait avec de mystérieuses ombres et un
puissant relief. Il était dû, d'ailleurs, à la superposition non
seulement des images successives qu'Albertine avait été
pour moi, mais encore des grandes qualités d'intelligence
et de cœur, des défauts de caractère, les uns et les autres
insoupçonnés de moi, qu'Albertine, en une germination,
une multiplication d'elle-même, une efflorescence charnue
aux sombres couleurs, avait ajoutés à une nature jadis à
peu près nulle, maintenant difficile à approfondir. Car les
êtres, même ceux auxquels nous avons tant rêvé qu'ils ne
nous semblaient qu'une image, une figure de Benozzo
Gozzoli se détachant sur un fond verdâtre, et dont nous
étions disposés à croire que les seules variations tenaient
au point où nous étions placés pour les regarder, à la
distance qui nous en éloignait, à l'éclairage, ces êtres-là,
tandis qu'ils changent par rapport à nous, changent aussi
en eux-mêmes ; et il y avait eu enrichissement, solidification et accroissement de volume dans la figure jadis
simplement profilée sur la mer. Au reste, ce n'était pas
seulement la mer à la fin de la journée qui vivait pour
moi en Albertine, mais parfois l'assoupissement de la mer

sur la grève par les nuits de clair de lune. Quelquefois, en effet, quand je me levais pour aller chercher un livre dans le cabinet de mon père, mon amie m'ayant demandé la permission de s'étendre pendant ce temps-là, était si fatiguée par la longue randonnée du matin et de l'après-midi, au grand air, que même si je n'étais resté qu'un instant hors de ma chambre, en y rentrant, je trouvais Albertine endormie et ne la réveillais pas. Étendue de la tête aux pieds sur mon lit, dans une attitude d'un naturel qu'on n'aurait pu inventer, je lui trouvais l'air d'une longue tige en fleur qu'on aurait disposée là ; et c'était ainsi en effet : le pouvoir de rêver que je n'avais qu'en son absence, je le retrouvais à ces instants auprès d'elle, comme si en dormant elle était devenue une plante. Par là son sommeil réalisait dans une certaine mesure, la possibilité de l'amour ; seul, je pouvais penser à elle, mais elle me manquait, je ne la possédais pas. Présente, je lui parlais, mais étais trop absent de moi-même pour pouvoir penser. Quand elle dormait, je n'avais plus à parler, je savais que je n'étais plus regardé par elle, je n'avais plus besoin de vivre à la surface de moi-même. En fermant les yeux, en perdant la conscience, Albertine avait dépouillé, l'un après l'autre, ses différents caractères d'humanité qui m'avaient déçu depuis le jour où j'avais fait sa connaissance. Elle n'était plus animée que de la vie inconsciente des végétaux, des arbres, vie plus différente de la mienne, plus étrange et qui cependant m'appartenait davantage. Son moi ne s'échappait pas à tous moments, comme quand nous causions, par les issues de la pensée inavouée et du regard. Elle avait rappelé à soi tout ce qui d'elle était en dehors, elle s'était réfugiée, enclose, résumée, dans son corps. En la tenant sous mon regard, dans mes mains, j'avais cette impression de la posséder tout entière que je n'avais pas quand elle était réveillée. Sa vie m'était soumise, exhalait vers moi son léger souffle. J'écoutais cette murmurante émanation mystérieuse, douce comme un zéphir marin, féerique comme ce clair de lune, qu'était son sommeil. Tant qu'il persistait je pouvais rêver à elle et pourtant la regarder, et quand ce sommeil devenait plus profond, la toucher, l'embrasser. Ce que j'éprouvais alors c'était un amour devant quelque chose d'aussi pur, d'aussi immatériel, d'aussi mystérieux que si j'avais été devant les créatures inanimées que sont les beautés de la nature. Et en effet, dès qu'elle dormait un peu profondément, elle cessait d'être seulement la plante qu'elle avait été, son sommeil, au bord duquel je rêvais avec une fraîche volupté dont je ne me fusse jamais lassé et que j'eusse pu goûter indéfiniment, c'était pour moi tout un paysage. Son sommeil mettait à mes côtés quelque chose d'aussi calme, d'aussi sensuellement délicieux que ces nuits de pleine lune, dans la baie de Balbec devenue douce comme un lac, où les branches bougent à peine ; où étendu sur le sable, l'on écouterait sans fin se briser le reflux.

En entrant dans la chambre j'étais resté debout sur le seuil n'osant pas faire de bruit et je n'en entendais pas d'autre que celui de son haleine venant expirer sur ses lèvres, à intervalles intermittents et réguliers, comme un reflux, mais plus assoupi et plus doux. Et au moment où mon oreille recueillait ce bruit divin, il me semblait que c'était, condensée en lui, toute la personne, toute la vie de la charmante captive, étendue là sous mes yeux. Des voitures passaient bruyamment dans la rue, son front restait aussi immobile, aussi pur, son souffle aussi léger, réduit à la simple expiration de l'air nécessaire. Puis, voyant que son sommeil ne serait pas troublé, je m'avançais prudemment, je m'asseyais sur la chaise qui était à côté du lit, puis sur le lit même. J'ai passé de charmants soirs à causer, à jouer avec Albertine, mais jamais d'aussi doux que quand je la regardais dormir. Elle avait beau avoir, en bavardant, en jouant aux cartes, ce naturel qu'une actrice n'eût pu imiter, c'était un naturel plus profond, un naturel au deuxième degré que m'offrait son sommeil. Sa chevelure descendue le long de son visage rose était posée à côté d'elle sur le lit et parfois une mèche isolée et droite donnait le même effet de perspective que ces arbres lunaires grêles et pâles qu'on aperçoit tout droits au fond des tableaux raphaëlesques d'Elstir. Si les lèvres d'Albertine étaient closes, en revanche de la façon dont j'étais placé ses paupières paraissaient si peu jointes que j'aurais presque pu me demander si elle dormait vraiment. Tout de même, ces paupières abaissées mettaient dans son visage cette continuité parfaite que les yeux n'interrompent pas. Il y a des êtres dont la face prend une beauté et une majesté inaccoutumées pour peu qu'ils n'aient plus de regard. Je mesurais des yeux Albertine étendue à mes pieds. Par instants elle était parcourue d'une agitation légère et

inexplicable comme les feuillages qu'une brise inattendue
convulse pendant quelques instants. Elle touchait à sa
chevelure, puis ne l'ayant pas fait comme elle le voulait,
elle y portait la main encore par des mouvements si suivis,
si volontaires, que j'étais convaincu qu'elle allait s'éveiller.
Nullement, elle redevenait calme dans le sommeil qu'elle
n'avait pas quitté. Elle restait désormais immobile. Elle
avait posé sa main sur sa poitrine en un abandon du bras
si naïvement puéril que j'étais obligé en la regardant
d'étouffer le sourire que par leur sérieux, leur innocence
et leur grâce nous donnent les petits enfants. Moi qui
connaissais plusieurs Albertine en une seule, il me semblait
en voir bien d'autres encore reposer auprès de moi. Ses
sourcils arqués comme je ne les avais jamais vus
entouraient les globes de ses paupières comme un doux
nid d'alcyon. Des races, des atavismes, des vices reposaient
sur son visage. Chaque fois qu'elle déplaçait sa tête elle
créait une femme nouvelle, souvent insoupçonnée de moi.
Il me semblait posséder non pas une, mais d'innombrables
jeunes filles. Sa respiration peu à peu plus profonde
maintenant soulevait régulièrement sa poitrine et, par-
dessus elle, ses mains croisées, ses perles, déplacées d'une
manière différente par le même mouvement, comme ces
barques, ces chaînes d'amarre que fait osciller le mouvement du flot. Alors, sentant que son sommeil était dans
son plein, et que je ne me heurterais pas à des écueils de
conscience recouverts maintenant par la pleine mer du
sommeil profond, délibérément je sautais sans bruit sur
le lit, je me couchais au long d'elle, je prenais sa taille
d'un de mes bras, je posais mes lèvres sur sa joue et sur
son cœur, puis sur toutes les parties de son corps posais
ma seule main restée libre, et qui était soulevée aussi
comme les perles, par la respiration d'Albertine ; moi-
même, j'étais déplacé légèrement par son mouvement
régulier. Je m'étais embarqué sur le sommeil d'Albertine.
   Parfois, il me faisait goûter un plaisir moins pur. Je
n'avais besoin pour cela de nul mouvement, je faisais
pendre ma jambe contre la sienne, comme une rame qu'on
laisse traîner et à laquelle on imprime de temps à autre
une oscillation légère pareille au battement intermittent
de l'aile qu'ont les oiseaux qui dorment en l'air. Je
choisissais pour la regarder cette face de son visage qu'on
ne voyait jamais et qui était si belle. On comprend, à la

rigueur, que les lettres que vous écrit quelqu'un soient
à peu près semblables entre elles et dessinent une image
assez différente de la personne qu'on connaît pour qu'elles
constituent une deuxième personnalité. Mais combien il
est plus étrange qu'une femme soit accolée, comme Rosita
à Doodica[1], à une autre femme dont la beauté différente
fait induire un autre caractère, et que pour voir l'une il
faille se placer de profil, pour l'autre de face. Le bruit de
sa respiration devenant plus fort pouvait donner l'illusion
de l'essoufflement du plaisir et quand le mien était à son
terme, je pouvais l'embrasser sans avoir interrompu son
sommeil. Il me semblait à ces moments-là que je venais
de la posséder plus complètement, comme une chose
inconsciente et sans résistance de la muette nature. Je ne
m'inquiétais pas des mots qu'elle laissait parfois échapper
en dormant, leur signification m'échappait, et, d'ailleurs,
quelque personne inconnue qu'ils eussent désignée, c'était
sur ma main, sur ma joue, que sa main, parfois animée
d'un léger frisson, se crispait un instant. Je goûtais son
sommeil d'un amour désintéressé et apaisant, comme je
restais des heures à écouter le déferlement du flot.
Peut-être faut-il que les êtres soient capables de vous faire
beaucoup souffrir pour que dans les heures de rémission
ils vous procurent ce même calme apaisant que la nature.
Je n'avais pas à lui répondre comme quand nous causions,
et même eussé-je pu me taire, comme je faisais aussi, quand
elle parlait, qu'en l'entendant parler je ne descendais pas
tout de même aussi avant en elle. Continuant à entendre,
à recueillir d'instant en instant, le murmure apaisant
comme une imperceptible brise, de sa pure haleine, c'était
toute une existence physiologique qui était devant moi,
à moi ; aussi longtemps que je restais jadis couché sur la
plage, au clair de lune, je serais resté là à la regarder,
à l'écouter. Quelquefois on eût dit que la mer devenait
grosse, que la tempête se faisait sentir jusque dans la baie,
et je me mettais comme elle à écouter le grondement de
son souffle qui ronflait.

Quelquefois quand elle avait trop chaud, elle ôtait
dormant déjà presque, son kimono qu'elle jetait sur un
fauteuil. Pendant qu'elle dormait, je me disais que toutes
ses lettres étaient dans la poche intérieure de ce kimono
où elle les mettait toujours. Une signature, un rendez-vous
donné eût suffi pour prouver un mensonge ou dissiper un

soupçon. Quand je sentais le sommeil d'Albertine bien
profond, quittant le pied de son lit où je la contemplais
depuis longtemps sans faire un mouvement, je hasardais
un pas, pris d'une curiosité ardente, sentant le secret de
cette vie offert, floche et sans défense dans ce fauteuil.
Peut-être faisais-je ce pas aussi parce que regarder dormir
sans bouger finit par devenir fatigant. Et ainsi à pas de
loup, me retournant sans cesse pour voir si Albertine ne
s'éveillait pas, j'allais jusqu'au fauteuil. Là je m'arrêtais,
je restais longtemps à regarder le kimono comme j'étais
resté longtemps à regarder Albertine. Mais (et peut-être
j'ai eu tort) jamais je n'ai touché au kimono, mis ma main
dans la poche, regardé les lettres. À la fin, voyant que je
ne me déciderais pas, je repartais à pas de loup, revenais
près du lit d'Albertine et me remettais à la regarder
dormir, elle qui ne me disait rien alors que je voyais sur
un bras du fauteuil ce kimono qui peut-être m'eût dit bien
des choses. Et de même que des gens louent cent francs
par jour une chambre à l'hôtel de Balbec pour respirer
l'air de la mer, je trouvais tout naturel de dépenser plus
que cela pour elle, puisque j'avais son souffle près de ma
joue, dans sa bouche que j'entrouvrais sur la mienne, où
contre ma langue passait sa vie.

Mais ce plaisir de la voir dormir, et qui était aussi doux
que la sentir vivre, un autre y mettait fin, et qui était celui
de la voir s'éveiller. Il était, à un degré plus profond et
plus mystérieux, le plaisir même qu'elle habitât chez moi.
Sans doute il m'était doux l'après-midi, quand elle
descendait de voiture, que ce fût dans mon appartement
qu'elle rentrât. Il me l'était plus encore que, quand du
fond du sommeil elle remontait les derniers degrés de
l'escalier des songes, ce fût dans ma chambre qu'elle
renaquît à la conscience et à la vie, qu'elle se demandât
un instant « où suis-je ? », et voyant les objets dont elle
était entourée, la lampe dont la lumière lui faisait à peine
cligner les yeux, pût se répondre qu'elle était chez elle
en constatant qu'elle s'éveillait chez moi. Dans ce premier
moment délicieux d'incertitude, il me semblait que je
prenais à nouveau plus complètement possession d'elle,
puisque au lieu qu'après être sortie elle entrât dans sa
chambre, c'était ma chambre, dès qu'elle serait reconnue
par Albertine, qui allait l'enserrer, la contenir, sans que
les yeux de mon amie manifestassent aucun trouble, restant

aussi calmes que si elle n'avait pas dormi. L'hésitation du réveil, révélée par son silence, ne l'était pas par son regard.

Elle retrouvait la parole, elle disait : « Mon » ou « Mon chéri », suivis l'un ou l'autre de mon nom de baptême, ce qui, en donnant au narrateur le même prénom qu'à l'auteur de ce livre, eût fait : « Mon Marcel », « Mon chéri Marcel[1] ». Je ne permettais plus dès lors qu'en famille mes parents, en m'appelant aussi « chéri », ôtassent leur prix d'être uniques aux mots délicieux que me disait Albertine. Tout en me les disant elle faisait une petite moue qu'elle changeait d'elle-même en baiser. Aussi vite qu'elle s'était tout à l'heure endormie, aussi vite elle s'était réveillée.

Pas plus que mon déplacement dans le temps, pas plus que le fait de regarder une jeune fille assise auprès de moi sous la lampe qui l'éclaire autrement que le soleil quand debout elle s'avançait le long de la mer, cet enrichissement réel, ce progrès autonome d'Albertine, n'étaient la cause importante de la différence qu'il y avait entre ma façon de la voir maintenant et ma façon de la voir au début à Balbec. Des années plus nombreuses auraient pu séparer les deux images sans amener un changement aussi complet ; il s'était produit, essentiel et soudain, quand j'avais appris que mon amie avait été presque élevée par l'amie de Mlle Vinteuil. Si jadis je m'étais exalté en croyant voir du mystère dans les yeux d'Albertine, maintenant je n'étais heureux que dans les moments où de ces yeux, de ces joues mêmes, réfléchissantes comme des yeux, tantôt si douces mais vite bourrues, je parvenais à expulser tout mystère. L'image que je cherchais, où je me reposais, contre laquelle j'aurais voulu mourir, ce n'était plus l'Albertine ayant une vie inconnue, c'était une Albertine aussi connue de moi qu'il était possible (et c'est pour cela que cet amour ne pouvait être durable à moins de rester malheureux, car par définition il ne contentait pas le besoin de mystère), c'était une Albertine ne reflétant pas un monde lointain, mais ne désirant rien d'autre — il y avait des instants où, en effet, cela semblait être ainsi — qu'être avec moi, toute pareille à moi, une Albertine image de ce qui précisément était mien et non de l'inconnu. Quand c'est ainsi d'une heure angoissée relative à un être, quand c'est de l'incertitude si on pourra le retenir ou s'il s'échappera, qu'est né un amour, cet amour porte la

marque de cette révolution qui l'a créé, il rappelle bien
peu ce que nous avions vu jusque-là quand nous pensions
à ce même être. Et mes premières impressions devant
Albertine, au bord des flots, pouvaient pour une petite
part subsister dans mon amour pour elle : en réalité, ces
impressions antérieures ne tiennent qu'une petite place
dans un amour de ce genre, dans sa force, dans sa
souffrance, dans son besoin de douceur et son refuge vers
un souvenir paisible, apaisant, où l'on voudrait se tenir
et ne plus rien apprendre de celle qu'on aime, même s'il
y avait quelque chose d'odieux à savoir — bien plus même
à ne consulter que ces impressions antérieures, un tel
amour est fait de bien autre chose ! Quelquefois j'éteignais
la lumière avant qu'elle entrât. C'était dans l'obscurité, à
peine guidée par la lumière d'un tison, qu'elle se couchait
à mon côté. Mes mains, mes joues seules la reconnaissaient
sans que mes yeux la vissent, mes yeux qui souvent avaient
peur de la trouver changée. De sorte qu'à la faveur de
cet amour aveugle, elle se sentait peut-être baignée de plus
de tendresse que d'habitude.

Je me déshabillais, je me couchais, et Albertine assise
sur un coin du lit, nous reprenions notre partie ou notre
conversation interrompue de baisers ; et dans le désir qui
seul nous fait trouver de l'intérêt dans l'existence et le
caractère d'une personne, nous restons si fidèles à notre
nature, si en revanche nous abandonnons successivement
les différents êtres aimés tour à tour par nous, qu'une fois,
m'apercevant dans la glace au moment où j'embrassais
Albertine en l'appelant « ma petite fille », l'expression
triste et passionnée de mon propre visage, pareil à ce qu'il
eût été autrefois auprès de Gilberte dont je ne me
souvenais plus, à ce qu'il serait peut-être un jour auprès
d'une autre si jamais je devais oublier Albertine, me fit
penser qu'au-dessus des considérations de personne
(l'instinct voulant que nous considérions l'actuelle comme
seule véritable) je remplissais les devoirs d'une dévotion
ardente et douloureuse dédiée comme une offrande à la
jeunesse et à la beauté de la femme. Et pourtant, à ce désir
honorant d'un « ex-voto » la jeunesse, aux souvenirs aussi
de Balbec, se mêlait dans le besoin que j'avais de garder
ainsi tous les soirs Albertine auprès de moi, quelque chose
qui avait été étranger jusqu'ici à ma vie, au moins
amoureuse, s'il n'était pas entièrement nouveau dans ma

vie. C'était un pouvoir d'apaisement tel que je n'en avais pas éprouvé de pareil depuis les soirs lointains de Combray où ma mère penchée sur mon lit venait m'apporter le repos dans un baiser. Certes, j'eusse été bien étonné dans ce temps-là si l'on m'avait dit que je n'étais pas entièrement bon et surtout que je chercherais jamais à priver quelqu'un d'un plaisir. Je me connaissais sans doute bien mal alors, car mon plaisir d'avoir Albertine à demeure chez moi était beaucoup moins un plaisir positif que celui d'avoir retiré du monde où chacun pouvait la goûter à son tour, la jeune fille en fleurs qui, si du moins elle ne me donnait pas de grande joie, en privait les autres. L'ambition, la gloire m'eussent laissé indifférent. Encore plus étais-je incapable d'éprouver la haine. Et cependant, chez moi aimer charnellement, c'était tout de même pour moi jouir d'un triomphe sur tant de concurrents. Je ne le redirai jamais assez, c'était un apaisement plus que tout.

J'avais beau, avant qu'Albertine fût rentrée, avoir douté d'elle, l'avoir imaginée dans la chambre de Montjouvain, une fois qu'en peignoir elle s'était assise en face de mon fauteuil, ou si comme c'était le plus fréquent j'étais resté couché au pied de mon lit, je déposais mes doutes en elle, je les lui remettais pour qu'elle m'en déchargeât, dans l'abdication d'un croyant qui fait sa prière. Toute la soirée elle avait pu, pelotonnée espièglement en boule sur mon lit, jouer avec moi comme une grosse chatte ; son petit nez rose, qu'elle diminuait encore au bout avec un regard coquet qui lui donnait la finesse privilégiée de certaines personnes un peu grosses, avait pu lui donner une mine mutine et enflammée, elle avait pu laisser tomber une mèche de ses longs cheveux noirs sur sa joue de cire rosée et, fermant à demi les yeux, décroisant les bras, avoir eu l'air de me dire : « Fais de moi ce que tu veux ». Quand au moment de me quitter elle s'approchait pour me dire bonsoir, c'était leur douceur devenue quasi familiale que je baisais des deux côtés de son cou puissant[1] qu'alors je ne trouvais jamais assez brun ni à assez gros grains, comme si ces solides qualités eussent été en rapport avec quelque bonté loyale chez Albertine.

« Viendrez-vous avec nous demain, grand méchant ? me demandait-elle avant de me quitter. — Où irez-vous ? — Cela dépendra du temps et de vous. Avez-vous seulement écrit quelque chose tantôt, mon petit chéri ?

Non ? Alors, c'était bien la peine de ne pas venir vous promener. Dites, à propos, tantôt quand je suis rentrée, vous avez reconnu mon pas, vous avez deviné que c'était moi ? — Naturellement. Est-ce qu'on pourrait se tromper ? est-ce qu'on ne reconnaîtrait pas entre mille les pas de sa petite bécasse ? Qu'elle me permette de la déchausser avant qu'elle aille se coucher, cela me fera bien plaisir. Vous êtes si gentille et si rose dans toute cette blancheur de dentelles. »

Telle était ma réponse ; au milieu des expressions charnelles, on en reconnaîtra d'autres qui étaient propres à ma mère et à ma grand-mère. Car, peu à peu, je ressemblais à tous mes parents, à mon père qui — de tout autre façon que moi sans doute, car si les choses se répètent, c'est avec de grandes variations — s'intéressait si fort au temps qu'il faisait ; et pas seulement à mon père, mais de plus en plus à ma tante Léonie. Sans cela, Albertine n'eût pu être pour moi qu'une raison de sortir, pour ne pas la laisser seule, sans mon contrôle. Ma tante Léonie, toute confite en dévotion et avec qui j'aurais bien juré que je n'avais pas un seul point commun, moi si passionné de plaisirs, tout différent en apparence de cette maniaque, qui n'en avait jamais connu aucun et disait son chapelet toute la journée, moi qui souffrais de ne pouvoir réaliser une existence littéraire, alors qu'elle avait été la seule personne de la famille qui n'eût pu encore comprendre que lire c'était autre chose que de passer le temps et « s'amuser », ce qui rendait, même au temps pascal, la lecture permise le dimanche, où toute occupation sérieuse est défendue, afin qu'il soit uniquement sanctifié par la prière. Or, bien que chaque jour j'en trouvasse la cause dans un malaise particulier, ce qui me faisait si souvent rester couché, c'était un être, non pas Albertine, non pas un être que j'aimais, mais un être plus puissant sur moi qu'un être aimé, c'était, transmigrée en moi, despotique au point de faire taire parfois mes soupçons jaloux, ou du moins d'aller vérifier s'ils étaient fondés ou non, c'était ma tante Léonie. C'était assez que je ressemblasse avec exagération à mon père jusqu'à ne pas me contenter de consulter comme lui le baromètre, mais à devenir moi-même un baromètre vivant, c'était assez que je me laissasse commander par ma tante Léonie pour rester à observer le temps, mais de ma chambre ou même de mon lit ? Voici

de même que je parlais maintenant à Albertine, tantôt
comme l'enfant que j'avais été à Combray parlant à ma
mère, tantôt comme ma grand-mère me parlait. Quand
nous avons dépassé un certain âge, l'âme de l'enfant que
nous fûmes et l'âme des morts dont nous sommes sortis
viennent nous jeter à poignée leurs richesses et leurs
mauvais sorts, demandant à coopérer aux nouveaux
sentiments que nous éprouvons et dans lesquels, effaçant
leur ancienne effigie, nous les refondons en une création
originale. Tel, tout mon passé depuis mes années les plus
anciennes, et par delà celles-ci le passé de mes parents
mêlaient à mon impur amour pour Albertine la douceur
d'une tendresse à la fois filiale et maternelle. Nous devons
recevoir, dès une certaine heure, tous nos parents arrivés
de si loin et assemblés autour de nous.

Avant qu'Albertine m'eût obéi et eût enlevé ses souliers,
j'entrouvrais sa chemise. Les deux petits seins haut
remontés étaient si ronds qu'ils avaient moins l'air de faire
partie intégrante de son corps que d'y avoir mûri comme
deux fruits ; et son ventre (dissimulant la place qui chez
l'homme s'enlaidit comme du crampon resté fiché dans
une statue descellée) se refermait, à la jonction des cuisses,
par deux valves[1] d'une courbe aussi assoupie, aussi
reposante, aussi claustrale que celle de l'horizon quand
le soleil a disparu. Elle ôtait ses souliers, se couchait près
de moi.

Ô grandes attitudes de l'Homme et de la Femme où
cherche à se joindre, dans l'innocence des premiers jours
et avec l'humilité de l'argile, ce que la Création a séparé,
où Ève est étonnée et soumise devant l'Homme au côté
de qui elle s'éveille, comme lui-même, encore seul, devant
Dieu qui l'a formé. Albertine nouait ses bras derrière ses
cheveux noirs, la hanche renflée, la jambe tombante en
une inflexion de col de cygne qui s'allonge et se recourbe
pour revenir sur lui-même. Il n'y avait que, quand elle
était tout à fait sur le côté, un certain aspect de sa figure
(si bonne et si belle de face) que je ne pouvais souffrir,
crochu comme en certaines caricatures de Léonard[2],
semblant révéler la méchanceté, l'âpreté au gain, la
fourberie d'une espionne, dont la présence chez moi m'eût
fait horreur et qui semblait démasquée par ces profils-là.
Aussitôt je prenais la figure d'Albertine dans mes mains
et je la replaçais de face.

« Soyez gentil, promettez-moi que, si vous ne venez pas demain, vous travaillerez, disait mon amie en remettant sa chemise. — Oui, mais ne mettez pas encore votre peignoir. » Quelquefois je finissais par m'endormir à côté d'elle. La chambre s'était refroidie, il fallait du bois. J'essayais de trouver la sonnette dans mon dos ; je n'y arrivais pas, tâtant tous les barreaux de cuivre qui n'étaient pas ceux entre lesquels elle pendait et, à Albertine qui avait sauté du lit pour que Françoise ne nous vît pas l'un à côté de l'autre, je disais : « Non, remontez une seconde, je ne peux pas trouver la sonnette. »

Instants doux, gais, innocents en apparence et où s'accumule pourtant la possibilité du désastre : ce qui fait de la vie amoureuse la plus contrastée de toutes, celle où la pluie imprévisible de soufre et de poix tombe après les moments les plus riants, et où ensuite, sans avoir le courage de tirer la leçon du malheur, nous rebâtissons immédiatement sur les flancs du cratère d'où ne pourra sortir que la catastrophe. J'avais l'insouciance de ceux qui croient leur bonheur durable. C'est justement parce que cette douceur a été nécessaire pour enfanter la douleur — et reviendra du reste la calmer par intermittences — que les hommes peuvent être sincères avec autrui, et même avec eux-mêmes, quand ils se glorifient de la bonté d'une femme envers eux, quoique, à tout prendre, au sein de leur liaison circule constamment d'une façon secrète, inavouée aux autres, ou révélée involontairement par des questions, des enquêtes, une inquiétude douloureuse. Mais celle-ci n'aurait pas pu naître sans la douceur préalable ; même ensuite, la douceur intermittente est nécessaire pour rendre la souffrance supportable et éviter les ruptures ; et la dissimulation de l'enfer secret qu'est la vie commune avec cette femme, jusqu'à l'ostentation d'une intimité qu'on prétend douce, exprime un point de vue vrai, un lien général de l'effet à la cause, un des modes selon lesquels la production de la douleur est rendue possible.

Je ne m'étonnais plus qu'Albertine fût là et dût ne sortir le lendemain qu'avec moi ou sous la protection d'Andrée. Ces habitudes de vie en commun, ces grandes lignes qui délimitaient mon existence et à l'intérieur desquelles ne pouvait pénétrer personne excepté Albertine, et aussi (dans le plan futur, encore inconnu de moi, de ma vie ultérieure, comme celui qui est tracé par un architecte pour des monuments qui ne s'élèveront que bien plus tard) les lignes lointaines, parallèles à celles-ci et plus vastes, par lesquelles s'esquissait en moi, comme un ermitage isolé, la formule un peu rigide et monotone de mes amours futures, avaient été en réalité tracées cette nuit à Balbec où, après qu'Albertine m'avait révélé, dans le petit tram, qui l'avait élevée, j'avais voulu à tout prix la soustraire à certaines influences et l'empêcher d'être hors de ma présence pendant quelques jours. Les jours avaient succédé aux jours, ces habitudes étaient devenues machinales, mais comme ces rites dont l'Histoire essaye de retrouver la signification, j'aurais pu dire (et ne l'aurais pas voulu) à qui m'eût demandé ce que signifiait cette vie de retraite où je me séquestrais jusqu'à ne plus aller au théâtre, qu'elle avait pour origine l'anxiété d'un soir, et le besoin de me prouver à moi-même les jours qui la suivraient, que celle dont j'avais appris la fâcheuse enfance n'aurait pas la possibilité, si elle l'avait voulu, de s'exposer aux mêmes tentations. Je ne songeais plus qu'assez rarement à ces possibilités, mais elles devaient pourtant rester vaguement présentes à ma conscience. Le fait de les détruire — ou d'y tâcher — jour par jour était sans doute la cause pourquoi il m'était si doux d'embrasser ces joues qui n'étaient pas plus belles que bien d'autres ; sous toute douceur charnelle un peu profonde, il y a la permanence d'un danger.

J'avais promis à Albertine que, si je ne sortais pas avec elle, je me mettrais au travail. Mais le lendemain, comme si, profitant de nos sommeils, la maison avait miraculeusement voyagé, je m'éveillais par un temps différent, sous un autre climat. On ne travaille pas au moment où on débarque dans un pays nouveau, aux conditions duquel il faut s'adapter. Or chaque jour était pour moi un pays différent. Ma paresse elle-même, sous les formes nouvelles qu'elle revêtait, comment l'eussé-je reconnue ? Tantôt, par des jours irrémédiablement mauvais, disait-on, rien que la résidence dans la maison située au milieu d'une pluie égale et continue avait la glissante douceur, le silence calmant, l'intérêt d'une navigation ; une autre fois, par un jour clair, en restant immobile dans mon lit, c'était laisser tourner les ombres autour de moi comme d'un tronc d'arbre. D'autres fois encore, aux premières cloches d'un couvent voisin, rares comme les dévotes matinales, blanchissant à peine le ciel sombre de leurs giboulées incertaines que fondait et dispersait le vent tiède, j'avais discerné une de ces journées tempétueuses, désordonnées et douces, où les toits, mouillés d'une ondée intermittente que sèche un souffle ou un rayon, laissent glisser en roucoulant une goutte de pluie et, en attendant que le vent recommence à tourner, lissent au soleil momentané qui les irise, leurs ardoises gorge-de-pigeon ; une de ces journées remplies par tant de changements de temps, d'incidents aériens, d'orages, que le paresseux ne croit pas les avoir perdues parce qu'il s'est intéressé à l'activité qu'à défaut de lui l'atmosphère, agissant en quelque sorte à sa place, a déployée ; journées pareilles à ces temps d'émeute ou de guerre qui ne semblent pas vides à l'écolier délaissant sa classe, parce qu'aux alentours du Palais de Justice ou en lisant les journaux, il a l'illusion de trouver dans les événements qui se sont produits[1], à défaut de la besogne qu'il n'a pas accomplie, un profit pour son intelligence et une excuse pour son oisiveté ; journées enfin auxquelles on peut comparer celles où se passe dans notre vie quelque crise exceptionnelle et de laquelle celui qui n'a jamais rien fait croit qu'il va tirer, si elle se dénoue heureusement, des habitudes laborieuses : par exemple, c'est le matin où il sort pour un duel qui va se dérouler dans des conditions particulièrement dangereuses[2] ; alors, lui apparaît tout d'un coup au moment où elle va peut-être lui être enlevée le prix d'une vie de laquelle il aurait pu profiter pour commencer une œuvre ou seulement goûter des plaisirs, et dont il n'a su jouir en rien. « Si je pouvais ne pas être tué, se dit-il, comme je me mettrais au travail à la minute même, et aussi comme je m'amuserais ! » La vie a pris en effet soudain à ses yeux une valeur plus grande, parce qu'il met dans la vie tout ce qu'il semble qu'elle peut donner, et non pas le peu qu'il lui fait donner habituellement. Il la voit selon son désir, non telle que son expérience lui a appris qu'il savait la rendre, c'est-à-dire si médiocre. Elle s'est à l'instant remplie des labeurs, des voyages, des courses de montagnes, de toutes les belles choses qu'il se dit que la funeste issue de ce duel pourra rendre impossibles, sans songer qu'elles l'étaient déjà avant qu'il fût question de duel, à cause de mauvaises habitudes qui, même sans duel, auraient continué. Il revient chez lui sans avoir été même blessé. Mais il retrouve les mêmes obstacles aux plaisirs, aux excursions, aux voyages, à tout ce dont il avait craint un instant d'être à jamais dépouillé par la mort ; il suffit pour cela de la vie. Quant au travail — les circonstances exceptionnelles ayant pour effet d'exalter ce qui existait préalablement dans l'homme, chez le laborieux le labeur et chez l'oisif la paresse, — il se donne congé.

Je faisais comme lui, et comme j'avais toujours fait depuis ma vieille résolution de me mettre à écrire, que j'avais prise jadis, mais qui me semblait dater d'hier, parce que j'avais considéré chaque jour l'un après l'autre comme non avenu. J'en usais de même pour celui-ci, laissant passer sans rien faire ses averses et ses éclaircies et me promettant de commencer à travailler le lendemain. Mais je n'y étais plus le même sous un ciel sans nuages ; le son doré des cloches ne contenait pas seulement, comme le miel, de la lumière, mais la sensation de la lumière (et aussi la saveur fade des confitures, parce qu'à Combray il s'était souvent attardé comme une guêpe sur notre table desservie). Par ce jour de soleil éclatant, rester tout le jour les yeux clos, c'était chose permise, usitée, salubre, plaisante, saisonnière, comme tenir ses persiennes fermées contre la chaleur. C'était par de tels temps qu'au début de mon second séjour à Balbec j'entendais les violons de l'orchestre entre les coulées bleuâtres de la marée montante. Combien je possédais plus Albertine aujourd'hui ! Il y avait des jours où le bruit d'une cloche qui sonnait l'heure portait sur la sphère de sa sonorité une plaque si fraîche, si puissamment étalée de mouillé ou de lumière, que c'était comme une traduction pour aveugles, ou si l'on veut, comme une traduction musicale du charme de la pluie, ou du charme du soleil. Si bien qu'à ce moment-là, les yeux fermés, dans mon lit, je me disais que tout peut se transposer et qu'un univers seulement audible pourrait être aussi varié que l'autre. Remontant paresseusement de jour en jour comme sur une barque, et voyant apparaître devant moi toujours de nouveaux souvenirs enchantés, que je ne choisissais pas, qui l'instant d'avant m'étaient invisibles et que ma mémoire me présentait l'un

après l'autre sans que je pusse les choisir, je poursuivais
paresseusement sur ces espaces unis ma promenade au
soleil.

Ces concerts matinaux de Balbec n'étaient pas anciens.
Et pourtant, à ce moment relativement rapproché, je me
souciais peu d'Albertine. Même les tout premiers jours
de l'arrivée, je n'avais pas connu sa présence à Balbec.
Par qui donc l'avais-je apprise ? Ah ! oui, par Aimé. Il
faisait un beau soleil comme celui-ci. Brave Aimé ! Il était
content de me revoir. Mais il n'aime pas Albertine. Tout
le monde ne peut pas l'aimer. Oui, c'est lui qui m'a
annoncé qu'elle était à Balbec. Comment le savait-il donc ?
Ah ! il l'avait rencontrée, il lui avait trouvé mauvais genre.
À ce moment, abordant le récit d'Aimé par une face autre
que celle qu'il m'avait présentée au moment où il me l'avait
fait, ma pensée, qui jusqu'ici avait navigué en souriant sur
ces eaux bienheureuses éclatait soudain, comme si elle eût
heurté une mine invisible et dangereuse, insidieusement
posée à ce point de ma mémoire. Il m'avait dit qu'il l'avait
rencontrée, qu'il lui avait trouvé mauvais genre. Qu'avait-il
voulu dire par mauvais genre ? J'avais compris genre
vulgaire, parce que pour le contredire d'avance j'avais
déclaré qu'elle avait de la distinction. Mais non, peut-être
avait-il voulu dire genre gomorrhéen. Elle était avec une
amie, peut-être qu'elles se tenaient par la taille, qu'elles
regardaient d'autres femmes, qu'elles avaient en effet un
« genre » que je n'avais jamais vu à Albertine en ma
présence. Qui était l'amie ? où Aimé l'avait-il rencontrée,
cette odieuse Albertine ? Je tâchais de me rappeler
exactement ce qu'Aimé m'avait dit, pour voir si cela
pouvait se rapporter à ce que j'imaginais, ou s'il avait voulu
parler seulement de manières communes. Mais j'avais beau
me le demander, la personne qui se posait la question et
la personne qui pouvait offrir le souvenir n'étaient, hélas,
qu'une seule et même personne, moi, qui se dédoublait
momentanément, mais sans rien s'ajouter. J'avais beau
questionner, c'était moi qui répondais, je n'apprenais rien
de plus. Je ne songeais plus à Mlle Vinteuil. Né d'un
soupçon nouveau, l'accès de jalousie dont je souffrais était
nouveau aussi, ou plutôt il n'était que le prolongement,
l'extension de ce soupçon ; il avait le même théâtre, qui
n'était plus Montjouvain, mais la route où Aimé avait
rencontré Albertine ; pour objets, les quelques amies dont

l'une ou l'autre pouvait être celle qui était avec Albertine ce jour-là. C'était peut-être une certaine Élisabeth, ou bien peut-être ces deux jeunes filles qu'Albertine avait regardées dans la glace au casino, quand elle n'avait pas l'air de les voir. Elle avait sans doute des relations avec elles, et d'ailleurs aussi avec Esther, la cousine de Bloch[1]. De telles relations, si elles m'avaient été révélées par un tiers, eussent suffi pour me tuer à demi, mais comme c'était moi qui les imaginais, j'avais soin d'y ajouter assez d'incertitude pour amortir la douleur. On arrive, sous la forme de soupçons, à absorber journellement à doses énormes cette même idée qu'on est trompé, de laquelle une quantité très faible pourrait être mortelle, inoculée par la piqûre d'une parole déchirante. Et c'est sans doute pour cela, et par un dérivé de l'instinct de conservation, que le même jaloux n'hésite pas à former des soupçons atroces à propos de faits innocents, à condition, devant la première preuve qu'on lui apporte, de se refuser à l'évidence. D'ailleurs, l'amour est un mal inguérissable, comme ces diathèses où le rhumatisme ne laisse quelque répit que pour faire place à des migraines épileptiformes. Le soupçon jaloux était-il calmé, j'en voulais à Albertine de n'avoir pas été tendre, peut-être de s'être moquée de moi avec Andrée. Je pensais avec effroi à l'idée qu'elle avait dû se faire si Andrée lui avait répété toutes nos conversations, l'avenir m'apparaissait atroce. Ces tristesses ne me quittaient que si un nouveau soupçon jaloux me jetait dans d'autres recherches ou si, au contraire, les manifestations de tendresse d'Albertine me rendaient mon bonheur insignifiant. Quelle pouvait être cette jeune fille ? il faudrait que j'écrive à Aimé, que je tâche de le voir, et ensuite je contrôlerais ses dires en causant avec Albertine, en la confessant. En attendant, croyant bien que ce devait être la cousine de Bloch, je demandai à celui-ci, qui ne comprit nullement dans quel but, de me montrer seulement une photographie d'elle ou, bien plus, de me faire au besoin rencontrer avec elle.

Combien de personnes, de villes, de chemins, la jalousie nous rend ainsi avides de connaître ! Elle est une soif de savoir grâce à laquelle, sur des points isolés les uns des autres, nous finissons par avoir successivement toutes les notions possibles sauf celle que nous voudrions. On ne sait jamais si un soupçon ne naîtra pas, car tout à coup on se rappelle une phrase qui n'était pas claire, un alibi qui n'avait pas été donné sans intention. Pourtant on n'a pas revu la personne, mais il y a une jalousie après coup, qui ne naît qu'après l'avoir quittée, une jalousie de l'escalier. Peut-être l'habitude que j'avais prise de garder au fond de moi certains désirs, désir d'une jeune fille du monde comme celles que je voyais passer de ma fenêtre suivies de leur institutrice, et plus particulièrement de celle dont m'avait parlé Saint-Loup, qui allait dans les maisons de passe, désir de belles femmes de chambre, et particulièrement celle de Mme Putbus[1], désir d'aller à la campagne au début du printemps revoir des aubépines, des pommiers en fleur, des tempêtes, désir de Venise, désir de me mettre au travail, désir de mener la vie de tout le monde, peut-être l'habitude de conserver en moi, sans assouvissement, tous ces désirs, en me contentant de la promesse faite à moi-même de ne pas oublier de les satisfaire un jour, peut-être cette habitude vieille de tant d'années, de l'ajournement perpétuel, de ce que M. de Charlus flétrissait sous le nom de procrastination, était-elle devenue si générale en moi qu'elle s'emparait aussi de mes soupçons jaloux et, tout en me faisant prendre mentalement note que je ne manquerais pas un jour d'avoir une explication avec Albertine au sujet de la jeune fille (peut-être des jeunes filles, cette partie du récit était confuse, effacée, autant dire indéchiffrable, dans ma mémoire) avec laquelle — ou lesquelles — Aimé l'avait rencontrée, me faisait retarder cette explication. En tout cas, je n'en parlerais pas ce soir à mon amie pour ne pas risquer de lui paraître jaloux et de la fâcher. Pourtant, quand le lendemain Bloch m'eut envoyé la photographie de sa cousine Esther, je m'empressai de la faire parvenir à Aimé. Et à la même minute, je me souvins qu'Albertine m'avait refusé le matin un plaisir qui aurait pu la fatiguer en effet. Était-ce donc pour le réserver à quelque autre, cet après-midi peut-être ? À qui ? C'est ainsi qu'est interminable la jalousie, car même si l'être aimé, étant mort par exemple, ne peut plus la provoquer par ses actes, il arrive que des souvenirs, postérieurement à tout événement, se comportent tout à coup dans notre mémoire comme des événements eux aussi, souvenirs que nous n'avions pas éclairés jusque-là, qui nous avaient paru insignifiants et auxquels il suffit de notre propre réflexion sur eux, sans aucun fait extérieur, pour donner un sens nouveau et terrible. On n'a pas besoin d'être deux, il suffit d'être seul dans sa chambre à penser pour que de nouvelles trahisons de votre maîtresse se produisent, fût-elle morte. Aussi il ne faut pas ne redouter dans l'amour, comme dans la vie habituelle, que l'avenir, mais même le passé qui ne se réalise pour nous souvent qu'après l'avenir, et nous ne parlons pas seulement du passé que nous apprenons après coup, mais de celui que nous avons conservé depuis longtemps en nous et que tout d'un coup nous apprenons à lire.

N'importe, j'étais bien heureux, l'après-midi finissant, que ne tardât pas l'heure où j'allais pouvoir demander à la présence d'Albertine l'apaisement dont j'avais besoin. Malheureusement, la soirée qui vint fut une de celles où cet apaisement ne m'était pas apporté, où le baiser qu'Albertine me donnerait en me quittant, bien différent du baiser habituel, ne me calmerait pas plus qu'autrefois celui de ma mère quand elle était fâchée, et où je n'osais pas la rappeler, mais où je sentais que je ne pourrais pas m'endormir. Ces soirées-là, c'étaient maintenant celles où Albertine avait formé pour le lendemain quelque projet qu'elle ne voulait pas que je connusse. Si elle me l'avait confié, j'aurais mis à assurer sa réalisation une ardeur que personne autant qu'Albertine n'eût pu m'inspirer. Mais elle ne me disait rien et n'avait, d'ailleurs, besoin de ne rien dire : dès qu'elle était rentrée, sur la porte même de ma chambre, comme elle avait encore son chapeau ou sa toque sur la tête, j'avais déjà vu le désir inconnu, rétif, acharné, indomptable. Or c'était souvent les soirs où j'avais attendu son retour avec les plus tendres pensées, où je comptais lui sauter au cou avec le plus de tendresse. Hélas, ces mésententes comme j'en avais eu souvent avec mes parents que je trouvais froids ou irrités au moment où j'accourais près d'eux débordant de tendresse, elles ne sont rien auprès de celles qui se produisent entre deux amants. La souffrance ici est bien moins superficielle, est bien plus difficile à supporter, elle a pour siège une couche plus profonde du cœur. Ce soir-là, le projet qu'Albertine avait formé, elle fut pourtant obligée de m'en dire un mot ; je compris tout de suite qu'elle voulait aller le lendemain faire à Mme Verdurin une visite qui, en elle-même, ne m'eût en rien contrarié. Mais certainement, c'était pour

y faire quelque rencontre, pour y préparer quelque plaisir.
Sans cela elle n'eût pas tellement tenu à cette visite. Je
veux dire, elle ne m'eût pas répété qu'elle n'y tenait pas.
J'avais suivi dans mon existence une marche inverse de
celle des peuples qui ne se servent de l'écriture phonétique
qu'après n'avoir considéré les caractères que comme une
suite de symboles ; moi qui pendant tant d'années n'avais
cherché la vie et la pensée réelles des gens que dans
l'énoncé direct qu'ils m'en fournissaient volontairement,
par leur faute j'en étais arrivé à ne plus attacher, au
contraire, d'importance qu'aux témoignages qui ne sont
pas une expression rationnelle et analytique de la vérité ;
les paroles elles-mêmes ne me renseignaient qu'à la
condition d'être interprétées à la façon d'un afflux de sang
à la figure d'une personne qui se trouble, à la façon encore
d'un silence subit. Tel adverbe (par exemple employé par
M. de Cambremer quand il croyait que j'étais « écrivain »
et que, ne m'ayant pas encore parlé, racontant une visite
qu'il avait faite aux Verdurin, il s'était tourné vers moi
en me disant : « Il y avait *justement* de Borrelli[1] ») jailli
dans une conflagration par le rapprochement involontaire,
parfois périlleux, de deux idées que l'interlocuteur
n'exprimait pas, et duquel par telles méthodes d'analyse
ou d'électrolyse appropriées, je pouvais les extraire, m'en
disait plus qu'un discours. Albertine laissait parfois traîner
dans ses propos tel ou tel de ces précieux amalgames que
je me hâtais de « traiter » pour les transformer en idées
claires.

C'est du reste une des choses les plus terribles pour
l'amoureux que, si les faits particuliers — que seuls
l'expérience, l'espionnage, entre tant de réalisations
possibles, feraient connaître — sont si difficiles à trouver,
la vérité, en revanche, est si facile à percer ou seulement
à pressentir. Souvent je l'avais vue à Balbec, attacher sur
des jeunes filles qui passaient un regard brusque et
prolongé, pareil à un attouchement, et après lequel, si je
les connaissais, elle me disait : « Si on les faisait venir ?
J'aimerais leur dire des injures. » Et depuis quelque temps,
depuis qu'elle m'avait pénétré sans doute, aucune
demande d'inviter personne, aucune parole, même un
détournement des regards, devenus sans objet et silencieux, et avec la mine distraite et vacante dont ils étaient
accompagnés, aussi révélateur qu'autrefois leur aimanta-

tion. Or il m'était impossible de lui faire des reproches ou de lui poser des questions à propos de choses qu'elle eût déclarées si minimes, si insignifiantes, retenues par moi pour le plaisir de « chercher la petite bête ». Il est déjà difficile de dire « pourquoi avez-vous regardé telle passante ? » mais bien plus « pourquoi ne l'avez-vous pas regardée ? » Et pourtant je savais bien, ou du moins j'aurais su, si je n'avais pas voulu croire plutôt ces affirmations d'Albertine que tous les riens inclus dans un regard, prouvés par lui, et telle ou telle contradiction dans les paroles, contradiction dont je ne m'apercevais souvent que longtemps après l'avoir quittée, qui me faisait souffrir toute la nuit, dont je n'osais plus reparler, mais qui n'en honorait pas moins de temps en temps ma mémoire de ses visites périodiques. Souvent pour ces simples regards furtifs ou détournés sur la plage de Balbec ou dans les rues de Paris, je pouvais me demander si la personne qui les provoquait n'était pas seulement un objet de désirs au moment où elle passait, mais une ancienne connaissance, ou bien une jeune fille dont on n'avait fait que lui parler et dont, quand je l'apprenais, j'étais stupéfait qu'on lui eût parlé, tant c'était en dehors des connaissances possibles, au juger, d'Albertine. Mais la Gomorrhe moderne est un puzzle fait des morceaux qui viennent de là où on s'attendait le moins. C'est ainsi que je vis une fois à Rivebelle un grand dîner dont je connaissais par hasard, au moins de nom, les dix invitées, aussi dissemblables que possible, parfaitement rejointes cependant, si bien que je ne vis jamais dîner si homogène, bien que si composite.

Pour en revenir aux jeunes passantes, jamais Albertine n'eût regardé une dame âgée ou un vieillard avec tant de fixité ou au contraire de réserve et comme si elle ne voyait pas. Les maris trompés qui ne savent rien, savent tout de même. Mais il faut un dossier plus matériellement documenté pour établir une scène de jalousie. D'ailleurs, si la jalousie nous aide à découvrir un certain penchant à mentir chez la femme que nous aimons, elle centuple ce penchant quand la femme a découvert que nous sommes jaloux. Elle ment (dans des proportions où elle ne nous a jamais menti auparavant), soit qu'elle ait pitié, ou peur, ou se dérobe instinctivement par une fuite symétrique à nos investigations. Certes il y a des amours où dès le début une femme légère s'est posée comme une vertu aux yeux de l'homme qui l'aime. Mais combien d'autres comprennent deux périodes parfaitement contrastées ! Dans la première la femme parle presque facilement, avec de simples atténuations, de son goût pour le plaisir, de la vie galante qu'il lui a fait mener, toutes choses qu'elle niera ensuite avec la dernière énergie au même homme mais qu'elle a senti jaloux d'elle et l'épiant. Il en arrive à regretter le temps de ces premières confidences dont le souvenir le torture cependant. Si la femme lui en faisait encore de pareilles, elle lui fournirait presque elle-même le secret des fautes qu'il poursuit inutilement chaque jour. Et puis quel abandon cela prouvait, quelle confiance, quelle amitié ! Si elle ne peut vivre sans le tromper, du moins le tromperait-elle en amie, en lui racontant ses plaisirs, en l'y associant. Et il regrette une telle vie que les débuts de leur amour semblaient esquisser, que sa suite a rendue impossible, faisant de cet amour quelque chose d'atrocement douloureux, qui rendra une séparation, selon les cas, ou inévitable, ou impossible.

Parfois l'écriture où je déchiffrais les mensonges d'Albertine, sans être idéographique, avait simplement besoin d'être lue à rebours ; c'est ainsi que ce soir elle m'avait lancé d'un air négligent ce message destiné à passer presque inaperçu : « Il serait possible que j'aille demain chez les Verdurin, je ne sais pas du tout si j'irai, je n'en ai guère envie. » Anagramme enfantin de cet aveu : « J'irai demain chez les Verdurin, c'est absolument certain, car j'y attache une extrême importance. » Cette hésitation apparente signifiait une volonté arrêtée et avait pour but de diminuer l'importance de la visite tout en me l'annonçant. Albertine employait toujours le ton dubitatif pour les résolutions irrévocables. La mienne ne l'était pas moins : je m'arrangerais pour que la visite à Mme Verdurin n'eût pas lieu. La jalousie n'est souvent qu'un inquiet besoin de tyrannie appliqué aux choses de l'amour. J'avais sans doute hérité de mon père ce brusque désir arbitraire de menacer les êtres que j'aimais le plus dans les espérances dont ils se berçaient avec une sécurité que je voulais leur montrer trompeuse ; quand je voyais qu'Albertine avait combiné à mon insu, en se cachant de moi, le plan d'une sortie que j'eusse fait tout au monde pour lui rendre plus facile et plus agréable si elle m'en avait fait le confident,

je disais négligemment, pour la faire trembler, que je
comptais sortir ce jour-là.

Je me mis à suggérer à Albertine d'autres buts de
promenade qui eussent rendu la visite Verdurin impossible, en des paroles empreintes d'une feinte indifférence
sous laquelle je tâchais de déguiser mon énervement. Mais
elle l'avait dépisté. Il rencontrait chez elle la force
électrique d'une volonté contraire qui le repoussait
vivement ; dans les yeux d'Albertine j'en voyais jaillir les
étincelles. Au reste, à quoi bon m'attacher à ce que disaient
les prunelles en ce moment ? Comment n'avais-je pas
depuis longtemps remarqué que les yeux d'Albertine
appartenaient à la famille de ceux qui (même chez un être
médiocre) semblent faits de plusieurs morceaux à cause de
tous les lieux où l'être veut se trouver — et cacher qu'il
veut se trouver — ce jour-là ? Des yeux — par mensonge
toujours immobiles et passifs — mais dynamiques, mesura-
bles par les mètres ou kilomètres à franchir pour se trouver
au rendez-vous voulu, implacablement voulu, des yeux qui
sourient moins encore au plaisir qui les tente, qu'ils ne
s'auréolent de la tristesse et du découragement qu'il y aura
peut-être une difficulté pour aller au rendez-vous. Entre
vos mains mêmes, ces êtres-là sont des êtres de fuite. Pour
comprendre les émotions qu'ils donnent et que d'autres
êtres, même plus beaux, ne donnent pas, il faut calculer
qu'ils sont non pas immobiles, mais en mouvement, et
ajouter à leur personne un signe correspondant à ce qu'en
physique est le signe qui signifie vitesse.

Si vous dérangez leur journée, ils vous avouent le plaisir
qu'ils vous avaient caché : « Je voulais tant aller goûter
à cinq heures avec telle personne que j'aime ! » Hé bien,
si six mois après vous arrivez à connaître la personne en
question, vous apprendrez que jamais la jeune fille dont
vous aviez dérangé les projets, qui prise au piège, pour
que vous la laissiez libre vous avait avoué le goûter qu'elle
faisait ainsi avec une personne aimée tous les jours à
l'heure où vous ne la voyiez pas, vous apprendrez que cette
personne ne l'a jamais reçue, qu'elles n'ont jamais goûté
ensemble, la jeune fille disant être très prise, par vous
précisément.

Ainsi, la personne avec qui elle avait confessé qu'elle
allait goûter, avec qui elle vous avait supplié de la laisser
aller goûter, cette personne, raison avouée par nécessité,

ce n'était pas elle, c'était une autre, c'était encore autre
chose ! Autre chose, quoi ? Une autre, qui ? Hélas, les yeux
fragmentés, portant au loin et tristes, permettraient
peut-être de mesurer les distances, mais n'indiquent pas
les directions. Le champ infini des possibles s'étend, et si
par hasard le réel se présentait devant nous, il serait
tellement en dehors des possibles que, dans un brusque
étourdissement, allant taper contre ce mur surgi, nous
tomberions à la renverse. Le mouvement et la fuite
constatés ne sont même pas indispensables, il suffit que
nous les induisions. Elle nous avait promis une lettre, nous
étions calme, nous n'aimions plus. La lettre n'est pas venue,
aucun courrier n'en apporte, « que se passe-t-il ? »
l'anxiété renaît et l'amour. Ce sont surtout de tels êtres
qui nous inspirent l'amour, pour notre désolation. Car
chaque anxiété nouvelle que nous éprouvons par eux
enlève à nos yeux de leur personnalité. Nous étions résigné
à la souffrance, croyant aimer en dehors de nous, et nous
nous apercevons que notre amour est fonction de notre
tristesse, que notre amour c'est peut-être notre tristesse,
et que l'objet n'en est que pour une faible part la jeune
fille à la noire chevelure. Mais enfin, ce sont surtout de
tels êtres qui inspirent l'amour. Le plus souvent l'amour
n'a pour objet un corps que si une émotion, la peur de
le perdre, l'incertitude de le retrouver se fondent en lui.
Or ce genre d'anxiété a une grande affinité pour les corps.
Il leur ajoute une qualité qui passe la beauté même, ce
qui est une des raisons pour quoi l'on voit des hommes,
indifférents aux femmes les plus belles, en aimer passionnément certaines qui nous semblent laides. À ces êtres-là,
à ces êtres de fuite, leur nature, notre inquiétude attachent
des ailes. Et même auprès de nous, leur regard semble
nous dire qu'ils vont s'envoler. La preuve de cette beauté,
surpassant la beauté, qu'ajoutent les ailes, est que bien
souvent pour nous un même être est successivement sans
ailes et ailé. Que nous craignions de le perdre, nous
oublions tous les autres. Sûrs de le garder, nous le
comparons à ces autres qu'aussitôt nous lui préférons. Et
comme ces émotions et ces certitudes peuvent alterner
d'une semaine à l'autre, un être peut une semaine se voir
sacrifier tout ce qui plaisait, la semaine suivante être
sacrifié, et ainsi de suite pendant très longtemps. Ce qui
serait incompréhensible si nous ne savions par l'expérience

que tout homme a d'avoir dans sa vie, au moins une fois, cessé d'aimer, oublié une femme, le peu de chose qu'est en soi-même un être quand il n'est plus, ou qu'il n'est pas encore, perméable à nos émotions. Et bien entendu si nous disons : êtres de fuite, c'est également vrai des êtres en prison, des femmes captives qu'on croit qu'on ne pourra jamais avoir. Aussi les hommes détestent les entremetteuses, car elles facilitent la fuite, font briller la tentation, mais s'ils aiment au contraire une femme cloîtrée, recherchent volontiers les entremetteuses pour les faire sortir de leur prison et nous les amener. Dans la mesure où les unions avec les femmes qu'on enlève sont moins durables que d'autres, la cause en est que la peur de ne pas arriver à les obtenir ou l'inquiétude de les voir fuir est tout notre amour et qu'une fois enlevées à leur mari, arrachées à leur théâtre, guéries de la tentation de nous quitter, dissociées en un mot de notre émotion quelle qu'elle soit, elles sont seulement elles-mêmes c'est-à-dire presque rien et, si longtemps convoitées, sont quittées bientôt par celui-là même qui avait si peur d'être quitté par elles.

J'ai dit : « Comment n'avais-je pas deviné ? » Mais ne l'avais-je pas deviné dès le premier jour à Balbec ? N'avais-je pas deviné en Albertine une de ces filles sous l'enveloppe charnelle desquelles palpitent plus d'êtres cachés, je ne dis pas que dans un jeu de cartes encore dans sa boîte, que dans une cathédrale fermée ou un théâtre avant qu'on n'y entre, mais que dans la foule immense et renouvelée ? Non pas seulement tant d'êtres, mais le désir, le souvenir voluptueux, l'inquiète recherche de tant d'êtres. À Balbec je n'avais pas été troublé parce que je n'avais même pas supposé qu'un jour je serais sur des pistes même fausses. N'importe, cela avait donné pour moi à Albertine la plénitude d'un être empli jusqu'au bord par la superposition de tant d'êtres, de tant de désirs et de souvenirs voluptueux d'êtres. Et maintenant qu'elle m'avait dit un jour : « Mlle Vinteuil », j'aurais voulu non pas arracher sa robe pour voir son corps, mais à travers son corps voir tout ce bloc-notes de ses souvenirs et de ses prochains et ardents rendez-vous.

Comme les choses probablement les plus insignifiantes prennent soudain une valeur extraordinaire quand un être que nous aimons (ou à qui il ne manquait que cette

duplicité pour que nous l'aimions) nous les cache ! En
elle-même la souffrance ne nous donne pas forcément des
sentiments d'amour ou de haine pour la personne qui
la cause : un chirurgien qui nous fait mal nous reste
indifférent. Mais une femme qui nous a dit pendant
quelque temps que nous étions tout pour elle, sans qu'elle
fût elle-même tout pour nous, une femme que nous avons
plaisir à voir, à embrasser, à tenir sur nos genoux, nous
nous étonnons si seulement nous éprouvons à une brusque
résistance que nous ne disposons pas d'elle. La déception
réveille alors parfois en nous le souvenir oublié d'une
angoisse ancienne, que nous savons pourtant ne pas avoir
été provoquée par cette femme, mais par d'autres dont
les trahisons s'échelonnent sur notre passé. Et, au reste,
comment a-t-on le courage de souhaiter vivre, comment
peut-on faire un mouvement pour se préserver de la mort,
dans un monde où l'amour n'est provoqué que par le
mensonge et consiste seulement dans notre besoin de voir
nos souffrances apaisées par l'être qui nous a fait souffrir ?
Pour sortir de l'accablement qu'on éprouve quand on
découvre ce mensonge et cette résistance, il y a le triste
remède de chercher à agir malgré elle, à l'aide des êtres
qu'on sent plus mêlés à sa vie que nous-même, sur celle
qui nous résiste et qui nous ment, à ruser nous-même, à
nous faire détester. Mais la souffrance d'un tel amour est
de celles qui font invinciblement que le malade cherche
dans un changement de position un bien-être illusoire. Ces
moyens d'action ne nous manquent pas, hélas ! Et l'horreur
de ces amours que l'inquiétude seule a enfantées vient de
ce que nous tournons et retournons sans cesse dans notre
cage des propos insignifiants ; sans compter que rarement
les êtres pour qui nous les éprouvons nous plaisent
physiquement d'une manière complète, puisque ce n'est
pas notre goût délibéré, mais le hasard d'une minute
d'angoisse, minute indéfiniment prolongée par notre
faiblesse de caractère, laquelle refait chaque soir des
expériences et s'abaisse à des calmants, qui a choisi pour
nous. Sans doute mon amour pour Albertine n'était pas
le plus dénué de ceux jusqu'où par manque de volonté
on peut déchoir, car il n'était pas entièrement platonique ;
elle me donnait des satisfactions charnelles, et puis elle
était intelligente. Mais tout cela était une superfétation.
Ce qui m'occupait l'esprit n'était pas ce qu'elle avait pu

dire d'intelligent, mais tel mot qui éveillait chez moi un doute sur ses actes. J'essayais de me rappeler si elle avait dit ceci ou cela, de quel air, à quel moment, en réponse de quelles paroles, de reconstituer toute la scène de son dialogue avec moi, à quel moment elle avait voulu aller chez les Verdurin, quel mot de moi avait donné à son visage l'air fâché. Il se fût agi de l'événement le plus important que je ne me fusse pas donné tant de peine pour en rétablir la vérité, en restituer l'atmosphère et la couleur juste. Sans doute ces inquiétudes, après avoir atteint un degré où elles nous sont insupportables, on arrive parfois à les calmer entièrement pour un soir. La fête où l'amie qu'on aime doit se rendre, et sur la vraie nature de laquelle notre esprit travaillait depuis des jours, nous y sommes conviés aussi, notre amie n'y a d'égards et de paroles que pour nous, nous la ramenons, et nous connaissons alors, nos inquiétudes dissipées, un repos aussi complet, aussi réparateur, que celui qu'on goûte parfois dans ce sommeil profond qui suit les longues marches. Mais le plus souvent nous ne faisons que changer d'inquiétude. Un des mots de la phrase qui devait nous calmer met nos soupçons sur une autre piste. Et, sans doute, un tel repos vaut que nous le payions à un prix élevé. Mais n'aurait-il pas été plus simple de ne pas acheter nous-même, volontairement, l'anxiété, et plus cher encore ? D'ailleurs, nous savons bien que si profondes que puissent être ces détentes momenta-nées, l'inquiétude sera tout de même la plus forte. Souvent même, elle est renouvelée par la phrase dont le but était de nous apporter le repos. Les exigences de notre jalousie et l'aveuglement de notre crédulité sont plus grands que ne pouvait supposer la femme que nous aimons. Quand spontanément elle nous jure que tel homme n'est pour elle qu'un ami, elle nous bouleverse en nous apprenant — ce que nous ne soupçonnions pas — qu'il était pour elle un ami. Tandis qu'elle nous raconte, pour nous montrer sa sincérité, comment ils ont pris le thé ensemble, cet après-midi même, à chaque mot qu'elle dit, l'invisible, l'insoupçonné prend forme devant nous. Elle avoue qu'il lui a demandé d'être sa maîtresse et nous souffrons le martyre qu'elle ait pu écouter ses propositions. Elle les a refusées, dit-elle. Mais tout à l'heure, en nous rappelant son récit, nous nous demanderons si le refus est bien véridique, car il y a, entre les différentes choses qu'elle nous a dites, cette absence de lien logique et nécessaire qui, plus que les faits qu'on raconte, est le signe de la vérité. Et puis elle a eu cette terrible intonation dédaigneuse : « Je lui ai dit non, catégoriquement », qui se retrouve dans toutes les classes de la société quand une femme ment. Il faut pourtant la remercier d'avoir refusé, l'encourager par notre bonté à nous faire de nouveau à l'avenir des confidences si cruelles. Tout au plus faisons-nous la remarque : « Mais s'il vous avait déjà fait des propositions, pourquoi avez-vous consenti à prendre le thé avec lui ? — Pour qu'il ne pût pas m'en vouloir et dire que je n'ai pas été gentille. » Et nous n'osons pas lui répondre qu'en refusant elle eût peut-être été plus gentille pour nous.

D'ailleurs, Albertine m'effrayait en me disant que j'avais raison, pour ne pas lui faire de tort, de dire que je n'étais pas son amant, puisque aussi bien, ajoutait-elle, « c'est la vérité que vous ne l'êtes pas ». Je ne l'étais peut-être pas complètement en effet, mais alors fallait-il penser que toutes les choses que nous faisions ensemble, elle les faisait aussi avec tous les hommes dont elle me jurait qu'elle n'avait pas été la maîtresse ? Vouloir connaître à tout prix ce qu'Albertine pensait, qui elle voyait, qui elle aimait — comme il était étrange que je sacrifiasse tout à ce besoin, puisque j'avais éprouvé le même besoin de savoir au sujet de Gilberte des noms propres, des faits, qui m'étaient maintenant si indifférents ! Je me rendais bien compte qu'en elles-mêmes les actions d'Albertine n'avaient pas plus d'intérêt. Il est curieux qu'un premier amour, si, par la fragilité qu'il laisse à notre cœur, il fraye la voie aux amours suivantes, ne nous donne pas du moins par l'identité même des symptômes et des souffrances le moyen de les guérir. D'ailleurs, y a-t-il besoin de savoir un fait ? Ne sait-on pas d'abord d'une façon générale le mensonge et la discrétion même de ces femmes qui ont quelque chose à cacher ? Y a-t-il là possibilité d'erreur ? Elles se font une vertu de se taire alors que nous voudrions tant les faire parler. Et nous sentons qu'à leur complice elles ont affirmé : « Je ne dis jamais rien. Ce n'est pas par moi qu'on saura quelque chose, je ne dis jamais rien. »

On donne sa fortune, sa vie pour un être, et pourtant cet être, on sait bien qu'à dix ans d'intervalle, plus tôt ou plus tard, on lui refuserait cette fortune, on préférerait garder sa vie. Car alors l'être serait détaché de nous, seul, c'est-à-dire nul. Ce qui nous attache aux êtres, ce sont ces mille racines, ces fils innombrables que sont les souvenirs de la soirée de la veille, les espérances de la matinée du lendemain ; c'est cette trame continue d'habitudes dont nous ne pouvons pas nous dégager. De même qu'il y a des avares qui entassent par générosité, nous sommes des prodigues qui dépensent par avarice, et c'est moins à un être que nous sacrifions notre vie, qu'à tout ce qu'il a pu attacher autour de lui de nos heures, de nos jours, de ce à côté de quoi la vie non encore vécue, la vie relativement future, nous semble une vie plus lointaine, plus détachée, moins intime, moins nôtre. Ce qu'il faudrait, c'est se dégager de ces liens qui ont tellement plus d'importance que lui, mais ils ont pour effet de créer en nous des devoirs momentanés à son égard, devoirs qui font que nous n'osons pas le quitter de peur d'être mal jugé de lui, alors que plus tard nous oserions, car dégagé de nous il ne serait plus nous, et que nous ne nous créons en réalité de devoirs (dussent-ils, par une contradiction apparente, aboutir au suicide) qu'envers nous-mêmes.

Si je n'aimais pas Albertine (ce dont je n'étais pas sûr), cette place qu'elle tenait auprès de moi n'avait rien d'extraordinaire : nous ne vivons qu'avec ce que nous n'aimons pas, que nous n'avons fait vivre avec nous que pour tuer l'insupportable amour, qu'il s'agisse d'une femme, d'un pays, ou encore d'une femme enfermant un pays. Même nous aurions bien peur de recommencer à aimer si l'absence se produisait de nouveau. Je n'en étais pas arrivé à ce point pour Albertine. Ses mensonges, ses aveux, me laissaient à achever la tâche d'éclaircir la vérité. Ses mensonges si nombreux, parce qu'elle ne se contentait pas de mentir comme tout être qui se croit aimé, mais parce que par nature elle était, en dehors de cela, menteuse, et si changeante d'ailleurs que même en me disant chaque fois la vérité sur ce que, par exemple, elle pensait des gens, elle eût dit chaque fois des choses différentes ; ses aveux, parce que si rares, arrêtés si court, ils laissaient entre eux, en tant qu'ils concernaient le passé, de grands intervalles tout en blanc et sur toute la longueur desquels il me fallait retracer, et pour cela d'abord apprendre, sa vie. Quant au présent, pour autant que je pouvais interpréter les paroles sibyllines de Françoise, ce n'était pas que sur des

points particuliers, c'était sur tout un ensemble qu'Albertine me mentait, et je verrais « tout par un beau jour[1] »
ce que Françoise faisait semblant de savoir, ce qu'elle ne
voulait pas me dire, ce que je n'osais pas lui demander.
D'ailleurs, c'était sans doute par la même jalousie qu'elle
avait eue jadis envers Eulalie que Françoise parlait des
choses les plus invraisemblables, tellement vagues qu'on
pouvait tout au plus y supposer l'insinuation bien
invraisemblable que la pauvre captive (qui aimait les
femmes) préférait un mariage avec quelqu'un qui ne
semblait pas tout à fait être moi. Si cela avait été, malgré
ses radiotélépathies, comment Françoise l'aurait-elle su ?
Certes, les récits d'Albertine ne pouvaient nullement me
fixer là-dessus, car ils étaient chaque jour aussi opposés
que les couleurs d'une toupie presque arrêtée. D'ailleurs,
il semblait bien que c'était surtout la haine qui faisait parler
Françoise. Il n'y avait pas de jour qu'elle ne me dît et que
je ne supportasse en l'absence de ma mère des paroles
telles que : « Certes, vous êtes gentil et je vous n'oublierai
jamais la reconnaissance que je vous dois (ceci probablement pour que je me crée des titres à sa reconnaissance).
Mais la maison est empestée depuis que la gentillesse a
installé ici la fourberie, que l'intelligence protège la plus
bête qu'on ait jamais vue, que la finesse, les manières,
l'esprit, la dignité en toutes choses, l'air et la réalité d'un
prince se laissent faire la loi et monter le coup et me faire
humilier, moi qui suis depuis quarante ans dans la famille,
par le vice, par ce qu'il y a de plus vulgaire et de plus
bas. »

Françoise en voulait surtout à Albertine d'être commandée par autre que nous, et d'un surcroît de travail de
ménage, d'une fatigue qui altérant la santé de notre vieille
servante (laquelle ne voulait pas malgré cela être aidée
dans son travail, n'étant pas une « propre à rien ») eût
suffi à expliquer cet énervement, ces colères haineuses.
Certes, elle eût voulu qu'Albertine-Esther[2] fût bannie.
C'était le vœu de Françoise. Et en la consolant cela eût
déjà reposé notre vieille servante. Mais, à mon avis, ce
n'était pas seulement cela. Une telle haine n'avait pu naître
que dans un corps surmené. Et plus encore que d'égards
Françoise avait besoin de sommeil.

Pendant qu'Albertine allait ôter ses affaires, et pour
aviser au plus vite, je me saisis du récepteur du téléphone,

j'invoquai les Divinités implacables[1], mais ne fis qu'exciter leur fureur qui se traduisit par ces mots : « Pas libre. » Andrée était en train en effet de causer avec quelqu'un. En attendant qu'elle eût achevé sa communication, je me demandais comment, puisque tant de peintres cherchent à renouveler les portraits féminins du XVIIIe siècle où l'ingénieuse mise en scène est un prétexte aux expressions de l'attente, de la bouderie, de l'intérêt, de la rêverie, comment aucun de nos modernes Boucher ou Fragonard, ne peignit, au lieu de *La Lettre,* du *Clavecin,* etc., cette scène qui pourrait s'appeler : *Devant le téléphone*[2], et où naîtrait spontanément sur les lèvres de l'écouteuse un sourire d'autant plus vrai qu'il sait n'être pas vu. Enfin, Andrée m'entendit : « Vous venez prendre Albertine demain ? » et en prononçant ce nom d'Albertine, je pensais à l'envie que m'avait inspirée Swann quand il m'avait dit le jour de la fête chez la princesse de Guermantes : « Venez voir Odette », et que j'avais pensé à ce que malgré tout il y avait de fort dans un prénom qui aux yeux de tout le monde et d'Odette elle-même n'avait que dans la bouche de Swann ce sens absolument possessif. Qu'une telle mainmise — résumée en un vocable — sur toute une existence m'avait paru, chaque fois que j'étais amoureux, devoir être si douce ! Mais en réalité, quand on peut le dire, ou bien cela est devenu indifférent, ou bien l'habitude n'a pas émoussé la tendresse, mais elle en a changé les douceurs en douleurs. Le mensonge est bien peu de chose, nous vivons au milieu de lui sans faire qu'en sourire, nous le pratiquons sans croire faire mal à personne, mais la jalousie en souffre et voit plus qu'il ne cache (souvent notre amie refuse de passer la soirée avec nous et va au théâtre tout simplement pour que nous ne voyions pas qu'elle a mauvaise mine), comme bien souvent elle reste aveugle à ce que cache la vérité. Mais elle ne peut rien obtenir, car celles qui jurent ne pas mentir refuseraient sous le couteau de confesser leur caractère. Je savais que moi seul pouvais dire de cette façon-là « Albertine » à Andrée. Et pourtant, pour Albertine, pour Andrée, et pour moi-même, je sentais que je n'étais rien Et je comprenais l'impossibilité où se heurte l'amour. Nous nous imaginons qu'il a pour objet un être qui peut être couché devant nous, enfermé dans un corps. Hélas ! Il est l'extension de cet être à tous les points de l'espace et du

temps que cet être a occupés et occupera. Si nous ne
possédons pas son contact avec tel lieu, avec telle heure,
nous ne le possédons pas. Or nous ne pouvons toucher
tous ces points. Si encore ils nous étaient désignés,
peut-être pourrions-nous nous étendre jusqu'à eux. Mais
nous tâtonnons sans les trouver. De là la défiance, la
jalousie, les persécutions. Nous perdons un temps précieux
sur une piste absurde et nous passons sans le soupçonner
à côté du vrai.

Mais déjà une des Divinités irascibles, aux servantes
vertigineusement agiles, s'irritait non plus que je parlasse,
mais que je ne dise rien. « Mais voyons, c'est libre ! Depuis
le temps que vous êtes en communication, je vais vous
couper. » Mais elle n'en fit rien, et tout en suscitant la
présence d'Andrée, l'enveloppa, en grand poète qu'est
toujours une demoiselle du téléphone, de l'atmosphère
particulière à la demeure, au quartier, à la vie même de
l'amie d'Albertine. « C'est vous ? » me dit Andrée dont
la voix était projetée jusqu'à moi avec une vitesse
instantanée par la déesse qui a le privilège de rendre les
sons plus rapides que l'éclair. « Écoutez, répondis-je,
allez où vous voudrez, n'importe où, excepté chez
Mme Verdurin. Il faut à tout prix en éloigner demain
Albertine. — C'est que justement elle doit y aller demain.
— Ah ! »

Mais j'étais obligé d'interrompre un instant et de faire
des gestes menaçants, car si Françoise continuait — comme
si c'eût été quelque chose d'aussi désagréable que la
vaccine ou d'aussi périlleux que l'aéroplane — à ne pas
vouloir apprendre à téléphoner, ce qui nous eût déchargés
des communications qu'elle pouvait connaître sans
inconvénient, en revanche elle entrait immédiatement chez
moi dès que j'étais en train d'en faire d'assez secrètes pour
que je tinsse particulièrement à les lui cacher. Quand elle
fut enfin sortie de la chambre non sans s'être attardée à
emporter divers objets qui y étaient depuis la veille et
eussent pu y rester sans gêner le moins du monde une
heure de plus, et pour remettre dans le feu une bûche
rendue bien inutile par la chaleur brûlante que me
donnaient la présence de l'intruse et la peur de me voir
« couper » par la demoiselle, « Pardonnez-moi, dis-je
à Andrée, j'ai été dérangé. C'est absolument sûr qu'elle
doit aller demain chez les Verdurin ? — Absolument, mais

je peux lui dire que cela vous ennuie. — Non, au contraire, ce qui est possible, c'est que je vienne avec vous. — Ah ! » fit Andrée d'une voix ennuyée et comme effrayée de mon audace, qui ne fit du reste que s'en affermir. « Alors, je vous quitte et pardon de vous avoir dérangée pour rien. — Mais non », dit Andrée et (comme maintenant l'usage du téléphone était devenu courant, autour de lui s'était développé l'enjolivement de phrases spéciales, comme jadis autour des « thés ») elle ajouta : « Cela m'a fait grand plaisir d'entendre votre voix. »

J'aurais pu en dire autant, et plus véridiquement qu'Andrée, car je venais d'être infiniment sensible à sa voix, n'ayant jamais remarqué jusque-là qu'elle était si différente des autres. Alors, je me rappelai d'autres voix encore, des voix de femmes surtout, les unes ralenties par la précision d'une question et l'attention de l'esprit, d'autres essoufflées, même interrompues, par le flot lyrique de ce qu'elles racontent, je me rappelai une à une la voix de chacune des jeunes filles que j'avais connues à Balbec, puis de Gilberte, puis de ma grand-mère, puis de Mme de Guermantes, je les trouvai toutes dissemblables, moulées sur un langage particulier à chacune, jouant toutes sur un instrument différent, et je me dis quel maigre concert doivent donner au Paradis les trois ou quatre anges musiciens des vieux peintres, quand je voyais s'élever vers Dieu, par dizaines, par centaines, par milliers, l'harmonieuse et multisonore salutation de toutes les Voix. Je ne quittai pas le téléphone sans remercier en quelques mots propitiatoires Celle qui règne sur la vitesse des sons, d'avoir bien voulu user en faveur de mes humbles paroles d'un pouvoir qui les rendait cent fois plus rapides que le tonnerre. Mais mes actions de grâce restèrent sans autre réponse que d'être coupées.

Quand Albertine revint dans ma chambre, elle avait une robe de satin noir qui contribuait à la rendre plus pâle, à faire d'elle la Parisienne blême, ardente, étiolée par le manque d'air, l'atmosphère des foules et peut-être l'habitude du vice, et dont les yeux semblaient plus inquiets parce que ne les égayait pas la rougeur des joues. « Devinez, lui dis-je, à qui je viens de téléphoner : à Andrée. — À Andrée ? » s'écria Albertine sur un ton bruyant, étonné, ému, qu'une nouvelle aussi simple ne comportait pas. « J'espère qu'elle a pensé à vous dire que

nous avions rencontré Mme Verdurin l'autre jour.
— Mme Verdurin ? je ne me rappelle pas », répondis-je
en ayant l'air de penser à autre chose, à la fois pour sembler
indifférent à cette rencontre et pour ne pas trahir Andrée
qui m'avait dit où Albertine irait le lendemain. Mais qui
sait si elle-même, Andrée, ne me trahissait pas, si demain
elle ne raconterait pas à Albertine que je lui avais demandé
de l'empêcher coûte que coûte d'aller chez les Verdurin,
et si elle ne lui avait pas déjà révélé que je lui avais fait
plusieurs fois des recommandations analogues ? Elle
m'avait affirmé ne les avoir jamais répétées, mais la valeur
de cette affirmation était balancée dans mon esprit par
l'impression que depuis quelque temps s'était retirée du
visage d'Albertine la confiance qu'elle avait eue si
longtemps en moi.

La souffrance dans l'amour cesse par instants, mais pour
reprendre d'une façon différente. Nous pleurons de voir
celle que nous aimons ne plus avoir avec nous ces élans
de sympathie, ces avances amoureuses du début, nous
souffrons plus encore que, les ayant perdus pour nous, elle
les retrouve pour d'autres ; puis de cette souffrance-là nous
sommes distraits par un mal nouveau plus atroce, le
soupçon qu'elle nous a menti sur sa soirée de la veille,
où elle nous a trompés sans doute ; ce soupçon-là aussi
se dissipe, la gentillesse que nous montre notre amie nous
apaise ; mais alors un mot oublié nous revient à l'esprit,
on nous a dit qu'elle était ardente au plaisir, or nous ne
l'avons connue que calme ; nous essayons de nous
représenter ce que furent ses frénésies avec d'autres, nous
sentons le peu que nous sommes pour elle, nous
remarquons un air d'ennui, de nostalgie, de tristesse
pendant que nous parlons, nous remarquons comme un
ciel noir les robes négligées qu'elle met quand elle est avec
nous, gardant pour les autres celles avec lesquelles, au
commencement, elle cherchait à nous éblouir. Si au
contraire elle est tendre, quelle joie un instant ! mais en
voyant cette petite langue tirée comme pour un appel des
yeux, nous pensons à celles à qui il était si souvent adressé
que, même peut-être auprès de moi, sans qu'Albertine
pensât à elles, il était demeuré, à cause d'une trop longue
habitude, un signe machinal. Puis le sentiment que nous
l'ennuyons revient. Mais brusquement cette souffrance
tombe à peu de chose en pensant à l'inconnu malfaisant

de sa vie, aux lieux impossibles à connaître où elle a été, est peut-être encore dans les heures où nous ne sommes pas près d'elle, si même elle ne projette pas d'y vivre définitivement, ces lieux où elle est loin de nous, pas à nous, plus heureuse qu'avec nous. Tels sont les feux tournants de la jalousie.

La jalousie est aussi un démon qui ne peut être exorcisé, et reparaît toujours, incarné sous une nouvelle forme. Fussions-nous arrivés à les exterminer toutes, à garder perpétuellement celle que nous aimons, l'Esprit du Mal prendrait alors une autre forme, plus pathétique encore, le désespoir de n'avoir obtenu la fidélité que par force, le désespoir de n'être pas aimé.

Entre Albertine et moi il y avait souvent l'obstacle d'un silence fait sans doute des griefs qu'elle taisait parce qu'elle les jugeait irréparables. Si douce qu'Albertine fût certains soirs, elle n'avait plus de ces mouvements spontanés que je lui avais connus à Balbec quand elle me disait : « Ce que vous êtes gentil tout de même ! » et que le fond de son cœur semblait venir à moi sans la réserve d'aucun des griefs qu'elle avait maintenant et qu'elle taisait, parce qu'elle les jugeait sans doute irréparables, impossibles à oublier, inavoués, mais qui n'en mettaient pas moins entre elle et moi la prudence significative de ses paroles ou l'intervalle d'un infranchissable silence.

« Et peut-on savoir pourquoi vous avez téléphoné à Andrée ? — Pour lui demander si cela ne la contrarierait pas que je me joigne à vous demain et que j'aille ainsi faire aux Verdurin la visite que je leur promets depuis La Raspelière. — Comme vous voudrez. Mais je vous préviens qu'il y a un brouillard atroce ce soir et qu'il y en aura sûrement encore demain. Je vous dis cela parce que je ne voudrais pas que cela vous fasse mal. Vous pensez bien que, pour moi, je préfère que vous veniez avec nous. Du reste, ajouta-t-elle d'un air préoccupé, je ne sais pas du tout si j'irai chez les Verdurin. Ils m'ont fait tant de gentillesses qu'au fond je devrais. Après vous, c'est encore les gens qui ont été les meilleurs pour moi, mais il y a des riens qui me déplaisent chez eux. Il faut absolument que j'aille au *Bon Marché* ou aux *Trois Quartiers* acheter une guimpe blanche, car cette robe est trop noire. »

Laisser Albertine aller seule dans un grand magasin parcouru par tant de gens qu'on frôle, pourvu de tant

d'issues qu'on peut dire qu'à la sortie on n'a pas réussi
à trouver sa voiture qui attendait plus loin, j'étais bien
décidé à n'y pas consentir, mais j'étais surtout malheureux.
Et pourtant, je ne me rendais pas compte qu'il y avait
longtemps que j'aurais dû cesser de voir Albertine, car
elle était entrée pour moi dans cette période lamentable
où un être, disséminé dans l'espace et dans le temps, n'est
plus pour nous une femme, mais une suite d'événements
sur lesquels nous ne pouvons faire la lumière, une suite
de problèmes insolubles, une mer que nous essayons
ridiculement, comme Xerxès, de battre pour la punir de
ce qu'elle a englouti. Une fois cette période commencée,
on est forcément vaincu. Heureux ceux qui le comprennent assez tôt pour ne pas trop prolonger une lutte inutile,
épuisante, enserrée de toutes parts par les limites de
l'imagination, et où la jalousie se débat si honteusement
que le même homme qui jadis, si seulement les regards
de celle qui était toujours à côté de lui se portaient un
instant sur un autre, imaginait une intrigue, éprouvait
combien de tourments, se résigne plus tard à la laisser sortir
seule, quelquefois avec celui qu'il sait son amant, préférant
à l'inconnaissable cette torture du moins connue ! C'est
une question de rythme à adopter et qu'on suit après par
habitude. Des nerveux ne pourraient pas manquer un
dîner, qui font ensuite des cures de repos jamais assez
longues ; des femmes récemment encore légères, vivent
dans la pénitence. Des jaloux qui, pour épier celle qu'ils
aimaient, retranchaient sur leur sommeil, sur leur repos,
sentant que ses désirs à elle, le monde si vaste et si secret,
le temps sont plus forts qu'eux, la laissent sortir sans eux,
puis voyager, puis se séparent. La jalousie finit ainsi faute
d'aliments et n'a tant duré qu'à cause d'en avoir réclamé
sans cesse. J'étais bien loin de cet état.

Sans doute le temps d'Albertine m'appartenait en quantités bien plus grandes qu'à Balbec. J'étais maintenant libre
de faire aussi souvent que je voulais, des promenades avec
elle. Comme il n'avait pas tardé à s'établir autour de Paris
des hangars d'aviation, qui sont pour les aéroplanes ce que
les ports sont pour les vaisseaux, et que depuis le jour où
près de La Raspelière la rencontre quasi mythologique
d'un aviateur[1], dont le vol avait fait se cabrer mon cheval,
avait été pour moi comme une image de la liberté, j'aimais
souvent qu'à la fin de la journée le but de nos sorties

— agréable d'ailleurs à Albertine, passionnée pour tous les sports — fût un de ces aérodromes. Nous nous y rendions, elle et moi, attirés par cette vie incessante des départs et des arrivées qui donnent tant de charme aux promenades sur les jetées ou seulement sur la grève pour ceux qui aiment la mer, et aux flâneries autour d'un centre d'aviation pour ceux qui aiment le ciel. À tout moment, parmi le repos des appareils inertes et comme à l'ancre, nous en voyions un péniblement tiré par plusieurs mécaniciens comme est traînée sur le sable une barque demandée par un touriste qui veut aller faire une randonnée en mer. Puis le moteur était mis en marche, l'appareil courait, prenait son élan, enfin tout à coup, à angle droit, il s'élevait, lentement, dans l'extase raidie, comme immobilisée, d'une vitesse horizontale soudain transformée en majestueuse et verticale ascension. Albertine ne pouvait contenir sa joie et elle demandait des explications aux mécaniciens qui, maintenant que l'appareil était à flot, rentraient. Le passager cependant ne tardait pas à franchir des kilomètres, le grand esquif sur lequel nous ne cessions pas de fixer les yeux n'était plus dans l'azur qu'un point presque indistinct, lequel d'ailleurs reprendrait peu à peu sa matérialité, sa grandeur, son volume, quand, la durée de la promenade approchant de sa fin, le moment serait venu de rentrer au port. Et nous regardions avec envie, Albertine et moi, au moment où il sautait à terre, le promeneur qui était allé ainsi goûter au large, dans ces horizons solitaires, le calme et la limpidité du soir. Puis, soit de l'aérodrome, soit de quelque musée, de quelque église que nous étions allés visiter, nous revenions ensemble pour l'heure du dîner. Et pourtant, je ne rentrais pas calmé comme je l'étais à Balbec par de plus rares promenades que je m'enorgueillissais de voir durer tout un après-midi et que je contemplais ensuite, se détachant en beaux massifs de fleurs, sur le reste de la vie d'Albertine comme sur un ciel vide devant lequel on rêve doucement, sans pensée. Le temps d'Albertine ne m'appartenait pas alors en quantités aussi grandes qu'aujourd'hui. Pourtant, il me semblait alors bien plus à moi, parce que je tenais compte seulement — mon amour s'en réjouissant comme d'une faveur — des heures qu'elle passait avec moi ; maintenant — ma jalousie y cherchant avec inquiétude la possibilité d'une trahison —, rien que des heures qu'elle passait sans moi. Or demain, elle désirerait qu'il y en eût de telles. Il faudrait choisir ou de cesser de souffrir ou de cesser d'aimer. Car, ainsi qu'au début il est formé par le désir, l'amour n'est entretenu plus tard que par l'anxiété douloureuse. Je sentais qu'une partie de la vie d'Albertine m'échappait. L'amour, dans l'anxiété douloureuse comme dans le désir heureux, est l'exigence d'un tout. Il ne naît, il ne subsiste que si une partie reste à conquérir. On n'aime que ce qu'on ne possède pas tout entier. Albertine mentait en me disant qu'elle n'irait sans doute pas voir les Verdurin, comme je mentais en disant que je voulais aller chez eux. Elle cherchait seulement à m'empêcher de sortir avec elle, et moi, par l'annonce brusque de ce projet que je ne comptais nullement mettre à exécution, à toucher en elle le point que je devinais le plus sensible, à traquer le désir qu'elle cachait et à la forcer à avouer que ma présence auprès d'elle demain l'empêchait de le satisfaire. Elle l'avait fait, en somme, en cessant brusquement de vouloir aller chez les Verdurin.

« Si vous ne voulez pas venir chez les Verdurin, lui dis-je, il y a au Trocadéro une superbe représentation à bénéfice. » Elle écouta mon conseil d'y aller, d'un air dolent. Je recommençai à être dur avec elle comme à Balbec, au temps de ma première jalousie. Son visage reflétait une déception et j'employais à blâmer mon amie les mêmes raisons qui m'avaient été si souvent opposées par mes parents quand j'étais petit, et qui avaient paru inintelligentes et cruelles à mon enfance incomprise. « Non, malgré votre air triste, disais-je à Albertine, je ne peux pas vous plaindre, je vous plaindrais si vous étiez malade, s'il vous était arrivé un malheur, si vous aviez perdu un parent ; ce qui ne vous ferait peut-être aucune peine étant donné le gaspillage de fausse sensibilité que vous faites pour rien. D'ailleurs, je n'apprécie pas la sensibilité des gens qui prétendent tant nous aimer sans être capables de nous rendre le plus léger service et que leur pensée tournée vers nous laisse si distraits qu'ils oublient d'emporter la lettre que nous leur avons confiée et d'où notre avenir dépend. »

Ces paroles, car une grande partie de ce que nous disons n'étant qu'une récitation, je les avais toutes entendu prononcer à ma mère, laquelle (m'expliquant volontiers qu'il ne fallait pas confondre la véritable sensibilité, ce que, disait-elle, les Allemands, dont elle admirait beaucoup la langue, malgré l'horreur de mon père pour cette nation, appelaient *Empfindung,* et la sensiblerie *Empfindelei*) était allée, une fois que je pleurais, jusqu'à me dire que Néron était peut-être nerveux et n'était pas meilleur pour cela. Au vrai, comme ces plantes qui se dédoublent en poussant, en regard de l'enfant sensitif que j'avais uniquement été, lui faisait face maintenant un homme opposé, plein de bon sens, de sévérité pour la sensibilité maladive des autres, un homme ressemblant à ce que mes parents avaient été pour moi. Sans doute, chacun devant faire continuer en lui la vie des siens, l'homme pondéré et railleur qui n'existait pas en moi au début avait rejoint le sensible, et il était naturel que je fusse à mon tour tel que mes parents avaient été. De plus, au moment où ce nouveau moi se formait, il trouvait son langage tout prêt dans le souvenir de celui, ironique et grondeur, qu'on m'avait tenu, que j'avais maintenant à tenir aux autres, et qui sortait tout naturellement de ma bouche, soit que je l'évoquasse par mimétisme et association de souvenirs, soit aussi que les délicates et mystérieuses incrustations du pouvoir génésique eussent en moi, à mon insu, dessiné comme sur la feuille d'une plante, les mêmes intonations, les mêmes gestes, les mêmes attitudes qu'avaient eus ceux dont j'étais sorti. Car quelquefois, en train de faire l'homme sage quand je parlais à Albertine, il me semblait entendre ma grand-mère. Du reste, n'était-il pas arrivé à ma mère (tant d'obscurs courants inconscients infléchissaient en moi jusqu'aux plus petits mouvements de mes doigts eux-mêmes à être entraînés dans les mêmes cycles que mes parents) de croire que c'était mon père qui entrait, tant j'avais la même manière de frapper que lui. D'autre part, l'accouplement des éléments contraires est la loi de la vie, le principe de la fécondation et, comme on verra, la cause de bien des malheurs. Habituellement, on déteste ce qui nous est semblable, et nos propres défauts vus du dehors nous exaspèrent. Combien plus encore quand quelqu'un qui a passé l'âge où on les exprime naïvement et qui, par exemple, s'est fait dans les moments les plus brûlants un visage de glace, exècre-t-il les mêmes défauts, si c'est un autre, plus jeune, ou plus naïf, ou plus sot, qui les exprime ! Il y a des sensibles pour qui la vue dans les yeux des autres des larmes qu'eux-mêmes retiennent est exaspérante. C'est la trop grande ressemblance qui fait que, malgré l'affection, et parfois plus l'affection est grande, la division règne dans les familles. Peut-être chez moi, et chez beaucoup, le second homme que j'étais devenu était-il simplement une face du premier, exalté et sensible du côté de soi-même, sage Mentor[1] pour les autres. Peut-être en était-il ainsi chez mes parents selon qu'on les considérait par rapport à moi ou en eux-mêmes. Et pour ma grand-mère et ma mère, il était trop visible que leur sévérité pour moi était voulue par elles et même leur coûtait, mais peut-être chez mon père lui-même la froideur n'était-elle qu'un aspect extérieur de sa sensibilité ? Car c'est peut-être la vérité humaine de ce double aspect, aspect du côté de la vie intérieure, aspect du côté des rapports sociaux, qu'on exprimait dans ces mots qui me paraissaient autrefois aussi faux dans leur contenu que pleins de banalité dans leur forme, quand on disait en parlant de mon père : « Sous sa froideur glaciale, il cache une sensibilité extraordinaire ; ce qu'il a surtout, c'est la pudeur de sa sensibilité. » Ne cachait-il pas, au fond, d'incessants et secrets orages, ce calme au besoin semé de réflexions sentencieuses, d'ironie pour les manifestations maladroites de la sensibilité, et qui était le sien, mais que moi aussi maintenant j'affectais vis-à-vis de tout le monde, et dont surtout je ne me départais pas, dans certaines circonstances, vis-à-vis d'Albertine ?

Je crois que vraiment ce jour-là, j'allais décider notre séparation et partir pour Venise. Ce qui me réenchaîna à ma liaison tint à la Normandie, non qu'elle manifestât quelque intention d'aller dans ce pays où j'avais été jaloux d'elle (car j'avais cette chance que jamais ses projets ne touchaient aux points douloureux de mon souvenir), mais parce qu'ayant dit : « C'est comme si je vous parlais de l'amie de votre tante qui habitait Infreville », elle répondit avec colère, heureuse comme toute personne qui discute et qui veut avoir pour soi le plus d'arguments possible, de me montrer que j'étais dans le faux et elle dans le vrai : « Mais jamais ma tante n'a connu personne à Infreville, et moi-même je n'y suis allée. » Elle avait oublié le mensonge qu'elle m'avait fait un soir sur la dame susceptible chez qui c'était de toute nécessité d'aller prendre le thé, dût-elle en allant voir cette dame perdre mon amitié et se donner la mort[2]. Je ne lui rappelai pas son mensonge. Mais il m'accabla. Et je remis encore à une autre fois la rupture. Il n'y a pas besoin de sincérité ni même d'adresse dans le mensonge, pour être aimé. J'appelle ici amour une torture réciproque. Je ne trouvais nullement répréhensible, ce soir, de lui parler comme ma grand-mère, si parfaite, l'avait fait avec moi, ni, pour lui avoir dit que je l'accompagnerais chez les Verdurin, d'avoir adopté la façon brusque de mon père qui ne nous signifiait jamais une décision que de la façon qui pouvait nous causer le maximum d'une agitation en disproportion, à ce degré, avec cette décision elle-même. De sorte qu'il avait beau jeu à nous trouver absurdes de montrer pour si peu de chose une telle désolation, qui en effet répondait à la commotion qu'il nous avait donnée. Et si — comme la sagesse inflexible de ma grand-mère — ces velléités arbitraires de mon père étaient venues chez moi compléter la nature sensible à laquelle elles étaient restées si longtemps extérieures, et que pendant toute mon enfance, elles avaient fait tant souffrir, cette nature sensible les renseignait fort exactement sur les points qu'elles devaient viser efficacement : il n'y a pas de meilleur indicateur qu'un ancien voleur, ou qu'un sujet de la nation qu'on combat. Dans certaines familles menteuses, un frère venu voir son frère sans raison apparente et lui demandant dans une incidente, sur le pas de la porte, en s'en allant, un renseignement qu'il n'a même pas l'air d'écouter, signifie par cela même à son frère que ce renseignement était le but de sa visite, car le frère connaît bien ces airs détachés, ces mots dits comme entre parenthèses à la dernière seconde, car il les a souvent employés lui-même. Or il y a aussi des familles pathologiques, des sensibilités apparentées, des tempéraments fraternels, initiés à cette tacite langue qui fait qu'en famille on se comprend sans se parler. Aussi, qui donc peut, plus qu'un nerveux, être énervant ? Et puis, il y avait peut-être à ma conduite dans ces cas-là, une cause plus générale, plus profonde. C'est que, dans ces moments brefs mais inévitables, où l'on déteste quelqu'un qu'on aime — ces moments qui durent parfois toute la vie avec les gens qu'on n'aime pas — on ne veut pas paraître bon, pour ne pas être plaint, mais à la fois le plus méchant et le plus heureux possible pour que notre bonheur soit vraiment haïssable et ulcère l'âme de l'ennemi occasionnel ou durable. Devant combien de gens ne me suis-je pas mensongèrement calomnié, rien que pour que mes « succès » leur parussent immoraux et les fissent plus enrager ! Ce qu'il faudrait, c'est suivre la voie inverse, c'est montrer sans fierté qu'on a de bons sentiments, au lieu de s'en cacher si fort. Et ce serait facile si on savait ne jamais haïr, aimer toujours. Car alors, on serait si heureux de ne dire que les choses qui peuvent rendre heureux les autres, les attendrir, vous en faire aimer !

Certes, j'avais quelques remords d'être aussi irritant à l'égard d'Albertine et je me disais : « Si je ne l'aimais pas, elle m'aurait plus de gratitude, car je ne serais pas méchant avec elle ; mais non, cela se compenserait car je serais aussi moins gentil. » Et j'aurais pu, pour me justifier, lui dire que je l'aimais. Mais l'aveu de cet amour, outre qu'il n'eût rien appris à Albertine, l'eût peut-être plus refroidie à mon égard que les duretés et les fourberies dont l'amour était justement la seule excuse. Être dur et fourbe envers ce qu'on aime est si naturel ! Si l'intérêt que nous témoignons aux autres ne nous empêche pas d'être doux avec eux et complaisants à ce qu'ils désirent, c'est que cet intérêt est mensonger. Autrui nous est indifférent et l'indifférence n'invite pas à la méchanceté.

La soirée passait ; avant qu'Albertine allât se coucher, il n'y avait pas grand temps à perdre si nous voulions faire la paix, recommencer à nous embrasser. Aucun de nous deux n'en avait encore pris l'initiative.

Sentant qu'elle était de toute façon fâchée, j'en profitai pour lui parler d'Esther Lévy. « Bloch m'a dit (ce qui n'était pas vrai) que vous aviez très bien connu sa cousine Esther. — Je ne la reconnaîtrais même pas », dit Albertine d'un air vague. « J'ai vu sa photographie », ajoutai-je en colère. Je ne regardais pas Albertine en disant cela, de sorte que je ne vis pas son expression, qui eût été sa seule réponse, car elle ne dit rien.

Ce n'était plus l'apaisement du baiser de ma mère à Combray, que j'éprouvais auprès d'Albertine, ces soirs-là, mais au contraire, l'angoisse de ceux où ma mère me disait à peine bonsoir, ou même ne montait pas dans ma chambre, soit qu'elle fût fâchée contre moi ou retenue par des invités. Cette angoisse, non pas sa transposition dans l'amour, non, cette angoisse elle-même, qui s'était un temps spécialisée dans l'amour, quand le partage, la division des passions s'était opérée, avait été affectée à lui seul, maintenant semblait de nouveau s'étendre à toutes, redevenue indivise, de même que dans mon enfance, comme si tous mes sentiments, qui tremblaient de ne pouvoir garder Albertine auprès de mon lit à la fois comme une maîtresse, comme une sœur, comme une fille, comme une mère aussi du bonsoir quotidien de laquelle je recommençais à éprouver le puéril besoin, avaient commencé de se rassembler, de s'unifier dans le soir prématuré de ma vie, qui semblait devoir être aussi brève qu'un jour d'hiver. Mais si j'éprouvais l'angoisse de mon enfance, le changement de l'être qui me la faisait éprouver, la différence de sentiment qu'il m'inspirait, la transformation même de mon caractère me rendaient impossible d'en réclamer l'apaisement à Albertine comme autrefois à ma mère. Je ne savais plus dire : « Je suis triste. » Je me bornais, la mort dans l'âme, à parler de choses indifférentes qui ne me faisaient faire aucun progrès vers une solution heureuse. Je piétinais sur place dans de douloureuses banalités. Et avec cet égoïsme intellectuel qui, pour peu qu'une vérité insignifiante se rapporte à notre amour, nous en fait faire un grand honneur à celui qui l'a trouvée, peut-être aussi fortuitement que la tireuse de cartes qui nous a annoncé un fait banal mais qui s'est depuis réalisé, je n'étais pas loin de croire Françoise supérieure à Bergotte et à Elstir parce qu'elle m'avait dit, à Balbec : « Cette fille-là ne vous causera que du chagrin. »

Chaque minute me rapprochait du bonsoir d'Albertine, qu'elle me disait enfin. Mais ce soir son baiser, d'où elle-même était absente, et qui ne me rencontrait pas, me laissait si anxieux que, le cœur palpitant, je la regardais aller jusqu'à la porte en pensant : « Si je veux trouver un prétexte pour la rappeler, la retenir, faire la paix, il faut se hâter, elle n'a plus que quelques pas à faire pour être sortie de la chambre, plus que deux, plus qu'un, elle tourne le bouton, elle ouvre, c'est trop tard, elle a refermé la porte ! » Peut-être pas trop tard, tout de même. Comme jadis à Combray, quand ma mère m'avait quitté sans m'avoir calmé par son baiser, je voulais m'élancer sur les pas d'Albertine, je sentais qu'il n'y aurait plus de paix pour moi avant que je l'eusse revue, que ce revoir allait devenir quelque chose d'immense qu'il n'avait pas encore été jusqu'ici et que, si je ne réussissais pas tout seul à me débarrasser de cette tristesse, je prendrais peut-être la

honteuse habitude d'aller mendier auprès d'Albertine ; je
sautais hors du lit quand elle était déjà dans sa chambre,
je passais et repassais dans le couloir, espérant qu'elle
sortirait et m'appellerait ; je restais immobile devant sa
porte pour ne pas risquer de ne pas entendre un faible
appel, je rentrais un instant dans ma chambre regarder si
mon amie n'aurait pas par bonheur oublié un mouchoir,
un sac, quelque chose dont j'aurais pu paraître avoir peur
que cela lui manquât et qui m'eût donné le prétexte d'aller
chez elle. Non, rien. Je revenais me poster devant sa porte.
Mais dans la fente de celle-ci il n'y avait plus de lumière,
Albertine avait éteint, elle était couchée, je restais là
immobile, espérant je ne sais quelle chance qui ne venait
pas ; et longtemps après, glacé, je revenais me mettre sous
mes couvertures et pleurais tout le reste de la nuit.

Aussi parfois, de tels soirs, j'eus recours à une ruse qui
me donnait le baiser d'Albertine. Sachant combien, dès
qu'elle était étendue, son ensommeillement était rapide
(elle le savait aussi, car instinctivement dès qu'elle
s'étendait, elle ôtait les mules que je lui avais données et
sa bague qu'elle posait à côté d'elle comme elle faisait dans
sa chambre avant de se coucher), sachant combien son
sommeil était profond, son réveil tendre, je prenais un
prétexte pour aller chercher quelque chose, je la faisais
étendre sur mon lit. Quand je revenais elle était endormie
et je voyais devant moi cette autre femme qu'elle devenait
dès qu'elle était entièrement de face. Mais elle changeait
bien vite de personnalité car je m'allongeais à côté d'elle
et la retrouvais de profil. Je pouvais mettre ma main dans
sa main, sur son épaule, sur sa joue, Albertine continuait
de dormir. Je pouvais prendre sa tête, la renverser, la poser
contre mes lèvres, entourer mon cou de ses bras, elle
continuait à dormir comme une montre qui ne s'arrête
pas, comme une bête qui continue de vivre quelque
position qu'on lui donne, comme une plante grimpante,
un volubilis qui continue de pousser ses branches quelque
appui qu'on lui donne. Seul son souffle était modifié par
chacun de mes attouchements, comme si elle eût été un
instrument dont j'eusse joué et à qui je faisais exécuter
des modulations en tirant de l'une, puis de l'autre de ses
cordes, des notes différentes. Ma jalousie s'apaisait, car je
sentais Albertine devenue un être qui respire, qui n'est
pas autre chose, comme le signifiait le souffle régulier par

où s'exprime cette pure fonction physiologique qui, tout fluide, n'a l'épaisseur ni de la parole ni du silence et, dans son ignorance de tout mal, haleine tirée plutôt d'un roseau creusé que d'un être humain, vraiment paradisiaque pour moi qui dans ces moments-là sentais Albertine soustraite à tout, non pas seulement matériellement mais moralement, était le pur chant des Anges. Et dans ce souffle pourtant, je me disais tout à coup que peut-être bien des noms humains apportés par la mémoire devaient se jouer.

Parfois même à cette musique, la voix humaine s'ajoutait. Albertine prononçait quelques mots. Comme j'aurais voulu en saisir le sens ! Il arrivait que le nom d'une personne dont nous avions parlé et qui excitait ma jalousie, vînt à ses lèvres, mais sans me rendre malheureux car le souvenir qui l'y amenait semblait n'être que celui des conversations qu'elle avait eues à ce sujet avec moi. Pourtant, un soir où les yeux fermés elle s'éveillait à demi, elle dit tendrement en s'adressant à moi : « Andrée. » Je dissimulai mon émotion. « Tu rêves, je ne suis pas Andrée », lui dis-je en riant. Elle sourit aussi : « Mais non, je voulais te demander ce que t'avait dit tantôt Andrée. — J'aurais cru plutôt que tu avais été couchée comme cela près d'elle. — Mais non, jamais », me dit-elle. Seulement, avant de me répondre cela, elle avait un instant caché sa figure dans ses mains. Ses silences n'étaient donc que des voiles, ses tendresses de surface ne faisaient que retenir au fond mille souvenirs qui m'eussent déchiré — sa vie était donc pleine de ces faits dont le récit moqueur, la rieuse chronique constituent nos bavardages quotidiens au sujet des autres, des indifférents, mais qui, tant qu'un être reste fourvoyé dans notre cœur, nous semblent un éclaircissement si précieux de sa vie que pour connaître ce monde sous-jacent nous donnerions volontiers la nôtre. Alors son sommeil m'apparaissait comme un monde merveilleux et magique où par instants s'élève, du fond de l'élément à peine translucide, l'aveu d'un secret qu'on ne comprendra pas. Mais d'ordinaire, quand Albertine dormait, elle semblait avoir retrouvé son innocence. Dans l'attitude que je lui avais donnée, mais que dans son sommeil elle avait vite faite sienne, elle avait l'air de se confier à moi. Sa figure avait perdu toute expression de ruse ou de vulgarité, et entre elle et moi vers qui elle levait son bras, sur qui elle reposait sa main, il semblait y avoir un abandon entier, un indissoluble attachement. Son sommeil, d'ailleurs, ne la séparait pas de moi et laissait subsister en elle la notion de notre tendresse ; il avait plutôt pour effet d'abolir le reste ; je l'embrassais, je lui disais que j'allais faire quelques pas dehors, elle entrouvrait les yeux, me disait, d'un air étonné — et en effet, c'était déjà la nuit — : « Mais où tu vas comme cela, mon chéri ? » et en me donnant mon prénom, et aussitôt se rendormait. Son sommeil n'était qu'une sorte d'effacement du reste de la vie, qu'un silence uni sur lequel prenaient de temps à autre leur vol des paroles familières de tendresse. En les rapprochant les unes des autres, on eût composé la conversation sans alliage, l'intimité secrète d'un pur amour. Ce sommeil si calme me ravissait comme ravit une mère, qui lui en fait une qualité, le bon sommeil de son enfant. Et son sommeil était d'un enfant, en effet. Son réveil aussi, et si naturel, si tendre, avant même qu'elle eût su où elle était, que je me demandais parfois avec épouvante si elle avait eu l'habitude, avant de vivre chez moi, de ne pas dormir seule et de trouver en ouvrant les yeux quelqu'un à ses côtés. Mais sa grâce enfantine était plus forte. Comme une mère encore, je m'émerveillais qu'elle s'éveillât toujours de si bonne humeur. Au bout de quelques instants, elle reprenait conscience, avait des mots charmants, non rattachés les uns aux autres, de simples pépiements. Par une sorte de chassé-croisé, son cou habituellement peu remarqué, maintenant presque trop beau, avait pris l'immense importance que ses yeux clos par le sommeil avaient perdue, ses yeux, mes interlocuteurs habituels et à qui je ne pouvais plus m'adresser depuis la retombée des paupières. De même que les yeux clos donnent une beauté innocente et grave au visage en supprimant tout ce que n'expriment que trop les regards, il y avait dans les paroles non sans signification, mais entrecoupées de silence, qu'Albertine avait au réveil, une pure beauté qui n'est pas à tout moment souillée, comme est la conversation, d'habitudes verbales, de rengaines, de traces de défauts. Du reste, quand je m'étais décidé à éveiller Albertine, j'avais pu le faire sans crainte, je savais que son réveil ne serait nullement en rapport avec la soirée que nous venions de passer, mais sortirait de son sommeil comme de la nuit sort le matin. Dès qu'elle avait entrouvert les yeux en souriant, elle m'avait tendu sa bouche, et avant qu'elle eût encore rien dit, j'en avais goûté la fraîcheur, apaisante comme celle d'un jardin encore silencieux avant le lever du jour.

Le lendemain de cette soirée où Albertine m'avait dit qu'elle irait peut-être, puis qu'elle n'irait pas chez les Verdurin, je m'éveillai de bonne heure, et, encore à demi endormi, ma joie m'apprit qu'il y avait, interpolé dans l'hiver, un jour de printemps. Dehors, des thèmes populaires finement écrits pour des instruments variés, depuis la corne du raccommodeur de porcelaine, ou la trompette du rempailleur de chaises, jusqu'à la flûte du chevrier qui paraissait dans un beau jour être un pâtre de Sicile, orchestraient légèrement l'air matinal, en une « Ouverture pour un jour de fête ». L'ouïe, ce sens délicieux, nous apporte la compagnie de la rue dont elle nous retrace toutes les lignes, dessine toutes les formes qui y passent, nous en montrant la couleur. Les rideaux de fer du boulanger, du crémier, lesquels s'étaient hier au soir abaissés sur toutes les possibilités de bonheur féminin, se levaient maintenant comme les légères poulies d'un navire qui appareille et va filer, traversant la mer transparente, sur un rêve de jeunes employées. Ce bruit du rideau de fer qu'on lève eût peut-être été mon seul plaisir dans un quartier différent. Dans celui-ci cent autres faisaient ma joie, desquels je n'aurais pas voulu perdre un seul en restant trop tard endormi. C'est l'enchantement des vieux quartiers aristocratiques d'être, à côté de cela, populaires. Comme parfois les cathédrales en eurent non loin de leur portail (à qui il arriva même d'en garder le nom, comme celui de la cathédrale de Rouen, appelé des « Libraires », parce que contre lui ceux-ci exposaient en plein vent leur marchandise), divers petits métiers, mais ambulants, passaient devant le noble hôtel de Guermantes, et faisaient penser par moments à la France ecclésiastique d'autrefois. Car l'appel qu'ils lançaient aux petites maisons voisines n'avait, à de rares exceptions près, rien d'une chanson. Il en différait autant que la déclamation — à peine colorée par des variations insensibles — de *Boris Godounov*[1] et de *Pelléas*[2]; mais d'autre part rappelait la psalmodie d'un prêtre au cours d'offices dont ces scènes de la rue ne sont que la contrepartie bon enfant, foraine, pourtant à demi liturgique. Jamais je n'y avais pris tant de plaisir que depuis qu'Albertine habitait avec moi; elles me

semblaient comme un signal joyeux de son éveil et en
m'intéressant à la vie du dehors me faisaient mieux sentir
l'apaisante vertu d'une chère présence, aussi constante que
je le souhaitais. Certaines des nourritures criées dans la
rue, et que personnellement je détestais, étaient fort au
goût d'Albertine, si bien que Françoise en envoyait acheter
par son jeune valet, peut-être un peu humilié d'être
confondu dans la foule plébéienne. Bien distincts dans ce
quartier si tranquille (où les bruits n'étaient plus un motif
de tristesse pour Françoise et en étaient devenus un de
douceur pour moi) m'arrivaient, chacun avec sa modulation différente, des récitatifs déclamés par ces gens du
peuple, comme ils le seraient dans la musique, si populaire,
de *Boris,* où une intonation initiale est à peine altérée par
l'inflexion d'une note qui se penche sur une autre, musique
de la foule qui est plutôt un langage qu'une musique.
C'était : « Ah ! le bigorneau, deux sous le bigorneau »,
qui faisait se précipiter vers les cornets où on vendait ces
affreux petits coquillages, qui, s'il n'y avait pas eu
Albertine, m'eussent répugné, non moins d'ailleurs que
les escargots que j'entendais vendre à la même heure. Ici,
c'était bien encore à la déclamation à peine lyrique de
Moussorgsky que faisait penser le marchand, mais pas à
elle seulement. Car après avoir presque « parlé » : « Les
escargots, ils sont frais, ils sont beaux », c'était avec
la tristesse et le vague de Maeterlinck, musicalement
transposés par Debussy, que le marchand d'escargots,
dans un de ces douloureux finales par où l'auteur de
Pelléas s'apparente à Rameau (« Si je dois être vaincue,
est-ce à toi d'être mon vainqueur[1] ? »), ajoutait avec
une chantante mélancolie : « On les vend six sous la
douzaine... »

Il m'a toujours été difficile de comprendre pourquoi ces
mots fort clairs étaient soupirés sur un ton si peu approprié,
mystérieux, comme le secret qui fait que tout le monde
a l'air triste dans le vieux palais où Mélisande n'a pas réussi
à apporter la joie, et profond comme une pensée du
vieillard Arkel qui cherche à proférer dans des mots très
simples toute la sagesse et la destinée[2]. Les notes mêmes
sur lesquelles s'élève avec une douceur grandissante la voix
du vieux roi d'Allemonde ou de Golaud, pour dire : « On
ne sait pas ce qu'il y a ici. Cela peut paraître étrange. Il
n'y a peut-être pas d'événements inutiles », ou bien : « Il

ne faut pas s'effrayer... C'était un pauvre petit être
mystérieux, comme tout le monde », étaient celles qui
servaient au marchand d'escargots pour reprendre, en une
cantilène indéfinie : « On les vend six sous la douzaine... »
Mais cette lamentation métaphysique n'avait pas le temps
d'expirer au bord de l'infini, elle était interrompue par
une vive trompette. Cette fois il ne s'agissait pas de
mangeailles, les paroles du libretto étaient : « Tond les
chiens, coupe les chats, les queues et les oreilles. »

Certes, la fantaisie, l'esprit de chaque marchand ou
marchande, introduisaient souvent des variantes dans les
paroles de toutes ces musiques que j'entendais de mon lit.
Pourtant un arrêt rituel mettant un silence au milieu d'un
mot, surtout quand il était répété deux fois, évoquait
constamment le souvenir des vieilles églises. Dans sa petite
voiture conduite par une ânesse qu'il arrêtait devant chaque
maison pour entrer dans les cours, le marchand d'habits,
portant un fouet, psalmodiait : « Habits, marchand d'habits,
ha... bits » avec la même pause entre les deux dernières
syllabes d'habits que s'il eût entonné en plain-chant : « *Per
omnia saecula saeculo... rum* » ou : « *Requiescat in pa... ce* »,
bien qu'il ne dût pas croire à l'éternité de ses habits et ne
les offrît pas non plus comme linceuls pour le suprême repos
dans la paix. Et de même, comme les motifs commençaient
à s'entrecroiser dès cette heure matinale, une marchande
des quatre-saisons, poussant sa voiturette, usait pour sa
litanie de la division grégorienne :

> *À la tendresse, à la verduresse*
> *Artichauts tendres et beaux*
> *Arti-chauts*[1]

bien qu'elle fût vraisemblablement ignorante de l'antiphonaire et des sept tons qui symbolisent, quatre les sciences
du quadrivium et trois celles du trivium[2].

Tirant d'un flûtiau, d'une cornemuse, des airs de son
pays méridional, dont la lumière s'accordait bien avec les
beaux jours, un homme en blouse, tenant à la main un
nerf de bœuf, et coiffé d'un béret basque, s'arrêtait devant
les maisons. C'était le chevrier avec deux chiens et devant
lui son troupeau de chèvres. Comme il venait de loin il
passait assez tard dans notre quartier ; et les femmes
accouraient avec un bol pour recueillir le lait qui devait

donner la force à leurs petits. Mais aux airs pyrénéens de
ce bienfaisant pasteur se mêlait déjà la cloche du repasseur,
lequel criait : « Couteaux, ciseaux, rasoirs. » Avec lui ne
pouvait lutter le repasseur de scies, car dépourvu
d'instrument il se contentait d'appeler : « Avez-vous des
scies à repasser, v'là le repasseur », tandis que, plus gai,
le rétameur, après avoir énuméré les chaudrons, les
casseroles, tout ce qu'il rétamait, entonnait le refrain :

> *Tam, tam, tam,*
> *C'est moi qui rétame,*
> *Même le macadam,*
> *C'est moi qui mets des fonds partout,*
> *Qui bouche tous les trous,*
> *Trou, trou, trou ;*

et de petits Italiens, portant de grandes boîtes de fer
peintes en rouge où les numéros — perdants et gagnants
— étaient marqués, et jouant d'une crécelle, proposaient :
« Amusez-vous, Mesdames, v'là le plaisir. »

Françoise m'apporta *Le Figaro*. Un seul coup d'œil me
permit de me rendre compte que mon article n'avait
toujours pas passé. Elle me dit qu'Albertine demandait si
elle ne pouvait pas entrer chez moi et me faisait dire qu'en
tout cas elle avait renoncé à faire sa visite chez les Verdurin
et comptait aller, comme je le lui avais conseillé, à la matinée
« extraordinaire » du Trocadéro (en bien moins important toutefois, ce qu'on appellerait aujourd'hui une matinée de gala) après une petite promenade à cheval qu'elle
devait faire avec Andrée. Maintenant que je savais qu'elle
avait renoncé à son désir peut-être mauvais d'aller
voir Mme Verdurin, je dis en riant : « Qu'elle vienne ! »
et je me dis qu'elle pouvait aller où elle voulait et que
cela m'était bien égal. Je savais qu'à la fin de l'après-midi,
quand viendrait le crépuscule, je serais sans doute un autre
homme, triste, attachant aux moindres allées et venues
d'Albertine une importance qu'elles n'avaient pas à cette
heure matinale et quand il faisait si beau temps. Car mon
insouciance était suivie par la claire notion de sa cause,
mais n'en était pas altérée. « Françoise m'a assuré que
vous étiez éveillé et que je ne vous dérangerais pas »,
me dit Albertine en entrant. Et, comme avec celle de me
faire froid en ouvrant sa fenêtre à un moment mal choisi,

la plus grande peur d'Albertine était d'entrer chez moi quand je sommeillais : « J'espère que je n'ai pas eu tort, ajouta-t-elle. Je craignais que vous ne me disiez :

Quel mortel insolent vient chercher le trépas ?

Et elle rit de ce rire qui me troublait tant. Je lui répondis sur le même ton de plaisanterie :

Est-ce pour vous qu'est fait cet ordre si sévère ?

Et de peur qu'elle l'enfreignît jamais j'ajoutai : « Quoique je serais furieux que vous me réveilliez. — Je sais, je sais, n'ayez pas peur », me dit Albertine. Et pour adoucir j'ajoutai, en continuant à jouer avec elle la scène d'*Esther*, tandis que dans la rue continuaient les cris rendus tout à fait confus par notre conversation :

Je ne trouve qu'en vous je ne sais quelle grâce
Qui me charme toujours et jamais ne me lasse[1]

(et à part moi je pensais . « Si, elle me lasse bien souvent »). Et me rappelant ce qu'elle avait dit la veille, tout en la remerciant avec exagération d'avoir renoncé aux Verdurin, afin qu'une autre fois elle m'obéît de même pour telle ou telle chose, je dis : « Albertine, vous vous méfiez de moi qui vous aime et vous avez confiance en des gens qui ne vous aiment pas » (comme s'il n'était pas naturel de se méfier des gens qui vous aiment et qui seuls ont intérêt à vous mentir pour savoir, pour empêcher), et j'ajoutai ces paroles mensongères : « Vous ne croyez pas au fond que je vous aime, c'est drôle. En effet, je ne vous *adore* pas. » Elle mentit à son tour en disant qu'elle ne se fiait qu'à moi, et fut sincère ensuite en assurant qu'elle savait bien que je l'aimais. Mais cette affirmation ne semblait pas impliquer qu'elle ne me crût pas menteur et l'épiant. Et elle semblait me pardonner, comme si elle eût vu là la conséquence insupportable d'un grand amour ou comme si elle-même se fût trouvée moins bonne.

« Je vous en prie, ma petite chérie, pas de haute voltige comme vous avez fait l'autre jour. Pensez, Albertine, s'il vous arrivait un accident[2] ! » Je ne lui souhaitais naturellement aucun mal. Mais quel plaisir si avec ses

chevaux elle avait eu la bonne idée de partir je ne sais
où, où elle se serait plu, et de ne plus jamais revenir à
la maison ! Comme cela eût tout simplifié qu'elle allât vivre
heureuse ailleurs, je ne tenais même pas à savoir où !
« Oh ! je sais bien que vous ne me survivriez pas
quarante-huit heures, que vous vous tueriez. »

Ainsi échangeâmes-nous des paroles menteuses. Mais
une vérité plus profonde que celle que nous proférerions
si nous étions sincères peut quelquefois être exprimée et
prédite par une autre voie que celle de la sincérité.

« Cela ne vous gêne pas, tous ces bruits du dehors ?
me demanda-t-elle, moi je les adore. Mais vous qui avez
déjà le sommeil si léger[1] ? » Je l'avais au contraire parfois
très profond (comme je l'ai déjà dit, mais comme
l'événement qui va suivre me force à le rappeler) et surtout
quand je m'endormais seulement le matin. Comme un tel
sommeil a été — en moyenne — quatre fois plus reposant,
il paraît, à celui qui vient de dormir, avoir été quatre fois
plus long, alors qu'il fut quatre fois plus court. Magnifique
erreur d'une multiplication par seize qui donne tant de
beauté au réveil et introduit dans la vie une véritable
novation, pareille à ces grands changements de rythme qui
en musique font que, dans un andante, une croche contient
autant de durée qu'une blanche dans un prestissimo, et
qui sont inconnus à l'état de veille. La vie y est presque
toujours la même, d'où les déceptions du voyage. Il semble
bien que le rêve soit fait pourtant avec la matière parfois
la plus grossière de la vie, mais cette matière y est traitée,
malaxée de telle sorte, avec un étirement dû à ce qu'aucune
des limites horaires de l'état de veille ne l'empêche de
s'effiler jusqu'à des hauteurs énormes, qu'on ne la
reconnaît pas. Les matins où cette fortune m'était advenue,
où le coup d'éponge du sommeil avait effacé de mon
cerveau les signes des occupations quotidiennes qui y sont
tracés comme sur un tableau noir, il me fallait faire revivre
ma mémoire ; à force de volonté on peut rapprendre ce
que l'amnésie du sommeil ou d'une attaque a fait oublier
et qui renaît peu à peu, au fur et à mesure que les yeux
s'ouvrent ou que la paralysie disparaît. J'avais vécu tant
d'heures en quelques minutes que, voulant tenir à
Françoise, que j'appelais, un langage conforme à la réalité
et réglé sur l'heure, j'étais obligé d'user de tout mon
pouvoir interne de compression pour ne pas dire : « Eh

bien, Françoise, nous voici à cinq heures du soir et je ne vous ai pas vue depuis hier après-midi » et pour refouler mes rêves. En contradiction avec eux et en me mentant à moi-même, je disais effrontément, et en me réduisant de toutes mes forces au silence, des paroles contraires : « Françoise, il est bien dix heures ! » Je ne disais même pas dix heures du matin, mais simplement dix heures, pour que ces dix heures si incroyables eussent l'air prononcés d'un ton plus naturel. Pourtant dire ces paroles, au lieu de celles que continuait à penser le dormeur à peine éveillé que j'étais encore, me demandait le même effort d'équilibre qu'à quelqu'un qui sautant d'un train en marche et courant un instant le long de la voie, réussit pourtant à ne pas tomber. Il court un instant parce que le milieu qu'il quitte était un milieu animé d'une grande vitesse, et très dissemblable du sol inerte auquel ses pieds ont quelque difficulté à se faire. De ce que le monde du rêve n'est pas le monde de la veille, il ne s'ensuit pas que le monde de la veille soit moins vrai, au contraire. Dans le monde du sommeil nos perceptions sont tellement surchargées, chacune épaissie par une superposée qui la double, l'aveugle inutilement, que nous ne savons même pas distinguer ce qui se passe dans l'étourdissement du réveil ; était-ce Françoise qui était venue, ou moi qui, las de l'appeler, allais vers elle ? Le silence à ce moment-là était le seul moyen de ne rien révéler, comme au moment où l'on est arrêté par un juge instruit de circonstances vous concernant mais dans la confidence desquelles on n'a pas été mis. Était-ce Françoise qui était venue, était-ce moi qui avais appelé ? N'était-ce même pas Françoise qui dormait et moi qui venais de l'éveiller ? bien plus, Françoise n'était-elle pas enfermée dans ma poitrine, la distinction des personnes et de leur interaction existant à peine dans cette brune obscurité où la réalité est aussi peu translucide que dans le corps d'un porc-épic et où la perception quasi nulle peut peut-être donner l'idée de celle de certains animaux ? Au reste, même dans la limpide folie qui précède ces sommeils plus lourds, si des fragments de sagesse flottent lumineusement, si les noms de Taine, de George Eliot n'y sont pas ignorés, il n'en reste pas moins au monde de la veille cette supériorité d'être chaque matin possible à continuer, et non chaque soir le rêve. Mais il est peut-être d'autres mondes plus réels que celui de la veille. Encore avons-nous vu que même celui-là, chaque révolution dans les arts le transforme, bien plus, dans le même temps, le degré d'aptitude ou de culture qui différencie un artiste d'un sot ignorant.

Et souvent une heure de sommeil de trop est une attaque de paralysie après laquelle il faut retrouver l'usage de ses membres, rapprendre à parler. La volonté n'y réussirait pas. On a trop dormi, on n'est plus. Le réveil est à peine senti mécaniquement, et sans conscience, comme peut l'être dans un tuyau, la fermeture d'un robinet. Une vie plus inanimée que celle de la méduse succède, où l'on croirait aussi bien qu'on est tiré du fond des mers ou revenu du bagne, si seulement l'on pouvait penser quelque chose. Mais alors du haut du ciel la déesse Mnémotechnie[1] se penche et nous tend sous la forme « habitude de demander son café au lait » l'espoir de la résurrection. Encore le don subit de la mémoire n'est-il pas toujours aussi simple. On a souvent près de soi, dans ces premières minutes où l'on se laisse glisser au réveil, une variété de réalités diverses où l'on croit pouvoir choisir comme dans un jeu de cartes. C'est vendredi matin et on rentre de promenade, ou bien c'est l'heure du thé au bord de la mer. L'idée du sommeil et qu'on est couché en chemise de nuit, est souvent la dernière qui se présente à vous. La résurrection ne vient pas tout de suite, on croit avoir sonné, on ne l'a pas fait, on agite des propos déments. Le mouvement seul rend la pensée, et quand on a effectivement pressé la poire électrique, on peut dire avec lenteur mais nettement : « Il est bien dix heures. Françoise, donnez-moi mon café au lait. »

Ô miracle ! Françoise n'avait pu soupçonner la mer d'irréel qui me baignait encore tout entier et à travers laquelle j'avais eu l'énergie de faire passer mon étrange question. Elle me répondait en effet : « Il est dix heures dix », ce qui me donnait une apparence raisonnable et me permettait de ne pas laisser apercevoir les conversations bizarres qui m'avaient interminablement bercé (les jours où ce n'était pas une montagne de néant qui m'avait retiré la vie). À force de volonté, je m'étais réintégré dans le réel. Je jouissais encore des débris du sommeil, c'est-à-dire de la seule invention, du seul renouvellement qui existe dans la manière de conter, toutes les narrations à l'état de veille, fussent-elles embellies par la littérature, ne

comportant pas ces mystérieuses différences d'où dérive
la beauté. Il est aisé de parler de celle que crée l'opium.
Mais pour un homme habitué à ne dormir qu'avec des
drogues, une heure inattendue de sommeil naturel
découvrira l'immensité matinale d'un paysage aussi
mystérieux et plus frais. En faisant varier l'heure, l'endroit
où on s'endort, en provoquant le sommeil d'une manière
artificielle, ou au contraire en revenant pour un jour au
sommeil naturel — le plus étrange de tous pour quiconque
a l'habitude de dormir avec des soporifiques — on arrive
à obtenir des variétés de sommeil mille fois plus
nombreuses que, jardinier, on n'obtiendrait de variétés
d'œillets ou de roses. Les jardiniers obtiennent des fleurs
qui sont des rêves délicieux, d'autres aussi qui ressemblent
à des cauchemars. Quand je m'endormais d'une certaine
façon, je me réveillais grelottant, croyant que j'avais la
rougeole ou, chose bien plus douloureuse, que ma
grand-mère (à qui je ne pensais plus jamais) souffrait parce
que je m'étais moqué d'elle le jour où à Balbec, croyant
mourir, elle avait voulu que j'eusse une photographie
d'elle[1]. Vite, bien que réveillé, je voulais aller lui expliquer
qu'elle ne m'avait pas compris. Mais déjà je me réchauffais.
Le pronostic de rougeole était écarté et ma grand-mère
si éloignée de moi qu'elle ne faisait plus souffrir mon cœur.

Parfois sur ces sommeils différents s'abattait une
obscurité subite. J'avais peur en prolongeant ma promenade dans une avenue entièrement noire où j'entendais
passer des rôdeurs. Tout à coup une discussion s'élevait
entre un agent et une de ces femmes qui exerçaient souvent
le métier de conduire et qu'on prend de loin pour de
jeunes cochers. Sur son siège entouré de ténèbres je ne
la voyais pas, mais elle parlait, et dans sa voix je lisais les
perfections de son visage et la jeunesse de son corps. Je
marchais vers elle, dans l'obscurité, pour monter dans son
coupé avant qu'elle ne repartît. C'était loin. Heureusement, la discussion avec l'agent se prolongeait. Je rattrapais
la voiture encore arrêtée. Cette partie de l'avenue
s'éclairait de réverbères. La conductrice devenait visible.
C'était bien une femme, mais vieille, grande et forte, avec
des cheveux blancs s'échappant de sa casquette, et une
lèpre rouge sur la figure. Je m'éloignais en pensant : « En
est-il ainsi de la jeunesse des femmes ? Celles que nous
avons rencontrées, si brusquement nous désirons les

revoir, sont-elles devenues vieilles ? La jeune femme qu'on désire est-elle comme un emploi de théâtre où par la défaillance des créatrices du rôle on est obligé de le confier à de nouvelles étoiles ? Mais alors ce n'est plus la même. »

Puis une tristesse m'envahissait. Nous avons ainsi dans notre sommeil de nombreuses Pitiés, comme les « Pietà » de la Renaissance, mais non point comme elles exécutées dans le marbre, inconsistantes au contraire. Elles ont leur utilité cependant, qui est de nous faire souvenir d'une certaine vue plus attendrie, plus humaine des choses, qu'on est trop tenté d'oublier dans le bon sens, glacé, parfois plein d'hostilité, de la veille. Ainsi m'était rappelée la promesse que je m'étais faite à Balbec, de garder toujours la pitié de Françoise. Et pour toute cette matinée au moins je saurais m'efforcer de ne pas être irrité des querelles de Françoise et du maître d'hôtel, d'être doux avec Françoise, à qui les autres donnaient si peu de bonté. Cette matinée seulement ; et il faudrait tâcher de me faire un code un peu plus stable ; car, de même que les peuples ne sont pas longtemps gouvernés par une politique de pur sentiment, les hommes ne le sont pas par le souvenir de leurs rêves. Déjà celui-ci commençait à s'envoler. En cherchant à le rappeler pour le peindre je le faisais fuir plus vite. Mes paupières n'étaient plus aussi fortement scellées sur mes yeux. Si j'essayais de reconstituer mon rêve, elles s'ouvriraient tout à fait. À tout moment il faut choisir entre la santé, la sagesse d'une part, et de l'autre les plaisirs spirituels. J'ai toujours eu la lâcheté de choisir la première part. Au reste, le périlleux pouvoir auquel je renonçais l'était plus encore qu'on ne le croit. Les pitiés, les rêves ne s'envolent pas seuls. À varier ainsi les conditions dans lesquelles on s'endort, ce ne sont pas les rêves seuls qui s'évanouissent, mais pour de longs jours, pour des années quelquefois, la faculté non seulement de rêver mais de s'endormir. Le sommeil est divin mais peu stable, le plus léger choc le rend volatil. Ami des habitudes, elles le retiennent chaque soir, plus fixes que lui, à son lieu consacré, elles le préservent de tout heurt. Mais si on les déplace, s'il n'est plus assujetti, il s'évanouit comme une vapeur. Il ressemble à la jeunesse et aux amours, on ne le retrouve plus.

Dans ces divers sommeils, comme en musique encore, c'était l'augmentation ou la diminution de l'intervalle qui créait la beauté. Je jouissais d'elle, mais en revanche, j'avais perdu dans ce sommeil, quoique bref, une bonne partie des cris où nous est rendue sensible la vie circulante des métiers, des nourritures de Paris. Aussi, d'habitude (sans prévoir, hélas ! le drame que de tels réveils tardifs et mes lois draconiennes et persanes d'Assuérus racinien devaient bientôt amener pour moi) je m'efforçais de m'éveiller de bonne heure pour ne rien perdre de ces cris. En plus du plaisir de savoir le goût qu'Albertine avait pour eux et de sortir moi-même tout en restant couché, j'entendais en eux comme le symbole de l'atmosphère du dehors, de la dangereuse vie remuante au sein de laquelle je ne la laissais circuler que sous ma tutelle, dans un prolongement extérieur de la séquestration, et d'où je la retirais à l'heure que je voulais pour la faire rentrer auprès de moi.

Aussi fut-ce le plus sincèrement du monde que je pus répondre à Albertine : « Au contraire, ils me plaisent parce que je sais que vous les aimez. "À la barque, les huîtres, à la barque." — Oh ! des huîtres, j'en ai si envie ! » Heureusement, Albertine, moitié inconstance, moitié docilité, oubliait vite ce qu'elle avait désiré, et avant que j'eusse eu le temps de lui dire qu'elle les aurait meilleures chez Prunier[1], elle voulait successivement tout ce qu'elle entendait crier par la marchande de poisson : « À la crevette, à la bonne crevette, j'ai de la raie toute en vie, toute en vie. — Merlans à frire, à frire. — Il arrive le maquereau, maquereau frais, maquereau nouveau. Voilà le maquereau, Mesdames, il est beau le maquereau. — À la moule fraîche et bonne, à la moule ! » Malgré moi, l'avertissement : « Il arrive le maquereau » me faisait frémir. Mais comme cet avertissement ne pouvait s'appliquer, me semblait-il, à mon chauffeur, je ne songeais qu'au poisson que je détestais, mon inquiétude ne durait pas. « Ah ! des moules, dit Albertine, j'aimerais tant manger des moules. — Mon chéri ! c'était pour Balbec, ici ça ne vaut rien ; d'ailleurs, je vous en prie, rappelez-vous ce que vous a dit Cottard au sujet des moules. » Mais mon observation était d'autant plus malencontreuse que la marchande des quatre-saisons suivante annonçait quelque chose que Cottard défendait bien plus encore :

À la romaine, à la romaine !
On ne la vend pas, on la promène.

Pourtant Albertine me consentait le sacrifice de la romaine pourvu que je lui promisse de faire acheter dans quelques jours à la marchande qui crie : « J'ai de la belle asperge d'Argenteuil, j'ai de la belle asperge. » Une voix mystérieuse, et de qui l'on eût attendu des propositions plus étranges, insinuait : « Tonneaux, tonneaux ! » On était obligé de rester sur la déception qu'il ne fût question que de tonneaux, car ce mot était presque entièrement couvert par l'appel : « Vitri, vitri-er, carreaux cassés, voilà le vitrier, vitri-er », division grégorienne qui me rappela moins cependant la liturgie que ne fit l'appel du marchand de chiffons reproduisant, sans le savoir une de ces brusques interruptions de sonorités, au milieu d'une prière, qui sont assez fréquentes dans le rituel de l'Église : « *Praeceptis salutaribus moniti et divina inſtitutione formati audemus dicere*[1] », dit le prêtre en terminant vivement sur « *dicere* ». Sans irrévérence, comme le peuple pieux du Moyen Âge, sur le parvis même de l'église jouait les farces et les soties, c'est à ce « *dicere* » que fait penser le marchand de chiffons, quand, après avoir traîné sur les mots, il dit la dernière syllabe avec une brusquerie digne de l'accentuation réglée par le grand pape du VIIe siècle[2] : « Chiffons, ferrailles à vendre (tout cela psalmodié avec lenteur ainsi que ces deux syllabes qui suivent, alors que la dernière finit plus vivement que « *dicere* »), peaux d' la-pins ». « La Valence, la belle Valence, la fraîche orange », les modeſtes poireaux eux-mêmes : « Voilà d'beaux poireaux », les oignons : « Huit sous mon oignon », déferlaient pour moi comme un écho des vagues où, libre, Albertine eût pu se perdre, et prenaient ainsi la douceur d'un *Suave mari magno*[3].

> *Voilà des carottes*
> *À deux ronds la botte.*

« Oh ! s'écria Albertine, des choux, des carottes, des oranges. Voilà rien que des choses que j'ai envie de manger. Faites-en acheter par Françoise. Elle fera les carottes à la crème. Et puis ce sera gentil de manger tout ça ensemble. Ce sera tous ces bruits que nous entendons, transformés en un bon repas. Oh ! je vous en prie, demandez à Françoise de faire plutôt une raie au beurre noir. C'est si bon ! — Ma petite chérie, c'est convenu. Ne restez pas ; sans cela c'est tout ce que poussent les marchandes des quatre-saisons que vous demanderez. — C'est dit, je pars, mais je ne veux plus jamais pour nos dîners que des choses dont nous aurons entendu le cri. C'est trop amusant. Et dire qu'il faut attendre encore deux mois pour que nous entendions : "Haricots verts et tendres haricots, v'là l'haricot vert." Comme c'est bien dit : Tendres haricots ! vous savez que je les veux tout fins, tout fins, ruisselants de vinaigrette, on ne dirait pas qu'on les mange, c'est frais comme une rosée. Hélas ! c'est comme pour les petits cœurs à la crème, c'est encore bien loin : "Bon fromage à la cré, fromage à la cré, bon fromage !" Et le chasselas de Fontainebleau : "J'ai du beau chasselas." » Et je pensais avec effroi à tout ce temps que j'aurais à rester avec elle jusqu'au temps du chasselas. « Écoutez, je dis que je ne veux plus que les choses que nous aurons entendu crier, mais je fais naturellement des exceptions. Aussi il n'y aurait rien d'impossible à ce que je passe chez Rebattet commander une glace pour nous deux. Vous me direz que ce n'est pas encore la saison, mais j'en ai une envie ! » Je fus agité par le projet de Rebattet, rendu plus certain et suspect pour moi à cause des mots : « Il n'y aurait rien d'impossible ». C'était le jour où les Verdurin recevaient, et depuis que Swann leur avait appris que c'était la meilleure maison, c'était chez Rebattet qu'ils commandaient glaces et petits fours. « Je ne fais aucune objection à une glace, mon Albertine chérie, mais laissez-moi vous la commander, je ne sais pas moi-même si ce sera chez Poiré-Blanche, chez Rebattet, au Ritz[1], enfin je verrai. — Vous sortez donc ? » me dit-elle d'un air méfiant. Elle prétendait toujours qu'elle serait enchantée que je sortisse davantage, mais si un mot de moi pouvait laisser supposer que je ne resterais pas à la maison, son air inquiet donnait à penser que la joie qu'elle aurait à me voir sortir sans cesse, n'était peut-être pas très sincère. « Je sortirai peut-être, peut-être pas, vous savez bien que je ne fais jamais de projets d'avance. En tout cas, les glaces ne sont pas une chose qu'on crie, qu'on pousse dans les rues, pourquoi en voulez-vous ? » Et alors elle me répondit par ces paroles qui me montrèrent en effet combien d'intelligence et de goût latent s'étaient brusquement développés en elle depuis Balbec, par ces paroles du genre de celles qu'elle prétendait dues uniquement à mon influence, à la constante cohabitation avec moi, ces paroles que pourtant je n'aurais jamais dites, comme si quelque défense m'était faite par quelqu'un d'inconnu de jamais user dans la conversation de formes littéraires. Peut-être l'avenir ne devait-il pas être le même pour Albertine et pour moi. J'en eus presque le pressentiment en la voyant se hâter d'employer en parlant des images si écrites et qui me semblaient réservées pour un autre usage plus sacré et que j'ignorais encore. Elle me dit (et je fus malgré tout profondément attendri car je pensai : « Certes je ne parlerais pas comme elle, mais tout de même, sans moi elle ne parlerait pas ainsi, elle a subi profondément mon influence, elle ne peut donc pas ne pas m'aimer, elle est mon œuvre ») : « Ce que j'aime dans les nourritures criées, c'est qu'une chose entendue, comme une rhapsodie, change de nature à table et s'adresse à mon palais. Pour les glaces (car j'espère bien que vous ne m'en commanderez que prises dans ces moules démodés qui ont toutes les formes d'architecture possible), toutes les fois que j'en prends, temples, églises, obélisques, rochers, c'est comme une géographie pittoresque que je regarde d'abord et dont je convertis ensuite les monuments de framboise ou de vanille en fraîcheur dans mon gosier. » Je trouvais que c'était un peu trop bien dit, mais elle sentit que je trouvais que c'était bien dit et elle continua en s'arrêtant un instant quand sa comparaison était réussie pour rire de son beau rire qui m'était si cruel parce qu'il était si voluptueux : « Mon Dieu, à l'hôtel Ritz je crains bien que vous ne trouviez des colonnes Vendôme de glace, de glace au chocolat, ou à la framboise, et alors il en faut plusieurs pour que cela ait l'air de colonnes votives ou de pylônes élevés dans une allée à la gloire de la Fraîcheur. Ils font aussi des obélisques de framboise qui se dresseront de place en place dans le désert brûlant de ma soif et dont je ferai fondre le granit rose au fond de ma gorge qu'ils désaltéreront mieux que des oasis (et ici le rire profond éclata, soit de satisfaction de si bien parler, soit par moquerie d'elle-même de s'exprimer par images si suivies, soit, hélas ! par volupté physique de sentir en elle quelque chose de si bon, de si frais, qui lui causait l'équivalent d'une jouissance). Ces pics de glace du Ritz ont quelquefois l'air du mont Rose, et même si la glace est au citron je ne déteste pas qu'elle n'ait pas de forme monumentale, qu'elle soit irrégulière, abrupte, comme une montagne d'Elstir. Il ne faut pas qu'elle soit trop blanche alors, mais un peu jaunâtre, avec cet air de neige sale et blafarde qu'ont les montagnes d'Elstir. La glace a beau ne pas être grande, qu'une demi-glace si vous voulez, ces glaces au citron-là sont tout de même des montagnes réduites, à une échelle toute petite, mais l'imagination rétablit les proportions comme pour ces petits arbres japonais nains qu'on sent très bien être tout de même des cèdres, des chênes, des mancenilliers[1], si bien qu'en en plaçant quelques-uns le long d'une petite rigole, dans ma chambre, j'aurais une immense forêt descendant vers un fleuve et où les petits enfants se perdraient. De même, au pied de ma demi-glace jaunâtre au citron, je vois très bien des postillons, des voyageurs, des chaises de poste sur lesquels ma langue se charge de faire rouler de glaciales avalanches qui les engloutiront (la volupté cruelle avec laquelle elle dit cela excita ma jalousie) ; de même, ajouta-t-elle, que je me charge avec mes lèvres de détruire, pilier par pilier, ces églises vénitiennes d'un porphyre qui est de la fraise et de faire tomber sur les fidèles ce que j'aurai épargné. Oui, tous ces monuments passeront de leur place de pierre dans ma poitrine où leur fraîcheur fondante palpite déjà. Mais tenez, même sans glaces, rien n'est excitant et ne donne soif comme les annonces des sources thermales. À Montjouvain, chez Mlle Vinteuil, il n'y avait pas de bon glacier dans le voisinage, mais nous faisions dans le jardin notre tour de France en buvant chaque jour une autre eau minérale gazeuse, comme l'eau de Vichy, qui dès qu'on la verse soulève des profondeurs du verre un nuage blanc qui vient s'assoupir et se dissiper si on ne boit pas assez vite. » Mais entendre parler de Montjouvain m'était trop pénible. Je l'interrompais. « Je vous ennuie, adieu, mon chéri. » Quel changement depuis Balbec où je défie Elstir lui-même d'avoir pu deviner en Albertine ces richesses de poésie. D'une poésie moins étrange, moins personnelle que celle de Céleste Albaret[2], par exemple, laquelle la veille encore était venue me voir et m'ayant trouvé couché m'avait dit : « Ô majesté du ciel déposée sur un lit ! — Pourquoi du ciel, Céleste ? — Oh ! parce que vous ne ressemblez à personne, vous vous trompez bien si vous croyez que vous avez quelque chose de ceux qui voyagent

sur notre vile terre. — En tout cas, pourquoi "déposé" ?
— Parce que vous n'avez rien d'un homme couché, vous
n'êtes pas dans le lit, vous ne remuez pas, des anges ont
l'air d'être descendus vous déposer là. » Jamais Albertine
n'aurait trouvé cela, mais l'amour, même quand il semble
sur le point de finir est partial. Je préférais la « géographie
pittoresque » des sorbets, dont la grâce assez facile me
semblait une raison d'aimer Albertine et une preuve que
j'avais du pouvoir sur elle, qu'elle m'aimait.

Une fois Albertine sortie, je sentis quelle fatigue était
pour moi cette présence perpétuelle, insatiable de mouvement et de vie, qui troublait mon sommeil par ses
mouvements, me faisait vivre dans un refroidissement
perpétuel par les portes qu'elle laissait ouvertes, me forçait
— pour trouver des prétextes qui justifiassent de ne pas
l'accompagner, sans pourtant paraître trop malade, et
d'autre part pour la faire accompagner — à déployer
chaque jour plus d'ingéniosité que Shéhérazade[1]. Malheureusement, si par une même ingéniosité la conteuse
persane retardait sa mort, je hâtais la mienne. Il y a ainsi
dans la vie certaines situations, qui ne sont pas toutes créées
comme celle-là par la jalousie amoureuse, et une santé
précaire qui ne permet pas de partager la vie d'un être
actif et jeune, mais où tout de même le problème de
continuer la vie en commun ou de revenir à la vie séparée
d'autrefois se pose d'une façon presque médicale : auquel
des deux sortes de repos faut-il se sacrifier (en continuant
le surmenage quotidien, ou en revenant aux angoisses de
l'absence) — celui du cerveau ou celui du cœur ?

J'étais en tout cas bien content qu'Andrée accompagnât
Albertine au Trocadéro, car de récents et d'ailleurs
minuscules incidents faisaient qu'ayant, bien entendu, la
même confiance dans l'honnêteté du chauffeur, sa vigilance, ou du moins la perspicacité de sa vigilance, ne me
semblait plus tout à fait aussi grande qu'autrefois. C'est
ainsi que, tout dernièrement, ayant envoyé Albertine seule
avec lui à Versailles, Albertine m'avait dit avoir déjeuné
aux Réservoirs. Comme le chauffeur m'avait parlé du
restaurant Vatel[2] le jour où je relevai cette contradiction,
je pris un prétexte pour descendre parler au mécanicien
(toujours le même, celui que nous avons vu à Balbec)
pendant qu'Albertine s'habillait. « Vous m'avez dit que
vous aviez déjeuné à Vatel, Mlle Albertine me parle des

Réservoirs. Qu'est-ce que cela veut dire ? » Le mécanicien me répondit : « Ah ! j'ai dit que j'avais déjeuné au Vatel, mais je ne peux pas savoir où Mademoiselle a déjeuné. Elle m'a quitté en arrivant à Versailles pour prendre un fiacre à cheval, ce qu'elle préfère quand ce n'est pas pour faire de la route. » Déjà j'enrageais en pensant qu'elle avait été seule ; enfin ce n'était que le temps de déjeuner. « Vous auriez pu, dis-je d'un air de gentillesse (car je ne voulais pas paraître faire positivement surveiller Albertine, ce qui eût été humiliant pour moi, et doublement, puisque cela eût signifié qu'elle me cachait ses actions), déjeuner, je ne dis pas avec elle, mais au même restaurant ? — Mais elle m'avait demandé d'être seulement à six heures du soir à la Place d'Armes. Je ne devais pas aller la chercher à la sortie de son déjeuner. — Ah ! » fis-je en tâchant de dissimuler mon accablement. Et je remontai. Ainsi c'était plus de sept heures de suite qu'Albertine avait été seule, livrée à elle-même. Je savais bien, il est vrai, que le fiacre n'avait pas été un simple expédient pour se débarrasser de la surveillance du chauffeur. En ville, Albertine aimait mieux flâner en fiacre, elle disait qu'on voyait bien, que l'air était plus doux. Malgré cela elle avait passé sept heures sur lesquelles je ne saurais jamais rien. Et je n'osais pas penser à la façon dont elle avait dû les employer. Je trouvai que le mécanicien avait été bien maladroit, mais ma confiance en lui fut désormais complète. Car s'il eût été le moins du monde de mèche avec Albertine, il ne m'eût jamais avoué qu'il l'avait laissée libre de onze heures du matin à six heures du soir. Il n'y aurait eu qu'une autre explication, mais absurde, de cet aveu du chauffeur. C'est qu'une brouille entre lui et Albertine lui eût donné le désir, en me faisant une petite révélation, de montrer à mon amie qu'il était homme à parler et que si, après le premier avertissement tout bénin, elle ne marchait pas droit selon ce qu'il voulait, il mangerait carrément le morceau. Mais cette explication était absurde ; il fallait d'abord supposer une brouille inexistante entre Albertine et lui, et ensuite donner une nature de maître-chanteur à ce beau mécanicien qui s'était toujours montré si affable et si bon garçon. Dès le surlendemain, du reste, je vis que, plus que je ne l'avais cru un instant, dans ma soupçonneuse folie, il savait exercer sur Albertine une surveillance discrète et perspicace. Car ayant pu le prendre à part et lui parler de ce

qu'il m'avait dit de Versailles, je lui disais d'un air amical
et dégagé : « Cette promenade à Versailles dont vous me
parliez avant-hier, c'était parfait comme cela, vous avez
été parfait comme toujours. Mais à titre de petite
indication, sans importance du reste, j'ai une telle
responsabilité depuis que Mme Bontemps a mis sa nièce
sous ma garde, j'ai tellement peur des accidents, je me
reproche tant de ne pas l'accompagner, que j'aime mieux
que ce soit vous, vous tellement sûr, si merveilleusement
adroit, à qui il ne peut pas arriver d'accident, qui
conduisiez partout Mlle Albertine. Comme cela je ne
crains rien. » Le charmant mécanicien apostolique sourit
finement, la main posée sur sa roue en forme de croix de
consécration[1]. Puis il me dit ces paroles qui (chassant les
inquiétudes de mon cœur où elles furent aussitôt
remplacées par la joie) me donnèrent envie de lui sauter
au cou : « N'ayez crainte, me dit-il. Il ne peut rien lui
arriver, car quand mon volant ne la promène pas, mon
œil la suit partout. À Versailles sans avoir l'air de rien
j'ai visité la ville pour ainsi dire avec elle. Des Réservoirs
elle est allée au Château, du Château aux Trianons,
toujours moi la suivant sans avoir l'air de la voir, et le
plus fort c'est qu'elle ne m'a pas vu. Oh ! elle m'aurait
vu, ç'aurait été un petit malheur. C'était si naturel qu'ayant
toute la journée devant moi à rien faire je visite aussi le
Château. D'autant plus que Mademoiselle n'a certainement
pas été sans remarquer que j'ai de la lecture et que je
m'intéresse à toutes les vieilles curiosités (c'était vrai,
j'aurais même été surpris si j'avais su qu'il était ami de
Morel, tant il dépassait le violoniste en finesse et en goût).
Mais enfin elle ne m'a pas vu. — Elle a dû rencontrer,
du reste, des amies, car elle en a plusieurs à Versailles.
— Non, elle était toujours seule. — On doit la regarder
alors, une jeune fille éclatante et toute seule ! — Sûr qu'on
la regarde, mais elle n'en sait quasiment rien, elle est tout
le temps les yeux dans son guide, puis levés sur les
tableaux. » Le récit du chauffeur me sembla d'autant plus
exact que c'était, en effet, une « carte » représentant le
Château et une autre représentant les Trianons qu'Albertine m'avait envoyées le jour de sa promenade. L'attention
avec laquelle le gentil chauffeur en avait suivi chaque pas
me toucha beaucoup. Comment aurais-je supposé que cette
rectification — sous forme d'ample complément à son dire

de l'avant-veille — venait de ce qu'entre ces deux jours Albertine, alarmée que le chauffeur m'eût parlé, s'était soumise, avait fait la paix avec lui ? Ce soupçon ne me vint même pas.

Il est certain que ce récit du mécanicien, en m'ôtant toute crainte qu'Albertine m'eût trompé, me refroidit tout naturellement à l'égard de mon amie et me rendit moins intéressante la journée qu'elle avait passée à Versailles. Je crois pourtant que les explications du chauffeur, qui en innocentant Albertine me la rendaient encore plus ennuyeuse, n'auraient peut-être pas suffi à me calmer si vite. Deux petits boutons que pendant quelques jours mon amie eut au front réussirent peut-être mieux encore à modifier les sentiments de mon cœur. Enfin ceux-ci se détournèrent d'elle, au point de ne me rappeler son existence que quand je la voyais, par la confidence singulière que me fit la femme de chambre de Gilberte, rencontrée par hasard. J'appris que quand j'allais tous les jours chez Gilberte elle aimait un jeune homme qu'elle voyait beaucoup plus que moi. J'en avais eu un instant le soupçon à cette époque, et même j'avais alors interrogé cette même femme de chambre. Mais comme elle savait que j'étais épris de Gilberte, elle avait nié, juré que jamais Mlle Swann n'avait vu ce jeune homme. Mais maintenant, sachant que mon amour était mort depuis si longtemps, que depuis des années j'avais laissé toutes ses lettres sans réponse — et peut-être aussi parce qu'elle n'était plus au service de la jeune fille — d'elle-même elle me raconta tout au long l'épisode amoureux que je n'avais pas su. Cela lui semblait tout naturel. Je crus, me rappelant ses serments d'alors, qu'elle n'avait pas été au courant. Pas du tout, c'est elle-même sur l'ordre de Mme Swann qui allait prévenir le jeune homme dès que celle que j'aimais était seule. Que j'aimais alors... Mais je me demandai un instant si mon amour d'autrefois était aussi mort que je le croyais car ce récit me fut pénible. Comme je ne crois pas que la jalousie puisse réveiller un amour mort, je supposai que ma triste impression était due, en partie du moins, à mon amour-propre blessé, car plusieurs personnes que je n'aimais pas et qui à cette époque et même un peu plus tard — cela a bien changé depuis — affectaient à mon endroit une attitude méprisante, savaient parfaitement, pendant que j'étais si amoureux de Gilberte, que j'étais

dupe. Et cela me fit même me demander rétrospectivement
si dans mon amour pour Gilberte, il n'y avait pas eu une
part d'amour-propre, puisque je souffrais tant maintenant
de voir que toutes les heures de tendresse qui m'avaient
rendu si heureux, étaient connues pour une véritable
tromperie de mon amie à mes dépens, par des gens que
je n'aimais pas. En tout cas, amour ou amour-propre,
Gilberte était presque morte en moi, mais pas entièrement,
et cet ennui acheva de m'empêcher de me soucier outre
mesure d'Albertine, qui tenait une si étroite partie dans
mon cœur. Néanmoins, pour en revenir à elle (après une
si longue parenthèse) et à sa promenade à Versailles, les
cartes postales de Versailles (peut-on donc avoir ainsi
simultanément le cœur pris en écharpe par deux jalousies
entrecroisées se rapportant chacune à une personne
différente ?) me donnaient une impression un peu désagréable, chaque fois qu'en rangeant des papiers mes yeux
tombaient sur elles. Et je songeais que si le mécanicien
n'avait pas été un si brave homme, la concordance de son
deuxième récit avec les « cartes » d'Albertine n'eût pas
signifié grand-chose, car qu'est-ce qu'on vous envoie
d'abord de Versailles sinon le Château et les Trianons,
à moins que la carte ne soit choisie par quelque raffiné,
amoureux d'une certaine statue, ou par quelque imbécile
élisant comme vue la station du tramway à chevaux ou
la gare des Chantiers ?

Encore ai-je tort de dire un imbécile, de telles cartes
postales n'ayant pas toujours été achetées par l'un d'eux,
au hasard, pour l'intérêt de venir de Versailles. Pendant
deux ans les hommes intelligents, les artistes trouvèrent
Sienne, Venise, Grenade, une scie, et disaient du moindre
omnibus, de tous les wagons : « Voilà qui est beau. »
Puis ce goût passa comme les autres. Je ne sais même pas
si on n'en revint pas au « sacrilège qu'il y a de détruire
les nobles choses du passé ». En tout cas, un wagon de
première classe cessa d'être considéré *a priori* comme plus
beau que Saint-Marc de Venise. On disait pourtant :
« C'est là qu'est la vie, le retour en arrière est une chose
factice », mais sans tirer de conclusion nette[1]. À tout
hasard, et tout en faisant pleine confiance au chauffeur,
et pour qu'Albertine ne pût pas le plaquer sans qu'il osât
refuser par crainte de passer pour espion, je ne la laissai
plus sortir qu'avec le renfort d'Andrée, alors que pendant

un temps le chauffeur m'avait suffi. Je l'avais même laissée
alors (ce que je n'aurais plus osé faire depuis) s'absenter
pendant trois jours, seule avec le chauffeur, et aller
jusqu'auprès de Balbec, tant elle avait envie de faire de
la route sur simple châssis, en grande vitesse. Trois jours
où j'avais été bien tranquille, bien que la pluie de cartes
qu'elle m'avait envoyée ne me fût parvenue, à cause du
détestable fonctionnement de ces postes bretonnes (bonnes l'été, mais sans doute désorganisées l'hiver), que huit
jours après le retour d'Albertine et du chauffeur, si
vaillants que le matin même de leur retour ils reprirent,
comme si de rien n'était, leur promenade quotidienne.
Mais depuis l'incident de Versailles j'avais changé. J'étais
ravi qu'Albertine allât aujourd'hui au Trocadéro à cette
matinée « extraordinaire » mais surtout rassuré qu'elle
y eût une compagne, Andrée.

Laissant ces pensées, maintenant qu'Albertine était
sortie, j'allai me mettre un instant à la fenêtre. Il y eut
d'abord un silence où le sifflet du marchand de tripes et
la corne du tramway firent résonner l'air à des octaves
différentes, comme un accordeur de piano aveugle. Puis
peu à peu devinrent distincts les motifs entrecroisés
auxquels de nouveaux s'ajoutaient. Il y avait aussi un autre
sifflet, appel d'un marchand dont je n'ai jamais su ce qu'il
vendait, sifflet qui, lui, était exactement pareil à celui d'un
tramway, et comme il n'était pas emporté par la vitesse
on croyait à un seul tramway, non doué de mouvement,
ou en panne, immobilisé, criant à petits intervalles comme
un animal qui meurt.

Et il me semblait que, si jamais je devais quitter ce
quartier aristocratique — à moins que ce ne fût pour un
tout à fait populaire — les rues et les boulevards du centre
(où la fruiterie, la poissonnerie, etc. stabilisées dans de
grandes maisons d'alimentation, rendaient inutiles les cris
des marchands qui n'eussent pas, du reste, réussi à se faire
entendre) me sembleraient bien mornes, bien inhabitables,
dépouillés, décantés de toutes ces litanies des petits métiers
et des ambulantes mangeailles, privés de l'orchestre qui
venait de me charmer dès le matin. Sur le trottoir une
femme peu élégante (ou obéissant à une mode laide)
passait, trop claire dans un paletot sac en poil de chèvre ;
mais non, ce n'était pas une femme, c'était un chauffeur
qui, enveloppé dans sa peau de bique, gagnait à pied son

garage. Échappés des grands hôtels, les chasseurs ailés, aux teintes changeantes, filaient vers les gares, au ras de leur bicyclette, pour rejoindre les voyageurs au train du matin. Le ronflement d'un violon était dû parfois au passage d'une automobile, parfois à ce que je n'avais pas mis assez d'eau dans ma bouillotte électrique. Au milieu de la symphonie détonnait un « air » démodé : remplaçant la vendeuse de bonbons qui accompagnait d'habitude son air avec une crécelle, le marchand de jouets, au mirliton duquel était attaché un pantin qu'il faisait mouvoir en tous sens, promenait d'autres pantins, et sans souci de la déclamation rituelle de Grégoire le Grand, de la déclamation réformée de Palestrina et de la déclamation lyrique des modernes[1], entonnait à pleine voix, partisan attardé de la pure mélodie :

> *Allons les papas, allons les mamans,*
> *Contentez vos petits enfants ;*
> *C'est moi qui les fais, c'est moi qui les vends,*
> *Et c'est moi qui boulotte l'argent.*
> *Tra la la la. Tra la la la laire,*
> *Tra la la la la la la.*
> *Allons les petits !*

De petits Italiens, coiffés d'un béret, n'essayaient pas de lutter avec cet *aria vivace,* et c'est sans rien dire qu'ils offraient de petites statuettes. Cependant qu'un petit fifre réduisait le marchand de jouets à s'éloigner et à chanter plus confusément, quoique presto : « Allons les papas, allons les mamans. » Le petit fifre était un seul de ces dragons que j'entendais le matin à Doncières ? Non, car ce qui suivait c'étaient ces mots : « Voilà le réparateur de faïence et de por—celaine. Je répare le verre, le marbre, le cristal, l'os, l'ivoire et objets d'antiquité. Voilà le réparateur. » Dans une boucherie, où à gauche était une auréole de soleil et à droite un bœuf entier pendu, un garçon boucher très grand et très mince, aux cheveux blonds, son cou sortant d'un col bleu ciel, mettait une rapidité vertigineuse et une religieuse conscience à mettre d'un côté les filets de bœuf exquis, de l'autre de la culotte de dernier ordre, les plaçait dans d'éblouissantes balances surmontées d'une croix, d'où retombaient de belles chaînettes, et — bien qu'il ne fît ensuite que disposer pour

l'étalage, des rognons, des tournedos, des entrecôtes —
donnait en réalité beaucoup plus l'impression d'un bel
ange qui au jour du Jugement dernier préparera pour
Dieu, selon leurs qualités, la séparation des Bons et des
Méchants et la pesée des âmes. Et de nouveau le fifre grêle
et fin montait dans l'air, annonciateur non plus des
destructions que redoutait Françoise chaque fois que
défilait un régiment de cavalerie, mais de « réparations »
promises par un « antiquaire » naïf ou gouailleur, et qui
en tout cas fort éclectique, loin de se spécialiser, avait pour
objet de son art les matières les plus diverses. Les petites
porteuses de pain se hâtaient d'empiler dans leur panier
les flûtes destinées au « grand déjeuner » et, à leur
crochet, les laitières attachaient vivement les bouteilles de
lait. La vue nostalgique que j'avais de ces petites filles,
pouvais-je la croire bien exacte ? N'eût-elle pas été autre
si j'avais pu garder immobile quelques instants auprès de
moi une de celles que, de la hauteur de ma fenêtre, je
ne voyais que dans la boutique ou en fuite ? Pour évaluer
la perte que me faisait éprouver ma réclusion, c'est-à-dire
la richesse que m'offrait la journée, il eût fallu intercepter
dans le long déroulement de la frise animée quelque fillette
portant son linge ou son lait, la faire passer un moment,
comme une silhouette d'un décor mobile, entre les
portants, dans le cadre de ma porte, et la retenir sous mes
yeux, non sans obtenir sur elle quelque renseignement qui
me permît de la retrouver un jour et pareil à cette fiche
signalétique que les ornithologues ou les ichtyologues
attachent, avant de leur rendre la liberté, sous le ventre
des oiseaux ou des poissons dont ils veulent pouvoir
identifier les migrations.

Aussi dis-je à Françoise que, pour une course que j'avais
à faire faire, elle voulût m'envoyer, s'il lui en venait
quelqu'une, telle ou telle de ces petites qui venaient sans
cesse chercher et rapportaient le linge, le pain, ou les
carafes de lait, et par lesquelles souvent elle faisait faire
des commissions. J'étais pareil en cela à Elstir qui, obligé
de rester enfermé dans son atelier, certains jours de
printemps où savoir que les bois étaient pleins de violettes
lui donnait une fringale d'en regarder, envoyait sa
concierge lui en acheter un bouquet ; alors attendri,
halluciné, ce n'est pas la table sur laquelle il avait posé
le petit modèle végétal, mais tout le tapis des sous-bois

où il avait vu autrefois, par milliers, les tiges serpentines, fléchissant sous leur bec bleu, qu'Elstir croyait avoir sous les yeux comme une zone imaginaire qu'enclavait dans son atelier la limpide odeur de la fleur évocatrice[1].

De blanchisseuse, un dimanche, il ne fallait pas penser qu'il en vînt. Quant à la porteuse de pain, par une mauvaise chance, elle avait sonné pendant que Françoise n'était pas là, avait laissé ses flûtes dans la corbeille, sur le palier, et s'était sauvée. La fruitière ne viendrait que bien plus tard. Une fois, j'étais entré commander un fromage chez le crémier, et au milieu des petites employées j'en avais remarqué une, vraie extravagance blonde, haute de taille bien que puérile, et qui au milieu des autres porteuses, semblait rêver, dans une attitude assez fière. Je ne l'avais vue que de loin, et en passant si vite que je n'aurais pu dire comment elle était, sinon qu'elle avait dû pousser trop vite et que sa tête portait une toison donnant l'impression bien moins des particularités capillaires que d'une stylisation sculpturale des méandres isolés de névés parallèles. C'est tout ce que j'avais distingué, ainsi qu'un nez très dessiné (chose rare chez une enfant) dans une figure maigre, et qui rappelait le bec des petits des vautours. D'ailleurs, le groupement autour d'elle de ses camarades n'avait pas été seul à m'empêcher de la bien voir, mais aussi l'incertitude des sentiments que je pouvais, à première vue et ensuite, lui inspirer, qu'ils fussent de fierté farouche, ou d'ironie, ou d'un dédain exprimé plus tard à ses amies. Ces suppositions alternatives que j'avais faites, en une seconde, à son sujet, avaient épaissi autour d'elle l'atmosphère trouble où elle se dérobait, comme une déesse dans la nue que fait trembler la foudre. Car l'incertitude morale est une cause plus grande de difficulté à une exacte perception visuelle que ne serait un défaut matériel de l'œil. En cette trop maigre jeune personne, qui frappait aussi trop l'attention, l'excès de ce qu'un autre eût peut-être appelé des charmes, était justement ce qui était pour me déplaire, mais avait tout de même eu pour résultat de m'empêcher même d'apercevoir rien, à plus forte raison de me rien rappeler des autres petites crémières, que le nez arqué de celle-ci, son regard, chose si peu agréable, pensif, personnel, ayant l'air de juger, avaient plongées dans la nuit à la façon d'un éclair blond qui enténèbre le paysage environnant. Et ainsi de ma visite

pour commander un fromage, chez le crémier, je ne
m'étais rappelé (si on peut dire « se rappeler » à propos
d'un visage si mal regardé qu'on adapte dix fois au néant
du visage un nez différent), je ne m'étais rappelé que la
petite qui m'avait déplu. Cela suffit à faire commencer un
amour. Pourtant j'eusse oublié l'extravagance blonde et
n'aurais jamais souhaité de la revoir, si Françoise ne m'avait
dit que, quoique bien gamine, cette petite était délurée
et allait quitter sa patronne parce que trop coquette, elle
devait de l'argent dans le quartier. On a dit que la beauté
est une promesse de bonheur[1]. Inversement la possibilité
du plaisir peut être un commencement de beauté.

Je me mis à lire la lettre de maman. À travers ses citations
de Mme de Sévigné (« Si mes pensées ne sont pas tout
à fait noires à Combray, elles sont au moins d'un gris brun,
je pense à toi à tout moment je te souhaite, ta santé, tes
affaires, ton éloignement, que penses-tu que tout cela
puisse faire entre chien et loup[2] ? ») je sentais que ma
mère était ennuyée de voir que le séjour d'Albertine à la
maison se prolongeait, et s'affermir, quoique non encore
déclarées à la fiancée, mes intentions de mariage. Elle ne
me le disait pas plus directement parce qu'elle craignait que
je laissasse traîner ses lettres. Encore, si voilées qu'elles
fussent, me reprochait-elle de ne pas l'avertir immédiatement après chacune que je l'avais reçue : « Tu sais bien
que Mme de Sévigné disait : "Quand on est loin on ne se
moque plus des lettres qui commencent par : j'ai reçu la
vôtre[3]." » Sans parler de ce qui l'inquiétait le plus, elle se
disait fâchée de mes grandes dépenses : « À quoi peut
passer tout ton argent ? Je suis déjà assez tourmentée de ce
que, comme Charles de Sévigné, tu ne saches pas ce que
tu veuilles et que tu sois "deux ou trois hommes à la fois",
mais tâche au moins de ne pas être comme lui pour la
dépense et que je ne puisse pas dire de toi : "Il a trouvé
le moyen de dépenser sans paraître, de perdre sans jouer
et de payer sans s'acquitter[4]." » Je venais de finir le mot
de maman quand Françoise revint me dire qu'elle avait
justement là la petite laitière un peu trop hardie dont elle
m'avait parlé. « Elle pourra très bien porter la lettre de
Monsieur et faire les courses si ce n'est pas trop loin.
Monsieur va voir, elle a l'air d'un Petit Chaperon Rouge. »
Françoise alla la chercher et je l'entendis qui la guidait
en lui disant : « Hé bien, voyons, tu as peur parce qu'il

y a un couloir, bougre de truffe, je te croyais moins
empruntée. Faut-il que je te mène par la main ? » Et
Françoise, en bonne et honnête servante qui entend faire
respecter son maître comme elle le respecte elle-même,
s'était drapée de cette majesté qui ennoblit les entremetteuses dans ces tableaux des vieux maîtres, où à côté d'elles
s'effacent presque ·dans l'insignifiance la maîtresse et
l'amant.

Elstir, quand il les regardait, n'avait pas à se préoccuper
de ce que faisaient les violettes. L'entrée de la petite laitière
m'ôta aussitôt mon calme de contemplateur, je ne songeai
plus qu'à rendre vraisemblable la fable de la lettre à lui
faire porter et je me mis à écrire rapidement sans oser
la regarder qu'à peine, pour ne pas paraître l'avoir fait
entrer pour cela. Elle était parée pour moi de ce charme
de l'inconnu qui ne se serait pas ajouté pour moi à une
jolie fille trouvée dans ces maisons où elles vous attendent.
Elle n'était ni nue, ni déguisée, mais une vraie crémière,
une de celles qu'on s'imagine si jolies quand on n'a pas
le temps de s'approcher d'elles, elle était un peu de ce
qui fait l'éternel désir, l'éternel regret de la vie, dont le
double courant est enfin détourné, amené auprès de nous.
Double car s'il s'agit d'inconnu, d'un être deviné devoir
être divin d'après sa stature, ses proportions, son indifférent regard, son calme hautain, d'autre part on veut cette
femme bien spécialisée dans sa profession, nous permettant
de nous évader dans ce monde qu'un costume particulier
nous fait romanesquement croire différent. Au reste, si l'on
cherche à faire tenir dans une formule la loi de nos
curiosités amoureuses, il faudrait la chercher dans le
maximum d'écart entre une femme aperçue et une femme
approchée, caressée. Si les femmes de ce qu'on appelait
autrefois les maisons closes, si les cocottes elles-mêmes (à
condition que nous sachions qu'elles sont des cocottes)
nous attirent si peu, ce n'est pas qu'elles soient moins belles
que d'autres, c'est qu'elles sont toutes prêtes, que ce qu'on
cherche précisément à atteindre, elles nous l'offrent déjà,
c'est qu'elles ne sont pas des conquêtes. L'écart, là, est à
son minimum. Une grue nous sourit déjà dans la rue
comme elle le fera près de nous. Nous sommes des
sculpteurs. Nous voulons obtenir d'une femme une statue
entièrement différente de celle qu'elle nous a présentée.
Nous avons vu une jeune fille indifférente, insolente au
bord de la mer, nous avons vu une vendeuse sérieuse et

active à son comptoir qui nous répondra sèchement ne fût-ce que pour ne pas être l'objet des moqueries de ses copines, une marchande de fruits qui nous répond à peine. Hé bien ! nous n'avons de cesse que nous puissions expérimenter si la fière jeune fille au bord de la mer, si la vendeuse à cheval sur le qu'en-dira-t-on, si la distraite marchande de fruits ne sont pas susceptibles, à la suite de manèges adroits de notre part, de laisser fléchir leur attitude rectiligne, d'entourer notre cou de ces bras qui portaient les fruits, d'incliner sur notre bouche, avec un sourire consentant, des yeux jusque-là glacés ou distraits — ô beauté des yeux sévères aux heures du travail où l'ouvrière craignait tant la médisance de ses compagnes, des yeux qui fuyaient nos obsédants regards et qui maintenant que nous l'avons vue seule à seul, font plier leurs prunelles sous le poids ensoleillé du rire quand nous parlons de faire l'amour ! Entre la vendeuse, la blanchisseuse attentive à repasser, la marchande de fruits, la crémière — et cette même fillette qui va devenir notre maîtresse, le maximum d'écart est atteint, tendu encore à ses extrêmes limites, et varié, par ces gestes habituels de la profession qui font des bras, pendant la durée du labeur, quelque chose d'aussi différent que possible comme arabesque de ces souples liens qui déjà chaque soir s'enlacent à notre cou tandis que la bouche s'apprête pour le baiser. Aussi passons-nous toute notre vie en inquiètes démarches sans cesse renouvelées auprès des filles sérieuses et que leur métier semble éloigner de nous. Une fois dans nos bras, elles ne sont plus ce qu'elles étaient, cette distance que nous rêvions de franchir est supprimée. Mais on recommence avec d'autres femmes, on donne à ces entreprises tout son temps, tout son argent, toutes ses forces, on crève de rage contre le cocher trop lent qui va peut-être nous faire manquer le premier rendez-vous, on a la fièvre. Ce premier rendez-vous, on sait pourtant qu'il accomplira l'évanouissement d'une illusion. Il n'importe, tant que l'illusion dure on veut voir si on peut la changer en réalité, et alors on pense à la blanchisseuse dont on a remarqué la froideur. La curiosité amoureuse est comme celle qu'excitent en nous les noms de pays, toujours déçue, elle renaît et reste toujours insatiable.

Hélas ! une fois auprès de moi, la blonde crémière aux mèches striées, dépouillée de tant d'imagination et de

désirs éveillés en moi, se trouva réduite à elle-même. Le
nuage frémissant de mes suppositions ne l'enveloppait plus
d'un vertige. Elle prenait un air tout penaud de n'avoir
plus (au lieu des dix, des vingt, que je me rappelais tour
à tour sans pouvoir fixer mon souvenir) qu'un seul nez,
plus rond que je ne l'avais cru, qui donnait une idée de
bêtise et avait en tout cas perdu le pouvoir de se multiplier.
Ce vol capturé, inerte, anéanti, incapable de rien ajouter
à sa pauvre évidence, n'avait plus mon imagination pour
collaborer avec lui. Tombé dans le réel immobile, je tâchai
de rebondir ; les joues, non aperçues dans la boutique,
me parurent si jolies que j'en fus intimidé et, pour me
donner une contenance, je dis à la petite crémière :
« Seriez-vous assez bonne pour me passer *Le Figaro* qui
est là, il faut que je regarde le nom de l'endroit où je veux
vous envoyer. » Aussitôt, en prenant le journal, elle
découvrit jusqu'au coude la manche rouge de sa jaquette
et me tendit la feuille conservatrice d'un geste adroit et
gentil qui me plut par sa rapidité familière, son apparence
moelleuse et sa couleur écarlate. Pendant que j'ouvrais
Le Figaro, pour dire quelque chose et sans lever les yeux,
je demandai à la petite : « Comment s'appelle ce que vous
portez là en tricot rouge ? c'est très joli. » Elle me
répondit : « C'est mon golf[1]. » Car par une déchéance
habituelle à toutes les modes, les vêtements et les mots
qui, il y a quelques années, semblaient appartenir au
monde relativement élégant des amies d'Albertine, étaient
maintenant le lot des ouvrières. « Ça ne vous gênerait
vraiment pas trop, dis-je en faisant semblant de chercher
dans *Le Figaro*, que je vous envoie même un peu loin ? »
Dès que j'eus ainsi l'air de trouver pénible le service
qu'elle me rendrait en faisant une course, aussitôt elle
commença à trouver que c'était gênant pour elle. « C'est
que je dois aller tantôt me promener en vélo. Dame, nous
n'avons que le dimanche. — Mais vous n'avez pas froid,
nu-tête comme cela ? — Ah ! je serai pas nu-tête, j'aurai
mon polo, et je pourrais m'en passer avec tous mes
cheveux. » Je levai les yeux sur les mèches flavescentes
et frisées et je sentis que leur tourbillon m'emportait, le
cœur battant, dans la lumière et les rafales d'un ouragan
de beauté. Je continuais à regarder le journal, mais bien
que ce ne fût que pour me donner une contenance et me
faire gagner du temps, tout en ne faisant que semblant

de lire, je comprenais tout de même le sens des mots qui étaient sous mes yeux, et ceux-ci me frappaient : « Au programme de la matinée que nous avons annoncée et qui sera donnée cet après-midi dans la salle des fêtes du Trocadéro, il faut ajouter le nom de Mlle Léa qui a accepté d'y paraître dans *Les Fourberies de Nérine*[1]. Elle tiendra, bien entendu, le rôle de Nérine où elle est étourdissante de verve et d'ensorceleuse gaieté. » Ce fut comme si on avait brutalement arraché de mon cœur le pansement sous lequel il avait commencé depuis mon retour de Balbec à se cicatriser. Le flux de mes angoisses s'échappa à torrents. Léa, c'était la comédienne amie des deux jeunes filles qu'Albertine, sans avoir l'air de les voir, avait un après-midi, au casino, regardées dans la glace[2]. Il est vrai qu'à Balbec, Albertine, au nom de Léa, avait pris un ton de componction particulier pour me dire, presque choquée qu'on pût soupçonner une telle vertu : « Oh ! non, ce n'est pas du tout une femme comme ça, c'est une femme très bien. » Malheureusement pour moi, quand Albertine émettait une affirmation de ce genre, ce n'était jamais que le premier stade d'affirmations différentes. Peu après la première, venait cette deuxième : « Je ne la connais pas. » Tertio, quand Albertine m'avait parlé d'une telle personne « insoupçonnable » et que (secundo) « elle ne connaissait pas », elle oubliait peu à peu, d'abord avoir dit qu'elle ne la connaissait pas, et dans une phrase où elle se « coupait » sans le savoir, racontait qu'elle la connaissait. Ce premier oubli consommé et la nouvelle affirmation ayant été émise, un deuxième oubli commençait, celui que la personne était insoupçonnable. « Est-ce qu'une telle, demandais-je, n'a pas telles mœurs ? — Mais voyons, naturellement, c'est connu comme tout ! » Aussitôt le ton de componction reprenait pour une affirmation qui était un vague écho fort amoindri de la toute première : « Je dois dire qu'avec moi elle a toujours été d'une convenance parfaite. Naturellement, elle savait que je l'aurais remisée et de la belle manière. Mais enfin cela ne fait rien. Je suis obligée de lui être reconnaissante du vrai respect qu'elle m'a toujours témoigné. On voit qu'elle savait à qui elle avait affaire. » On se rappelle la vérité parce qu'elle a un nom, des racines anciennes, mais un mensonge improvisé s'oublie vite. Albertine oubliait ce dernier mensonge-là, le quatrième, et un jour où elle voulait

gagner ma confiance par des confidences, elle se laissait
aller à me dire de la même personne, au début si comme
il faut et qu'elle ne connaissait pas : « Elle a eu le béguin
pour moi. Trois, quatre fois elle m'a demandé de
l'accompagner jusque chez elle et de monter la voir.
L'accompagner, je n'y voyais pas de mal, devant tout le
monde, en plein jour, en plein air. Mais arrivée à sa porte,
je trouvais toujours un prétexte et je ne suis jamais
montée. » Quelque temps après Albertine faisait allusion
à la beauté des objets qu'on voyait chez la même dame.
D'approximation en approximation on fût sans doute
arrivé à lui faire dire la vérité, une vérité qui était peut-être
moins grave que je n'étais porté à le croire, car peut-être
facile avec les femmes, préférait-elle un amant, et
maintenant que j'étais le sien n'eût-elle pas songé à Léa.
Déjà, en tout cas pour bien des femmes, il m'eût suffi de
rassembler devant mon amie, en une synthèse, ses
affirmations contradictoires pour la convaincre de ses fautes
(fautes qui sont bien plus aisées, comme les lois
astronomiques, à dégager par le raisonnement, qu'à
observer, qu'à surprendre dans la réalité). Mais elle aurait
encore mieux aimé dire qu'elle avait menti quand elle avait
émis une de ces affirmations, dont ainsi le retrait ferait
écrouler tout mon système, plutôt que de reconnaître que
tout ce qu'elle avait raconté dès le début n'était qu'un tissu
de contes mensongers. Il en est de semblables dans *Les
Mille et Une Nuits,* et qui nous y charment. Ils nous font
souffrir dans une personne que nous aimons, et à cause
de cela nous permettent d'entrer un peu plus avant dans
la connaissance de la nature humaine au lieu de nous
contenter de nous jouer à sa surface. Le chagrin pénètre
en nous et nous force par la curiosité douloureuse à
pénétrer. D'où des vérités que nous ne nous sentons pas
le droit de cacher, si bien qu'un athée moribond qui les
a découvertes, assuré du néant, insoucieux de la gloire,
use pourtant ses dernières heures à tâcher de les faire
connaître.

Sans doute je n'en étais qu'à la première de ces
affirmations pour Léa. J'ignorais même si Albertine la
connaissait ou non. N'importe, cela revenait au même. Il
fallait à tout prix empêcher qu'au Trocadéro elle pût
retrouver cette connaissance, ou faire la connaissance de
cette inconnue. Je dis que je ne savais si elle connaissait

Léa ou non ; j'avais dû pourtant l'apprendre à Balbec,
d'Albertine elle-même. Car l'oubli anéantissait aussi bien
chez moi que chez Albertine une grande part des choses
qu'elle m'avait affirmées. Car la mémoire, au lieu d'un
exemplaire en double toujours présent à nos yeux, des
divers faits de notre vie, est plutôt un néant d'où par
instants une similitude actuelle nous permet de tirer,
ressuscités, des souvenirs morts ; mais encore il y a mille
petits faits qui ne sont pas tombés dans cette virtualité de
la mémoire, et qui resteront à jamais incontrôlables pour
nous. Tout ce que nous ignorons se rapporter à la vie réelle
de la personne que nous aimons, nous n'y faisons aucune
attention, nous oublions aussitôt ce qu'elle nous a dit à
propos de tel fait ou de telles gens que nous ne connaissons
pas, et l'air qu'elle avait en nous le disant. Aussi, quand
ensuite notre jalousie est excitée par ces mêmes gens, pour
savoir si elle ne se trompe pas, si c'est bien à eux qu'elle
doit rapporter telle hâte que notre maîtresse a de sortir,
tel mécontentement que nous l'en ayons privée en rentrant
trop tôt, notre jalousie fouillant le passé pour en tirer des
inductions n'y trouve rien ; toujours rétrospective, elle est
comme un historien qui aurait à faire une histoire pour
laquelle il n'est aucun document ; toujours en retard, elle
se précipite comme un taureau furieux là où ne se trouve
pas l'être fier et brillant qui l'irrite de ses piqûres et dont
la foule cruelle admire la magnificence et la ruse. La
jalousie se débat dans le vide, incertaine, comme nous le
sommes dans ces rêves où nous souffrons de ne pas trouver
dans sa maison vide une personne que nous avons bien
connue dans la vie, mais qui peut-être en est ici une autre
et a seulement emprunté les traits d'un autre personnage ;
incertaine comme nous le sommes plus encore après le
réveil quand nous cherchons à identifier tel ou tel détail
de notre rêve. Quel air avait notre amie en nous disant
cela ? N'avait-elle pas l'air heureux, ne sifflait-elle même
pas, ce qu'elle ne fait que quand elle a quelque pensée
amoureuse et que notre présence l'importune et l'irrite ?
Ne nous a-t-elle pas dit une chose qui se trouve en
contradiction avec ce qu'elle nous affirme maintenant,
qu'elle connaît ou ne connaît pas telle personne ? Nous
ne le savons pas, nous ne le saurons jamais, nous nous
acharnons à chercher les débris inconsistants d'un rêve,
et pendant ce temps notre vie avec notre maîtresse

continue, notre vie distraite devant ce que nous ignorons être important pour nous, attentive à ce qui ne l'est peut-être pas, encauchemardée par des êtres qui sont sans rapports réels avec nous, notre vie pleine d'oublis, de lacunes, d'anxiétés vaines, notre vie pareille à un songe.

Je m'aperçus que la petite laitière était toujours là. Je lui dis que décidément ce serait bien loin, que je n'avais pas besoin d'elle. Aussitôt elle trouva aussi que ce serait trop gênant : « Il y a un beau match tantôt, je voudrais pas le manquer. » Je sentis qu'elle devait déjà dire : aimer les sports, et que dans quelques années elle dirait : vivre sa vie. Je lui dis que décidément je n'avais pas besoin d'elle et je lui donnai cinq francs. Aussitôt, s'y attendant si peu, et se disant que si elle avait cinq francs pour ne rien faire, elle aurait beaucoup pour ma course, elle commença à trouver que son match n'avait pas d'importance. « J'aurais bien fait votre course. On peut toujours s'arranger. » Mais je la poussai vers la porte, j'avais besoin d'être seul ; il fallait à tout prix empêcher qu'Albertine pût retrouver au Trocadéro les amies de Léa. Il le fallait, il fallait y réussir ; à vrai dire, je ne savais pas encore comment et pendant ces premiers instants j'ouvrais mes mains, les regardais, faisais craquer les jointures de mes doigts, soit que l'esprit qui ne peut trouver ce qu'il cherche, pris de paresse, s'accorde de faire halte pendant un instant où les choses les plus indifférentes lui apparaissent distinctement, comme ces pointes d'herbe des talus qu'on voit du wagon trembler au vent, quand le train s'arrête en rase campagne — immobilité qui n'est pas toujours plus féconde que celle de la bête capturée qui, paralysée par la peur ou fascinée, regarde sans bouger —, soit que je tinsse tout préparé mon corps — avec mon intelligence au-dedans et en celle-ci les moyens d'action sur telle ou telle personne — comme n'étant plus qu'une arme d'où partirait le coup qui séparerait Albertine de Léa et de ses deux amies. Certes, le matin quand Françoise était venue me dire qu'Albertine irait au Trocadéro, je m'étais dit : « Albertine peut bien faire ce qu'elle veut », et j'avais cru que jusqu'au soir, par ce temps radieux, ses actions resteraient pour moi sans importance perceptible. Mais ce n'était pas seulement le soleil matinal, comme je l'avais pensé, qui m'avait rendu si insouciant ; c'était parce qu'ayant obligé Albertine à renoncer aux projets qu'elle pouvait peut-être amorcer ou

même réaliser chez les Verdurin et l'ayant réduite à aller
à une matinée que j'avais choisie moi-même et en vue de
laquelle elle n'avait pu rien préparer, je savais que ce
qu'elle ferait serait forcément innocent. De même, si
Albertine avait dit quelques instants plus tard : « Si je
me tue, cela m'est bien égal », c'était parce qu'elle était
persuadée qu'elle ne se tuerait pas. Devant moi, devant
Albertine, il y avait eu ce matin (bien plus que
l'ensoleillement du jour) ce milieu que nous ne voyons
pas, mais par l'intermédiaire translucide et changeant
duquel nous voyions, moi ses actions, elle l'importance
de sa propre vie, c'est-à-dire ces croyances que nous ne
percevons pas mais qui ne sont pas plus assimilables à un
pur vide que n'est l'air qui nous entoure ; composant
autour de nous une atmosphère variable, parfois excellente,
souvent irrespirable, elles mériteraient d'être relevées et
notées avec autant de soin que la température, la pression
barométrique, la saison, car nos jours ont leur originalité
physique et morale. La croyance, non remarquée ce
matin par moi et dont pourtant j'avais été joyeusement
enveloppé jusqu'au moment où j'avais rouvert *Le Figaro*,
qu'Albertine ne ferait rien que d'inoffensif, cette croyance
venait de disparaître. Je ne vivais plus dans la belle journée,
mais dans une journée créée au sein de la première par
l'inquiétude qu'Albertine renouât avec Léa et plus
facilement encore avec les deux jeunes filles, si elles étaient
comme cela me semblait probable allées applaudir l'actrice
au Trocadéro où il ne leur serait pas difficile, dans un
entracte, de retrouver Albertine. Je ne songeais plus à
Mlle Vinteuil, le nom de Léa m'avait fait revoir, pour en
être jaloux, l'image d'Albertine au casino près des deux
jeunes filles. Car je ne possédais dans ma mémoire que
des séries d'Albertine séparées les unes des autres,
incomplètes, des profils, des instantanés ; aussi ma jalousie
se confinait-elle à une expression discontinue, à la fois
fugitive et fixée, et aux êtres qui l'avaient amenée sur la
figure d'Albertine. Je me rappelais celle-ci quand à Balbec
elle était trop regardée par les deux jeunes filles ou par
des femmes de ce genre ; je me rappelais la souffrance que
j'éprouvais à voir parcourir par des regards actifs comme
ceux d'un peintre qui veut prendre un croquis, le visage
entièrement recouvert par eux et qui, à cause de ma
présence sans doute, subissait ce contact sans avoir l'air

de s'en apercevoir, avec une passivité peut-être clandestinement voluptueuse. Et avant qu'elle se ressaisît et me parlât, il y avait une seconde pendant laquelle Albertine ne bougeait pas, souriait dans le vide, avec le même air de naturel feint et de plaisir dissimulé que si on avait été en train de faire sa photographie ; ou même pour choisir devant l'objectif une pose plus piquante — celle même qu'elle avait prise à Doncières quand nous nous promenions avec Saint-Loup : riant et passant sa langue sur ses lèvres, elle faisait semblant d'agacer un chien. Certes, à ces moments elle n'était nullement la même que quand c'était elle qui était intéressée par des fillettes qui passaient. Dans ce dernier cas au contraire son regard étroit et velouté se fixait, se collait sur la passante, si adhérent, si corrosif qu'il semblait qu'en se retirant il aurait dû emporter la peau. Mais en ce moment ce regard-là, qui du moins lui donnait quelque chose de sérieux jusqu'à la faire paraître souffrante, m'aurait semblé doux, auprès du regard atone et heureux qu'elle avait près des deux jeunes filles, et j'aurais préféré la sombre expression du désir qu'elle ressentait peut-être quelquefois, à la riante expression causée par le désir qu'elle inspirait. Elle avait beau essayer de voiler la conscience qu'elle en avait, celle-ci baignait, l'enveloppait, vaporeuse, voluptueuse, faisait paraître sa figure toute rose. Mais tout ce qu'Albertine tenait à ces moments-là en suspens en elle, qui irradiait autour d'elle et me faisait tant souffrir, qui sait si hors de ma présence elle continuerait à le taire, si aux avances des deux jeunes filles, maintenant que je n'étais pas là, elle ne répondrait pas audacieusement ? Certes, ces souvenirs me causaient une grande douleur. Ils étaient comme un aveu total des goûts d'Albertine, une confession générale de son infidélité, contre quoi ne pouvaient prévaloir les serments particuliers d'Albertine auxquels je voulais croire, les résultats négatifs de mes incomplètes enquêtes, les assurances, peut-être faites de connivence avec Albertine, d'Andrée. Albertine pouvait me nier ses trahisons particulières, par des mots qui lui échappaient, plus forts que les déclarations contraires, par ces regards seuls, elle avait fait l'aveu de ce qu'elle eût voulu cacher, bien plus que des faits particuliers : ce qu'elle se fût fait tuer plutôt que de reconnaître, son penchant. Car aucun être ne veut livrer son âme. Malgré la douleur que ces souvenirs me

causaient, aurais-je pu nier que c'était le programme de
la matinée du Trocadéro qui avait réveillé mon besoin
d'Albertine ? Elle était de ces femmes à qui leurs fautes
pourraient au besoin tenir lieu de charmes, et autant que
leurs fautes, leur bonté qui y succède et ramène en nous
cette douceur qu'avec elles, comme un malade qui n'est
jamais bien portant deux jours de suite, nous sommes sans
cesse obligés de reconquérir. D'ailleurs, plus même que
leurs fautes pendant que nous les aimons, il y a leurs fautes
avant que nous les connaissions, et la première de toutes :
leur nature. Ce qui rend douloureuses de telles amours,
en effet, c'est qu'il leur préexiste une espèce de péché
originel de la femme, un péché qui nous les fait aimer,
de sorte que quand nous l'oublions, nous avons moins
besoin d'elle et que pour recommencer à aimer, il faut
recommencer à souffrir. En ce moment, qu'elle ne
retrouvât pas les deux jeunes filles, et savoir si elle
connaissait Léa ou non, était ce qui me préoccupait le plus,
bien qu'on ne devrait pas s'intéresser aux faits particuliers
autrement qu'à cause de leur signification générale, et
malgré la puérilité qu'il y a, aussi grande que celle du
voyage ou du désir de connaître des femmes, à fragmenter
sa curiosité sur ce qui, du torrent invisible des réalités
cruelles qui nous resteront toujours inconnues, a fortuitement cristallisé dans notre esprit. D'ailleurs, arriverions-
nous à le détruire qu'il serait remplacé par un autre
aussitôt. Hier je craignais qu'Albertine n'allât chez
Mme Verdurin. Maintenant je n'étais plus préoccupé que
de Léa. La jalousie qui a un bandeau sur les yeux n'est
pas seulement impuissante à rien découvrir dans les
ténèbres qui l'enveloppent, elle est encore un de ces
supplices où la tâche est à recommencer sans cesse, comme
celle des Danaïdes, comme celle d'Ixion. Même si les
deux jeunes filles n'étaient pas là, quelle impression
pouvait faire sur elle Léa embellie par le travestissement,
glorifiée par le succès, quelles rêveries laisserait-elle à
Albertine, quels désirs qui, même refrénés chez moi, lui
donneraient le dégoût d'une vie où elle ne pouvait les
assouvir ? D'ailleurs, qui sait si elle ne connaissait pas Léa
et n'irait pas la voir dans sa loge, et même si Léa ne la
connaissait pas, qui m'assurait que l'ayant en tout cas
aperçue à Balbec, elle ne la reconnaîtrait pas et ne lui ferait
pas de la scène un signe qui autoriserait Albertine à se

faire ouvrir la porte des coulisses ? Un danger semble très
évitable quand il est conjuré. Celui-ci ne l'était pas encore,
j'avais peur qu'il ne pût pas l'être, et il me semblait d'autant
plus terrible. Et pourtant cet amour pour Albertine, que
je sentais presque s'évanouir quand j'essayais de le réaliser,
la violence de ma douleur en ce moment semblait en
quelque sorte m'en donner la preuve. Je n'avais plus souci
de rien d'autre, je ne pensais qu'aux moyens de l'empêcher
de rester au Trocadéro, j'aurais offert n'importe quelle
somme à Léa pour qu'elle n'y allât pas. Si donc on prouve
sa préférence par l'action qu'on accomplit plus que par
l'idée qu'on forme, j'aurais aimé Albertine. Mais cette
reprise de ma souffrance ne donnait pas plus de consistance
en moi à l'image d'Albertine. Elle causait mes maux
comme une divinité qui reste invisible. Faisant mille
conjectures, je cherchais à parer à ma souffrance sans
réaliser pour cela mon amour.

D'abord il fallait être certain que Léa allât vraiment au
Trocadéro. Après avoir congédié la laitière en lui donnant
deux francs[1], je téléphonai à Bloch, lié lui aussi avec Léa,
pour le lui demander. Il n'en savait rien et parut étonné
que cela pût m'intéresser. Je pensai qu'il me fallait aller
vite, que Françoise était tout habillée et moi pas, je
demandai à ma mère de me la laisser toute la journée[2]
et pendant que moi-même je me levais, je lui fis prendre
une automobile ; elle devait aller au Trocadéro, prendre
un billet, chercher Albertine partout dans la salle et lui
remettre un mot de moi. Dans ce mot, je lui disais que
j'étais bouleversé par une lettre reçue à l'instant de la
même dame à cause de qui elle savait que j'avais été si
malheureux une nuit à Balbec[3]. Je lui rappelais que le
lendemain elle m'avait reproché de ne pas l'avoir fait
appeler. Aussi je me permettais, lui disais-je, de lui
demander de me sacrifier sa matinée et de venir me
chercher pour aller prendre un peu l'air ensemble afin de
tâcher de me remettre. Mais comme j'en avais pour assez
longtemps avant d'être habillé et prêt, elle me ferait plaisir
de profiter de la présence de Françoise pour aller acheter
aux *Trois Quartiers* (ce magasin, étant plus petit, m'inquiétait moins que le *Bon Marché*) la guimpe de tulle blanc
dont elle avait besoin.

Mon mot n'était probablement pas inutile. À vrai dire,
je ne savais rien qu'eût fait Albertine, depuis que je la

connaissais, ni même avant. Mais dans sa conversation (Albertine aurait pu, si je lui en eusse parlé, dire que j'avais mal entendu), il y avait certaines contradictions, certaines retouches qui me semblaient aussi décisives qu'un flagrant délit, mais moins utilisables contre Albertine qui souvent, prise en fraude comme un enfant, grâce à ce brusque redressement stratégique, avait chaque fois rendu vaines mes cruelles attaques et rétabli la situation. Cruelles pour moi. Elle usait, non par raffinement de style, mais pour réparer ses imprudences, de ces brusques sautes de syntaxe ressemblant un peu à ce que les grammairiens appellent anacoluthe ou je ne sais comment. S'étant laissée aller, en parlant femmes, à dire : « Je me rappelle que dernièrement je », brusquement, après un « quart de soupir », « je » devenait « elle », c'était une chose qu'elle avait aperçue en promeneuse innocente, et nullement accomplie. Ce n'était pas elle qui était le sujet de l'action. J'aurais voulu me rappeler exactement le commencement de la phrase pour conclure moi-même, puisqu'elle lâchait pied, à ce qu'en eût été la fin. Mais comme j'avais attendu cette fin, je me rappelais mal le commencement, que peut-être mon air d'intérêt lui avait fait dévier, et je restais anxieux de sa pensée vraie, de son souvenir véridique. Il en est malheureusement des commencements d'un mensonge de notre maîtresse, comme des commencements de notre propre amour, ou d'une vocation. Ils se forment, se conglomèrent, ils passent, inaperçus de notre propre attention. Quand on veut se rappeler de quelle façon on a commencé d'aimer une femme, on aime déjà ; les rêveries d'avant, on ne se disait pas : c'est le prélude d'un amour, faisons attention ; et elles avançaient par surprise, à peine remarquées de nous. De même, sauf des cas relativement assez rares, ce n'est guère que pour la commodité du récit que j'ai souvent opposé ici un dire mensonger d'Albertine avec (sur le même sujet) son assertion première. Cette assertion première, souvent, ne lisant pas dans l'avenir et ne devinant pas quelle affirmation contradictoire lui ferait pendant, elle s'était glissée inaperçue, entendue certes de mes oreilles, mais sans que je l'isolasse de la continuité des paroles d'Albertine. Plus tard, devant le mensonge patent, ou pris d'un doute anxieux, j'aurais voulu me rappeler ; c'était en vain ; ma mémoire n'avait pas été prévenue à temps ; elle avait cru inutile de garder copie.

Je recommandai à Françoise, quand elle aurait fait sortir Albertine de la salle, de m'en avertir par téléphone et de la ramener, contente ou non. « Il ne manquerait plus que cela qu'elle ne soit pas contente de venir voir Monsieur, répondit Françoise. — Mais je ne sais pas si elle aime tant que cela me voir. — Il faudrait qu'elle soit bien ingrate », reprit Françoise, en qui Albertine renouvelait après tant d'années le même supplice d'envie que lui avait causé jadis Eulalie auprès de ma tante. Ignorant que la situation d'Albertine auprès de moi n'avait pas été cherchée par elle mais voulue par moi (ce que par amour-propre et pour faire enrager Françoise j'aimais autant lui cacher), elle admirait et exécrait son habileté, l'appelait quand elle parlait d'elle aux autres domestiques une « comédienne », une « enjôleuse » qui faisait de moi ce qu'elle voulait. Elle n'osait pas encore entrer en guerre contre elle, lui faisait bon visage, et se faisait mérite auprès de moi des services qu'elle me rendait dans ses relations avec moi, pensant qu'il était inutile de me rien dire et qu'elle n'arriverait à rien, mais à l'affût d'une occasion ; et si jamais elle découvrait dans la situation d'Albertine une fissure, se promettait bien de l'élargir et de nous séparer complètement. « Bien ingrate ? Mais non, Françoise, c'est moi qui me trouve ingrat, vous ne savez pas comme elle est bonne pour moi. (Il m'était si doux d'avoir l'air d'être aimé !) Partez vite. — Je vais me cavaler, et presto. »

L'influence de sa fille commençait à altérer un peu le vocabulaire de Françoise. Ainsi perdent leur pureté toutes les langues par l'adjonction de termes nouveaux. Cette décadence du parler de Françoise, que j'avais connu à ses belles époques, j'en étais, du reste, indirectement responsable. La fille de Françoise n'aurait pas fait dégénérer jusqu'au plus bas jargon le langage classique de sa mère, si elle s'était contentée de parler patois[1] avec elle. Elle ne s'en était jamais privée, et quand elles étaient toutes deux auprès de moi, si elles avaient des choses secrètes à se dire, au lieu d'aller s'enfermer dans la cuisine elles se faisaient en plein milieu de ma chambre une protection plus infranchissable que la porte la mieux fermée, en parlant patois. Je supposais seulement que la mère et la fille ne vivaient pas toujours en très bonne intelligence, si j'en jugeais par la fréquence avec laquelle revenait le seul mot que je pusse distinguer : *m'esasperate* (à moins que l'objet de cette exaspération ne fût moi). Malheureusement la langue la plus inconnue finit par s'apprendre quand on l'entend toujours parler. Je regrettai que ce fût le patois, car j'arrivai à le savoir et n'aurais pas moins bien appris si Françoise avait eu l'habitude de s'exprimer en persan. Françoise, quand elle s'aperçut de mes progrès, eut beau accélérer son débit et sa fille pareillement, rien n'y fit. La mère fut désolée que je comprisse le patois, puis contente de me l'entendre parler. À vrai dire, ce contentement c'était de la moquerie, car bien que j'eusse fini par le prononcer à peu près comme elle, elle trouvait entre nos deux prononciations des abîmes qui la ravissaient, et se mit à regretter de ne plus voir des gens de son pays auxquels elle n'avait jamais pensé depuis bien des années et qui, paraît-il, se seraient tordus d'un rire qu'elle eût voulu entendre, en m'écoutant parler si mal le patois. Cette seule idée la remplissait de gaieté et de regret et elle énumérait tel ou tel paysan qui en aurait eu des larmes de rire. En tout cas, aucune joie ne mélangea la tristesse que, même le prononçant mal, je le comprisse bien. Les clefs deviennent inutiles quand celui qu'on veut empêcher d'entrer peut se servir d'un passe-partout ou d'une pince-monseigneur. Le patois devenant une défense sans valeur, elle se mit à parler avec sa fille un français qui devint bien vite celui des plus basses époques.

J'étais prêt. Françoise n'avait pas encore téléphoné ; fallait-il partir sans attendre ? Mais qui sait si elle trouverait Albertine ? si celle-ci ne serait pas dans les coulisses ? si même, rencontrée par Françoise, elle se laisserait ramener ? Une demi-heure plus tard le tintement du téléphone retentit et dans mon cœur battaient tumultueusement l'espérance et la crainte. C'étaient, sur l'ordre d'un employé de téléphone, un escadron volant de sons qui avec une vitesse instantanée m'apportaient les paroles du téléphoniste, non celles de Françoise qu'une timidité et une mélancolie ancestrales, appliquées à un objet inconnu de ses pères, empêchaient de s'approcher d'un récepteur, quitte à visiter des contagieux. Elle avait trouvé au promenoir Albertine seule, qui, étant seulement allée prévenir Andrée qu'elle ne restait pas, avait rejoint aussitôt Françoise. « Elle n'était pas fâchée ? Ah ! pardon ! Demandez à cette dame si cette demoiselle n'était pas fâchée. — Cette dame me dit de vous dire que non, pas

du tout, que c'était tout le contraire ; en tout cas, si elle
n'était pas contente, ça ne se connaissait pas. Elles vont
aller maintenant aux *Trois Quartiers* et seront rentrées à
deux heures. » Je compris que deux heures signifiait trois
heures, car il était plus de deux heures. Mais c'était chez
Françoise un de ces défauts particuliers, permanents,
inguérissables, que nous appelons maladifs, de ne pouvoir
jamais regarder ni dire l'heure exactement. Je n'ai jamais
pu comprendre ce qui se passait dans sa tête quand
Françoise ayant ainsi regardé sa montre, s'il était deux
heures, disait : il est une heure, ou il est trois heures, je
n'ai jamais pu comprendre si le phénomène qui avait lieu
alors avait pour siège la vue de Françoise, ou sa pensée,
ou son langage ; ce qui est certain, c'est que ce phénomène
avait toujours lieu. L'humanité est très vieille. L'hérédité,
les croisements ont donné une force insurmontable à de
mauvaises habitudes, à des réflexes vicieux. Une personne
éternue et râle parce qu'elle passe près d'un rosier, une
autre a une éruption à l'odeur de la peinture fraîche,
beaucoup, des coliques s'il faut partir en voyage, et des
petits-fils de voleurs qui sont millionnaires et généreux ne
peuvent résister à nous voler cinquante francs. Quant à
savoir en quoi consistait l'impossibilité où était Françoise
de dire l'heure exactement, ce n'est pas elle qui m'a jamais
fourni aucune lumière à cet égard. Car malgré la colère
où ces réponses inexactes me mettaient d'habitude,
Françoise ne cherchait ni à s'excuser de son erreur, ni à
l'expliquer. Elle restait muette, avait l'air de ne pas
m'entendre, ce qui achevait de m'exaspérer. J'aurais voulu
entendre une parole de justification, ne fût-ce que pour
la battre en brèche mais rien, un silence indifférent. En
tout cas, pour ce qui était d'aujourd'hui il n'y avait pas
de doute, Albertine allait rentrer avec Françoise à trois
heures, Albertine ne verrait ni Léa ni ses amies. Alors ce
danger qu'elle renouât des relations avec elles étant
conjuré, il perdit aussitôt à mes yeux de son importance
et je m'étonnai, en voyant avec quelle facilité il l'avait été,
d'avoir cru que je ne réussirais pas à ce qu'il le fût.
J'éprouvai un vif mouvement de reconnaissance pour
Albertine qui, je le voyais, n'était pas allée au Trocadéro
pour les amies de Léa, et qui me montrait, en quittant la
matinée et en rentrant sur un signe de moi, qu'elle
m'appartenait même pour l'avenir plus que je ne me le

figurais. Il fut plus grand encore quand un cycliste me porta un mot d'elle pour que je prisse patience et où il y avait de ces gentilles expressions qui lui étaient familières : « Mon chéri et cher Marcel, j'arrive moins vite que ce cycliste dont je voudrais bien prendre la bécane pour être plus tôt près de vous. Comment pouvez-vous croire que je puisse être fâchée et que quelque chose puisse m'amuser autant que d'être avec vous ? Ce sera gentil de sortir tous les deux, ce serait encore plus gentil de ne jamais sortir que tous les deux. Quelles idées vous faites-vous donc ? Quel Marcel ! Quel Marcel ! Toute à vous, ton Albertine. »

Les robes même que je lui achetais, le yacht dont je lui avais parlé, les peignoirs de Fortuny, tout cela ayant dans cette obéissance d'Albertine, non pas sa compensation, mais son complément, m'apparaissait comme autant de privilèges que j'exerçais ; car les devoirs et les charges d'un maître font partie de sa domination et la définissent, la prouvent, tout autant que ses droits. Et ces droits qu'elle me reconnaissait donnaient précisément à mes charges leur véritable caractère : j'avais une femme à moi qui, au premier mot que je lui envoyais à l'improviste, me faisait téléphoner avec déférence qu'elle revenait, qu'elle se laissait ramener, aussitôt. J'étais plus maître que je n'avais cru. Plus maître, c'est-à-dire plus esclave. Je n'avais plus aucune impatience de voir Albertine. La certitude qu'elle était en train de faire une course avec Françoise, qu'elle reviendrait avec celle-ci à un moment prochain et que j'eusse volontiers prorogé, éclairait comme un astre radieux et paisible un temps que j'eusse eu maintenant bien plus de plaisir à passer seul. Mon amour pour Albertine m'avait fait lever et me préparer pour sortir, mais il m'empêcherait de jouir de ma sortie. Je pensais que par ce dimanche-là, des petites ouvrières, des midinettes, des cocottes, devaient se promener au Bois. Et avec ces mots de midinettes, de petites ouvrières (comme cela m'était souvent arrivé avec un nom propre, un nom de jeune fille lu dans le compte rendu d'un bal), avec l'image d'un corsage blanc, d'une jupe courte, parce que derrière cela je mettais une personne inconnue et qui pourrait m'aimer, je fabriquais tout seul des femmes désirables, et je me disais : « Comme elles doivent être bien ! » Mais à quoi me servirait-il qu'elles le fussent, puisque je ne sortirais pas seul ?

Profitant de ce que j'étais encore seul, et fermant à demi
les rideaux pour que le soleil ne m'empêchât pas de lire
les notes, je m'assis au piano et ouvris au hasard la Sonate
de Vinteuil qui y était posée, et je me mis à jouer parce
que, l'arrivée d'Albertine étant encore un peu éloignée
mais en revanche tout à fait certaine, j'avais à la fois du
temps et de la tranquillité d'esprit. Baigné dans l'attente
pleine de sécurité de son retour avec Françoise et la
confiance en sa docilité comme dans la béatitude d'une
lumière intérieure aussi réchauffante que celle du dehors,
je pouvais disposer de ma pensée, la détacher un moment
d'Albertine, l'appliquer à la Sonate. Même en celle-ci, je
ne m'attachai pas à remarquer combien la combinaison du
motif voluptueux et du motif anxieux répondait davantage
maintenant à mon amour pour Albertine, duquel la
jalousie avait été si longtemps absente que j'avais pu
confesser à Swann mon ignorance de ce sentiment. Non,
prenant la Sonate à un autre point de vue, la regardant
en soi-même comme l'œuvre d'un grand artiste, j'étais
ramené par le flot sonore vers les jours de Combray —
je ne veux pas dire de Montjouvain et du côté de
Méséglise, mais des promenades du côté de Guermantes
— où j'avais moi-même désiré d'être un artiste. En
abandonnant en fait cette ambition, avais-je renoncé à
quelque chose de réel ? La vie pouvait-elle me consoler
de l'art, y avait-il dans l'art une réalité plus profonde où
notre personnalité véritable trouve une expression que ne
lui donnent pas les actions de la vie ? Chaque grand artiste
semble en effet si différent des autres, et nous donne tant
cette sensation de l'individualité, que nous cherchons en
vain dans l'existence quotidienne ! Au moment où je
pensais cela, une mesure de la Sonate me frappa, mesure
que je connaissais bien pourtant, mais parfois l'attention
éclaire différemment des choses connues pourtant depuis
longtemps et où nous remarquons ce que nous n'y avions
jamais vu. En jouant cette mesure, et bien que Vinteuil
fût là en train d'exprimer un rêve qui fût resté tout à fait
étranger à Wagner, je ne pus m'empêcher de murmurer :
« *Tristan* ! » avec le sourire qu'a l'ami d'une famille
retrouvant quelque chose de l'aïeul dans une intonation,
un geste du petit-fils qui ne l'a pas connu[1]. Et comme on
regarde alors une photographie qui permet de préciser
la ressemblance, par-dessus la Sonate de Vinteuil, j'installai

sur le pupitre la partition de *Tristan*, dont on donnait justement cet après-midi-là des fragments au Concert Lamoureux[1]. Je n'avais à admirer le maître de Bayreuth aucun des scrupules de ceux à qui, comme à Nietzsche, le devoir dicte de fuir dans l'art comme dans la vie la beauté qui les tente, qui s'arrachent à *Tristan* comme ils renient *Parsifal*[2] et, par ascétisme spirituel, de mortification en mortification parviennent, en suivant le plus sanglant des chemins de croix, à s'élever jusqu'à la pure connaissance et à l'adoration parfaite du *Postillon de Longjumeau*[3]. Je me rendais compte de tout ce qu'a de réel l'œuvre de Wagner, en revoyant ces thèmes insistants et fugaces qui visitent un acte, ne s'éloignent que pour revenir, et parfois lointains, assoupis, presque détachés, sont à d'autres moments, tout en restant vagues, si pressants et si proches, si internes, si organiques, si viscéraux qu'on dirait la reprise moins d'un motif que d'une névralgie[4].

La musique bien différente en cela de la société d'Albertine, m'aidait à descendre en moi-même, à y découvrir du nouveau : la variété que j'avais en vain cherchée dans la vie, dans le voyage, dont pourtant la nostalgie m'était donnée par ce flot sonore qui faisait mourir à côté de moi ses vagues ensoleillées. Diversité double. Comme le spectre extériorise pour nous la composition de la lumière, l'harmonie d'un Wagner, la couleur d'un Elstir nous permettent de connaître cette essence qualitative des sensations d'un autre où l'amour pour un autre être ne nous fait pas pénétrer. Puis, diversité au sein de l'œuvre même, par le seul moyen qu'il y a d'être effectivement divers : réunir diverses individualités. Là où un petit musicien prétendrait qu'il peint un écuyer, un chevalier, alors qu'il leur ferait chanter la même musique, au contraire, sous chaque dénomination, Wagner met une réalité différente, et chaque fois que paraît son écuyer, c'est une figure particulière, à la fois compliquée et simpliste, qui, avec un entrechoc de lignes joyeux et féodal, s'inscrit dans l'immensité sonore. D'où la plénitude d'une musique que remplissent en effet tant de musiques dont chacune est un être. Un être ou l'impression que donne un aspect momentané de la nature. Même ce qui est le plus indépendant du sentiment qu'elle nous fait éprouver, garde sa réalité extérieure et entièrement définie, le chant d'un oiseau, la sonnerie de cor d'un chasseur, l'air que joue un pâtre sur son chalumeau, découpent à l'horizon leur silhouette sonore[1]. Certes, Wagner allait la rapprocher, s'en saisir, la faire entrer dans un orchestre, l'asservir aux plus hautes idées musicales, mais en respectant toutefois son originalité première comme un huchier les fibres, l'essence particulière du bois qu'il sculpte.

Mais malgré la richesse de ces œuvres où la contemplation de la nature a sa place à côté de l'action, à côté d'individus qui ne sont pas que des noms de personnages, je songeais combien tout de même ces œuvres participent à ce caractère d'être — bien que merveilleusement — toujours incomplètes, qui est le caractère de toutes les grandes œuvres du XIXe siècle ; du XIXe siècle dont les plus grands écrivains ont manqué leurs livres, mais, se regardant travailler comme s'ils étaient à la fois l'ouvrier et le juge, ont tiré de cette auto-contemplation une beauté nouvelle, extérieure et supérieure à l'œuvre, lui imposant rétroactivement une unité, une grandeur qu'elle n'a pas. Sans s'arrêter à celui qui a vu après coup dans ses romans une *Comédie humaine*, ni à ceux qui appelèrent des poèmes ou des essais disparates *La Légende des siècles* et *La Bible de l'humanité*, ne peut-on pas dire pourtant de ce dernier qu'il incarne si bien le XIXe siècle, que les plus grandes beautés de Michelet, il ne faut pas tant les chercher dans son œuvre même que dans les attitudes qu'il prend en face de son œuvre, non pas dans son *Histoire de France* ou dans son *Histoire de la Révolution,* mais dans ses préfaces à ces deux livres[2] ? Préfaces, c'est-à-dire pages écrites après eux, où il les considère, et auxquelles il faut joindre çà et là quelques phrases, commençant d'habitude par un « Le dirai-je[3] ? » qui n'est pas une précaution de savant, mais une cadence de musicien. L'autre musicien, celui qui me ravissait en ce moment, Wagner, tirant de ses tiroirs un morceau délicieux pour le faire entrer comme thème rétrospectivement nécessaire dans une œuvre à laquelle il ne songeait pas au moment où il l'avait composé, puis ayant composé un premier opéra mythologique, puis un second, puis d'autres encore, et s'apercevant tout à coup qu'il venait de faire une Tétralogie, dut éprouver un peu de la même ivresse que Balzac quand celui-ci, jetant sur ses ouvrages le regard à la fois d'un étranger et d'un père, trouvant à celui-ci la pureté de Raphaël[4], à cet autre la simplicité de l'Évangile, s'avisa brusquement en projetant

sur eux une illumination rétrospective qu'ils seraient plus
beaux réunis en un cycle où les mêmes personnages
reviendraient et ajouta à son œuvre, en ce raccord, un
coup de pinceau, le dernier et le plus sublime. Unité
ultérieure, non factice. Sinon elle fût tombée en poussière
comme tant de systématisations d'écrivains médiocres qui
à grand renfort de titres et de sous-titres se donnent
l'apparence d'avoir poursuivi un seul et transcendant
dessein[1]. Non factice, peut-être même plus réelle d'être
ultérieure, d'être née d'un moment d'enthousiasme où elle
est découverte entre des morceaux qui n'ont plus qu'à se
rejoindre, unité qui s'ignorait, donc vitale et non logique,
qui n'a pas proscrit la variété, refroidi l'exécution. Elle
est (mais s'appliquant cette fois à l'ensemble) comme tel
morceau composé à part, né d'une inspiration, non exigé
par le développement artificiel d'une thèse, et qui vient
s'intégrer au reste. Avant le grand mouvement d'orchestre
qui précède le retour d'Yseult, c'est l'œuvre elle-même
qui a attiré à soi l'air de chalumeau à demi oublié, d'un
pâtre. Et sans doute, autant que la progression de l'orchestre
à l'approche de la nef, quand il s'empare de ces notes du
chalumeau, les transforme, les associe à son ivresse, brise
leur rythme, éclaire leur tonalité, accélère leur mouvement, multiplie leur instrumentation, autant sans doute
Wagner lui-même a eu de joie quand il découvrit dans
sa mémoire l'air du pâtre, l'agrégea à son œuvre, lui donna
toute sa signification. Cette joie, du reste, ne l'abandonne
jamais. Chez lui, quelle que soit la tristesse du poète, elle
est consolée, surpassée — c'est-à-dire malheureusement un
peu détruite — par l'allégresse du fabricateur. Mais alors,
autant que par l'identité que j'avais remarquée tout à
l'heure entre la phrase de Vinteuil et celle de Wagner,
j'étais troublé par cette habileté vulcanienne. Serait-ce elle
qui donnerait chez les grands artistes l'illusion d'une
originalité foncière, irréductible, en apparence reflet d'une
réalité plus qu'humaine, en fait produit d'un labeur
industrieux ? Si l'art n'est que cela, il n'est pas plus réel
que la vie, et je n'avais pas tant de regrets à avoir. Je
continuais à jouer *Tristan*. Séparé de Wagner par la cloison
sonore, je l'entendais exulter, m'inviter à partager sa joie,
j'entendais redoubler le rire immortellement jeune et les
coups de marteau de Siegfried[2], en qui du reste, plus
merveilleusement frappées étaient ces phrases, l'habileté

technique de l'ouvrier ne servait qu'à leur faire plus librement quitter la terre, oiseaux pareils non au cygne de Lohengrin[1] mais à cet aéroplane que j'avais vu à Balbec changer son énergie en élévation, planer au-dessus des flots, et se perdre dans le ciel. Peut-être, comme les oiseaux qui montent le plus haut, qui volent le plus vite, ont une aile plus puissante, fallait-il de ces appareils vraiment matériels pour explorer l'infini, de ces cent vingt chevaux marque Mystère, où pourtant, si haut qu'on plane, on est un peu empêché de goûter le silence des espaces par le puissant ronflement du moteur[2] !

Je ne sais pourquoi le cours de mes rêveries, qui avait suivi jusque-là des souvenirs de musique, se détourna sur ceux qui en ont été à notre époque les meilleurs exécutants et parmi lesquels, le surfaisant un peu, je faisais figurer Morel. Aussitôt ma pensée fit un brusque crochet, et c'est au caractère de Morel, à certaines des singularités de ce caractère, que je me mis à songer. Au reste — et cela pouvait se conjoindre, mais non se confondre avec la neurasthénie qui le rongeait — Morel avait l'habitude de parler de sa vie, mais en présentant une image si enténébrée qu'il était très difficile de rien distinguer. Il se mettait par exemple à la complète disposition de M. de Charlus à condition de garder ses soirées libres, car il désirait pouvoir après le dîner aller suivre un cours d'algèbre. M. de Charlus autorisait, mais demandait à le voir après. « Impossible, c'est une vieille peinture italienne » (cette plaisanterie n'a aucun sens transcrite ainsi ; mais M. de Charlus ayant fait lire à Morel *L'Éducation sentimentale*, à l'avant-dernier chapitre duquel Frédéric Moreau dit cette phrase[3], par plaisanterie Morel ne prononçait jamais le mot « impossible » sans le faire suivre de ceux-ci : « c'est une vieille peinture italienne »), « le cours dure souvent fort tard et c'est déjà un grand dérangement pour le professeur qui naturellement serait froissé... — Mais il n'y a même pas besoin de cours, l'algèbre ce n'est pas la natation ni même l'anglais, cela s'apprend aussi bien dans un livre », répliquait M. de Charlus, ayant deviné aussitôt dans le cours d'algèbre une de ces images où on ne pouvait rien débrouiller du tout. C'était peut-être une coucherie avec une femme, ou, si Morel cherchait à gagner de l'argent par des moyens louches et s'était affilié à la police secrète, une expédition avec des agents de la sûreté, et qui sait ? pis encore, l'attente d'un gigolo dont on pourra avoir besoin dans une maison de prostitution. « Bien plus facilement même dans un livre, répondait Morel à M. de Charlus, car on ne comprend rien à un cours d'algèbre. — Alors pourquoi ne l'étudies-tu pas plutôt chez moi où tu es tellement plus confortablement ? » aurait pu répondre M. de Charlus, mais il s'en gardait bien, sachant qu'aussitôt, gardant seulement le même caractère néces-saire de réserver les heures du soir, le cours d'algèbre imaginé se fût changé immédiatement en une obligatoire leçon de danse ou de dessin. En quoi M. de Charlus put s'apercevoir qu'il se trompait, en partie du moins : Morel s'occupait souvent chez le baron à résoudre des équations. M. de Charlus objecta bien que l'algèbre ne pouvait guère servir à un violoniste. Morel riposta qu'elle était une distraction pour passer le temps et combattre la neurasthénie. Sans doute M. de Charlus eût pu chercher à se renseigner, à apprendre ce qu'étaient, au vrai, ces mystérieux et inéluctables cours d'algèbre qui ne se donnaient que la nuit. Mais pour s'occuper de dévider l'écheveau des occupations de Morel, M. de Charlus était trop engagé dans celles du monde. Les visites reçues ou faites, le temps passé au cercle, les dîners en ville, les soirées au théâtre l'empêchaient d'y penser, ainsi qu'à cette méchanceté à la fois violente et sournoise que Morel avait à la fois, disait-on, laissé éclater et dissimulée dans les milieux successifs, les différentes villes par où il avait passé, et où on ne parlait de lui qu'avec un frisson, en baissant la voix, et sans oser rien raconter. Ce fut malheureusement un des éclats de cette nervosité méchante qu'il me fut donné ce jour-là d'entendre, comme, ayant quitté le piano, j'étais descendu dans la cour pour aller au-devant d'Albertine qui n'arrivait pas. En passant devant la boutique de Jupien, où Morel et celle que je croyais devoir être bientôt sa femme étaient seuls, Morel criait à tue-tête, ce qui faisait sortir de lui un accent que je ne lui connaissais pas, paysan, refoulé d'habitude, et extrêmement étrange. Les paroles ne l'étaient pas moins, fautives au point de vue du français, mais il connaissait tout imparfaitement. « Voulez-vous sortir, grand pied-de-grue, grand pied-de-grue, grand pied-de-grue », répétait-il à la pauvre petite qui certainement au début n'avait pas compris ce qu'il voulait dire, puis qui, tremblante et fière, restait immobile

devant lui. « Je vous ai dit de sortir, grand pied-de-grue,
grand pied-de-grue, allez chercher votre oncle pour que
je lui dise ce que vous êtes, putain. » Juste à ce moment
la voix de Jupien qui rentrait en causant avec un de ses
amis se fit entendre dans la cour, et comme je savais que
Morel était extrêmement poltron, je trouvai inutile de
joindre mes forces à celles de Jupien et de son ami, lesquels
dans un instant seraient dans la boutique, et je remontai
pour éviter Morel qui, bien que (probablement pour
effrayer et dominer la petite par un chantage ne reposant
peut-être sur rien) il avait tant désiré qu'on fît venir Jupien,
se hâta de sortir dès qu'il l'entendit dans la cour. Les
paroles rapportées ne sont rien, elles n'expliqueraient pas
le battement de cœur avec lequel je remontai. Ces scènes
auxquelles nous assistons dans la vie trouvent un élément
de force incalculable dans ce que les militaires appellent,
en matière d'offensive, le bénéfice de la surprise, et j'avais
beau éprouver tant de calme douceur à savoir qu'Albertine, au lieu de rester au Trocadéro, allait rentrer auprès
de moi, je n'en avais pas moins dans l'oreille l'accent de
ces mots dix fois répétés : « grand pied-de-grue, grand
pied-de-grue », qui m'avaient bouleversé.

Peu à peu mon agitation se calma. Albertine allait
rentrer. Je l'entendrais sonner à la porte dans un instant.
Je sentais que ma vie n'était plus même comme elle aurait
pu être ; et qu'avoir ainsi une femme avec qui tout
naturellement, quand elle allait être de retour, je devrais
sortir, vers l'embellissement de qui allaient être de plus
en plus détournées les forces et l'activité de mon être,
faisait de moi comme une tige accrue, mais alourdie par
le fruit opulent en qui passent toutes ses réserves.
Contrastant avec l'anxiété que j'avais encore il y a une
heure, le calme que me causait le retour d'Albertine était
plus vaste que celui que j'avais ressenti le matin avant son
départ. Anticipant sur l'avenir, dont la docilité de mon
amie me rendait à peu près maître, plus résistant, comme
rempli et stabilisé par la présence imminente, importune,
inévitable et douce, c'était le calme (nous dispensant de
chercher le bonheur en nous-mêmes) qui naît d'un
sentiment familial et d'un bonheur domestique. Familial
et domestique : tel fut encore, non moins que le sentiment
qui avait amené tant de paix en moi tandis que j'attendais
Albertine, celui que j'éprouvai ensuite en me promenant

avec elle. Elle ôta un instant son gant, soit pour toucher ma main, soit pour m'éblouir en me laissant voir à son petit doigt à côté de celle donnée par Mme Bontemps, une bague où s'étendait la large et liquide nappe d'une claire feuille de rubis : « Encore une nouvelle bague, Albertine. Votre tante est d'une générosité ! — Non, celle-là ce n'est pas ma tante, dit-elle en riant. C'est moi qui l'ai achetée, comme, grâce à vous, je peux faire de grandes économies. Je ne sais même pas à qui elle a appartenu. Un voyageur qui n'avait pas d'argent la laissa au propriétaire d'un hôtel où j'étais descendue au Mans. Il ne savait qu'en faire et l'aurait vendue bien au-dessous de sa valeur. Mais elle était encore bien trop chère pour moi. Maintenant que, grâce à vous, je deviens une dame chic, je lui ai fait demander s'il l'avait encore. Et la voici. — Cela fait bien des bagues, Albertine. Où mettrez-vous celle que je vais vous donner ? En tout cas, celle-ci est très jolie ; je ne peux pas distinguer les ciselures autour du rubis, on dirait une tête d'homme grimaçante. Mais je n'ai pas une assez bonne vue. — Vous l'auriez meilleure que cela ne vous avancerait pas beaucoup. Je ne distingue pas non plus. »

Jadis il m'était souvent arrivé en lisant des Mémoires, un roman, où un homme sort toujours avec une femme, goûte avec elle, de désirer pouvoir faire ainsi. J'avais cru parfois y réussir, par exemple en emmenant avec moi la maîtresse de Saint-Loup, en allant dîner avec elle. Mais j'avais beau appeler à mon secours l'idée que je jouais bien à ce moment-là le personnage que j'avais envié dans le roman, cette idée me persuadait que je devais avoir du plaisir auprès de Rachel et ne m'en donnait pas. C'est que chaque fois que nous voulons imiter quelque chose qui fut vraiment réel, nous oublions que ce quelque chose fut produit non par la volonté d'imiter, mais par une force inconsciente, et réelle, elle aussi. Mais cette impression particulière que n'avait pu me donner tout mon désir d'éprouver un plaisir délicat à me promener avec Rachel, voici maintenant que je l'éprouvais sans l'avoir cherchée le moins du monde, mais pour des raisons tout autres, sincères, profondes — pour citer un exemple — pour cette raison que ma jalousie m'empêchait d'être loin d'Albertine, et du moment que je pouvais sortir, de la laisser aller se promener sans moi. Je ne l'éprouvais que maintenant parce que la connaissance est non des choses extérieures qu'on veut observer, mais des sensations involontaires ; parce qu'autrefois une femme avait eu beau être dans la même voiture que moi, elle n'était pas *en réalité* à côté de moi, tant que ne l'y recréait pas à tout instant un besoin d'elle comme j'en avais un d'Albertine, tant que la caresse constante de mon regard ne lui rendait pas sans cesse ces teintes qui demandent à être perpétuellement rafraîchies, tant que les sens, même apaisés mais qui se souviennent, ne mettaient pas sous ces couleurs la saveur et la consistance, tant qu'unie aux sens et à l'imagination qui les exalte, la jalousie ne maintenait pas cette femme en équilibre auprès de nous par une attraction compensée aussi puissante que la loi de la gravitation.

Notre voiture descendait vite les boulevards, les avenues, dont les hôtels en rangée, rose congélation de soleil et de froid, me rappelaient mes visites chez Mme Swann doucement éclairées par les chrysanthèmes en attendant l'heure des lampes. J'avais à peine le temps d'apercevoir, aussi séparé d'elles derrière la vitre de l'auto que je l'aurais été derrière la fenêtre de ma chambre, une jeune fruitière, une crémière, debout devant sa porte, illuminée par le beau temps, comme une héroïne que mon désir suffisait à engager dans des péripéties délicieuses, au seuil d'un roman que je ne connaîtrais pas. Car je ne pouvais demander à Albertine de m'arrêter, et déjà n'étaient plus visibles les jeunes femmes dont mes yeux avaient à peine distingué les traits et caressé la fraîcheur dans la blonde vapeur où elles étaient baignées. L'émotion dont je me sentais saisi en apercevant la fille d'un marchand de vins à sa caisse ou une blanchisseuse causant dans la rue était l'émotion qu'on a à reconnaître des Déesses. Depuis que l'Olympe n'existe plus, ses habitants vivent sur la terre. Et quand faisant un tableau mythologique, les peintres ont fait poser pour Vénus ou Cérès des filles du peuple exerçant les plus vulgaires métiers, bien loin de commettre un sacrilège, ils n'ont fait que leur ajouter, que leur rendre la qualité, les attributs divins dont elles étaient dépouillées. « Comment vous a semblé le Trocadéro, petite folle ? — Je suis rudement contente de l'avoir quitté pour venir avec vous. C'est de Davioud[1], je crois. — Mais comme ma petite Albertine s'instruit ! En effet, c'est de Davioud, mais je l'avais oublié.

— Pendant que vous dormez je lis vos livres, grand paresseux. Comme monument c'est assez moche, n'est-ce pas ? —
Petite, voilà, vous changez tellement vite et vous devenez
tellement intelligente (c'était vrai, mais de plus je n'étais
pas fâché qu'elle eût la satisfaction, à défaut d'autres, de
se dire que du moins le temps qu'elle passait chez moi
n'était pas entièrement perdu pour elle) que je vous dirais
au besoin des choses qui seraient généralement considérées
comme fausses et qui correspondent à une vérité que je
cherche. Vous savez ce que c'est que l'impressionnisme ?
— Très bien. — Hé ! bien, voyez ce que je veux dire :
vous vous rappelez l'église de Marcouville-l'Orgueilleuse
qu'il[1] n'aimait pas parce qu'elle était neuve ? Est-ce qu'il
n'est pas un peu en contradiction avec son propre
impressionnisme quand il retire ainsi ces monuments de
l'impression globale où ils sont compris, les amène hors
de la lumière où ils sont dissous et examine en archéologue
leur valeur intrinsèque ? Quand il peint, est-ce qu'un
hôpital, une école, une affiche sur un mur ne sont pas de
la même valeur qu'une cathédrale inestimable qui est à
côté, dans une image indivisible ? Rappelez-vous comme
la façade était cuite par le soleil, comme le relief de ces
saints de Marcouville surnageait dans la lumière.
Qu'importe qu'un monument soit neuf s'il paraît vieux ;
et même s'il ne le paraît pas ! Ce que les vieux quartiers
contiennent de poésie a été extrait jusqu'à la dernière
goutte, mais certaines maisons nouvellement bâties pour
de petits bourgeois cossus, dans des quartiers neufs, où
la pierre trop blanche est fraîchement sciée, ne déchirent-
elles pas l'air torride de midi en juillet, à l'heure où les
commerçants reviennent déjeuner dans la banlieue, d'un
cri aussi acide que l'odeur des cerises attendant que le
déjeuner soit servi dans la salle à manger obscure, où les
prismes de verre pour poser les couteaux projettent des
feux multicolores et aussi beaux que les verrières de
Chartres ? — Que vous êtes gentil ! Si je deviens jamais
intelligente, ce sera grâce à vous. — Pourquoi dans une
belle journée détacher ses yeux du Trocadéro dont les
tours en cou de girafe font penser à la chartreuse de Pavie ?
— Il m'a rappelé aussi, dominant comme cela sur son
tertre, une reproduction de Mantegna que vous avez, je
crois que c'est *Saint Sébastien*, où il y a au fond une ville
en amphithéâtre et où on jurerait qu'il y a le Trocadéro[2].

— Vous voyez bien ! Mais comment avez-vous vu la reproduction de Mantegna ? Vous êtes renversante. »

Nous étions arrivés dans des quartiers plus populaires et l'érection d'une Vénus ancillaire derrière chaque comptoir faisait de lui comme un autel suburbain au pied duquel j'aurais voulu passer ma vie. Comme on fait à la veille d'une mort prématurée, je dressais le compte des plaisirs dont me privait le point final qu'Albertine mettait à ma liberté. À Passy ce fut sur la chaussée même, à cause de l'encombrement, que des jeunes filles se tenant par la taille m'émerveillèrent de leur sourire. Je n'eus pas le temps de le bien distinguer, mais il était peu probable que je le surfisse ; dans toute foule, en effet, dans toute foule jeune, il n'est pas rare que l'on rencontre l'effigie d'un noble profil. De sorte que ces cohues populaires des jours de fête sont pour le voluptueux aussi précieuses que pour l'archéologue le désordre d'une terre où une fouille fait apparaître des médailles antiques. Nous arrivâmes au Bois. Je pensais que si Albertine n'était pas sortie avec moi, je pourrais en ce moment, au Cirque des Champs-Élysées[1], entendre la tempête wagnérienne faire gémir tous les cordages de l'orchestre, attirer à elle comme une écume légère l'air de chalumeau que j'avais joué tout à l'heure, le faire voler, le pétrir, le déformer, le diviser, l'entraîner dans un tourbillon grandissant. Du moins je voulus que notre promenade fût courte et que nous rentrions de bonne heure car sans en parler à Albertine, j'avais décidé d'aller le soir chez les Verdurin. Ils m'avaient envoyé dernièrement une invitation que j'avais jetée au panier avec toutes les autres. Mais je me ravisais pour ce soir, car je voulais tâcher d'apprendre quelles personnes Albertine avait pu espérer rencontrer l'après-midi chez eux. À vrai dire, j'en étais arrivé avec Albertine à ce moment où (si tout continue de même, si les choses se passent normalement) une femme ne sert plus pour nous que de transition avec une autre femme. Elle tient à notre cœur encore, mais bien peu ; nous avons hâte d'aller chaque soir trouver des inconnues, et surtout des inconnues connues d'elle, lesquelles pourront nous raconter sa vie. Elle, en effet, nous avons possédé, épuisé tout ce qu'elle a consenti à nous livrer d'elle-même. Sa vie, c'est elle-même encore, mais justement la partie que nous ne connaissons pas, les choses sur quoi nous l'avons vainement interrogée et que nous pourrons recueillir sur des lèvres neuves.

Si ma vie avec Albertine devait m'empêcher d'aller à Venise, de voyager, du moins j'aurais pu tantôt, si j'avais été seul, connaître les jeunes midinettes éparses dans l'ensoleillement de ce beau dimanche et dans la beauté de qui je faisais entrer pour une grande part la vie inconnue qui les animait. Les yeux qu'on voit ne sont-ils pas tout pénétrés par un regard dont on ne sait pas les images, les souvenirs, les attentes, les dédains qu'il porte et dont on ne peut pas les séparer ? Cette existence, qui est celle de l'être qui passe, ne donnera-t-elle pas, selon ce qu'elle est, une valeur variable au froncement de ces sourcils, à la dilatation de ces narines ? La présence d'Albertine me privait d'aller à elles et peut-être ainsi de cesser de les désirer. Celui qui veut entretenir en soi le désir de continuer à vivre et la croyance en quelque chose de plus délicieux que les choses habituelles, doit se promener ; car les rues, les avenues, sont pleines de Déesses. Mais les Déesses ne se laissent pas approcher. Çà et là, entre les arbres, à l'entrée de quelque café, une servante veillait comme une nymphe à l'orée d'un bois sacré, tandis qu'au fond trois jeunes filles étaient assises à côté de l'arc immense de leurs bicyclettes posées à côté d'elles, comme trois immortelles accoudées au nuage ou au coursier fabuleux sur lesquels elles accomplissaient leurs voyages mythologiques. Je remarquais que chaque fois Albertine regardait un instant toutes ces filles avec une attention profonde et se retournait aussitôt vers moi. Mais je n'étais trop tourmenté ni par l'intensité de cette contemplation, ni par sa brièveté que l'intensité compensait ; en effet pour cette dernière, il arrivait souvent qu'Albertine, soit fatigue, soit manière de regarder particulière à un être attentif, considérait ainsi dans une sorte de méditation, fût-ce mon père ou Françoise ; et quant à sa vitesse à se retourner vers moi, elle pouvait être motivée par le fait qu'Albertine, connaissant mes soupçons, pouvait vouloir, même s'ils n'étaient pas justifiés, éviter de leur donner prise. Cette attention, d'ailleurs, qui m'eût semblé criminelle de la part d'Albertine (et tout autant si elle avait eu pour objet des jeunes gens), je l'attachais, sans me croire un instant coupable — et en trouvant presque qu'Albertine l'était en m'empêchant par sa présence de m'arrêter et de

descendre — sur toutes les midinettes. On trouve innocent
de désirer et atroce que l'autre désire. Et ce contraste entre
ce qui concerne ou bien nous, ou bien celle que nous
aimons, n'a pas trait au désir seulement, mais aussi au
mensonge. Quelle chose plus usuelle que lui, qu'il s'agisse
de masquer par exemple les faiblesses quotidiennes d'une
santé qu'on veut faire croire forte, de dissimuler un vice,
ou d'aller, sans froisser autrui, à la chose que l'on préfère ?
Il est l'instrument de conservation le plus nécessaire et le
plus employé. Or c'est lui que nous avons la prétention
de bannir de la vie de celle que nous aimons, c'est lui que
nous épions, que nous flairons, que nous détestons partout.
Il nous bouleverse, il suffit à amener une rupture, il nous
semble cacher les plus grandes fautes, à moins qu'il ne les
cache si bien que nous ne les soupçonnions pas. Étrange
état que celui où nous sommes à ce point sensibles à un
agent pathogène que son pullulement universel rend
inoffensif aux autres et si grave pour le malheureux qui
se trouve ne plus avoir d'immunité contre lui ! La vie de
ces jolies filles, comme — à cause de mes longues périodes
de réclusion — j'en rencontrais si rarement, me paraissait, ainsi qu'à tous ceux chez qui la facilité des réalisations
n'a pas amorti la puissance de concevoir, quelque chose
d'aussi différent de ce que je connaissais, d'aussi désirable,
que les villes les plus merveilleuses que promet le
voyage.

La déception éprouvée auprès des femmes que j'avais
connues ou dans les villes où j'étais allé, ne m'empêchait
pas de me laisser prendre à l'attrait des nouvelles et de
croire à leur réalité. Aussi, de même que voir Venise —
Venise dont ce temps printanier me donnait aussi la
nostalgie et que le mariage avec Albertine m'empêcherait
de connaître — voir Venise dans un panorama que Ski[1]
eût peut-être déclaré plus joli de tons que la ville réelle,
ne m'eût en rien remplacé le voyage à Venise, dont la
longueur déterminée sans que j'y fusse pour rien me
semblait indispensable à franchir, de même, si jolie fût-elle,
la midinette qu'une entremetteuse m'eût artificiellement
procurée n'eût nullement pu se substituer pour moi à celle
qui, la taille dégingandée, passait en ce moment sous les
arbres en riant avec une amie. Celle que j'eusse trouvée
dans une maison de passe eût-elle été plus jolie que cela
n'eût pas été la même chose, parce que nous ne regardons

pas les yeux d'une fille que nous ne connaissons pas comme nous ferions d'une petite plaque d'opale ou d'agate. Nous savons que le petit rayon qui les irise ou les grains de brillant qui les font étinceler sont tout ce que nous pouvons voir d'une pensée, d'une volonté, d'une mémoire où résident la maison familiale que nous ne connaissons pas, les amis chers que nous envions. Arriver à nous emparer de tout cela, qui est si difficile, si rétif, c'est ce qui donne sa valeur au regard bien plus que sa seule beauté matérielle (par quoi peut être expliqué qu'un même jeune homme éveille tout un roman dans l'imagination d'une femme qui a entendu dire qu'il était le prince de Galles, et ne fait plus attention à lui quand elle apprend qu'elle s'est trompée) ; trouver la midinette dans la maison de passe, c'est la trouver vidée de cette vie inconnue qui la pénètre et que nous aspirons à posséder avec elle, c'est nous approcher des yeux devenus en effet de simples pierres précieuses, d'un nez dont le froncement est aussi dénué de signification que celui d'une fleur. Non, cette midinette inconnue qui passait là et dont il me semblait aussi indispensable, si je voulais continuer à croire à sa réalité, que de faire un long trajet en chemin de fer si je voulais croire à celle du Pise que je verrais et qui ne serait pas qu'un spectacle d'exposition universelle, d'essuyer les résistances en y adaptant mes directions, en allant au-devant d'un affront, en revenant à la charge, en obtenant un rendez-vous, en l'attendant à la sortie des ateliers, en connaissant épisode par épisode ce qui composait la vie de cette petite, en traversant ce dont s'enveloppait pour elle le plaisir que je cherchais et la distance que ses habitudes différentes et sa vie spéciale mettaient entre moi et l'attention, la faveur que je voulais atteindre et capter. Mais ces similitudes mêmes du désir et du voyage firent que je me promis de serrer un jour d'un peu plus près la nature de cette force invisible mais aussi puissante que les croyances, ou dans le monde physique que la pression atmosphérique, qui portait si haut les cités, les femmes, tant que je ne les connaissais pas, et qui se dérobait sous elles dès que je les avais approchées, les faisait tomber aussitôt à plat sur le terre à terre de la plus triviale réalité. Plus loin une autre fillette était agenouillée près de sa bicyclette qu'elle arrangeait. Une fois la réparation faite, la jeune coureuse monta sur sa bicyclette, mais sans l'enfourcher comme eût fait un homme. Pendant un instant la bicyclette tangua, et le jeune corps semblait s'être accru d'une voile, d'une aile immense et bientôt nous vîmes s'éloigner à toute vitesse la jeune créature mi-humaine, mi-ailée, ange ou péri[1], poursuivant son voyage.

Voilà ce dont la présence d'Albertine, voilà ce dont ma vie avec Albertine me privait justement. Dont elle me privait ? N'aurais-je pas dû penser : dont elle me gratifiait au contraire ? Si Albertine n'avait pas vécu avec moi, avait été libre, j'eusse imaginé, et avec raison, toutes ces femmes comme des objets possibles, probables, de son désir, de son plaisir. Elles me fussent apparues comme ces danseuses qui dans un ballet diabolique, représentant les Tentations pour un être, lancent leurs flèches au cœur d'un autre être. Les midinettes, les jeunes filles, les comédiennes, comme je les aurais haïes ! Objet d'horreur, elles eussent été exceptées pour moi de la beauté de l'univers. Le servage d'Albertine, en me permettant de ne plus souffrir par elles, les restituait à la beauté du monde. Inoffensives, ayant perdu l'aiguillon qui met au cœur la jalousie, il m'était loisible de les admirer, de les caresser du regard, un autre jour plus intimement peut-être. En enfermant Albertine, j'avais du même coup rendu à l'univers toutes ces ailes chatoyantes qui bruissent dans les promenades, dans les bals, dans les théâtres, et qui redevenaient tentatrices pour moi parce qu'elle ne pouvait plus succomber à leur tentation. Elles faisaient la beauté du monde. Elles avaient fait jadis celle d'Albertine. C'est parce que je l'avais vue comme un oiseau mystérieux, puis comme une grande actrice de la plage, désirée, obtenue peut-être, que je l'avais trouvée merveilleuse. Une fois captif chez moi l'oiseau que j'avais vu un soir marcher à pas comptés sur la digue, entouré de la congrégation des autres jeunes filles pareilles à des mouettes venues on ne sait d'où, Albertine avait perdu toutes ses couleurs, avec toutes les chances qu'avaient les autres de l'avoir à eux. Elle avait peu à peu perdu sa beauté. Il fallait des promenades comme celles-là, où je l'imaginais sans moi accostée par telle femme ou tel jeune homme, pour que je la revisse dans la splendeur de la plage, bien que ma jalousie fût sur un autre plan que le déclin des plaisirs de mon imagination. Mais, malgré ces brusques sursauts où, désirée par d'autres, elle me redevenait belle, je pouvais très bien diviser son séjour chez moi en deux périodes : la première où elle était encore, quoique moins chaque jour, la chatoyante actrice de la plage, la seconde où, devenue la grise prisonnière, réduite à son terne elle-même, il lui fallait ces éclairs où je me ressouvenais du passé pour lui rendre des couleurs.

Parfois, dans les heures où elle m'était le plus indifférente, me revenait le souvenir d'un moment lointain où sur la plage, quand je ne la connaissais pas encore, non loin de telle dame avec qui j'étais fort mal et avec qui j'étais presque certain maintenant qu'elle avait eu des relations, elle éclatait de rire en me regardant d'une façon insolente. La mer polie et bleue bruissait tout autour. Dans le soleil de la plage, Albertine, au milieu de ses amies, était la plus belle. C'était une fille magnifique, qui, dans ce cadre habituel d'eaux immenses, m'avait, elle, précieuse à la dame qui l'admirait, infligé cet affront. Il était définitif, car la dame retournait peut-être à Balbec, constatait peut-être, sur la plage lumineuse et bruissante, l'absence d'Albertine. Mais elle ignorait que la jeune fille vécût chez moi, rien qu'à moi. Les eaux immenses et bleues, l'oubli des préférences qu'elle avait pour cette jeune fille et qui allaient à d'autres, étaient retombés sur l'avanie que m'avait faite Albertine, l'enfermant dans un éblouissant et infrangible écrin. Alors la haine pour cette femme mordait mon cœur ; pour Albertine aussi, mais une haine mêlée d'admiration pour la belle jeune fille adulée, à la chevelure merveilleuse, et dont l'éclat de rire sur la plage était un affront. La honte, la jalousie, le ressouvenir des désirs premiers et du cadre éclatant avaient redonné à Albertine sa beauté, sa valeur d'autrefois. Et ainsi alternait, avec l'ennui un peu lourd que j'avais auprès d'elle, un désir frémissant, plein d'images magnifiques et de regrets, selon qu'elle était à côté de moi dans ma chambre ou que je lui rendais sa liberté dans ma mémoire, sur la digue, dans ses gais costumes de plage, au jeu des instruments de musique de la mer, Albertine, tantôt sortie de ce milieu, possédée et sans grande valeur, tantôt replongée en lui, m'échappant dans un passé que je ne pourrais connaître, m'offensant auprès de la dame, de son amie, autant que l'éclaboussure de la vague ou l'étourdissement du soleil, Albertine remise sur la plage ou rentrée dans ma chambre, en une sorte d'amour amphibie.

Ailleurs une bande nombreuse jouait au ballon. Toutes ces fillettes avaient voulu profiter du soleil, car ces journées de février, même quand elles sont si brillantes, ne durent pas tard et la splendeur de leur lumière ne retarde pas la venue de son déclin. Avant qu'il fût encore proche nous eûmes quelque temps de pénombre, parce qu'après avoir poussé jusqu'à la Seine, où Albertine admira, et par sa présence m'empêcha d'admirer, les reflets de voiles rouges sur l'eau hivernale et bleue, une maison de tuiles blottie au loin comme un seul coquelicot dans l'horizon clair dont Saint-Cloud semblait plus loin la pétrification fragmentaire, friable et côtelée, nous descendîmes de voiture et marchâmes longtemps. Même pendant quelques instants je lui donnai le bras, et il me semblait que cet anneau que le sien faisait sous le mien unissait en un seul être nos deux personnes et attachait l'une à l'autre nos deux destinées. À nos pieds, nos ombres parallèles puis rapprochées et jointes, faisaient un dessin ravissant. Sans doute il me semblait déjà merveilleux à la maison qu'Albertine habitât avec moi, que ce fût elle qui s'étendît sur mon lit. Mais c'en était comme l'exportation au dehors, en pleine nature, que devant ce lac du Bois que j'aimais tant, au pied des arbres, ce fût justement son ombre, l'ombre pure et simplifiée de sa jambe, de son buste, que le soleil eût à peindre au lavis à côté de la mienne sur le sable de l'allée. Et je trouvais un charme plus immatériel sans doute mais non pas moins intime qu'au rapprochement, à la fusion de nos corps, à celle de nos ombres. Puis nous remontâmes dans la voiture. Et elle s'engagea pour le retour dans de petites allées sinueuses où les arbres d'hiver, habillés de lierre et de ronces, comme des ruines, semblaient conduire à la demeure d'un magicien. À peine sortis de leur couvert assombri, nous retrouvâmes, pour sortir du Bois, le plein jour, si clair encore que je croyais avoir le temps de faire tout ce que je voudrais avant le dîner, quand, quelques instants seulement après, au moment où notre voiture approchait de l'Arc de Triomphe, ce fut avec un brusque mouvement de surprise et d'effroi que j'aperçus au-dessus de Paris la lune pleine et prématurée comme le cadran d'une horloge arrêtée qui nous fait croire qu'on s'est mis en retard. Nous avions dit au cocher de rentrer. Pour elle, c'était aussi revenir chez moi. La présence des femmes, si aimées soient-elles, qui doivent nous quitter pour rentrer, ne donne pas cette paix que je goûtais dans la présence d'Albertine assise au fond de la voiture à côté de moi, présence qui nous acheminait non au vide des heures où l'on est séparé, mais à la réunion plus stable encore et mieux enclose dans mon chez-moi qui était aussi son chez-elle, symbole matériel de la possession que j'avais d'elle. Certes, pour posséder il faut avoir désiré. Nous ne possédons une ligne, une surface, un volume que si notre amour l'occupe. Mais Albertine n'avait pas été pour moi pendant notre promenade, comme avait été jadis Rachel, une vaine poussière de chair et d'étoffe. L'imagination de mes yeux, de mes lèvres, de mes mains, avait à Balbec si solidement construit, si tendrement poli son corps, que maintenant dans cette voiture, pour toucher ce corps, pour le contenir, je n'avais pas besoin de me serrer contre Albertine, ni même de la voir, il me suffisait de l'entendre, et si elle se taisait, de la savoir auprès de moi ; mes sens tressés ensemble l'enveloppaient tout entière, et quand arrivée devant la maison tout naturellement elle descendit, je m'arrêtai un instant pour dire au chauffeur[1] de revenir me prendre, mais mes regards l'enveloppaient encore tandis qu'elle s'enfonçait devant moi sous la voûte, et c'était toujours ce même calme inerte et domestique que je goûtais à la voir ainsi lourde, empourprée, opulente et captive, rentrer tout naturellement avec moi, comme une femme que j'avais à moi, et protégée par les murs, disparaître dans notre maison.

Malheureusement elle semblait s'y trouver en prison, et être de l'avis de cette Mme de La Rochefoucauld qui, comme on lui demandait si elle n'était pas contente d'être dans une aussi belle demeure que Liancourt, répondit qu'« il n'est pas de belle prison[2] », si j'en jugeais par l'air triste et las qu'elle eut ce soir-là pendant notre dîner en tête à tête dans sa chambre. Je ne le remarquai pas d'abord ; et c'était moi qui me désolais de penser que s'il n'y avait pas eu Albertine (car avec elle, j'eusse trop souffert de la jalousie dans un hôtel où elle eût toute la journée subi le contact de tant d'êtres), je pourrais en ce moment dîner à Venise dans une de ces petites salles à manger surbaissées comme une cale de navire, et où on voit le Grand Canal par de petites fenêtres cintrées qu'entourent des moulures mauresques.

Je dois ajouter qu'Albertine y admirait beaucoup un

grand bronze de Barbedienne[1], qu'avec beaucoup de raison Bloch trouvait fort laid. Il en avait peut-être moins de s'étonner que je l'eusse gardé. Je n'avais jamais cherché comme lui à faire des ameublements artistiques, à composer des pièces, j'étais trop paresseux pour cela, trop indifférent à ce que j'avais l'habitude d'avoir sous les yeux. Puisque mon goût ne s'en souciait pas, j'avais le droit de ne pas nuancer des intérieurs. J'aurais peut-être pu malgré cela ôter le bronze. Mais les choses laides et cossues sont fort utiles, car elles ont auprès des personnes qui ne nous comprennent pas, qui n'ont pas notre goût, et dont nous pouvons être amoureux, un prestige que n'aurait pas une fière chose qui ne révèle pas sa beauté. Or les êtres qui ne nous comprennent pas sont justement les seuls à l'égard desquels il puisse nous être utile d'user d'un prestige que notre intelligence suffit à nous assurer auprès d'êtres supérieurs. Albertine avait beau commencer à avoir du goût, elle avait encore un certain respect pour ce bronze, et ce respect rejaillissait sur moi en une considération qui, venant d'Albertine, m'importait (infiniment plus que de garder un bronze un peu déshonorant), puisque j'aimais Albertine.

Mais la pensée de mon esclavage cessait tout d'un coup de me peser, et je souhaitais de le prolonger encore parce qu'il me semblait apercevoir qu'Albertine sentait cruellement le sien. Sans doute, chaque fois que je lui avais demandé si elle ne se déplaisait pas chez moi, elle m'avait toujours répondu qu'elle ne savait pas où elle pourrait être plus heureuse. Mais souvent ces paroles étaient démenties par un air de nostalgie, d'énervement. Certes, si elle avait les goûts que je lui avais crus, cet empêchement de jamais les satisfaire devait être aussi irritant pour elle qu'il était calmant pour moi ; calmant au point que l'hypothèse que je l'avais accusée injustement m'eût semblé la plus vraisemblable si dans celle-ci je n'eusse eu beaucoup de peine à expliquer cette application extraordinaire que mettait Albertine à ne jamais être seule, à ne jamais être libre, à ne pas s'arrêter un instant devant la porte quand elle rentrait, à se faire accompagner ostensiblement, chaque fois qu'elle allait téléphoner, par quelqu'un qui pût me répéter ses paroles, par Françoise, par Andrée, à me laisser toujours seul, sans avoir l'air que ce fût exprès, avec cette dernière, quand elles étaient sorties ensemble, pour que je pusse me faire faire un rapport détaillé de leur sortie. Avec cette merveilleuse docilité contrastaient certains mouvements, vite réprimés, d'impatience, qui me firent me demander si Albertine n'aurait pas formé le projet de secouer sa chaîne.

Des faits accessoires étayaient ma supposition. Ainsi, un jour où j'étais sorti seul, ayant rencontré près de Passy, Gisèle, nous causâmes de choses et d'autres. Bientôt, assez heureux de pouvoir le lui apprendre, je lui dis que je voyais constamment Albertine. Gisèle me demanda où elle pourrait la trouver car elle avait *justement* quelque chose à lui dire. « Quoi donc ? — Des choses qui se rapportent à de petites camarades à elle. — Quelles camarades ? Je pourrai peut-être vous renseigner, ce qui ne vous empêchera pas de la voir. — Oh ! des camarades d'autrefois, je ne me rappelle pas les noms », répondit Gisèle d'un air vague, en battant en retraite. Elle me quitta, croyant avoir parlé avec une prudence telle que rien ne pouvait me paraître que très clair. Mais le mensonge est si peu exigeant, a besoin de si peu de chose pour se manifester ! S'il s'était agi de camarades d'autrefois, dont elle ne savait même pas les noms, pourquoi aurait-elle eu *justement* besoin d'en parler à Albertine ? Cet adverbe, assez parent d'une expression chère à Mme Cottard : « cela tombe à pic », ne pouvait s'appliquer qu'à une chose particulière, opportune, peut-être urgente, se rapportant à des êtres déterminés. D'ailleurs, rien que la façon d'ouvrir la bouche, comme quand on va bâiller, d'un air vague en me disant (en reculant presque avec son corps, comme elle faisait machine en arrière à partir de ce moment dans notre conversation) : « Ah ! je ne sais pas, je ne me rappelle pas les noms », faisait aussi bien de sa figure, et s'accordant avec elle, de sa voix, une figure de mensonge, que l'air tout autre, serré, animé, à l'avant, de « j'ai *justement* » signifiait une vérité. Je ne questionnai pas Gisèle. À quoi cela m'eût-il servi ? Certes, elle ne mentait pas de la même manière qu'Albertine. Et certes les mensonges d'Albertine m'étaient plus douloureux. Mais d'abord il y avait entre eux un point commun, le fait même du mensonge qui, dans certains cas, est une évidence. Non pas de la réalité qui se cache sous ce mensonge. On sait que bien que chaque assassin en particulier s'imagine avoir tout si bien combiné qu'il ne sera pas pris, en somme les assassins sont presque toujours pris. Au contraire, les menteurs sont rarement pris, et parmi les menteurs, plus particulièrement les femmes qu'on aime. On ignore où elle est allée, ce qu'elle y a fait, mais au moment même où elle parle, où elle parle d'une autre chose sous laquelle il y a cela, qu'elle ne dit pas, le mensonge est perçu instantanément. Et la jalousie redoublée puisqu'on sent le mensonge, et qu'on n'arrive pas à savoir la vérité. Chez Albertine, la sensation du mensonge était donnée par bien des particularités qu'on a déjà vues au cours de ce récit, mais principalement par ceci que, quand elle mentait, son récit péchait soit par insuffisance, omission, invraisemblance, soit par excès, au contraire, de petits faits destinés à le rendre vraisemblable. Le vraisemblable, malgré l'idée que se fait le menteur, n'est pas du tout le vrai. Dès qu'écoutant quelque chose de vrai, on entend quelque chose qui est seulement vraisemblable, qui l'est peut-être plus que le vrai, qui l'est peut-être trop, l'oreille un peu musicienne sent que ce n'est pas cela, comme pour un vers faux, ou un mot lu à haute voix pour un autre. L'oreille le sent et, si l'on aime, le cœur s'alarme. Que ne songe-t-on alors, quand on change toute sa vie parce qu'on ne sait pas si une femme est passée rue de Berri ou rue Washington, que ne songe-t-on que ces quelques mètres de différence, et la femme elle-même, seront réduits au cent millionième (c'est-à-dire à une grandeur que nous ne pouvons percevoir) si seulement nous avons la sagesse de rester quelques années sans voir cette femme, et que ce qui était Gulliver en bien plus grand deviendra une lilliputienne qu'aucun microscope — au moins du cœur, car celui de la mémoire indifférente est plus puissant et moins fragile — ne pourra plus percevoir ! Quoi qu'il en soit, s'il y avait un point commun — le mensonge même — entre ceux d'Albertine et de Gisèle, pourtant Gisèle ne mentait pas de la même manière qu'Albertine, ni non plus de la même manière qu'Andrée, mais leurs mensonges respectifs s'emboîtaient si bien les uns dans les autres, tout en présentant une grande variété, que la petite bande avait la solidité impénétrable de certaines maisons de commerce, de librairie ou de presse par exemple, où le malheureux auteur n'arrivera jamais, malgré la diversité des personnalités composantes, à savoir

s'il est ou non floué. Le directeur du journal ou de la revue
ment avec une attitude de sincérité d'autant plus solennelle, qu'il a besoin de dissimuler en mainte occasion qu'il
fait exactement la même chose et se livre aux mêmes
pratiques mercantiles que celles qu'il a flétries chez les
autres directeurs de journaux ou de théâtres, chez les
autres éditeurs, quand il a pris pour bannière, levé contre
eux l'étendard de la Sincérité[1]. Avoir proclamé (comme
chef d'un parti politique, comme n'importe quoi) qu'il est
atroce de mentir, oblige le plus souvent à mentir plus que
les autres, sans quitter pour cela le masque solennel, sans
déposer la tiare auguste de la sincérité. L'associé de
l'« homme sincère » ment autrement et de façon plus
ingénue. Il trompe son auteur comme il trompe sa femme,
avec des trucs de vaudeville. Le secrétaire de la rédaction,
homme honnête et grossier, ment tout simplement, comme
un architecte qui vous promet que votre maison sera prête,
à une époque où elle ne sera pas commencée. Le rédacteur
en chef, âme angélique, voltige au milieu des trois autres,
et sans savoir de quoi il s'agit, leur porte, par scrupule
fraternel et tendre solidarité, le secours précieux d'une
parole insoupçonnable. Ces quatre personnes vivent dans
de perpétuelles dissensions, que l'arrivée de l'auteur fait
cesser. Par-dessus les querelles particulières, chacun se
rappelle le grand devoir militaire de venir en aide au
« corps » menacé. Sans m'en rendre compte, j'avais depuis
longtemps joué le rôle de cet auteur vis-à-vis de la « petite
bande ». Si Gisèle avait pensé, quand elle avait dit
« justement », à telle camarade d'Albertine disposée à
voyager avec elle dès que mon amie, sous un prétexte ou
un autre, m'aurait quitté, et à prévenir Albertine que
l'heure était venue ou sonnerait bientôt, Gisèle se serait
fait couper en morceaux plutôt que de me le dire. Il était
donc bien inutile de lui poser des questions.

Des rencontres comme celles de Gisèle n'étaient pas
seules à accentuer mes doutes. Par exemple, j'admirais les
peintures d'Albertine. Et les peintures d'Albertine, touchantes distractions de la captive, m'émurent tant que je
la félicitai. « Non, c'est très mauvais, mais je n'ai jamais
pris une seule leçon de dessin. — Mais un soir vous m'aviez
fait dire à Balbec que vous étiez restée à prendre une leçon
de dessin. » Je lui rappelai le jour et lui dis que j'avais
bien compris tout de suite qu'on ne prenait pas de leçons

de dessin à cette heure-là. Albertine rougit. « C'est vrai, dit-elle, je ne prenais pas de leçons de dessin, je vous ai beaucoup menti au début, cela je le reconnais. Mais je ne vous mens plus jamais. » J'aurais tant voulu savoir quels étaient les nombreux mensonges du début ! Mais je savais d'avance que ses aveux seraient de nouveaux mensonges. Aussi je me contentai de l'embrasser. Je lui demandai seulement un de ces mensonges. Elle répondit : « Hé bien, si ! par exemple que l'air de la mer me faisait mal. » Je cessai d'insister devant ce mauvais vouloir.

Tout être aimé, même dans une certaine mesure tout être, est pour nous comme Janus, nous présentant le front qui nous plaît, si cet être nous quitte, le front morne, si nous le savons à notre perpétuelle disposition. Pour Albertine, la société durable avec elle avait quelque chose de pénible d'une autre façon que je ne peux dire en ce récit. C'est terrible d'avoir la vie d'une autre personne attachée à la sienne comme une bombe qu'on tiendrait sans qu'on puisse la lâcher sans crime. Mais qu'on prenne comme comparaison les hauts et les bas, les dangers, l'inquiétude, la crainte de voir crues plus tard des choses fausses et vraisemblables qu'on ne pourra plus expliquer, sentiments éprouvés si on a dans son intimité un fou. Par exemple, je plaignais M. de Charlus de vivre avec Morel (aussitôt le souvenir de la scène de l'après-midi me fit sentir le côté gauche de ma poitrine bien plus gros que l'autre) ; en laissant de côté les relations qu'ils avaient ou non ensemble, M. de Charlus avait dû ignorer au début que Morel était fou. La beauté de Morel, sa platitude, sa fierté, avaient dû détourner le baron de chercher si loin, jusqu'aux jours des mélancolies où Morel accusait M. de Charlus de sa tristesse, sans pouvoir fournir d'explications, l'insultait de sa méfiance à l'aide de raisonnements faux mais extrêmement subtils, le menaçait de résolutions désespérées au milieu desquelles persistait le souci le plus retors de l'intérêt le plus immédiat. Tout ceci n'est que comparaison. Albertine n'était pas folle.

Pour lui faire paraître sa chaîne plus légère, le plus habile me parut de lui faire croire que j'allais moi-même la rompre. En tout cas, ce projet mensonger je ne pouvais le lui confier en ce moment, elle était revenue avec trop de gentillesse du Trocadéro tout à l'heure ; ce que je pouvais faire, bien loin de l'affliger d'une menace de rupture, c'était tout au plus de taire les rêves de perpétuelle vie commune que formait mon cœur reconnaissant. En la regardant, j'avais de la peine à me retenir de les épancher en elle, et peut-être s'en apercevait-elle. Malheureusement leur expression n'est pas contagieuse. Le cas d'une vieille femme maniérée comme M. de Charlus qui, à force de ne voir dans son imagination qu'un fier jeune homme, croit devenir lui-même fier jeune homme, et d'autant plus qu'il devient plus maniéré et plus risible, ce cas est plus général, et c'est l'infortune d'un amant épris de ne pas se rendre compte que, tandis qu'il voit une figure belle devant lui, sa maîtresse voit sa figure à lui qui n'est pas rendue plus belle, au contraire, quand la déforme le plaisir qu'y fait naître la vue de la beauté. Et l'amour n'épuise même pas toute la généralité de ce cas ; nous ne voyons pas notre corps, que les autres voient, et nous « suivons » notre pensée, l'objet invisible aux autres, qui est devant nous. Cet objet-là, parfois l'artiste le fait voir dans son œuvre. De là vient que les admirateurs de celle-ci sont désillusionnés par l'auteur, dans le visage de qui cette beauté intérieure s'est imparfaitement reflétée.

Ne retenant plus de mon rêve de Venise que ce qui pouvait se rapporter à Albertine et lui adoucir le temps qu'elle passait dans ma demeure, je lui parlai d'une robe de Fortuny qu'il fallait que nous allassions commander ces jours-ci. Je cherchais par quels plaisirs nouveaux j'aurais pu la distraire. J'aurais voulu pouvoir lui faire la surprise de lui donner si ç'avait été possible d'en trouver des pièces de vieille argenterie française. En effet quand nous avions fait le projet d'avoir un yacht, projet jugé irréalisable par Albertine — et par moi-même chaque fois que je la croyais vertueuse et que la vie avec elle commençait aussitôt à me paraître aussi ruineuse que le mariage avec elle, impossible —, nous avions, toutefois sans qu'elle crût que j'en achèterais un, demandé des conseils à Elstir.

J'appris[1] que ce jour-là avait eu lieu une mort qui me fit beaucoup de peine, celle de Bergotte. On sait que sa maladie durait depuis longtemps. Non pas celle évidemment qu'il avait eue d'abord et qui était naturelle. La nature ne semble guère capable de donner que des maladies assez courtes. Mais la médecine s'est annexé l'art de les prolonger. Les remèdes, la rémission qu'ils procurent, le malaise que leur interruption fait renaître, composent un simulacre de maladie que l'habitude du patient finit par stabiliser, par styliser, de même que les enfants toussent régulièrement par quintes longtemps après qu'ils sont guéris de la coqueluche. Puis les remèdes agissent moins, on les augmente, ils ne font plus aucun bien, mais ils ont commencé à faire du mal grâce à cette indisposition durable. La nature ne leur aurait pas offert une durée si longue. C'est une grande merveille que la médecine égalant presque la nature puisse forcer à garder le lit, à continuer sous peine de mort l'usage d'un médicament. Dès lors, la maladie artificiellement greffée a pris racine, est devenue une maladie secondaire mais vraie, avec cette seule différence que les maladies naturelles guérissent, mais jamais celles que crée la médecine, car elle ignore le secret de la guérison.

Il y avait des années que Bergotte ne sortait plus de chez lui. D'ailleurs, il n'avait jamais aimé le monde, ou l'avait aimé un seul jour, pour le mépriser comme tout le reste et de la même façon qui était la sienne, à savoir non de mépriser parce qu'on ne peut obtenir, mais aussitôt qu'on a obtenu. Il vivait si simplement qu'on ne soupçonnait pas à quel point il était riche, et l'eût-on su qu'on se fût trompé encore, l'ayant cru alors avare alors que personne ne fut jamais si généreux. Il l'était surtout avec des femmes, des fillettes pour mieux dire, et qui étaient honteuses de recevoir tant pour si peu de chose. Il s'excusait à ses propres yeux parce qu'il savait ne pouvoir jamais si bien produire que dans l'atmosphère de se sentir amoureux. L'amour, c'est trop dire, le plaisir un peu enfoncé dans la chair, aide au travail des lettres parce qu'il anéantit les autres plaisirs, par exemple les plaisirs de la société, ceux qui sont les mêmes pour tout le monde. Et même si cet amour amène des désillusions, du moins agite-t-il de cette façon-là aussi la surface de l'âme, qui sans cela risquerait de devenir stagnante. Le désir n'est donc pas inutile à l'écrivain pour l'éloigner des autres hommes d'abord et de se conformer à eux, pour rendre ensuite quelque mouvement à une machine spirituelle qui, passé un certain âge, a tendance à s'immobiliser. On n'arrive pas à être heureux mais on fait des remarques sur les raisons qui empêchent de l'être et qui nous fussent restées invisibles sans ces brusques percées de la déception. Et les rêves bien entendu ne sont pas réalisables, nous le savons ; nous n'en formerions peut-être pas sans le désir, et il est utile d'en former pour les voir échouer et que leur échec instruise. Aussi Bergotte se disait-il : « Je dépense plus que des multimillionnaires pour des fillettes, mais les plaisirs ou les déceptions qu'elles me donnent me font écrire un livre qui me rapporte de l'argent. » Économiquement ce raisonnement était absurde, mais sans doute trouvait-il quelque agrément à transmuter ainsi l'or en caresses et les caresses en or. Et puis nous avons vu, au moment de la mort de ma grand-mère, que sa vieillesse fatiguée aimait le repos. Or dans le monde il n'y a que la conversation. Elle y est stupide, mais a le pouvoir de supprimer les femmes, qui ne sont plus que questions et réponses. Hors du monde les femmes redeviennent ce qui est si reposant pour le vieillard fatigué, un objet de contemplation.

En tout cas, maintenant, il n'était plus question de rien de tout cela. J'ai dit que Bergotte ne sortait plus de chez lui, et quand il se levait une heure dans sa chambre, c'était tout enveloppé de châles, de plaids, de tout ce dont on se couvre au moment de s'exposer à un grand froid et de monter en chemin de fer. Il s'en excusait auprès des rares amis qu'il laissait pénétrer auprès de lui, et montrant ses tartans, ses couvertures, il disait gaiement : « Que voulez-vous, mon cher, Anaxagore l'a dit, la vie est un voyage[1]. » Il allait ainsi se refroidissant progressivement, petite planète qui offrait une image anticipée des derniers jours de la grande quand, peu à peu, la chaleur se retirera de la Terre, puis la vie. Alors la résurrection aura pris fin, car si avant dans les générations futures que brillent les œuvres des hommes, encore faut-il qu'il y ait des hommes. Si certaines espèces animales résistent plus longtemps au froid envahisseur, quand il n'y aura plus d'hommes, et à supposer que la gloire de Bergotte ait duré jusque-là, brusquement elle s'éteindra à tout jamais. Ce ne sont pas les derniers animaux qui le liront, car il est peu probable que, comme les apôtres à la Pentecôte, ils puissent comprendre le langage des divers peuples humains sans l'avoir appris[2].

Dans les mois qui précédèrent sa mort, Bergotte souffrait d'insomnies, et ce qui est pire, dès qu'il s'endormait, de cauchemars qui, s'il s'éveillait, faisaient qu'il évitait de se rendormir. Longtemps il avait aimé les rêves, même les mauvais rêves, parce que grâce à eux, grâce à la contradiction qu'ils présentent avec la réalité qu'on a devant soi à l'état de veille, ils nous donnent, au plus tard dès le réveil, la sensation profonde que nous avons dormi. Mais les cauchemars de Bergotte n'étaient pas cela. Quand il parlait de cauchemars, autrefois il entendait des choses désagréables qui se passaient dans son cerveau. Maintenant, c'est comme venus du dehors de lui qu'il percevait une main munie d'un torchon mouillé qui, passée sur sa figure par une femme méchante, s'efforçait de le réveiller, d'intolérables chatouillements sur les hanches, la rage — parce que Bergotte avait murmuré en dormant qu'il conduisait mal — d'un cocher fou furieux qui se jetait sur l'écrivain et lui mordait les doigts, les lui sciait. Enfin, dès que dans son sommeil l'obscurité était suffisante, la nature faisait une espèce de répétition sans costumes de l'attaque d'apoplexie qui l'emporterait : Bergotte entrait en voiture sous le porche du nouvel hôtel des Swann, voulait descendre. Un vertige foudroyant le clouait sur sa banquette, le concierge essayait de l'aider à descendre, il restait assis, ne pouvant se soulever, dresser ses jambes. Il essayait de s'accrocher au pilier de pierre qui était devant lui, mais n'y trouvait pas un suffisant appui pour se mettre debout. Il consulta les médecins qui, flattés d'être appelés par lui, virent dans ses vertus de grand travailleur (il y avait vingt ans qu'il n'avait rien fait), dans son surmenage, la cause de ses malaises. Ils lui conseillèrent de ne pas lire de contes terrifiants (il ne lisait rien), de profiter davantage du soleil « indispensable à la vie » (il n'avait dû quelques années de mieux relatif qu'à sa claustration chez lui), de s'alimenter davantage (ce qui le fit maigrir et alimenta surtout ses cauchemars). Un de ses médecins étant doué de l'esprit de contradiction et de taquinerie, dès que Bergotte, le voyant en l'absence des autres et pour ne pas le froisser, lui soumettait comme des idées de lui ce que les autres lui avaient conseillé, le médecin contredisant, croyant que Bergotte cherchait à se faire ordonner quelque chose qui lui plaisait, le lui défendait aussitôt, et souvent avec des raisons fabriquées si vite pour les besoins de la cause que devant l'évidence des objections matérielles que faisait Bergotte, le docteur contredisant était obligé dans la même phrase de se contredire lui-même, mais pour des raisons nouvelles, renforçait la même prohibition. Bergotte revenait à un des premiers médecins, homme qui se piquait d'esprit, surtout devant un des maîtres de la plume et qui, si Bergotte insinuait : « Il me semble pourtant que le docteur X m'avait dit — autrefois bien entendu — que cela pouvait me congestionner le rein et le cerveau... », souriait malicieusement, levait le doigt et prononçait : « J'ai dit user, je n'ai pas dit abuser. Bien entendu, tout remède, si on exagère, devient une arme à double tranchant. » Il y a dans notre corps un certain instinct de ce qui nous est salutaire, comme dans le cœur de ce qui est le devoir moral, et qu'aucune autorisation de docteur en médecine ou en théologie ne peut suppléer. Nous savons que les bains froids nous font mal, nous les aimons, nous trouverons toujours un médecin pour nous les conseiller, non pour empêcher qu'ils ne nous fassent mal. À chacun de ses médecins Bergotte prit ce que, par sagesse, il s'était défendu depuis des années. Au bout de quelques semaines, les accidents d'autrefois avaient reparu, les récents s'étaient aggravés. Affolé par une souffrance de toutes les minutes, à laquelle s'ajoutait l'insomnie coupée de brefs cauchemars, Bergotte ne fit plus venir de médecin et essaya avec succès, mais avec excès, de différents narcotiques, lisant avec confiance le prospectus accompagnant chacun d'eux, prospectus qui proclamait la nécessité du sommeil mais insinuait que tous les produits qui l'amènent (sauf celui contenu dans le flacon qu'il enveloppait et qui ne produisait jamais d'intoxication) étaient toxiques et par là rendaient le remède pire que le mal. Bergotte les essaya tous. Certains sont d'une autre famille que ceux auxquels nous sommes habitués, dérivés, par exemple, de l'amyle et de l'éthyle. On n'absorbe le produit nouveau, d'une composition toute différente, qu'avec la délicieuse attente de l'inconnu. Le cœur bat comme à un premier rendez-vous. Vers quels genres ignorés de sommeil, de rêves, le nouveau venu va-t-il nous conduire ? Il est maintenant dans nous, il a la direction de notre pensée. De quelle façon allons-nous nous endormir ? Et une fois que nous le serons, par quels chemins étranges, sur quelles cimes, dans quels gouffres inexplorés le maître tout-puissant nous conduira-t-il ? Quel groupement nouveau de sensations allons-nous connaître dans ce voyage ? Nous mènera-t-il au malaise ? À la béatitude ? À la mort ? Celle de Bergotte survint la veille de ce jour-là, et où il s'était ainsi confié à un de ces amis (ami ? ennemi ?) trop puissant.

Il mourut dans les circonstances suivantes : une crise d'urémie assez légère était cause qu'on lui avait prescrit le repos. Mais un critique ayant écrit que dans la *Vue de Delft* de Ver Meer (prêté par le musée de La Haye pour une exposition hollandaise), tableau qu'il adorait et croyait connaître très bien[1], un petit pan de mur jaune (qu'il ne se rappelait pas) était si bien peint qu'il était, si on le regardait seul, comme une précieuse œuvre d'art chinoise, d'une beauté qui se suffirait à elle-même, Bergotte mangea quelques pommes de terre, sortit et entra à l'exposition. Dès les premières marches qu'il eut à gravir, il fut pris d'étourdissements. Il passa devant plusieurs tableaux et eut l'impression de la sécheresse et de l'inutilité d'un art si factice, et qui ne valait pas les courants d'air et de soleil d'un palazzo de Venise, ou d'une simple maison au bord de la mer. Enfin il fut devant le Ver Meer qu'il se rappelait plus éclatant, plus différent de tout ce qu'il connaissait, mais où, grâce à l'article du critique, il remarqua pour la première fois des petits personnages en bleu, que le sable était rose, et enfin la précieuse matière du tout petit pan de mur jaune. Ses étourdissements augmentaient ; il attachait son regard, comme un enfant à un papillon jaune qu'il veut saisir, au précieux petit pan de mur. « C'est ainsi que j'aurais dû écrire, disait-il. Mes derniers livres sont trop secs, il aurait fallu passer plusieurs couches de couleur, rendre ma phrase en elle-même précieuse, comme ce petit pan de mur jaune. » Cependant la gravité de ses étourdissements ne lui échappait pas. Dans une céleste balance lui apparaissait, chargeant l'un des plateaux, sa propre vie, tandis que l'autre contenait le petit pan de mur si bien peint en jaune. Il sentait qu'il avait imprudemment donné la première pour le second. « Je ne voudrais pourtant pas, se dit-il, être pour les journaux du soir le fait divers de cette exposition. » Il se répétait : « Petit pan de mur jaune avec un auvent[2], petit pan de mur jaune. » Cependant il s'abattit sur un canapé circulaire ; aussi brusquement il cessa de penser que sa vie était en jeu et, revenant à l'optimisme, se dit : « C'est une simple indigestion que m'ont donnée ces pommes de terre pas assez cuites, ce n'est rien. » Un nouveau coup l'abattit, il roula du canapé par terre où accoururent tous les visiteurs et gardiens. Il était mort. Mort à jamais ? Qui peut le dire ? Certes, les expériences spirites pas plus que les dogmes religieux n'apportent de preuve que l'âme subsiste. Ce qu'on peut dire, c'est que tout se passe dans notre vie comme si nous y entrions avec le faix d'obligations contractées dans une vie antérieure ; il n'y a aucune raison dans nos conditions de vie sur cette terre pour que nous nous croyions obligés à faire le bien, à être délicats, même à être polis, ni pour l'artiste athée à ce qu'il se croie obligé de recommencer vingt fois un morceau dont l'admiration qu'il excitera importera peu à son corps mangé par les vers, comme le pan de mur jaune que peignit avec tant de science et de raffinement un artiste à jamais inconnu, à peine identifié sous le nom de Ver Meer. Toutes ces obligations qui n'ont pas leur sanction dans la vie présente semblent appartenir à un monde différent, fondé sur la bonté, le scrupule, le sacrifice, un monde entièrement différent de celui-ci, et dont nous sortons pour naître à cette terre, avant peut-être d'y retourner, revivre sous l'empire de ces lois inconnues auxquelles nous avons obéi parce que nous en portions l'enseignement en nous, sans savoir qui les y avait tracées, ces lois dont tout travail profond de l'intelligence nous rapproche et qui sont invisibles seulement — et encore ! — pour les sots. De sorte que l'idée que Bergotte n'était pas mort à jamais est sans invraisemblance.

On l'enterra, mais toute la nuit funèbre, aux vitrines éclairées, ses livres, disposés trois par trois, veillaient comme des anges aux ailes éployées et semblaient pour celui qui n'était plus, le symbole de sa résurrection.

J'appris, ai-je dit, que ce jour-là Bergotte était mort. Et j'admirai l'inexactitude des journaux qui — reproduisant les uns et les autres une même note — disaient qu'il était mort la veille. Or la veille, Albertine l'avait rencontré, me raconta-t-elle le soir même, et cela l'avait même un peu retardée, car il avait causé assez longtemps avec elle. C'est sans doute avec elle qu'il avait eu son dernier entretien. Elle le connaissait par moi qui ne le voyais plus depuis longtemps, mais comme elle avait eu la curiosité de lui être présentée, j'avais, un an auparavant, écrit au vieux maître pour la lui amener. Il m'avait accordé ce que j'avais demandé, tout en souffrant un peu, je crois, que

je ne le revisse que pour faire plaisir à une autre personne,
ce qui confirmait mon indifférence pour lui. Ces cas sont
fréquents ; parfois, celui ou celle qu'on implore non pour
le plaisir de causer de nouveau avec lui, mais pour une
tierce personne, refuse si obstinément, que notre protégée
croit que nous nous sommes targués d'un faux pouvoir ;
plus souvent, le génie ou la beauté célèbre consentent,
mais humiliés dans leur gloire, blessés dans leur affection,
ne nous gardent plus qu'un sentiment amoindri, douloureux, un peu méprisant. Je devinai longtemps après que
j'avais faussement accusé les journaux d'inexactitude, car
ce jour-là Albertine n'avait nullement rencontré Bergotte.
Mais je n'en avais point eu un seul instant le soupçon tant
elle me l'avait conté avec naturel, et je n'appris que bien
plus tard l'art charmant qu'elle avait de mentir avec
simplicité. Ce qu'elle disait, ce qu'elle avouait avait
tellement les mêmes caractères que les formes de
l'évidence — ce que nous voyons, ce que nous apprenons
d'une manière irréfutable — qu'elle semait ainsi dans les
intervalles de la vie les épisodes d'une autre vie dont je
ne soupçonnais pas alors la fausseté. Il y aurait du reste
beaucoup à discuter ce mot de fausseté. L'univers est vrai
pour nous tous et dissemblable pour chacun. Le témoignage de mes sens, si j'avais été dehors à ce moment,
m'aurait peut-être appris que la dame n'avait pas fait
quelques pas avec Albertine. Mais si j'avais su le contraire,
c'était par une de ces chaînes de raisonnement (où les
paroles de ceux en qui nous avons confiance insèrent de
fortes mailles) et non par le témoignage des sens. Pour
invoquer ce témoignage des sens il eût fallu que j'eusse
été précisément dehors, ce qui n'avait pas eu lieu. On peut
imaginer pourtant qu'une telle hypothèse n'est pas
invraisemblable. Et j'aurais su alors qu'Albertine avait
menti. Est-ce bien sûr encore ? Le témoignage des sens
est lui aussi une opération de l'esprit où la conviction crée
l'évidence. Nous avons vu bien des fois le sens de l'ouïe
apporter à Françoise non le mot qu'on avait prononcé, mais
celui qu'elle croyait le vrai, ce qui suffisait pour qu'elle
n'entendît pas la rectification implicite d'une prononciation
meilleure. Notre maître d'hôtel n'était pas constitué
autrement. M. de Charlus portait à ce moment-là — car
il changeait beaucoup — des pantalons fort clairs et
reconnaissables entre mille. Or notre maître d'hôtel, qui

croyait que le mot « pissotière » (le mot désignant ce
que M. de Rambuteau[1] avait été si fâché d'entendre le
duc de Guermantes appeler un édicule Rambuteau) était
« pistière », n'entendit jamais dans toute sa vie une seule
personne dire « pissotière », bien que très souvent on
prononçât ainsi devant lui. Mais l'erreur est plus entêtée
que la foi et n'examine pas ses croyances. Constamment
le maître d'hôtel disait : « Certainement M. le baron de
Charlus a pris une maladie pour rester si longtemps dans
une pistière. Voilà ce que c'est que d'être un vieux coureur
de femmes. Il en a les pantalons[2]. Ce matin, Madame m'a
envoyé faire une course à Neuilly. À la pistière de la rue
de Bourgogne[3], j'ai vu entrer M. le baron de Charlus. En
revenant de Neuilly, bien une heure après, j'ai vu ses
pantalons jaunes dans la même pistière, à la même place,
au milieu, où il se met toujours pour qu'on ne le voie
pas. » Je ne connaissais rien de plus beau, de plus noble
et plus jeune qu'une nièce de Mme de Guermantes. Mais
j'entendis le concierge d'un restaurant où j'allais quelquefois dire sur son passage : « Regardez-moi cette vieille
rombière, quelle touche ! et ça a au moins quatre-vingts
ans. » Pour l'âge il me paraît difficile qu'il le crût. Mais
les chasseurs groupés autour de lui, qui ricanèrent chaque
fois qu'elle passait devant l'hôtel pour aller voir non loin
de là ses deux charmantes grand-tantes, Mmes de Fezensac
et de Balleroy, virent sur le visage de cette jeune beauté
les quatre-vingts ans que, par plaisanterie ou non, avait
donnés le concierge à la « vieille rombière ». On les aurait
fait tordre en leur disant qu'elle était plus distinguée que
l'une des deux caissières de l'hôtel, et qui, rongée
d'eczéma, ridicule de grosseur, leur semblait belle femme.
Seul peut-être le désir sexuel eût été capable d'empêcher
leur erreur de se former, s'il avait joué sur le passage de
la prétendue vieille rombière, et si les chasseurs avaient
brusquement convoité la jeune déesse. Mais pour des
raisons inconnues et qui devaient être probablement de
nature sociale, ce désir n'avait pas joué.

Mais enfin j'aurais pu être sorti et passer dans la rue
à l'heure où Albertine m'aurait dit, ce soir (ne m'ayant
pas vu), qu'elle avait fait quelques pas avec la dame. Une
obscurité sacrée se fût emparée de mon esprit, j'aurais mis
en doute que je l'avais vue seule, à peine aurais-je cherché

à comprendre par quelle illusion d'optique je n'avais pas aperçu la dame, et je n'aurais pas été autrement étonné de m'être trompé, car le monde des astres est moins difficile à connaître que les actions réelles des êtres, surtout des êtres que nous aimons, fortifiés qu'ils sont contre notre doute par des fables destinées à les protéger. Pendant combien d'années peuvent-ils laisser notre amour apathique croire que la femme aimée a à l'étranger une sœur, un frère, une belle-sœur qui n'ont jamais existé ! Du reste, si nous n'étions pas pour l'ordre du récit obligé de nous borner à des raisons frivoles, combien de plus sérieuses nous permettraient de montrer la minceur menteuse du début de ce volume où, de mon lit, j'entends le monde s'éveiller, tantôt par un temps, tantôt par un autre ! Oui, j'ai été forcé d'amincir la chose et d'être mensonger, mais ce n'est pas un univers, c'est des millions, presque autant qu'il existe de prunelles et d'intelligences humaines, qui s'éveillent tous les matins.

Pour revenir à Albertine, je n'ai jamais connu de femmes douées plus qu'elle d'heureuses aptitudes au mensonge animé, coloré des teintes mêmes de la vie, si ce n'est une de ses amies — une de mes jeunes filles en fleurs aussi, rose comme Albertine, mais dont le profil irrégulier, creusé, puis proéminent, puis creusé à nouveau, ressemblait tout à fait à certaines grappes de fleurs roses dont j'ai oublié le nom et qui ont ainsi de longs et sinueux rentrants. Cette jeune fille était, au point de vue de la fable, supérieure à Albertine, car elle n'y mêlait aucun de ces moments douloureux, des sous-entendus rageurs qui étaient fréquents chez mon amie. J'ai dit pourtant qu'elle était charmante quand elle inventait un récit qui ne laissait pas de place au doute, car on voyait alors devant soi la chose — pourtant imaginée — qu'elle disait, en se servant comme vue de sa parole. C'était ma vraie perception.

J'ai ajouté : « quand elle avouait », voici pourquoi. Quelquefois des rapprochements singuliers me donnaient à son sujet des soupçons jaloux où à côté d'elle figurait dans le passé, hélas dans l'avenir, une autre personne. Pour avoir l'air d'être sûr de mon fait je disais le nom, et Albertine me disait : « Oui je l'ai rencontrée il y a huit jours à quelques pas de la maison. Par politesse j'ai répondu à son bonjour. J'ai fait deux pas avec elle. Mais

il n'y a jamais rien eu entre nous, il n'y aura jamais rien. »
Or Albertine n'avait même pas rencontré cette personne
pour la bonne raison que celle-ci n'était pas venue à Paris
depuis dix mois. Mais mon amie trouvait que nier
complètement était peu vraisemblable. D'où cette courte
rencontre fictive, dite si simplement que je voyais la dame
s'arrêter, lui dire bonjour, faire quelques pas avec elle.
La vraisemblance seule avait inspiré Albertine, nullement
le désir de me donner de la jalousie. Car Albertine, sans
être intéressée peut-être, aimait qu'on lui fît des gentillesses. Or si au cours de cet ouvrage, j'ai eu et j'aurai bien
des occasions de montrer comment la jalousie redouble
l'amour, c'est au point de vue de l'amant que je me suis
placé. Mais pour peu que celui-ci ait un peu de fierté, et
dût-il mourir d'une séparation, il ne répondra pas à une
trahison supposée par une gentillesse, il s'écartera, ou sans
s'éloigner s'ordonnera de feindre la froideur. Aussi est-ce
en pure perte pour elle que sa maîtresse le fait tant souffrir.
Dissipe-t-elle, au contraire, d'un mot adroit, de tendres
caresses, les soupçons qui le torturaient bien qu'il s'y
prétendît indifférent, sans doute l'amant n'éprouve pas cet
accroissement désespéré de l'amour où le hausse la
jalousie, mais cessant brusquement de souffrir, heureux,
attendri, détendu comme on l'est après un orage quand
la pluie est tombée et qu'à peine sent-on encore sous les
grands marronniers s'égoutter à longs intervalles les
gouttes suspendues que déjà le soleil reparu colore, il ne
sait comment exprimer sa reconnaissance à celle qui l'a
guéri. Albertine savait que j'aimais à la récompenser de
ses gentillesses, et cela expliquait peut-être qu'elle inventât
pour s'innocenter des aveux naturels, comme ses récits
dont je ne doutais pas et dont l'un avait été la rencontre
de Bergotte alors qu'il était déjà mort. Je n'avais su
jusque-là de mensonges d'Albertine que ceux que, par
exemple, à Balbec m'avait rapportés Françoise et que j'ai
omis de dire bien qu'ils m'eussent fait si mal : « Comme
elle ne voulait pas venir elle m'a dit : "Est-ce que vous
ne pourriez pas dire à Monsieur que vous ne m'avez pas
trouvée, que j'étais sortie ?" » Mais les « inférieurs »
qui nous aiment, comme Françoise m'aimait, ont du plaisir
à nous froisser dans notre amour-propre.

Après le dîner, je dis à Albertine que j'avais envie de

profiter de ce que j'étais levé pour aller voir des amis,
Mme de Villeparisis, Mme de Guermantes, les Cambremer, je ne savais trop, ceux que je trouverais chez eux.
Je tus seulement le nom de ceux chez qui je comptais aller,
les Verdurin. Je demandai à Albertine si elle ne voulait
pas venir avec moi. Elle allégua qu'elle n'avait pas de robe.
« Et puis, je suis si mal coiffée. Est-ce que vous tenez à
ce que je continue à garder cette coiffure ? » Et pour me
dire adieu elle me tendit la main de cette façon brusque,
le bras allongé, les épaules se redressant, qu'elle avait jadis
sur la plage de Balbec, et qu'elle n'avait plus jamais eue
depuis. Ce mouvement oublié refit du corps qu'il anima,
celui de cette Albertine qui me connaissait encore à peine.
Il rendit à Albertine, cérémonieuse sous un air de
brusquerie, sa nouveauté première, son inconnu, et jusqu'à
son cadre. Je vis la mer derrière cette jeune fille que je
n'avais jamais vue me saluer ainsi depuis que je n'étais
plus au bord de la mer. « Ma tante trouve que cela me
vieillit », ajouta-t-elle d'un air maussade. « Puisse sa tante
dire vrai ! pensai-je. Qu'Albertine en ayant l'air d'une
enfant fasse paraître Mme Bontemps plus jeune, c'est tout
ce que celle-ci demande, et qu'Albertine aussi ne lui coûte
rien, en attendant le jour, où en m'épousant, elle lui
rapporterait. » Mais qu'Albertine parût moins jeune,
moins jolie, fît moins retourner les têtes dans la rue, voilà
ce que moi, au contraire, je souhaitais. Car la vieillesse
d'une duègne ne rassure pas tant un amant jaloux que la
vieillesse du visage de celle qu'il aime. Je souffrais
seulement que la coiffure que je lui avais demandé
d'adopter pût paraître à Albertine une claustration de plus.
Et ce fut encore ce même sentiment domestique nouveau
qui ne cessa, même loin d'Albertine, de m'attacher à elle.

Je dis à Albertine, peu en train, m'avait-elle dit, pour
m'accompagner chez les Guermantes ou les Cambremer,
que je ne savais trop où j'irais, je partis chez les Verdurin[1].
Au moment où je partais pour aller chez les Verdurin,
et où la pensée du concert que j'y entendrais me rappela
la scène de l'après-midi : « grand pied-de-grue, grand
pied-de-grue », scène d'amour déçu, d'amour jaloux,
peut-être, mais alors aussi bestiale que celle que, à la parole
près, peut faire à une femme un orang-outang qui en est,
si l'on peut dire, épris, au moment où dans la rue j'allais
appeler un fiacre, j'entendis des sanglots qu'un homme qui

était assis sur une borne cherchait à réprimer. Je m'approchai, l'homme qui avait la tête dans ses mains avait l'air d'un jeune homme, et je fus surpris qu'élégamment habillé, il semblât, à la blancheur qui sortait du manteau, qu'il fût en habit et en cravate blanche. En m'entendant il découvrit son visage inondé de pleurs, mais aussitôt, m'ayant reconnu, le détourna. C'était Morel. Il comprit que je l'avais reconnu et, tâchant d'arrêter ses larmes, il me dit qu'il s'était arrêté un instant, tant il souffrait. « J'ai grossièrement insulté aujourd'hui même, me dit-il, une personne pour qui j'ai eu de très grands sentiments. C'est d'un lâche, car elle m'aime. — Avec le temps elle oubliera peut-être », répondis-je, sans penser qu'en parlant ainsi j'avais l'air d'avoir entendu la scène de l'après-midi. Mais il était si absorbé dans son chagrin qu'il n'eut même pas l'idée que je pusse savoir quelque chose. « Elle oubliera peut-être, me dit-il. Mais moi je ne pourrai pas oublier. J'ai le sentiment de ma honte, j'ai un dégoût de moi ! Mais enfin c'est dit, rien ne peut faire que ce n'ait pas été dit. Quand on me met en colère, je ne sais plus ce que je fais. Et c'est si malsain pour moi, j'ai les nerfs tout entrecroisés les uns dans les autres », car comme tous les neurasthéniques il avait un grand souci de sa santé. Si dans l'après-midi j'avais vu la colère amoureuse d'un animal furieux, ce soir en quelques heures des siècles avaient passé, et un sentiment nouveau, un sentiment de honte, de regret, de chagrin, montrait qu'une grande étape avait été franchie dans l'évolution de la bête destinée à se transformer en créature humaine. Malgré tout j'entendais toujours « grand pied-de-grue » et je craignais une prochaine récurrence à l'état sauvage. Je comprenais d'ailleurs très mal ce qui s'était passé, et c'est d'autant plus naturel que M. de Charlus lui-même ignorait entièrement que depuis quelques jours, et particulièrement ce jour-là, même avant le honteux épisode qui ne se rapportait pas directement à l'état du violoniste, Morel était repris de neurasthénie. En effet, il avait le mois précédent poussé aussi vite qu'il avait pu, beaucoup plus lentement qu'il eût voulu, la séduction de la nièce de Jupien avec laquelle il pouvait, en tant que fiancé, sortir à son gré. Mais dès qu'il avait été un peu loin dans ses entreprises vers le viol, et surtout quand il avait parlé à sa fiancée de se lier avec d'autres jeunes filles qu'elle lui procurerait, il avait rencontré des résistances qui l'avaient exaspéré. Du coup (soit qu'elle eût été trop chaste, ou au contraire se fût donnée) son désir était tombé. Il avait résolu de rompre, mais sentant le baron bien plus moral quoique vicieux, il avait peur que, dès sa rupture, M. de Charlus ne le mît à la porte. Aussi avait-il décidé, il y avait une quinzaine de jours, de ne plus revoir la jeune fille, de laisser M. de Charlus et Jupien se débrouiller (il employait un verbe plus cambronnesque) entre eux, et avant d'annoncer la rupture, de « fout' le camp » pour une destination inconnue. Amour dont le dénouement le laissait un peu triste ; de sorte que, bien que la conduite qu'il avait eue avec la nièce de Jupien fût exactement superposable, dans les moindres détails, avec celle dont il avait fait la théorie devant le baron pendant qu'ils dînaient à Saint-Mars-le-Vêtu, il est probable qu'elles étaient fort différentes, et que des sentiments moins atroces, et qu'il n'avait pas prévus dans sa conduite théorique, avaient embelli, rendu sentimentale sa conduite réelle. Le seul point où, au contraire, la réalité était pire que le projet, est que dans le projet il ne lui paraissait pas possible de rester à Paris après une telle trahison. Maintenant, « fiche le camp » lui paraissait beaucoup pour une chose si simple. C'était quitter le baron, qui sans doute serait furieux, et briser sa situation. Il perdrait tout l'argent que lui donnait le baron. La pensée que c'était inévitable lui donnait des crises de nerfs. Il restait des heures à larmoyer, prenait pour ne pas y penser de la morphine, avec prudence. Puis tout d'un coup s'était trouvée dans son esprit une idée qui sans doute y prenait peu à peu vie et forme depuis quelque temps, et cette idée était que l'alternative, le choix entre la rupture et la brouille complète avec M. de Charlus, n'était peut-être pas forcé. Perdre tout l'argent du baron, c'était beaucoup. Morel, incertain, fut pendant quelques jours plongé dans des idées noires, comme celles que lui donnait la vue de Bloch. Puis il décida que Jupien et sa nièce avaient essayé de le faire tomber dans un piège, qu'ils devaient s'estimer heureux d'en être quittes à si bon marché. Il trouvait qu'en somme la jeune fille était dans son tort, ayant été si maladroite de n'avoir pas su le garder par les sens. Non seulement le sacrifice de sa situation chez M. de Charlus lui semblait absurde, mais il regrettait jusqu'aux dîners dispendieux qu'il avait offerts à la jeune

fille depuis qu'ils étaient fiancés, et desquels il eût pu dire
le coût, en fils d'un valet de chambre qui venait tous les
mois apporter son « livre » à mon oncle. Car livre, au
singulier, qui signifie ouvrage imprimé pour le commun
des mortels, perd ce sens pour les Altesses et pour les valets
de chambre. Pour les seconds il signifie le livre de comptes,
pour les premières le registre où on s'inscrit. (À Balbec,
un jour où la princesse de Luxembourg m'avait dit qu'elle
n'avait pas emporté de livre, j'allais lui prêter *Pêcheur
d'Islande* et *Tartarin de Tarascon*[1], quand je compris ce
qu'elle avait voulu dire : non qu'elle passerait le temps
moins agréablement, mais que je pourrais plus difficilement mettre mon nom chez elle.) Malgré le changement
de point de vue de Morel quant aux conséquences de sa
conduite, bien que celle-ci lui eût semblé abominable il
y a deux mois quand il aimait passionnément la nièce de
Jupien, et que depuis quinze jours il ne cessât de se répéter
que cette même conduite était naturelle, louable, elle ne
laissait pas d'augmenter chez lui l'état de nervosité dans
lequel tantôt il avait signifié la rupture. Et il était tout prêt
à « passer sa colère », sinon (sauf dans un accès
momentané) sur la jeune fille envers qui il gardait ce reste
de crainte, dernière trace de l'amour, du moins sur le
baron. Il se garda cependant de lui rien dire avant le dîner,
car mettant au-dessus de tout sa propre virtuosité
professionnelle, au moment où il avait des morceaux
difficiles à jouer (comme ce soir chez les Verdurin), il
évitait (autant que possible, et c'était déjà bien trop que
la scène de l'après-midi) tout ce qui pouvait donner à ses
mouvements quelque chose de saccadé. Tel un chirurgien
passionné d'automobilisme cesse de conduire quand il a
à opérer. C'est ce qui m'expliqua que, tout en me parlant,
il faisait remuer doucement ses doigts l'un après l'autre
afin de voir s'ils avaient repris leur souplesse. Un
froncement de sourcils s'ébaucha qui semblait signifier
qu'il y avait encore un peu de raideur nerveuse. Mais pour
ne pas l'accroître, il déplissait son visage, comme on
s'empêche de s'énerver de ne pas dormir ou de ne pas
posséder aisément une femme, de peur que la phobie
elle-même retarde encore l'instant du sommeil ou du
plaisir. Aussi, désireux de reprendre sa sérénité afin d'être
comme d'habitude tout à ce qu'il jouerait chez les
Verdurin pendant qu'il jouerait, et désireux, tant que je

le verrais, de me permettre de constater sa douleur, le plus
simple lui parut de me supplier de partir immédiatement.
La supplication était inutile et le départ m'était un
soulagement. J'avais tremblé qu'allant dans la même
maison, à quelques minutes d'intervalle, il ne me demandât
de le conduire, et je me rappelais trop la scène de
l'après-midi pour ne pas éprouver quelque dégoût à avoir
Morel auprès de moi pendant le trajet. Il est très possible
que l'amour, puis l'indifférence ou la haine de Morel à
l'égard de la nièce de Jupien eussent été sincères.
Malheureusement ce n'était pas la première fois (ce ne
serait pas la dernière) qu'il agissait ainsi, qu'il « plaquait »
brusquement une jeune fille à laquelle il avait juré de
l'aimer toujours, allant jusqu'à lui montrer un revolver
chargé en lui disant qu'il se ferait sauter la cervelle s'il
était assez lâche pour l'abandonner. Il ne l'abandonnait
pas moins ensuite et éprouvait, au lieu de remords, une
sorte de rancune. Ce n'était pas la première fois qu'il
agissait ainsi, ce ne devait pas être la dernière, de sorte
que bien des têtes de jeunes filles — de jeunes filles moins
oublieuses de lui qu'il n'était d'elles — souffrirent
— comme souffrit longtemps encore la nièce de Jupien,
continuant à aimer Morel tout en le méprisant —
souffrirent, prêtes à éclater sous l'élancement d'une
douleur interne — parce qu'en chacune d'elles, comme
le fragment d'une sculpture grecque, un aspect du visage
de Morel, dur comme le marbre et beau comme l'antique,
était enclos dans leur cervelle, avec ses cheveux en fleurs,
ses yeux fins, son nez droit, formant protubérance pour
un crâne non destiné à le recevoir, et qu'on ne pouvait
pas opérer. Mais à la longue ces fragments si durs finissent
par glisser jusqu'à une place où ils ne causent pas trop
de déchirements, n'en bougent plus, on ne sent plus leur
présence ; c'est l'oubli, ou le souvenir indifférent.
  J'avais en moi deux produits de ma journée. C'était,
d'une part, grâce au calme apporté par la docilité
d'Albertine, la possibilité, et en conséquence, la résolution
de rompre avec elle. D'autre part, fruit de mes réflexions
pendant le temps que je l'avais attendue, assis devant mon
piano, l'idée que l'Art, auquel je tâcherais de consacrer
ma liberté reconquise, n'était pas quelque chose qui valût
la peine d'un sacrifice, quelque chose d'en dehors de la
vie, ne participant pas à sa vanité et son néant, l'apparence

d'individualité réelle obtenue dans les œuvres n'étant due qu'au trompe-l'œil de l'habileté technique. Si mon après-midi avait laissé en moi d'autres résidus, plus profonds, peut-être, ils ne devaient venir à ma connaissance que bien plus tard. Quant aux deux que je soupesais clairement, ils n'allaient pas être durables ; car dès cette soirée même, mes idées sur l'art allaient se relever de la diminution qu'elles avaient éprouvée l'après-midi, tandis qu'en revanche le calme, et par conséquent la liberté qui me permettrait de me consacrer à lui, allait m'être de nouveau retiré.

Comme ma voiture, longeant le quai, approchait de chez les Verdurin, je la fis arrêter. Je venais en effet de voir Brichot descendre de tramway au coin de la rue Bonaparte, essuyer ses souliers avec un vieux journal, et passer des gants gris perle. J'allai à lui. Depuis quelque temps, son affection de la vue ayant empiré, il avait été doté — aussi richement qu'un laboratoire — de lunettes nouvelles qui, puissantes et compliquées comme des instruments astronomiques, semblaient vissées à ses yeux. Il braqua sur moi leurs feux excessifs et me reconnut. Elles étaient en merveilleux état. Mais derrière elles j'aperçus, minuscule, pâle, convulsif, expirant, un regard lointain placé sous ce puissant appareil, comme dans les laboratoires trop richement subventionnés pour les besognes qu'on y fait, on place une insignifiante bestiole agonisante sous les appareils les plus perfectionnés. J'offris mon bras au demi-aveugle pour assurer sa marche. « Ce n'est plus cette fois près du grand Cherbourg que nous nous rencontrons, me dit-il, mais à côté du petit Dunkerque », phrase qui me parut fort ennuyeuse car je ne compris pas ce qu'elle voulait dire[1] ; et cependant je n'osai pas le demander à Brichot, par crainte moins encore de son mépris que de ses explications. Je lui répondis que j'étais assez curieux de voir le salon où Swann rencontrait jadis tous les soirs Odette. « Comment, vous connaissez ces vieilles histoires ? » me dit-il.

La[2] mort de Swann m'avait, à l'époque, bouleversé. La mort de Swann ! Swann ne joue pas dans cette phrase le rôle d'un simple génitif. J'entends par là la mort particulière, la mort envoyée par le destin au service de Swann. Car nous disons la mort pour simplifier, mais il y en a presque autant que de personnes. Nous ne

possédons pas de sens qui nous permette de voir, courant
à toute vitesse, dans toutes les directions, les morts, les
morts actives dirigées par le destin vers tel ou tel. Souvent
ce sont des morts qui ne seront entièrement libérées de
leur tâche que deux, trois ans après. Elles courent vite
poser un cancer au flanc d'un Swann, puis repartent pour
d'autres besognes, ne revenant que quand l'opération des
chirurgiens ayant eu lieu il faut poser le cancer à nouveau.
Puis vient le moment où on lit dans *Le Gaulois* que la santé
de Swann a inspiré des inquiétudes, mais que son
indisposition est en parfaite voie de guérison. Alors,
quelques minutes avant le dernier souffle, la mort, comme
une religieuse qui vous aurait soigné au lieu de vous
détruire, vient assister à vos derniers instants, couronne
d'une auréole suprême l'être à jamais glacé dont le cœur
a cessé de battre. Et c'est cette diversité des morts, le
mystère de leurs circuits, la couleur de leur fatale écharpe
qui donnent quelque chose de si impressionnant aux lignes
des journaux : « Nous apprenons avec un vif regret que
M. Charles Swann a succombé hier à Paris, dans son hôtel,
des suites d'une douloureuse maladie. Parisien dont
l'esprit était apprécié de tous, comme la sûreté de ses
relations choisies mais fidèles, il sera unanimement
regretté, aussi bien dans les milieux artistiques et
littéraires, où la finesse avisée de son goût le faisait se plaire
et être recherché de tous, qu'au Jockey-Club dont il était
l'un des membres les plus anciens et les plus écoutés. Il
appartenait aussi au Cercle de l'union et au Cercle agricole.
Il avait donné depuis peu sa démission de membre du
Cercle de la rue Royale. Sa physionomie spirituelle,
comme sa notoriété marquante ne laissaient pas d'exciter
la curiosité du public dans tout *great event* de la musique
et de la peinture, et notamment aux "vernissages" dont
il avait été l'habitué fidèle jusqu'à ces dernières années,
où il n'était plus sorti que rarement de sa demeure. Les
obsèques auront lieu, etc. »

À ce point de vue, si l'on n'est pas « quelqu'un »,
l'absence de titre connu rend plus rapide encore la
décomposition de la mort. Sans doute c'est d'une façon
anonyme, sans distinction d'individualité, qu'on demeure
le duc d'Uzès. Mais la couronne ducale en tient quelque
temps ensemble les éléments comme ceux de ces glaces
aux formes bien dessinées qu'appréciait Albertine. Tandis

que les noms de bourgeois ultra-mondains, aussitôt qu'ils sont morts, se désagrègent et fondent, « démoulés[1] ». Nous avons vu Mme de Guermantes parler de Cartier[2] comme du meilleur ami du duc de La Trémoïlle, comme d'un homme très recherché dans les milieux aristocratiques. Pour la génération suivante, Cartier est devenu quelque chose de si informe qu'on le grandirait presque en l'apparentant au bijoutier Cartier, avec lequel il eût souri que des ignorants pussent le confondre ! Swann était, au contraire, une remarquable personnalité intellectuelle et artistique ; et bien qu'il n'eût rien « produit » il eut la chance de durer un peu plus. Et pourtant, cher Charles Swann, que j'ai si peu connu quand j'étais encore si jeune et vous près du tombeau, c'est déjà parce que celui que vous deviez considérer comme un petit imbécile a fait de vous le héros d'un de ses romans, qu'on recommence à parler de vous et que peut-être vous vivrez. Si dans le tableau de Tissot représentant le balcon du Cercle de la rue Royale, où vous êtes entre Galliffet, Edmond de Polignac et Saint-Maurice, on parle tant de vous, c'est parce qu'on voit qu'il y a quelques traits de vous dans le personnage de Swann[3].

Pour revenir à des réalités plus générales, c'est de cette mort prédite et pourtant imprévue de Swann que je l'avais entendu parler lui-même chez la duchesse de Guermantes, le soir où avait eu lieu la fête chez la cousine de celle-ci[4]. C'est la même mort dont j'avais retrouvé l'étrangeté spécifique et saisissante, un soir où j'avais parcouru le journal et où son annonce m'avait arrêté net, comme tracée en mystérieuses lignes inopportunément interpolées. Elles avaient suffi à faire d'un vivant quelqu'un qui ne peut plus répondre à ce qu'on lui dit, un nom, un nom écrit, passé tout à coup du monde réel dans le royaume du silence. C'est elles qui me donnaient encore maintenant le désir de mieux connaître la demeure où avaient autrefois résidé les Verdurin et où Swann, qui alors n'était pas seulement quelques lettres tracées dans un journal, avait si souvent dîné avec Odette. Il faut ajouter aussi (et cela me rendit longtemps la mort de Swann plus douloureuse qu'une autre, bien que ces motifs n'eussent pas trait à l'étrangeté individuelle de *sa* mort) que je n'étais pas allé voir Gilberte comme je le lui avais promis chez la princesse de Guermantes ; qu'il ne m'avait pas appris cette « autre

raison » à laquelle il avait fait allusion ce soir-là[1], pour
laquelle il m'avait choisi comme confident de son entretien
avec le prince, que mille questions me revenaient (comme
des bulles montant du fond de l'eau), que je voulais lui
poser sur les sujets les plus disparates : sur Ver Meer, sur
M. de Mouchy[2], sur lui-même, sur une tapisserie de
Boucher, sur Combray, questions sans doute peu pressantes puisque je les avais remises de jour en jour, mais
qui me semblaient capitales depuis que, ses lèvres s'étant
scellées, la réponse ne viendrait plus. La mort des autres
est comme un voyage que l'on ferait soi-même et où on
se rappelle, déjà à cent kilomètres de Paris, qu'on a oublié
deux douzaines de mouchoirs, de laisser une clef à la
cuisinière, de dire adieu à son oncle, de demander le nom
de la ville où est la fontaine ancienne qu'on désire voir.
Cependant que tous ces oublis qui vous assaillent et qu'on
dit à haute voix, par pure forme, à l'ami qui voyage avec
vous, ont pour seule réplique la fin de non-recevoir de
la banquette, le nom de la station crié par l'employé et
qui ne fait que nous éloigner davantage des réalisations
désormais impossibles, si bien que renonçant à penser aux
choses irrémédiablement omises, on défait le paquet de
victuailles et on échange les journaux et les magazines.

« Mais non, reprit Brichot, ce n'était pas ici que Swann
rencontrait sa future femme ou du moins ce ne fut ici que
dans les tout à fait derniers temps après le sinistre qui
détruisit partiellement la première habitation de
Mme Verdurin[3]. »

Malheureusement, dans la crainte d'étaler aux yeux de
Brichot un luxe qui me semblait déplacé puisque l'universitaire n'en prenait pas sa part, j'étais descendu trop
précipitamment de la voiture et le cocher n'avait pas
compris ce que je lui avais jeté à toute vitesse pour avoir
le temps de m'éloigner de lui avant que Brichot m'aperçût.
La conséquence fut que le cocher vint nous accoster et
me demanda s'il devait venir me reprendre ; je lui dis en
hâte que oui et redoublai d'autant plus de respects à l'égard
de l'universitaire venu en omnibus. « Ah ! vous étiez en
voiture, me dit-il d'un air grave. — Mon Dieu, par le plus
grand des hasards ; cela ne m'arrive jamais. Je suis toujours
en omnibus ou à pied. Mais cela me vaudra peut-être le
grand honneur de vous reconduire ce soir si vous
consentez pour moi à entrer dans cette guimbarde ; nous

serons un peu serrés. Mais vous êtes si bienveillant pour moi. » Hélas, en lui proposant cela, je ne me prive de rien, pensai-je, puisque je serai toujours obligé de rentrer à cause d'Albertine. Sa présence chez moi, à une heure où personne ne pouvait venir la voir, me laissait disposer aussi librement de mon temps que l'après-midi quand je savais qu'elle allait revenir du Trocadéro et que je n'étais pas pressé de la revoir. Mais enfin, comme l'après-midi aussi, je sentais que j'avais une femme et en rentrant je ne connaîtrais pas l'exaltation fortifiante de la solitude. « J'accepte de grand cœur, me répondit Brichot. À l'époque à laquelle vous faites allusion nos amis habitaient, rue Montalivet, un magnifique rez-de-chaussée avec entresol donnant sur un jardin, moins somptueux évidemment, et que pourtant je préfère à l'hôtel des Ambassadeurs de Venise[1]. » Brichot m'apprit qu'il y avait ce soir au « Quai Conti » (c'est ainsi que les fidèles disaient en parlant du salon Verdurin depuis qu'il s'était transporté là), grand « tralala » musical, organisé par M. de Charlus. Il ajouta qu'au temps ancien dont je parlais, le petit noyau était autre et le ton différent, pas seulement parce que les fidèles étaient plus jeunes. Il me raconta des farces d'Elstir (ce qu'il appelait de « pures pantalonnades »), comme un jour où celui-ci, ayant feint de lâcher au dernier moment, était venu déguisé en maître d'hôtel extra et, tout en passant les plats, avait dit des gaillardises à l'oreille de la très prude baronne Putbus, rouge d'effroi et de colère ; puis, disparaissant avant la fin du dîner, avait fait apporter dans le salon une baignoire pleine d'eau, d'où, quand on était sorti de table, il était sorti tout nu en poussant des jurons ; et aussi des soupers où on venait dans des costumes en papier, dessinés, coupés, peints par Elstir, qui étaient des chefs-d'œuvre, Brichot ayant porté une fois celui d'un grand seigneur de la cour de Charles VII, avec des souliers à la poulaine, et une autre fois celui de Napoléon Ier, où Elstir avait fait le grand cordon de la Légion d'honneur avec de la cire à cacheter. Bref Brichot, revoyant dans sa pensée le salon d'alors, avec ses grandes fenêtres, ses canapés bas mangés par le soleil de midi et qu'il avait fallu remplacer, déclarait pourtant qu'il le préférait à celui d'aujourd'hui. Certes, je comprenais bien que par « salon » Brichot entendait — comme le mot église ne signifie pas seulement l'édifice religieux mais la

communauté des fidèles — non pas seulement l'entresol,
mais les gens qui le fréquentaient, les plaisirs particuliers
qu'ils venaient chercher là, et auxquels dans sa mémoire
avaient donné leur forme ces canapés sur lesquels, quand
on venait voir Mme Verdurin l'après-midi, on attendait
qu'elle fût prête, cependant que les fleurs roses des
marronniers, dehors, et sur la cheminée des œillets dans
des vases, semblaient, dans une pensée de gracieuse
sympathie pour le visiteur que traduisait la souriante
bienvenue de leurs couleurs roses, épier fixement la venue
tardive de la maîtresse de la maison. Mais si ce « salon »
lui semblait supérieur à l'actuel, c'était peut-être parce que
notre esprit est le vieux Protée, ne peut rester esclave
d'aucune forme et, même dans le domaine mondain, se
dégage soudain d'un salon arrivé lentement et difficilement
à son point de perfection pour préférer un salon moins
brillant, comme les photographies « retouchées »
qu'Odette avait fait faire chez Otto[1], où elle était en grande
robe princesse et ondulée par Lenthéric[2], ne plaisaient pas
tant à Swann qu'une petite « carte album » faite à Nice
où, en capeline de drap, les cheveux mal arrangés
dépassant d'un chapeau de paille brodé de pensées avec
un nœud de velours noir (les femmes ayant généralement
l'air d'autant plus vieux que les photographies sont plus
anciennes), élégante de vingt ans plus jeune, elle avait l'air
d'une petite bonne qui aurait eu vingt ans de plus.
Peut-être aussi avait-il plaisir à me vanter ce que je ne
connaîtrais pas, à me montrer qu'il avait goûté des plaisirs
que je ne pourrais pas avoir. Il y réussissait, du reste, car
rien qu'en citant les noms de deux ou trois personnes qui
n'existaient plus et au charme desquelles il donnait quelque
chose de mystérieux par sa manière d'en parler et de ces
intimités délicieuses, je me demandais ce qu'il avait pu
être, je sentais que tout ce qu'on m'avait raconté des
Verdurin était beaucoup trop grossier ; et même Swann,
que j'avais connu, je me reprochais de ne pas avoir fait
assez attention à lui, de n'y avoir pas fait attention avec
assez de désintéressement, de ne pas l'avoir bien écouté
quand il me recevait en attendant que sa femme rentrât
déjeuner et qu'il me montrait de belles choses, maintenant
que je savais qu'il était comparable à l'un des plus beaux
causeurs d'autrefois[3].

Au moment d'arriver chez Mme Verdurin, j'aperçus

M. de Charlus naviguant vers nous de tout son corps énorme, traînant sans le vouloir à sa suite un de ces apaches ou mendigots, que son passage faisait maintenant infailliblement surgir même des coins en apparence les plus déserts, et dont ce monstre puissant était bien malgré lui toujours escorté, quoique à quelque distance, comme le requin par son pilote, enfin contrastant tellement avec l'étranger hautain de la première année de Balbec, à l'aspect sévère, à l'affectation de virilité, qu'il me sembla découvrir, accompagné de son satellite, un astre à une tout autre période de sa révolution et qu'on commence à voir dans son plein, ou un malade envahi maintenant par le mal qui n'était il y a quelques années qu'un léger bouton qu'il dissimulait aisément et dont on ne soupçonnait pas la gravité. Bien qu'une opération qu'avait subie Brichot lui eût rendu un tout petit peu de cette vue qu'il avait cru perdue pour jamais, je ne sais s'il avait aperçu le voyou attaché aux pas du baron. Il importait peu, du reste, car depuis La Raspelière, et malgré l'amitié que l'universitaire avait pour lui, la présence de M. de Charlus lui causait un certain malaise. Sans doute pour chaque homme la vie de tout autre prolonge dans l'obscurité des sentiers qu'on ne soupçonne pas. Le mensonge, pourtant si souvent trompeur, et dont toutes les conversations sont faites, cache moins parfaitement un sentiment d'inimitié, ou d'intérêt, ou une visite qu'on veut avoir l'air de ne pas avoir faite, ou une escapade avec une maîtresse d'un jour et qu'on veut cacher à sa femme — qu'une bonne réputation ne recouvre, à ne pas les laisser deviner, des mœurs mauvaises. Elles peuvent être ignorées toute la vie, le hasard d'une rencontre sur une jetée, le soir, les révèle, encore est-il souvent mal compris et il faut qu'un tiers averti vous fournisse l'introuvable mot que chacun ignore. Mais, sues, elles effrayent parce qu'on y sent affluer la folie, bien plus que par moralité. Mme de Surgis le Duc n'avait pas un sentiment moral le moins du monde développé, et elle eût admis de ses fils n'importe quoi qu'eût avili et expliqué l'intérêt, qui est compréhensible à tous les hommes. Mais elle leur défendit de continuer à fréquenter M. de Charlus quand elle apprit que, par une sorte d'horlogerie à répétition, il était comme fatalement amené, à chaque visite, à leur pincer le menton et à se le faire pincer, l'un l'autre. Elle éprouva ce sentiment inquiet du mystère physique qui fait se demander si le voisin avec qui on avait de bons rapports n'est pas atteint d'anthropophagie, et aux questions répétées du baron : « Est-ce que je ne verrai pas bientôt les jeunes gens ? » elle répondit, sachant les foudres qu'elle accumulait contre elle, qu'ils étaient très pris par leurs cours, les préparatifs d'un voyage, etc. L'irresponsabilité aggrave les fautes et même les crimes, quoi qu'on en dise. Landru[1] (à supposer qu'il ait réellement tué des femmes), s'il l'a fait par intérêt, à quoi l'on peut résister, peut être gracié, mais non si ce fut par un sadisme irrésistible. Les grosses plaisanteries de Brichot, au début de son amitié avec le baron, avaient fait place chez lui, dès qu'il s'était agi non plus de débiter des lieux communs mais de comprendre, à un sentiment pénible que voilait la gaieté. Il se rassurait en récitant des pages de Platon, des vers de Virgile, parce qu'aveugle d'esprit aussi, il ne comprenait pas qu'alors aimer un jeune homme était comme aujourd'hui (les plaisanteries de Socrate le révèlent mieux que les théories de Platon) entretenir une danseuse, puis se fiancer. M. de Charlus lui-même ne l'eût pas compris, lui qui confondait sa manie avec l'amitié, qui ne lui ressemble en rien, et les athlètes de Praxitèle avec de dociles boxeurs. Il ne voulait pas voir que depuis dix-neuf cents ans (« un courtisan dévot sous un prince dévot eût été athée sous un prince athée », a dit La Bruyère[2]), toute l'homosexualité de coutume — celle des jeunes gens de Platon comme des bergers de Virgile — a disparu, que seule surnage et multiplie l'involontaire, la nerveuse, celle qu'on cache aux autres et qu'on travestit à soi-même. Et M. de Charlus aurait eu tort de ne pas renier franchement la généalogie païenne. En échange d'un peu de beauté plastique, que de supériorité morale ! Le berger de Théocrite qui soupire pour un jeune garçon, plus tard n'aura aucune raison d'être moins dur de cœur et d'esprit plus fin que l'autre berger dont la flûte résonne pour Amaryllis[3]. Car le premier n'est pas atteint d'un mal, il obéit aux modes du temps. C'est l'homosexualité survivante malgré les obstacles, honteuse, flétrie, qui est la seule vraie, la seule à laquelle puisse correspondre chez le même être un affinement des qualités morales. On tremble au rapport que le physique peut avoir avec celles-ci quand on songe au petit déplacement de goût purement physique, à la tare légère d'un sens, qui expliquent que l'univers des poètes et des musiciens, si fermé au duc de Guermantes, s'entrouvre pour M. de Charlus. Que ce dernier ait du goût dans son intérieur, qui est d'une ménagère bibeloteuse, cela ne surprend pas ; mais l'étroite brèche qui donne jour sur Beethoven et sur Véronèse ! Mais cela ne dispense pas les gens sains d'avoir peur quand un fou qui a composé un sublime poème, leur ayant expliqué par les raisons les plus justes qu'il est enfermé par erreur, par la méchanceté de sa femme, les suppliant d'intervenir auprès du directeur de l'asile, gémissant sur les promiscuités qu'on lui impose, conclut ainsi : « Tenez, celui qui va venir me parler dans le préau, dont je suis obligé de subir le contact, croit qu'il est Jésus-Christ. Or cela seul suffit à me prouver avec quels aliénés on m'enferme, il ne peut pas être Jésus-Christ, puisque Jésus-Christ c'est moi ! » Un instant auparavant on était prêt à aller dénoncer l'erreur au médecin aliéniste. Sur ces derniers mots, et même si on pense à l'admirable poème auquel travaille chaque jour le même homme, on s'éloigne, comme les fils de Mme de Surgis s'éloignaient de M. de Charlus, non qu'il leur eût fait aucun mal, mais à cause du luxe d'invitations dont le terme était de leur pincer le menton. Le poète est à plaindre, et qui n'est guidé par aucun Virgile, d'avoir à traverser les cercles d'un enfer de soufre et de poix, de se jeter dans le feu qui tombe du ciel pour en ramener quelques habitants de Sodome[1]. Aucun charme dans son œuvre ; la même sévérité dans sa vie qu'aux défroqués qui suivent la règle du célibat le plus chaste pour qu'on ne puisse pas attribuer à autre chose qu'à la perte d'une croyance d'avoir quitté la soutane. Encore n'en est-il pas toujours de même pour ces écrivains. Quel est le médecin de fous qui n'aura pas à force de les fréquenter eu sa crise de folie ? Heureux encore s'il peut affirmer que ce n'est pas une folie antérieure et latente qui l'avait voué à s'occuper d'eux. L'objet de ses études, pour un psychiatre, réagit souvent sur lui. Mais avant cela, cet objet, quelle obscure inclination, quel fascinateur effroi le lui avait fait choisir ?

Faisant semblant de ne pas voir le louche individu qui lui avait emboîté le pas (quand le baron se hasardait sur les boulevards ou traversait la salle des pas perdus de la gare Saint-Lazare, ces suiveurs se comptaient par douzaines qui, dans l'espoir d'avoir une thune[2], ne le lâchaient pas) et de peur que l'autre ne s'enhardît à lui parler, le baron baissait dévotement ses cils noircis qui, contrastant avec ses joues poudrederizées, le faisaient ressembler à un grand inquisiteur peint par le Greco. Mais ce prêtre faisait peur et avait l'air d'un prêtre interdit, les diverses compromissions auxquelles l'avait obligé la nécessité d'exercer son goût et d'en protéger le secret ayant eu pour effet d'amener à la surface du visage précisément ce que le baron cherchait à cacher, une vie crapuleuse racontée par la déchéance morale. Celle-ci en effet, quelle qu'en soit la cause, se lit aisément car elle ne tarde pas à se matérialiser et prolifère sur un visage, particulièrement dans les joues et autour des yeux, aussi physiquement que s'y accumulent les jaunes ocreux dans une maladie de foie ou les répugnantes rougeurs dans une maladie de peau. Ce n'était pas d'ailleurs seulement dans les joues, ou mieux les bajoues de ce visage fardé, dans la poitrine tétonnière, la croupe rebondie de ce corps livré au laisser-aller et envahi par l'embonpoint, que surnageait maintenant, étalé comme de l'huile, le vice jadis si intimement renfoncé par M. de Charlus au plus secret de lui-même. Il débordait maintenant dans ses propos.

« C'est comme ça, Brichot, que vous vous promenez la nuit avec un beau jeune homme ? dit-il en nous abordant, cependant que le voyou désappointé s'éloignait. C'est du beau ! On le dira à vos petits élèves de la Sorbonne, que vous n'êtes pas plus sérieux que cela. Du reste la compagnie de la jeunesse vous réussit, monsieur le professeur, vous êtes frais comme une petite rose. Et vous, mon cher, comment allez-vous ? me dit-il en quittant son ton plaisant. On ne vous voit pas souvent quai Conti[1], belle jeunesse. Eh bien, et votre cousine, comment va-t-elle ? Elle n'est pas venue avec vous. Nous le regrettons, car elle est charmante. Verrons-nous votre cousine ce soir ? Oh ! elle est bien jolie. Et elle le serait plus encore si elle cultivait davantage l'art si rare, qu'elle possède naturellement, de se bien vêtir. » Ici je dois dire que M. de Charlus « possédait », ce qui faisait de lui l'exact contraire, l'antipode de moi, le don d'observer minutieusement, de distinguer les détails aussi bien d'une toilette que d'une « toile ». Pour les robes et chapeaux certaines mauvaises langues ou certains théoriciens trop absolus diront que chez un homme le penchant vers les

attraits masculins a pour compensation le goût inné,
l'étude, la science de la toilette féminine. Et en effet cela
arrive quelquefois, comme si les hommes ayant accaparé
tout le désir physique, toute la tendresse profonde d'un
Charlus, l'autre sexe se trouvait en revanche gratifié de
tout ce qui est goût « platonique » (adjectif fort
impropre), ou, tout court, de tout ce qui est goût, avec
les plus savants et les plus sûrs raffinements. À cet égard
M. de Charlus eût mérité le surnom qu'on lui donna plus
tard, « la Couturière ». Mais son goût, son esprit
d'observation s'étendait à bien d'autres choses. On a vu,
le soir où j'allai le voir après un dîner chez la duchesse
de Guermantes[1], que je ne m'étais aperçu des chefs-
d'œuvre qu'il avait dans sa demeure qu'au fur et à mesure
qu'il me les avait montrés. Il reconnaissait immédiatement
ce à quoi personne n'eût jamais fait attention, et cela aussi
bien dans les œuvres d'art que dans les mets d'un dîner
(et de la peinture à la cuisine tout l'entre-deux était
compris). J'ai toujours regretté que M. de Charlus, au lieu
de borner ses dons artistiques à la peinture d'un éventail
comme présent à sa belle-sœur (nous avons vu la duchesse
de Guermantes le tenir à la main et le déployer moins
pour s'en éventer que pour s'en vanter, en faisant
ostentation de l'amitié de Palamède[2]) et au perfectionnement de son jeu pianistique afin d'accompagner
sans faire de fautes les traits de violon de Morel, j'ai
toujours regretté, dis-je, et je regrette encore, que M. de
Charlus n'ait jamais rien écrit. Sans doute je ne peux pas
tirer de l'éloquence de sa conversation et même de sa
correspondance la conclusion qu'il eût été un écrivain de
talent. Ces mérites-là ne sont pas dans le même plan. Nous
avons vu d'ennuyeux diseurs de banalités écrire des
chefs-d'œuvre, et des rois de la causerie être inférieurs
au plus médiocre dès qu'ils s'essayaient à écrire. Malgré
tout je crois que si M. de Charlus eût tâté de la prose,
et pour commencer sur ces sujets artistiques qu'il
connaissait bien, le feu eût jailli, l'éclair eût brillé, et que
l'homme du monde fût devenu maître écrivain. Je le lui
dis souvent, il ne voulut jamais s'y essayer, peut-être
simplement par paresse, ou temps accaparé par des fêtes
brillantes et des divertissements sordides, ou besoin
Guermantes de prolonger indéfiniment des bavardages.
Je le regrette d'autant plus que dans sa plus éclatante

conversation, l'esprit n'était jamais séparé du caractère, les trouvailles de l'un des insolences de l'autre. S'il eût fait des livres, au lieu de le détester tout en l'admirant comme on faisait dans un salon où dans ses moments les plus curieux d'intelligence, tout en même temps il piétinait les faibles, se vengeait de qui ne l'avait pas insulté, cherchait bassement à brouiller des amis — s'il eût fait des livres on aurait eu sa valeur spirituelle isolée, décantée du mal, rien n'eût gêné l'admiration et bien des traits eussent fait éclore l'amitié.

En tout cas, même si je me trompe sur ce qu'il eût pu réaliser dans la moindre page, il eût rendu un rare service en écrivant, car s'il distinguait tout, tout ce qu'il distinguait il en savait le nom. Certes en causant avec lui, si je n'ai pas appris à voir (la tendance de mon esprit et de mon sentiment était ailleurs), du moins j'ai vu des choses qui sans lui me seraient restées inaperçues, mais leur nom, qui m'eût aidé à retrouver leur dessin, leur couleur, ce nom je l'ai toujours assez vite oublié. S'il avait fait des livres, même mauvais, ce que je ne crois pas qu'ils eussent été, quel dictionnaire délicieux, quel répertoire inépuisable ! Après tout, qui sait ? Au lieu de mettre en œuvre son savoir et son goût, peut-être par ce démon qui contrarie souvent nos destins, eût-il écrit de fades romans feuilletons, d'inutiles récits de voyages et d'aventures.

« Oui, elle sait se vêtir ou plus exactement s'habiller, reprit M. de Charlus au sujet d'Albertine. Mon seul doute est si elle s'habille en conformité avec sa beauté particulière, et j'en suis peut-être un peu responsable, par des conseils pas assez réfléchis. Ce que je lui ai dit souvent en allant à La Raspelière et qui était peut-être dicté plutôt — je m'en repens — par le caractère du pays, par la proximité des plages, que par le caractère individuel du type de votre cousine, l'a fait donner un peu trop dans le genre léger. Je lui ai vu, je le reconnais, de bien jolies tarlatanes, de charmantes écharpes de gaze, certain toquet rose qu'une petite plume rose ne déparait pas. Mais je crois que sa beauté qui est réelle et massive, exige plus que de gentils chiffons. La toque convient-elle bien à cette énorme chevelure qu'un kakochnyk¹ ne ferait que mettre en valeur ? Il y a peu de femmes à qui conviennent les robes anciennes qui donnent un air costume et théâtre. Mais la beauté de cette jeune fille déjà femme fait exception et mériterait quelque robe ancienne en velours de Gênes (je pensai aussitôt à Elstir et aux robes de Fortuny) que je ne craindrais pas d'alourdir encore avec des inscrustations ou des pendeloques de merveilleuses pierres démodées (c'est le plus bel éloge qu'on peut en faire) comme le péridot, la marcassite et l'incomparable labrador. D'ailleurs elle-même semble avoir l'instinct du contrepoids que réclame une un peu lourde beauté. Rappelez-vous, pour aller dîner à La Raspelière, tout cet accompagnement de jolies boîtes, de sacs pesants et où quand elle sera mariée elle pourra mettre plus que la blancheur de la poudre ou le carmin du fard, mais — dans un coffret de lapis-lazuli pas trop indigo — ceux des perles et des rubis, non reconstitués, je pense, car elle peut faire un riche mariage. »

« Hé bien ! Baron », interrompit Brichot, craignant que j'eusse du chagrin de ces derniers mots, car il avait quelques doutes sur la pureté de mes relations et l'authenticité de mon cousinage avec Albertine, « voilà comme vous vous occupez des demoiselles !

— Voulez-vous bien vous taire devant cet enfant, mauvaise gale », ricana M. de Charlus en abaissant, dans un geste d'imposer le silence à Brichot, une main qu'il ne manqua pas de poser sur mon épaule.

« Je vous ai dérangés, vous aviez l'air de vous amuser comme deux petites folles, et vous n'aviez pas besoin d'une vieille grand-maman rabat-joie comme moi. Je n'irai pas à confesse pour cela, puisque vous étiez presque arrivés. » Le baron était d'humeur d'autant plus gaie qu'il ignorait entièrement la scène de l'après-midi, Jupien ayant jugé plus utile de protéger sa nièce contre un retour offensif que d'aller prévenir M. de Charlus. Aussi celui-ci croyait-il toujours au mariage et s'en réjouissait. On dirait que c'est une consolation pour ces grands solitaires que de donner à leur célibat tragique l'adoucissement d'une paternité fictive. « Mais ma parole, Brichot, ajouta-t-il en se tournant en riant vers nous, j'ai du scrupule en vous voyant en si galante compagnie. Vous aviez l'air de deux amoureux. Bras dessus, bras dessous, dites donc, Brichot, vous en prenez des libertés ! » Fallait-il attribuer pour cause à de telles paroles le vieillissement d'une pensée moins maîtresse que jadis de ses réflexes et qui dans des instants d'automatisme laisse échapper un secret si soigneusement enfoui pendant quarante ans ? Ou bien ce dédain pour

l'opinion des roturiers qu'avaient au fond tous les
Guermantes et dont le frère de M. de Charlus, le duc,
présentait une autre forme quand, fort insoucieux que ma
mère pût le voir, il se faisait la barbe, la chemise de nuit
ouverte, à sa fenêtre ? M. de Charlus avait-il contracté,
durant les trajets brûlants de Doncières à Douville, la
dangereuse habitude de se mettre à l'aise et, comme il
y rejetait en arrière son chapeau de paille pour rafraîchir
son énorme front, de desserrer, au début pour quelques
instants seulement, le masque depuis trop longtemps
rigoureusement attaché à son vrai visage ? Les manières
conjugales de M. de Charlus avec Morel auraient à bon
droit étonné qui aurait su qu'il ne l'aimait plus. Mais il
était arrivé à M. de Charlus que la monotonie des plaisirs
qu'offre son vice l'avait lassé. Il avait instinctivement
cherché de nouvelles performances, et après s'être fatigué
des inconnus qu'il rencontrait, était passé au pôle opposé,
à ce qu'il avait cru qu'il détesterait toujours, à l'imitation
d'un « ménage » ou d'une « paternité ». Parfois cela
ne lui suffisait même plus, il lui fallait du nouveau, il allait
passer la nuit avec une femme, de la même façon qu'un
homme normal peut une fois dans sa vie avoir voulu
coucher avec un garçon, par une curiosité semblable,
inverse, et dans les deux cas également malsaine. L'existence de « fidèle » du baron, ne vivant, à cause de
Charlie, que dans le petit clan, avait eu, pour briser les
efforts qu'il avait faits longtemps pour garder des
apparences menteuses, la même influence qu'un voyage
d'exploration ou un séjour aux colonies chez certains
Européens qui y perdent les principes directeurs qui les
guidaient en France. Et pourtant la révolution interne d'un
esprit, ignorant au début de l'anomalie qu'il portait en soi,
puis épouvanté devant elle quand il l'avait reconnue, et
enfin s'étant familiarisé avec elle jusqu'à ne plus s'apercevoir qu'on ne pouvait sans danger avouer aux autres ce
qu'on avait fini par s'avouer sans honte à soi-même, avait
été plus efficace encore pour détacher M. de Charlus des
dernières contraintes sociales, que le temps passé chez les
Verdurin. Il n'est pas, en effet, d'exil au pôle Sud, ou au
sommet du mont Blanc, qui nous éloigne autant des autres
qu'un séjour prolongé au sein d'un vice intérieur,
c'est-à-dire d'une pensée différente de la leur. Vice (ainsi
M. de Charlus le qualifiait-il autrefois) auquel le baron

prêtait maintenant la figure débonnaire d'un simple défaut, fort répandu, plutôt sympathique et presque amusant, comme la paresse, la distraction ou la gourmandise. Sentant les curiosités que la particularité de son personnage excitait, M. de Charlus éprouvait un certain plaisir à les satisfaire, à les piquer, à les entretenir. De même que tel publiciste juif se fait chaque jour le champion du catholicisme, non pas probablement avec l'espoir d'être pris au sérieux, mais pour ne pas décevoir l'attente des rieurs bienveillants, M. de Charlus flétrissait plaisamment les mauvaises mœurs, dans le petit clan, comme il eût contrefait l'anglais ou imité Mounet-Sully[1], sans attendre qu'on l'en prie, et pour payer son écot avec bonne grâce, en exerçant en société un talent d'amateur ; de sorte que M. de Charlus menaçait Brichot de dénoncer à la Sorbonne qu'il se promenait maintenant avec des jeunes gens, de la même façon que le chroniqueur circoncis parle à tout propos de la « fille aînée de l'Église » et du « sacré cœur de Jésus », c'est-à-dire sans ombre de tartuferie, mais avec une pointe de cabotinage. Encore n'est-ce pas seulement du changement des paroles elles-mêmes, si différentes de celles qu'il se permettait autrefois, qu'il serait curieux de chercher l'explication, mais encore de celui survenu dans les intonations, les gestes, qui les unes et les autres ressemblaient singulièrement maintenant à ce que M. de Charlus flétrissait le plus âprement autrefois ; il poussait maintenant involontairement presque les petits cris — chez lui involontaires — d'autant plus profonds — que jettent, volontairement eux, les invertis qui s'interpellent en s'appelant « ma chère » ; comme si ce « chichi » voulu, dont M. de Charlus avait pris si longtemps le contre-pied, n'était en effet qu'une géniale et fidèle imitation des manières qu'arrivent à prendre, quoi qu'ils en aient, les Charlus, quand ils sont arrivés à une certaine phase de leur mal, comme un paralytique général ou un ataxique finissent fatalement par présenter certains symptômes. En réalité — et c'est ce que ce chichi tout intérieur révélait — il n'y avait entre le sévère Charlus tout de noir habillé, aux cheveux en brosse, que j'avais connu, et les jeunes gens fardés, chargés de bijoux, que cette différence purement apparente qu'il y a entre une personne agitée qui parle vite, remue tout le temps, et un névropathe qui parle lentement, conserve un flegme perpétuel, mais est atteint de la même neurasthénie aux yeux du clinicien qui sait que celui-ci comme l'autre est dévoré des mêmes angoisses et frappé des mêmes tares. Du reste, on voyait que M. de Charlus avait vieilli à des signes tout différents, comme l'extension extraordinaire qu'avaient prise dans sa conversation certaines expressions qui avaient proliféré et revenaient maintenant à tout moment (par exemple : « l'enchaînement des circonstances ») et auxquelles la parole du baron s'appuyait de phrase en phrase comme à un tuteur nécessaire. « Est-ce que Charlie est déjà arrivé ? » demanda Brichot à M. de Charlus comme nous allions sonner à la porte de l'hôtel. « Ah ! je ne sais pas », dit le baron en levant les mains en l'air et en fermant à demi les yeux de l'air d'une personne qui ne veut pas qu'on l'accuse d'indiscrétion, d'autant plus qu'il avait eu probablement des reproches de Morel pour des choses (que celui-ci, froussard autant que vaniteux, et reniant M. de Charlus aussi volontiers qu'il se parait de lui, avait crues graves — quoique insignifiantes) que le baron avait dites. « Vous savez que je ne sais rien de ce qu'il fait. Je ne sais pas avec qui il me trompe, mais je ne le vois presque pas. » Si les conversations de deux personnes qui ont entre elles une liaison sont pleines de mensonges, ceux-ci ne naissent pas moins naturellement dans les conversations qu'un tiers a avec un amant au sujet de la personne que ce dernier aime, quel que soit d'ailleurs le sexe de cette personne.

« Il y a longtemps que vous l'avez vu ? » demandai-je à M. de Charlus, pour avoir l'air à la fois de ne pas craindre de lui parler de Morel et de ne pas croire qu'il vivait complètement avec lui. « Il est venu par hasard cinq minutes ce matin pendant que j'étais encore à demi endormi, s'asseoir sur le coin de mon lit, comme s'il voulait me violer. » J'eus aussitôt l'idée que M. de Charlus avait vu Charlie il y a une heure, car quand on demande à une maîtresse quand elle a vu l'homme qu'on sait — et qu'elle suppose peut-être qu'on croit — être son amant, si elle a goûté avec lui, elle répond : « Je l'ai vu un instant avant déjeuner. » Entre ces deux faits la seule différence est que l'un est mensonger et l'autre vrai, mais l'un est aussi innocent, ou si l'on préfère, aussi coupable. Aussi ne comprendrait-on pas pourquoi la maîtresse (et ici M. de Charlus) choisit toujours le fait mensonger, si l'on ne savait pas que ces réponses sont déterminées à l'insu de la personne qui les fait par un nombre de facteurs qui semble

en disproportion telle avec la minceur du fait qu'on
s'excuse d'en faire état. Mais pour un physicien la place
qu'occupe la plus petite balle de sureau s'explique par
l'action, le conflit ou l'équilibre, de lois d'attraction et de
répulsion qui gouvernent des mondes bien plus grands[1].
Ne mentionnons ici que pour mémoire le désir de paraître
naturel et hardi, le geste instinctif de cacher un rendez-vous
secret, un mélange de pudeur et d'ostentation, le besoin
de confesser ce qui vous est si agréable et de montrer qu'on
est aimé, une pénétration de ce que sait ou suppose — et
ne dit pas — l'interlocuteur, pénétration qui, allant au-delà
ou en deçà de la sienne, le fait tantôt sur- et sous-estimer,
le désir involontaire de jouer avec le feu et la volonté de
faire la part du feu. Tout autant de lois différentes, agissant
en sens contraire, dictent les réponses plus générales
touchant l'innocence, le « platonisme », ou au contraire
la réalité charnelle, des relations qu'on a avec la personne
qu'on dit avoir vue le matin quand on l'a vue le soir.
Toutefois, d'une façon générale, disons que M. de Charlus,
malgré l'aggravation de son mal, et qui le poussait
perpétuellement à révéler, à insinuer, parfois tout simplement à inventer des détails compromettants, cherchait
pendant cette période de sa vie à affirmer que Charlie
n'était pas de la même sorte d'homme que lui, Charlus,
et qu'il n'existait entre eux que de l'amitié. Cela
n'empêchait pas (et bien que ce fût peut-être vrai) que
parfois il se contredît (comme pour l'heure où il l'avait
vu en dernier), soit qu'il dît alors en s'oubliant la vérité,
ou proférât un mensonge, pour se vanter, ou par
sentimentalisme, ou trouvant spirituel d'égarer l'interlocuteur. « Vous savez qu'il est pour moi, continua le baron,
un bon petit camarade, pour qui j'ai la plus grande
affection, comme je suis sûr (en doutait-il donc, qu'il
éprouvât le besoin de dire qu'il en était sûr ?) qu'il a pour
moi, mais il n'y a entre nous rien d'autre, pas ça, vous
entendez bien, pas ça, dit le baron aussi naturellement que
s'il avait parlé d'une dame. Oui, il est venu ce matin me
tirer par les pieds. Il sait pourtant que je déteste qu'on
me voie couché. Pas vous ? Oh ! c'est une horreur, ça
dérange, on est laid à faire peur, je sais bien que je n'ai
plus vingt-cinq ans et je ne pose pas pour la rosière, mais
on garde sa petite coquetterie tout de même. »

Il est possible que le baron fût sincère quand il parlait

de Morel comme d'un bon petit camarade, et qu'il dît la
vérité peut-être en croyant mentir quand il disait : « Je
ne sais pas ce qu'il fait, je ne connais pas sa vie. » En
effet, disons (pour anticiper de quelques semaines sur le
récit que nous reprendrons aussitôt après cette parenthèse
que nous ouvrons pendant que M. de Charlus, Brichot
et moi nous dirigeons vers la demeure de Mme Verdurin),
disons que, peu de temps après cette soirée, le baron fut
plongé dans la douleur et dans la stupéfaction par une
lettre qu'il ouvrit par mégarde et qui était adressée à
Morel. Cette lettre, laquelle devait par contrecoup me
causer de cruels chagrins, était écrite par l'actrice Léa,
célèbre pour le goût exclusif qu'elle avait pour les femmes.
Or sa lettre à Morel (que M. de Charlus ne soupçonnait
même pas la connaître) était écrite sur le ton le plus
passionné. Sa grossièreté empêche qu'elle soit reproduite
ici, mais on peut mentionner que Léa ne lui parlait qu'au
féminin en lui disant : « Grande sale ! va ! », « Ma belle
chérie, toi tu en es au moins, etc. » Et dans cette lettre
il était question de plusieurs autres femmes qui ne
semblaient pas être moins amies de Morel que de Léa.
D'autre part, la moquerie de Morel à l'égard de M. de
Charlus, et de Léa à l'égard d'un officier qui l'entretenait
et dont elle disait : « Il me supplie dans ses lettres d'être
sage ! Tu parles ! mon petit chat blanc », ne révélait pas
à M. de Charlus une réalité moins insoupçonnée de lui
que n'étaient les rapports si particuliers de Morel avec Léa.
Le baron était surtout troublé par ces mots « en être ».
Après l'avoir d'abord ignoré, il avait enfin, depuis un
temps bien long déjà, appris que lui-même « en était ».
Or voici que cette notion qu'il avait acquise se trouvait
remise en question. Quand il avait découvert qu'il « en
était », il avait cru par là apprendre que son goût, comme
dit Saint-Simon, n'était pas celui des femmes[1]. Or voici
que pour Morel cette expression « en être » prenait une
extension que M. de Charlus n'avait pas connue, tant et
si bien que Morel prouvait, d'après cette lettre, qu'il « en
était » en ayant le même goût que des femmes pour des
femmes mêmes. Dès lors la jalousie de M. de Charlus
n'avait plus de raison de se borner aux hommes que Morel
connaissait, mais allait s'étendre aux femmes elles-mêmes.
Ainsi les êtres qui « en étaient » n'étaient pas seulement
ceux qu'il avait crus, mais toute une immense partie de

la planète, composée aussi bien de femmes que d'hommes, d'hommes aimant non seulement les hommes mais les femmes, et le baron, devant la signification nouvelle d'un mot qui lui était si familier, se sentait torturé par une inquiétude de l'intelligence autant que du cœur, devant ce double mystère où il y avait à la fois de l'agrandissement de sa jalousie et de l'insuffisance soudaine d'une définition.

M. de Charlus n'avait jamais été dans la vie qu'un amateur. C'est dire que des incidents de ce genre ne pouvaient lui être d'aucune utilité. Il faisait dériver l'impression pénible qu'il en pouvait ressentir, en scènes violentes où il savait être éloquent, ou en intrigues sournoises. Mais pour un être de la valeur de Bergotte, par exemple, ils eussent pu être précieux. C'est même peut-être ce qui explique en partie (puisque nous agissons à l'aveuglette, mais en choisissant comme les bêtes la plante qui nous est favorable) que des êtres comme Bergotte vivent généralement dans la compagnie de personnes médiocres, fausses et méchantes. La beauté de celles-ci suffit à l'imagination de l'écrivain, exalte sa bonté, mais ne transforme en rien la nature de sa compagne, dont par éclairs la vie située des milliers de mètres au-dessous, les relations invraisemblables, les mensonges poussés au-delà et surtout dans une autre direction que ce qu'on aurait pu croire, apparaissent de temps à autre. Le mensonge, le mensonge parfait, sur les gens que nous connaissons, les relations que nous avons eues avec eux, notre mobile dans telle action formulé par nous d'une façon toute différente, le mensonge sur ce que nous sommes, sur ce que nous aimons, sur ce que nous éprouvons à l'égard de l'être qui nous aime et qui croit nous avoir façonnés semblables à lui parce qu'il nous embrasse toute la journée, ce mensonge-là est une des seules choses au monde qui puisse nous ouvrir des perspectives sur du nouveau, sur de l'inconnu, puisse ouvrir en nous des sens endormis pour la contemplation d'univers que nous n'aurions jamais connus. Il faut dire pour ce qui concerne M. de Charlus, que s'il fut stupéfait d'apprendre relativement à Morel un certain nombre de choses qu'il lui avait soigneusement cachées, il eut tort d'en conclure que c'est une erreur de se lier avec des gens du peuple et que des révélations aussi pénibles[1] (celle qui le lui avait été le plus avait été celle d'un voyage que Morel avait fait avec Léa alors qu'il avait assuré à M. de Charlus qu'il était à ce moment-là à étudier la musique en Allemagne. Il s'était servi pour échafauder son mensonge de personnes bénévoles, à qui il avait envoyé les lettres en Allemagne d'où on les réexpédiait à M. de Charlus[1], qui, d'ailleurs, était tellement convaincu que Morel y était qu'il n'avait même pas regardé le timbre de la poste). On verra, en effet, dans le dernier volume de cet ouvrage, M. de Charlus en train de faire des choses qui eussent encore plus stupéfié les personnes de sa famille et ses amis, que n'avait pu faire pour lui la vie révélée par Léa[2].

Mais il est temps de rattraper le baron qui s'avance, avec Brichot et moi, vers la porte des Verdurin. « Et qu'est devenu, ajouta-t-il en se tournant vers moi, votre jeune ami hébreu que nous voyions à Douville[3] ? J'avais pensé que si cela vous faisait plaisir on pourrait peut-être l'inviter un soir. » En effet M. de Charlus, se contentant de faire espionner sans vergogne les faits et les gestes de Morel par une agence policière, absolument comme un mari ou un amant, ne laissait pas de faire attention aux autres jeunes gens. La surveillance qu'il chargeait un vieux domestique de faire exercer par une agence sur Morel était si peu discrète, que les valets de pied se croyaient filés et qu'une femme de chambre ne vivait plus, n'osait plus sortir dans la rue, croyant toujours avoir un policier à ses trousses. Et le vieux serviteur : « Elle peut bien faire ce qu'elle veut ! On irait perdre son temps et son argent à la pister ! Comme si sa conduite nous intéressait en quelque chose ! » s'écriait-il ironiquement, car il était si passionnément attaché à son maître que, bien que ne partageant nullement les goûts du baron, il finissait, tant il mettait de chaleureuse ardeur à les servir, par en parler comme s'ils avaient été siens. « C'est la crème des braves gens », disait de ce vieux serviteur M. de Charlus, car on n'apprécie jamais personne autant que ceux qui joignent à de grandes vertus, celle de les mettre sans compter à la disposition de nos vices. C'était, d'ailleurs, des hommes seulement que M. de Charlus était capable d'éprouver de la jalousie en ce qui concernait Morel. Les femmes ne lui en inspiraient aucune. C'est d'ailleurs la règle presque générale pour les Charlus. L'amour de l'homme qu'ils aiment pour une femme est quelque chose d'autre, qui se passe dans une autre espèce animale (le lion laisse les tigres tranquilles), ne les gêne pas et les rassure plutôt. Quelquefois il est vrai, chez ceux qui font de l'inversion un sacerdoce, cet amour les dégoûte. Ils en veulent alors à leur ami de s'y être livré, non comme d'une trahison, mais comme d'une déchéance. Un Charlus, autre que n'était le baron, eût été indigné de voir Morel avoir des relations avec une femme, comme il l'eût été de lire sur une affiche que lui, l'interprète de Bach et de Haendel, allait jouer du Puccini. C'est d'ailleurs pour cela que les jeunes gens qui par intérêt condescendent à l'amour des Charlus, leur affirment que les « cartons » ne leur inspirent que du dégoût, comme ils diraient au médecin qu'ils ne prennent jamais d'alcool et n'aiment que l'eau de source. Mais M. de Charlus sur ce point s'écartait un peu de la règle habituelle. Admirant tout chez Morel, ses succès féminins, ne lui portant pas ombrage, lui causaient une même joie que ses succès au concert ou à l'écarté. « Mais mon cher, vous savez, il fait des femmes », disait-il d'un air de révélation, de scandale, peut-être d'envie, surtout d'admiration. « Il est extraordinaire, ajoutait-il. Partout les putains les plus en vue n'ont d'yeux que pour lui. On le remarque partout, aussi bien dans le métro qu'au théâtre. C'en est embêtant ! Je ne peux pas aller avec lui au restaurant sans que le garçon lui apporte les billets doux d'au moins trois femmes. Et toujours des jolies encore. Du reste, ça n'est pas extraordinaire. Je le regardais hier, je les comprends, il est devenu d'une beauté, il a l'air d'une espèce de Bronzino[1], il est vraiment admirable. » Mais M. de Charlus aimait à montrer qu'il aimait Morel, à persuader les autres, peut-être à se persuader lui-même, qu'il en était aimé. Il mettait à l'avoir tout le temps auprès de lui, et malgré le tort que ce petit jeune homme pouvait faire à la situation mondaine du baron, une sorte d'amour-propre. Car (et le cas est fréquent des hommes bien posés et snobs, qui par vanité brisent toutes leurs relations pour être vus partout avec une maîtresse, demi-mondaine ou dame tarée, qu'on ne reçoit pas, et avec laquelle pourtant il leur semble flatteur d'être lié) il était arrivé à ce point où l'amour-propre met toute sa persévérance à détruire les buts qu'il a atteints, soit que sous l'influence de l'amour on trouve un prestige qu'on est seul à percevoir à des relations ostentatoires avec ce qu'on aime, soit que par le fléchissement des ambitions mondaines atteintes, et la marée montante des curiosités ancillaires d'autant plus absorbantes qu'elles étaient plus platoniques, celles-ci n'eussent pas seulement atteint mais dépassé le niveau où avaient peine à se maintenir les autres.

Quant aux autres jeunes gens, M. de Charlus trouvait qu'à son goût pour eux l'existence de Morel n'était pas un obstacle, et que même sa réputation éclatante de violoniste ou sa notoriété naissante de compositeur et de journaliste pourrait dans certains cas leur être un appât. Présentait-on au baron un jeune compositeur de tournure agréable, c'était dans les talents de Morel qu'il cherchait l'occasion de faire une politesse au nouveau venu. « Vous devriez, lui disait-il, m'apporter de vos compositions pour que Morel les joue au concert ou en tournée. Il y a si peu de musique agréable écrite pour le violon ! C'est une aubaine que d'en trouver de nouvelle. Et les étrangers apprécient beaucoup cela. Même en province il y a des petits cercles musicaux où on aime la musique avec une ferveur et une intelligence admirables. » Sans plus de sincérité (car tout cela ne servait que d'amorce et il était rare que Morel se prêtât à des réalisations), comme Bloch avait dit qu'il était un peu poète, « à ses heures », avait-il ajouté avec le rire sarcastique dont il accompagnait une banalité quand il ne pouvait pas trouver une parole originale, M. de Charlus me dit : « Dites donc à ce jeune Israélite, puisqu'il fait des vers, qu'il devrait bien m'en apporter pour Morel. Pour un compositeur c'est toujours l'écueil, trouver quelque chose de joli à mettre en musique. On pourrait même penser à un livret. Cela ne serait pas inintéressant et prendrait une certaine valeur à cause du mérite du poète, de ma protection, de tout un enchaînement de circonstances auxiliatrices, parmi lesquelles le talent de Morel tient la première place. Car il compose beaucoup maintenant et il écrit aussi et très joliment, je vais vous en parler. Quant à son talent d'exécutant (là vous savez qu'il est tout à fait un maître déjà), vous allez voir ce soir comme ce gosse joue bien la musique de Vinteuil. Il me renverse, à son âge, avoir une compréhension pareille tout en restant si gamin, si potache ! Oh ! ce n'est ce soir qu'une petite répétition. La grande machine doit avoir lieu dans quelques jours. Mais ce sera bien plus élégant aujourd'hui. Aussi nous sommes ravis que vous soyez venu, dit-il, en employant ce *nous*, sans doute parce que le roi dit : nous voulons.

À cause du magnifique programme, j'ai conseillé à Mme Verdurin d'avoir deux fêtes. L'une dans quelques jours où elle aura toutes ses relations, l'autre ce soir, où la Patronne est, comme on dit en termes de justice, dessaisie. C'est moi qui ai fait les invitations et j'ai convoqué quelques personnes agréables d'un autre milieu, qui peuvent être utiles à Charlie et qu'il sera agréable pour les Verdurin de connaître. N'est-ce pas, c'est très bien de faire jouer les choses les plus belles avec les plus grands artistes, mais la manifestation reste étouffée comme dans du coton, si le public est composé de la mercière d'en face et de l'épicier du coin. Vous savez ce que je pense du niveau intellectuel des gens du monde, mais ils peuvent jouer certains rôles assez importants, entre autres le rôle dévolu pour les événements publics à la presse et qui est d'être un organe de divulgation. Vous comprenez ce que je veux dire, j'ai par exemple invité ma belle-sœur Oriane ; il n'est pas certain qu'elle vienne, mais il est certain en revanche, si elle vient, qu'elle ne comprendra absolument rien. Mais on ne lui demande pas de comprendre, ce qui est au-dessus de ses moyens, mais de parler, ce qui y est approprié admirablement et ce dont elle ne se fait pas faute. Conséquence : dès demain, au lieu du silence de la mercière et de l'épicier, conversation animée chez les Mortemart où Oriane raconte qu'elle a entendu des choses merveilleuses, qu'un certain Morel, etc., rage indescriptible des personnes non conviées qui diront : "Palamède avait sans doute jugé que nous étions indignes ; d'ailleurs, qu'est-ce que c'est que ces gens chez qui la chose se passait", contrepartie aussi utile que les louanges d'Oriane, parce que le nom "Morel" revient tout le temps et finit par se graver dans la mémoire comme une leçon qu'on relit dix fois de suite. Tout cela forme un enchaînement de circonstances qui peut avoir son prix pour l'artiste, pour la maîtresse de maison, servir en quelque sorte de mégaphone à une manifestation qui sera ainsi rendue audible à un public lointain. Vraiment ça en vaut la peine. Vous verrez les progrès qu'il a faits. Et d'ailleurs on lui a découvert un nouveau talent, mon cher, il écrit comme un ange. Comme un ange je vous dis.

« Vous qui connaissez Bergotte[1], j'avais pensé que vous auriez peut-être pu, en lui rafraîchissant la mémoire au sujet des proses de ce jouvenceau, collaborer en somme

avec moi, m'aider à créer un enchaînement de circonstances capables de favoriser un talent double, de musicien
et d'écrivain qui peut un jour acquérir le prestige de celui
de Berlioz. Vous voyez bien ce qu'il conviendrait de dire
à Bergotte. Vous savez, les illustres ont souvent autre chose
à penser, ils sont adulés, ils ne s'intéressent guère qu'à
eux-mêmes. Mais Bergotte qui est vraiment simple et
serviable doit faire passer au *Gaulois*. ou je ne sais plus
où, ces petites chroniques, moitié d'un humoriste et d'un
musicien, qui sont vraiment très jolies, et je serais vraiment
très content que Charlie ajoute à son violon ce petit brin
de plume d'Ingres. Je sais bien que je m'exagère facilement
quand il s'agit de lui, comme toutes les vieilles mamans
gâteaux du Conservatoire. Comment, mon cher, vous ne
le saviez pas ? Mais c'est que vous ne connaissez pas mon
côté gobeur. Je fais le pied de grue pendant des heures
à la porte des jurys d'examen. Je m'amuse comme une
reine. Et quant à Bergotte, il m'a assuré que c'était
vraiment tout à fait très bien. »

M. de Charlus, qui le connaissait depuis longtemps par
Swann, était en effet allé le voir et lui demander qu'il obtînt
pour Morel d'écrire dans un journal des sortes de
chroniques moitié humoristiques sur la musique. En y
allant M. de Charlus avait un certain remords, car grand
admirateur de Bergotte, il se rendait compte qu'il n'allait
jamais le voir pour lui-même, mais pour, grâce à la
considération mi-intellectuelle, mi-sociale que Bergotte
avait pour lui, pouvoir faire une grande politesse à Morel,
à Mme Molé, à telles autres. Qu'il ne se servît plus du
monde que pour cela ne choquait pas M. de Charlus, mais
de Bergotte cela lui paraissait plus mal, parce qu'il sentait
que Bergotte n'était pas utilitaire comme les gens du
monde et méritait mieux. Seulement sa vie était très prise
et il ne trouvait de temps de libre que quand il avait très
envie d'une chose, par exemple si elle se rapportait à
Morel. De plus, très intelligent, la conversation d'un
homme intelligent lui était assez indifférente, surtout celle
de Bergotte, qui était trop homme de lettres pour son goût
et d'un autre clan, ne se plaçant pas à son point de vue.
Quant à Bergotte, il se rendait bien compte de cet
utilitarisme des visites de M. de Charlus, mais ne lui en
voulait pas ; car il était incapable d'une bonté suivie, mais
désireux de faire plaisir, compréhensif, incapable de

prendre plaisir à donner une leçon. Quant au vice de M. de
Charlus, il ne le partageait à aucun degré, mais y trouvait
plutôt un élément de couleur dans le personnage, le *fas
et nefas*[1], pour un artiste, consistant non dans des exemples
moraux, mais dans des souvenirs de Platon ou du Sodoma[2].

M. de Charlus négligeait de dire que depuis quelque
temps il faisait faire à Morel, comme ces grands seigneurs
du XVIIᵉ siècle qui dédaignaient de signer et même d'écrire
leurs libelles, des petits entrefilets bassement calomniateurs
et dirigés contre la comtesse Molé[3]. Semblant déjà
insolents à ceux qui les lisaient, combien étaient-ils plus
cruels pour la jeune femme, qui retrouvait, si adroitement
glissés que personne qu'elle n'y voyait goutte, des passages
de lettres d'elle, textuellement cités mais pris dans un sens
où ils pouvaient l'affoler comme la plus cruelle vengeance.
La jeune femme en mourut. Mais il se fait tous les jours
à Paris, dirait Balzac, une sorte de journal parlé, plus
terrible que l'autre. On verra plus tard que cette presse
verbale réduisit à néant la puissance d'un Charlus devenu
démodé, et bien au-dessus de lui érigea un Morel qui ne
valait pas la millionième partie de son ancien protecteur.
Du moins cette mode intellectuelle est-elle naïve et
croit-elle de bonne foi au néant d'un génial Charlus, à
l'incontestable autorité d'un stupide Morel. Le baron était
moins innocent dans ses vengeances implacables. De là
sans doute ce venin amer dans la bouche, dont l'envahisse-
ment semblait donner aux joues la jaunisse quand il était
en colère.

« J'aurais beaucoup voulu qu'il vînt ce soir, car il aurait
entendu Charlie dans les choses qu'il joue vraiment le
mieux. Mais il ne sort pas, je crois, il ne veut pas qu'on
l'ennuie, il a bien raison. Mais vous, belle jeunesse, on
ne vous voit guère quai Conti. Vous n'en abusez pas ! »
Je dis que je sortais surtout avec ma cousine. « Voyez-vous
ça ! ça sort avec sa cousine, comme c'est pur ! » dit M. de
Charlus à Brichot. Et s'adressant à nouveau à moi : « Mais
nous ne vous demandons pas de comptes sur ce que vous
faites, mon *enfffant*. Vous êtes libre de faire tout ce qui
vous amuse. Nous regrettons seulement de ne pas y avoir
de part. Du reste, vous avez très bon goût, elle est
charmante votre cousine, demandez à Brichot, il en avait
la tête farcie à Douville. On la regrettera ce soir. Mais
vous avez peut-être aussi bien fait de ne pas l'amener. C'est

admirable, la musique de Vinteuil. Mais j'ai appris ce matin
par Charlie qu'il devait y avoir la fille de l'auteur et son
amie, qui sont deux personnes d'une terrible réputation.
C'est toujours embêtant pour une jeune fille. Même cela
me gêne un peu pour mes invités. Mais comme ils ont
presque tous l'âge canonique, cela ne tire pas à conséquence pour eux. Elles seront là, à moins que ces deux
demoiselles n'aient pas pu venir, car elles devaient sans
faute être toute l'après-midi à une répétition d'études que
Mme Verdurin donnait tantôt et où elle n'avait convié que
les raseurs, la famille, les gens qu'il ne fallait pas avoir
ce soir. Or tout à l'heure avant le dîner Charlie m'a dit
que ce que nous appelons les deux demoiselles Vinteuil,
absolument attendues, n'étaient pas venues. » Malgré
l'affreuse douleur que j'avais à rapprocher subitement
(comme de l'effet, seul connu d'abord, sa cause enfin
découverte) de l'envie d'Albertine de venir tantôt, la
présence annoncée (mais que j'avais ignorée) de Mlle Vinteuil et de son amie, je gardai la liberté d'esprit de noter
que M. de Charlus qui nous avait dit, il y a quelques
minutes, n'avoir pas vu Charlie depuis le matin, confessait
étourdiment l'avoir vu avant dîner. Mais ma souffrance
devenait visible. « Mais qu'est-ce que vous avez ? me dit
le baron, vous êtes vert ; allons, entrons, vous prenez froid,
vous avez mauvaise mine. » Ce n'était pas mon premier
doute relatif à la vertu d'Albertine que les paroles de M. de
Charlus venaient d'éveiller en moi. Beaucoup d'autres y
avaient déjà pénétré ; à chaque nouveau on croit que la
mesure est comble, qu'on ne pourra pas le supporter, puis
on lui trouve tout de même de la place, et une fois qu'il
est introduit dans notre milieu vital, il y entre en
concurrence avec tant de désirs de croire, avec tant de
raisons d'oublier, qu'assez vite on s'accommode, on finit
par ne plus s'occuper de lui. Il reste seulement comme
une douleur à demi guérie, une simple menace de souffrir
et qui, envers du désir, de même ordre que lui, et devenue
comme lui centre de nos pensées, irradie en elles, à des
distances infinies, de subtiles tristesses, comme lui des
plaisirs d'une origine méconnaissable, partout où quelque
chose peut s'associer à l'idée de celle que nous aimons.
Mais la douleur se réveille quand un doute nouveau,
entier, entre en nous ; on a beau se dire presque tout de
suite : « Je m'arrangerai, il y aura un système pour ne

pas souffrir, ça ne doit pas etre vrai », pourtant il y a eu un premier instant où on a souffert comme si on croyait. Si nous n'avions que des membres, comme les jambes et les bras, la vie serait supportable. Malheureusement nous portons en nous ce petit organe que nous appelons cœur, lequel est sujet à certaines maladies au cours desquelles il est infiniment impressionnable pour tout ce qui concerne la vie d'une certaine personne et où un mensonge — cette chose si inoffensive et au milieu de laquelle nous vivons si allégrement, qu'il soit fait par nous-même ou par les autres — venu de cette personne, donne à ce petit cœur, qu'on devrait pouvoir nous retirer chirurgicalement, des crises intolérables. Ne parlons pas du cerveau, car notre pensée a beau raisonner sans fin au cours de ces crises, elle ne les modifie pas plus que notre attention une rage de dents. Il est vrai que cette personne est coupable de nous avoir menti, car elle nous avait juré de nous dire toujours la vérité. Mais nous savons pour nous-même, pour les autres, ce que valent ces serments. Et nous avons voulu y ajouter foi quand ils venaient d'elle qui avait justement tout intérêt à nous mentir et n'a pas été choisie par nous, d'autre part, pour ses vertus. Il est vrai que plus tard elle n'aurait presque plus besoin de nous mentir — justement quand le cœur sera devenu indifférent au mensonge — parce que nous ne nous intéresserons plus à sa vie. Nous le savons, et malgré cela nous sacrifions volontiers la nôtre, soit que nous nous tuions pour cette personne, soit que nous nous fassions condamner à mort en l'assassinant, soit simplement que nous dépensions en quelques années pour elle toute notre fortune, ce qui nous oblige à nous tuer ensuite parce que nous n'avons plus rien. D'ailleurs, si tranquille qu'on se croie quand on aime, on a toujours l'amour dans son cœur en état d'équilibre instable. Un rien suffit pour le mettre dans la position du bonheur, on rayonne, on couvre de tendresses non point celle qu'on aime, mais ceux qui nous ont fait valoir à ses yeux, qui l'ont gardée contre toute tentation mauvaise ; on se croit tranquille, et il suffit d'un mot : « Gilberte ne viendra pas », « Mlle Vinteuil est invitée », pour que tout le bonheur préparé vers lequel on s'élançait s'écroule, pour que le soleil se cache, pour que tourne la rose des vents et que se déchaîne la tempête intérieure à laquelle un jour on ne sera plus capable de résister. Ce jour-là, le jour où le cœur est devenu si fragile, des amis qui nous admirent souffrent que de tels néants, que certains êtres puissent nous faire du mal, nous faire mourir. Mais qu'y peuvent-ils ? Si un poète est mourant d'une pneumonie infectieuse, se figure-t-on ses amis expliquant au pneumocoque que ce poète a du talent et qu'il devrait le laisser guérir ? Le doute en tant qu'il avait trait à Mlle Vinteuil n'était pas absolument nouveau. Mais même dans cette mesure, ma jalousie de l'après-midi, excitée par Léa et ses amis, l'avait aboli. Une fois ce danger du Trocadéro écarté, j'avais éprouvé, j'avais cru avoir reconquis à jamais une paix complète. Mais ce qui était surtout nouveau pour moi, c'était une certaine promenade où Andrée m'avait dit : « Nous sommes allées ici et là, nous n'avons rencontré personne », et où au contraire Mlle Vinteuil avait évidemment donné rendez-vous à Albertine chez Mme Verdurin. Maintenant j'eusse laissé volontiers Albertine sortir seule, aller partout où elle voudrait, pourvu que j'eusse pu chambrer quelque part Mlle Vinteuil et son amie et être certain qu'Albertine ne les vît pas. C'est que la jalousie est généralement partielle, à localisations intermittentes, soit parce qu'elle est le prolongement douloureux d'une anxiété qui est provoquée tantôt par une personne, tantôt par une autre, que notre amie pourrait aimer, soit par l'exiguïté de notre pensée, qui ne peut réaliser que ce qu'elle se représente et laisse le reste dans un vague dont on ne peut relativement souffrir.

Au moment où nous allions entrer dans la cour de l'hôtel, nous fûmes rattrapés par Saniette qui ne nous avait pas reconnus tout de suite. « Je vous envisageais pourtant depuis un moment, nous dit-il d'une voix essoufflée. Est-ce pas curieux que j'aie hésité ? » « N'est-il pas curieux » lui eût semblé une faute et il devenait avec les formes anciennes du langage d'une exaspérante familiarité. « Vous êtes pourtant gens qu'on peut avouer pour ses amis. » Sa mine grisâtre semblait éclairée par le reflet plombé d'un orage. Son essoufflement qui ne se produisait, cet été encore, que quand M. Verdurin l'« engueulait », était maintenant constant. « Je sais qu'une œuvre inédite de Vinteuil va être exécutée par d'excellents artistes, et singulièrement par Morel. — Pourquoi singulièrement ? » demanda le baron, qui vit dans cet adverbe une critique.

« Notre ami Saniette, se hâta d'expliquer Brichot qui joua le rôle d'interprète, parle volontiers, en excellent lettré qu'il eſt, le langage d'un temps où "singulièrement" équivaut à notre "tout particulièrement". »

Comme nous entrions dans l'antichambre de celle-ci[1], M. de Charlus me demanda si je travaillais, et comme je lui disais que non, mais que je m'intéressais beaucoup en ce moment aux vieux services d'argenterie et de porcelaine, il me dit que je ne pourrais pas en voir de plus beaux que chez les Verdurin, que, d'ailleurs, j'avais pu les voir à La Raspelière, puisque, sous prétexte que les objets sont aussi des amis, ils faisaient la folie de tout emporter avec eux, que ce serait moins commode de tout me sortir un jour de soirée, mais que pourtant il demanderait qu'on me montrât ce que je voudrais. Je le priai de n'en rien faire. M. de Charlus déboutonna son pardessus, ôta son chapeau ; je vis que le sommet de sa tête s'argentait maintenant par places. Mais tel un arbuſte précieux que non seulement l'automne colore, mais dont on protège certaines feuilles par des enveloppements d'ouate ou des applications de plâtre, M. de Charlus ne recevait de ces quelques cheveux blancs, placés à sa cime, qu'un bariolage de plus, venant s'ajouter à ceux du visage. Et pourtant, même sous les couches d'expressions différentes, de fards et d'hypocrisie qui le maquillaient si mal, le visage de M. de Charlus continuait à taire à presque tout le monde le secret qu'il me paraissait crier. J'étais presque gêné par ses yeux où j'avais peur qu'il ne me surprît à le lire à livre ouvert, par sa voix qui me paraissait le répéter sur tous les tons, avec une inlassable indécence. Mais les secrets sont bien gardés par les êtres, car tous ceux qui les approchent sont sourds et aveugles. Les personnes qui apprenaient la vérité par l'un ou l'autre, par les Verdurin par exemple, la croyaient, mais cependant seulement tant qu'elles ne connaissaient pas M. de Charlus. Son visage, loin de répandre, dissipait les mauvais bruits. Car nous nous faisons de certaines entités une idée si grande que nous ne pourrions l'identifier avec les traits familiers d'une personne de connaissance. Et nous croirons difficilement aux vices, comme nous ne croirons jamais au génie d'une personne avec qui nous sommes encore allés la veille à l'Opéra.

M. de Charlus était en train de donner son pardessus

avec des recommandations d'habitué. Mais le valet de pied
auquel il le tendait était un nouveau, tout jeune. Or M. de
Charlus perdait souvent maintenant ce qu'on appelle le
nord et ne se rendait plus compte de ce qui se fait et ne
se fait pas. Le louable désir qu'il avait à Balbec de montrer
que certains sujets ne l'effrayaient pas, de ne pas avoir peur
de déclarer à propos de quelqu'un : « Il est joli garçon »,
de dire, en un mot, les mêmes choses qu'aurait pu dire
quelqu'un qui n'aurait pas été comme lui, il lui arrivait
maintenant de traduire ce désir en disant au contraire des
choses que n'aurait jamais pu dire quelqu'un qui n'aurait
pas été comme lui, choses devant lesquelles son esprit était
si constamment fixé qu'il en oubliait qu'elles ne font pas
partie de la préoccupation habituelle de tout le monde.
Aussi, regardant le nouveau valet de pied, il leva l'index
en l'air d'un ton menaçant, et croyant faire une excellente
plaisanterie : « Vous, je vous défends de me faire de l'œil
comme ça », dit le baron, et se tournant vers Brichot :
« Il a une figure drôlette ce petit-là, il a un nez amusant » ;
et complétant sa facétie, ou cédant à un désir, il rabattit
son index horizontalement, hésita un instant, puis, ne
pouvant plus se contenir, le poussa irrésistiblement droit
au valet de pied et lui toucha le bout du nez en disant :
« Pif ! » puis, suivi de Brichot, de moi, et de Saniette
qui nous apprit que la princesse Sherbatoff était morte à
six heures, entra au salon. « Quelle drôle de boîte ! »,
se dit le valet de pied, qui demanda à ses camarades si
le baron était farce ou marteau. « Ce sont des manières
qu'il a comme ça, lui répondit le maître d'hôtel (qui le
croyait un peu « piqué », un peu « dingo »), mais c'est
un des amis de Madame que j'ai toujours le mieux estimé,
c'est un bon cœur. »

À ce moment, M. Verdurin vint à notre rencontre ; seul
Saniette, non sans craindre d'avoir froid, car la porte
extérieure s'ouvrait constamment, attendait avec résignation qu'on lui prît ses affaires. « Qu'est-ce que vous faites
là, dans cette pose de chien couchant ? lui demanda
M. Verdurin. — J'attends qu'une des personnes qui
surveillent aux vêtements puisse prendre mon pardessus
et me donner un numéro. — Qu'est-ce que vous dites ?
demanda d'un air sévère M. Verdurin : "qui surveillent
aux vêtements". Est-ce que vous devenez gâteux ? on dit :
"surveiller les vêtements". S'il faut vous rapprendre le

français comme aux gens qui ont eu une attaque ! — Surveiller à quelque chose est la vraie forme, murmura
Saniette d'une voix entrecoupée ; l'abbé Le Batteux[1]... — Vous m'agacez, vous, cria M. Verdurin d'une
voix terrible. Comme vous soufflez ! Est-ce que vous
venez de monter six étages ? » La grossièreté de
M. Verdurin eut pour effet que les hommes du vestiaire
firent passer d'autres personnes avant Saniette et quand
il voulut tendre ses affaires lui répondirent : « Chacun
son tour, monsieur, ne soyez pas si pressé. » « Voilà des
hommes d'ordre, voilà les compétences, très bien, mes
braves », dit, avec un sourire de sympathie, M. Verdurin,
afin de les encourager dans leurs dispositions à faire passer
Saniette après tout le monde. « Venez, nous dit-il, cet
animal-là veut nous faire prendre la mort dans son cher
courant d'air. Nous allons nous chauffer un peu au salon.
Surveiller aux vêtements ! reprit-il quand nous fûmes au
salon, quel imbécile ! — Il donne dans la préciosité, ce
n'est pas un mauvais garçon, dit Brichot. — Je n'ai pas
dit que c'était un mauvais garçon, j'ai dit que c'était un
imbécile », riposta avec aigreur M. Verdurin.

   « Est-ce que vous retournerez cette année à Incarville ?
me demanda Brichot. Je crois que notre Patronne a reloué
La Raspelière, bien qu'elle ait eu maille à partir avec ses
propriétaires. Mais tout cela n'est rien, ce sont nuages qui
se dissipent », ajouta-t-il du même ton optimiste que les
journaux qui disent : « Il y a eu des fautes de commises,
c'est entendu, mais qui ne commet des fautes ? » Or je
me rappelais dans quel état de souffrance j'avais quitté
Balbec et je ne désirais nullement y retourner. Je remettais
toujours au lendemain mes projets avec Albertine. « Mais
bien sûr qu'il y reviendra, nous le voulons, il nous est
indispensable », déclara M. de Charlus avec l'égoïsme
autoritaire et incompréhensif de l'amabilité.

   M. Verdurin, à qui nous fîmes nos condoléances pour
la princesse Sherbatoff, nous dit : « Oui, je sais qu'elle
est très mal. — Mais non, elle est morte à six heures, s'écria
Saniette. — Vous, vous exagérez toujours », dit brutalement à Saniette M. Verdurin, qui, la soirée n'étant pas
décommandée, préférait l'hypothèse de la maladie[2].
Cependant Mme Verdurin était en grande conférence avec
Cottard et Ski. Morel venait de refuser, parce que M. de
Charlus ne pouvait s'y rendre, une invitation chez des amis

auxquels elle avait pourtant promis le concours du violoniste. La raison du refus de Morel de jouer à la soirée des amis des Verdurin, raison à laquelle nous allons tout à l'heure en voir s'ajouter de bien plus graves, avait pu prendre sa force grâce à une habitude propre en général aux milieux oisifs, mais tout particulièrement au petit noyau. Certes, si Mme Verdurin surprenait entre un nouveau et un fidèle un mot dit à mi-voix et pouvant faire supposer qu'ils se connaissaient, ou avaient envie de se lier (« Alors, à vendredi chez les Un Tel » ou : « Venez à l'atelier le jour que vous voudrez, j'y suis toujours jusqu'à cinq heures, vous me ferez vraiment plaisir »), agitée, supposant au nouveau une « situation » qui pouvait faire de lui une recrue brillante pour le petit clan, la Patronne, tout en faisant semblant de n'avoir rien entendu et en conservant à son beau regard, cerné par l'habitude de Debussy plus que n'aurait fait celle de la cocaïne, l'air exténué que lui donnaient les seules ivresses de la musique, n'en roulait pas moins sous son beau front bombé par tant de quatuors et les migraines consécutives, des pensées qui n'étaient pas exclusivement polyphoniques ; et n'y tenant plus, ne pouvant plus attendre une seconde sa piqûre, elle se jetait sur les deux causeurs, les entraînait à part, et disait au nouveau en désignant le fidèle : « Vous ne voulez pas venir dîner avec *lui*, samedi par exemple, ou bien le jour que vous voudrez, avec des gens gentils ? N'en parlez pas trop fort parce que je ne convoquerai pas toute cette tourbe » (terme désignant pour cinq minutes le petit noyau, dédaigné momentanément pour le nouveau en qui on mettait tant d'espérances).

Mais ce besoin de s'engouer, de faire aussi des rapprochements, avait sa contrepartie. L'assiduité aux mercredis faisait naître chez les Verdurin une disposition opposée. C'était le désir de brouiller, d'éloigner. Il avait été fortifié, rendu presque furieux par les mois passés à La Raspelière, où l'on se voyait du matin au soir. M. Verdurin s'y ingéniait à prendre quelqu'un en faute, à tendre des toiles où il pût passer à l'araignée sa compagne quelque mouche innocente. Faute de griefs on inventait des ridicules. Dès qu'un fidèle était sorti une demi-heure, on se moquait de lui devant les autres, on feignait d'être surpris qu'ils n'eussent pas remarqué combien il avait toujours les dents sales, ou au contraire les brossât, par manie, vingt fois par jour. Si l'un se permettait d'ouvrir la fenêtre, ce manque d'éducation faisait que le Patron et la Patronne échangeaient un regard révolté. Au bout d'un instant Mme Verdurin demandait un châle, ce qui donnait le prétexte à M. Verdurin de dire d'un air furieux : « Mais non, je vais fermer la fenêtre, je me demande qu'est-ce qui s'est permis de l'ouvrir », devant le coupable qui rougissait jusqu'aux oreilles. On vous reprochait indirectement la quantité de vin qu'on avait bue. « Ça ne vous fait pas mal ? C'est bon pour un ouvrier. » Les promenades ensemble de deux fidèles qui n'avaient pas préalablement demandé son autorisation à la Patronne, avaient pour conséquence des commentaires infinis, si innocentes que fussent ces promenades. Celles de M. de Charlus avec Morel ne l'étaient pas. Seul le fait que le baron n'habitait pas La Raspelière (à cause de la vie de garnison de Morel) retarda le moment de la satiété, des dégoûts, des vomissements. Il était pourtant prêt à venir.

Elle[1] était furieuse et décidée à « éclairer » Morel sur le rôle ridicule et odieux que lui faisait jouer M. de Charlus. « J'ajoute, continua Mme Verdurin (qui d'ailleurs même quand elle se sentait devoir à quelqu'un une reconnaissance qui allait lui peser, et ne pouvait le tuer, pour la peine, lui cherchait un défaut grave qui dispensait honnêtement de la lui témoigner), j'ajoute qu'il se donne des airs chez moi qui ne me plaisent pas. » C'est qu'en effet Mme Verdurin avait encore une raison plus grave que le lâchage de Morel à la soirée de ses amis d'en vouloir à M. de Charlus. Celui-ci, pénétré de l'honneur qu'il faisait à la Patronne en amenant quai Conti des gens qui, en effet, n'y seraient pas venus pour elle, avait, dès les premiers noms que Mme Verdurin avait proposés comme ceux de personnes qu'on pourrait inviter, prononcé la plus catégorique exclusive, sur un ton péremptoire où se mêlait à l'orgueil rancunier du grand seigneur quinteux, le dogmatisme de l'artiste expert en matière de fêtes et qui retirerait sa pièce et refuserait son concours plutôt que de condescendre à des concessions qui, selon lui, compromettent le résultat d'ensemble. M. de Charlus n'avait donné son permis, en l'entourant de réserves, qu'à Saintine, à l'égard duquel, pour ne pas s'encombrer de sa femme, Mme de Guermantes avait passé d'une intimité quotidienne à une cessation complète de relations, mais que M. de Charlus, le trouvant intelligent, voyait toujours. Certes, c'est seulement dans un milieu bourgeois mâtiné de petite noblesse, où tout le monde est très riche et apparenté à une aristocratie que la grande aristocratie ne connaît pas, que Saintine, jadis la fleur du milieu Guermantes, était allé chercher fortune et, croyait-il, point d'appui. Mais Mme Verdurin, sachant les prétentions nobiliaires du milieu de la femme, et ne se rendant pas compte de la situation du mari, car c'est ce qui est presque immédiatement au-dessus de nous qui nous donne l'impression de la hauteur et non ce qui nous est presque invisible tant cela se perd dans le ciel, crut devoir justifier une invitation pour Saintine en faisant valoir qu'il connaissait beaucoup de monde, « ayant épousé Mlle *** ». L'ignorance dont cette assertion, exactement contraire à la réalité, témoignait chez Mme Verdurin, fit s'épanouir en un rire d'indulgent mépris et de large compréhension les lèvres peintes du baron. Il dédaigna de répondre directement, mais comme il échafaudait volontiers en matière mondaine des théories où se retrouvaient la fertilité de son intelligence et la hauteur de son orgueil, avec la frivolité héréditaire de ses préoccupations : « Saintine aurait dû me consulter avant de se marier, dit-il, il y a une eugénique sociale comme il y en a une physiologique, et j'en suis peut-être le seul docteur. Le cas de Saintine ne soulevait aucune discussion, il était clair qu'en faisant le mariage qu'il a fait, il s'attachait un poids mort, et mettait sa flamme sous le boisseau. Sa vie sociale était finie. Je le lui aurais expliqué et il m'aurait compris car il est intelligent. Inversement, il y avait telle personne qui avait tout ce qu'il fallait pour avoir une situation élevée, dominante, universelle ; seulement un terrible câble la retenait à terre. Je l'ai aidée, mi par pression, mi par force, à rompre l'amarre, et maintenant elle a conquis, avec une joie triomphante, la liberté, la toute-puissance qu'elle me doit. Il a peut-être fallu un peu de volonté, mais quelle récompense elle a ! On est ainsi soi-même, quand on sait m'écouter, l'accoucheur de son destin. » Il était trop évident que M. de Charlus n'avait pas su agir sur le sien ; agir est autre chose que parler, même avec éloquence, et penser, même avec ingéniosité. « Mais en ce qui me concerne, je suis un philosophe qui assiste avec curiosité aux réactions sociales que j'ai

prédites, mais n'y aide pas. Aussi j'ai continué à fréquenter
Saintine qui a toujours eu pour moi la déférence
chaleureuse qui convenait. J'ai même dîné chez lui dans
sa nouvelle demeure où on s'assomme autant au milieu
du plus grand luxe qu'on s'amusait jadis quand, tirant le
diable par la queue, il assemblait la meilleure compagnie
dans un petit grenier. Vous pouvez donc l'inviter,
j'autorise. Mais je frappe de mon veto tous les autres noms
que vous me proposez. Et vous m'en remercierez, car si
je suis expert en fait de mariages, je ne le suis pas moins
en matière de fêtes. Je sais les personnalités ascendantes
qui soulèvent une réunion, lui donnent de l'essor, de la
hauteur ; et je sais aussi le nom qui rejette à terre, qui
fait tomber à plat. » Ces exclusions de M. de Charlus
n'étaient pas toujours fondées sur des ressentiments de
toqué ou des raffinements d'artiste, mais sur des habiletés
d'acteur. Quand il tenait sur quelqu'un, sur quelque chose,
un couplet tout à fait réussi, il désirait le faire entendre
au plus grand nombre de personnes possible, mais en
excluant d'admettre dans la seconde fournée des invités
de la première qui eussent pu constater que le morceau
n'avait pas changé. Il refaisait sa salle à nouveau, justement
parce qu'il ne renouvelait pas son affiche, et quand il tenait
dans la conversation un succès, eût au besoin organisé des
tournées et donné des représentations en province. Quoi
qu'il en fût des motifs variés de ces exclusions, celles de
M. de Charlus ne froissaient pas seulement Mme Verdurin,
qui sentait atteinte son autorité de Patronne, elles lui
causaient encore un grand tort mondain, et cela pour deux
raisons. La première est que M. de Charlus, plus
susceptible encore que Jupien, se brouillait sans qu'on sût
même pourquoi avec les personnes le mieux faites pour
être de ses amies. Naturellement, une des premières
punitions qu'on pouvait leur infliger était de ne pas les
laisser inviter à une fête qu'il donnait chez les Verdurin.
Or ces parias étaient souvent les gens qui tiennent ce qu'on
appelle le haut du pavé, mais, pour M. de Charlus, qui
avaient cessé de le tenir du jour qu'il avait été brouillé
avec eux. Car son imagination, autant qu'à supposer des
torts aux gens pour se brouiller avec eux, était ingénieuse
à leur ôter toute importance dès qu'ils n'étaient plus ses
amis. Si, par exemple, le coupable était un homme d'une
famille extrêmement ancienne, mais dont le duché ne date

que du XIXe siècle, les Montesquiou par exemple, du jour
au lendemain ce qui comptait pour M. de Charlus c'était
l'ancienneté du duché, la famille n'était rien. « Ils ne sont
même pas ducs, s'écriait-il. C'est le titre de l'abbé de
Montesquiou qui a indûment passé à un parent, il n'y a
même pas quatre-vingts ans. Le duc actuel, si duc il y a,
est le troisième. Parlez-moi de gens comme les Uzès, les
La Trémoïlle, les Luynes, qui sont les 10e, les 14e ducs,
comme mon frère qui est 12e duc de Guermantes et
17e prince de Condom. Les Montesquiou descendent d'une
ancienne famille, qu'est-ce que ça prouverait, même si
c'était prouvé ? Ils descendent tellement qu'ils sont dans
le quatorzième dessous. » Était-il brouillé, au contraire,
avec un gentilhomme possesseur d'un duché ancien, ayant
les plus magnifiques alliances, apparenté aux familles
souveraines, mais à qui ce grand éclat est venu très vite
sans que la famille remonte très haut, un Luynes par
exemple, tout était changé, la famille seule comptait. « Je
vous demande un peu, M. Alberti[1] qui ne se décrasse que
sous Louis XIII ! Qu'est-ce que ça peut nous fiche que des
faveurs de cour leur aient permis d'entasser des duchés
auxquels ils n'avaient aucun droit ? » De plus, chez M. de
Charlus, la chute suivait de près la faveur à cause de cette
disposition propre aux Guermantes d'exiger de la conversation, de l'amitié, ce qu'elle ne peut donner, plus la
crainte symptomatique d'être l'objet de médisances. Et la
chute était d'autant plus profonde que la faveur avait été
plus grande. Or personne n'en avait joui auprès du baron
d'une pareille à celle qu'il avait ostensiblement marquée
à la comtesse Molé. Par quelle marque d'indifférence
montra-t-elle un beau jour qu'elle en avait été indigne ?
La comtesse elle-même déclara toujours qu'elle n'avait
jamais pu arriver à le découvrir. Toujours est-il que son
nom seul excitait chez le baron les plus violentes colères,
les philippiques les plus éloquentes mais les plus terribles.
Mme Verdurin pour qui Mme Molé avait été très aimable
et qui fondait, on va le voir, de grands espoirs sur elle
s'étant réjouie à l'avance de l'idée que la comtesse verrait
chez elle les gens les plus nobles, comme la Patronne disait,
« de France et de Navarre », proposa tout de suite
d'inviter « Mme de Molé ». « Ah ! mon Dieu, tous les
goûts sont dans la nature, avait répondu M. de Charlus,
et si vous avez, madame, du goût pour causer avec

Mme Pipelet[1], Mme Gibout et Mme Joseph Prudhomme[2], je ne demande pas mieux, mais alors que ce soit un soir où je ne serai pas là. Je vois dès les premiers mots que nous ne parlons pas la même langue, puisque je parlais de noms de l'aristocratie et que vous me citez le plus obscur des noms des gens de robe, de petits roturiers retors, cancaniers, malfaisants, de petites dames qui se croient des protectrices des arts parce qu'elles reprennent une octave au-dessous les manières de ma belle-sœur Guermantes, à la façon du geai qui croit imiter le paon. J'ajoute qu'il y aurait une espèce d'indécence à introduire dans une fête que je veux bien donner chez Mme Verdurin une personne que j'ai retranchée à bon escient de ma familiarité, une pécore sans naissance, sans loyauté, sans esprit, qui a la folie de croire qu'elle est capable de jouer les duchesses de Guermantes et les princesses de Guermantes, cumul qui en lui-même est une sottise, puisque la duchesse de Guermantes et la princesse de Guermantes, c'est juste le contraire. C'est comme une personne qui prétendrait être à la fois Reichenberg[3] et Sarah Bernhardt. En tout cas, même si ce n'était pas contradictoire, ce serait profondément ridicule. Que je puisse, moi, sourire quelquefois des exagérations de l'une et m'attrister des limites de l'autre, c'est mon droit. Mais cette petite grenouille bourgeoise voulant s'enfler pour égaler ces deux grandes dames qui en tout cas laissent toujours paraître l'incomparable distinction de la race, c'est, comme on dit, à faire rire les poules. La Molé ! Voilà un nom qu'il ne faut plus prononcer, ou bien je n'ai qu'à me retirer », ajouta-t-il avec un sourire, sur le ton d'un médecin qui, voulant le bien de son malade malgré le malade lui-même, entend ne pas se laisser imposer la collaboration d'un homéopathe. D'autre part, certaines personnes jugées négligeables par M. de Charlus pouvaient en effet l'être pour lui et non pour Mme Verdurin. M. de Charlus, du haut de sa naissance, pouvait se passer des gens les plus élégants dont l'assemblée eût fait du salon de Mme Verdurin un des premiers de Paris. Or celle-ci commençait à trouver qu'elle avait déjà bien des fois manqué le coche, sans compter l'énorme retard que l'erreur mondaine de l'affaire Dreyfus lui avait infligé. Non sans lui rendre service pourtant. « Je ne sais si je vous ai dit combien la duchesse de Guermantes avait vu avec déplaisir des personnes de son monde qui,

subordonnant tout à l'Affaire, excluaient des femmes
élégantes et en recevaient qui ne l'étaient pas, pour cause
de révisionnisme ou d'antirévisionnisme, critiquée à son
tour par ces mêmes dames, comme tiède, mal pensante
et subordonnant aux étiquettes mondaines les intérêts de
la patrie », pourrais-je demander au lecteur comme à un
ami à qui on ne se rappelle plus, après tant d'entretiens,
si on a pensé ou trouvé l'occasion de le mettre au courant
d'une certaine chose. Que je l'aie fait ou non, l'attitude,
à ce moment-là, de la duchesse de Guermantes, peut
facilement être imaginée, et même, si on se reporte ensuite
à une période ultérieure, sembler, du point de vue
mondain, parfaitement juste. M. de Cambremer considérait l'affaire Dreyfus comme une machine étrangère
destinée à détruire le Service des renseignements, à briser
la discipline, à affaiblir l'armée, à diviser les Français, à
préparer l'invasion. La littérature étant, hors quelques
fables de La Fontaine, étrangère au marquis, il laissait à
sa femme le soin d'établir que la littérature cruellement
observatrice, en créant l'irrespect, avait procédé à un
chambardement parallèle. « M. Reinach[1] et M. Hervieu[2]
sont de mèche », disait-elle. On n'accusera pas l'affaire
Dreyfus d'avoir prémédité d'aussi noirs desseins à
l'encontre du monde. Mais là certainement elle a brisé les
cadres. Les mondains qui ne veulent pas laisser la politique
s'introduire dans le monde sont aussi prévoyants que les
militaires qui ne veulent pas laisser la politique pénétrer
dans l'armée. Il en est du monde comme du goût sexuel,
où l'on ne sait pas jusqu'à quelles perversions il peut
arriver quand une fois on a laissé des raisons esthétiques
dicter ses choix. La raison qu'elles étaient nationalistes
donna au faubourg Saint-Germain l'habitude de recevoir
des dames d'une autre société, la raison disparut avec le
nationalisme, l'habitude subsista. Mme Verdurin, à la
faveur du dreyfusisme, avait attiré chez elle des écrivains
de valeur qui momentanément ne lui furent d'aucun usage
mondain parce qu'ils étaient dreyfusards. Mais les passions
politiques sont comme les autres, elles ne durent pas. De
nouvelles générations viennent qui ne les comprennent
plus ; la génération même qui les a éprouvées change,
éprouve des passions politiques qui, n'étant pas exactement
calquées sur les précédentes, réhabilitent une partie des
exclus, la cause d'exclusivisme ayant changé. Les monar-

chistes ne se soucièrent plus pendant l'affaire Dreyfus que
quelqu'un eût été républicain, voire radical, voire anticléri-
cal, s'il était antisémite et nationaliste. Si jamais il devait
survenir une guerre, le patriotisme prendrait une autre
forme, et d'un écrivain chauvin, on ne s'occuperait même
pas s'il avait été ou non dreyfusard. C'est ainsi que, à
chaque crise politique, à chaque rénovation artistique,
Mme Verdurin avait arraché petit à petit, comme l'oiseau
fait son nid, les bribes successives, provisoirement inutilisa-
bles, de ce qui serait un jour son salon. L'affaire Dreyfus
avait passé, Anatole France lui restait[1]. La force de
Mme Verdurin, c'était l'amour sincère qu'elle avait de
l'art, la peine qu'elle se donnait pour les fidèles, les
merveilleux dîners qu'elle donnait pour eux seuls, sans
qu'il y eût de gens du monde conviés. Chacun d'eux était
traité chez elle comme Bergotte l'avait été chez
Mme Swann. Quand un familier de cet ordre devient un
beau jour un homme illustre et que le monde désire venir
le voir, sa présence chez une Mme Verdurin n'a rien de
ce côté factice, frelaté, cuisine de banquet officiel ou de
Saint-Charlemagne faite par Potel et Chabot[2], mais d'un
délicieux ordinaire qu'on eût trouvé aussi parfait un jour
où il n'y aurait pas eu de monde. Chez Mme Verdurin
la troupe était parfaite, entraînée, le répertoire de premier
ordre, il ne manquait que le public. Et depuis que le goût
de celui-ci se détournait de l'art raisonnable et français d'un
Bergotte et s'éprenait surtout de musiques exotiques,
Mme Verdurin, sorte de correspondant attitré à Paris de
tous les artistes étrangers, allait bientôt, à côté de la
ravissante princesse Yourbeletieff[3], servir de vieille fée
Carabosse, mais toute-puissante, aux danseurs russes. Cette
charmante invasion, contre les séductions de laquelle ne
protestèrent que les critiques dénués de goût, amena à
Paris, on le sait, une fièvre de curiosité moins âpre, plus
purement esthétique, mais peut-être aussi vive que l'affaire
Dreyfus. Là encore Mme Verdurin, mais pour un tout
autre résultat mondain, allait être au premier rang. Comme
on l'avait vue à côté de Mme Zola, tout aux pieds du
tribunal, aux séances de la Cour d'assises, quand l'humanité
nouvelle, acclamatrice des ballets russes, se pressa à
l'Opéra, ornée d'aigrettes inconnues, toujours on voyait
dans une première loge Mme Verdurin à côté de la
princesse Yourbeletieff. Et comme après les émotions du

Palais de Justice on avait été le soir chez Mme Verdurin
voir de près Picquart ou Labori[1] et surtout apprendre les
dernières nouvelles, savoir ce qu'on pouvait espérer de
Zurlinden[2], de Loubet[3], du colonel Jouaust[4], du Règle-
ment, de même, peu disposé à aller se coucher après
l'enthousiasme déchaîné par *Shéhérazade*[5] ou les danses du
Prince Igor[6], on allait chez Mme Verdurin, où, présidés par
la princesse Yourbeletieff et par la Patronne, des soupers
exquis réunissaient chaque soir les danseurs qui n'avaient
pas dîné pour être plus bondissants, leur directeur, leurs
décorateurs, les grands compositeurs Igor Stravinski et
Richard Strauss, petit noyau immuable autour duquel,
comme aux soupers de M. et Mme Helvétius[7], les plus
grandes dames de Paris et des altesses étrangères ne
dédaignèrent pas de se mêler. Même ceux des gens du
monde qui faisaient profession d'avoir du goût et faisaient
entre les ballets russes des distinctions oiseuses, trouvant
la mise en scène des *Sylphides*[8] quelque chose de plus
« fin » que celle de *Shéhérazade*, qu'ils n'étaient pas loin
de faire relever de l'art nègre, étaient enchantés de voir
de près ces grands rénovateurs du goût, du théâtre, qui,
dans un art peut-être un peu plus factice que la peinture,
firent une révolution aussi profonde que l'impressionnisme.

Pour en revenir à M. de Charlus, Mme Verdurin n'eût
pas trop souffert s'il n'avait mis à l'index que Mme Bontemps, que Mme Verdurin avait distinguée chez Odette
à cause de son amour des arts, et qui, pendant l'affaire
Dreyfus, était venue quelquefois dîner avec son mari que
Mme Verdurin appelait un tiède parce qu'il n'introduisait
pas le procès en révision, mais qui, fort intelligent et
heureux de se créer des intelligences dans tous les partis,
était enchanté de montrer son indépendance en dînant
avec Labori qu'il écoutait sans rien dire de compromettant,
mais glissant au bon endroit un hommage à la loyauté,
reconnue dans tous les partis, de Jaurès. Mais le baron avait
également proscrit quelques dames de l'aristocratie avec
lesquelles Mme Verdurin était, à l'occasion de solennités
musicales, de collections, de charité, entrée récemment en
relations et qui, quoi que M. de Charlus pût penser
d'elles, eussent été, beaucoup plus que lui-même, des éléments essentiels pour former chez Mme Verdurin un nouveau noyau, aristocratique celui-là. Mme Verdurin avait

justement compté sur cette fête où M. de Charlus lui
amènerait des dames du même monde, pour leur adjoindre
ses nouvelles amies et avait joui d'avance de la surprise
qu'elles auraient à rencontrer quai Conti leurs amies ou
parentes invitées par le baron. Elle était déçue et furieuse
de son interdiction. Restait à savoir si la soirée, dans ces
conditions, se traduirait pour elle par un profit ou par une
perte. Celle-ci ne serait pas trop grave si du moins les
invitées de M. de Charlus venaient avec des dispositions
si chaleureuses pour Mme Verdurin qu'elles deviendraient
pour elle les amies d'avenir. Dans ce cas il n'y aurait que
demi-mal et, un jour prochain, ces deux moitiés du grand
monde que le baron avait voulu tenir isolées, on les réuni-
rait, quitte à ne pas l'avoir, lui, ce soir-là. Mme Verdurin
attendait donc les invitées du baron avec une certaine
émotion. Elle n'allait pas tarder à savoir l'état d'esprit où
elles venaient, et les relations que la Patronne pouvait
espérer avoir avec elles. En attendant, Mme Verdurin se
consultait avec les fidèles, mais voyant Charlus qui entrait
avec Brichot et moi, elle s'arrêta net.

À notre grand étonnement, quand Brichot lui dit sa
tristesse de savoir que sa grande amie était si mal,
Mme Verdurin répondit : « Écoutez, je suis obligée
d'avouer que de tristesse je n'en éprouve aucune. Il est
inutile de feindre les sentiments qu'on ne ressent pas... »
Sans doute elle parlait ainsi par manque d'énergie, parce
qu'elle était fatiguée à l'idée de se faire un visage triste
pour toute sa réception, par orgueil, pour ne pas avoir
l'air de chercher des excuses à ne pas avoir décommandé
celle-ci, par respect humain pourtant et habileté, parce que
le manque de chagrin dont elle faisait preuve était plus
honorable s'il devait être attribué à une antipathie
particulière, soudain révélée, envers la princesse, qu'à une
insensibilité universelle, et parce qu'on ne pouvait
s'empêcher d'être désarmé par une sincérité qu'il n'était
pas question de mettre en doute : si Mme Verdurin n'avait
pas été vraiment indifférente à la mort de la princesse,
eût-elle été, pour expliquer qu'elle reçût, s'accuser d'une
faute bien plus grave ? On oubliait que Mme Verdurin
eût avoué, en même temps que son chagrin, qu'elle n'avait
pas eu le courage de renoncer à un plaisir ; or la dureté
de l'amie était quelque chose de plus choquant, de plus
immoral, mais de moins humiliant, par conséquent de plus

facile à avouer, que la frivolité de la maîtresse de maison.
En matière de crime, là où il y a danger pour le coupable,
c'est l'intérêt qui dicte les aveux. Pour les fautes sans
sanction, c'est l'amour-propre. D'ailleurs, soit que trouvant
sans doute bien usé le prétexte des gens qui, pour ne pas
laisser interrompre par les chagrins leur vie de plaisirs,
vont répétant qu'il leur semble vain de porter extérieure-
ment un deuil qu'ils ont dans le cœur, Mme Verdurin
préférât imiter ces coupables intelligents à qui répugnent
les clichés de l'innocence et dont la défense — demi-aveu
sans qu'ils s'en doutent — consiste à dire qu'ils n'auraient
vu aucun mal à commettre ce qui leur est reproché, que
par hasard, du reste, ils n'ont pas eu l'occasion de faire,
soit qu'ayant adopté pour expliquer sa conduite la thèse
de l'indifférence, elle trouvât, une fois lancée sur la pente
de son mauvais sentiment, qu'il y avait quelque originalité
à l'éprouver, une perspicacité rare à avoir su le démêler,
et un certain « culot » à le proclamer ainsi, Mme Verdurin
tint à insister sur son manque de chagrin, non sans une
certaine satisfaction orgueilleuse de psychologue para-
doxal, et de dramaturge hardi. « Oui, c'est très drôle,
dit-elle, ça ne m'a presque rien fait. Mon Dieu, je ne peux
pas dire que je n'aurais pas mieux aimé qu'elle vécût, ce
n'était pas une mauvaise personne. — Si, interrompit
M. Verdurin. — Ah ! lui ne l'aime pas parce qu'il trouvait
que cela me faisait du tort de la recevoir, mais il est aveuglé
par ça. — Rends-moi cette justice, dit M. Verdurin, que
je n'ai jamais approuvé cette fréquentation. Je t'ai toujours
dit qu'elle avait mauvaise réputation. — Mais je ne l'ai
jamais entendu dire, protesta Saniette. — Mais comment ?
s'écria Mme Verdurin, c'était universellement connu, pas
mauvaise, mais honteuse, déshonorante. Non, mais, ce
n'est pas à cause de cela. Je ne saurais pas moi-même
expliquer mon sentiment ; je ne la détestais pas, mais elle
m'était tellement indifférente que, quand nous avons
appris qu'elle était très mal, mon mari lui-même a été
étonné et m'a dit : "On dirait que cela ne te fait rien."
Mais tenez, ce soir, il m'avait offert de décommander la
répétition, et j'ai tenu au contraire à la donner, parce que
j'aurais trouvé une comédie de témoigner un chagrin que
je n'éprouve pas. » Elle disait cela parce qu'elle trouvait
que c'était curieusement « théâtre libre[1] », et aussi que
c'était joliment commode ; car l'insensibilité ou l'immora-

lité avouée simplifie autant la vie que la morale facile ; elle fait des actions blâmables, et pour lesquelles on n'a plus alors besoin de chercher d'excuses, un devoir de sincérité. Et les fidèles écoutaient les paroles de Mme Verdurin avec ce mélange d'admiration et de malaise que certaines pièces cruellement réalistes et d'une observation pénible causaient autrefois ; et tout en s'émerveillant de voir leur chère Patronne donner une forme nouvelle de sa droiture et de son indépendance, plus d'un, tout en se disant qu'après tout ce ne serait pas la même chose, pensait à sa propre mort et se demandait si, le jour qu'elle surviendrait, on pleurerait ou on donnerait une fête au quai Conti. « Je suis bien content que la soirée n'ait pas été décommandée, à cause de mes invités », dit M. de Charlus, qui ne se rendit pas compte qu'en s'exprimant ainsi il froissait Mme Verdurin.

Cependant j'étais frappé, comme chaque personne qui approcha ce soir-là Mme Verdurin, par une odeur assez peu agréable de rhino-goménol. Voici à quoi cela tenait. On sait que Mme Verdurin n'exprimait jamais ses émotions artistiques d'une façon morale, mais physique, pour qu'elles semblassent plus inévitables et plus profondes. Or, si on lui parlait de la musique de Vinteuil, sa préférée, elle restait indifférente, comme si elle n'en attendait aucune émotion. Mais après quelques minutes de regard immobile, presque distrait, elle vous répondait sur un ton précis, pratique, presque peu poli, comme si elle vous avait dit : « Cela me serait égal que vous fumiez mais c'est à cause du tapis, il est très beau, ce qui me serait encore égal, mais il est très inflammable, j'ai très peur du feu et je ne voudrais pas vous faire flamber tous, pour un bout de cigarette mal éteinte que vous auriez laissé tomber par terre. » De même pour Vinteuil. Si on en parlait, elle ne professait aucune admiration, mais au bout d'un instant exprimait d'un air froid son regret qu'on en jouât ce soir-là : « Je n'ai rien contre Vinteuil ; à mon sens, c'est le plus grand musicien du siècle, seulement je ne peux pas écouter ces machines-là sans cesser de pleurer un instant (elle ne disait nullement « pleurer » d'un air pathétique, elle aurait dit d'un air aussi naturel « dormir », certaines méchantes langues prétendaient même que ce dernier verbe eût été plus vrai, personne ne pouvant du reste décider, car elle écoutait cette musique-là la tête dans

ses mains, et certains bruits ronfleurs pouvaient après tout
être des sanglots). Pleurer ça ne me fait pas mal, tant qu'on
voudra, seulement ça me fiche après des rhumes à tout
casser. Cela me congestionne la muqueuse, et quarante-
huit heures après, j'ai l'air d'une vieille poivrote et, pour
que mes cordes vocales fonctionnent, il me faut faire des
journées d'inhalation. Enfin un élève de Cottard... — Oh !
mais à ce propos, je ne vous faisais pas mes condoléances,
il a été enlevé bien vite, le pauvre professeur ! — Hé bien
oui, qu'est-ce que vous voulez, il est mort, comme tout
le monde, il avait tué assez de gens pour que ce soit son
tour de diriger ses coups contre lui-même[1]. Donc, je vous
disais qu'un de ses élèves, un maître délicieux, m'avait
soignée pour cela. Il professe un axiome assez original :
"Mieux vaut prévenir que guérir." Et il me graisse le nez
avant que la musique commence. C'est radical. Je peux
pleurer comme je ne sais pas combien de mères qui
auraient perdu leurs enfants, pas le moindre rhume.
Quelquefois un peu de conjonctivite, mais c'est tout.
L'efficacité est absolue. Sans cela je n'aurais pu continuer
à écouter du Vinteuil. Je ne faisais plus que tomber d'une
bronchite dans une autre. »

Je ne pus plus me retenir de parler de Mlle Vinteuil.
« Est-ce que la fille de l'auteur n'est pas là ? demandai-je
à Mme Verdurin, ainsi qu'une de ses amies ? — Non, je
viens justement de recevoir une dépêche, me dit évasive-
ment Mme Verdurin ; elles ont été obligées de rester à
la campagne. » Et j'eus un instant l'espérance qu'il n'avait
même peut-être jamais été question qu'elles vinssent, et
que Mme Verdurin n'avait annoncé ces représentants de
l'auteur que pour impressionner favorablement les interprètes et le public. « Comment, alors elles ne sont même
pas venues à la répétition de tantôt ? » dit avec une fausse
curiosité le baron qui voulut paraître ne pas avoir vu
Charlie. Celui-ci vint me dire bonjour. Je l'interrogeai à
l'oreille, relativement à l'excuse de Mlle Vinteuil. Il
semblait fort peu au courant. Je lui fis signe de ne pas parler
haut et l'avertis que nous en recauserions. Il s'inclina en
me promettant qu'il serait trop heureux d'être à ma
disposition entière. Je remarquai qu'il était beaucoup plus
poli, beaucoup plus respectueux qu'autrefois. Je fis
compliment de lui — de lui qui pourrait peut-être m'aider
à éclaircir mes soupçons — à M. de Charlus, qui me

répondit : « Il ne fait que ce qu'il doit, ce ne serait pas la peine qu'il vécût avec des gens comme il faut pour avoir de mauvaises manières. » Les bonnes, selon M. de Charlus, étaient les vieilles manières françaises, sans ombre de raideur britannique. Ainsi quand Charlie, revenant de faire une tournée en province ou à l'étranger, débarquait en costume de voyage chez le baron, celui-ci, s'il n'y avait pas trop de monde, l'embrassait sans façon sur les deux joues, peut-être un peu pour ôter par tant d'ostentation de sa tendresse toute idée qu'elle pût être coupable, peut-être pour ne pas se refuser un plaisir, mais plus encore sans doute par littérature, pour maintien et illustration des anciennes manières de France, et comme il aurait protesté contre le style munichois ou le modern style en gardant de vieux fauteuils de son arrière-grand-mère, opposant au flegme britannique la tendresse d'un père sensible du XVIII⁰ siècle qui ne dissimule pas sa joie de revoir un fils. Y avait-il enfin une pointe d'inceste, dans cette affection paternelle ? Il est plus probable que la façon dont M. de Charlus contentait habituellement son vice, et sur laquelle nous recevrons ultérieurement quelques éclaircissements, ne suffisait pas à ses besoins affectifs, restés vacants depuis la mort de sa femme ; toujours est-il qu'après avoir songé plusieurs fois à se remarier, il était travaillé maintenant d'une maniaque envie d'adopter, et que certaines personnes autour de lui craignaient qu'elle ne s'exerçât à l'égard de Charlie. Et ce n'est pas extraordinaire. L'inverti qui n'a pu nourrir sa passion qu'avec une littérature écrite pour les hommes à femmes, qui pensait aux hommes en lisant *Les Nuits* de Musset, éprouve le besoin d'entrer de même dans toutes les fonctions sociales de l'homme qui n'est pas inverti, d'entretenir comme l'amant des danseuses et le vieil habitué de l'Opéra, aussi d'être rangé, d'épouser ou de se coller avec un homme, d'être père.

Il s'éloigna avec Morel, sous prétexte de se faire expliquer ce qu'on allait jouer, trouvant surtout une grande douceur, tandis que Charlie lui montrait sa musique, à étaler ainsi publiquement leur intimité secrète. Pendant ce temps-là j'étais charmé. Car, bien que le petit clan comportât peu de jeunes filles, on en invitait pas mal par compensation les jours de grandes soirées. Il y en avait plusieurs, et de fort belles, que je connaissais. Elles m'envoyaient de loin un sourire de bienvenue. L'air était ainsi décoré de moment en moment d'un beau sourire de jeune fille. C'est l'ornement multiple et épars des soirées, comme des jours. On se souvient d'une atmosphère parce que des jeunes filles y ont souri.

On eût par ailleurs été bien étonné si l'on avait noté les propos furtifs que M. de Charlus avait échangés avec plusieurs hommes importants de cette soirée. Ces hommes étaient deux ducs, un général éminent, un grand écrivain, un grand médecin, un grand avocat. Or les propos avaient été : « À propos, avez-vous su si le valet de pied, non, je parle du petit qui monte sur la voiture... Et chez votre cousine Guermantes, vous ne connaissez rien ? — Actuellement non. — Dites donc, devant la porte d'entrée, aux voitures, il y avait une jeune personne blonde, en culotte courte, qui m'a semblé tout à fait sympathique. Elle m'a appelé très gracieusement ma voiture, j'aurais volontiers prolongé la conversation. — Oui, mais je la crois tout à fait hostile, et puis ça fait des façons, vous qui aimez que les choses réussissent du premier coup, vous seriez dégoûté. Du reste, je sais qu'il n'y a rien à faire, un de mes amis a essayé. — C'est regrettable, j'avais trouvé le profil très fin et les cheveux superbes. — Vraiment, vous trouvez ça si bien que ça ? Je crois que si vous l'aviez vue un peu plus, vous auriez été désillusionné. Non, c'est au buffet qu'il y a encore deux mois vous auriez vu une vraie merveille, un grand gaillard de deux mètres, une peau idéale, et puis aimant ça. Mais c'est parti pour la Pologne. — Ah ! c'est un peu loin. — Qui sait ? ça reviendra peut-être. On se retrouve toujours dans la vie. » Il n'y a pas de grande soirée mondaine, si pour en avoir une coupe on sait la prendre à une profondeur suffisante, qui ne soit pareille à ces soirées où les médecins invitent leurs malades, lesquels tiennent des propos fort sensés, ont de très bonnes manières, et ne montreraient pas qu'ils sont fous s'ils ne vous glissaient à l'oreille en vous montrant un vieux monsieur qui passe : « C'est Jeanne d'Arc[1]. »

« Je trouve que ce serait de notre devoir de l'éclairer, dit Mme Verdurin à Brichot. Ce que je fais n'est pas contre Charlus, au contraire. Il est agréable et quant à sa réputation je vous dirai qu'elle est d'un genre qui ne peut pas me nuire ! Même moi, qui pour notre petit clan, pour nos dîners de conversation, déteste les flirts, les hommes disant des inepties à une femme dans un coin au lieu de traiter des sujets intéressants, avec Charlus je n'avais pas à craindre ce qui m'est arrivé avec Swann, avec Elstir, avec tant d'autres. Avec lui j'étais tranquille, il arrivait là à mes dîners, il pouvait y avoir toutes les femmes du monde, on était sûr que la conversation générale n'était pas troublée par des flirts, des chuchotements. Charlus c'est à part, on est tranquille, c'est comme un prêtre. Seulement il ne faut pas qu'il se permette de régenter les jeunes gens qui viennent ici et de porter le trouble dans notre petit noyau, sans cela ce sera encore pire qu'un homme à femmes. » Et Mme Verdurin était sincère en proclamant ainsi son indulgence pour le Charlisme. Comme tout pouvoir ecclésiastique, elle jugeait les faiblesses humaines moins graves que ce qui pouvait affaiblir le principe d'autorité, nuire à l'orthodoxie, modifier l'antique credo, dans sa petite Église. « Sans cela, moi je montre les dents. Voilà un monsieur qui a empêché Charlie de venir à une répétition parce qu'il n'y était pas convié. Aussi il va avoir un avertissement sérieux, j'espère que cela lui suffira, sans cela il n'aura qu'à prendre la porte. Il le chambre, ma parole. » Et usant exactement des mêmes expressions que presque tout le monde aurait fait, car il en est certaines, peu habituelles, que tel sujet particulier, telle circonstance donnée, font affluer presque nécessairement à la mémoire du causeur qui croit exprimer librement sa pensée, et ne fait que répéter machinalement la leçon universelle, elle ajouta : « On ne peut plus le voir sans qu'il soit affublé de ce grand escogriffe, de cette espèce de garde du corps. » M. Verdurin proposa d'emmener un instant Charlie pour lui parler, sous prétexte de lui demander quelque chose. Mme Verdurin craignit qu'il ne fût ensuite troublé et jouât mal. « Il vaudrait mieux retarder cette exécution jusqu'après celle des morceaux. Et même peut-être à une autre fois. » Car Mme Verdurin avait beau tenir à la délicieuse émotion qu'elle éprouverait quand elle saurait son mari en train d'éclairer Charlie dans une pièce voisine, elle avait peur, si le coup ratait, qu'il ne se fâchât et lâchât le 16.

Ce qui perdit M. de Charlus ce soir-là fut la mauvaise éducation — si fréquente dans ce monde — des personnes qu'il avait invitées et qui commençaient à arriver. Venues à la fois par amitié pour M. de Charlus, et avec la curiosité de pénétrer dans un endroit pareil, chaque duchesse allait droit au baron comme si c'était lui qui avait reçu, me disait, juste à un pas des Verdurin qui entendaient tout : « Montrez-moi où est la mère Verdurin, croyez-vous que ce soit indispensable que je me fasse présenter ? J'espère au moins qu'elle ne fera pas mettre mon nom dans le journal demain, il y aurait de quoi me brouiller avec tous les miens. Comment, c'est cette femme à cheveux blancs ? mais elle n'a pas trop mauvaise façon. » Entendant parler de Mlle Vinteuil, d'ailleurs absente, plus d'une disait : « Ah ! la fille de la Sonate ? Montrez-moi-la » et, retrouvant beaucoup d'amies à elles, faisaient bande à part, épiaient, pétillantes de curiosité ironique, l'entrée des fidèles, trouvaient tout au plus à se montrer du doigt la coiffure un peu singulière d'une personne qui quelques années plus tard devait la mettre à la mode dans le plus grand monde, et, somme toute, regrettaient de ne pas trouver ce salon aussi dissemblable de ceux qu'elles connaissaient, qu'elles avaient espéré, éprouvant le désappointement de gens du monde qui, étant allés dans la boîte à Bruant[1] dans l'espoir d'être engueulés par le chansonnier, se seraient vus, à leur entrée, accueillis par un salut correct, au lieu du refrain attendu : « Ah ! voyez c'te gueule, c'te binette. Ah ! voyez c'te gueule qu'elle a. »

M. de Charlus avait, à Balbec, finement critiqué devant moi Mme de Vaugoubert qui, malgré sa grande intelligence, avait causé, après la fortune inespérée, l'irrémédiable disgrâce de son mari. Les souverains auprès desquels M. de Vaugoubert était accrédité, le roi Théodose et la reine Eudoxie, étant revenus à Paris[2], mais cette fois pour un séjour de quelque durée, des fêtes quotidiennes avaient été données en leur honneur, au cours desquelles la reine, liée avec Mme de Vaugoubert qu'elle voyait depuis dix ans dans sa capitale, et ne connaissant ni la femme du Président de la République, ni les femmes des ministres, s'était détournée de celles-ci pour faire bande à part avec l'ambassadrice. Celle-ci, croyant sa position hors de toute atteinte, M. de Vaugoubert étant l'auteur de l'alliance entre le roi Théodose et la France, avait conçu, de la préférence que lui marquait la reine, une satisfaction d'orgueil, mais nulle inquiétude du danger qui la menaçait et qui se réalisa quelques mois plus tard en l'événement, jugé à tort impossible par le couple trop confiant, de la

brutale mise à la retraite de M. de Vaugoubert. M. de
Charlus, commentant dans le « tortillard » la chute de
son ami d'enfance, s'étonnait qu'une femme intelligente
n'eût pas en pareille circonstance fait servir toute son
influence sur les souverains à obtenir d'eux qu'elle parût
n'en posséder aucune, et à leur faire reporter sur la femme
du Président de la République et des ministres une
amabilité dont elles eussent été d'autant plus flattées,
c'est-à-dire dont elles eussent été d'autant plus près, dans
leur contentement, de savoir gré aux Vaugoubert, qu'elles
eussent cru que cette amabilité était spontanée et non pas
dictée par eux. Mais qui voit le tort des autres, pour peu
que les circonstances le grisent un peu, y succombe souvent
lui-même. Et M. de Charlus, pendant que ses invités se
frayaient un chemin pour venir le féliciter, le remercier
comme s'il avait été le maître de maison, ne songea pas
à leur demander de dire quelques mots à Mme Verdurin.
Seule, la reine de Naples, en qui vivait le même noble
sang qu'en ses sœurs l'impératrice Élisabeth et la duchesse
d'Alençon[1], se mit à causer avec Mme Verdurin comme
si elle était venue pour le plaisir de voir Mme Verdurin
plus que pour la musique et que pour M. de Charlus, fit
mille déclarations à la Patronne, ne tarit pas sur l'envie
qu'elle avait depuis si longtemps de faire sa connaissance,
la complimenta sur sa maison et lui parla des sujets les
plus divers comme si elle était en visite. Elle eût tant voulu
amener sa nièce Élisabeth, disait-elle (celle qui devait peu
après épouser le prince Albert de Belgique), et qui
regretterait tant ! Elle se tut en voyant les musiciens
s'installer sur l'estrade et se fit montrer Morel. Elle ne
devait guère se faire d'illusion sur les motifs qui portaient
M. de Charlus à vouloir qu'on entourât le jeune virtuose
de tant de gloire. Mais sa vieille sagesse de souveraine
en qui coulait un des sangs les plus nobles de l'histoire,
les plus riches d'expérience, de scepticisme et d'orgueil,
lui faisait seulement considérer les tares inévitables des
gens qu'elle aimait le mieux, comme son cousin Charlus
(fils comme elle d'une duchesse de Bavière), comme des
infortunes qui leur rendaient plus précieux l'appui qu'ils
pouvaient trouver en elle et faisaient, en conséquence,
qu'elle avait plus de plaisir encore à le leur fournir. Elle
savait que M. de Charlus serait doublement touché qu'elle
se fût dérangée en pareille circonstance. Seulement, aussi

bonne qu'elle s'était jadis montrée brave, cette femme
héroïque qui, reine-soldat, avait fait elle-même le coup de
feu sur les remparts de Gaète[1], toujours prête à aller
chevaleresquement du côté des faibles, voyant Mme Verdurin seule et délaissée, et qui ignorait d'ailleurs qu'elle
n'eût pas dû quitter la reine, avait cherché à feindre que
pour elle, la reine de Naples, le centre de cette soirée,
le point attractif qui l'avait fait venir c'était Mme Verdurin.
Elle s'excusa sans fin sur ce qu'elle ne pourrait pas rester
jusqu'à la fin, devant, quoiqu'elle ne sortît jamais, aller
à une autre soirée, et demandant que surtout, quand elle
s'en irait, on ne se dérangeât pas pour elle, tenant ainsi
quitte d'honneurs que Mme Verdurin ne savait du reste
pas qu'on avait à lui rendre.

Il faut rendre pourtant cette justice à M. de Charlus que,
s'il oublia entièrement Mme Verdurin et la laissa oublier,
jusqu'au scandale, par les gens « de son monde » à lui
qu'il avait invités, il comprit en revanche qu'il ne devait
pas laisser ceux-ci garder, en face de la « manifestation
musicale » elle-même, les mauvaises façons dont ils usaient
à l'égard de la Patronne. Morel était déjà monté sur
l'estrade, les artistes se groupaient, que l'on entendait
encore des conversations, voire des rires, des « il paraît
qu'il faut être initié pour comprendre ». Aussitôt M. de
Charlus, redressant sa taille en arrière, comme entré dans
un autre corps que celui que j'avais vu tout à l'heure arriver
en traînaillant chez Mme Verdurin, prit une expression
de prophète et regarda l'assemblée avec un sérieux qui
signifiait que ce n'était pas le moment de rire, et dont on
vit rougir brusquement le visage de plus d'une invitée,
prise en faute comme un élève par son professeur en pleine
classe. Pour moi, l'attitude, si noble d'ailleurs, de M. de
Charlus avait quelque chose de comique ; car tantôt il
foudroyait ses invités de regards enflammés, tantôt, afin
de leur indiquer comme en un *vade mecum* le religieux
silence qu'il convenait d'observer, le détachement de toute
préoccupation mondaine, il présentait lui-même, élevant
vers son beau front ses mains gantées de blanc, un modèle
(auquel on devait se conformer) de gravité, presque déjà
d'extase, sans répondre aux saluts des retardataires, assez
indécents pour ne pas comprendre que l'heure était
maintenant au grand Art. Tous furent hypnotisés, on n'osa
plus proférer un son, bouger une chaise ; le respect pour

la musique — de par le prestige de Palamède — avait été
subitement inculqué à une foule aussi mal élevée
qu'élégante.

En voyant se ranger sur la petite estrade non pas
seulement Morel et un pianiste, mais d'autres
instrumentistes, je crus qu'on commençait par des œuvres
d'autres musiciens que Vinteuil. Car je croyais qu'on ne
possédait de lui que sa sonate pour piano et violon.

Mme Verdurin s'assit à part, les hémisphères de son
front blanc et légèrement rosé magnifiquement bombés,
les cheveux écartés, moitié en imitation d'un portrait du
XVIIIe siècle, moitié par besoin de fraîcheur d'une fiévreuse
qu'une pudeur empêche de dire son état, isolée, divinité
qui présidait aux solennités musicales, déesse du wagné-
risme et de la migraine, sorte de Norne[1] presque tragique,
évoquée par le génie au milieu de ces ennuyeux, devant
qui elle allait dédaigner plus encore que de coutume
d'exprimer des impressions en entendant une musique
qu'elle connaissait mieux qu'eux. Le concert commença[2],
je ne connaissais pas ce qu'on jouait ; je me trouvais en
pays inconnu. Où le situer ? Dans l'œuvre de quel auteur
étais-je ? J'aurais bien voulu le savoir et, n'ayant près de
moi personne à qui le demander, aurais bien voulu être
un personnage de ces *Mille et Une Nuits* que je relisais sans
cesse et où dans les moments d'incertitude surgit soudain
un génie ou une adolescente d'une ravissante beauté,
invisible pour les autres, mais non pour le héros
embarrassé, à qui elle révèle exactement ce qu'il désire
savoir. Or à ce moment, je fus précisément favorisé d'une
telle apparition magique. Comme quand, dans un pays
qu'on ne croit pas connaître et qu'en effet on a abordé
par un côté nouveau, après avoir tourné un chemin, on
se trouve tout d'un coup déboucher dans un autre dont
les moindres coins vous sont familiers, mais seulement où
on n'avait pas l'habitude d'arriver par là, on se dit tout
d'un coup : « Mais c'est le petit chemin qui mène à la
petite porte du jardin de mes amis *** ; je suis à deux
minutes de chez eux » ; et leur fille en effet est là qui
est venue vous dire bonjour au passage ; ainsi, tout d'un
coup je me reconnus au milieu de cette musique nouvelle
pour moi, en pleine sonate de Vinteuil ; et plus merveilleuse qu'une adolescente, la petite phrase, enveloppée,
harnachée d'argent, toute ruisselante de sonorités bril-

lantes, légères et douces comme des écharpes, vint à moi, reconnaissable sous ces parures nouvelles. Ma joie de l'avoir retrouvée s'accroissait de l'accent si amicalement connu qu'elle prenait pour s'adresser à moi, si persuasif, si simple, non sans laisser éclater pourtant cette beauté chatoyante dont elle resplendissait. Sa signification, d'ailleurs, n'était cette fois que de me montrer le chemin, et qui n'était pas celui de la sonate, car c'était une œuvre inédite de Vinteuil où il s'était seulement amusé, par une allusion que justifiait à cet endroit un mot du programme qu'on aurait dû avoir en même temps sous les yeux, à y faire apparaître un instant la petite phrase. À peine rappelée ainsi, elle disparut et je me retrouvai dans un monde inconnu mais je savais maintenant, et tout ne cessa plus de me confirmer, que ce monde était un de ceux que je n'avais même pu concevoir que Vinteuil eût créés, car quand, fatigué de la sonate qui était un univers épuisé pour moi, j'essayais d'en imaginer d'autres aussi beaux mais différents, je faisais seulement comme ces poètes qui remplissent leur prétendu Paradis de prairies, de fleurs, de rivières qui font double emploi avec celles de la Terre. Ce qui était devant moi me faisait éprouver autant de joie qu'aurait fait la sonate si je ne l'avais pas connue, par conséquent, en étant aussi beau, était autre. Tandis que la sonate s'ouvrait sur une aube liliale et champêtre, divisant sa candeur légère mais pour se suspendre à l'emmêlement léger et pourtant consistant d'un berceau rustique de chèvrefeuilles sur des géraniums blancs, c'était sur des surfaces unies et planes comme celles de la mer que, par un matin d'orage, commençait au milieu d'un aigre silence, dans un vide infini, l'œuvre nouvelle, et c'est dans un rose d'aurore que, pour se construire progressivement devant moi, cet univers inconnu était tiré du silence et de la nuit. Ce rouge si nouveau, si absent de la tendre, champêtre et candide sonate, teignait tout le ciel, comme l'aurore, d'un espoir mystérieux. Et un chant perçait déjà l'air, chant de sept notes, mais le plus inconnu, le plus différent de tout ce que j'eusse jamais imaginé, à la fois ineffable et criard, non plus roucoulement de colombe comme dans la sonate, mais déchirant l'air, aussi vif que la nuance écarlate dans laquelle le début était noyé, quelque chose comme un mystique chant du coq, un appel ineffable mais suraigu, de l'éternel matin. L'atmosphère

froide, lavée de pluie, électrique — d'une qualité si
différente, à des pressions tout autres, dans un monde si
éloigné de celui, virginal et meublé de végétaux, de la
sonate — changeait à tout instant, effaçant la promesse
empourprée de l'Aurore. À midi pourtant, dans un
ensoleillement brûlant et passager, elle semblait
s'accomplir en un bonheur lourd, villageois et presque
rustique, où la titubation de cloches retentissantes et
déchaînées (pareilles à celles qui incendiaient de chaleur
la place de l'église à Combray, et que Vinteuil, qui avait
dû souvent les entendre, avait peut-être trouvées à ce
moment-là dans sa mémoire, comme une couleur qu'on
a à portée de sa main sur une palette) semblait matérialiser
la plus épaisse joie. À vrai dire, esthétiquement ce motif
de joie ne me plaisait pas ; je le trouvais presque laid, le
rythme s'en traînait si péniblement à terre qu'on aurait
pu en imiter presque tout l'essentiel, rien qu'avec des
bruits, en frappant d'une certaine manière des baguettes
sur une table. Il me semblait que Vinteuil avait manqué
là d'inspiration, et en conséquence, je manquai aussi là
un peu de force d'attention.

Je regardai la Patronne, dont l'immobilité farouche
semblait protester contre les battements de mesure
exécutés par les têtes ignorantes des dames du Faubourg.
Mme Verdurin ne disait pas : « Vous comprenez que je
la connais un peu cette musique, et un peu encore ! S'il
me fallait exprimer tout ce que je ressens, vous n'en auriez
pas fini ! » Elle ne le disait pas. Mais sa taille droite et
immobile, ses yeux sans expression, ses mèches fuyantes,
le disaient pour elle. Ils disaient aussi son courage, que
les musiciens pouvaient y aller, ne pas ménager ses nerfs,
qu'elle ne flancherait pas à l'andante, qu'elle ne crierait
pas à l'allegro. Je regardai ces musiciens. Le violoncelliste
dominait l'instrument qu'il serrait entre ses genoux,
inclinant sa tête à laquelle des traits vulgaires donnaient,
dans les instants de maniérisme, une expression involontaire de dégoût ; il se penchait sur sa contrebasse, la palpait
avec la même patience domestique que s'il eût épluché
un chou, tandis que près de lui la harpiste, encore enfant,
en jupe courte, dépassée de tous côtés par les rayons
horizontaux du quadrilatère d'or, pareil à ceux qui, dans
la chambre magique d'une sibylle, figureraient arbitrairement l'éther, selon les formes consacrées, semblait aller

y chercher çà et là, au point assigné, un son délicieux, de la même manière que, petite déesse allégorique, dressée devant le treillage d'or de la voûte céleste, elle y aurait cueilli, une à une, des étoiles. Quant à Morel, une mèche jusque-là invisible et confondue dans sa chevelure venait de se détacher et de faire boucle sur son front.

Je tournai imperceptiblement la tête vers le public pour me rendre compte de ce que M. de Charlus avait l'air de penser de cette mèche. Mais mes yeux ne rencontrèrent que le visage, ou plutôt que les mains de Mme Verdurin, car celui-là était entièrement enfoui dans celles-ci. La Patronne voulait-elle par cette attitude recueillie montrer qu'elle se considérait comme à l'église, et ne trouvait pas cette musique différente de la plus sublime des prières ; voulait-elle comme certaines personnes à l'église dérober aux regards indiscrets, soit par pudeur leur ferveur supposée, soit par respect humain leur distraction coupable ou un sommeil invincible ? Cette dernière hypothèse fut celle qu'un bruit régulier qui n'était pas musical me fit croire un instant être la vraie, mais je m'aperçus ensuite qu'il était produit par les ronflements, non de Mme Verdurin, mais de sa chienne.

Mais bien vite, le motif triomphant des cloches ayant été chassé, dispersé par d'autres, je fus repris par cette musique ; et je me rendais compte que si, au sein de ce septuor, des éléments différents s'exposaient tour à tour pour se combiner à la fin, de même, sa sonate, et comme je le sus plus tard, ses autres œuvres, n'avaient toutes été par rapport à ce septuor que de timides essais, délicieux mais bien frêles, auprès du chef-d'œuvre triomphal et complet qui m'était en ce moment révélé. Et je ne pouvais m'empêcher, par comparaison, de me rappeler que, de même encore, j'avais pensé aux autres mondes qu'avait pu créer Vinteuil comme à des univers clos, comme avait été chacun de mes amours ; mais, en réalité, je devais bien m'avouer que, comme au sein de ce dernier amour — celui pour Albertine — mes premières velléités de l'aimer (à Balbec tout au début, puis après la partie de furet, puis la nuit où elle avait couché à l'hôtel, puis à Paris le dimanche de brume, puis le soir de la fête Guermantes, puis de nouveau à Balbec[1], et enfin à Paris où ma vie était étroitement unie à la sienne), de même, si je considérais maintenant non plus mon amour pour

Albertine, mais toute ma vie, mes autres amours n'y avaient été que de minces et timides essais qui préparaient, des appels qui réclamaient ce plus vaste amour... l'amour pour Albertine. Et je cessai de suivre la musique pour me redemander si Albertine avait vu ou non Mlle Vinteuil ces jours-ci, comme on interroge de nouveau une souffrance interne que la distraction vous a fait un moment oublier. Car c'est en moi que se passaient les actions possibles d'Albertine. De tous les êtres que nous connaissons, nous possédons un double. Mais, habituellement situé à l'horizon de notre imagination, de notre mémoire, il nous reste relativement extérieur, et ce qu'il a fait ou pu faire ne comporte pas plus pour nous d'élément douloureux qu'un objet placé à quelque distance et qui ne nous procure que les sensations indolores de la vue. Ce qui affecte ces êtres-là, nous le percevons d'une façon contemplative, nous pouvons le déplorer en termes appropriés qui donnent aux autres l'idée de notre bon cœur, nous ne le ressentons pas. Mais depuis ma blessure de Balbec, c'était dans mon cœur, à une grande profondeur, difficile à extraire, qu'était le double d'Albertine. Ce que je voyais d'elle me lésait comme un malade dont les sens seraient si fâcheusement transposés que la vue d'une couleur serait intérieurement éprouvée par lui comme une incision en pleine chair. Heureusement que je n'avais pas cédé à la tentation de rompre encore avec Albertine ; cet ennui d'avoir à la retrouver tout à l'heure comme une femme bien aimée, quand je rentrerais, était bien peu de chose auprès de l'anxiété que j'aurais eue si la séparation s'était effectuée à ce moment où j'avais un doute sur elle et avant qu'elle eût eu le temps de me devenir indifférente. Et au moment où je me la représentais ainsi m'attendant à la maison, trouvant le temps long, s'étant peut-être endormie un instant dans sa chambre, je fus caressé au passage par une tendre phrase familiale et domestique du septuor. Peut-être — tant tout s'entrecroise et se superpose dans notre vie intérieure — avait-elle été inspirée à Vinteuil par le sommeil de sa fille — de sa fille, cause aujourd'hui de tous mes troubles — quand il enveloppait de sa douceur, dans les paisibles soirées, le travail du musicien, cette phrase qui me calma tant par le même moelleux arrière-plan de silence qui pacifie certaines rêveries de Schumann, durant lesquelles, même

quand « le poète parle », on devine que « l'enfant
dort[1] ». Endormie, éveillée, je la retrouverais ce soir,
quand il me plairait de rentrer, Albertine, ma petite enfant.
Et pourtant, me dis-je, quelque chose de plus mystérieux
que l'amour d'Albertine semblait promis au début de cette
œuvre, dans ces premiers cris d'aurore. J'essayai de chasser
la pensée de mon amie pour ne plus songer qu'au musicien.
Aussi bien semblait-il être là. On aurait dit que, réincarné,
l'auteur vivait à jamais dans sa musique ; on sentait la joie
avec laquelle il choisissait la couleur de tel timbre,
l'assortissait aux autres. Car à des dons plus profonds,
Vinteuil joignait celui que peu de musiciens, et même peu
de peintres ont possédé, d'user de couleurs non seulement
si stables mais si personnelles que, pas plus que le temps
n'altère leur fraîcheur, les élèves qui imitent celui qui les
a trouvées, et les maîtres mêmes qui le dépassent, ne font
pâlir leur originalité. La révolution que leur apparition a
accomplie ne voit pas ses résultats s'assimiler anonymement
aux époques suivantes ; elle se déchaîne, elle éclate à
nouveau, et seulement quand on rejoue les œuvres du
novateur à perpétuité. Chaque timbre se soulignait d'une
couleur que toutes les règles du monde apprises par les
musiciens les plus savants ne pourraient pas imiter, en sorte
que Vinteuil, quoique venu à son heure et fixé à son rang
dans l'évolution musicale, le quitterait toujours pour venir
prendre la tête dès qu'on jouerait une de ses productions,
qui devrait de paraître éclose après celle de musiciens plus
récents, à ce caractère en apparence contradictoire et en
effet trompeur, de durable nouveauté. Une page symphonique de Vinteuil, connue déjà au piano et qu'on entendait
à l'orchestre, comme un rayon de jour d'été que le prisme
de la fenêtre décompose avant son entrée dans une salle
à manger obscure, dévoilait comme un trésor insoupçonné
et multicolore toutes les pierreries des *Mille et Une Nuits.*
Mais comment comparer à cet immobile éblouissement de
la lumière ce qui était vie, mouvement perpétuel et
heureux ? Ce Vinteuil que j'avais connu si timide et si
triste, avait, quand il fallait choisir un timbre, lui en unir
un autre, des audaces, et dans tout le sens du mot un
bonheur sur lequel l'audition d'une œuvre de lui ne laissait
aucun doute. La joie que lui avaient causée telles sonorités,
les forces accrues qu'elle lui avait données pour en
découvrir d'autres, menaient encore l'auditeur de trou-

vaille en trouvaille, ou plutôt c'était le créateur qui le conduisait lui-même, puisant dans les couleurs qu'il venait de trouver une joie éperdue qui lui donnait la puissance de découvrir, de se jeter sur celles qu'elles semblaient appeler, ravi, tressaillant comme au choc d'une étincelle quand le sublime naissait de lui-même de la rencontre des cuivres, haletant, grisé, affolé, vertigineux, tandis qu'il peignait sa grande fresque musicale, comme Michel-Ange attaché à son échelle et lançant, la tête en bas, de tumultueux coups de brosse au plafond de la chapelle Sixtine. Vinteuil était mort depuis nombre d'années ; mais au milieu de ces instruments qu'il avait aimés, il lui avait été donné de poursuivre, pour un temps illimité, une part au moins de sa vie. De sa vie d'homme seulement ? Si l'art n'était vraiment qu'un prolongement de la vie, valait-il de lui rien sacrifier, n'était-il pas aussi irréel qu'elle-même ? À mieux écouter ce septuor, je ne le pouvais pas penser. Sans doute le rougeoyant septuor différait singulièrement de la blanche sonate ; la timide interrogation à laquelle répondait la petite phrase, de la supplication haletante pour trouver l'accomplissement de l'étrange promesse, qui avait retenti, si aigre, si surnaturelle, si brève, faisant vibrer la rougeur encore inerte du ciel matinal au-dessus de la mer. Et pourtant, ces phrases si différentes étaient faites des mêmes éléments, car de même qu'il y avait un certain univers, perceptible pour nous en ces parcelles dispersées çà et là, dans telles demeures, dans tels musées, et qui était l'univers d'Elstir, celui qu'il voyait, celui où il vivait, de même la musique de Vinteuil étendait, notes par notes, touches par touches, les colorations inconnues, inestimables, d'un univers insoupçonné, fragmenté par les lacunes que laissaient entre elles les auditions de son œuvre ; ces deux interrogations si dissemblables qui commandaient le mouvement si différent de la sonate et du septuor, l'une brisant en courts appels une ligne continue et pure, l'autre ressoudant en une armature indivisible des fragments épars, l'une si calme et timide, presque détachée et comme philosophique, l'autre si pressante, anxieuse, implorante, c'était pourtant une même prière, jaillie devant différents levers de soleil intérieurs, et seulement réfractée à travers les milieux différents de pensées autres, de recherches d'art en progrès au cours d'années où il avait voulu créer quelque chose de nouveau. Prière, espérance qui était au

fond la même, reconnaissable sous ses déguisements dans
les diverses œuvres de Vinteuil, et d'autre part qu'on ne
trouvait que dans les œuvres de Vinteuil. Ces phrases-là,
les musicographes pourraient bien trouver leur apparentement, leur généalogie, dans les œuvres d'autres grands
musiciens, mais seulement pour des raisons accessoires, des
ressemblances extérieures, des analogies plutôt ingénieusement trouvées par le raisonnement que senties par
l'impression directe[1]. Celle que donnaient ces phrases de
Vinteuil était différente de toute autre, comme si, en dépit
des conclusions qui semblent se dégager de la science,
l'individuel existait. Et c'était justement quand il cherchait
puissamment à être nouveau, qu'on reconnaissait, sous les
différences apparentes, les similitudes profondes et les
ressemblances voulues qu'il y avait au sein d'une œuvre,
quand Vinteuil reprenait à diverses reprises une même
phrase, la diversifiait, s'amusait à changer son rythme, à
la faire reparaître sous sa forme première, ces ressem-
blances-là, voulues, œuvre de l'intelligence, forcément
superficielles, n'arrivaient jamais à être aussi frappantes
que ces ressemblances dissimulées, involontaires, qui
éclataient sous des couleurs différentes, entre les deux
chefs-d'œuvre distincts ; car alors Vinteuil, cherchant
puissamment à être nouveau, s'interrogeait lui-même, de
toute la puissance de son effort créateur atteignait sa propre
essence à ces profondeurs où, quelque question qu'on lui
pose, c'est du même accent, le sien propre, qu'elle répond.
Un accent, cet accent de Vinteuil, séparé de l'accent des
autres musiciens, par une différence bien plus grande que
celle que nous percevons entre la voix de deux personnes,
même entre le beuglement et le cri de deux espèces
animales ; une véritable différence, celle qu'il y avait entre
la pensée de tel musicien et les éternelles investigations
de Vinteuil, la question qu'il se posa sous tant de formes,
son habituelle spéculation, mais aussi débarrassée des
formes analytiques du raisonnement que si elle s'était
exercée dans le monde des anges, de sorte que nous
pouvons en mesurer la profondeur, mais pas plus la
traduire en langage humain que ne le peuvent les esprits
désincarnés quand, évoqués par un médium, celui-ci les
interroge sur les secrets de la mort ; un accent, car tout
de même et même en tenant compte de cette originalité
acquise qui m'avait frappé dans l'après-midi, de cette

parenté aussi que les musicographes pourraient trouver entre des musiciens, c'est bien un accent unique auquel s'élèvent, auquel reviennent malgré eux ces grands chanteurs que sont les musiciens originaux, et qui est une preuve de l'existence irréductiblement individuelle de l'âme. Que Vinteuil essayât de faire plus solennel, plus grand, ou de faire du vif et du gai, de faire ce qu'il apercevait se reflétant en beau dans l'esprit du public, Vinteuil, malgré lui submergeait tout cela sous une lame de fond qui rend son chant éternel et aussitôt reconnu. Ce chant, différent de celui des autres, semblable à tous les siens, où Vinteuil l'avait-il appris, entendu ? Chaque artiste semble ainsi comme le citoyen d'une patrie inconnue, oubliée de lui-même, différente de celle d'où viendra, appareillant pour la terre, un autre grand artiste. Tout au plus, de cette patrie, Vinteuil dans ses dernières œuvres semblait s'être rapproché. L'atmosphère n'y était plus la même que dans la sonate, les phrases interrogatives s'y faisaient plus pressantes, plus inquiètes, les réponses plus mystérieuses ; l'air délavé du matin et du soir semblait y influencer jusqu'aux cordes des instruments. Morel avait beau jouer merveilleusement, les sons que rendait son violon me parurent singulièrement perçants, presque criards. Cette âcreté plaisait et, comme dans certaines voix, on y sentait une sorte de qualité morale et de supériorité intellectuelle. Mais cela pouvait choquer. Quand la vision de l'univers se modifie, s'épure, devient plus adéquate au souvenir de la patrie intérieure, il est bien naturel que cela se traduise par une altération générale des sonorités chez le musicien comme de la couleur chez le peintre. Au reste, le public le plus intelligent ne s'y trompe pas puisque l'on déclara plus tard les dernières œuvres de Vinteuil les plus profondes. Or aucun programme, aucun sujet n'apportait un élément intellectuel de jugement. On devinait donc qu'il s'agissait d'une transposition, dans l'ordre sonore, de la profondeur.

Cette patrie perdue, les musiciens ne se la rappellent pas, mais chacun d'eux reste toujours inconsciemment accordé en un certain unisson avec elle ; il délire de joie quand il chante selon sa patrie, la trahit parfois par amour de la gloire, mais alors en cherchant la gloire il la fuit, et ce n'est qu'en la dédaignant qu'il la trouve, et quand le musicien, quel que soit le sujet qu'il traite entonne ce

chant singulier dont la monotonie — car quel que soit le
sujet traité il reste identique à soi-même — prouve chez
le musicien la fixité des éléments composants de son âme.
Mais alors, n'est-ce pas que ces éléments, tout ce résidu
réel que nous sommes obligés de garder pour nous-mêmes,
que la causerie ne peut transmettre même de l'ami à l'ami,
du maître au disciple, de l'amant à la maîtresse,
cet ineffable qui différencie qualitativement ce que chacun a
senti et qu'il est obligé de laisser au seuil des phrases où
il ne peut communiquer avec autrui qu'en se limitant à
des points extérieurs communs à tous et sans intérêt, l'art,
l'art d'un Vinteuil comme celui d'un Elstir, le fait
apparaître, extériorisant dans les couleurs du spectre la
composition intime de ces mondes que nous appelons les
individus, et que sans l'art nous ne connaîtrions jamais ?
Des ailes, un autre appareil respiratoire, et qui nous
permissent de traverser l'immensité, ne nous serviraient
à rien. Car si nous allions dans Mars et dans Vénus en
gardant les mêmes sens, ils revêtiraient du même aspect
que les choses de la Terre tout ce que nous pourrions voir.
Le seul véritable voyage, le seul bain de Jouvence, ce ne
serait pas d'aller vers de nouveaux paysages, mais d'avoir
d'autres yeux, de voir l'univers avec les yeux d'un autre,
de cent autres, de voir les cent univers que chacun d'eux
voit, que chacun d'eux est ; et cela nous le pouvons avec
un Elstir, avec un Vinteuil, avec leurs pareils, nous volons
vraiment d'étoiles en étoiles.

L'andante venait de finir sur une phrase remplie d'une
tendresse à laquelle je m'étais donné tout entier ; alors
il y eut, avant le mouvement suivant, un instant de repos
où les exécutants posèrent leurs instruments et les
auditeurs échangèrent quelques impressions. Un duc, pour
montrer qu'il s'y connaissait, déclara : « C'est très difficile
à bien jouer. » Des personnes plus agréables causèrent
un moment avec moi. Mais qu'étaient leurs paroles, qui,
comme toute parole humaine extérieure, me laissaient si
indifférent, à côté de la céleste phrase musicale avec
laquelle je venais de m'entretenir ? J'étais vraiment comme
un ange qui, déchu des ivresses du Paradis, tombe dans
la plus insignifiante réalité. Et de même que certains êtres
sont les derniers témoins d'une forme de vie que la nature
a abandonnée, je me demandais si la musique n'était pas
l'exemple unique de ce qu'aurait pu être — s'il n'y avait

pas eu l'invention du langage, la formation des mots,
l'analyse des idées — la communication des âmes. Elle est
comme une possibilité qui n'a pas eu de suites, l'humanité
s'est engagée dans d'autres voies, celle du langage parlé
et écrit. Mais ce retour à l'inanalysé était si enivrant qu'au
sortir de ce paradis le contact des êtres plus ou moins
intelligents me semblait d'une insignifiance extraordinaire.
Les êtres, j'avais pu pendant la musique me souvenir d'eux,
les mêler à elle ; ou plutôt à la musique je n'avais guère
mêlé le souvenir que d'une seule personne, celui
d'Albertine. Et la phrase qui finissait l'andante me semblait
si sublime que je me disais qu'il était malheureux
qu'Albertine ne sût pas, et si elle avait su — n'eût pas
compris — quel honneur c'était pour elle d'être mêlée
à quelque chose de si grand qui nous réunissait, et dont
elle avait semblé emprunter la voix pathétique. Mais une
fois la musique interrompue, les êtres qui étaient là
semblaient trop fades. On passa quelques rafraîchissements. M. de Charlus interpellait de temps en temps un
domestique : « Comment allez-vous ? Avez-vous reçu mon
pneumatique ? Viendrez-vous ? » Sans doute il y avait dans
ces interpellations la liberté du grand seigneur qui croit
flatter et qui est plus peuple que le bourgeois, mais aussi
la rouerie du coupable qui croit que ce dont on fait étalage
est par cela même jugé innocent. Et il ajoutait, sur le ton
Guermantes de Mme de Villeparisis : « C'est un brave
petit, c'est une bonne nature, je l'emploie souvent chez
moi. » Mais ses habiletés tournaient contre le baron, car
on trouvait extraordinaires ses amabilités si intimes et ses
pneumatiques à des valets de pied. Ceux-ci en étaient
d'ailleurs moins flattés que gênés pour leurs camarades.

Cependant le septuor qui avait recommencé avançait
vers sa fin ; à plusieurs reprises une phrase, telle ou telle
de la sonate, revenait, mais chaque fois changée, sur un
rythme, un accompagnement différents, la même et
pourtant autre, comme reviennent les choses dans la vie ;
et c'était une de ces phrases qui, sans qu'on puisse
comprendre quelle affinité leur assigne comme demeure
unique et nécessaire le passé d'un certain musicien, ne se
trouvent que dans son œuvre, et apparaissent constamment
dans son œuvre, dont elles sont les fées, les dryades, les
divinités familières. J'en avais d'abord distingué dans le
septuor deux ou trois qui me rappelaient la sonate.

Bientôt — baignée dans le brouillard violet qui s'élevait
surtout de la dernière période de l'œuvre de Vinteuil, si
bien que, même quand il introduisait quelque part une
danse, elle restait captive dans une opale — j'aperçus une
autre phrase de la sonate, restant si lointaine encore que
je la reconnaissais à peine ; hésitante, elle s'approcha,
disparut comme effarouchée, puis revint, s'enlaça à
d'autres, venues, comme je le sus plus tard, d'autres
œuvres, en appela d'autres qui devenaient à leur tour
attirantes et persuasives aussitôt qu'elles étaient apprivoi-
sées, et entraient dans la ronde, dans la ronde divine mais
restée invisible pour la plupart des auditeurs, lesquels
n'ayant devant eux qu'un voile confus au travers duquel
ils ne voyaient rien, ponctuaient arbitrairement d'exclama-
tions admiratives un ennui continu dont ils pensaient
mourir. Puis elles s'éloignèrent, sauf une que je vis
repasser jusqu'à cinq et six fois, sans que je pusse
apercevoir son visage, mais si caressante, si différente — comme sans doute la petite phrase de la sonate
pour Swann — de ce qu'aucune femme n'avait jamais fait
désirer, que cette phrase-là qui m'offrait d'une voix si
douce un bonheur qu'il eût vraiment valu la peine
d'obtenir, c'est peut-être — cette créature invisible dont
je ne connaissais pas le langage et que je comprenais si
bien — la seule Inconnue qu'il m'ait jamais été donné de
rencontrer. Puis cette phrase se défit, se transforma,
comme faisait la petite phrase de la sonate, et devint le
mystérieux appel du début. Une phrase d'un caractère
douloureux s'opposa à lui, mais si profonde, si vague, si
interne, presque si organique et viscérale qu'on ne savait
pas, à chacune de ses reprises, si c'était celles d'un thème
ou d'une névralgie. Bientôt les deux motifs luttèrent
ensemble dans un corps à corps où parfois l'un disparaissait
entièrement, où ensuite on n'apercevait plus qu'un
morceau de l'autre. Corps à corps d'énergies seulement,
à vrai dire ; car si ces êtres s'affrontaient, c'était débarrassés
de leur corps physique, de leur apparence, de leur nom,
et trouvant chez moi un spectateur intérieur — insoucieux
lui aussi des noms et du particulier — pour s'intéresser
à leur combat immatériel et dynamique et en suivre avec
passion les péripéties sonores. Enfin le motif joyeux resta
triomphant, ce n'était plus un appel presque inquiet lancé
derrière un ciel vide, c'était une joie ineffable qui semblait

venir du Paradis ; une joie aussi différente de celle de la
sonate que, d'un ange doux et grave de Bellini[1], jouant
du théorbe, pourrait être, vêtu d'une robe d'écarlate,
quelque archange de Mantegna sonnant dans un buccin[2].
Je savais que cette nuance nouvelle de la joie, cet appel
vers une joie supraterrestre, je ne l'oublierais jamais. Mais
serait-elle jamais réalisable pour moi ? Cette question me
paraissait d'autant plus importante que cette phrase était
ce qui aurait pu le mieux caractériser — comme tranchant
avec tout le reste de ma vie, avec le monde visible — ces
impressions qu'à des intervalles éloignés je retrouvais dans
ma vie comme les points de repère, les amorces, pour la
construction d'une vie véritable : l'impression éprouvée
devant les clochers de Martinville, devant une rangée
d'arbres près de Balbec[3]. En tout cas, pour en revenir à
l'accent particulier de cette phrase, comme il était singulier
que le pressentiment le plus différent de ce qu'assigne la
vie terre à terre, l'approximation la plus hardie des
allégresses de l'au-delà se fût justement matérialisée dans
le triste petit bourgeois bienséant que nous rencontrions
au mois de Marie à Combray ! Mais, surtout, comment
se faisait-il que cette révélation, la plus étrange que j'eusse
encore reçue, d'un type inconnu de joie, j'eusse pu la
recevoir de lui, puisque, disait-on, quand il était mort il
n'avait laissé que sa Sonate, que le reste demeurait
inexistant en d'indéchiffrables notations ? Indéchiffrables,
mais qui pourtant avaient fini à force de patience,
d'intelligence et de respect, par être déchiffrées par la seule
personne qui avait assez vécu auprès de Vinteuil pour
bien connaître sa manière de travailler, pour deviner ses
indications d'orchestre : l'amie de Mlle Vinteuil. Du vivant
même du grand musicien elle avait appris de la fille le
culte que celle-ci avait pour son père. C'est à cause de ce
culte que dans ces moments où l'on va à l'opposé de ses
inclinations véritables, les deux jeunes filles avaient pu
trouver un plaisir dément aux profanations qui ont été
racontées[4]. L'adoration pour son père était la condition
même du sacrilège de sa fille. Et sans doute, la volupté
de ce sacrilège, elles eussent dû se la refuser, mais celle-ci
ne les exprimait pas tout entières. Et d'ailleurs, elles étaient
allées se raréfiant jusqu'à disparaître tout à fait au fur et
à mesure que ces relations charnelles et maladives, ce
trouble et fumeux embrasement avait fait place à la flamme

d'une amitié haute et pure. L'amie de Mlle Vinteuil était quelquefois traversée par l'importune pensée qu'elle avait peut-être précipité la mort de Vinteuil. Du moins, en passant des années à débrouiller le grimoire laissé par Vinteuil, en établissant la lecture certaine de ces hiéroglyphes inconnus, l'amie de Mlle Vinteuil eut la consolation d'assurer au musicien dont elle avait assombri les dernières années, une gloire immortelle et compensatrice. De relations qui ne sont pas consacrées par les lois, découlent des liens de parenté aussi multiples, aussi complexes, plus solides seulement, que ceux qui naissent du mariage. Sans même s'arrêter à des relations d'une nature aussi particulière, ne voyons-nous pas tous les jours que l'adultère, quand il est fondé sur l'amour véritable, n'ébranle pas les sentiments de famille, les devoirs de parenté, mais les revivifie ? L'adultère alors introduit l'esprit dans la lettre que bien souvent le mariage eût laissée morte. Une bonne fille qui portera par simple convenance le deuil du second mari de sa mère n'aura pas assez de larmes pour pleurer l'homme que sa mère avait entre tous choisi comme amant. Du reste, Mlle Vinteuil n'avait agi que par sadisme, ce qui ne l'excusait pas, mais j'eus plus tard une certaine douceur à le penser. Elle devait bien se rendre compte, me disais-je, au moment où elle profanait avec son amie la photographie de son père, que tout cela n'était que maladif, de la folie, et pas la vraie et joyeuse méchanceté qu'elle aurait voulue. Cette idée que c'était une simulation de méchanceté seulement, gâtait son plaisir. Mais si cette idée a pu lui revenir plus tard, comme elle avait gâté son plaisir elle a dû diminuer sa souffrance. « Ce n'était pas moi, dut-elle se dire, j'étais aliénée. Moi, je peux encore prier pour mon père, ne pas désespérer de sa bonté. » Seulement il est possible que cette idée, qui s'était certainement présentée à elle dans le plaisir, ne se soit pas présentée à elle dans la souffrance. J'aurais voulu pouvoir la mettre dans son esprit. Je suis sûr que je lui aurais fait du bien et que j'aurais pu rétablir entre elle et le souvenir de son père une communication assez douce.

Comme dans les illisibles carnets où un chimiste de génie, qui ne sait pas la mort si proche, a noté des découvertes qui resteront peut-être à jamais ignorées, elle[1] avait dégagé, de papiers plus illisibles que des papyrus ponctués d'écriture cunéiforme, la formule éternellement vraie, à jamais féconde, de cette joie inconnue, l'espérance mystique de l'ange écarlate du matin. Et moi pour qui, moins pourtant que pour Vinteuil peut-être, elle avait été cause aussi, elle venait d'être ce soir même encore en réveillant à nouveau ma jalousie d'Albertine, elle devait surtout dans l'avenir être cause de tant de souffrances, c'était grâce à elle, par compensation, qu'avait pu venir jusqu'à moi l'étrange appel que je ne cesserais plus jamais d'entendre — comme la promesse qu'il existait autre chose, réalisable par l'art sans doute, que le néant que j'avais trouvé dans tous les plaisirs et dans l'amour même, et que si ma vie me semblait si vaine, du moins n'avait-elle pas tout accompli.

Ce qu'elle avait permis grâce à son labeur, qu'on connût de Vinteuil, c'était à vrai dire toute l'œuvre de Vinteuil. À côté de cette pièce pour dix instruments, certaines phrases de la sonate que seules le public connaissait, apparaissaient comme tellement banales qu'on ne pouvait pas comprendre comment elles avaient pu exciter tant d'admiration. C'est ainsi que nous sommes surpris que pendant des années, des morceaux aussi insignifiants que la « Romance de l'Étoile », la « Prière d'Élisabeth[1] » aient pu soulever au concert des amateurs fanatiques qui s'exténuaient à applaudir et à crier *bis* quand venait de finir ce qui pourtant n'est que fade pauvreté pour nous qui connaissons *Tristan. L'Or du Rhin. Les Maîtres Chanteurs.* Il faut supposer que ces mélodies sans caractère contenaient déjà cependant en quantités infinitésimales, et par cela même peut-être plus assimilables, quelque chose de l'originalité des chefs-d'œuvre qui rétrospectivement comptent seuls pour nous, mais que leur perfection même eût peut-être empêchés d'être compris ; elles ont pu leur préparer le chemin dans les cœurs. Toujours est-il que, si elles donnaient un pressentiment confus de beautés futures, elles laissaient celles-ci dans un inconnu complet. Il en était de même pour Vinteuil ; si en mourant il n'avait laissé — en exceptant certaines parties de la sonate — que ce qu'il avait pu terminer, ce qu'on eût connu de lui eût été auprès de sa grandeur véritable aussi peu de chose que pour Victor Hugo, par exemple, s'il était mort après « Le Pas d'Armes du Roi Jean », « La Fiancée du timbalier[2] » et « Sara la baigneuse[3] », sans avoir rien écrit de *La Légende*

des siècles et des *Contemplations* : ce qui est pour nous son
œuvre véritable fût resté purement virtuel, aussi inconnu
que ces univers jusqu'auxquels notre perception n'atteint
pas, dont nous n'aurons jamais une idée.

Au reste, ce contraste apparent, cette union profonde
entre le génie (le talent aussi, et même la vertu) et la gaine
de vices où, comme il était arrivé pour Vinteuil, il est si
fréquemment contenu, conservé, étaient lisibles, comme
en une vulgaire allégorie, dans la réunion même des invités
au milieu desquels je me retrouvai quand la musique fut
finie. Cette réunion, bien que limitée cette fois au salon
de Mme Verdurin, ressemblait à beaucoup d'autres, dont
le gros public ignore les ingrédients qui y entrent, et que
les journalistes philosophes — s'ils sont un peu informés
— appellent parisiennes, ou panamistes, ou dreyfusardes,
sans se douter qu'elles peuvent se voir aussi bien à
Pétersbourg, à Berlin, à Madrid et dans tous les temps ;
si en effet le sous-secrétaire d'État aux Beaux-Arts, homme
véritablement artiste, bien élevé, et snob, quelques
duchesses et trois ambassadeurs avec leurs femmes étaient
ce soir chez Mme Verdurin, le motif proche, immédiat,
de cette présence résidait dans les relations qui existaient
entre M. de Charlus et Morel, relations qui faisaient désirer
au baron de donner le plus de retentissement possible aux
succès artistiques de sa jeune idole, et d'obtenir pour lui
la croix de la Légion d'honneur ; la cause plus lointaine
qui avait rendu cette réunion possible, était qu'une jeune
fille entretenant avec Mlle Vinteuil des relations parallèles
à celles de Charlie et du baron, avait mis au jour toute
une série d'œuvres géniales et qui avaient été une telle
révélation qu'une souscription n'allait par tarder à être
ouverte, sous le patronage du ministre de l'Instruction
publique, en vue de faire élever une statue à Vinteuil.
D'ailleurs, à ces œuvres, tout autant que les relations de
Mlle Vinteuil avec son amie, avaient été utiles celles du
baron avec Charlie, sorte de chemin de traverse, de
raccourci, grâce auquel le monde allait rejoindre ces
œuvres sans le détour, sinon d'une incompréhension qui
persisterait longtemps, du moins d'une ignorance totale
qui eût pu durer des années. Chaque fois que se produit
un événement accessible à la vulgarité d'esprit du
journaliste philosophe, c'est-à-dire généralement un évé-
mement politique, les journalistes philosophes sont persua-

dés qu'il y a quelque chose de changé en France, qu'on ne reverra plus de telles soirées, qu'on n'admirera plus Ibsen, Renan, Dostoïevsky, Annunzio, Tolstoï, Wagner, Strauss. Car les journalistes philosophes tirent argument des dessous équivoques de ces manifestations officielles pour trouver quelque chose de décadent à l'art qu'elles glorifient et qui bien souvent est le plus austère de tous. Car il n'est pas de nom, parmi les plus révérés du journaliste philosophe, qui n'ait tout naturellement donné lieu à de telles fêtes étranges, quoique l'étrangeté en fût moins flagrante et mieux cachée. Pour cette fête-ci, les éléments impurs qui s'y conjuguaient me frappaient à un autre point de vue ; certes, j'étais aussi à même que personne de les dissocier, ayant appris à les connaître séparément ; mais surtout les uns, ceux qui se rattachaient à Mlle Vinteuil et son amie, me parlant de Combray, me parlaient aussi d'Albertine, c'est-à-dire de Balbec, puisque c'est parce que j'avais vu jadis Mlle Vinteuil à Montjouvain et que j'avais appris l'intimité de mon amie avec Albertine, que j'allais tout à l'heure en rentrant chez moi, trouver au lieu de la solitude, Albertine qui m'attendait[1] ; et ceux qui concernaient Morel et M. de Charlus, en me parlant de Balbec, où j'avais vu sur le quai de Doncières se nouer leurs relations[2], me parlaient de Combray et de ses deux côtés, car M. de Charlus c'était un de ces Guermantes, comtes de Combray, habitant Combray sans y avoir de logis, entre ciel et terre, comme Gilbert le Mauvais dans son vitrail[3] et Morel était le fils de ce vieux valet de chambre qui m'avait fait connaître la dame en rose et permis, tant d'années après, de reconnaître en elle Mme Swann[4].

« C'est bien rendu, hein ? demanda M. Verdurin à Saniette. — Je crains seulement, répondit celui-ci en bégayant, que la virtuosité même de Morel n'offusque un peu le sentiment général de l'œuvre. — Offusquer, qu'est-ce que vous voulez dire ? » hurla M. Verdurin tandis que des invités s'empressaient, prêts, comme des lions, à dévorer l'homme terrassé. « Oh ! je ne vise pas à lui seulement... — Mais il ne sait plus ce qu'il dit. Viser à quoi ? — Il... faudrait... que... j'entende... encore une fois pour porter un jugement à la rigueur. — À la rigueur ! Il est fou ! » dit M. Verdurin se prenant la tête dans ses mains. « On devrait l'emmener. — Cela veut dire : avec

exactitude, vous... dites bbbien... avec une exactitude rigoureuse. Je dis que je ne peux pas juger à la rigueur.
— Et moi, je vous dis de vous en aller », cria M. Verdurin grisé par sa propre colère, en lui montrant la porte du doigt, l'œil flambant. « Je ne permets pas qu'on parle ainsi chez moi ! » Saniette s'en alla en décrivant des cercles comme un homme ivre. Certaines personnes pensèrent qu'il n'avait pas été invité pour qu'on le mît ainsi dehors. Et une dame très amie avec lui jusque-là, à qui il avait la veille prêté un livre précieux, le lui renvoya le lendemain, sans un mot, à peine enveloppé dans un papier sur lequel elle fit mettre tout sec l'adresse de Saniette par son maître d'hôtel ; elle ne voulait « rien devoir » à quelqu'un qui visiblement était loin d'être dans les bonnes grâces du petit noyau. Saniette ignora d'ailleurs toujours cette impertinence. Car cinq minutes ne s'étaient pas écoulées depuis l'algarade de M. Verdurin, qu'un valet de pied vint prévenir le Patron que M. Saniette était tombé d'une attaque dans la cour de l'hôtel. Mais la soirée n'était pas finie. « Faites-le ramener chez lui, ce ne sera rien », dit le Patron dont l'hôtel « particulier », comme eût dit le directeur de l'hôtel de Balbec, fut assimilé ainsi à ces grands hôtels où on s'empresse de cacher les morts subites pour ne pas effrayer la clientèle, et où on cache provisoirement le défunt dans un garde-manger, jusqu'au moment où, eût-il été de son vivant le plus brillant et le plus généreux des hommes, on le fera sortir clandestinement par la porte réservée aux « plongeurs » et aux sauciers. Mort, du reste, Saniette ne l'était pas[1]. Il vécut encore quelques semaines, mais sans reprendre que passagèrement connaissance.

M. de Charlus recommença au moment où la musique finie, ses invités prirent congé de lui, la même erreur qu'à leur arrivée. Il ne leur demanda pas d'aller vers la Patronne, de l'associer elle et son mari à la reconnaissance qu'on lui témoignait. Ce fut un long défilé, mais un défilé devant le baron seul, et non même sans qu'il s'en rendît compte, car ainsi qu'il me le dit quelques minutes après : « La forme même de la manifestation artistique a revêtu ensuite un côté "sacristie" assez amusant. » On prolongeait même les remerciements par des propos différents qui permettaient de rester un instant de plus auprès du baron, pendant que ceux qui ne l'avaient pas

encore félicité de la réussite de *sa* fête stagnaient,
piétinaient. (Plus d'un mari avait envie de s'en aller ; mais
sa femme, snob bien que duchesse, protestait : « Non,
non, quand nous devrions attendre une heure, il ne faut
pas partir sans avoir remercié Palamède qui s'est donné
tant de peine. Il n'y a que lui qui puisse à l'heure actuelle
donner des fêtes pareilles. » Personne n'eût plus pensé
à se faire présenter à Mme Verdurin qu'à l'ouvreuse d'un
théâtre où une grande dame a pour un soir amené toute
l'aristocratie.) « Étiez-vous hier chez Éliane de Montmorency, mon cousin ? demandait Mme de Mortemart,
désireuse de prolonger l'entretien. — Hé bien, mon Dieu,
non ; j'aime bien Éliane, mais je ne comprends pas le sens
de ses invitations. Je suis un peu bouché sans doute »,
ajoutait-il avec un large sourire épanoui, cependant que
Mme de Mortemart sentait qu'elle allait avoir la primeur
d'une de « Palamède » comme elle en avait souvent
d'« Oriane ». « J'ai bien reçu il y a une quinzaine de
jours une carte de l'agréable Éliane. Au-dessus du nom
contesté de Montmorency[1], il y avait cette aimable
invitation : *Mon cousin, faites-moi la grâce de penser à mo*
vendredi prochain à 9 h ½. Au-dessous étaient écrits ces
deux mots moins gracieux : *Quatuor Tchèque.* Ils me
semblèrent inintelligibles, sans plus de rapport en tout cas
avec la phrase précédente que ces lettres au dos desquelles
on voit que l'épistolier en avait commencé une autre par
les mots : *Cher Ami*, la suite manquant, et n'a pas pris une
autre feuille, soit distraction, soit économie de papier.
J'aime bien Éliane : aussi je ne lui en voulus pas, je me
contentai de ne pas tenir compte des mots étranges et
déplacés de *quatuor tchèque*, et comme je suis un homme
d'ordre, je mis au-dessus de ma cheminée l'invitation de
penser à Mme de Montmorency le vendredi à neuf heures
et demie. Bien que connu pour ma nature obéissante,
ponctuelle et douce, comme Buffon dit du chameau[2] — et
le rire s'épanouit plus largement autour de M. de Charlus
qui savait qu'au contraire on le tenait pour l'homme le
plus difficile à vivre —, je fus en retard de quelques
minutes (le temps d'ôter mes vêtements de jour), et sans
en avoir trop de remords, pensant que neuf heures et
demie était mis pour dix heures. Et à dix heures tapant,
dans une bonne robe de chambre, les pieds en d'épais
chaussons, je me mis au coin de mon feu à penser à Éliane

comme elle me l'avait demandé, et avec une intensité qui ne commença à décroître qu'à dix heures et demie. Dites-lui bien, je vous prie, que j'ai strictement obéi à son audacieuse requête. Je pense qu'elle sera contente. »

Mme de Mortemart se pâma de rire, et M. de Charlus tout ensemble. « Et demain, ajouta-t-elle, sans penser qu'elle avait dépassé et de beaucoup le temps qu'on pouvait lui concéder, irez-vous chez nos cousins La Rochefoucauld ? — Oh ! cela, c'est impossible, ils m'ont convié comme vous, je le vois, à la chose la plus impossible à concevoir et à réaliser et qui s'appelle, si j'en crois la carte d'invitation : *Thé dansant*. Je passais pour fort adroit quand j'étais jeune, mais je doute que j'eusse pu sans manquer à la décence prendre mon thé en dansant. Or je n'ai jamais aimé manger ni boire d'une façon malpropre. Vous me direz qu'aujourd'hui je n'ai plus à danser. Mais, même assis confortablement à boire du thé — de la qualité duquel, d'ailleurs, je me méfie puisqu'il s'intitule dansant — je craindrais que des invités plus jeunes que moi, et moins adroits peut-être que je n'étais à leur âge, renversassent sur mon habit leur tasse, ce qui interromprait pour moi le plaisir de vider la mienne. » Et M. de Charlus ne se contentait même pas d'omettre dans la conversation Mme Verdurin et de parler de sujets de toute sorte (qu'il semblait avoir plaisir à développer et à varier, pour le cruel plaisir qui avait toujours été le sien, de faire rester indéfiniment sur leurs jambes à « faire la queue » les amis qui attendaient avec une épuisante patience que leur tour fût venu). Il faisait même des critiques sur toute la partie de la soirée dont Mme Verdurin était responsable : « Mais à propos de tasse, qu'est-ce que c'est que ces étranges demi-bols pareils à ceux où quand j'étais jeune homme on faisait venir des sorbets de chez Poiré-Blanche ? Quelqu'un m'a dit tout à l'heure que c'était pour du "café glacé". Mais en fait de café glacé, je n'ai vu ni café ni glace. Quelles curieuses petites choses à destination mal définie ! » Pour dire cela M. de Charlus avait placé verticalement sur sa bouche ses mains gantées de blanc, et arrondi prudemment son regard désignateur comme s'il craignait d'être entendu et même vu des maîtres de maison. Mais ce n'était qu'une feinte, car dans quelques instants il allait dire les mêmes critiques à la Patronne elle-même, et un peu plus tard lui enjoindre insolemment :

« Et surtout plus de tasses à café glacé ! Donnez-les à celle de vos amies dont vous désirez enlaidir la maison. Mais surtout qu'elle ne les mette pas dans le salon, car on pourrait s'oublier et croire qu'on s'est trompé de pièce puisque ce sont exactement des pots de chambre. »

« Mais, mon cousin, disait l'invitée en baissant elle aussi la voix et en regardant d'un air interrogateur M. de Charlus, non par crainte de fâcher Mme Verdurin, mais de le fâcher lui, peut-être qu'elle ne sait pas encore tout très bien... — On le lui apprendra. — Oh ! riait l'invitée, elle ne peut pas trouver un meilleur professeur ! Elle a de la chance ! Avec vous on est sûr qu'il n'y aura pas de fausse note. — En tout cas, il n'y en a pas eu dans la musique. — Oh ! c'était sublime. Ce sont de ces joies qu'on n'oublie pas. À propos de ce violoniste de génie, continuait-elle, croyant dans sa naïveté que M. de Charlus s'intéressait au violon "en soi", en connaissez-vous un que j'ai entendu l'autre jour jouer merveilleusement une sonate de Fauré, il s'appelle Frank... — Oui, c'est une horreur, répondait M. de Charlus, sans se soucier de la grossièreté d'un démenti qui impliquait que sa cousine n'avait aucun goût. En fait de violoniste je vous conseille de vous en tenir au mien. » Les regards allaient recommencer à s'échanger entre M. de Charlus et sa cousine, à la fois baissés et épieurs, car rougissante et cherchant par son zèle à réparer sa gaffe, Mme de Mortemart allait proposer à M. de Charlus de donner une soirée pour faire entendre Morel. Or pour elle, cette soirée n'avait pas le but de mettre en lumière un talent, but qu'elle allait pourtant prétendre être le sien, et qui était — réellement — celui de M. de Charlus. Elle ne voyait là qu'une occasion de donner une soirée particulièrement élégante, et déjà calculait qui elle inviterait et qui elle laisserait de côté. Ce triage, préoccupation dominante des gens qui donnent des fêtes (ceux-là mêmes que les journaux mondains ont le toupet ou la bêtise d'appeler « l'élite[1] »), altère aussitôt le regard — et l'écriture — plus profondément que ne ferait la suggestion d'un hypnotiseur. Avant même d'avoir pensé à ce que Morel jouerait (préoccupation jugée secondaire et avec raison, car si même tout le monde, à cause de M. de Charlus, avait la convenance de se taire pendant la musique, personne en revanche n'aurait l'idée de l'écouter),

Mme de Mortemart, ayant décidé que Mme de Valcourt
ne serait pas des « élues », avait pris par ce fait même
l'air de conjuration, de complot qui ravale si bas celles
mêmes des femmes du monde qui pourraient le plus
aisément se moquer du qu'en-dira-t-on. « Il n'y aurait pas
moyen que je donne une soirée pour faire entendre votre
ami ? » dit à voix basse Mme de Mortemart, qui tout en
s'adressant uniquement à M. de Charlus, ne put s'empêcher, comme fascinée, de jeter un regard sur Mme de
Valcourt (l'exclue) afin de s'assurer que celle-ci était à une
distance suffisante pour ne pas entendre. « Non, elle ne
peut pas distinguer ce que je dis », conclut mentalement
Mme de Mortemart, rassurée par son propre regard, lequel
avait eu en revanche sur Mme de Valcourt un effet tout
différent de celui qu'il avait pour but : « Tiens, se dit
Mme de Valcourt en voyant ce regard, Marie-Thérèse
arrange avec Palamède quelque chose dont je ne dois pas
faire partie. » « Vous voulez dire mon protégé », rectifiait
M. de Charlus, qui n'avait pas plus de pitié pour le savoir
grammatical que pour les dons musicaux de sa cousine.
Puis sans tenir aucun compte des muettes prières de
celle-ci, qui s'en excusait elle-même en souriant : « Mais
si..., dit-il d'une voix forte et capable d'être entendue de
tout le salon, bien qu'il y ait toujours danger à ce genre
d'exportation d'une personnalité fascinante, dans un cadre
qui lui fait forcément subir une déperdition de son pouvoir
transcendantal et qui resterait en tout cas à approprier. »
Mme de Mortemart se dit que le mezzo voce, le pianissimo
de sa question avaient été peine perdue, après le
« gueuloir » par où avait passé la réponse. Elle se trompa.
Mme de Valcourt n'entendit rien pour la raison qu'elle
ne comprit pas un seul mot. Ses inquiétudes diminuèrent
et se fussent rapidement éteintes, si Mme de Mortemart,
craignant de se voir déjouée et craignant d'avoir à inviter
Mme de Valcourt, avec qui elle était trop liée pour la
laisser de côté si l'autre savait « avant », n'eût de nouveau
levé les paupières dans la direction d'Édith, comme pour
ne pas perdre de vue un danger menaçant, non sans les
rabaisser vivement de façon à ne pas trop s'engager. Elle
comptait le lendemain de la fête lui écrire une de ces
lettres, complément du regard révélateur, lettres qu'on
croit habiles et qui sont comme un aveu sans réticences
et signé. Par exemple : *Chère Édith, je m'ennuie après vous.*

je ne vous attendais pas trop hier soir (comment m'aurait-elle
attendue, se serait dit Édith, puisqu'elle ne m'avait pas
invitée ?) *car je sais que vous n'aimez pas extrêmement ce genre
de réunions qui vous ennuient plutôt. Nous n'en aurions pas
moins été très honorés de vous avoir* (jamais Mme de Mortemart
n'employait le terme « honoré », excepté dans les lettres
où elle cherchait à donner à un mensonge une apparence
de vérité). *Vous savez que vous êtes toujours chez vous à la
maison. Du reste, vous avez bien fait car cela a été tout à fait
raté, comme toutes les choses improvisées en deux heures*, etc. Mais
déjà le nouveau regard furtif lancé sur elle avait fait
comprendre à Édith tout ce que cachait le langage
compliqué de M. de Charlus. Ce regard fut même si fort
qu'après avoir frappé Mme de Valcourt, le secret évident
et l'intention de cachotterie qu'il contenait rebondirent sur
un jeune Péruvien que Mme de Mortemart comptait au
contraire inviter. Mais soupçonneux, voyant jusqu'à
l'évidence les mystères qu'on faisait sans prendre garde
qu'ils n'étaient pas pour lui, il éprouva aussitôt à l'endroit
de Mme de Mortemart une haine atroce et se jura de lui
faire mille mauvaises farces, comme de faire envoyer
cinquante cafés glacés chez elle le jour où elle ne recevrait
pas, de faire insérer, celui où elle recevrait, une note dans
les journaux disant que la fête était remise, et de publier
des comptes rendus mensongers des suivantes, dans
lesquels figureraient les noms, connus de tous, de
personnes que, pour des raisons variées, on ne tient pas
à recevoir, même pas à se laisser présenter.

Mme de Mortemart avait tort de se préoccuper de
Mme de Valcourt. M. de Charlus allait se charger de
dénaturer, bien davantage que n'eût fait la présence de
celle-ci, la fête projetée. « Mais mon cousin », dit-elle en
réponse à la phrase du « cadre », dont son état momentané
d'hyperesthésie lui avait permis de deviner le sens, « nous
vous éviterons toute peine. Je me charge très bien de
demander à Gilbert de s'occuper de tout. — Non, surtout
pas, d'autant plus qu'il ne sera pas invité. Rien ne se fera
que par moi. Il s'agit avant tout d'exclure les personnes
qui ont des oreilles pour ne pas entendre. » La cousine
de M. de Charlus, qui avait compté sur l'attrait de Morel
pour donner une soirée où elle pourrait dire qu'à la
différence de tant de parentes « elle avait eu Palamède »,
reporta brusquement sa pensée de ce prestige de M. de

Charlus sur tant de personnes avec lesquelles il allait la
brouiller s'il se mêlait d'exclure et d'inviter. La pensée que
le prince de Guermantes (à cause duquel, en partie, elle
désirait exclure Mme de Valcourt, qu'il ne recevait pas)
ne serait pas convié, l'effrayait. Ses yeux prirent une
expression inquiète. « Est-ce que la lumière un peu trop
vive vous fait mal ? » demanda M. de Charlus avec un
sérieux apparent dont l'ironie foncière ne fut pas comprise.
« Non, pas du tout, je songeais à la difficulté, non à cause
de moi naturellement, mais des miens, que cela pourrait
créer si Gilbert apprend que j'ai eu une soirée sans
l'inviter, lui qui n'a jamais quatre chats sans... — Mais
justement, on commencera par supprimer les quatre chats
qui ne pourraient que miauler, je crois que le bruit des
conversations vous a empêchée de comprendre qu'il
s'agissait non de faire des politesses grâce à une soirée,
mais de procéder aux rites habituels à toute véritable
célébration. » Puis, jugeant, non que la personne suivante
avait trop attendu, mais qu'il ne seyait pas d'exagérer les
faveurs faites à celle qui avait eu en vue beaucoup moins
Morel que ses propres « listes » d'invitation, M. de
Charlus, comme un médecin qui arrête la consultation
quand il juge être resté le temps suffisant, signifia à sa
cousine de se retirer, non en lui disant au revoir, mais
en se tournant vers la personne qui venait immédiatement
après. « Bonsoir, madame de Montesquiou ; c'était
merveilleux, n'est-ce pas ? Je n'ai pas vu Hélène, dites-lui
que toute abstention générale, même la plus noble, autant
dire la sienne, comporte des exceptions, si celles-ci sont
éclatantes, comme c'était ce soir le cas. Se montrer rare,
c'est bien, mais faire passer avant le rare, qui n'est que
négatif, le précieux, c'est mieux encore. Pour votre sœur,
dont je prise plus que personne la systématique *absence* là
où ce qui l'attend ne la vaut pas, au contraire, à une
manifestation mémorable comme celle-ci, sa présence eût
été une préséance et eût apporté à votre sœur, déjà si
prestigieuse, un prestige supplémentaire. » Puis il passa
à une troisième.

Je fus très étonné de voir là, aussi aimable et flagorneur
avec M. de Charlus qu'il était sec avec lui autrefois, se
faisant présenter Charlie et lui disant qu'il espérait qu'il
viendrait le voir, M. d'Argencourt, cet homme si terrible
pour l'espèce d'hommes dont était M. de Charlus[1]. Or il

en vivait maintenant entouré. Ce n'était pas, certes, qu'il fût devenu des pareils de M. de Charlus. Mais depuis quelque temps il avait à peu près abandonné sa femme pour une jeune femme du monde qu'il adorait. Intelligente, elle lui faisait partager son goût pour les gens intelligents et souhaitait fort d'avoir M. de Charlus chez elle. Mais surtout, M. d'Argencourt, fort jaloux et un peu impuissant, sentant qu'il satisfaisait mal sa conquête et voulant à la fois la préserver et la distraire, ne le pouvait sans danger qu'en l'entourant d'hommes inoffensifs, à qui il faisait ainsi jouer le rôle de gardiens du sérail. Ceux-ci le trouvaient devenu très aimable et le déclaraient beaucoup plus intelligent qu'ils n'avaient cru, dont sa maîtresse et lui étaient ravis.

Les invitées de M. de Charlus s'en allèrent assez rapidement. Beaucoup disaient : « Je ne voudrais pas aller à la sacristie (le petit salon où le baron, ayant Charlie à côté de lui, recevait les félicitations), il faudrait pourtant que Palamède me voie pour qu'il sache que je suis restée jusqu'à la fin. » Aucune ne s'occupait de Mme Verdurin. Plusieurs feignirent de ne pas la reconnaître et de dire adieu par erreur à Mme Cottard, en me disant de la femme du docteur : « C'est bien Mme Verdurin, n'est-ce pas ? » Mme d'Arpajon me demanda, à portée des oreilles de la maîtresse de maison : « Est-ce qu'il y a seulement jamais eu un M. Verdurin ? » Les duchesses qui s'attardaient, ne trouvant rien des étrangetés auxquelles elles s'étaient attendues dans ce lieu qu'elles avaient espéré différent de ce qu'elles connaissaient, se rattrapaient, faute de mieux, en étouffant des fous rires devant les tableaux d'Elstir ; pour le reste, qu'elles trouvaient plus conforme qu'elles n'avaient cru à ce qu'elles connaissaient déjà, elles en faisaient honneur à M. de Charlus en disant : « Comme Palamède sait bien arranger les choses ! Il monterait une féerie dans une remise ou dans un cabinet de toilette que ça n'en serait pas moins ravissant. » Les plus nobles étaient celles qui félicitaient avec le plus de ferveur M. de Charlus de la réussite d'une soirée dont certaines n'ignoraient pas le ressort secret, sans en être embarrassées d'ailleurs, cette société — par souvenir peut-être de certaines époques de l'histoire où leur famille était déjà arrivée à une identité pleinement consciente — poussant le mépris des scrupules presque aussi loin que le respect de l'étiquette. Plusieurs d'entre elles engagèrent sur place Charlie pour des soirs où il viendrait jouer le septuor de Vinteuil, mais aucune n'eut même l'idée d'y convier Mme Verdurin. Celle-ci était au comble de la rage, quand M. de Charlus qui, porté sur un nuage, ne pouvait s'en apercevoir, voulut, par décence, inviter la Patronne à partager sa joie. Et ce fut peut-être plutôt en se livrant à son goût de littérature qu'à un débordement d'orgueil, que ce doctrinaire des fêtes artistes dit à Mme Verdurin : « Hé bien, êtes-vous contente ? Je pense qu'on le serait à moins ; vous voyez que quand je me mêle de donner une fête, cela n'est pas réussi à moitié. Je ne sais pas si vos notions héraldiques vous permettent de mesurer exactement l'importance de la manifestation, le poids que j'ai soulevé, le volume d'air que j'ai déplacé pour vous. Vous avez eu la reine de Naples, le frère du roi de Bavière, les trois plus anciens pairs. Si Vinteuil est Mahomet, nous pouvons dire que nous avons déplacé pour lui les moins amovibles des montagnes. Pensez que pour assister à votre fête la reine de Naples est venue de Neuilly, ce qui est beaucoup plus difficile pour elle que de quitter les Deux-Siciles », dit-il avec une intention de rosserie, malgré son admiration pour la reine. « C'est un événement historique. Pensez qu'elle n'était peut-être jamais sortie depuis la prise de Gaète. Il est probable que dans les dictionnaires on mettra comme dates culminantes le jour de la prise de Gaète et celui de la soirée Verdurin. L'éventail qu'elle a posé pour mieux applaudir Vinteuil mérite de rester plus célèbre que celui que Mme de Metternich a brisé parce qu'on sifflait Wagner[1]. — Elle l'a même oublié, son éventail », dit Mme Verdurin, momentanément apaisée par le souvenir de la sympathie que lui avait témoignée la reine, et elle montra à M. de Charlus l'éventail sur un fauteuil. « Oh ! comme c'est émouvant ! s'écria M. de Charlus en s'approchant avec vénération de la relique. Il est d'autant plus touchant qu'il est affreux ; la petite violette est incroyable ! » Et des spasmes d'émotion et d'ironie le parcouraient alternativement. « Mon Dieu, je ne sais pas si vous ressentez ces choses-là comme moi. Swann serait simplement mort de convulsions s'il avait vu cela. Je sais bien que, à quelque prix qu'il doive monter, j'achèterai cet éventail à la vente de la reine. Car elle sera vendue, comme elle n'a pas le sou », ajouta-t-il, la cruelle médisance ne cessant jamais chez le baron de se mêler à la vénération la plus sincère, bien qu'elles partissent de deux natures opposées, mais réunies en lui.

Elles pouvaient même se porter tour à tour sur un même fait. Car M. de Charlus qui du fond de son bien-être d'homme riche raillait la pauvreté de la reine, était le même qui souvent exaltait cette pauvreté et qui, quand on parlait de la princesse Murat, reine des Deux-Siciles[1], répondait : « Je ne sais pas de qui vous voulez parler. Il n'y a qu'une seule reine de Naples, qui est sublime, celle-là, et n'a pas de voiture. Mais de son omnibus, elle anéantit tous les équipages et on se mettrait à genoux dans la poussière en la voyant passer.

« Je le léguerai à un musée. En attendant, il faudra le lui rapporter pour qu'elle n'ait pas à payer un fiacre pour le faire chercher. Le plus intelligent, étant donné l'intérêt historique d'un pareil objet, serait de voler cet éventail. Mais cela la gênerait — parce qu'il est probable qu'elle n'en possède pas d'autre ! ajouta-t-il en éclatant de rire. Enfin vous voyez que pour moi elle est venue. Et ce n'est pas le seul miracle que j'aie fait. Je ne crois pas que personne à l'heure qu'il est ait le pouvoir de déplacer les gens que j'ai fait venir. Du reste, il faut faire à chacun sa part, Charlie et les autres musiciens ont joué comme des dieux. Et, ma chère Patronne, ajouta-t-il avec condescendance, vous-même avez eu votre part de rôle dans cette fête. Votre nom n'en sera pas absent. L'histoire a retenu celui du page qui arma Jeanne d'Arc quand elle partit ; en somme, vous avez servi de trait d'union, vous avez permis la fusion entre la musique de Vinteuil et son génial exécutant, vous avez eu l'intelligence de comprendre l'importance capitale de tout l'enchaînement de circonstances qui ferait bénéficier l'exécutant de tout le poids d'une personnalité considérable, s'il ne s'agissait pas de moi je dirais providentielle, à qui vous avez eu le bon esprit de demander d'assurer le prestige de la réunion, et d'amener devant le violon de Morel les oreilles directement attachées aux langues les plus écoutées ; non, non, ce n'est pas rien. Il n'y a pas de rien dans une réalisation aussi complète. Tout y concourt. La Duras était merveilleuse. Enfin, tout ; c'est pour cela, conclut-il, comme il aimait à morigéner, que je me suis opposé à ce que vous invitiez de ces personnes-diviseurs, qui devant les êtres prépondé-

rants que je vous amenais, eussent joué le rôle de virgules
dans un chiffre, et les autres réduites à n'être que de
simples dixièmes. J'ai le sentiment très juste de ces
choses-là. Vous comprenez, il faut éviter les gaffes quand
nous donnons une fête qui doit être digne de Vinteuil,
de son génial interprète, de vous, et, j'ose le dire, de moi.
Vous auriez invité la Molé que tout était raté. C'était la
petite goutte contraire, neutralisante, qui rend une potion
sans vertu. L'électricité se serait éteinte, les petits fours
ne seraient pas arrivés à temps, l'orangeade aurait donné la
colique à tout le monde. C'était la personne à ne pas avoir.
À son nom seul, comme dans une féerie, aucun son ne
serait sorti des cuivres ; la flûte et le hautbois auraient été
pris d'une extinction de voix subite. Morel lui-même,
même s'il était parvenu à donner quelques sons, n'aurait
plus été en mesure, et au lieu du septuor de Vinteuil, vous
auriez eu sa parodie par Beckmesser[1], finissant au milieu
des huées. Moi qui crois beaucoup à l'influence des
personnes, j'ai très bien senti dans l'épanouissement de
certain largo qui s'ouvrait jusqu'au fond comme une fleur,
dans le surcroît de satisfaction du finale, qui n'était pas
seulement allegro mais incomparablement allègre, que
l'absence de la Molé inspirait les musiciens et dilatait de
joie jusqu'aux instruments de musique eux-mêmes. D'ailleurs, le jour où on reçoit tous les souverains on n'invite
pas sa concierge. » En l'appelant la Molé (comme il disait,
d'ailleurs très sympathiquement, la Duras), M. de Charlus
lui faisait justice. Car toutes ces femmes étaient des actrices
du monde, et il est vrai que même considérée à ce point
de vue, la comtesse Molé n'était pas égale à l'extraordinaire réputation d'intelligence qu'on lui faisait, et qui
donnait à penser à ces acteurs ou à ces romanciers
médiocres qui à certaines époques ont une situation de
génie, soit à cause de la médiocrité de leurs confrères,
parmi lesquels aucun artiste supérieur n'est capable de
montrer ce qu'est le vrai talent, ou de la médiocrité du
public, qui, existât-il une individualité extraordinaire,
serait incapable de la comprendre. Dans le cas de
Mme Molé il est préférable, sinon entièrement exact, de
s'arrêter à la première explication. Le monde étant le
royaume du néant, il n'y a entre les mérites des différentes
femmes du monde que des degrés insignifiants, que
peuvent seulement follement majorer les rancunes ou

l'imagination de M. de Charlus. Et certes, s'il parlait comme il venait de le faire, dans ce langage qui était un ambigu précieux des choses de l'art et du monde, c'est parce que ses colères de vieille femme et sa culture de mondain ne fournissaient à l'éloquence véritable qui était la sienne que des thèmes insignifiants. Le monde des différences n'existant pas à la surface de la terre, parmi tous les pays que notre perception uniformise, à plus forte raison n'existe-t-il pas dans le « monde ». Existe-t-il, d'ailleurs, quelque part ? Le septuor de Vinteuil avait semblé me dire que oui. Mais où ?

Comme M. de Charlus aimait aussi à répéter de l'un à l'autre, brouiller, diviser pour régner, il ajouta : « Vous avez, en ne l'invitant pas, enlevé à Mme Molé l'occasion de dire : "Je ne sais pas pourquoi cette Mme Verdurin m'a invitée. Je ne sais pas ce que c'est que ces gens-là, je ne les connais pas." Elle a déjà dit l'an passé que vous la fatiguiez de vos avances. C'est une sotte, ne l'invitez plus. En somme, elle n'est pas une personne si extraordinaire. Elle peut bien venir chez vous sans faire d'histoires puisque j'y viens bien. En somme, conclut-il, il me semble que vous pouvez me remercier, car, tel que ça a marché, c'était parfait. La duchesse de Guermantes n'est pas venue, mais on ne sait pas, c'était peut-être mieux ainsi. Nous ne lui en voudrons pas et nous penserons tout de même à elle pour une autre fois, d'ailleurs on ne peut pas ne pas se souvenir d'elle, ses yeux mêmes nous disent : "ne m'oubliez pas", puisque ce sont deux myosotis. » (Et je pensais à part moi combien il fallait que l'esprit des Guermantes — la décision d'aller ici et pas là — fût fort pour l'avoir emporté chez la duchesse sur la crainte de Palamède.) « Devant une réussite aussi complète, on est tenté comme Bernardin de Saint-Pierre de voir partout la main de la Providence. La duchesse de Duras était enchantée. Elle m'a même chargé de vous le dire », ajouta M. de Charlus en appuyant sur les mots, comme si Mme Verdurin devait considérer cela comme un honneur suffisant. Suffisant et même à peine croyable, car il trouva nécessaire pour être cru de dire : « Parfaitement », emporté par la démence de ceux que Jupiter veut perdre. « Elle a engagé Morel chez elle où on redonnera le même programme, et je pense même demander une invitation pour M. Verdurin. » Cette politesse au mari seul était, sans que M. de Charlus en eût même l'idée, le plus sanglant outrage pour l'épouse, laquelle, se croyant à l'égard de l'exécutant, en vertu d'une sorte de décret de Moscou[1] en vigueur dans le petit clan, le droit de lui interdire de jouer au dehors sans son autorisation expresse, était bien résolue à interdire sa participation à la soirée de Mme de Duras.

Rien qu'en parlant avec cette faconde, M. de Charlus irritait Mme Verdurin qui n'aimait pas qu'on fît bande à part dans le petit clan. Que de fois, et déjà à La Raspelière, entendant le baron parler sans cesse à Charlie au lieu de se contenter de tenir sa partie dans l'ensemble concertant du clan, s'était-elle écriée, en montrant le baron : « Quelle tapette il a ! Quelle tapette ! Ah ! pour une tapette, c'est une fameuse tapette ! » Mais cette fois c'était bien pis. Enivré de ses paroles, M. de Charlus ne comprenait pas qu'en reconnaissant le rôle de Mme Verdurin et en lui fixant d'étroites frontières, il déchaînait ce sentiment haineux qui n'était chez elle qu'une forme particulière, une forme sociale de la jalousie. Mme Verdurin aimait vraiment les habitués, les fidèles du petit clan, elle les voulait tout à leur Patronne. Faisant la part du feu, comme ces jaloux qui permettent qu'on les trompe, mais sous leur toit et même sous leurs yeux, c'est-à-dire qu'on ne les trompe pas, elle concédait aux hommes d'avoir une maîtresse, un amant, à condition que tout cela n'eût aucune conséquence sociale hors de chez elle, se nouât et se perpétuât à l'abri des mercredis. Tout éclat de rire furtif d'Odette auprès de Swann l'avait jadis rongée au cœur, depuis quelque temps tout aparté entre Morel et le baron ; elle trouvait à ses chagrins une seule consolation, qui était de défaire le bonheur des autres. Elle n'eût pu supporter longtemps celui du baron. Voici que cet imprudent précipitait la catastrophe en ayant l'air de restreindre la place de la Patronne dans son propre petit clan. Déjà elle voyait Morel allant dans le monde, sans elle, sous l'égide du baron. Il n'y avait qu'un remède, donner à choisir à Morel entre le baron et elle, et, profitant de l'ascendant qu'elle avait pris sur Morel en faisant preuve à ses yeux d'une clairvoyance extraordinaire grâce à des rapports qu'elle se faisait faire, à des mensonges qu'elle inventait et qu'elle lui servait les uns et les autres comme corroborant ce qu'il était porté à croire lui-même, et ce qu'il allait voir à l'évidence, grâce aux panneaux qu'elle

préparait et où les naïfs venaient tomber, profitant de cet
ascendant, la faire choisir, elle, de préférence au baron
Quant aux femmes du monde qui étaient là et qui ne
s'étaient même pas fait présenter, dès qu'elle avait compris
leurs hésitations ou leur sans-gêne, elle avait dit : « Ah !
je vois ce que c'est, c'est un genre de vieilles grues qui
ne nous convient pas, elles voient ce salon pour la dernière
fois. » Car elle serait morte plutôt que de dire qu'on avait
été moins aimable avec elle qu'elle n'avait espéré.

« Ah ! mon cher général », s'écria brusquement M.
de Charlus en lâchant Mme Verdurin parce qu'il apercevait
le général Deltour, secrétaire de la présidence de la
République, lequel pouvait avoir une grande importance
pour la croix de Charlie, et, après avoir demandé un
conseil à Cottard, s'éclipsait rapidement : « Bonsoir, cher
et charmant ami. Hé bien, c'est comme ça que vous vous
tirez des pattes sans me dire adieu ? » dit le baron avec
un sourire de bonhomie et de suffisance, car il savait bien
qu'on était toujours content de lui parler un moment de
plus. Et comme dans l'état d'exaltation où il était il faisait
à lui tout seul, sur un ton suraigu, les demandes et les
réponses : « Hé bien, êtes-vous content ? N'est-ce pas que
c'était bien beau ? L'andante, n'est-ce pas ? C'est ce qu'on
a jamais écrit de plus touchant. Je défie de l'écouter
jusqu'au bout sans avoir les larmes aux yeux. Vous êtes
charmant d'être venu. Dites-moi, j'ai reçu ce matin un
télégramme parfait de Froberville qui m'annonce que du
côté de la Grande Chancellerie les difficultés sont aplanies,
comme on dit. » La voix de M. de Charlus continuait à
s'élever, aussi perçante, voix aussi différente de sa voix
habituelle que celle d'un avocat qui plaide avec emphase,
de son débit ordinaire, phénomène d'amplification vocale
par surexcitation et euphorie nerveuse analogue à celle
qui, dans les dîners qu'elle donnait, montait à un diapason
si élevé la voix comme le regard de Mme de Guermantes.
« Je comptais vous envoyer demain matin un mot par un
garde pour vous dire mon enthousiasme, en attendant que
je puisse vous l'exprimer de vive voix, mais vous étiez si
entouré ! L'appui de Froberville sera loin d'être à
dédaigner, mais de mon côté j'ai la promesse du ministre,
dit le général. — Ah ! parfait. Du reste, vous avez vu que
c'est bien ce que mérite un talent pareil. Hoyos[1] était

enchanté, je n'ai pas pu voir l'Ambassadrice ; était-elle contente ? Qui ne l'aurait pas été, excepté ceux qui ont des oreilles pour ne pas entendre, ce qui ne fait rien du moment qu'ils ont des langues pour parler. »

Profitant de ce que le baron s'était éloigné pour parler au général, Mme Verdurin fit signe à Brichot. Celui-ci, qui ne savait pas ce que Mme Verdurin allait lui dire, voulut l'amuser et, sans se douter combien il me faisait souffrir, dit à la Patronne : « Le baron est enchanté que Mlle Vinteuil et son amie ne soient pas venues. Elles le scandalisent énormément. Il a déclaré que leurs mœurs étaient à faire peur. Vous n'imaginez pas comme le baron est pudibond et sévère sur le chapitre des mœurs. » Contrairement à l'attente de Brichot, Mme Verdurin ne s'égaya pas : « Il est immonde, répondit-elle. Proposez-lui de venir fumer une cigarette avec vous, pour que mon mari puisse emmener sa dulcinée sans que le Charlus s'en aperçoive, et l'éclairer sur l'abîme où il roule. » Brichot semblait avoir quelques hésitations. « Je vous dirai, reprit Mme Verdurin pour lever les derniers scrupules de Brichot, que je ne me sens pas en sûreté avec ça chez moi. Je sais qu'il a eu de sales histoires et que la police l'a à l'œil. » Et comme elle avait un certain don d'improvisation quand la malveillance l'inspirait, Mme Verdurin ne s'arrêta pas là : « Il paraît qu'il a fait de la prison. Oui, oui, ce sont des personnes très renseignées qui me l'ont dit. Je sais, du reste, par quelqu'un qui demeure dans sa rue, qu'on n'a pas idée des bandits qu'il fait venir chez lui. » Et comme Brichot qui allait souvent chez le baron protestait, Mme Verdurin, s'animant, s'écria : « Mais je vous en réponds ! c'est moi qui vous le dis », expression par laquelle elle cherchait d'habitude à étayer une assertion jetée un peu au hasard. « Il mourra assassiné un jour ou l'autre, comme tous ses pareils d'ailleurs. Il n'ira même peut-être pas jusque-là parce qu'il est dans les griffes de ce Jupien, qu'il a eu le toupet de m'envoyer et qui est un ancien forçat, je le sais, vous savez, oui, et de façon positive. Il tient Charlus par des lettres qui sont quelque chose d'effrayant, il paraît. Je le tiens de quelqu'un qui les a vues, il m'a dit : "Vous vous trouveriez mal si vous voyiez cela." C'est comme ça que ce Jupien le fait marcher au bâton et lui fait cracher tout l'argent qu'il veut. J'aimerais mille fois mieux la mort que de vivre dans la terreur où vit Charlus. En tout cas, si la famille de Morel se décide à porter plainte contre lui, je n'ai pas envie d'être accusée de complicité. S'il continue, ce sera à ses risques et périls, mais j'aurai fait mon devoir. Qu'est-ce que vous voulez ? Ce n'est pas toujours folichon. » Et déjà agréablement enfiévrée par l'attente de la conversation que son mari allait avoir avec le violoniste, Mme Verdurin me dit : « Demandez à Brichot si je ne suis pas une amie courageuse, et si je ne sais pas me dévouer pour sauver les camarades. » (Elle faisait allusion aux circonstances dans lesquelles elle l'avait juste à temps brouillé, avec sa blanchisseuse d'abord, Mme de Cambremer ensuite[1], brouilles à la suite desquelles Brichot était devenu presque complètement aveugle et, disait-on, morphinomane.) « Une amie incomparable, perspicace et vaillante », répondit l'universitaire avec une émotion naïve. « Mme Verdurin m'a empêché de commettre une grande sottise, me dit Brichot, quand celle-ci se fut éloignée. Elle n'hésite pas à couper dans le vif. Elle est interventionniste, comme dirait notre ami Cottard. J'avoue pourtant que la pensée que le pauvre baron ignore encore le coup qui va le frapper me fait une grande peine. Il est complètement fou de ce garçon. Si Mme Verdurin réussit, voilà un homme qui sera bien malheureux. Du reste, il n'est pas certain qu'elle n'échoue pas. Je crains qu'elle ne réussisse qu'à semer des mésintelligences entre eux, qui finalement, sans les séparer, n'aboutiront qu'à les brouiller avec elle. » C'était arrivé souvent à Mme Verdurin avec les fidèles. Mais il était visible qu'en elle le besoin de conserver leur amitié était de plus en plus dominé par celui que cette amitié ne fût jamais tenue en échec par celle qu'ils pouvaient avoir les uns pour les autres. L'homosexualité ne lui déplaisait pas, tant qu'elle ne touchait pas à l'orthodoxie, mais, comme l'Église, elle préférait tous les sacrifices à une concession sur l'orthodoxie. Je commençai à craindre que son irritation contre moi ne vînt de ce qu'elle avait su que j'avais empêché Albertine d'y[2] aller dans la journée, et qu'elle n'entreprît auprès d'elle, si elle n'avait déjà commencé, le même travail pour la séparer de moi que son mari allait, à l'égard de Charlus, opérer auprès du violoniste. « Allons, allez chercher Charlus, trouvez un prétexte, il est temps, dit Mme Verdurin, et tâchez surtout de ne pas le laisser revenir avant que je vous fasse

chercher. Ah ! quelle soirée ! ajouta Mme Verdurin, qui
dévoila ainsi la vraie raison de sa rage. Avoir fait jouer
ces chefs-d'œuvre devant ces cruches ! Je ne parle pas de
la reine de Naples, elle est intelligente, c'est une femme
agréable (lisez : elle a été très aimable avec moi). Mais
les autres ! Ah ! c'est à vous rendre enragée. Qu'est-ce que
vous voulez, moi je n'ai plus vingt ans. Quand j'étais jeune,
on me disait qu'il fallait savoir s'ennuyer, je me forçais,
mais maintenant, ah ! non, c'est plus fort que moi, j'ai l'âge
de faire ce que je veux, la vie est trop courte, m'ennuyer,
fréquenter des imbéciles, feindre, avoir l'air de les trouver
intelligents, ah ! non, je ne peux pas. Allons, voyons,
Brichot, il n'y a pas de temps à perdre. — J'y vais, Madame,
j'y vais », finit par dire Brichot comme le général Deltour
s'éloignait. Mais d'abord l'universitaire me prit un instant
à part : « Le Devoir moral, me dit-il, est moins clairement
impératif que ne l'enseignent nos Éthiques. Que les cafés
théosophiques et les brasseries kantiennes en prennent leur
parti, nous ignorons déplorablement la nature du Bien.
Moi-même qui, sans nulle vantardise, ai commenté pour
mes élèves, en toute innocence, la philosophie du
prénommé Emmanuel Kant, je ne vois aucune indication
précise pour le cas de casuistique mondaine devant lequel
je suis placé, dans cette *Critique de la Raison pratique* où
le grand défroqué du protestantisme platonisa, à la mode
de Germanie, pour une Allemagne préhistoriquement
sentimentale et aulique, à toutes fins utiles d'un mysticisme
poméranien. C'est encore *Le Banquet*, mais donné cette fois
à Kœnigsberg, à la façon de là-bas, indigeste et assaini,
avec choucroute et sans gigolos[1]. Il est évident, d'une part
que je ne puis refuser à notre excellente hôtesse le léger
service qu'elle me demande, en conformité pleinement
orthodoxe avec la Morale traditionnelle. Il faut éviter avant
toute chose, car il n'y en a pas beaucoup qui fassent dire
plus de sottises, de se laisser piper avec des mots. Mais
enfin, n'hésitons pas à avouer que si les mères de famille
avaient part au vote, le baron risquerait d'être lamentable-
ment blackboulé comme professeur de vertu. C'est
malheureusement avec le tempérament d'un roué qu'il suit
sa vocation de pédagogue ; remarquez que je ne dis pas
de mal du baron ; ce doux homme, qui sait découper un
rôti comme personne, possède avec le génie de l'anathème
des trésors de bonté. Il peut être amusant comme un pitre

supérieur, alors qu'avec tel de mes confrères, académicien s'il vous plaît, je m'ennuie, comme dirait Xénophon, à cent drachmes l'heure. Mais je crains qu'il n'en dépense à l'égard de Morel un peu plus que la saine morale ne commande, et, sans savoir dans quelle mesure le jeune pénitent se montre docile ou rebelle aux exercices spéciaux que son catéchiste lui impose en matière de mortification, il n'est pas besoin d'être grand clerc pour être sûr que nous pécherions, comme dit l'autre, par mansuétude à l'égard de ce rose-croix[1] qui semble nous venir de Pétrone[2] après avoir passé par Saint-Simon, si nous lui accordions, les yeux fermés, en bonne et due forme, le permis de sataniser. Et pourtant, en occupant cet homme pendant que Mme Verdurin, pour le bien du pécheur et bien justement tentée par une telle cure, va parler au jeune étourdi sans ambages, lui retirer tout ce qu'il aime, lui porter peur-être un coup fatal, je ne peux pas dire que je n'en ai cure, il me semble que je l'attire comme qui dirait dans un guet-apens, et je recule comme devant une manière de lâcheté. » Ceci dit, il n'hésita pas à la commettre, et me prenant par le bras : « Allons, baron, si nous allions fumer une cigarette, ce jeune homme ne connaît pas encore toutes les merveilles de l'hôtel. » Je m'excusai en disant que j'étais obligé de rentrer. « Attendez encore un instant, dit Brichot. Vous savez que vous devez me ramener et je n'oublie pas votre promesse. — Vous ne voulez vraiment pas que je vous fasse sortir l'argenterie ? rien ne serait plus simple, me dit M. de Charlus. Comme vous me l'avez promis, pas un mot de la question décoration à Morel. Je veux lui faire la surprise de le lui annoncer tout à l'heure, quand on sera un peu parti. Bien qu'il dise que ce n'est pas important pour un artiste, mais que son oncle le désire (je rougis, car par mon grand-père les Verdurin savaient qui était l'oncle de Morel). Alors, vous ne voulez pas que je vous fasse sortir les plus belles pièces ? me dit M. de Charlus. Mais vous les connaissez, vous les avez vues dix fois à La Raspelière. » Je n'osai pas lui dire que ce qui eût pu m'intéresser, ce n'était pas les médiocres couverts d'une argenterie bourgeoise, même la plus riche, mais quelque spécimen, fût-ce seulement sur une belle gravure, de ceux de Mme du Barry. J'étais beaucoup trop préoccupé et — ne l'eussé-je pas été par cette révélation relative à la venue de Mlle Vinteuil — toujours, dans le monde, j'étais beaucoup trop distrait et agité pour arrêter mon attention sur des objets plus ou moins jolis. Elle n'eût pu être fixée que par l'appel de quelque réalité s'adressant à mon imagination, comme eût pu le faire, ce soir, une vue de cette Venise à laquelle j'avais tant pensé l'après-midi, ou quelque élément général, commun à plusieurs apparences et plus vrai qu'elles, qui de lui-même éveillait toujours en moi un esprit intérieur et habituellement ensommeillé, mais dont la remontée à la surface de ma conscience me donnait une grande joie. Or, comme je sortais du salon appelé salle de théâtre, et traversais avec Brichot et M. de Charlus les autres salons, en retrouvant transposés au milieu d'autres certains meubles vus à La Raspelière et auxquels je n'avais prêté aucune attention, je saisis entre l'arrangement de l'hôtel et celui du château un certain air de famille, une identité permanente, et je compris Brichot quand il me dit en souriant : « Tenez, voyez-vous ce fond de salon, cela du moins peut à la rigueur vous donner l'idée de la rue Montalivet, il y a vingt-cinq ans, *grande mortalis aevi spatium*[1]. » À son sourire, dédié au salon défunt qu'il revoyait, je compris que ce que Brichot, peut-être sans s'en rendre compte, préférait dans l'ancien salon, plus que les grandes fenêtres, plus que la gaie jeunesse des Patrons et de leurs fidèles, c'était cette partie irréelle (que je dégageais moi-même de quelques similitudes entre La Raspelière et le quai Conti) de laquelle, dans un salon comme en toutes choses, la partie extérieure, actuelle, contrôlable pour tout le monde, n'est que le prolongement, c'était cette partie devenue purement morale, d'une couleur qui n'existait plus que pour mon vieil interlocuteur, qu'il ne pouvait pas me faire voir, cette partie qui s'est détachée du monde extérieur pour se réfugier dans notre âme, à qui elle donne une plus-value, où elle s'est assimilée à sa substance habituelle, s'y muant — maisons détruites, gens d'autrefois, compotiers de fruits des soupers que nous nous rappelons — en cet albâtre translucide de nos souvenirs, duquel nous sommes incapables de montrer la couleur qu'il n'y a que nous qui voyons, ce qui nous permet de dire véridiquement aux autres, au sujet de ces choses passées, qu'ils n'en peuvent avoir une idée, que cela ne ressemble pas à ce qu'ils ont vu, et que nous ne pouvons considérer en nous-même sans une certaine

émotion, en songeant que c'est de l'existence de notre
pensée que dépend pour quelque temps encore leur survie,
le reflet des lampes qui se sont éteintes et l'odeur des
charmilles qui ne fleuriront plus. Et sans doute par là le
salon de la rue Montalivet faisait, pour Brichot, tort à la
demeure actuelle des Verdurin. Mais, d'autre part, il
ajoutait à celle-ci, pour les yeux du professeur, une beauté
qu'elle ne pouvait avoir pour un nouveau venu. Ceux de
ses anciens meubles qui avaient été replacés ici, un même
arrangement parfois conservé, et que moi-même je
retrouvais de La Raspelière, intégraient dans le salon actuel
des parties de l'ancien qui par moments l'évoquaient
jusqu'à l'hallucination et ensuite semblaient presque
irréelles d'évoquer au sein de la réalité ambiante des
fragments d'un monde détruit qu'on croyait voir ailleurs.
Canapé surgi du rêve entre les fauteuils nouveaux et bien
réels, petites chaises revêtues de soie rose, tapis broché
de table à jeu élevé à la dignité de personne depuis que
comme une personne il avait un passé, une mémoire,
gardant dans l'ombre froide du salon du quai Conti le hâle
de l'ensoleillement par les fenêtres de la rue Montalivet
(dont il connaissait l'heure aussi bien que Mme Verdurin
elle-même) et par les portes vitrées de Douville, où on
l'avait emmené et où il regardait tout le jour, au-delà du
jardin fleuriste, la profonde vallée de la *** en attendant
l'heure où Cottard et le violoniste feraient ensemble leur
partie, bouquet de violettes et de pensées au pastel, présent
d'un grand artiste ami, mort depuis, seul fragment
survivant d'une vie disparue sans laisser de traces,
résumant un grand talent et une longue amitié, rappelant
son regard attentif et doux, sa belle main grasse et triste
pendant qu'il peignait ; encombrement joli, désordre des
cadeaux de fidèles qui a suivi partout la maîtresse de la
maison et a fini par prendre l'empreinte et la fixité d'un
trait de caractère, d'une ligne de la destinée ; profusion
des bouquets de fleurs, des boîtes de chocolat qui
systématisait, ici comme là-bas, son épanouissement suivant
un mode de floraison identique : interpolation curieuse
des objets singuliers et superflus qui ont encore l'air de
sortir de la boîte où ils ont été offerts et qui restent toute
la vie ce qu'ils ont été d'abord, des cadeaux du premier
Janvier ; tous ces objets enfin qu'on ne saurait isoler des
autres, mais qui pour Brichot, vieil habitué des fêtes des

Verdurin, avaient cette patine, ce velouté des choses
auxquelles, leur donnant une sorte de profondeur, vient
s'ajouter leur double spirituel ; tout cela, éparpillé, faisait
chanter devant lui comme autant de touches sonores qui
éveillaient dans son cœur des ressemblances aimées, des
réminiscences confuses et qui, à même le salon tout
actuel, qu'elles marquetaient çà et là, découpaient,
délimitaient, comme fait par un beau jour un cadre de
soleil sectionnant l'atmosphère, les meubles et les tapis,
poursuivant d'un coussin à un porte-bouquets, d'un
tabouret au relent d'un parfum, d'un mode d'éclairage
à une prédominance de couleurs, sculptaient, évoquaient,
spiritualisaient, faisaient vivre une forme qui était comme
la figure idéale, immanente à leurs logis successifs, du
salon des Verdurin.

« Nous allons tâcher, me dit Brichot à l'oreille, de
mettre le baron sur son sujet favori. Il y est prodigieux. »
D'une part, je désirais pouvoir tâcher d'obtenir de M. de
Charlus des renseignements relatifs à la venue de Mlle
Vinteuil et de son amie, renseignements pour lesquels je
m'étais décidé à quitter Albertine. D'autre part, je ne
voulais pas laisser celle-ci seule trop longtemps, non qu'elle
pût (incertaine de l'instant de mon retour et d'ailleurs à
des heures pareilles où une visite venue pour elle ou bien
une sortie d'elle eussent été trop remarquées) faire un
mauvais usage de mon absence, mais pour qu'elle ne la
trouvât pas trop prolongée. Aussi dis-je à Brichot et à M.
de Charlus que je ne les suivais pas pour longtemps.
« Venez tout de même », me dit le baron, dont l'excitation
mondaine commençait à tomber, mais qui éprouvait ce
besoin de prolonger, de faire durer les entretiens, que
j'avais déjà remarqué chez la duchesse de Guermantes aussi
bien que chez lui, et qui, tout particulier à cette famille,
s'étend plus généralement à tous ceux qui, n'offrant à leur
intelligence d'autre réalisation que la conversation, c'est-à-
dire une réalisation imparfaite, restent inassouvis même
après des heures passées ensemble et se suspendent de plus
en plus avidement à l'interlocuteur épuisé, dont ils
réclament, par erreur, une satiété que les plaisirs sociaux
sont impuissants à donner. « Venez, reprit-il, n'est-ce pas,
voilà le moment agréable des fêtes, le moment où tous
les invités sont partis, l'heure de Doña Sol[1], espérons que
celle-ci finira moins tristement. Malheureusement vous êtes

pressé, pressé probablement d'aller faire des choses que
vous feriez mieux de ne pas faire. Tout le monde est
toujours pressé, et on part au moment où on devrait
arriver. Nous sommes là comme les philosophes de
Couture[1], ce serait le moment de récapituler la soirée, de
faire ce qu'on appelle en style militaire la critique des
opérations. On demanderait à Mme Verdurin de nous faire
apporter un petit souper auquel on aurait soin de ne pas
l'inviter, et on prierait Charlie — toujours *Hernani*[2] — de
rejouer pour nous seuls le sublime adagio. Est-ce assez
beau, cet adagio ! Mais où est-il le jeune violoniste ? je
voudrais pourtant le féliciter, c'est le moment des
attendrissements et des embrassades. Avouez, Brichot,
qu'ils ont joué comme des dieux, Morel surtout. Avez-vous
remarqué le moment où la mèche se détache ? Ah ! bien
alors, mon cher, vous n'avez rien vu. On a eu un *fa* dièse
qui peut faire mourir de jalousie Enesco, Capet et
Thibaud[3] ; j'ai beau être très calme, je vous avoue qu'à
une sonorité pareille, j'avais le cœur tellement serré que
je retenais mes sanglots. La salle haletait ; Brichot, mon
cher », s'écria le baron en secouant violemment l'universitaire par le bras, « c'était sublime. Seul, le jeune Charlie
gardait une immobilité de pierre, on ne le voyait même
pas respirer, il avait l'air d'être comme ces choses du
monde inanimé dont parle Théodore Rousseau[4], qui font
penser mais ne pensent pas. Et alors tout d'un coup »,
s'écria M. de Charlus avec emphase et en mimant comme
un coup de théâtre, « alors... la Mèche ! Et pendant ce
temps-là, gracieuse petite contredanse de l'allegro vivace.
Vous savez, cette mèche a été le signe de la révélation,
même pour les plus obtus. La princesse de Taormina,
sourde jusque-là, car il n'est pires sourdes que celles qui
ont des oreilles pour ne pas entendre, la princesse de
Taormina, devant l'évidence de la mèche miraculeuse, a
compris que c'était de la musique et qu'on ne jouerait pas
au poker. Ah ! ça a été un moment bien solennel. —
Pardonnez-moi, monsieur, de vous interrompre, dis-je à
M. de Charlus pour l'amener au sujet qui m'intéressait,
vous me disiez que la fille de l'auteur devait venir. Cela
m'aurait beaucoup intéressé. Est-ce que vous êtes certain
qu'on comptait sur elle ? — Ah ! je ne sais pas. » M. de
Charlus obéissait ainsi, peut-être sans le vouloir, à cette
consigne universelle qu'on a de ne pas renseigner les

jaloux, soit pour se montrer absurdement « bon cama
rade » par point d'honneur, et la détestât-on, envers celle
qui l'excite, soit par méchanceté pour elle en devinant que
la jalousie ne ferait que redoubler l'amour ; soit par ce
besoin d'être désagréable aux autres qui consiste à dire
la vérité à la plupart des hommes mais, aux jaloux, à la
leur taire, l'ignorance augmentant leur supplice, du moins
à ce qu'ils se figurent ; et pour faire de la peine aux gens,
on se guide d'après ce qu'eux-mêmes croient, peut-être
à tort, le plus douloureux. « Vous savez, reprit-il, ici c'est
un peu la maison des exagérations, ce sont des gens
charmants, mais enfin on aime bien annoncer des célébrités
d'un genre ou d'un autre. Mais vous n'avez pas l'air bien
et vous allez avoir froid dans cette pièce si humide, dit-il
en poussant près de moi une chaise. Puisque vous êtes
souffrant, il faut faire attention, je vais aller vous chercher
votre pelure. Non, n'y allez pas vous-même, vous vous
perdrez et vous aurez froid. Voilà comme on fait des
imprudences, vous n'avez pourtant pas quatre ans, il vous
faudrait une vieille bonne comme moi pour vous soigner.
— Ne vous dérangez pas, baron, j'y vais », dit Brichot,
qui s'éloigna aussitôt : ne se rendant peut-être pas
exactement compte de l'amitié très vraie que M. de Charlus
avait pour moi et des rémissions charmantes de simplicité,
de dévouement, que comportaient ses crises délirantes de
grandeur et de persécution, il avait craint que M. de
Charlus, que Mme Verdurin avait confié comme un
prisonnier à sa vigilance, eût cherché simplement, sous le
prétexte de demander mon pardessus, à rejoindre Morel
et fît manquer ainsi le plan de la Patronne.

Cependant Ski s'était assis au piano, où personne ne lui
avait demandé de se mettre et, composant avec un
froncement souriant des sourcils, un regard lointain et une
légère grimace de la bouche — ce qu'il croyait être l'air
artiste —, insistait auprès de Morel pour que celui-ci jouât
quelque chose de Bizet. « Comment, vous n'aimez pas
cela, ce côté gosse de la musique de Bizet ? Mais, mon
cher, dit-il, avec un roulement d'*r* qui lui était particulier,
c'est ravissant. » Morel, qui n'aimait pas Bizet, le déclara
avec exagération, et (comme il passait dans le petit clan
pour avoir, ce qui est vraiment incroyable, de l'esprit) Ski,
feignant de prendre les diatribes du violoniste pour des

paradoxes, se mit à rire. Son rire n'était pas, comme celui de M. Verdurin, l'étouffement d'un fumeur. Ski prenait d'abord un air fin, puis laissait échapper comme malgré lui un seul son de rire, comme un premier appel de cloches, suivi d'un silence où le regard fin semblait examiner à bon escient la drôlerie de ce qu'on disait, puis une seconde cloche de rire s'ébranlait, et c'était bientôt un hilare angélus.

Je dis à M. de Charlus mon regret que M. Brichot se fût dérangé. « Mais non, il est très content, il vous aime beaucoup, tout le monde vous aime beaucoup. On disait l'autre jour : mais on ne le voit plus, il s'isole ! D'ailleurs, c'est un si brave homme que Brichot », continua M. de Charlus qui ne se doutait sans doute pas, en voyant la manière affectueuse et franche dont lui parlait le professeur de morale, qu'en son absence il ne se gênait pas pour dauber sur lui. « C'est un homme d'une grande valeur, qui sait énormément, et cela ne l'a pas racorni, n'a pas fait de lui un rat de bibliothèque comme tant d'autres, qui sentent l'encre. Il a gardé une largeur de vues, une tolérance, rares chez ses pareils. Parfois, en voyant comme il comprend la vie, comme il sait rendre à chacun avec grâce ce qui lui est dû, on se demande où un simple petit professeur de Sorbonne, un ancien régent de collège a pu apprendre tout cela. J'en suis moi-même étonné. » Je l'étais davantage en voyant la conversation de ce Brichot, que le moins raffiné des convives de Mme de Guermantes eût trouvé si bête et si lourd, plaire au plus difficile de tous, M. de Charlus. Mais à ce résultat avaient collaboré, entre autres influences, celles, distinctes d'ailleurs, en vertu desquelles Swann, d'une part s'était plu si longtemps dans le petit clan, quand il était amoureux d'Odette, d'autre part, depuis qu'il était marié, trouvait agréable Mme Bontemps, qui feignait d'adorer le ménage Swann, venait tout le temps voir la femme, se délectait aux histoires du mari et parlait d'eux avec dédain. Comme l'écrivain donnant la palme de l'intelligence, non pas à l'homme le plus intelligent, mais au viveur qui faisait une réflexion hardie et tolérante sur la passion d'un homme pour une femme, réflexion qui faisait que la maîtresse bas-bleu de l'écrivain s'accordait avec lui pour trouver que de tous les gens qui venaient chez elle le moins bête était encore ce vieux beau qui avait l'expérience des choses de l'amour, de même M. de Charlus trouvait plus intelligent que ses autres amis, Brichot, qui non seulement était aimable pour Morel, mais cueillait à propos dans les philosophes grecs, les poètes latins, les conteurs orientaux, des textes qui décoraient le goût du baron d'un florilège étrange et charmant. M. de Charlus était arrivé à cet âge où un Victor Hugo aime à s'entourer surtout de Vacqueries et de Meurices[1]. Il préférait à tous, ceux qui admettaient son point de vue sur la vie. « Je le vois beaucoup », ajouta-t-il d'une voix piaillante et cadencée, sans qu'un seul mouvement, sauf des lèvres, fît bouger son masque grave et enfariné sur lequel étaient à demi abaissées ses paupières d'ecclésiastique. « Je vais à ses cours, cette atmosphère de quartier latin me change, il y a une adolescence studieuse, pensante, de jeunes bourgeois plus intelligents, plus instruits que n'étaient, dans un autre milieu, mes camarades. C'est autre chose, que vous connaissez probablement mieux que moi, ce sont de jeunes *bourgeois* », dit-il en détachant le mot qu'il fit précéder de plusieurs *b*, et en le soulignant par une sorte d'habitude d'élocution, correspondant elle-même à un goût des nuances dans la pensée qui lui était propre, mais peut-être aussi pour ne pas résister au plaisir de me témoigner quelque insolence. Celle-ci ne diminua en rien la grande et affectueuse pitié que m'inspirait M. de Charlus (depuis que Mme Verdurin avait dévoilé son dessein devant moi), m'amusa seulement, et, même en une circonstance où je ne me fusse pas senti pour lui tant de sympathie, ne m'eût pas froissé. Je tenais de ma grand-mère d'être dénué d'amour-propre à un degré qui ferait aisément manquer de dignité. Sans doute je ne m'en rendais guère compte et à force d'avoir entendu depuis le collège les plus estimés de mes camarades ne pas souffrir qu'on leur manquât, ne pas pardonner un mauvais procédé, j'avais fini par montrer dans mes paroles et dans mes actions une seconde nature qui était assez fière. Elle passait même pour l'être extrêmement, parce que, n'étant nullement peureux, j'avais facilement des duels[2], dont je diminuais pourtant le prestige moral en m'en moquant moi-même, ce qui persuadait aisément qu'ils étaient ridicules. Mais la nature que nous refoulons n'en habite pas moins en nous. C'est ainsi que parfois, si nous lisons le chef-d'œuvre nouveau d'un homme de génie, nous y retrouvons avec plaisir toutes celles de nos réflexions que nous avions méprisées, des gaietés, des tristesses que nous avions contenues, tout un monde de sentiments dédaigné par nous et dont le livre où nous les reconnaissons nous apprend subitement la valeur. J'avais fini par apprendre de l'expérience de la vie qu'il était mal de sourire affectueusement quand quelqu'un se moquait de moi et de ne pas lui en vouloir. Mais cette absence d'amour-propre et de rancune, si j'avais cessé de l'exprimer jusqu'à en être arrivé à ignorer à peu près complètement qu'elle existât chez moi, n'en était pas moins le milieu vital primitif dans lequel je baignais. La colère, et la méchanceté, ne me venaient que de toute autre manière, par crises furieuses. De plus, le sentiment de la justice, jusqu'à une complète absence de sens moral, m'était inconnu. J'étais au fond de mon cœur tout acquis à celui qui était le plus faible et qui était malheureux. Je n'avais aucune opinion sur la mesure dans laquelle le bien et le mal pouvaient être engagés dans les relations de Morel et de M. de Charlus, mais l'idée des souffrances qu'on préparait à M. de Charlus m'était intolérable. J'aurais voulu le prévenir, ne savais comment le faire. « La vue de tout ce petit monde laborieux est fort plaisante pour un vieux trumeau comme moi. Je ne les connais pas », ajouta-t-il en levant la main d'un air de réserve, pour ne pas avoir l'air de se vanter, pour attester sa pureté et ne pas faire planer de soupçon sur celle des étudiants, « mais ils sont très polis, ils vont souvent jusqu'à me garder une place, comme je suis un très vieux monsieur. Mais si, mon cher, ne protestez pas, j'ai plus de quarante ans, dit le baron, qui avait dépassé la soixantaine. Il fait un peu chaud dans cet amphithéâtre où parle Brichot, mais c'est toujours intéressant. » Quoique le baron aimât mieux être mêlé à la jeunesse des écoles, voire bousculé par elle, quelquefois, pour lui épargner les longues attentes, Brichot le faisait entrer avec lui. Brichot avait beau être chez lui à la Sorbonne, au moment où l'appariteur chargé de chaînes le précédait et où s'avançait le maître admiré de la jeunesse, il ne pouvait retenir une certaine timidité, et tout en désirant profiter de cet instant où il se sentait si considérable pour témoigner de l'amabilité à Charlus, il était tout de même un peu gêné ; pour que l'appariteur le laissât passer, il lui disait, d'une voix factice et d'un air affairé : « Vous me suivez, baron, on vous placera », puis sans plus s'occuper

de lui, pour faire son entrée, s'avançait seul allégrement
dans le couloir. De chaque côté, une double haie de jeunes
professeurs le saluait ; Brichot, désireux de ne pas avoir
l'air de poser pour ces jeunes gens aux yeux de qui il se
savait un grand pontife, leur envoyait mille clins d'œil,
mille hochements de tête de connivence, auxquels son
souci de rester martial et bon Français donnait l'air d'une
sorte d'encouragement cordial, de *sursum corda* d'un vieux
grognard qui dit : « Nom de Dieu, on saura se battre. »
Puis les applaudissements des élèves éclataient. Brichot
tirait parfois de cette présence de M. de Charlus à ses cours
l'occasion de faire un plaisir, presque de rendre des
politesses. Il disait à quelque parent, ou à quelqu'un de
ses amis bourgeois : « Si cela pouvait amuser votre femme
ou votre fille, je vous préviens que le baron de Charlus,
prince d'Agrigente, le descendant des Condé, assistera à
mon cours. Pour un enfant, c'est un souvenir à garder que
d'avoir vu un des derniers descendants de notre aristocratie qui ait du type. Si elles viennent, elles le reconnaîtront
à ce qu'il sera placé à côté de ma chaire. D'ailleurs, ce
sera le seul, un homme fort, avec des cheveux blancs, la
moustache noire, et la médaille militaire. — Ah ! je vous
remercie », disait le père. Et, quoique sa femme eût à
faire, pour ne pas désobliger Brichot, il la forçait à aller
à ce cours, tandis que la jeune fille, incommodée par la
chaleur et la foule, dévorait pourtant curieusement des
yeux le descendant de Condé, tout en s'étonnant qu'il ne
portât pas de fraise et ressemblât aux hommes de nos jours.
Lui, cependant, n'avait pas d'yeux pour elle, mais plus d'un
étudiant, qui ne savait pas qui il était, s'étonnait de son
amabilité, devenait important et sec, et le baron sortait
plein de rêves et de mélancolie. « Pardonnez-moi de
revenir à mes moutons, dis-je rapidement à M. de Charlus,
en entendant le pas de Brichot, mais pourriez-vous me
prévenir par un pneumatique si vous appreniez que Mlle
Vinteuil ou son amie dussent venir à Paris, en me disant
exactement la durée de leur séjour, et sans dire à personne
que je vous l'ai demandé ? » Je ne croyais plus guère
qu'elle eût dû venir, mais je voulais ainsi me garer pour
l'avenir. « Oui, je ferai ça pour vous. D'abord parce que
je vous dois une grande reconnaissance. En n'acceptant
pas autrefois ce que je vous avais proposé, vous m'avez,
à vos dépens, rendu un immense service, vous m'avez laissé

ma liberté. Il est vrai que je l'ai abdiquée d'une autre
manière, ajouta-t-il d'un ton mélancolique où perçait le
désir de faire des confidences ; il y a là ce que je considère
toujours comme le fait majeur, toute une réunion de
circonstances que vous avez négligé de faire tourner à
votre profit, peut-être parce que la destinée vous a averti
à cette minute précise de ne pas contrarier ma voie. C'est
toujours "l'homme s'agite et Dieu le mène[1]." Qui sait si
le jour où nous sommes sortis ensemble de chez Mme de
Villeparisis, vous aviez accepté, peut-être bien des choses
qui se sont passées depuis n'auraient jamais eu lieu[2]. »
Embarrassé, je fis dériver la conversation en m'emparant
du nom de Mme de Villeparisis, et en disant la tristesse
que m'avait causée sa mort[3]. « Ah ! oui », murmura
sèchement M. de Charlus avec l'intonation la plus
insolente, prenant acte de mes condoléances sans avoir l'air
de croire une seconde à leur sincérité. Voyant qu'en tout
cas le sujet de Mme de Villeparisis ne lui était pas
douloureux, je voulus savoir de lui, si qualifié à tous
égards, pour quelles raisons Mme de Villeparisis avait été
tenue aussi à l'écart par le monde aristocratique. Non
seulement il ne me donna pas la solution de ce petit
problème mondain, mais il ne me parut même pas le
connaître. Je compris alors que la situation de Mme de
Villeparisis, si elle devait plus tard paraître grande à la
postérité, et même du vivant de la marquise à l'ignorante
roture, n'avait pas paru moins grande tout à fait à l'autre
extrémité du monde, à celle qui touchait Mme de
Villeparisis, aux Guermantes. C'était leur tante, ils
voyaient surtout la naissance, les alliances, l'importance
gardée dans leur famille par l'ascendant sur telle ou telle
belle-sœur. Ils voyaient cela moins côté monde que côté
famille. Or celui-ci était plus brillant pour Mme de
Villeparisis que je n'avais cru. J'avais été frappé en
apprenant que le nom Villeparisis était faux[4]. Mais il est
d'autres exemples de grandes dames ayant fait un mariage
inégal et ayant gardé une situation prépondérante. M. de
Charlus commença par m'apprendre que Mme de Villeparisis était la nièce de la fameuse duchesse de ***, la
personne la plus célèbre de la grande aristocratie pendant
la monarchie de Juillet, mais qui n'avait pas voulu
fréquenter le Roi Citoyen et sa famille. J'avais tant désiré

avoir des récits sur cette Duchesse ! Et Mme de Villeparisis, la bonne Mme de Villeparisis, aux joues
qui me représentaient des joues de bourgeoise, Mme
de Villeparisis qui m'envoyait tant de cadeaux et que
j'aurais si facilement pu voir tous les jours, Mme de
Villeparisis était sa nièce, élevée par elle, chez elle, à
l'hôtel de ***. « Elle demandait au duc de Doudeauville,
me dit M. de Charlus, en parlant des trois sœurs :
"Laquelle des trois sœurs¹ préférez-vous ?" Et Doudeauville ayant dit : "Mme de Villeparisis", la duchesse de
*** lui répondit : "Cochon !" Car la duchesse était très
spirituelle », dit M. de Charlus en donnant au mot
l'importance et la prononciation d'usage chez les Guermantes. Qu'il trouvât d'ailleurs que le mot fût si
« spirituel », je ne m'en étonnai pas, ayant dans bien
d'autres occasions remarqué la tendance centrifuge,
objective, des hommes qui les pousse à abdiquer quand
ils goûtent l'esprit des autres les sévérités qu'ils auraient
pour le leur, et à observer, à noter précieusement ce
qu'ils dédaigneraient de créer.

   « Mais qu'est-ce qu'il a ? c'est mon pardessus qu'il
apporte, dit-il en voyant que Brichot avait si longtemps
cherché pour un tel résultat. J'aurais mieux fait d'y aller
moi-même. Enfin vous allez le mettre sur vos épaules.
Savez-vous que c'est très compromettant, mon cher ? c'est
comme de boire dans le même verre, je saurai vos pensées.
Mais non, pas comme ça, voyons, laissez-moi faire », et
tout en me mettant son paletot, il me le collait contre les
épaules, me le montait le long du cou, relevait le col, et
de sa main frôlait mon menton, en s'excusant. « À son
âge, ça ne sait pas mettre une couverture, il faut le
bichonner, j'ai manqué ma vocation, Brichot, j'étais né
pour être bonne d'enfants. » Je voulais m'en aller, mais
M. de Charlus ayant manifesté l'intention d'aller chercher
Morel, Brichot nous retint tous les deux. D'ailleurs, la
certitude qu'à la maison je retrouverais Albertine, certitude égale à celle que dans l'après-midi, j'avais qu'Albertine rentrât du Trocadéro, me donnait en ce moment aussi
peu d'impatience de la voir que j'avais eu le même jour
tandis que j'étais assis au piano, après que Françoise m'eut
téléphoné. Et c'est ce calme qui me permit, chaque fois
qu'au cours de cette conversation je voulus me lever,
d'obéir à l'injonction de Brichot qui craignait que mon

départ empêchât Charlus de rester jusqu'au moment où
Mme Verdurin viendrait nous appeler. « Voyons, dit-il
au baron, restez un peu avec nous, vous lui donnerez
l'accolade tout à l'heure », ajouta Brichot en fixant sur
moi son œil presque mort, auquel les nombreuses
opérations qu'il avait subies avaient fait recouvrer un peu
de vie, mais qui n'avait plus pourtant la mobilité nécessaire
à l'expression oblique de la malignité. « L'accolade, est-il
bête ! s'écria le baron d'un ton aigu et ravi. Mon cher,
je vous dis qu'il se croit toujours à une distribution de
prix, il rêve de ses petits élèves. Je me demande s'il ne
couche pas avec. — Vous désirez voir Mlle Vinteuil, me
dit Brichot, qui avait entendu la fin de notre conversation.
Je vous promets de vous avertir si elle vient, je le saurai
par Mme Verdurin », me dit Brichot qui sans doute
prévoyait que le baron risquait fort d'être de façon
imminente exclu du petit clan. « Hé bien, vous me croyez
donc moins bien que vous avec Mme Verdurin, dit M.
de Charlus, pour être renseigné sur la venue de ces
personnes d'une terrible réputation ? Vous savez que c'est
archi-connu. Mme Verdurin a tort de les laisser venir, c'est
bon pour les milieux interlopes. Elles sont amies de toute
une bande terrible, tout ça doit se réunir dans des endroits
affreux. » À chacune de ces paroles, ma souffrance
s'accroissait d'une souffrance nouvelle, changeait de forme.
Et tout d'un coup me rappelant certains mouvements
d'impatience d'Albertine qu'elle réprimait du reste aussitôt, j'eus l'effroi qu'elle eût conçu le projet de me quitter.
Ce soupçon me rendait d'autant plus nécessaire de faire
durer notre vie commune jusqu'à un temps où j'aurais
retrouvé mon calme. Et pour ôter à Albertine, si elle
l'avait, l'idée de devancer mon projet de rupture, pour
lui faire paraître, jusqu'à ce que je puisse le réaliser sans
souffrir, sa chaîne plus légère, le plus habile (peut-être
j'étais contagionné par la présence de M. de Charlus, par
le souvenir inconscient des comédies qu'il aimait à jouer),
le plus habile me parut de faire croire à Albertine que
j'avais moi-même l'intention de la quitter, j'allais dès que
je serais rentré simuler des adieux, une rupture. « Certes
non pas, je ne me crois pas mieux que vous avec Mme
Verdurin », proclama Brichot en ponctuant les mots, car
il craignait d'avoir éveillé les soupçons du baron. Et comme
il voyait que je voulais prendre congé, voulant me retenir

par l'appât du divertissement promis : « Il y a une chose
à quoi le baron me semble ne pas avoir songé quand il
parle de la réputation de ces deux dames, c'est qu'une
réputation peut être tout à la fois épouvantable et
imméritée. Ainsi par exemple, dans la série plus notoire
que j'appellerai parallèle, il est certain que les erreurs
judiciaires sont nombreuses et que l'histoire a enregistré
des arrêts de condamnation pour sodomie flétrissant des
hommes illustres qui en étaient tout à fait innocents. La
récente découverte d'un grand amour de Michel-Ange
pour une femme[1] est un fait nouveau qui mériterait à l'ami
de Léon X le bénéfice d'une instance en révision
posthume. L'affaire Michel-Ange me semble tout indiquée
pour passionner les snobs et mobiliser La Villette[2], quand
une autre affaire, où l'anarchie fut bien portée et devint
le péché à la mode de nos bons dilettantes, mais dont il
n'est point permis de prononcer le nom par crainte de
querelles, aura fini son temps[3]. » Depuis que Brichot avait
commencé à parler des réputations masculines, M. de
Charlus avait trahi dans tout son visage le genre particulier
d'impatience qu'on voit à un expert médical ou militaire
quand des gens du monde qui n'y connaissent rien se
mettent à dire des bêtises sur des points de thérapeutique
ou de stratégie. « Vous ne savez pas le premier mot des
choses dont vous parlez, finit-il par dire à Brichot.
Citez-moi une seule réputation imméritée. Dites des noms.
Oui, je connais tout », riposta violemment M. de Charlus
à une interruption timide de Brichot, « les gens qui ont
fait cela autrefois par curiosité, ou par affection unique
pour un ami mort, et celui qui, craignant de s'être trop
avancé, si vous lui parlez de la beauté d'un homme vous
répond que c'est du chinois pour lui, qu'il ne sait pas plus
distinguer un homme beau d'un laid qu'entre deux
moteurs d'auto, comme la mécanique n'est pas dans ses
cordes. Tout cela c'est des blagues. Mon Dieu, remarquez,
je ne veux pas dire qu'une réputation mauvaise (ou ce
qu'il est convenu d'appeler ainsi) et injustifiée soit une
chose absolument impossible. C'est tellement exceptionnel, tellement rare, que pratiquement cela n'existe pas.
Cependant, moi qui suis un curieux, un fureteur, j'en ai
connu, et qui n'étaient pas des mythes. Oui, au cours de
ma vie j'ai constaté (j'entends scientifiquement constaté,
je ne me paie pas de mots) deux réputations injustifiées

Elles s'établissent d'habitude grâce à une similitude de
noms, ou d'après certains signes extérieurs, l'abondance
des bagues par exemple, que les gens incompétents
s'imaginent absolument être caractéristiques de ce que
vous dites, comme ils croient qu'un paysan ne dit pas deux
mots sans ajouter *jarniguié*, ou un Anglais *goddam*[1]. C'est
de la convention pour théâtre des boulevards. »

M. de Charlus m'étonna beaucoup en citant parmi les
invertis « l'ami de l'actrice » que j'avais vu à Balbec et
qui était le chef de la petite Société des quatre amis[2]. « Mais
alors cette actrice ? — Elle lui sert de paravent, et d'ailleurs
il a des relations avec elle, plus peut-être qu'avec des
hommes, avec qui il n'en a guère. — Il en a avec les trois
autres ? — Mais pas du tout ! Ils sont amis pas du tout
pour ça ! Deux sont tout à fait pour femmes. Un en est,
mais n'est pas sûr pour son ami, et en tout cas ils se cachent
l'un de l'autre. Ce qui vous étonnera, c'est que ces
réputations injustifiées sont les plus établies aux yeux du
public. Vous même, Brichot, qui mettriez votre main au
feu de la vertu de tel ou tel homme qui vient ici et que
les renseignés connaissent comme le loup blanc, vous
devez croire comme tout le monde à ce qu'on dit de tel
homme en vue qui incarne ces goûts-là pour la masse, alors
qu'il n'en est pas pour deux sous. Je dis pour deux sous,
parce que si nous y mettions vingt-cinq louis nous verrions
le nombre des petits saints diminuer jusqu'à zéro. Sans
cela le taux des saints, si vous voyez de la sainteté là-dedans,
se tient en règle générale entre trois et quatre sur dix. »
Si Brichot avait transposé dans le sexe masculin la question
des mauvaises réputations, à mon tour et inversement c'est
au sexe féminin et en pensant à Albertine, que je reportais
les paroles de M. de Charlus. J'étais épouvanté par sa
statistique, même en tenant compte qu'il devait enfler les
chiffres au gré de ce qu'il souhaitait, et aussi d'après les
rapports d'êtres cancaniers, peut-être menteurs, en tout
cas trompés par leur propre désir qui, s'ajoutant à celui
de M. de Charlus, faussait sans doute les calculs du baron.
« Trois sur dix ! s'écria Brichot. En renversant la
proportion, j'aurais eu encore à multiplier par cent le
nombre des coupables. S'il est celui que vous dites, baron,
et si vous ne vous trompez pas, confessons alors que vous
êtes un de ces rares voyants d'une vérité que personne
ne soupçonne autour d'eux. C'est ainsi que Barrès a fait

sur la corruption parlementaire des découvertes qui ont
été vérifiées après coup[1], comme l'existence de la planète
de Leverrier[2]. Mme Verdurin citerait de préférence des
hommes que j'aime mieux ne pas nommer et qui ont
deviné au Bureau des renseignements, dans l'État-Major,
des agissements, inspirés, je le crois, par un zèle patriotique, mais qu'enfin je n'imaginais pas. Sur la franc-
maçonnerie, l'espionnage allemand, la morphinoma-
nie, Léon Daudet écrit au jour le jour un prodigieux conte
de fées, qui se trouve être la réalité même[3]. Trois sur
dix ! » reprit Brichot stupéfait. Et il est vrai de dire que
M. de Charlus taxait d'inversion la grande majorité de ses
contemporains, en exceptant toutefois les hommes avec
qui il avait eu des relations et dont, pour peu qu'elles
eussent été mêlées d'un peu de romanesque, le cas lui
paraissait plus complexe. C'est ainsi qu'on voit des viveurs,
ne croyant pas à l'honneur des femmes, en rendre un peu
seulement à telle qui fut leur maîtresse et dont ils
protestent sincèrement et d'un air mystérieux : « Mais non,
vous vous trompez, ce n'est pas une fille. » Cette estime
inattendue leur est dictée, partie par leur amour-propre
pour qui il est plus flatteur que de telles faveurs aient été
réservées à eux seuls, partie par leur naïveté qui gobe
aisément tout ce que leur maîtresse a voulu leur faire
croire, partie par ce sentiment de la vie qui fait que dès
qu'on s'approche des êtres, des existences, les étiquettes
et les compartiments faits d'avance sont trop simples.
« Trois sur dix ! mais prenez-y garde, moins heureux que
ces historiens que l'avenir ratifiera, baron, si vous vouliez
présenter à la postérité le tableau que vous nous dites elle
pourrait la trouver mauvaise. Elle ne juge que sur pièces
et voudrait prendre connaissance de votre dossier. Or
aucun document ne venant authentiquer ce genre de
phénomènes collectifs que les seuls renseignés sont trop
intéressés à laisser dans l'ombre, on s'indignerait fort dans
le camp des belles âmes et vous passeriez tout net pour
un calomniateur ou pour un fol. Après avoir, au concours
des élégances, obtenu le maximum et le principat, sur cette
terre, vous connaîtriez les tristesses d'un blackboulage
d'outre-tombe. Ça n'en vaut pas le coup, comme dit, Dieu
me pardonne ! notre Bossuet. — Je ne travaille pas pour
l'histoire, répondit M. de Charlus, la vie me suffit, elle
est bien assez intéressante, comme disait le pauvre Swann.

— Comment ? Vous avez connu Swann, baron, mais je ne savais pas. Est-ce qu'il avait ces goûts-là ? demanda Brichot d'un air inquiet. — Mais est-il grossier ! Vous croyez donc que je ne connais que des gens comme ça ? Mais non, je ne crois pas », dit Charlus les yeux baissés et cherchant à peser le pour et le contre. Et pensant que, puisqu'il s'agissait de Swann dont les tendances si opposées avaient été toujours connues, un demi-aveu ne pouvait être qu'inoffensif pour celui qu'il visait et flatteur pour celui qui le laissait échapper dans une insinuation : « Je ne dis pas qu'autrefois au collège, une fois par hasard », dit le baron comme malgré lui et comme s'il pensait tout haut, puis se reprenant : « Mais il y a deux cents ans, comment voulez-vous que je me rappelle ? vous m'embêtez », conclut-il en riant. « En tout cas il n'était pas joli, joli ! » dit Brichot, lequel, affreux, se croyait bien et trouvait facilement les autres laids. « Taisez-vous, dit le baron, vous ne savez pas ce que vous dites, dans ce temps-là il avait un teint de pêche et, ajouta-t-il, en mettant chaque syllabe sur une autre note, il était joli comme les amours. Du reste il est resté charmant. Il a été follement aimé des femmes. — Mais est-ce que vous avez connu la sienne ? — Mais voyons, c'est par moi qu'il l'a connue. Je l'avais trouvée charmante dans son demi-travesti, un soir qu'elle jouait Miss Sacripant[1] ; j'étais avec des camarades de club, nous avions tous ramené une femme, et bien que je n'eusse envie que de dormir, les mauvaises langues avaient prétendu, car c'est affreux ce que le monde est méchant, que j'avais couché avec Odette. Seulement, elle en avait profité pour venir m'embêter, et j'avais cru m'en débarrasser en la présentant à Swann. De ce jour-là elle ne cessa plus de me cramponner, elle ne savait pas un mot d'orthographe, c'est moi qui faisais les lettres. Et puis c'est moi qui ensuite ai été chargé de la promener. Voilà, mon enfant, ce que c'est que d'avoir une bonne réputation, vous voyez. Du reste je ne la méritais qu'à moitié. Elle me forçait à lui faire faire des parties terribles, à cinq, à six. » Et les amants qu'avait eus successivement Odette (elle avait été avec un tel, puis avec un tel — ces hommes dont pour pas un seul le pauvre Swann n'avait rien su, aveuglé par la jalousie et par l'amour, tour à tour supputant les chances et croyant aux serments, plus affirmatifs qu'une contradiction qui échappe à la coupable, contradiction bien

plus insaisissable et pourtant bien plus significative, et dont
le jaloux pourrait se prévaloir plus logiquement que de
renseignements qu'il prétend faussement avoir eus, pour
inquiéter sa maîtresse), ces amants, M. de Charlus se mit
à les énumérer avec autant de certitude que s'il avait récité
la liste des rois de France. Et en effet le jaloux est, comme
les contemporains, trop près, il ne sait rien, et c'est pour
les étrangers que la chronique des adultères prend la
précision de l'histoire, et s'allonge en listes, d'ailleurs
indifférentes, et qui ne deviennent tristes que pour un
autre jaloux, comme j'étais, qui ne peut s'empêcher de
comparer son cas à celui dont il entend parler et qui se
demande si pour la femme dont il doute une liste aussi
illustre n'existe pas. Mais il n'en peut rien savoir, c'est
comme une conspiration universelle, une brimade à
laquelle tous participent cruellement et qui consiste, tandis
que son amie va de l'un à l'autre, à lui tenir sur les yeux
un bandeau qu'il fait perpétuellement effort pour arracher
sans y réussir, car tout le monde le tient aveuglé, le
malheureux, les êtres bons par bonté, les êtres méchants
par méchanceté, les êtres grossiers par goût des vilaines
farces, les êtres bien élevés par politesse et bonne
éducation, et tous par une de ces conventions qu'on appelle
principe. « Mais est-ce que Swann a jamais su que vous
aviez eu ses faveurs ? — Mais voyons, quelle horreur !
Raconter cela à Charles ! C'est à faire dresser les cheveux
sur la tête. Mais, mon cher, il m'aurait tué tout simplement,
il était jaloux comme un tigre. Pas plus que je n'ai avoué
à Odette, à qui ça aurait, du reste, été bien égal, que...
allons, ne me faites pas dire de bêtises. Et le plus fort c'est
que c'est elle qui lui a tiré des coups de revolver que j'ai
failli recevoir. Ah ! j'ai eu de l'agrément avec ce
ménage-là ; et naturellement c'est moi qui ai été obligé
d'être son témoin contre d'Osmond, qui ne me l'a jamais
pardonné. D'Osmond avait enlevé Odette, et Swann pour
se consoler, avait pris pour maîtresse, ou fausse maîtresse,
la sœur d'Odette. Enfin, vous n'allez pas commencer à me
faire raconter l'histoire de Swann, nous en aurions pour
dix ans, vous comprenez, je connais ça comme personne.
C'était moi qui sortais Odette quand elle ne voulait pas
voir Charles. Cela m'embêtait d'autant plus que j'ai un
très proche parent qui porte le nom de Crécy, sans y avoir
naturellement aucune espèce de droit, mais qu'enfin cela

ne charmait pas. Car elle se faisait appeler Odette de Crécy
et le pouvait parfaitement, étant seulement séparée d'un
Crécy dont elle était la femme, très authentique celui-là,
un monsieur très bien qu'elle avait ratissé jusqu'au dernier
centime. Mais voyons, c'est pour me faire parler, je vous
ai vu avec lui dans le tortillard, vous lui donniez des dîners
à Balbec[1]. Il doit en avoir besoin, le pauvre : il vivait d'une
toute petite pension que lui faisait Swann, et je me doute
bien que depuis la mort de mon ami, cette rente a dû cesser
complètement d'être payée. Ce que je ne comprends pas,
me dit M. de Charlus, c'est que, puisque vous avez été
souvent chez Charles, vous n'ayez pas désiré tout à l'heure
que je vous présente à la reine de Naples. En somme, je
vois que vous ne vous intéressez pas aux *personnes* en tant
que curiosités, et cela m'étonne toujours de quelqu'un qui
a connu Swann, chez qui ce genre d'intérêt était si
développé, au point qu'on ne peut pas dire si c'est moi
qui ai été à cet égard son initiateur ou lui le mien. Cela
m'étonne autant que si je voyais quelqu'un avoir connu
Whistler[2] et ne pas savoir ce que c'est que le goût. Mon
Dieu, c'est surtout pour Morel que c'était important de
la connaître. Il le désirait du reste passionnément, car il
est tout ce qu'il y a de plus intelligent. C'est ennuyeux
qu'elle soit partie. Mais enfin je ferai la conjonction ces
jours-ci. C'est immanquable qu'il la connaisse. Le seul
obstacle possible serait si elle mourait demain. Or il est
à espérer que cela n'arrivera pas. » Tout à coup, comme
il était resté sous le coup de la proportion de « trois sur
dix » que lui avait révélée M. de Charlus, Brichot, qui
n'avait cessé de poursuivre son idée, avec une brusquerie
qui rappelait celle d'un juge d'instruction voulant faire
avouer un accusé, mais qui en réalité était le résultat du
désir qu'avait le professeur de paraître perspicace et du
trouble qu'il éprouvait à lancer une accusation si grave :
« Est-ce que Ski n'est pas comme cela ? » demanda-t-il
à M. de Charlus d'un air sombre. Pour faire admirer ses
prétendus dons d'intuition, il avait choisi Ski, se disant que,
puisqu'il n'y avait que trois innocents sur dix, il risquait
peu de se tromper en nommant Ski qui lui semblait un
peu bizarre, avait des insomnies, se parfumait, bref était
en dehors de la normale. « Mais *pas du tout*, s'écria le baron
avec une ironie amère, dogmatique et exaspérée. Ce que
vous dites est d'un faux, d'un absurde, d'un à côté ! Ski

est justement cela pour les gens qui n'y connaissent rien.
S'il l'était, il n'en aurait pas tellement l'air, ceci soit dit
sans aucune intention de critique, car il a du charme et
je lui trouve même quelque chose de très attachant. —
Mais dites-nous donc quelques noms », reprit Brichot avec
insistance. M. de Charlus se redressa d'un air de morgue :
« Ah ! mon cher, moi, vous savez, je vis dans l'abstrait,
tout cela ne m'intéresse qu'à un point de vue transcendantal », répondit-il, avec la susceptibilité ombrageuse
particulière à ses pareils, et l'affectation de grandiloquence
qui caractérisait sa conversation. « Moi, vous comprenez,
il n'y a que les généralités qui m'intéressent, je vous parle
de cela comme de la loi de la pesanteur. » Mais ces
moments de réaction agacée où le baron cherchait à cacher
sa vraie vie duraient bien peu auprès des heures de
progression continue où il la faisait deviner, l'étalait avec
une complaisance agaçante, le besoin de la confidence étant
chez lui plus fort que la crainte de la divulgation. « Ce
que je voulais dire, reprit-il, c'est que pour une mauvaise
réputation qui est injustifiée, il y en a des centaines de
bonnes qui ne le sont pas moins. Évidemment le nombre
de ceux qui ne les méritent pas varie selon que vous vous
en rapportez aux dires de leurs pareils ou des autres. Et
il est vrai que si la malveillance de ces derniers est limitée
par la trop grande difficulté qu'ils auraient à croire un vice
aussi horrible pour eux que le vol ou l'assassinat pratiqué
par des gens dont ils connaissent la délicatesse et le cœur,
la malveillance des premiers est exagérément stimulée par
le désir de croire, comment dirais-je, accessibles, des gens
qui leur plaisent, par les renseignements que leur ont
donnés des gens qu'a trompés un semblable désir, enfin
par l'écart même où ils sont généralement tenus. J'ai vu
un homme, assez mal vu à cause de ce goût, dire qu'il
supposait qu'un certain homme du monde avait le même.
Et sa seule raison de le croire est que cet homme du monde
avait été aimable avec lui ! Autant de raisons d'*optimisme*,
dit naïvement le baron, dans la supputation du nombre.
Mais la vraie raison de l'écart énorme qu'il y a entre ce
nombre calculé par les profanes, et calculé par les initiés,
vient du mystère dont ceux-ci entourent leurs agissements,
afin de les cacher aux autres, qui, dépourvus d'aucun
moyen d'information, seraient littéralement stupéfaits s'ils
apprenaient seulement le quart de la vérité. — Alors, à

notre époque, c'est comme chez les Grecs, dit Brichot.
— Mais comment, comme chez les Grecs ? Vous vous
figurez que cela n'a pas continué depuis ? Regardez, sous
Louis XIV, Monsieur, le petit Vermandois, Molière, le
prince Louis de Baden, Brunswick, Charolais, Boufflers,
le Grand Condé, le duc de Brissac[1]. — Je vous arrête, je
savais Monsieur, je savais Brissac par Saint-Simon[2],
Vendôme[3] naturellement et d'ailleurs bien d'autres mais
cette vieille peste de Saint-Simon parle souvent du Grand
Condé et du prince Louis de Baden et jamais il ne le dit.
— C'est tout de même malheureux que ce soit à moi
d'apprendre son histoire à un professeur en Sorbonne.
Mais, cher maître, vous êtes ignorant comme une carpe.
— Vous êtes dur, baron, mais juste. Et tenez, je vais vous
faire plaisir. Je me souviens maintenant d'une chanson de
l'époque qu'on fit en latin macaronique sur certain orage
qui surprit le Grand Condé comme il descendait le Rhône
en compagnie de son ami le marquis de La Moussaye[4].
Condé dit :

> *Carus Amicus Mussaeus,*
> *Ah ! Deus bonus ! quod tempus !*
> *Landerirette,*
> *Imbre sumus perituri.*

Et La Moussaye le rassure en lui disant :

> *Securae sunt nostrae vitae,*
> *Sumus enim Sodomitae,*
> *Igne tantum perituri,*
> *Landeriri[5].*

— Je retire ce que j'ai dit, dit Charlus d'une voix aiguë
et maniérée, vous êtes un puits de science, vous me
l'écrirez, n'est-ce pas, je veux garder cela dans mes archives
de famille, puisque ma bisaïeule au troisième degré était
la sœur de M. le Prince. — Oui, mais, baron, sur le prince
Louis de Baden je ne vois rien. Du reste, je crois qu'en
général l'art militaire... — Quelle bêtise ! À cette
époque-là, Vendôme, Villars, le prince Eugène, le prince
de Conti[6], et si je vous parlais de tous nos héros du Tonkin,
du Maroc[7], et je parle des vraiment sublimes, et pieux,

et "nouvelle génération", je vous étonnerais bien. Ah !
j'en aurais à apprendre aux gens qui font des enquêtes
sur la nouvelle génération qui a rejeté les vaines
complications de ses aînés, dit M. Bourget[1] ! J'ai un petit
ami là-bas, dont on parle beaucoup, qui a fait des choses
admirables ; mais enfin je ne veux pas être méchant,
revenons au XVIIᵉ siècle, vous savez que Saint-Simon
dit du maréchal d'Huxelles[2] — entre tant d'autres :
"... voluptueux en débauches grecques dont il ne prenait
pas la peine de se cacher, et accrochait de jeunes officiers
qu'il adomeſtiquait, outre de jeunes valets très bien faits,
et cela sans voile, à l'armée et à Strasbourg." Vous avez
probablement lu les lettres de Madame, les hommes ne
l'appelaient que "Putana[3]". Elle en parle assez clairement. — Et elle était à bonne source pour savoir, avec
son mari. — C'eſt un personnage si intéressant que
Madame, dit M. de Charlus. On pourrait faire d'après
elle la synthèse lyrique de la "Femme d'une Tante".
D'abord hommasse ; généralement la femme d'une Tante
eſt un homme, c'eſt ce qui lui rend si facile de
lui faire des enfants. Puis Madame ne parle pas des
vices de Monsieur, mais elle parle sans cesse de ce
même vice chez les autres, en personne renseignée et
par ce pli que nous avons d'aimer à trouver dans les
familles des autres les mêmes tares dont nous souffrons
dans la nôtre, pour nous prouver à nous-même que cela
n'a rien d'exceptionnel ni de déshonorant. Je vous disais
que cela a été tout le temps comme cela. Cependant le
nôtre se diſtingue tout spécialement à ce point de vue.
Et malgré les exemples que j'empruntais au XVIIᵉ siècle,
si mon grand aïeul François de La Rochefoucauld vivait
de notre temps, il pourrait en dire avec plus de raison
encore que du sien, voyons, Brichot, aidez-moi : "Les vices
sont de tous les temps ; mais si des personnes que tout
le monde connaît avaient paru dans les premiers siècles,
parlerait-on présentement des proſtitutions d'Héliogabale[4] ?" *Que tout le monde connaît* me plaît beaucoup. Je vois
que mon sagace parent connaissait "le boniment" de ses
plus célèbres contemporains comme je connais celui des
miens. Mais des gens comme cela, il n'y en a pas seulement
davantage aujourd'hui. Ils ont aussi quelque chose de
particulier. » Je vis que M. de Charlus allait nous dire
de quelle façon ce genre de mœurs avait évolué. Et pas

un instant pendant qu'il parlait, pendant que Brichot parlait, l'image plus ou moins consciente de mon chez-moi où m'attendait Albertine ne fut, associée au motif caressant et intime de Vinteuil, absente de moi. Je revenais sans cesse à Albertine, de même qu'il faudrait bien revenir effectivement auprès d'elle tout à l'heure comme à une sorte de boulet auquel j'étais, de façon ou d'autre, attaché, qui m'empêchait de quitter Paris et qui en ce moment, pendant que du salon Verdurin j'évoquais mon chez-moi, me le faisait sentir, non comme un espace vide, exaltant pour la personnalité et un peu triste, mais comme rempli — semblable en cela à l'hôtel de Balbec un certain soir — par cette présence qui n'en bougeait pas, qui durait là-bas pour moi, et qu'au moment que je voudrais j'étais sûr de retrouver. L'insistance avec laquelle M. de Charlus revenait toujours sur le sujet — à l'égard duquel, d'ailleurs, son intelligence toujours exercée dans le même sens, possédait une certaine pénétration — avait quelque chose d'assez complexement pénible. Il était raseur comme un savant qui ne voit rien au-delà de sa spécialité, agaçant comme un renseigné qui tire vanité des secrets qu'il détient et brûle de divulguer, antipathique comme ceux qui, dès qu'il s'agit de leurs défauts, s'épanouissent sans s'apercevoir qu'ils déplaisent, assujetti comme un maniaque et irrésistiblement imprudent comme un coupable. Ces caractéristiques, qui dans certains moments devenaient aussi saisissantes que celles qui marquent un fou ou un criminel, m'apportaient d'ailleurs un certain apaisement. Car, leur faisant subir la transposition nécessaire pour pouvoir tirer d'elles des déductions à l'égard d'Albertine et me rappelant l'attitude de celle-ci avec Saint-Loup, avec moi, je me disais, si pénible que fût pour moi l'un de ces souvenirs, et si mélancolique l'autre, je me disais qu'ils semblaient exclure le genre de déformation si accusée, de spécialisation forcément exclusive, semblait-il, qui se dégageait avec tant de force de la conversation comme de la personne de M. de Charlus. Mais celui-ci, malheureusement, se hâta de ruiner ces raisons d'espérer, de la même manière qu'il me les avait fournies, c'est-à-dire sans le savoir. « Oui, dit-il, je n'ai plus vingt-cinq ans et j'ai déjà vu changer bien des choses autour de moi, je ne reconnais plus ni la société où les barrières sont rompues, où une cohue sans élégance et sans décence danse le tango jusque

dans ma famille, ni les modes, ni la politique, ni les arts,
ni la religion, ni rien. Mais j'avoue que ce qui a encore
le plus changé, c'est ce que les Allemands appellent
l'homosexualité[1]. Mon Dieu, de mon temps, en mettant
de côté les hommes qui détestaient les femmes, et ceux
qui n'aimant qu'elles ne faisaient autre chose que par
intérêt, les homosexuels étaient de bons pères de famille
et n'avaient guère de maîtresses que par couverture.
J'aurais eu une fille à marier que c'est parmi eux que
j'aurais cherché mon gendre si j'avais voulu être assuré
qu'elle ne fût pas malheureuse. Hélas ! tout est changé.
Maintenant ils se recrutent aussi parmi les hommes qui
sont les plus enragés pour les femmes. Je croyais avoir un
certain flair, et quand je m'étais dit : "sûrement non",
n'avoir pas pu me tromper. Hé bien, j'en donne ma langue
aux chats. Un de mes amis qui est bien connu pour cela
avait un cocher que ma belle-sœur Oriane lui avait
procuré, un garçon de Combray qui avait fait un peu tous
les métiers, mais surtout celui de retrousseur de jupons,
et que j'aurais juré aussi hostile que possible à ces choses-là.
Il faisait le malheur de sa maîtresse en la trompant avec
deux femmes qu'il adorait, sans compter les autres, une
actrice et une fille de brasserie. Mon cousin le prince de
Guermantes, qui a justement l'intelligence agaçante des
gens qui croient tout trop facilement, me dit un jour :
"Mais pourquoi est-ce que X ne couche pas avec son
cocher ? Qui sait si ça ne lui ferait pas plaisir, à Théodore[2]
(c'est le nom du cocher), et s'il n'est même pas très piqué
de voir que son patron ne lui fait pas d'avances ?" Je ne
pus m'empêcher d'imposer silence à Gilbert ; j'étais énervé
à la fois de cette prétendue perspicacité qui quand elle
s'exerce indistinctement est un manque de perspicacité,
et aussi de la malice cousue de fil blanc de mon cousin
qui aurait voulu que notre ami X essayât de se risquer
sur la planche, pour, si elle était viable, s'y avancer à son
tour. — Le prince de Guermantes a donc ces goûts ?
demanda Brichot avec un mélange d'étonnement et de
malaise. — Mon Dieu, répondit M. de Charlus ravi, c'est
tellement connu que je ne crois pas commettre une
indiscrétion en vous disant que oui. Hé bien, l'année
suivante j'allai à Balbec et là j'appris par un matelot qui
m'emmenait quelquefois à la pêche que mon Théodore,
lequel, entre parenthèses, a pour sœur la femme de

chambre d'une amie de Mme Verdurin, la baronne Putbus[1], venait sur le port lever tantôt un matelot, tantôt un autre, avec un toupet d'enfer, pour aller faire un tour en barque et "autre chose itou". » Ce fut à mon tour de demander si le patron, dans lequel j'avais reconnu le monsieur qui jouait aux cartes toute la journée avec sa maîtresse, était comme le prince de Guermantes. « Mais voyons, c'est connu de tout le monde, il ne s'en cache même pas. — Mais il avait avec lui sa maîtresse. — Hé bien, qu'est-ce que ça fait ? Sont-ils naïfs, ces enfants », me dit-il d'un ton paternel, sans se douter de la souffrance que j'extrayais de ses paroles en pensant à Albertine. « Elle est charmante, sa maîtresse. — Mais alors ses trois amis sont comme lui ? — Mais pas du tout, s'écria-t-il en se bouchant les oreilles comme si en jouant d'un instrument j'avais fait une fausse note. Voilà maintenant qu'il est à l'autre extrémité. Alors on n'a plus le droit d'avoir des amis ? Ah ! la jeunesse, ça confond tout. Il faudra refaire votre éducation, mon enfant. Or, reprit-il, j'avoue que ce cas, et j'en connais bien d'autres, s'ouvrit que je tâche de garder mon esprit à toutes les hardiesses, m'embarrasse. Je suis bien vieux jeu, mais je ne comprends pas, dit-il du ton d'un vieux gallican parlant de certaines formes d'ultramontanisme, d'un royaliste libéral parlant de l'Action française, ou d'un disciple de Claude Monet des cubistes. Je ne blâme pas ces novateurs, je les envie plutôt, je cherche à les comprendre, mais je n'y arrive pas. S'ils aiment tant la femme, pourquoi, et surtout dans ce monde ouvrier où c'est mal vu, où ils se cachent par amour-propre, ont-ils besoin de ce qu'ils appellent un môme ? C'est que cela leur représente autre chose. Quoi ? » « Qu'est-ce que la femme peut représenter d'autre à Albertine ? » pensais-je, et c'était bien là, en effet, ma souffrance. « Décidément, baron, dit Brichot, si jamais le Conseil des facultés propose d'ouvrir une chaire d'homosexualité, je vous fais proposer en première ligne. Ou plutôt non, un Institut de psychophysiologie spéciale vous conviendrait mieux. Et je vous vois surtout pourvu d'une chaire au Collège de France, vous permettant de vous livrer à des études personnelles dont vous livreriez les résultats, comme fait le professeur de tamoul ou de sanscrit devant le très petit nombre de personnes que cela intéresse. Vous auriez deux auditeurs et l'appariteur, soit dit sans vouloir jeter le plus léger soupçon sur notre corps d'huissiers, que je crois insoupçonnable. — Vous n'en savez rien, répliqua le baron d'un ton dur et tranchant. D'ailleurs vous vous trompez en croyant que cela intéresse si peu de personnes. C'est tout le contraire », et sans se rendre compte de la contradiction qui existait entre la direction que prenait invariablement sa conversation et le reproche qu'il allait adresser aux autres : « C'est au contraire effrayant, dit-il à Brichot d'un air scandalisé et contrit, on ne parle plus que de cela. C'est une honte, mais c'est comme je vous le dis, mon cher ! Il paraît qu'avant-hier, chez la duchesse d'Ayen, on n'a pas parlé d'autre chose pendant deux heures. Vous pensez, si maintenant les femmes se mettent à parler de ça, c'est un véritable scandale ! Ce qu'il y a de plus ignoble, c'est qu'elles sont renseignées, ajouta-t-il avec un feu et une énergie extraordinaires, par des pestes, de vrais salauds, comme le petit Châtellerault[1], sur qui il y a plus à dire que sur personne, et qui leur racontent les histoires des autres. On m'a dit qu'il disait pis que pendre de moi, mais je n'en ai cure, je pense que la boue et les saletés jetées par un individu qui a failli être renvoyé du Jockey pour avoir truqué un jeu de cartes, ne peut retomber que sur lui. Je sais bien que si j'étais Jane d'Ayen je respecterais assez mon salon pour qu'on n'y traite pas des sujets pareils et qu'on ne traîne pas chez moi mes propres parents dans la fange. Mais il n'y a plus de société, plus de règles, plus de convenances, pas plus pour la conversation que pour la toilette. Ah ! mon cher, c'est la fin du monde. Tout le monde est devenu si méchant. C'est à qui dira le plus de mal des autres. C'est une horreur ! »

Lâche comme je l'étais déjà dans mon enfance à Combray, quand je m'enfuyais pour ne pas voir offrir du cognac à mon grand-père, et les vains efforts de ma grand-mère le suppliant de ne pas le boire[2], je n'avais plus qu'une pensée, partir de chez les Verdurin avant que l'exécution de Charlus eût eu lieu. « Il faut absolument que je parte, dis-je à Brichot. — Je vous suis, me dit-il, mais nous ne pouvons pas partir à l'anglaise. Allons dire au revoir à Mme Verdurin », conclut le professeur qui se dirigea vers le salon de l'air de quelqu'un qui, aux petits jeux, va voir « si on peut revenir ».

Pendant que nous causions, M. Verdurin, sur un signe de sa femme, avait emmené Morel. Mme Verdurin, du reste, eût-elle, toutes réflexions faites, trouvé qu'il était plus sage d'ajourner les révélations à Morel qu'elle ne l'eût plus pu. Il y a certains désirs, parfois circonscrits à la bouche, qui une fois qu'on les a laissés grandir, exigent d'être satisfaits, quelles que doivent être les conséquences ; on ne peut plus résister à embrasser une épaule décolletée qu'on regarde depuis trop longtemps et sur laquelle les lèvres tombent comme l'oiseau sur le serpent, à manger un gâteau d'une dent que la fringale fascine, à se refuser l'étonnement, le trouble, la douleur ou la gaieté qu'on va déchaîner dans une âme par des propos imprévus. Telle, ivre de mélodrame, Mme Verdurin avait enjoint à son mari d'emmener Morel et de parler coûte que coûte au violoniste. Celui-ci avait commencé par déplorer que la reine de Naples fût partie sans qu'il eût pu lui être présenté. M. de Charlus lui avait tant répété qu'elle était la sœur de l'impératrice Élisabeth et de la duchesse d'Alençon, que la souveraine avait pris aux yeux de Morel une importance extraordinaire. Mais le Patron lui avait expliqué que ce n'était pas pour parler de la reine de Naples qu'ils étaient là, et était entré dans le vif du sujet. « Tenez, avait-il conclu au bout de quelque temps, tenez, si vous voulez, nous allons demander conseil à ma femme. Ma parole d'honneur, je ne lui en ai rien dit. Nous allons voir comment elle juge la chose. Mon avis n'est peut-être pas le bon, mais vous savez quel jugement sûr elle a, et puis elle a pour vous une immense amitié, allons lui soumettre la cause. » Et tandis que Mme Verdurin attendait avec impatience les émotions qu'elle allait savourer en parlant au virtuose, puis, quand il serait parti, à se faire rendre un compte exact du dialogue qui avait été échangé entre lui et son mari, et en attendant ne cessait de répéter : « Mais qu'est-ce qu'ils peuvent faire ? J'espère au moins qu'Auguste[1], en le tenant un temps pareil, aura su convenablement le styler », M. Verdurin était redescendu avec Morel, lequel paraissait fort ému. « Il voudrait te demander un conseil », dit M. Verdurin à sa femme, de l'air de quelqu'un qui ne sait pas si sa requête sera exaucée. Au lieu de répondre à M. Verdurin, dans le feu de la passion c'est à Morel que s'adressa Mme Verdurin : « Je suis absolument du même avis que mon mari, je trouve que vous ne pouvez pas tolérer cela plus longtemps ! » s'écria-t-elle avec violence, et oubliant comme fiction futile

qu'il avait été convenu entre elle et son mari qu'elle était
censée ne rien savoir de ce qu'il avait dit au violoniste.
« Comment ? Tolérer quoi ? » balbutia M. Verdurin qui
essayait de feindre l'étonnement et cherchait, avec une
maladresse qu'expliquait son trouble, à défendre son
mensonge. « Je l'ai deviné, ce que tu lui as dit », répondit
Mme Verdurin sans s'embarrasser du plus ou moins de
vraisemblance de l'explication, et se souciant peu de ce
que, quand il se rappellerait cette scène, le violoniste
pourrait penser de la véracité de sa Patronne. « Non,
reprit Mme Verdurin, je trouve que vous ne devez pas
souffrir davantage cette promiscuité honteuse avec un
personnage flétri qui n'est reçu nulle part, ajouta-t-elle,
n'ayant cure que ce ne fût pas vrai et oubliant qu'elle le
recevait presque chaque jour. Vous êtes la fable du
Conservatoire, ajouta-t-elle, sentant que c'était l'argument
qui porterait le plus ; un mois de plus de cette vie et votre
avenir artistique est brisé, alors que sans le Charlus vous
devriez gagner plus de cent mille francs par an. — Mais
je n'avais jamais rien entendu dire, je suis stupéfait, je vous
suis bien reconnaissant », murmura Morel les larmes aux
yeux. Mais, obligé à la fois de feindre l'étonnement et de
dissimuler la honte, il était plus rouge et suait plus que
s'il avait joué toutes les sonates de Beethoven à la file,
et dans ses yeux montaient des pleurs que le maître de
Bonn ne lui aurait certainement pas arrachés. Le sculpteur
intéressé par ces larmes sourit et me montra Charlie du
coin de l'œil. « Si vous n'avez rien entendu dire, vous
êtes le seul. C'est un monsieur qui a une sale réputation
et a eu de vilaines histoires. Je sais que la police l'a à l'œil
et c'est du reste ce qui peut lui arriver de plus heureux
pour ne pas finir comme tous ses pareils, assassiné par des
apaches », ajouta-t-elle, car en pensant à Charlus le
souvenir de Mme de Duras lui revenait et, dans la rage
dont elle s'enivrait[1], elle cherchait à aggraver encore les
blessures qu'elle faisait au malheureux Charlie et à venger
celles qu'elle-même avait reçues ce soir. « Du reste, même
matériellement il ne peut vous servir à rien, il est
entièrement ruiné depuis qu'il est la proie de gens qui
le font chanter et qui ne pourront même pas tirer de lui
les frais de leur musique, vous encore moins les frais de
la vôtre, car tout est hypothéqué, hôtel, château, etc. »
Morel ajouta d'autant plus aisément foi à ce mensonge que

M. de Charlus aimait à le prendre pour confident de ses relations avec des apaches, race pour qui un fils de valet de chambre, si crapuleux qu'il soit lui-même, professe un sentiment d'horreur égal à son attachement aux idées bonapartistes.

Déjà dans son esprit rusé avait germé une combinaison analogue à ce qu'on appela au XVIIIe siècle le renversement des alliances. Décidé à ne jamais reparler à M. de Charlus, il retournerait le lendemain soir auprès de la nièce de Jupien, se chargeant de tout arranger. Malheureusement pour lui, ce projet devait échouer, M. de Charlus ayant le soir même avec Jupien un rendez-vous auquel l'ancien giletier n'osa manquer malgré les événements. D'autres, qu'on va voir, s'étant précipités à l'égard de Morel, quand Jupien en pleurant raconta ses malheurs au baron, celui-ci, non moins malheureux, lui déclara qu'il adoptait la petite abandonnée, qu'elle prendrait un des titres dont il disposait, probablement celui de Mlle d'Oloron, lui ferait donner un complément parfait d'instruction et faire un riche mariage. Promesses qui réjouirent profondément Jupien et laissèrent indifférente sa nièce car elle aimait toujours Morel, lequel par sottise ou cynisme entrait en plaisantant dans la boutique quand Jupien était absent. « Qu'est-ce que vous avez, disait-il en riant, avec vos yeux cernés ? Des chagrins d'amour ? Dame, les années se suivent et ne se ressemblent pas. Après tout, on est bien libre d'essayer une chaussure, à plus forte raison une femme, et si elle n'est pas à votre pied... » Il ne se fâcha qu'une fois parce qu'elle pleura, ce qu'il trouva lâche, un indigne procédé. On ne supporte pas toujours bien les larmes qu'on fait verser.

Mais nous avons trop anticipé, car tout ceci ne se passa qu'après la soirée Verdurin, que nous avons interrompue et qu'il faut reprendre où nous en étions. « Je ne me serais jamais douté, soupira Morel, en réponse à Mme Verdurin.

— Naturellement on ne vous le dit pas en face, ça n'empêche pas que vous êtes la fable du Conservatoire, reprit méchamment Mme Verdurin, voulant montrer à Morel qu'il ne s'agissait pas uniquement de M. de Charlus, mais de lui aussi. Je veux bien croire que vous l'ignorez et pourtant on ne se gêne guère. Demandez à Ski ce qu'on disait l'autre jour chez Chevillard[1], à deux pas de nous, quand vous êtes entré dans ma loge. C'est-à-dire qu'on vous montre du doigt. Je vous dirai que pour moi je n'y fais pas autrement attention, ce que je trouve surtout c'est que ça rend un homme prodigieusement ridicule et qu'il est la risée de tous pour toute sa vie. — Je ne sais pas comment vous remercier », dit Charlie du ton dont on le dit à un dentiste qui vient de vous faire affreusement mal sans qu'on ait voulu le laisser voir, ou à un témoin trop sanguinaire qui vous a forcé à un duel pour une parole insignifiante dont il vous a dit : « Vous ne pouvez pas empocher ça. » « Je pense que vous avez du caractère, que vous êtes un homme, répondit Mme Verdurin, et que vous saurez parler haut et clair quoiqu'il dise à tout le monde que vous n'oserez pas, qu'il vous tient. » Charlie, cherchant une dignité d'emprunt pour couvrir la sienne en lambeaux, trouva dans sa mémoire, pour l'avoir lu ou bien entendu dire, et proclama aussitôt : « Je n'ai pas été élevé à manger de ce pain-là. Dès ce soir, je romprai avec M. de Charlus. La reine de Naples est bien partie, n'est-ce pas ? Sans cela, avant de rompre avec lui, je lui aurais demandé... — Ce n'est pas nécessaire de rompre entièrement avec lui, dit Mme Verdurin, désireuse de ne pas désorganiser le petit noyau. Il n'y a pas d'inconvénients à ce que vous le voyiez ici, dans notre petit groupe, où vous êtes apprécié, où on ne dira pas de mal de vous. Mais exigez votre liberté, et puis ne vous laissez pas traîner par lui chez toutes ces pécores qui sont aimables par-devant ; j'aurais voulu que vous entendiez ce qu'elles disaient par-derrière. D'ailleurs n'en ayez pas de regrets, non seulement vous vous enlevez une tache qui vous resterait toute la vie, mais au point de vue artistique, même s'il n'y avait pas cette honteuse présentation par Charlus, je vous dirais que de vous galvauder ainsi dans ce milieu de faux monde, cela vous donnerait un air pas sérieux, une réputation d'amateur, de petit musicien de salon, qui est terrible à votre âge. Je comprends que pour toutes ces belles dames c'est très commode de rendre des politesses à leurs amies en vous faisant venir à l'œil, mais c'est votre avenir d'artiste qui en ferait les frais. Je ne dis pas chez une ou deux. Vous parliez de la reine de Naples, qui est partie en effet, elle avait une soirée, celle-là, c'est une brave femme et je vous dirai que je crois qu'elle fait peu de cas du Charlus. Je vous dirai que je crois que c'est surtout pour moi qu'elle venait. Oui, oui, je sais qu'elle avait envie de connaître M. Verdurin et moi. Cela, c'est un endroit où vous pourrez jouer. Et puis je vous dirai qu'amené par moi que les artistes connaissent, vous savez, pour qui ils ont toujours été très gentils, qu'ils considèrent un peu comme des leurs, comme leur Patronne, c'est tout différent. Mais gardez-vous surtout comme du feu d'aller chez Mme de Duras ! N'allez pas faire une boulette pareille ! Je connais des artistes qui sont venus me faire leurs confidences sur elle. Vous savez, ils savent qu'ils peuvent se fier à moi, dit-elle du ton doux et simple qu'elle savait prendre subitement, en donnant à ses traits un air de modestie, à ses yeux un charme approprié. Ils viennent comme ça me raconter leurs petites histoires ; ceux qu'on prétend le plus silencieux, ils bavardent quelquefois des heures avec moi et je ne peux pas vous dire ce qu'ils sont intéressants. Le pauvre Chabrier[1] disait toujours : "Il n'y a que Mme Verdurin qui sache les faire parler." Hé bien, vous savez, tous, mais je vous dis sans exception, je les ai vus pleurer d'avoir été jouer chez Mme de Duras. Ce n'est pas seulement les humiliations qu'elle s'amuse à leur faire faire par ses domestiques, mais ils ne pouvaient plus trouver d'engagement nulle part. Les directeurs disaient : "Ah ! oui, c'est celui qui joue chez Mme de Duras." C'était fini. Il n'y a rien pour vous couper un avenir comme ça. Vous savez, les gens du monde ça ne donne pas l'air sérieux, on peut avoir tout le talent qu'on veut, c'est triste à dire, mais il suffit d'une Mme de Duras pour vous donner la réputation d'un amateur. Et pour les artistes, vous savez, moi, vous comprenez que je les connais depuis quarante ans que je les fréquente, que je les lance, que je m'intéresse à eux, eh bien, vous savez, pour eux, quand ils ont dit "un amateur", ils ont tout dit. Et au fond on commençait à le dire de vous. Ce que de fois j'ai été obligée de me gendarmer, d'assurer que vous ne joueriez pas dans tel salon ridicule ! Savez-vous ce qu'on me répondait : "Mais il sera bien forcé, Charlus ne le consultera même pas, il ne lui demande pas son avis." Quelqu'un a cru lui faire plaisir en lui disant : "Nous admirons beaucoup votre ami Morel." Savez-vous ce qu'il a répondu, avec cet air insolent que vous connaissez : "Mais comment voulez-vous qu'il soit mon ami ? nous ne sommes pas de la même classe, dites qu'il est ma créature, mon protégé." » À ce moment s'agitait sous le front bombé de la déesse

musicienne la seule chose que certaines personnes ne
peuvent pas conserver pour elles, un mot qu'il est non
seulement abject, mais imprudent de répéter. Mais le
besoin de le répéter est plus fort que l'honneur, que la
prudence. C'est à ce besoin que, après quelques légers
mouvements convulsifs du front sphérique et chagrin, céda
la Patronne : « On a même répété à mon mari qu'il avait
dit : "mon domestique", mais cela je ne peux pas
l'affirmer », ajouta-t-elle. C'est un besoin pareil qui avait
contraint M. de Charlus, peu après avoir juré à Morel que
personne ne saurait jamais d'où il était sorti, à dire à
Mme Verdurin : « C'est le fils d'un valet de chambre. »
Un besoin pareil encore, maintenant que le mot était lâché,
le ferait circuler de personnes en personnes, qui le
confieraient sous le sceau d'un secret qui serait promis et
non gardé, comme elles avaient fait elles-mêmes. Ces mots
finissaient, comme au jeu du furet, par revenir à
Mme Verdurin, la brouillant avec l'intéressé qui avait fini
par l'apprendre. Elle le savait, mais ne pouvait retenir le
mot qui lui brûlait la langue. « Domestique » ne pouvait
d'ailleurs que froisser Morel. Elle dit pourtant « domestique », et si elle ajouta qu'elle ne pouvait l'affirmer, ce
fut à la fois pour paraître certaine du reste, grâce à cette
nuance, et pour montrer de l'impartialité. Cette impartialité qu'elle montrait la toucha elle-même tellement qu'elle
commença à parler tendrement à Charlie : « Car
voyez-vous, dit-elle, moi je ne lui fais pas de reproches,
il vous entraîne dans son abîme, ce n'est pas sa faute, puisqu'il y roule lui-même, puisqu'il y roule », répéta-t-elle
assez fort, ayant été émerveillée de la justesse de l'image
qui lui était partie plus vite que son attention qui ne la
rattrapait que maintenant, et tâchant de la mettre en valeur.
« Non, ce que je lui reproche, dit-elle d'un ton tendre,
comme une femme ivre de son succès, c'est de manquer
de délicatesse envers vous. Il y a des choses qu'on ne dit
pas à tout le monde. Ainsi tout à l'heure il a parié qu'il
allait vous faire rougir de plaisir, en vous annonçant (par
blague naturellement, car sa recommandation suffirait à
vous empêcher de l'avoir) que vous auriez la croix de la
Légion d'honneur. Cela passe encore, quoique je n'aie
jamais beaucoup aimé, reprit-elle d'un air délicat et digne,
qu'on dupe ses amis, mais vous savez, il y a des riens qui
nous font de la peine. C'est par exemple quand il nous

raconte en se tordant que si vous désirez la croix, c'est
pour votre oncle et que votre oncle était larbin. — Il vous
a dit cela ! », s'écria Charlie, croyant d'après ces mots
habilement rapportés à la vérité de tout ce qu'avait dit
Mme Verdurin. Mme Verdurin fut inondée de la joie
d'une vieille maîtresse qui, sur le point d'être lâchée par
son jeune amant, réussit à rompre son mariage. Et peut-être
n'avait-elle pas calculé son mensonge ni même menti
sciemment. Une sorte de logique sentimentale, peut-être,
plus élémentaire encore, une sorte de réflexe nerveux, qui
la poussait, pour égayer sa vie et préserver son bonheur,
à « brouiller les cartes » dans le petit clan, faisait-elle
monter impulsivement à ses lèvres sans qu'elle eût le temps
d'en contrôler la vérité, ces assertions diaboliquement
utiles, sinon rigoureusement exactes. « Il nous l'aurait dit
à nous seuls que cela ne ferait rien, reprit la Patronne,
nous savons qu'il faut prendre et laisser de ce qu'il dit,
et puis il n'y a pas de sot métier, vous avez votre valeur,
vous êtes ce que vous valez ; mais qu'il aille faire tordre
avec cela Mme de Portefin (Mme Verdurin la citait exprès,
parce qu'elle savait que Charlie aimait Mme de Portefin),
c'est ce qui nous rend malheureux. Mon mari me disait
en l'entendant : "J'aurais mieux aimé recevoir une gifle."
Car il vous aime autant que moi, vous savez, Gustave (on
apprit ainsi que M. Verdurin s'appelait Gustave). Au fond
c'est un sensible. — Mais je ne t'ai jamais dit que je
l'aimais, murmura M. Verdurin faisant le bourru bienfaisant. C'est le Charlus qui l'aime. — Oh ! non, maintenant
je comprends la différence, j'étais trahi par un misérable, et vous, vous êtes bon, s'écria avec sincérité Charlie.
— Non, non, murmura Mme Verdurin pour garder sa
victoire (car elle sentait ses mercredis sauvés) sans en
abuser, misérable est trop dire ; il fait du mal, beaucoup
de mal, inconsciemment ; vous savez, cette histoire de
Légion d'honneur n'a pas duré très longtemps. Et il me
serait désagréable de vous répéter tout ce qu'il a dit sur
votre famille, dit Mme Verdurin, qui eût été bien
embarrassée de le faire. — Oh ! cela a beau n'avoir duré
qu'un instant, cela prouve que c'est un traître », s'écria
Morel.

　C'est à ce moment que nous rentrâmes au salon.
« Ah ! » s'écria M. de Charlus en voyant que Morel était
là et, marchant vers le musicien avec le genre d'allégresse

des hommes qui ont organisé savamment toute leur soirée en vue d'un rendez-vous avec une femme, et qui tout enivrés ne se doutent guère qu'ils ont dressé eux-mêmes le piège où vont les saisir et devant tout le monde les rosser, des hommes apostés par le mari : « Hé bien, enfin, ce n'est pas trop tôt, êtes-vous content, jeune gloire et bientôt jeune chevalier de la Légion d'honneur ? Car bientôt vous pourrez montrer votre croix », dit M. de Charlus à Morel d'un air tendre et triomphant, mais par ces mots mêmes de décoration contresignant les mensonges de Mme Verdurin, qui apparurent une vérité indiscutable à Morel. « Laissez-moi, je vous défends de m'approcher, cria Morel au baron. Vous ne devez pas être à votre coup d'essai, je ne suis pas le premier que vous essayez de pervertir ! » Ma seule consolation était de penser que j'allais voir Morel et les Verdurin pulvérisés par M. de Charlus. Pour mille fois moins que cela j'avais essuyé ses colères de fou[1], personne n'était à l'abri d'elles, un roi ne l'eût pas intimidé. Or il se produisit cette chose extraordinaire. On vit M. de Charlus, muet, stupéfait, mesurant son malheur sans en comprendre la cause, ne trouvant pas un mot, levant les yeux successivement sur toutes les personnes présentes, d'un air interrogateur, indigné, suppliant, et qui semblait leur demander moins encore ce qui s'était passé que ce qu'il devait répondre. Peut-être ce qui le rendait muet était-ce (en voyant que M. et Mme Verdurin détournaient les yeux et que personne ne lui porterait secours) la souffrance présente et l'effroi surtout des souffrances à venir ; ou bien que ne s'étant pas d'avance par l'imagination monté la tête et forgé une colère, n'ayant pas de rage toute prête en mains (car, sensitif, nerveux, hystérique, il était un vrai impulsif, mais un faux brave, même, comme je l'avais toujours cru et ce qui me le rendait assez sympathique, un faux méchant, et n'avait pas les réactions normales de l'homme d'honneur outragé), on l'avait saisi et brusquement frappé au moment où il était sans armes ; ou bien que, dans un milieu qui n'était pas le sien, il se sentait moins à l'aise et moins courageux qu'il n'eût été dans le Faubourg. Toujours est-il que, dans ce salon qu'il dédaignait, ce grand seigneur (à qui n'était pas plus essentiellement inhérente la supériorité sur les roturiers qu'elle ne le fut à tel de ses ancêtres angoissés devant le Tribunal révolutionnaire) ne sut, dans une paralysie de tous les membres et de la langue, que jeter de tous côtés des regards épouvantés, indignés par la violence qu'on lui faisait, aussi suppliants qu'interrogateurs. Pourtant M. de Charlus possédait toutes les ressources non seulement de l'éloquence mais de l'audace, quand, pris d'une rage qui bouillonnait depuis longtemps contre quelqu'un, il le clouait de désespoir par les mots les plus sanglants devant les gens du monde scandalisés et qui n'avaient jamais cru qu'on pût aller si loin. M. de Charlus dans ces cas-là brûlait, se démenait en de véritables attaques nerveuses, dont tout le monde restait tremblant. Mais c'est que dans ces cas-là il avait l'initiative, il attaquait, il disait ce qu'il voulait (comme Bloch savait plaisanter des Juifs et rougissait si on prononçait leur nom devant lui). Ces gens qu'il haïssait, il les haïssait parce qu'il s'en croyait méprisé. Eussent-ils été gentils pour lui, au lieu de se griser de colère contre eux il les eût embrassés. Dans une circonstance si cruellement imprévue, ce grand discoureur ne sut que balbutier : « Qu'est-ce que cela veut dire ? qu'est-ce qu'il y a ? » On ne l'entendait même pas. Et la pantomime éternelle de la terreur panique a si peu changé, que ce vieux monsieur à qui il arrivait une aventure désagréable dans un salon parisien, répétait à son insu les quelques attitudes schématiques dans lesquelles la sculpture grecque des premiers âges stylisait l'épouvante des nymphes poursuivies par le dieu Pan.

L'ambassadeur disgracié, le chef de bureau mis à la retraite, le mondain à qui on bat froid, l'amoureux éconduit examinent parfois pendant des mois l'événement qui a brisé leurs espérances ; ils le tournent et le retournent comme un projectile tiré d'où ni on ne sait par qui, pour un peu un aérolithe. Ils voudraient bien connaître les éléments composants de cet étrange engin qui a fondu sur eux, savoir quelles volontés mauvaises on peut y reconnaître. Les chimistes au moins disposent de l'analyse ; les malades souffrant d'un mal dont ils ne savent pas l'origine peuvent faire venir le médecin. Et les affaires criminelles sont plus ou moins débrouillées par le juge d'instruction. Mais les actions déconcertantes de nos semblables, nous en découvrons rarement les mobiles. Ainsi M. de Charlus, pour anticiper sur les jours qui suivirent cette soirée à laquelle nous allons revenir, ne vit dans l'attitude de Charlie qu'une seule chose claire.

Charlie, qui avait souvent menacé le baron de raconter quelle passion il lui inspirait, avait dû profiter pour le faire de ce qu'il se croyait maintenant suffisamment « arrivé » pour voler de ses propres ailes. Et il avait dû tout raconter, par pure ingratitude, à Mme Verdurin. Mais comment celle-ci s'était-elle laissé tromper (car le baron, décidé à nier, était déjà persuadé lui-même que les sentiments qu'on lui reprocherait étaient imaginaires) ? Des amis de Mme Verdurin, peut-être ayant eux-mêmes une passion pour Charlie, avaient préparé le terrain. En conséquence, M. de Charlus les jours suivants écrivit des lettres terribles à plusieurs « fidèles » entièrement innocents et qui le crurent fou ; puis il alla faire à Mme Verdurin un long récit attendrissant, lequel n'eut d'ailleurs nullement l'effet qu'il souhaitait. Car d'une part, Mme Verdurin répétait au baron : « Vous n'avez qu'à ne plus vous occuper de lui, dédaignez-le, c'est un enfant. » Or le baron ne soupirait qu'après une réconciliation. D'autre part, pour amener celle-ci en supprimant à Charlie tout ce dont il s'était cru assuré, il demandait à Mme Verdurin de ne plus le recevoir, ce à quoi elle opposa un refus qui lui valut des lettres irritées et sarcastiques de M. de Charlus. Allant d'une supposition à l'autre, M. de Charlus ne fit jamais la vraie, à savoir que le coup n'était nullement parti de Morel. Il est vrai qu'il eût pu l'apprendre en demandant à Morel quelques minutes d'entretien. Mais il jugeait cela contraire à sa dignité et aux intérêts de son amour. Il avait été offensé, il attendait des explications. Il y a d'ailleurs presque toujours, attachée à l'idée d'un entretien qui pourrait éclaircir un malentendu, une autre idée qui pour quelque raison que ce soit nous empêche de nous prêter à cet entretien. Celui qui s'est abaissé et a montré sa faiblesse dans vingt circonstances, fera preuve de fierté la vingt et unième fois, la seule où il serait utile de ne pas s'entêter dans une attitude arrogante et de dissiper une erreur qui va s'enracinant chez l'adversaire, faute de démenti. Quant au côté mondain de l'incident, le bruit se répandit que M. de Charlus avait été mis à la porte de chez les Verdurin au moment où il cherchait à violer un jeune musicien. Ce bruit fit qu'on ne s'étonna pas de voir M. de Charlus ne plus reparaître chez les Verdurin, et quand par hasard il rencontrait quelque part un des fidèles qu'il avait soupçonnés et insultés, comme celui-ci gardait rancune au baron qui lui-même ne lui disait pas bonjour, les gens ne s'étonnaient pas, comprenant que personne dans le petit clan ne voulût plus saluer le baron.

Tandis que M. de Charlus, assommé sur le coup par les paroles que venait de prononcer Morel et l'attitude de la Patronne, prenait la pose de la nymphe en proie à la terreur panique, M. et Mme Verdurin s'étaient retirés dans le premier salon, comme en signe de rupture diplomatique, laissant seul M. de Charlus, tandis que sur l'estrade Morel enveloppait son violon. « Tu vas nous raconter comment cela s'est passé, dit avidement Mme Verdurin à son mari. — Je ne sais pas ce que vous lui avez dit, il avait l'air tout ému, dit Ski, il avait des larmes dans les yeux. » Feignant de ne pas avoir compris : « Je crois que ce que j'ai dit lui a été tout à fait indifférent », dit Mme Verdurin par un de ces manèges qui ne trompent pas, du reste, tout le monde, et pour forcer le sculpteur à répéter que Charlie pleurait, pleurs qui enivraient la Patronne de trop d'orgueil pour qu'elle voulût risquer que tel ou tel fidèle, qui pouvait avoir mal entendu, les ignorât. « Mais non, au contraire, je voyais de grosses larmes qui brillaient dans ses yeux », dit le sculpteur sur un ton bas et souriant de confidence malveillante, tout en regardant de côté pour s'assurer que Morel était toujours sur l'estrade et ne pouvait pas écouter la conversation. Mais il y avait une personne qui l'entendait et dont la présence, aussitôt qu'on l'aurait remarquée, allait rendre à Morel une des espérances qu'il avait perdues. C'était la reine de Naples qui, ayant oublié son éventail, avait trouvé plus aimable, en quittant une autre soirée où elle s'était rendue, de venir le rechercher elle-même. Elle était entrée tout doucement, comme confuse, s'apprêtant à s'excuser, et à faire une courte visite maintenant qu'il n'y avait plus personne. Mais on ne l'avait pas entendue entrer dans le feu de l'incident qu'elle avait compris tout de suite et qui l'enflamma d'indignation. « Ski dit qu'il avait des larmes dans les yeux, as-tu remarqué cela ? Je n'ai pas vu de larmes. Ah ! si pourtant, je me rappelle, corrigea-t-elle dans la crainte que sa dénégation ne fût crue. Quant au Charlus, il n'en mène pas large, il devrait prendre une chaise, il tremble sur ses jambes, il va s'étaler », dit-elle avec un ricanement sans pitié. À ce moment Morel accourut vers elle : « Est-ce que cette dame n'est pas la reine de Naples ? demanda Morel (bien qu'il sût que

c'était elle) en montrant la souveraine qui se dirigeait vers
Charlus. Après ce qui vient de se passer, je ne peux plus,
hélas ! demander au baron de me présenter. — Attendez,
je vais le faire », dit Mme Verdurin, et suivie de quelques
fidèles, mais non de moi et de Brichot qui nous
empressâmes d'aller demander nos affaires et de sortir, elle
s'avança vers la reine qui causait avec M. de Charlus.
Celui-ci avait cru que la réalisation de son grand désir que
Morel fût présenté à la reine de Naples ne pouvait être
empêchée que par la mort improbable de la souveraine.
Mais nous nous représentons l'avenir comme un reflet du
présent projeté dans un espace vide, tandis qu'il est le
résultat souvent tout prochain de causes qui nous
échappent pour la plupart. Il n'y avait pas une heure de
cela, et M. de Charlus eût tout donné pour que Morel
ne fût pas présenté à la reine. Mme Verdurin fit une
révérence à la reine. Voyant que celle-ci n'avait pas l'air
de la reconnaître : « Je suis Mme Verdurin. Votre Majesté
ne me reconnaît pas. — Très bien », dit la reine en
continuant si naturellement à parler à M. de Charlus,
et d'un air si parfaitement distrait que Mme Verdurin douta
si c'était à elle que s'adressait ce « très bien » prononcé
sur une intonation merveilleusement distraite, qui arracha
à M. de Charlus, au milieu de sa douleur d'amant, un
sourire de reconnaissance expert et friand en matière
d'impertinence. Morel, voyant de loin les préparatifs de
la présentation, s'était rapproché. La reine tendit son bras
à M. de Charlus. Contre lui aussi elle était fâchée, mais
seulement parce qu'il ne faisait pas face plus énergiquement à de vils insulteurs. Elle était rouge de honte pour
lui que les Verdurin osassent le traiter ainsi. La sympathie
pleine de simplicité qu'elle leur avait témoignée il y a
quelques heures, et l'insolente fierté avec laquelle elle se
dressait devant eux prenaient leur source au même point
de son cœur. La reine était une femme pleine de bonté,
mais elle concevait la bonté d'abord sous la forme de
l'inébranlable attachement aux gens qu'elle aimait, aux
siens, à tous les princes de sa famille, parmi lesquels était
M. de Charlus, ensuite à tous les gens de la bourgeoisie
ou du plus humble peuple qui savaient respecter ceux
qu'elle aimait, avoir pour eux de bons sentiments. C'était
en tant qu'à une femme douée de ces bons instincts qu'elle
avait manifesté de la sympathie à Mme Verdurin. Et sans

doute c'est là une conception étroite, un peu tory et de
plus en plus surannée de la bonté. Mais cela ne signifie
pas que la bonté fût moins sincère et moins ardente chez
elle. Les anciens n'aimaient pas moins fortement le
groupement humain auquel ils se dévouaient parce que
celui-ci n'excédait pas les limites de la cité, ni les hommes
d'aujourd'hui la patrie, que ceux qui aimeront les
États-Unis de toute la terre. Tout près de moi, j'ai eu
l'exemple de ma mère que Mme de Cambremer et Mme
de Guermantes n'ont jamais pu décider à faire partie
d'aucune « œuvre » philanthropique, d'aucun patriotique
ouvroir, à être jamais vendeuse ou patronnesse. Je suis
loin de dire qu'elle ait eu raison de n'agir que quand son
cœur avait d'abord parlé et de réserver à sa famille, à ses
domestiques, aux malheureux que le hasard mit sur son
chemin, ses richesses d'amour et de générosité, mais je
sais bien que celles-là, comme celles de ma grand-mère,
furent inépuisables et dépassèrent de bien loin tout ce que
purent et firent jamais Mmes de Guermantes ou de
Cambremer. Le cas de la reine de Naples était entièrement
différent, mais enfin il faut reconnaître que les êtres
sympathiques n'étaient pas du tout conçus par elle comme
ils le sont dans ces romans de Dostoïevski[1] qu'Albertine
avait pris dans ma bibliothèque et accaparés, c'est-à-dire
sous les traits de parasites flagorneurs, voleurs, ivrognes,
tantôt plats et tantôt insolents, débauchés, au besoin
assassins. D'ailleurs les extrêmes se rejoignent, puisque
l'homme noble, le proche, le parent outragé que la reine
voulait défendre était M. de Charlus, c'est-à-dire, malgré
sa naissance et toutes les parentés qu'il avait avec la reine,
quelqu'un dont la vertu s'entourait de beaucoup de vices.
« Vous n'avez pas l'air bien, mon cher cousin, dit-elle à
M. de Charlus. Appuyez-vous sur mon bras. Soyez sûr qu'il
vous soutiendra toujours. Il est assez solide pour cela. »
Puis, levant fièrement les yeux devant elle (en face de qui,
me raconta Ski, se trouvaient alors Mme Verdurin et
Morel) : « Vous savez qu'autrefois à Gaète il a déjà tenu
en respect la canaille. Il saura vous servir de rempart[2]. »
Et c'est ainsi, emmenant à son bras le baron, et sans s'être
laissé présenter Morel, que sortit la glorieuse sœur de
l'impératrice Élisabeth.

On pourrait croire, avec le caractère terrible de M.
de Charlus, les persécutions dont il terrorisait jusqu'à des

parents à lui, qu'il allait à la suite de cette soirée déchaîner
sa fureur et exercer des représailles contre les Verdurin.
Il n'en fut rien et la cause principale en fut certainement
que le baron, ayant pris froid à quelques jours de là et
contracté une de ces pneumonies infectieuses qui furent
très fréquentes alors, longtemps il fut jugé par ses médecins
et se jugea lui-même comme à deux doigts de la mort,
puis resta plusieurs mois suspendu entre elle et la vie. Y
eut-il simplement métastase physique, et le remplacement
par un mal différent de la névrose qui l'avait jusque-là fait
s'oublier jusque dans des orgies de colère ? Car il est trop
simple de croire que, n'ayant jamais pris au sérieux, du
point de vue social, les Verdurin, il ne pouvait leur en
vouloir comme à ses pairs, trop simple aussi de rappeler
que les nerveux, irrités à tout propos contre des ennemis
imaginaires et inoffensifs, deviennent au contraire inoffensifs dès que quelqu'un prend contre eux l'offensive, et
qu'on les calme mieux en leur jetant de l'eau froide à la
figure qu'en tâchant de leur démontrer l'inanité de leurs
griefs. Mais ce n'est probablement pas dans une métastase
qu'il faut chercher l'explication de cette absence de
rancune ; bien plutôt dans la maladie elle-même. Elle
causait de si grandes fatigues au baron qu'il lui restait peu
de loisir pour penser aux Verdurin. Il était à demi mourant.
Nous parlions d'offensive ; même celles qui n'auront que
des effets posthumes requièrent, si on les veut « monter »
convenablement, le sacrifice d'une partie de ses forces. Il
en restait trop peu à M. de Charlus pour l'activité d'une
préparation. On parle souvent d'ennemis mortels qui
rouvrent les yeux pour se voir réciproquement à l'article
de la mort et qui les referment heureux. Ce cas doit être
rare, excepté quand la mort nous surprend en pleine vie.
C'est au contraire au moment où on n'a plus rien à perdre,
qu'on ne s'embarrasse pas de risques que, plein de vie,
on eût assumés légèrement. L'esprit de vengeance fait
partie de la vie ; le plus souvent — malgré des exceptions
qui, au sein d'un même caractère, on le verra, sont
d'humaines contradictions — il nous abandonne au seuil
de la mort. Après avoir pensé un instant aux Verdurin,
M. de Charlus se sentait trop fatigué, se retournait contre
le mur et ne pensait plus à rien. Ce n'est pas qu'il eût perdu
son éloquence, mais elle lui demandait moins d'efforts.
Elle coulait encore de source, mais avait changé. Détachée

des violences qu'elle avait ornées si souvent, ce n'était plus qu'une éloquence quasi mystique qu'embellissaient des paroles de douceur, des paraboles de l'Évangile, une apparente résignation à la mort. Il parlait surtout les jours où il se croyait sauvé. Une rechute le faisait taire. Cette chrétienne douceur, où s'était transposée sa magnifique violence (comme en *Esther* le génie, si différent, d'*Andromaque*), faisait l'admiration de ceux qui l'entouraient. Elle eût fait celle des Verdurin eux-mêmes qui n'auraient pu s'empêcher d'adorer un homme que ses défauts leur avaient fait haïr. Certes, des pensées qui n'avaient de chrétien que l'apparence surnageaient. Il implorait l'archange Gabriel de venir lui annoncer comme au prophète dans combien de temps viendrait le Messie[1]. Et s'interrompant d'un doux sourire douloureux, il ajoutait : « Mais il ne faudrait pas que l'archange me demandât comme à Daniel de patienter "sept semaines et soixante-deux semaines", car je serai mort avant[2]. » Celui qu'il attendait ainsi était Morel. Aussi demandait-il à l'archange Raphaël de le lui ramener comme le jeune Tobie. Et, mêlant des moyens plus humains (comme les papes malades qui, tout en faisant dire des messes, ne négligent pas de faire appeler leur médecin), il insinuait à ses visiteurs que si Brichot lui ramenait rapidement son jeune Tobie, peut-être l'archange Raphaël consentirait-il à lui rendre la vue comme au père de Tobie, ou dans la piscine probatique de Bethsaïda[3]. Mais malgré ces retours humains, la pureté morale des propos de M. de Charlus n'en était pas moins devenue délicieuse. Vanité, médisance, folie de méchanceté et d'orgueil, tout cela avait disparu. Moralement M. de Charlus s'était élevé bien au-dessus du niveau où il vivait naguère. Mais ce perfectionnement moral, sur la réalité duquel son art oratoire était, du reste, capable de tromper quelque peu ses auditeurs attendris, ce perfectionnement disparut avec la maladie qui avait travaillé pour lui. M. de Charlus redescendit sa pente avec une vitesse que nous verrons progressivement croissante. Mais l'attitude des Verdurin envers lui n'était déjà plus qu'un souvenir un peu éloigné que des colères plus immédiates empêchèrent de se raviver.

Pour revenir en arrière, à la soirée Verdurin, ce soir-là quand les maîtres de maison furent seuls, M. Verdurin dit

a sa femme : « Tu sais pourquoi Cottard n'est pas venu[1] ?
Il est auprès de Saniette dont le coup de bourse pour se
rattraper a échoué. En apprenant qu'il n'avait plus un franc
et qu'il avait près d'un million de dettes, Saniette a eu
une attaque. — Mais aussi pourquoi a-t-il joué ? C'est idiot,
il est l'être le moins fait pour ça. De plus fins que lui y
laissent leurs plumes et lui était destiné à se laisser rouler
par tout le monde. — Mais bien entendu il y a longtemps
que nous savons qu'il est idiot, dit M. Verdurin. Mais enfin
le résultat est là. Voilà un homme qui sera mis demain
à la porte par son propriétaire, qui va se trouver dans la
dernière misère, ses parents ne l'aiment pas, ce n'est pas
Forcheville qui fera quelque chose pour lui. Alors j'avais
pensé, je ne veux rien faire qui te déplaise, mais nous
aurions peut-être pu lui faire une petite rente pour qu'il
ne s'aperçoive pas trop de sa ruine, qu'il puisse se soigner
chez lui. — Je suis tout à fait de ton avis, c'est très bien
de ta part d'y avoir pensé. Mais tu dis "chez lui" ; cet
imbécile a gardé un appartement trop cher, ce n'est plus
possible, il faudrait lui louer quelque chose avec deux
pièces. Je crois qu'actuellement il a encore un appartement
de six à sept mille francs. — Six mille cinq cents. Mais
il tient beaucoup à son chez-lui. En somme, il a eu une
première attaque, il ne pourra guère vivre plus de deux
ou trois ans. Mettons que nous dépensions dix mille francs
pour lui pendant trois ans. Il me semble que nous
pourrions faire cela. Nous pourrions par exemple cette
année, au lieu de relouer La Raspelière, prendre quelque
chose de plus modeste. Avec nos revenus, il me semble
qu'amortir dix mille francs pendant trois ans ce n'est pas
impossible. — Soit, seulement l'ennui c'est que ça se saura,
ça obligera à le faire pour d'autres. — Tu peux croire que
j'y ai pensé. Je ne le ferai qu'à la condition expresse que
personne ne le sache. Merci, je n'ai pas envie que nous
soyons obligés de devenir les bienfaiteurs du genre
humain. Pas de philanthropie ! Ce qu'on pourrait faire,
c'est de lui dire que cela lui a été laissé par la princesse
Sherbatoff. — Mais le croira-t-il ? Elle a consulté Cottard
pour son testament. — À l'extrême rigueur, on peut mettre
Cottard dans la confidence, il a l'habitude du secret
professionnel, il gagne énormément d'argent, ce ne sera
jamais un de ces officieux pour qui on est obligé de
casquer. Il voudra même peut-être se charger de dire que

c'est lui que la princesse avait pris comme intermédiaire. Comme ça nous ne paraîtrions même pas. Ça éviterait l'embêtement des scènes de remerciements, des manifestations, des phrases. » M. Verdurin ajouta un mot qui signifiait évidemment ce genre de scènes touchantes et de phrases qu'ils désiraient éviter. Mais il n'a pu m'être dit exactement, car ce n'était pas un mot français, mais un de ces termes comme on en a dans les familles pour désigner certaines choses, surtout les choses agaçantes, probablement parce qu'on veut pouvoir les signaler devant les intéressés sans être compris. Ce genre d'expressions est généralement un reliquat contemporain d'un état antérieur de la famille. Dans une famille juive, par exemple, ce sera un terme rituel détourné de son sens et peut-être le seul mot hébreu que la famille, maintenant francisée, connaisse encore. Dans une famille très fortement provinciale, ce sera un terme du patois de la province, bien que la famille ne parle plus et ne comprenne même plus le patois. Dans une famille venue de l'Amérique du Sud et ne parlant plus que le français, ce sera un mot espagnol. Et à la génération suivante, le mot n'existera plus qu'à titre de souvenir d'enfance. On se rappellera bien que les parents à table faisaient allusion aux domestiques qui servaient, sans être compris d'eux, en disant tel mot, mais les enfants ignorent ce que voulait dire au juste ce mot, si c'était de l'espagnol, de l'hébreu, de l'allemand, du patois, si même cela avait jamais appartenu à une langue quelconque et n'était pas un nom propre, ou un mot entièrement forgé. Le doute ne peut être éclairci que si on a un grand-oncle, un vieux cousin encore vivant et qui a dû user du même terme. Comme je n'ai connu aucun parent des Verdurin, je n'ai pu restituer exactement le mot. Toujours est-il qu'il fit certainement sourire Mme Verdurin, car l'emploi de cette langue moins générale, plus personnelle, plus secrète, que la langue habituelle donne à ceux qui en usent entre eux un sentiment égoïste qui ne va jamais sans une certaine satisfaction. Cet instant de gaieté passé : « Mais si Cottard en parle ? objecta Mme Verdurin. — Il n'en parlera pas. » Il en parla, à moi du moins, car c'est par lui que j'appris ce fait quelques années plus tard, à l'enterrement même de Saniette. Je regrettai de ne l'avoir pas su plus tôt. D'abord cela m'eût acheminé plus rapidement à l'idée qu'il ne faut jamais en vouloir aux hommes, jamais les juger d'après tel souvenir d'une méchanceté, car nous ne savons pas tout ce qu'à d'autres moments leur âme a pu vouloir sincèrement et réaliser de bon. Et ainsi, même au simple point de vue de la prévision, on se trompe. Car, sans doute, la forme mauvaise qu'on a constatée une fois pour toutes reviendra. Mais l'âme est plus riche que cela, a bien d'autres formes qui reviendront elles aussi chez cet homme, et dont nous refusons la douceur à cause du mauvais procédé qu'il a eu. Mais, à un point de vue plus personnel, cette révélation n'eût pas été sans effet sur moi. Car en changeant mon opinion sur M. Verdurin que je croyais de plus en plus le plus méchant des hommes, cette révélation de Cottard, s'il me l'eût faite plus tôt, eût dissipé les soupçons que j'avais sur le rôle que les Verdurin pouvaient jouer entre Albertine et moi. Les eût dissipés peut-être à tort du reste, car si M. Verdurin avait des vertus, il n'en était pas moins taquin jusqu'à la plus féroce persécution et jaloux de domination dans le petit clan jusqu'à ne pas reculer devant les pires mensonges, devant la fomentation des haines les plus injustifiées, pour rompre entre les fidèles les liens qui n'avaient pas pour but exclusif le renforcement du petit groupe. C'était un homme capable de désintéressement, de générosités sans ostentation, cela ne veut pas dire forcément un homme sensible, ni un homme sympathique, ni scrupuleux, ni véridique, ni toujours bon. Une bonté partielle — où subsistait peut-être un peu de la famille amie de ma grand-tante[1] — existait probablement chez lui avant que je la connusse par ce fait, comme l'Amérique ou le pôle Nord avant Colomb ou Peary[2]. Néanmoins, au moment de ma découverte, la nature de M. Verdurin me présenta une face nouvelle insoupçonnée ; et je conclus à la difficulté de présenter une image fixe aussi bien d'un caractère que des sociétés et des passions. Car il ne change pas moins qu'elles, et si on veut clicher ce qu'il a de relativement immuable, on le voit présenter successivement des aspects différents (impliquant qu'il ne sait pas garder l'immobilité, mais bouge) à l'objectif déconcerté.

Voyant l'heure et craignant qu'Albertine s'ennuyât, je demandai à Brichot, en sortant de la soirée Verdurin, qu'il voulût bien d'abord me déposer chez moi. Ma voiture le reconduirait ensuite. Il me félicita de rentrer ainsi directement, ne sachant pas qu'une jeune fille m'attendait à la maison, et de finir aussi tôt et avec tant de sagesse une soirée dont, bien au contraire, je n'avais en réalité fait que retarder le véritable commencement. Puis il me parla de M. de Charlus. Celui-ci eût sans doute été stupéfait en entendant le professeur, si aimable avec lui, le professeur qui lui disait toujours : « Je ne répète jamais rien », parler de lui et de sa vie sans la moindre réticence. Et l'étonnement indigné de Brichot n'eût peut-être pas été moins sincère si M. de Charlus lui avait dit : « On m'a assuré que vous parliez mal de moi. » Brichot avait, en effet, du goût pour M. de Charlus et, s'il avait eu à se reporter à quelque conversation roulant sur lui, il se fût rappelé bien plus les sentiments de sympathie qu'il avait éprouvés à l'égard du baron, pendant qu'il disait de lui les mêmes choses qu'en disait tout le monde, plutôt que ces choses elles-mêmes. Il n'aurait pas cru mentir en disant : « Moi qui parle de vous avec tant d'amitié », puisqu'il ressentait quelque amitié, pendant qu'il parlait de M. de Charlus. Celui-ci avait surtout pour Brichot le charme que l'universitaire demandait avant tout dans la vie mondaine, et qui était de lui offrir des spécimens réels de ce qu'il avait pu croire longtemps une invention des poètes. Brichot, qui avait souvent expliqué la deuxième *Églogue* de Virgile[1] sans trop savoir si cette fiction avait quelque fond de réalité, trouvait sur le tard à causer avec M. de Charlus un peu du plaisir qu'il savait que ses maîtres M. Mérimée et M. Renan, son collègue M. Maspero[2] avaient éprouvé, voyageant en Espagne, en Palestine, en Égypte, à reconnaître dans les paysages et les populations actuelles de l'Espagne, de la Palestine et de l'Égypte, le cadre et les invariables acteurs des scènes antiques qu'eux-mêmes dans les livres avaient étudiées. « Soit dit sans offenser ce preux de haute race, me déclara Brichot dans la voiture qui nous ramenait, il est tout simplement prodigieux quand il commente son catéchisme satanique avec une verve un tantinet charentonesque et une obstination, j'allais dire une candeur, de blanc d'Espagne et d'émigré. Je vous assure que, si j'ose m'exprimer comme Mgr d'Hulst[3], je ne m'embête pas les jours où je reçois la visite de ce féodal qui, voulant défendre Adonis contre notre âge de mécréants, a suivi les instincts de sa race, et en toute innocence sodomiste, s'est croisé. » J'écoutais

Brichot et je n'étais pas seul avec lui. Ainsi que, du reste, cela n'avait pas cessé depuis que j'avais quitté la maison, je me sentais, si obscurément que ce fût, relié à la jeune fille qui était en ce moment dans sa chambre. Même quand je causais avec l'un ou avec l'autre chez les Verdurin, je la sentais confusément à côté de moi, j'avais d'elle cette notion vague qu'on a de ses propres membres, et s'il m'arrivait de penser à elle, c'était comme on pense, avec l'ennui d'y être lié par un entier esclavage, à son propre corps. « Et quelle potinière, reprit Brichot, à nourrir tous les appendices des *Causeries du lundi,* que la conversation de cet apôtre ! Songez que j'ai appris par lui que le traité d'éthique où j'ai toujours révéré la plus fastueuse construction morale de notre époque, avait été inspiré à notre vénérable collègue X par un jeune porteur de dépêches. N'hésitons pas à reconnaître que mon éminent ami a négligé de nous livrer le nom de cet éphèbe au cours de ses démonstrations. Il a témoigné en cela de plus de respect humain, ou si vous aimez mieux de moins de gratitude que Phidias qui inscrivit le nom de l'athlète qu'il aimait sur l'anneau de son Jupiter Olympien. Le baron ignorait cette dernière histoire. Inutile de vous dire qu'elle a charmé son orthodoxie. Vous imaginez aisément que chaque fois que j'argumente avec mon collègue à une thèse de doctorat, je trouve à sa dialectique, d'ailleurs fort subtile, ce surcroît de saveur que de piquantes révélations ajoutèrent pour Sainte-Beuve à l'œuvre insuffisamment confidentielle de Chateaubriand. De notre collègue dont la sagesse est d'or mais qui possédait peu d'argent, le télégraphiste a passé aux mains du baron ("en tout bien tout honneur", il faut entendre le ton dont il le dit). Et comme ce Satan est le plus serviable des hommes, il a obtenu pour son protégé une place aux Colonies, d'où celui-ci, qui a l'âme reconnaissante, lui envoie de temps à autre d'excellents fruits. Le baron en offre à ses hautes relations ; des ananas du jeune homme figurèrent tout dernièrement sur la table du quai Conti, faisant dire à Mme Verdurin qui n'y mettait pas malice : "Vous avez donc un oncle ou un neveu d'Amérique, M. de Charlus, pour recevoir des ananas pareils !" J'avoue que je les ai mangés avec une certaine gaieté en me récitant *in petto* le début d'une ode d'Horace que Diderot aimait à rappeler[1]. En somme, comme mon collègue Boissier, déambulant du Palatin à Tibur[1], je prends dans la conversation du baron une idée singulièrement plus vivante et plus savoureuse des écrivains du siècle d'Auguste. Ne parlons même pas de ceux de la Décadence, et ne remontons pas jusqu'aux Grecs, bien que j'aie dit une fois à cet excellent M. de Charlus qu'auprès de lui je me faisais l'effet de Platon chez Aspasie. À vrai dire, j'avais singulièrement grandi l'échelle des deux personnages et, comme dit La Fontaine, mon exemple était tiré "d'animaux plus petits[2]". Quoi qu'il en soit, vous ne supposez pas, j'imagine, que le baron ait été froissé. Jamais je ne le vis si ingénument heureux. Une ivresse d'enfant le fit déroger à son flegme aristocratique. "Quels flatteurs que tous ces sorbonnards ! s'écriait-il avec ravissement. Dire qu'il faut que j'aie attendu d'être arrivé à mon âge pour être comparé à Aspasie ! Un vieux tableau comme moi ! Ô ma jeunesse !" J'aurais voulu que vous le vissiez disant cela, outrageusement poudré à son habitude, et, à son âge, musqué comme un petit-maître. Au demeurant, sous ses hantises de généalogie, le meilleur homme du monde. Pour toutes ces raisons je serais désolé que la rupture de ce soir fût définitive. Ce qui m'a étonné, c'est la façon dont le jeune homme s'est rebiffé. Il avait pourtant pris depuis quelque temps en face du baron des manières de séide, des façons de leude qui n'annonçaient guère cette insurrection. J'espère qu'en tout cas, même si (*Dii omen avertant*[3]) le baron ne devait plus retourner quai Conti, ce schisme ne s'étendrait pas jusqu'à moi. Nous avons l'un et l'autre trop de profit à l'échange que nous faisons de mon faible savoir contre son expérience. (On verra en effet que si M. de Charlus ne témoigna pas de violente rancune à Brichot, du moins sa sympathie pour l'universitaire tomba assez complètement pour lui permettre de le juger sans aucune indulgence.) Et je vous jure bien que l'échange est si inégal que, quand le baron me livre ce que lui a enseigné son existence, je ne saurais être d'accord avec Sylvestre Bonnard, que c'est encore dans une bibliothèque qu'on fait le mieux le songe de la vie[4]. »

Nous étions arrivés devant ma porte. Je descendis de voiture pour donner au cocher l'adresse de Brichot. Du trottoir je voyais la fenêtre de la chambre d'Albertine, cette fenêtre autrefois toujours noire le soir quand elle n'habitait pas la maison, que la lumière électrique de l'intérieur,

segmentée par les pleins des volets, striait de haut en bas
de barres d'or parallèles. Ce grimoire magique, autant il
était clair pour moi et dessinait devant mon esprit calme
des images précises, toutes claires, toutes proches, et en possession
desquelles j'allais entrer tout à l'heure, était invisible pour
Brichot resté dans la voiture, presque aveugle, et eût,
d'ailleurs, été incompréhensible pour lui, puisque tout
autant que les amis qui venaient me voir avant le dîner,
quand Albertine était rentrée de promenade, le professeur
ignorait qu'une jeune fille, toute à moi, m'attendait dans
une chambre voisine de la mienne. La voiture partit. Je
restai un instant seul sur le trottoir. Certes, ces lumineuses
rayures que j'apercevais d'en bas et qui à un autre eussent
semblé toutes superficielles, je leur donnais une consistance, une plénitude, une solidité extrêmes, à cause de
toute la signification que j'y mettais derrière elles, en un
trésor si l'on veut, un trésor insoupçonné des autres, que
j'avais caché là et dont émanaient ces rayons horizontaux,
mais un trésor en échange duquel j'avais aliéné ma liberté,
la solitude, la pensée. Si Albertine n'avait pas été là-haut,
et même si je n'avais voulu qu'avoir du plaisir, j'aurais
été le demander à des femmes inconnues, dont j'eusse
essayé de pénétrer la vie, à Venise peut-être, à tout le
moins dans quelque coin du Paris nocturne. Mais
maintenant, ce qu'il me fallait faire quand venait pour moi
l'heure des caresses, ce n'était pas partir en voyage, ce
n'était même plus sortir, c'était rentrer. Et rentrer non pas
pour au moins se trouver seul et, après avoir quitté les
autres qui vous fournissaient du dehors l'aliment de votre
pensée, se trouver au moins forcé de le chercher en
soi-même, mais au contraire moins seul que quand j'étais
chez les Verdurin, reçu que j'allais être par la personne
en qui j'abdiquais, je remettais le plus complètement la
mienne, sans que j'eusse un instant le loisir de penser à
moi, et même la peine, puisqu'elle serait auprès de moi,
de penser à elle. De sorte qu'en levant une dernière fois
mes yeux du dehors vers la fenêtre de la chambre dans
laquelle je serais tout à l'heure, il me sembla voir le
lumineux grillage qui allait se refermer sur moi et dont
j'avais forgé moi-même, pour une servitude éternelle, les
inflexibles barreaux d'or.

Albertine ne m'avait jamais dit qu'elle me soupçonnât
d'être jaloux d'elle, préoccupé de tout ce qu'elle faisait.

Les seules paroles, assez anciennes il est vrai, que nous avions échangées relativement à la jalousie semblaient prouver le contraire. Je me rappelais que, par un beau soir de clair de lune, au début de nos relations, une des premières fois où je l'avais reconduite et où j'eusse autant aimé ne pas le faire et la quitter pour courir auprès d'autres, je lui avais dit : « Vous savez, si je vous propose de vous ramener, ce n'est pas par jalousie, si vous avez quelque chose à faire, je m'éloigne discrètement », et elle m'avait répondu : « Oh ! je sais bien que vous n'êtes pas jaloux et que cela vous est bien égal, mais je n'ai rien à faire qu'à être avec vous. » Une autre fois, c'était à La Raspelière, où M. de Charlus, tout en jetant à la dérobée un regard sur Morel, avait fait ostentation de galante amabilité à l'égard d'Albertine, je lui avais dit : « Hé bien, il vous a serrée d'assez près, j'espère. » Et comme j'avais ajouté à demi ironiquement : « J'ai souffert toutes les tortures de la jalousie », Albertine, usant du langage propre soit au milieu vulgaire d'où elle était sortie, soit au plus vulgaire encore qu'elle fréquentait : « Quel chineur vous faites ! Je sais bien que vous n'êtes pas jaloux. D'abord vous me l'avez dit, et puis ça se voit, allez ! » Elle ne m'avait jamais dit depuis qu'elle eût changé d'avis ; mais il avait dû pourtant se former en elle, à ce sujet, bien des idées nouvelles, qu'elle me cachait mais qu'un hasard pouvait, malgré elle, trahir, car ce soir-là, quand une fois rentré, après avoir été la chercher dans sa chambre et l'avoir amenée dans la mienne, je lui eus dit (avec une certaine gêne que je ne compris pas moi-même, car j'avais bien annoncé à Albertine que j'irais dans le monde et je lui avais dit que je ne savais pas où, peut-être chez Mme de Villeparisis, peut-être chez Mme de Guermantes, peut-être chez Mme de Cambremer, il est vrai que je n'avais justement pas nommé les Verdurin) : « Devinez d'où je viens ? de chez les Verdurin », j'avais à peine eu le temps de prononcer ces mots qu'Albertine, la figure bouleversée, m'avait répondu par ceux-ci, qui semblèrent exploser d'eux-mêmes avec une force qu'elle ne put contenir : « Je m'en doutais. — Je ne savais pas que cela vous ennuierait que j'aille chez les Verdurin. » (Il est vrai qu'elle ne me disait pas que cela l'ennuyait, mais c'était visible. Il est vrai aussi que je ne m'étais pas dit que cela l'ennuierait. Et pourtant, devant l'explosion de sa colère, comme devant ces événements qu'une sorte de double vue rétrospective nous fait paraître avoir déjà été connus dans le passé, il me sembla que je n'avais jamais pu m'attendre à autre chose.) « M'ennuyer ? Qu'est-ce que vous voulez que ça me fiche ? Voilà qui m'est équilatéral. Est-ce qu'ils ne devaient pas avoir Mlle Vinteuil ? » Hors de moi à ces mots : « Vous ne m'aviez pas dit que vous aviez rencontré Mme Verdurin l'autre jour », lui dis-je pour lui montrer que j'étais plus instruit qu'elle ne le croyait. « Est-ce que je l'ai rencontrée ? » demanda-t-elle d'un air rêveur à la fois à elle-même comme si elle cherchait à rassembler ses souvenirs, et à moi comme si c'est moi qui eût pu le lui apprendre ; et sans doute, en effet, afin que je dise ce que je savais, peut-être aussi pour gagner du temps avant de faire une réponse difficile. Mais j'étais bien moins préoccupé pour Mlle Vinteuil que d'une crainte qui m'avait déjà effleuré, mais qui s'emparait de moi avec plus de force. Même en rentrant, je croyais que Mme Verdurin avait purement et simplement inventé par gloriole la venue de Mlle Vinteuil et de son amie, de sorte qu'en rentrant j'étais tranquille. Seule Albertine, en me disant : « Est-ce que Mlle Vinteuil ne devait pas être là ? » m'avait montré que je ne m'étais pas trompé dans mon premier soupçon ; mais enfin j'étais tranquille là-dessus pour l'avenir, puisqu'en renonçant à aller chez les Verdurin, Albertine m'avait sacrifié Mlle Vinteuil.

« Du reste, lui dis-je avec colère, il y a bien d'autres choses que vous me cachez, même dans les plus insignifiantes, comme par exemple votre voyage de trois jours à Balbec[1], je le dis en passant. » J'avais ajouté ces mots : « je le dis en passant » comme complément de : « même les choses les plus insignifiantes », de façon que si Albertine me disait : « Qu'est-ce qu'il y a eu d'incorrect dans ma randonnée à Balbec ? » je pusse lui répondre : « Mais je ne me rappelle même plus. Ce qu'on me dit se brouille dans ma tête, j'y attache si peu d'importance ! » Et en effet, si je parlais de cette course de trois jours qu'elle avait faite avec le mécanicien jusqu'à Balbec, d'où ses cartes postales m'étaient arrivées avec un tel retard, j'en parlais tout à fait au hasard, et je regrettais d'avoir si mal choisi mon exemple, car vraiment, ayant à peine eu le temps d'aller et de revenir, c'était certainement celle de leurs promenades où il n'y avait pas eu même le temps que se glissât une rencontre un peu prolongée avec qui que ce fût. Mais Albertine crut d'après ce que je venais de dire, que la vérité vraie, je la savais, et lui avais seulement caché que je la savais. Elle était donc restée persuadée depuis peu de temps que, par un moyen ou un autre, la faisant suivre, ou enfin d'une façon quelconque, j'étais, comme elle avait dit la semaine précédente à Andrée, « plus renseigné qu'elle-même » sur sa propre vie. Aussi elle m'interrompit par un aveu bien inutile, car certes je ne soupçonnais rien de ce qu'elle me dit et j'en fus en revanche accablé, tant peut être grand l'écart entre la vérité qu'une menteuse a travestie et l'idée que, d'après ces mensonges, celui qui aime la menteuse s'est faite de cette vérité. À peine j'avais prononcé ces mots : « votre voyage de trois jours à Balbec, je le dis en passant », Albertine, me coupant la parole, me déclara comme une chose toute naturelle : « Vous voulez dire que ce voyage à Balbec n'a jamais eu lieu ? Bien sûr ! Et je me suis toujours demandé pourquoi vous avez fait celui qui y croyait. C'était pourtant bien inoffensif. Le mécanicien avait à faire pour lui pendant trois jours. Il n'osait pas vous le dire. Alors par bonté pour lui (c'est bien moi ! et puis c'est toujours sur moi que ça retombe, ces histoires-là), j'ai inventé un prétendu voyage à Balbec. Il m'a tout simplement déposée à Auteuil, chez mon amie de la rue de l'Assomption, où j'ai passé les trois jours à me raser à cent sous l'heure. Vous voyez que c'est pas grave, il y a rien de cassé. J'ai bien commencé à supposer que vous saviez peut-être tout quand j'ai vu que vous vous mettiez à rire à l'arrivée, avec huit jours de retard, des cartes postales. Je reconnais que c'était ridicule et il aurait mieux valu pas de cartes du tout. Mais ce n'est pas ma faute. Je les avais achetées d'avance, données au mécanicien avant qu'il me dépose à Auteuil, et puis ce veau-là les a oubliées dans ses poches, au lieu de les envoyer sous enveloppe à un ami qu'il a près de Balbec et qui devait vous les réexpédier. Je me figurais toujours qu'elles allaient arriver. Lui s'en est seulement souvenu au bout de cinq jours et au lieu de me le dire le nigaud les a envoyées aussitôt à Balbec. Quand il m'a dit ça je lui en ai cassé sur la figure, allez ! Vous préoccuper inutilement, ce grand imbécile, comme récompense de m'être cloîtrée pendant trois jours pour qu'il puisse aller régler ses petites affaires de famille !

Je n'osais même pas sortir dans Auteuil de peur d'être vue. La seule fois que je suis sortie c'est déguisée en homme, histoire de rigoler plutôt. Et ma chance qui me suit partout a voulu que la première personne dans les pattes de qui je me sois fourrée soit votre youpin d'ami, Bloch. Mais je ne pense pas que ce soit par lui que vous avez su que le voyage à Balbec n'a jamais existé que dans mon imagination, car il a eu l'air de ne pas me reconnaître. »

Je ne savais que dire, ne voulant pas paraître étonné, et écrasé par tant de mensonges. À un sentiment d'horreur, qui ne me faisait pas désirer de chasser Albertine, au contraire, s'ajoutait une extrême envie de pleurer. Celle-ci était causée non pas par le mensonge lui-même et par l'anéantissement de tout ce que j'avais tellement cru vrai — que je me sentais comme dans une ville rasée, où pas une maison ne subsiste, où le sol nu est seulement bossué de décombres — mais par cette mélancolie que, pendant ces trois jours passés à s'ennuyer chez son amie d'Auteuil, Albertine n'ait pas une fois eu le désir, peut-être même pas l'idée, de venir passer en cachette un jour chez moi, ou par un petit bleu de me demander d'aller la voir à Auteuil. Mais je n'avais pas le temps de m'adonner à ces pensées. Je ne voulais surtout pas paraître étonné. Je souris de l'air de quelqu'un qui en sait plus long qu'il ne le dit : « Mais ceci est une chose entre mille. Tenez, pas plus tard que ce soir chez les Verdurin, j'ai appris que ce que vous m'aviez dit sur Mlle Vinteuil... » Albertine me regardait fixement d'un air tourmenté tâchant de lire dans mes yeux ce que je savais. Or ce que je savais et que j'allais lui dire, c'est ce qu'était Mlle Vinteuil. Il est vrai que ce n'était pas chez les Verdurin que je l'avais appris, mais à Montjouvain autrefois. Seulement comme je n'en avais, exprès, jamais parlé à Albertine, je pouvais avoir l'air de le savoir de ce soir seulement. Et j'eus presque de la joie — après en avoir eu dans le petit tram tant de souffrance[1] — de posséder ce souvenir de Montjouvain, que je postdaterais, mais qui n'en serait pas moins la preuve accablante, un coup de massue pour Albertine. Cette fois-ci au moins, je n'avais pas besoin d'« avoir l'air de savoir » et de « faire parler » Albertine : je savais, j'avais *vu* par la fenêtre éclairée de Montjouvain. Albertine avait eu beau me dire que ses relations avec Mlle Vinteuil et son amie avaient été très pures, comment pourrait-elle, quand je lui jurerais (et lui jurerais sans mentir) que je connaissais les mœurs de ces deux femmes, comment pourrait-elle soutenir qu'ayant vécu dans une intimité quotidienne avec elles, les appelant « mes grandes sœurs », elle n'avait pas été de leur part l'objet de propositions qui l'auraient fait rompre avec elles, si au contraire elle ne les avait acceptées ? Mais je n'eus pas le temps de dire la vérité. Albertine croyant comme pour le faux voyage à Balbec, que je la savais, soit par Mlle Vinteuil si elle avait été chez les Verdurin, soit par Mme Verdurin tout simplement qui avait pu parler d'elle à Mlle Vinteuil, Albertine ne me laissa pas prendre la parole et me fit un aveu, exactement contraire de celui que j'avais cru, mais qui, en me démontrant qu'elle n'avait jamais cessé de me mentir, me fit peut-être autant de peine (surtout parce que je n'étais plus, comme j'ai dit tout à l'heure, jaloux de Mlle Vinteuil). Donc, prenant les devants, Albertine parla ainsi : « Vous voulez dire que vous avez appris ce soir que je vous ai menti quand j'ai prétendu avoir été à moitié élevée par l'amie de Mlle Vinteuil. C'est vrai que je vous ai un peu menti. Mais je me sentais si dédaignée par vous, je vous voyais aussi si enflammé pour la musique de ce Vinteuil que, comme une de mes camarades — ça c'est vrai, je vous le jure — avait été amie de l'amie de Mlle Vinteuil, j'ai cru bêtement me rendre intéressante à vos yeux en inventant que j'avais beaucoup connu ces jeunes filles. Je sentais que je vous ennuyais, que vous me trouviez bécasse ; j'ai pensé qu'en vous disant que ces gens-là m'avaient fréquentée, que je pourrais très bien vous donner des détails sur les œuvres de Vinteuil, je prendrais un petit peu de prestige à vos yeux, que cela nous rapprocherait. Quand je vous mens, c'est toujours par amitié pour vous. Et il a fallu cette fatale soirée Verdurin pour que vous appreniez la vérité, qu'on a peut-être exagérée, du reste. Je parie que l'amie de Mlle Vinteuil vous aura dit qu'elle ne me connaissait pas. Elle m'a vue au moins deux fois chez ma camarade. Mais naturellement, je ne suis pas assez chic pour des gens qui sont devenus si célèbres. Ils préfèrent dire qu'ils ne m'ont jamais vue. » Pauvre Albertine, quand elle avait cru que de me dire qu'elle avait été si liée avec l'amie de Mlle Vinteuil retarderait son « plaquage », la rapprocherait de moi, elle avait, comme il arrive si souvent, atteint la vérité par un autre chemin que celui qu'elle avait voulu prendre. Se montrer plus renseignée sur la musique que je ne l'aurais cru ne m'aurait nullement empêché de rompre avec elle ce soir-là, dans le petit tram ; et pourtant c'était bien cette phrase, qu'elle avait dite dans ce but, qui avait immédiatement amené bien plus que l'impossibilité de rompre. Seulement elle faisait une erreur d'interprétation, non sur l'effet que devait avoir cette phrase, mais sur la cause en vertu de laquelle elle devait produire cet effet, cause qui était non pas d'apprendre sa culture musicale, mais ses mauvaises relations. Ce qui m'avait brusquement rapproché d'elle, bien plus, fondu en elle, ce n'était pas l'attente d'un plaisir — et un plaisir est encore trop dire, un léger agrément —, c'était l'étreinte d'une douleur.

Cette fois-ci encore, je n'avais pas le temps de garder un trop long silence qui eût pu lui laisser supposer de l'étonnement. Aussi, touché qu'elle fût si modeste et se crût dédaignée dans le milieu Verdurin, je lui dis tendrement : « Mais, ma chérie, j'y pense, je vous donnerais bien volontiers quelques centaines de francs pour que vous alliez faire où vous voudriez la dame chic et que vous invitiez à un beau dîner M. et Mme Verdurin. » Hélas ! Albertine était plusieurs personnes. La plus mystérieuse, la plus simple, la plus atroce se montra dans la réponse qu'elle me fit d'un air de dégoût, et dont à dire vrai je ne distinguai pas bien les mots (même les mots du commencement puisqu'elle ne termina pas). Je ne les rétablis qu'un peu plus tard quand j'eus deviné sa pensée. On entend rétrospectivement quand on a compris. « Grand merci ! dépenser un sou pour ces vieux-là, j'aime bien mieux que vous me laissiez une fois libre pour que j'aille me faire casser... » Aussitôt dit, sa figure s'empourpra, elle eut l'air navré, elle mit sa main devant sa bouche comme si elle avait pu faire rentrer les mots qu'elle venait de dire et que je n'avais pas du tout compris. « Qu'est-ce que vous dites, Albertine ? — Non rien, je m'endormais à moitié. — Mais pas du tout, vous êtes très réveillée. — Je pensais au dîner Verdurin, c'est très gentil de votre part. — Mais non, je parle de ce que vous avez dit. » Elle me donna mille versions, mais qui ne cadraient nullement, je ne dis même pas avec ses paroles qui, interrompues, me restaient vagues, mais avec cette interruption même et la rougeur

subite qui l'avait accompagnée. « Voyons, mon chéri, ce
n'est pas cela que vous vouliez dire, sans quoi pourquoi
vous seriez-vous arrêtée ? — Parce que je trouvais ma
demande indiscrète. — Quelle demande ? — De donner
un dîner. — Mais non, ce n'est pas cela, il n'y a pas de
discrétion à faire entre nous. — Mais si, au contraire, il
faut ne pas abuser des gens qu'on aime. En tout cas je
vous jure que c'est cela. » D'une part, il m'était toujours
impossible de douter d'un serment d'elle ; d'autre part,
ses explications ne satisfaisaient pas ma raison. Je ne cessai
pas d'insister. « Enfin, au moins ayez le courage de finir
votre phrase, vous en êtes restée à *casser*... — Oh ! non,
laissez-moi ! — Mais pourquoi ? — Parce que c'est
affreusement vulgaire, j'aurais trop de honte de dire ça
devant vous. Je ne sais pas à quoi je pensais, ces mots dont
je ne sais même pas le sens et que j'avais entendu un jour
dans la rue dits par des gens très orduriers, me sont venus
à la bouche, sans rime ni raison. Ça ne se rapporte ni à
moi ni à personne, je rêvais tout haut. » Je sentis que je
ne tirerais rien de plus d'Albertine. Elle m'avait menti
quand elle m'avait juré tout à l'heure que ce qui l'avait
arrêtée c'était une crainte mondaine d'indiscrétion, devenue maintenant la honte de tenir devant moi un propos
trop vulgaire. Or c'était maintenant un second mensonge.
Car quand nous étions ensemble avec Albertine, il n'y avait
pas de propos si pervers, de mots si grossiers que nous
ne les prononcions tout en nous caressant. En tout cas,
il était inutile d'insister en ce moment. Mais ma mémoire
restait obsédée par ce mot « casser ». Albertine disait
souvent « casser du bois sur quelqu'un, casser du sucre »
ou tout court : « ah ! ce que je lui en ai cassé ! » pour
dire « ce que je l'ai injurié ! » Mais elle disait cela
couramment devant moi, et si c'est cela qu'elle avait voulu
dire, pourquoi s'était-elle tue brusquement, pourquoi
avait-elle rougi si fort, mis ses mains sur sa bouche, refait
tout autrement sa phrase, et quand elle avait vu que j'avais
bien entendu « casser », donné une fausse explication ?
Mais du moment que je renonçais à poursuivre un
interrogatoire où je ne recevrais pas de réponse, le mieux
était d'avoir l'air de n'y plus penser, et revenant par la
pensée aux reproches qu'Albertine m'avait faits d'être allé
chez la Patronne, je lui dis fort gauchement, ce qui était
une espèce d'excuse stupide : « J'avais justement voulu

vous demander de venir ce soir à la soirée des Verdurin »
— phrase doublement maladroite, car si je le voulais,
l'ayant vue tout le temps, pourquoi ne le lui aurai-je pas
proposé ? Furieuse de mon mensonge et enhardie par ma
timidité : « Vous me l'auriez demandé pendant mille ans,
me dit-elle, que je n'aurais pas consenti. Ce sont des gens
qui ont toujours été contre moi, ils ont tout fait pour me
contrarier. Il n'y a pas de gentillesse que je n'aie eue pour
Mme Verdurin à Balbec, j'en ai été joliment récompensée.
Elle me ferait demander à son lit de mort que je n'irais
pas. Il y a des choses qui ne se pardonnent pas. Quant
à vous, c'est la première indélicatesse que vous me faites.
Quand Françoise m'a dit que vous étiez sorti (elle était
contente, allez, de me le dire), j'aurais mieux aimé qu'on
me fende la tête par le milieu. J'ai tâché qu'on ne remarque
rien, mais dans ma vie je n'ai jamais ressenti un affront
pareil. »

Mais pendant qu'elle me parlait, se poursuivait en moi,
dans le sommeil fort vivant et créateur de l'inconscient
(sommeil où achèvent de se graver les choses qui nous
effleurèrent seulement, où les mains endormies se saisissent
de la clef qui ouvre, vainement cherchée jusque-là), la
recherche de ce qu'elle avait voulu dire par la phrase
interrompue dont j'aurais voulu savoir quelle eût été la
fin. Et tout d'un coup deux mots atroces, auxquels je
n'avais nullement songé, tombèrent sur moi : « le pot ».
Je ne peux pas dire qu'ils vinrent d'un seul coup, comme
quand, dans une longue soumission passive à un souvenir
incomplet, tout en tâchant doucement, prudemment, de
l'étendre, on reste plié, collé à lui. Non, contrairement
à ma manière habituelle de me souvenir, il y eut, je crois,
deux voies parallèles de recherche : l'une tenait compte
non pas seulement de la phrase d'Albertine, mais de son
regard excédé quand je lui avais proposé un don d'argent
pour donner un beau dîner, un regard qui semblait dire :
« Merci, dépenser de l'argent pour des choses qui
m'embêtent, quand sans argent je pourrais en faire qui
m'amusent ! » Et c'est peut-être le souvenir de ce regard
qu'elle avait eu qui me fit changer de méthode pour
trouver la fin de ce qu'elle avait voulu dire. Jusque-là je
m'étais hypnotisé sur le dernier mot : « casser », elle avait
voulu dire casser quoi ? Casser du bois ? Non. Du sucre ?
Non. Casser, casser, casser. Et tout à coup, le retour au

regard avec haussement d'épaules qu'elle avait eu au moment de ma proposition qu'elle donnât un dîner, me fit rétrograder aussi dans les mots de sa phrase. Et ainsi je vis qu'elle n'avait pas dit « casser », mais « me faire casser ». Horreur ! c'était cela qu'elle aurait préféré. Double horreur ! car même la dernière des grues, et qui consent à cela, ou le désire, n'emploie pas avec l'homme qui s'y prête cette affreuse expression. Elle se sentirait par trop avilie. Avec une femme seulement, si elle les aime, elle dit cela pour s'excuser de se donner tout à l'heure à un homme. Albertine n'avait pas menti quand elle m'avait dit qu'elle rêvait à moitié. Distraite, impulsive, ne songeant pas qu'elle était avec moi, elle avait eu le haussement d'épaules, elle avait commencé de parler comme elle eût fait avec une de ces femmes, avec, peut-être, une de mes jeunes filles en fleurs. Et brusquement rappelée à la réalité, rouge de honte, renfonçant ce qu'elle allait dire dans sa bouche, désespérée, elle n'avait plus voulu prononcer un seul mot. Je n'avais pas une seconde à perdre si je ne voulais pas qu'elle s'aperçût du désespoir où j'étais. Mais déjà, après le sursaut de la rage, les larmes me venaient aux yeux. Comme à Balbec, la nuit qui avait suivi sa révélation de son amitié avec les Vinteuil, il me fallait inventer immédiatement pour mon chagrin une cause plausible, en même temps capable de produire un effet si profond sur Albertine que cela me donnât un répit de quelques jours avant de prendre une décision. Aussi, au moment où elle me disait qu'elle n'avait jamais éprouvé un affront pareil à celui que je lui avais infligé en sortant, qu'elle aurait mieux aimé mourir que s'entendre dire cela par Françoise, et comme, agacé de sa risible susceptibilité, j'allais lui dire que ce que j'avais fait était bien insignifiant, que cela n'avait rien de froissant pour elle que je fusse sorti, — comme pendant ce temps-là, parallèlement, ma recherche inconsciente de ce qu'elle avait voulu dire après le mot « casser » avait abouti, et que le désespoir où ma découverte me jetait n'était pas possible à cacher complètement, au lieu de me défendre, je m'accusai : « Ma petite Albertine, lui dis-je d'un ton doux que gagnaient mes premières larmes, je pourrais vous dire que vous avez tort, que ce que j'ai fait n'est rien, mais je mentirais ; c'est vous qui avez raison, vous avez compris la vérité, mon pauvre petit, c'est qu'il y a six mois, c'est qu'il y a trois mois, quand j'avais encore tant d'amitié pour vous, jamais je n'eusse fait cela. C'est un rien et c'est énorme à cause de l'immense changement dans mon cœur dont cela est le signe. Et puisque vous avez deviné ce changement que j'espérais vous cacher, cela m'amène à vous dire ceci : Ma petite Albertine, lui dis-je avec une douceur et une tristesse profondes, voyez-vous, la vie que vous menez ici est ennuyeuse pour vous, il vaut mieux nous quitter, et comme les séparations les meilleures sont celles qui s'effectuent le plus rapidement, je vous demande, pour abréger le grand chagrin que je vais avoir, de me dire adieu ce soir et de partir demain matin sans que je vous aie revue, pendant que je dormirai. » Elle parut stupéfaite, encore incrédule et déjà désolée : « Comment demain ? Vous le voulez ? » Et malgré la souffrance que j'éprouvais à parler de notre séparation comme déjà entrée dans le passé — peut-être en partie à cause de cette souffrance même — je me mis à adresser à Albertine les conseils les plus précis pour certaines choses qu'elle aurait à faire après son départ de la maison. Et de recommandations en recommandations, j'en arrivai bientôt à entrer dans de minutieux détails. « Ayez la gentillesse, dis-je avec une infinie tristesse, de me renvoyer le livre de Bergotte qui est chez votre tante. Cela n'a rien de pressé, dans trois jours, dans huit jours, quand vous voudrez, mais pensez-y pour que je n'aie pas à vous le faire demander, cela me ferait trop de mal. Nous avons été heureux, nous sentons maintenant que nous serions malheureux. — Ne dites pas que nous sentons que nous serions malheureux, me dit Albertine en m'interrompant, ne dites pas "nous", c'est vous seul qui trouvez cela ! — Oui, enfin, vous ou moi, comme vous voudrez, pour une raison ou l'autre — mais il est une heure folle, il faut vous coucher — nous avons décidé de nous quitter ce soir. — Pardon, *vous* avez décidé et je vous obéis parce que je ne veux pas vous faire de peine. — Soit, c'est moi qui ai décidé, mais ce n'en est pas moins très douloureux pour moi. Je ne dis pas que ce sera douloureux longtemps, vous savez que je n'ai pas la faculté de me souvenir longtemps, mais les premiers jours je m'ennuierai tant après vous ! Aussi je trouve inutile de raviver par des lettres, il faut finir tout d'un coup. — Oui, vous avez raison, me dit-elle d'un air navré, auquel ajoutaient encore ses traits fléchis par la fatigue de l'heure tardive, plutôt que de se faire couper un doigt puis un autre, j'aime mieux donner la tête tout de suite. — Mon Dieu, je suis épouvanté en pensant à l'heure à laquelle je vous fais coucher, c'est de la folie. Enfin, pour le dernier soir ! Vous aurez le temps de dormir tout le reste de la vie. » Et ainsi en lui disant qu'il fallait nous dire bonsoir, je cherchais à retarder le moment où elle me l'eût dit. « Voulez-vous, pour vous distraire les premiers jours, que je dise à Bloch de vous envoyer sa cousine Esther à l'endroit où vous serez ? Il fera cela pour moi. — Je ne sais pas pourquoi vous dites cela (je le disais pour tâcher d'arracher un aveu à Albertine), je ne tiens qu'à une seule personne, c'est à vous », me dit Albertine, dont les paroles me remplirent de douceur. Mais aussitôt quel mal elle me fit : « Je me rappelle très bien que j'ai donné ma photographie à cette Esther parce qu'elle insistait beaucoup et que je voyais que cela lui ferait plaisir, mais quant à avoir eu de l'amitié pour elle ou à avoir envie de la voir, jamais ! » Et pourtant Albertine était de caractère si léger qu'elle ajouta : « Si elle veut me voir, moi ça m'est égal, elle est très gentille, mais je n'y tiens aucunement. » Ainsi, quand je lui avais parlé de la photographie d'Esther que m'avait envoyée Bloch (et que je n'avais même pas encore reçue quand j'en avais parlé à Albertine), mon amie avait compris que Bloch m'avait montré une photographie d'elle, donnée par elle à Esther. Dans mes pires suppositions, je ne m'étais jamais figuré qu'une pareille intimité avait pu exister entre Albertine et Esther. Albertine n'avait rien trouvé à me répondre quand j'avais parlé de photographie[1]. Et maintenant, me croyant, à tort, au courant, elle trouvait plus habile d'avouer. J'étais accablé. « Et puis, Albertine, je vous demande en grâce une chose, c'est de ne jamais chercher à me revoir. Si jamais, ce qui peut arriver, dans un an, dans deux ans, dans trois ans, nous nous trouvions dans la même ville, évitez-moi. » Et voyant qu'elle ne répondait pas affirmativement à ma prière : « Mon Albertine, ne faites pas cela, ne me revoyez jamais en cette vie. Cela me ferait trop de peine. Car j'avais vraiment de l'amitié pour vous, vous savez. Je sais bien que, quand je vous ai raconté l'autre jour que je voulais revoir l'amie dont nous avions parlé à Balbec, vous avez cru que c'était arrangé. Mais non, je vous assure que cela m'était bien égal. Vous êtes persuadée que j'avais résolu depuis longtemps de vous quitter, que ma tendresse était une comédie. — Mais non, vous êtes fou, je ne l'ai pas cru, dit-elle tristement. — Vous avez raison, il ne faut pas le croire, je vous aimais vraiment, pas d'amour peut-être, mais de grande, de très grande amitié, plus que vous ne pouvez croire. — Mais si, je le crois. Et si vous vous figurez que moi je ne vous aime pas ! — Cela me fait une grande peine de vous quitter. — Et moi mille fois plus grande », me répondit Albertine. Et déjà depuis un moment je sentais que je ne pouvais plus retenir les larmes qui montaient à mes yeux. Et ces larmes ne venaient pas du tout du même genre de tristesse que j'éprouvais jadis quand je disais à Gilberte : « Il vaut mieux que nous ne nous voyions plus, la vie nous sépare. » Sans doute, quand j'écrivais cela à Gilberte, je me disais que quand j'aimerais non plus elle, mais une autre, l'excès de mon amour diminuerait celui que j'aurais peut-être pu inspirer, comme s'il y avait fatalement entre deux êtres une certaine quantité d'amour disponible, où le trop pris par l'un est retiré à l'autre, et que de l'autre aussi, comme de Gilberte, je serais condamné à le séparer. Mais la situation était tout différente pour bien des raisons, dont la première, qui avait à son tour produit les autres, était que ce défaut de volonté que ma grand-mère et ma mère avaient redouté pour moi, à Combray, devant lequel l'une et l'autre, tant un malade a d'énergie pour imposer sa faiblesse, avaient successivement capitulé, ce défaut de volonté avait été en s'aggravant d'une façon de plus en plus rapide. Quand j'avais senti que ma présence fatiguait Gilberte, j'avais encore assez de forces pour renoncer à elle ; je n'en avais plus, quand j'avais fait la même constatation pour Albertine, et je ne songeais qu'à la retenir de force. De sorte que si j'écrivais à Gilberte que je ne la verrais plus et dans l'intention de ne plus la voir en effet, je ne le disais à Albertine que par pur mensonge et pour amener une réconciliation. Ainsi nous présentions-nous l'un à l'autre une apparence qui était bien différente de la réalité. Et sans doute il en est toujours ainsi quand deux êtres sont face à face, puisque chacun d'eux ignore une partie de ce qui est dans l'autre, même ce qu'il sait il ne peut en partie le comprendre, et que tous deux manifestent ce qui leur est le moins personnel, soit qu'ils ne l'aient pas démêlé eux-mêmes et le jugent négligeable,

soit que des avantages insignifiants et qui ne tiennent pas
à eux leur semblent plus importants et plus flatteurs, et
que d'autre part certaines choses auxquelles ils tiennent
pour ne pas être méprisés, comme ils ne les ont pas, ils
font semblant de n'y pas tenir, et c'est justement la chose
qu'ils ont l'air de dédaigner par-dessus tout et même
d'exécrer. Mais dans l'amour ce malentendu est porté au
degré suprême parce que, sauf peut-être quand on est
enfant, on tâche que l'apparence qu'on prend, plutôt que
de refléter exactement notre pensée, soit ce que cette
pensée juge de plus propre à nous faire obtenir ce que
nous désirons, et qui pour moi, depuis que j'étais rentré,
était de pouvoir garder Albertine aussi docile que par le
passé, qu'elle ne me demandât pas dans son irritation une
liberté plus grande, que je souhaitais lui donner un jour
mais qui en ce moment où j'avais peur de ses velléités
d'indépendance, m'eût rendu trop jaloux. À partir d'un
certain âge, par amour-propre et par sagacité, ce sont les
choses qu'on désire le plus auxquelles on a l'air de ne pas
tenir. Mais en amour, la simple sagacité — qui, d'ailleurs,
n'est probablement pas la vraie sagesse — nous force assez
vite à ce génie de duplicité. Tout ce que j'avais, enfant,
rêvé de plus doux dans l'amour et qui me semblait de son
essence même, c'était, devant celle que j'aimais, d'épancher librement ma tendresse, ma reconnaissance pour une
bonté, mon désir d'une perpétuelle vie commune. Mais
je m'étais trop bien rendu compte, par ma propre
expérience et d'après celle de mes amis, que l'expression
de tels sentiments est loin d'être contagieuse. Le cas d'une
vieille femme maniérée comme était M. de Charlus, qui,
à force de ne voir dans son imagination qu'un beau jeune
homme, croit devenir lui-même beau jeune homme, et
trahit de plus en plus d'efféminement, dans ses risibles
affectations de virilité, ce cas rentre dans une loi qui
s'applique bien au-delà des seuls Charlus, une loi d'une
généralité telle que l'amour même ne l'épuise pas tout
entière ; nous ne voyons pas notre corps que les autres
voient, et nous « suivons » notre pensée, l'objet qui est
devant nous, invisible aux autres (rendu visible parfois par
l'artiste dans une œuvre, d'où chez ses admirateurs, de
si fréquentes désillusions quand ils sont admis auprès de
l'auteur, dans le visage de qui la beauté intérieure s'est
si imparfaitement reflétée). Une fois qu'on a remarqué

cela, on ne se « laisse plus aller » ; je m'étais gardé dans l'après-midi de dire à Albertine toute la reconnaissance que je lui avais de ne pas être restée au Trocadéro. Et ce soir, ayant eu peur qu'elle me quittât, j'avais feint de désirer la quitter, feinte qui ne m'était pas seulement dictée, d'ailleurs, on va le tout à l'heure, par les enseignements que j'avais cru recueillir de mes amours précédentes et dont j'essayais de faire profiter celui-ci. Cette peur qu'Albertine allait peut-être me dire : « Je veux certaines heures où je sorte seule, pouvoir m'absenter vingt-quatre heures », enfin je ne sais quelle demande de liberté que je ne cherchais pas à définir, mais qui m'épouvantait, cette pensée m'avait un instant effleuré pendant la soirée Verdurin. Mais elle s'était dissipée, contredite d'ailleurs par le souvenir de tout ce qu'Albertine me disait sans cesse de son bonheur à la maison. L'intention de me quitter, si elle existait chez Albertine, ne se manifestait que d'une façon obscure, par certains regards tristes, certaines impatiences, des phrases qui ne voulaient nullement dire cela, mais, si on raisonnait (et on n'avait même pas besoin de raisonner car on comprend immédiatement ce langage de la passion, les gens du peuple eux-mêmes comprennent ces phrases qui ne peuvent s'expliquer que par la vanité, la rancune, la jalousie, d'ailleurs inexprimées, mais que dépiste aussitôt chez l'interlocuteur une faculté intuitive qui, comme ce « bon sens » dont parle Descartes, est « la chose du monde la plus répandue[1] »), ne pouvaient s'expliquer que par la présence en elle d'un sentiment qu'elle cachait et qui pouvait la conduire à faire des plans pour une autre vie sans moi. De même que cette intention ne s'exprimait pas dans ses paroles d'une façon logique, de même le pressentiment de cette intention que j'avais depuis ce soir restait en moi tout aussi vague. Je continuais à vivre sur l'hypothèse qui admettait pour vrai tout ce que me disait Albertine. Mais il se peut qu'en moi pendant ce temps-là une hypothèse toute contraire et à laquelle je ne voulais pas penser ne me quittât pas ; cela est d'autant plus probable que, sans cela, je n'eusse nullement été gêné de dire à Albertine que j'étais allé chez les Verdurin, et que sans cela le peu d'étonnement que me causa sa colère n'eût pas été compréhensible. De sorte que ce qui vivait probablement en moi, c'était l'idée d'une Albertine entièrement contraire à celle que ma raison s'en faisait, à celle aussi que ses paroles à elle dépeignaient, une Albertine pourtant pas absolument inventée, puisqu'elle était comme un miroir intérieur de certains mouvements qui se produisaient chez elle, comme sa mauvaise humeur que je fusse allé chez les Verdurin. D'ailleurs, depuis longtemps mes angoisses fréquentes, ma peur de dire à Albertine que je l'aimais, tout cela correspondait à une autre hypothèse qui expliquait bien plus de choses et avait aussi cela pour elle que, si on adoptait la première, la deuxième devenait plus probable, car en me laissant aller à des effusions de tendresse avec Albertine, je n'obtenais d'elle qu'une irritation (à laquelle, d'ailleurs, elle assignait une autre cause).

Je dois dire que ce qui m'avait paru le plus grave et m'avait le plus frappé comme symptôme qu'elle allait au-devant de mon accusation, c'était qu'elle m'avait dit : « Je crois qu'ils ont Mlle Vinteuil ce soir », et à quoi j'avais répondu le plus cruellement possible : « Vous ne m'aviez pas dit que vous aviez rencontré Mme Verdurin. » Dès que je ne trouvais pas Albertine gentille, au lieu de lui dire que j'étais triste, je devenais méchant. En analysant d'après cela, d'après le système invariable des ripostes dépeignant exactement le contraire de ce que j'éprouvais, je peux être assuré que si ce soir-là je lui dis que j'allais la quitter, c'était — même avant que je m'en fusse rendu compte — parce que j'avais peur qu'elle voulût une liberté (je n'aurais pas trop su dire quelle était cette liberté qui me faisait trembler, mais enfin une liberté telle qu'elle eût pu me tromper, ou du moins que je n'aurais plus pu être certain qu'elle ne me trompât pas) et que je voulais lui montrer par orgueil, par habileté, que j'étais bien loin de craindre cela, comme déjà à Balbec, quand je voulais qu'elle eût une haute idée de moi et, plus tard, quand je voulais qu'elle n'eût pas le temps de s'ennuyer avec moi.

Enfin, pour l'objection qu'on pourrait opposer à cette deuxième hypothèse — l'informulée — que tout ce qu'Albertine me disait toujours signifiait au contraire que sa vie préférée était la vie chez moi, le repos, la lecture, la solitude, la haine des amours saphiques, etc., il serait inutile de s'arrêter à cette objection. Car si de son côté Albertine avait voulu juger de ce que j'éprouvais par ce que je lui disais, elle aurait appris exactement le contraire de la vérité, puisque je ne manifestais jamais le désir de la quitter que quand je ne pouvais pas me passer d'elle, et qu'à Balbec je lui avais deux fois avoué aimer une autre femme, une fois Andrée, une autre fois une personne mystérieuse, les deux fois où la jalousie m'avait rendu de l'amour pour Albertine. Mes paroles ne reflétaient donc nullement mes sentiments. Si le lecteur n'en a que l'impression assez faible, c'est qu'étant narrateur je lui expose mes sentiments en même temps que je lui répète mes paroles. Mais si je lui cachais les premiers et s'il connaissait seulement les secondes, mes actes, si peu en rapport avec elles, lui donneraient si souvent l'impression d'étranges revirements qu'il me croirait à peu près fou. Procédé qui ne serait pas du reste beaucoup plus faux que celui que j'ai adopté, car les images qui me faisaient agir, si opposées à celles qui se peignaient dans mes paroles, étaient à ce moment-là fort obscures : je ne connaissais qu'imparfaitement la nature suivant laquelle j'agissais ; aujourd'hui j'en connais clairement la vérité subjective. Quant à sa vérité objective, c'est-à-dire si les intuitions de cette nature saisissaient plus exactement que mon raisonnement les intentions véritables d'Albertine, si j'ai eu raison de me fier à cette nature et si au contraire elle n'a pas altéré les intentions d'Albertine au lieu de les démêler, c'est ce qu'il m'est difficile de dire.

Cette crainte vague éprouvée par moi chez les Verdurin, qu'Albertine me quittât, s'était d'abord dissipée. Quand j'étais rentré, ç'avait été avec le sentiment d'être un prisonnier, nullement de retrouver une prisonnière. Mais la crainte dissipée m'avait ressaisi avec plus de force quand, au moment où j'avais annoncé à Albertine que j'étais allé chez les Verdurin, j'avais vu se superposer à son visage une apparence d'énigmatique irritation, qui n'y affleurait pas du reste pour la première fois. Je savais bien qu'elle n'était que la cristallisation dans la chair de griefs raisonnés, d'idées claires pour l'être qui les forme et qui les tait, synthèse devenue visible mais non plus rationnelle, et que celui qui en recueille le précieux résidu sur le visage de l'être aimé essaye à son tour, pour comprendre ce qui se passe en celui-ci, de ramener par l'analyse à ses éléments intellectuels. L'équation approximative à cette inconnue qu'était pour moi la pensée d'Albertine m'avait à peu près donné : « Je savais ses soupçons, j'étais sûre qu'il chercherait à les vérifier, et pour que je ne puisse pas le gêner, il a fait tout son petit travail en cachette. » Mais si c'est avec de telles idées, et qu'elle ne m'avait jamais exprimées, que vivait Albertine, ne devait-elle pas prendre en horreur, n'avoir plus la force de mener, ne pouvait-elle pas d'un jour à l'autre décider de cesser une existence où, si elle était, au moins de désir, coupable, elle se sentait devinée, traquée, empêchée de se livrer jamais à ses goûts, sans que ma jalousie en fût désarmée ; où, si elle était innocente d'intention et de fait, elle avait le droit depuis quelque temps de se sentir découragée en voyant que, depuis Balbec où elle avait mis tant de persévérance à éviter de jamais rester seule avec Andrée, jusqu'à aujourd'hui où elle avait renoncé à aller chez les Verdurin et à rester au Trocadéro, elle n'avait pas réussi à regagner ma confiance ? D'autant plus que je ne pouvais pas dire que sa tenue ne fût parfaite. Si à Balbec, quand on parlait de jeunes filles qui avaient mauvais genre, elle avait eu souvent des rires, des éploiements de corps, des imitations de leur genre, qui me torturaient à cause de ce que je supposais que cela signifiait pour ses amies, depuis qu'elle savait mon opinion là-dessus, dès qu'on faisait allusion à ce genre de choses, elle cessait de prendre part à la conversation, non seulement avec la parole, mais avec l'expression du visage. Soit pour ne pas contribuer aux malveillances qu'on disait sur telle ou telle, ou pour toute autre raison, la seule chose qui frappait alors, dans ses traits si mobiles, c'est qu'à partir du moment où on avait effleuré ce sujet, ils avaient témoigné de leur distraction en gardant exactement l'expression qu'ils avaient un instant avant. Et cette immobilité d'une expression même légère pesait comme un silence. Il eût été impossible de dire qu'elle blâmât, qu'elle approuvât, qu'elle connût ou non ces choses. Chacun de ses traits n'était plus en rapport qu'avec un autre de ses traits. Son nez, sa bouche, ses yeux formaient une harmonie parfaite, isolée du reste, elle avait l'air d'un pastel et de ne pas plus avoir entendu ce qu'on venait de dire que si on l'avait dit devant un portrait de La Tour.

Mon esclavage, encore perçu par moi quand, en donnant au cocher l'adresse de Brichot, j'avais vu la lumière de la fenêtre, avait cessé de me peser peu après quand j'avais vu qu'Albertine avait l'air de sentir si cruellement le sien.

Et pour qu'il lui parût moins lourd, qu'elle n'eût pas l'idée
de le rompre d'elle-même, le plus habile m'avait paru de
lui donner l'impression qu'il n'était pas définitif et que je
souhaitais moi-même qu'il prît fin. Voyant que ma feinte
avait réussi, j'aurais pu me trouver heureux, d'abord parce
que ce que j'avais tant redouté, la volonté que je supposais
à Albertine de partir se trouvait écartée, et ensuite parce
que, en dehors même du résultat visé, en lui-même le
succès de ma feinte, en prouvant que je n'étais pas
absolument pour Albertine un amant dédaigné, un jaloux
bafoué, dont toutes les ruses sont d'avance percées à jour,
redonnait à notre amour une espèce de virginité, faisait
renaître pour lui le temps où elle pouvait encore, à Balbec,
croire si facilement que j'en aimais une autre. Cela, elle
ne l'aurait sans doute plus cru, mais elle ajoutait foi à mon
intention simulée de nous séparer à tout jamais ce soir.

Elle avait l'air de se méfier que la cause en pût être chez
les Verdurin. Je lui dis que j'avais vu un auteur dramatique,
Bloch, très ami de Léa, à qui elle avait dit d'étranges choses
(je pensais par là lui faire croire que j'en savais plus long
que je ne disais sur les cousines de Bloch). Mais par un
besoin d'apaiser le trouble où me mettait ma simulation
de rupture, je lui dis : « Albertine, pouvez-vous me jurer
que vous ne m'avez jamais menti ? » Elle regarda fixement
dans le vide, puis me répondit : « Oui, c'est-à-dire non.
J'ai eu tort de vous dire qu'Andrée avait été très emballée
sur Bloch, nous ne l'avions pas vu. — Mais alors pourquoi ?
— Parce que j'avais peur que vous ne croyiez d'autres
choses d'elle. — C'est tout ? » Elle regarda encore et dit :
« J'ai eu tort de vous cacher un voyage de trois semaines
que j'ai fait avec Léa. Mais je vous connaissais si peu.
— C'était avant Balbec ? — Avant le second, oui. » Et
le matin même, elle m'avait dit qu'elle ne connaissait pas
Léa ! Je regardais une flambée brûler d'un seul coup un
roman que j'avais mis des millions de minutes à écrire.
À quoi bon ? À quoi bon ? Certes, je comprenais bien que
ces deux faits, Albertine me les révélait parce qu'elle
pensait que je les avais appris indirectement de Léa, et
qu'il n'y avait aucune raison pour qu'il n'en existât pas
une centaine de pareils. Je comprenais aussi que les paroles
d'Albertine quand on l'interrogeait ne contenaient jamais
un atome de vérité, que la vérité, elle ne la laissait échapper
que malgré elle, comme un brusque mélange qui se faisait

en elle, entre les faits qu'elle était jusque-là décidée à cacher et la croyance qu'on en avait eu connaissance. « Mais deux choses, ce n'est rien, dis-je à Albertine, allons jusqu'à quatre pour que vous me laissiez des souvenirs. Qu'est-ce que vous pouvez me révéler d'autre ? » Elle regarda encore dans le vide. À quelles croyances à la vie future adaptait-elle le mensonge, avec quels dieux moins coulants qu'elle n'avait cru essayait-elle de s'arranger ? Ce ne dut pas être commode, car son silence et la fixité de son regard durèrent assez longtemps. « Non, rien d'autre », finit-elle par dire. Et malgré mon insistance, elle se buta, aisément maintenant, à « rien d'autre ». Et quel mensonge, car du moment qu'elle avait ces goûts, jusqu'au jour où elle avait été enfermée chez moi, combien de fois, dans combien de demeures, de promenades elle avait dû les satisfaire ! Les gomorrhéennes sont à la fois assez rares et assez nombreuses pour que, dans quelque foule que ce soit, l'une ne passe pas inaperçue aux yeux de l'autre. Dès lors le ralliement est facile. Je me souvins avec horreur d'un soir qui à l'époque m'avait seulement semblé ridicule. Un de mes amis m'avait invité à dîner au restaurant avec sa maîtresse et un autre de ses amis qui avait aussi amené la sienne. Elles ne furent pas longues à se comprendre, mais si impatientes de se posséder que dès le potage les pieds se cherchaient, trouvant souvent le mien. Bientôt les jambes s'entrelacèrent. Mes deux amis ne voyaient rien ; j'étais au supplice. Une des deux femmes, qui n'y pouvait tenir, se mit sous la table, disant qu'elle avait laissé tomber quelque chose. Puis l'une eut la migraine et demanda à monter au lavabo. L'autre s'aperçut qu'il était l'heure d'aller rejoindre une amie au théâtre. Finalement je restai seul avec mes deux amis, qui ne se doutaient de rien. La migraineuse redescendit, mais demanda à rentrer seule attendre son amant chez lui afin de prendre un peu d'antipyrine. Elles devinrent très amies, se promenaient ensemble, l'une habillée en homme et qui levait des petites filles et les ramenait chez l'autre, les initiait. L'autre avait un petit garçon dont elle faisait semblant d'être mécontente, et le faisait corriger par son amie, qui n'y allait pas de main morte. On peut dire qu'il n'y a pas de lieu, si public qu'il fût, où elles ne fissent ce qui est le plus secret[1].

« Mais Léa a été, tout le temps de ce voyage,

parfaitement convenable avec moi, me dit Albertine. Elle
était même plus réservée que bien des femmes du monde.
— Est-ce qu'il y a des femmes du monde qui ont manqué
de réserve avec vous, Albertine ? — Jamais. — Alors
qu'est-ce que vous voulez dire ? — Hé bien, elle était
moins libre dans ses expressions. — Exemple ? — Elle
n'aurait pas, comme bien des femmes qu'on reçoit,
employé le mot : embêtant, ou le mot : se fiche du
monde. » Il me sembla qu'une partie du roman qui n'avait
pas brûlé encore, tombait enfin en cendres. Mon découragement aurait duré. Les paroles d'Albertine, quand j'y
songeais, y faisaient succéder une colère folle. Elle tomba
devant une sorte d'attendrissement. Moi aussi, depuis que
j'étais rentré et déclarais vouloir rompre, je mentais aussi.
Et cette volonté de séparation que je simulais avec
persévérance entraînait peu à peu pour moi quelque chose
de la tristesse que j'aurais éprouvée si j'avais vraiment
voulu quitter Albertine.

D'ailleurs, même en repensant par à-coups, par élance-
ments, comme on dit pour les autres douleurs physiques,
à cette vie orgiaque qu'avait menée Albertine avant de
me connaître, j'admirais davantage la docilité de ma
captive et je cessais de lui en vouloir. Sans doute jamais,
durant notre vie commune, je n'avais cessé de laisser
entendre à Albertine que cette vie ne serait vraisemblablement que provisoire, de façon qu'Albertine continuât à y trouver quelque charme. Mais ce soir j'avais
été plus loin, ayant craint que de vagues menaces de
séparation ne fussent plus suffisantes, contredites qu'elles
seraient sans doute dans l'esprit d'Albertine par son idée
d'un grand amour jaloux pour elle, qui m'aurait, semblait-
elle dire, fait aller enquêter chez les Verdurin. Ce soir-là
je pensai que, parmi les autres causes qui avaient pu me
décider brusquement, sans même m'en rendre compte
qu'au fur et à mesure, à jouer cette comédie de rupture,
il y avait surtout que, quand dans une de ces impulsions
comme en avait mon père, je menaçais un être dans sa
sécurité, comme je n'avais pas comme lui le courage de
réaliser une menace, pour ne pas laisser croire qu'elle
n'avait été que paroles en l'air, j'allais assez loin dans les
apparences de la réalisation et ne me repliais que quand
l'adversaire, ayant vraiment l'illusion de ma sincérité, avait
tremblé pour tout de bon.

D'ailleurs dans ces mensonges, nous sentons bien qu'il y a de la vérité, que si la vie n'apporte pas de changements à nos amours, c'est nous-mêmes qui voudrons en apporter ou en feindre et parler de séparation, tant nous sentons que tous les amours et toutes choses évoluent rapidement vers l'adieu. On veut pleurer les larmes qu'il apportera bien avant qu'il survienne. Sans doute y avait-il cette fois, dans la scène que j'avais jouée, une raison d'utilité. J'avais soudain tenu à la garder parce que je la sentais éparse en d'autres êtres auxquels je ne pouvais l'empêcher de se joindre. Mais eût-elle à jamais renoncé à tous pour moi, que j'aurais peut-être résolu plus fermement encore de ne la quitter jamais, car la séparation est par la jalousie rendue cruelle, mais par la reconnaissance, impossible. Je sentais en tout cas que je livrais la grande bataille où je devais vaincre ou succomber. J'aurais offert à Albertine en une heure tout ce que je possédais, parce que je me disais : « Tout dépend de cette bataille. » Mais ces batailles ressemblent moins à celles d'autrefois, qui duraient quelques heures, qu'à une bataille contemporaine qui n'est finie ni le lendemain, ni le surlendemain, ni la semaine suivante. On donne toutes ses forces, parce qu'on croit toujours que ce sont les dernières dont on aura besoin. Et plus d'une année se passe sans amener la « décision ».

Peut-être une inconsciente réminiscence de scènes menteuses faites par M. de Charlus, auprès duquel j'étais quand la crainte d'être quitté par Albertine s'était emparée de moi, s'y ajoutait-elle. Mais plus tard j'ai entendu raconter par ma mère ceci, que j'ignorais alors et qui me donne à croire que j'avais trouvé tous les éléments de cette scène en moi-même, dans une de ces réserves obscures de l'hérédité que certaines émotions, agissant en cela comme sur l'épargne de nos forces emmagasinées les médicaments analogues à l'alcool et au café, nous rendent disponibles : quand ma tante Octave apprenait par Eulalie que Françoise, sûre que sa maîtresse ne sortirait jamais plus, avait manigancé en secret quelque sortie que ma tante devait ignorer, celle-ci, la veille, faisait semblant de décider qu'elle essayerait le lendemain d'une promenade. À Françoise d'abord incrédule elle faisait non seulement préparer d'avance ses affaires, faire prendre l'air à celles qui étaient depuis trop longtemps enfermées, mais même commander la voiture, régler à un quart d'heure près tous les détails de la journée. Ce n'était que quand Françoise, convaincue ou du moins ébranlée, avait été forcée d'avouer à ma tante les projets qu'elle-même avait formés, que celle-ci renonçait publiquement aux siens pour ne pas, disait-elle, entraver ceux de Françoise. De même, pour qu'Albertine ne pût pas croire que j'exagérais et pour la faire aller le plus loin possible dans l'idée que nous nous quittions, tirant moi-même les déductions de ce que je venais d'avancer, je m'étais mis à anticiper le temps qui allait commencer le lendemain et qui durerait toujours, le temps où nous serions séparés, adressant à Albertine les mêmes recommandations que si nous n'allions pas nous réconcilier tout à l'heure. Comme les généraux qui jugent que pour qu'une feinte réussisse à tromper l'ennemi, il faut la pousser à fond, j'avais engagé dans celle-ci presque autant de mes forces de sensibilité que si elle avait été véritable. Cette scène de séparation fictive finissait par me faire presque autant de chagrin que si elle avait été réelle, peut-être parce qu'un des deux acteurs, Albertine, en la croyant telle, ajoutait pour l'autre à l'illusion. On vivait un au jour le jour, qui, même pénible, restait supportable, retenu dans la terre à terre par le lest de l'habitude et par cette certitude que le lendemain, dût-il être cruel, contiendrait la présence de l'être auquel on tient. Et puis voici que follement je détruisais toute cette pesante vie. Je ne la détruisais, il est vrai, que d'une façon fictive, mais cela suffisait pour me désoler ; peut-être parce que les paroles tristes que l'on prononce, même mensongèrement, portent en elles leur tristesse et nous l'injectent profondément ; peut-être parce qu'on sait qu'en simulant des adieux on évoque par anticipation une heure qui viendra fatalement plus tard ; puis l'on n'est pas bien assuré qu'on ne vient pas de déclencher le mécanisme qui la fera sonner. Dans tout bluff il y a, si petite qu'elle soit, une part d'incertitude sur ce que va faire celui qu'on trompe. Si cette comédie de séparation allait aboutir à une séparation ! On ne peut en envisager la possibilité, même invraisemblable, sans un serrement de cœur. On est doublement anxieux, car la séparation se produirait alors au moment où elle serait insupportable, où on vient d'avoir de la souffrance par la femme qui vous quitterait avant de vous avoir guéri, au moins apaisé. Enfin, nous n'avons même plus le point d'appui de l'habitude, sur laquelle nous nous

reposons, même dans le chagrin. Nous venons volontairement de nous en priver, nous avons donné à la journée
présente une importance exceptionnelle, nous l'avons
détachée des journées contiguës, elle flotte sans racines
comme un jour de départ, notre imagination, cessant d'être
paralysée par l'habitude, s'est éveillée, nous avons soudain
adjoint à notre amour quotidien des rêveries sentimentales
qui le grandissent énormément, nous rendant indispensable une présence sur laquelle, justement, nous ne sommes
plus absolument certains de pouvoir compter. Sans doute,
c'est justement afin d'assurer pour l'avenir cette présence,
que nous nous sommes livrés au jeu de pouvoir nous en
passer. Mais ce jeu, nous y avons été pris nous-même, nous
avons recommencé à souffrir parce que nous avons fait
quelque chose de nouveau, d'inaccoutumé, et qui se trouve
ressembler ainsi à ces cures qui doivent guérir plus tard
le mal dont on souffre, mais dont les premiers effets sont
de l'aggraver.

J'avais les larmes aux yeux comme ceux qui, seuls dans
leur chambre, imaginant selon les détours capricieux de
leur rêverie la mort d'un être qu'ils aiment, se représentent
si minutieusement la douleur qu'ils auraient, qu'ils finissent
par l'éprouver. Ainsi, en multipliant les recommandations
à Albertine sur la conduite qu'elle aurait à tenir à mon
égard quand nous allions être séparés, il me semblait que
j'avais presque autant de chagrin que si nous n'avions pas
dû nous réconcilier tout à l'heure. Et puis étais-je si sûr
de le pouvoir, de faire revenir Albertine à l'idée de la
vie commune, et si j'y réussissais pour ce soir, que chez
elle l'état d'esprit que cette scène avait dissipé ne renaîtrait
pas ? Je me sentais, mais ne me croyais pas, maître de
l'avenir, parce que je comprenais que cette sensation venait
seulement de ce qu'il n'existait pas encore et qu'ainsi je
n'étais pas accablé de sa nécessité. Enfin, tout en mentant,
je mettais peut-être dans mes paroles plus de vérité que
je ne croyais. Je venais d'en avoir un exemple quand j'avais
dit à Albertine que je l'oublierais vite. C'était ce qui m'était
en effet arrivé avec Gilberte, que je m'abstenais maintenant
d'aller voir pour éviter non pas une souffrance, mais une
corvée. Et certes, j'avais souffert en écrivant à Gilberte
que je ne la verrais plus. Car je n'allais que de temps en
temps chez Gilberte. Toutes les heures d'Albertine
m'appartenaient. Et en amour, il est plus facile de renoncer

à un sentiment que de perdre une habitude. Mais tant de paroles douloureuses concernant notre séparation, si la force de les prononcer m'était donnée parce que je les savais mensongères, en revanche elles étaient sincères dans la bouche d'Albertine quand je l'entendis s'écrier : « Ah ! c'est promis, je ne vous reverrai jamais. Tout plutôt que de vous voir pleurer comme cela, mon chéri. Je ne veux pas vous faire de chagrin. Puisqu'il le faut, on ne se verra plus. » Elles étaient sincères, ce qu'elles n'eussent pu être de ma part, parce que, comme Albertine n'avait pour moi que de l'amitié, d'une part le renoncement qu'elles promettaient lui coûtait moins ; d'autre part, que mes larmes, qui eussent été si peu de chose dans un grand amour, lui paraissaient presque extraordinaires et la bouleversaient, transposées dans le domaine de cette amitié où elle restait, de cette amitié plus grande que la mienne, à ce qu'elle venait de dire, à ce qu'elle venait de dire parce que dans une séparation c'est celui qui n'aime pas d'amour qui dit les choses tendres, l'amour ne s'exprimant pas directement, à ce qu'elle venait de dire et qui n'était peut-être pas tout à fait inexact, car les mille bontés de l'amour peuvent finir par éveiller chez l'être qui l'inspire ne l'éprouvant pas, une affection, une reconnaissance, moins égoïstes que le sentiment qui les a provoquées, et qui, peut-être, après des années de séparation, quand il ne resterait rien de lui chez l'ancien amant, subsisteraient toujours chez l'aimée.

Il n'y eut qu'un moment où j'eus pour elle une espèce de haine qui ne fit qu'aviver mon besoin de la retenir. Comme, uniquement jaloux ce soir de Mlle Vinteuil, je songeais avec la plus grande indifférence au Trocadéro, non seulement en tant que je l'y avais envoyée pour éviter les Verdurin, mais même en y voyant cette Léa à cause de laquelle j'avais fait revenir Albertine et pour qu'elle ne la connût pas, je dis sans y penser le nom de Léa, et, elle, méfiante et croyant qu'on m'en avait peut-être dit davantage, prit les devants et dit avec volubilité, non sans cacher un peu son front : « Je la connais très bien, nous sommes allées l'année dernière avec des amies la voir jouer, après la représentation nous sommes montées dans sa loge, elle s'est habillée devant nous. C'était très intéressant. » Alors ma pensée fut forcée de lâcher Mlle Vinteuil et, dans un effort désespéré, dans cette course à l'abîme des impossibles reconstitutions, s'attacha à l'actrice, à cette soirée où Albertine était montée dans sa loge. D'une part, après tous les serments qu'elle m'avait faits et d'un ton si véridique, après le sacrifice si complet de sa liberté, comment croire qu'en tout cela il y eût du mal ? Et pourtant mes soupçons n'étaient-ils pas des antennes dirigées vers la vérité, puisque, si elle m'avait sacrifié les Verdurin pour aller au Trocadéro, tout de même, chez les Verdurin il avait bien dû y avoir Mlle Vinteuil, et puisqu'au Trocadéro, que du reste elle m'avait sacrifié pour se promener avec moi, il y avait eu comme raison de l'en faire revenir cette Léa qui me semblait m'inquiéter à tort et que pourtant, dans une phrase que je ne lui demandais pas, elle déclarait avoir connue sur une plus grande échelle que celle où eussent été mes craintes, dans des circonstances bien louches, car qui avait pu l'amener à monter ainsi dans cette loge ? Si je cessais de souffrir par Mlle Vinteuil quand je souffrais par Léa, les deux bourreaux de ma journée, c'est soit par l'infirmité de mon esprit à se représenter à la fois trop de scènes, soit par l'interférence de mes émotions nerveuses dont ma jalousie n'était que l'écho. J'en pouvais induire qu'elle n'avait pas plus été à Léa qu'à Mlle Vinteuil, et que je ne croyais à Léa que parce que j'en souffrais encore. Mais parce que mes jalousies s'éteignaient — pour se réveiller parfois, l'une après l'autre — cela ne signifiait pas non plus qu'elles ne correspondissent pas au contraire chacune à quelque vérité pressentie, que de ces femmes il ne fallait pas que je me dise aucune, mais toutes. Je dis pressentie, car je ne pouvais pas occuper tous les points de l'espace et du temps qu'il eût fallu, et encore quel instinct m'eût donné la concordance des uns et des autres pour me permettre de surprendre Albertine ici à telle heure avec Léa, ou avec les jeunes filles de Balbec, ou avec l'amie de Mme Bontemps qu'elle avait frôlée, ou avec la jeune fille du tennis qui lui avait fait du coude, ou avec Mlle Vinteuil[1] ?

« Ma petite Albertine, vous êtes bien gentille de me le promettre. Du reste, les premières années du moins, j'éviterai les endroits où vous serez. Vous ne savez pas si vous irez cet été à Balbec ? Parce que dans ce cas-là, je m'arrangerais pour ne pas y aller. » Maintenant, si je continuais à progresser ainsi, devançant les temps dans mon invention mensongère, c'était moins pour faire peur à Albertine que pour me faire mal à moi-même. Comme un homme qui n'avait d'abord que des motifs peu importants de se fâcher se grise tout à fait par les éclats de sa propre voix et se laisse emporter par une fureur engendrée non par ses griefs, mais par sa colère elle-même en voie de croissance, ainsi je roulais de plus en plus vite sur la pente de ma tristesse, vers un désespoir de plus en plus profond, et avec l'inertie d'un homme qui sent le froid le saisir, n'essaye pas de lutter et trouve même à frissonner une espèce de plaisir. Et si j'avais enfin tout à l'heure, comme j'y comptais bien, la force de me ressaisir, de réagir et de faire machine en arrière, bien plus que du chagrin qu'Albertine m'avait fait en accueillant si mal mon retour, c'était de celui que j'avais éprouvé à imaginer, pour feindre de les régler, les formalités d'une séparation imaginaire, à en prévoir les suites, que le baiser d'Albertine, au moment de me dire bonsoir, aurait aujourd'hui à me consoler. En tout cas, ce bonsoir, il ne fallait pas que ce fût elle qui me le dît d'elle-même, ce qui m'eût rendu plus difficile le revirement par lequel je lui proposerais de renoncer à notre séparation. Aussi je ne cessais de lui rappeler que l'heure de nous dire ce bonsoir était depuis longtemps venue, ce qui en me laissant l'initiative, me permettait de le retarder encore d'un moment. Et ainsi je semais d'allusions à la nuit déjà si avancée, à notre fatigue, les questions que je posais à Albertine. « Je ne sais pas où j'irai, répondit-elle à la dernière, d'un air préoccupé. Peut-être j'irai en Touraine, chez ma tante. » Et ce premier projet qu'elle ébauchait me glaça, comme s'il commençait à réaliser effectivement notre séparation définitive. Elle regarda la chambre, le pianola, les fauteuils de satin bleu. « Je ne peux pas me faire encore à l'idée que je ne verrai plus tout cela ni demain, ni après-demain, ni jamais. Pauvre petite chambre ! Il me semble que c'est impossible ; cela ne peut pas m'entrer dans la tête. — Il le fallait, vous étiez malheureuse ici. — Mais non, je n'étais pas malheureuse, c'est maintenant que je le serai. — Mais non, je vous assure, c'est mieux pour vous. — Pour vous peut-être ! » Je me mis à regarder fixement dans le vide comme si, en proie à une grande hésitation, je me débattais contre une idée qui me fût venue à l'esprit. Enfin, tout d'un coup : « Écoutez, Albertine, vous dites que vous êtes plus heureuse ici, que vous allez être malheureuse. — Bien sûr. — Cela me bouleverse ; voulez-vous que nous essayions de prolonger de quelques semaines ? Qui sait ? semaine par semaine, on peut peut-être arriver très loin, vous savez qu'il y a des provisoires qui peuvent finir par durer toujours. — Oh ! ce que vous seriez gentil ! — Seulement alors, c'est de la folie de nous être fait mal comme cela pour rien pendant des heures, c'est comme un voyage pour lequel on s'est préparé et puis qu'on ne fait pas. Je suis moulu de chagrin. » Je l'assis sur mes genoux, je pris le manuscrit de Bergotte qu'elle désirait tant, et j'écrivis sur la couverture : « A ma petite Albertine, en souvenir d'un renouvellement de bail. » « Maintenant, lui dis-je, allez dormir jusqu'à demain soir, ma chérie, car vous devez être brisée. — Je suis surtout bien contente. — M'aimez-vous un petit peu ? — Encore cent fois plus qu'avant. »

J'aurais eu tort d'être heureux de la petite comédie n'eût-elle pas été jusqu'à cette forme de véritable mise en scène où je l'avais poussée. N'eussions-nous fait que parler simplement de séparation que c'eût été déjà grave. Ces conversations que l'on tient ainsi, on croit le faire non seulement sans sincérité, ce qui est en effet, mais librement. Or elles sont généralement, à notre insu, chuchoté malgré nous, le premier murmure d'une tempête que nous ne soupçonnons pas. En réalité, ce que nous exprimons alors c'est le contraire de notre désir (lequel est de vivre toujours avec celle que nous aimons), mais c'est aussi cette impossibilité de vivre ensemble qui fait notre souffrance quotidienne, souffrance préférée par nous à celle de la séparation, mais qui finira malgré nous par nous séparer. D'habitude, pas tout d'un coup cependant. Le plus souvent il arrive — ce ne fut pas, on le verra, mon cas avec Albertine — que, quelque temps après les paroles auxquelles on ne croyait pas, on met en action un essai informe de séparation voulue, non douloureuse, temporaire. On demande à la femme, pour qu'ensuite elle se plaise mieux avec nous, pour que nous échappions d'autre part momentanément à des tristesses et des fatigues continuelles, d'aller faire sans nous, ou de nous laisser faire sans elle, un voyage de quelques jours, les premiers — depuis bien longtemps — passés, ce qui nous eût semblé impossible, sans elle. Très vite elle revient prendre sa place à notre foyer. Seulement cette séparation, courte mais réalisée, n'est pas aussi arbitrairement décidée et aussi certainement la seule que nous nous figurons. Les mêmes tristesses recommencent, la même difficulté de vivre ensemble s'accentue, seule la séparation n'est plus quelque chose d'aussi difficile ; on a commencé par en parler, on l'a ensuite exécutée sous une forme aimable. Mais ce ne sont que des prodromes que nous n'avons pas reconnus. Bientôt à la séparation momentanée et souriante succédera la séparation atroce et définitive que nous avons préparée sans le savoir.

« Venez dans ma chambre dans cinq minutes pour que je puisse vous voir un peu, mon petit chéri. Vous serez plein de gentillesse. Mais je m'endormirai vite après, car je suis comme une morte. » Ce fut une morte en effet que je vis quand j'entrai ensuite dans sa chambre. Elle s'était endormie aussitôt couchée ; ses draps, roulés comme un suaire autour de son corps, avaient pris, avec leurs beaux plis, une rigidité de pierre. On eût dit, comme dans certains Jugements derniers du Moyen Âge, que la tête seule surgissait hors de la tombe, attendant dans son sommeil la trompette de l'Archange[1]. Cette tête avait été surprise par le sommeil presque renversée, les cheveux hirsutes. Et en voyant ce corps insignifiant couché là, je me demandais quelle table de logarithmes il constituait pour que toutes les actions auxquelles il avait pu être mêlé, depuis un poussement de coude jusqu'à un frôlement de robe, pussent me causer, étendues à l'infini de tous les points qu'il avait occupés dans l'espace et dans le temps, et de temps à autre brusquement revivifiées dans mon souvenir, des angoisses si douloureuses, et que je savais pourtant déterminées par des mouvements, des désirs d'elle qui m'eussent été, chez une autre, chez elle-même, cinq ans avant, cinq ans après, si indifférents. C'était un mensonge, mais pour lequel je n'avais le courage de chercher d'autres solutions que ma mort. Ainsi je restais, dans la pelisse que je n'avais pas encore retirée depuis mon retour de chez les Verdurin, devant ce corps tordu, cette figure allégorique de quoi ? de ma mort ? de mon amour ? Bientôt je commençai à entendre sa respiration égale. J'allai m'asseoir au bord de son lit pour faire cette cure calmante de brise et de contemplation. Puis je me retirai tout doucement pour ne pas la réveiller.

Il était si tard que dès le matin je recommandai à
Françoise de marcher bien doucement quand elle aurait
à passer devant sa chambre. Aussi Françoise, persuadée
que nous avions passé la nuit dans ce qu'elle appelait des
orgies, recommanda ironiquement aux autres domestiques
de ne pas « éveiller la princesse ». Et c'était une des choses
que je craignais, que Françoise un jour ne pût plus se
contenir, fût insolente avec Albertine, et que cela
n'amenât des complications dans notre vie. Françoise
n'était plus alors, comme à l'époque où elle souffrait de
voir Eulalie bien traitée par ma tante, d'âge à supporter
vaillamment sa jalousie. Celle-ci altérait, paralysait le visage
de notre servante à tel point que, par moments, je me
demandais si, sans que je m'en fusse aperçu, elle n'avait
pas eu, à la suite de quelque crise de colère, une petite
attaque. Ayant ainsi demandé qu'on préservât le sommeil
d'Albertine, je ne pus moi-même en trouver aucun.
J'essayais de comprendre quel était le véritable état d'esprit
d'Albertine. Par la triste comédie que j'avais jouée, est-ce
à un péril réel que j'avais paré, et malgré qu'elle prétendît
se sentir si heureuse à la maison, avait-elle vraiment
par moments l'idée de vouloir sa liberté, ou au contraire,
fallait-il croire ses paroles ? Laquelle des deux hypothèses
était la vraie ? S'il m'arrivait souvent, s'il devait m'arriver
surtout d'étendre un cas de ma vie passée jusqu'aux
dimensions de l'histoire quand je voulais essayer de
comprendre un événement politique, inversement, ce
matin-là je ne cessai d'identifier malgré tant de différences
et pour tâcher de la comprendre la portée de notre scène
de la veille avec un incident diplomatique qui venait
d'avoir lieu.

J'avais peut-être le droit de raisonner ainsi. Car il était
bien probable qu'à mon insu l'exemple de M. de Charlus
m'eût guidé dans cette scène mensongère que je lui avais
si souvent vu jouer, avec tant d'autorité ; et d'autre part,
était-elle, de sa part, autre chose qu'une inconsciente
importation dans le domaine de la vie privée, de la
tendance profonde de sa race allemande, provocatrice par
ruse, et par orgueil guerrière s'il le faut ?

Diverses personnes[1], parmi lesquelles le prince de
Monaco, ayant suggéré au gouvernement français l'idée
que, s'il ne se séparait pas de M. Delcassé, l'Allemagne
menaçante ferait effectivement la guerre, le ministre des

Affaires étrangères avait été prié de démissionner[1]. Donc le gouvernement français avait admis l'hypothèse d'une intention de nous faire la guerre si nous ne cédions pas. Mais d'autres personnes pensaient qu'il ne s'était agi que d'un simple « bluff » et que si la France avait tenu bon l'Allemagne n'eût pas tiré l'épée. Sans doute le scénario était non seulement différent mais presque inverse, puisque la menace de rompre avec moi n'avait jamais été proférée par Albertine ; mais un ensemble d'impressions avait amené chez moi la croyance qu'elle y pensait, comme le gouvernement français avait eu cette croyance pour l'Allemagne. D'autre part, si l'Allemagne désirait la paix, avoir provoqué chez le gouvernement français l'idée qu'elle voulait la guerre était une contestable et dangereuse habileté. Certes, ma conduite avait été assez adroite, si c'était la pensée que je ne me déciderais jamais à rompre avec elle qui provoquait chez Albertine de brusques désirs d'indépendance. Et n'était-il pas difficile de croire qu'elle n'en avait pas, de se refuser à voir toute une vie secrète en elle, dirigée vers la satisfaction de son vice, rien qu'à la colère avec laquelle elle avait appris que j'étais allé chez les Verdurin, s'écriant : « J'en étais sûre », et achevant de tout dévoiler en disant : « Ils devaient avoir Mlle Vinteuil chez eux » ? Tout cela corroboré par la rencontre d'Albertine et de Mme Verdurin que m'avait révélée Andrée. Mais peut-être, pourtant, ces brusques désirs d'indépendance, me disais-je quand j'essayais d'aller contre mon instinct, étaient causés — à supposer qu'ils existassent — ou finiraient par l'être, par l'idée contraire, à savoir que je n'avais jamais eu l'idée de l'épouser, que c'était quand je faisais, comme involontairement, allusion à notre séparation prochaine que je disais la vérité, que je la quitterais de toute façon un jour ou l'autre, croyance que ma scène de ce soir n'avait pu alors que fortifier et qui pouvait finir par engendrer chez elle cette résolution : « Si cela doit fatalement arriver un jour ou l'autre, autant en finir tout de suite. » Les préparatifs de guerre, que le plus faux des adages préconise pour faire triompher la volonté de paix, créent au contraire, d'abord la croyance chez chacun des deux adversaires que l'autre veut la rupture, croyance qui amène la rupture, et quand elle a eu lieu, cette autre croyance chez chacun des deux que c'est l'autre qui l'a voulue[2]. Même si la menace n'était pas sincère, son succès engage à la recommencer. Mais le point exact jusqu'où le bluff peut réussir est difficile à déterminer ; si l'un va trop loin, l'autre qui avait jusque-là cédé s'avance à son tour ; le premier, ne sachant plus changer de méthode, habitué à l'idée qu'avoir l'air de ne pas craindre la rupture est la meilleure manière de l'éviter (ce que j'avais fait ce soir avec Albertine), et d'ailleurs à préférer par fierté succomber plutôt que céder, persévère dans sa menace jusqu'au moment où personne ne peut plus reculer. Le bluff peut aussi être mêlé à la sincérité, alterner avec elle, et que ce qui était un jeu hier devienne une réalité demain. Enfin il peut arriver aussi qu'un des adversaires soit réellement résolu à la guerre, qu'Albertine, par exemple, eût l'intention tôt ou tard de ne plus continuer cette vie, ou au contraire que l'idée ne lui en fût jamais venue à l'esprit, et que mon imagination l'eût inventée de toutes pièces. Telles furent les différentes hypothèses que j'envisageai pendant qu'elle dormait, ce matin-là. Pourtant, quant à la dernière, je peux dire que je n'ai jamais dans les temps qui suivirent menacé Albertine de la quitter que pour répondre à une idée de mauvaise liberté d'elle, idée qu'elle ne m'exprimait pas, mais qui me semblait être impliquée par certains mécontentements mystérieux, par certaines paroles, certains gestes, dont cette idée était la seule explication possible et pour lesquels elle se refusait à m'en donner aucune. Encore bien souvent je les constatais sans faire aucune allusion à une séparation possible, espérant qu'ils provenaient d'une mauvaise humeur qui finirait ce jour-là. Mais celle-ci durait parfois sans rémission pendant des semaines entières, où Albertine semblait vouloir provoquer un conflit, comme s'il y avait à ce moment-là, dans une région plus ou moins éloignée, des plaisirs qu'elle savait, dont sa claustration chez moi la privait, et qui l'influençaient jusqu'à ce qu'ils eussent pris fin, comme ces modifications atmosphériques qui, jusqu'au coin de notre feu, agissent sur nos nerfs même si elles se produisent aussi loin que les îles Baléares.

Ce matin-là, pendant qu'Albertine dormait et que j'essayais de deviner ce qui était caché en elle, je reçus une lettre de ma mère où elle m'exprimait son inquiétude de ne rien savoir de mes décisions par cette phrase de Mme de Sévigné : « Pour moi, je suis persuadée qu'il ne se mariera pas ; mais alors pourquoi troubler cette fille qu'il n'épousera jamais ? Pourquoi risquer de lui faire refuser des partis qu'elle ne regardera plus qu'avec mépris ? Pourquoi troubler l'esprit d'une personne qu'il serait si aisé d'éviter[1] ? » Cette lettre de ma mère me ramena sur terre. Que vais-je chercher une âme mystérieuse, interpréter un visage, et me sentir entouré de pressentiments que je n'ose approfondir ? me dis-je. Je rêvais, la chose est toute simple. Je suis un jeune homme indécis et il s'agit d'un de ces mariages dont on est quelque temps à savoir s'ils se feront ou non. Il n'y a rien là de particulier à Albertine. Cette pensée me donna une détente profonde mais courte. Bien vite je me dis : « On peut tout ramener, en effet, si on en considère l'aspect social, au plus courant des faits divers : du dehors, c'est peut-être ainsi que je le verrais. Mais je sais bien que ce qui est vrai, ce qui du moins est vrai aussi, c'est tout ce que j'ai pensé, c'est ce que j'ai lu dans les yeux d'Albertine, ce sont les craintes qui me torturent, c'est le problème que je me pose sans cesse relativement à Albertine. » L'histoire du fiancé hésitant et du mariage rompu peut correspondre à cela, comme un certain compte rendu de théâtre fait par un courriériste de bon sens peut donner le sujet d'une pièce d'Ibsen. Mais il y a autre chose que ces faits qu'on raconte. Il est vrai que cet autre chose existe peut-être si on savait le voir chez tous les fiancés hésitants et dans tous les mariages qui traînent, parce qu'il y a peut-être du mystère dans la vie de tous les jours. Il m'était possible de le négliger concernant la vie des autres, mais celle d'Albertine et la mienne, je la vivais par le dedans.

Albertine ne me dit pas plus, à partir de cette soirée, qu'elle n'avait fait dans le passé : « Je sais que vous n'avez pas confiance en moi, je vais essayer de dissiper vos soupçons. » Mais cette idée, qu'elle n'exprima jamais, eût pu servir d'explication à ses moindres actes. Non seulement elle s'arrangeait à ne jamais être seule un moment, de façon que je ne pusse ignorer ce qu'elle avait fait, si je n'en croyais pas ses propres déclarations, mais même quand elle avait à téléphoner à Andrée, ou au garage, ou au manège, ou ailleurs, elle prétendait que c'était trop ennuyeux de rester seule pour téléphoner avec le temps que les demoiselles mettaient à vous donner la communication, et elle s'arrangeait pour que je fusse auprès d'elle à ce moment-là, ou à mon défaut Françoise,

comme si elle eût craint que je pusse imaginer des
communications téléphoniques blâmables et servant à
donner de mystérieux rendez-vous. Hélas ! tout cela ne
me tranquillisait pas. Aimé m'avait renvoyé la photographie d'Esther en me disant que ce n'était pas elle. Alors
d'autres encore ? Qui ? Je renvoyai cette photographie à
Bloch. Celle que j'aurais voulu voir, c'était celle qu'Albertine avait donnée à Esther. Comment y était-elle ?
Peut-être décolletée ; qui sait si elles ne s'étaient pas
photographiées ensemble ? Mais je n'osais en parler à
Albertine car j'aurais eu l'air de ne pas avoir vu la
photographie, ni à Bloch, à l'égard duquel je ne voulais
pas avoir l'air de m'intéresser à Albertine. Et cette vie,
qu'eût reconnue si cruelle pour moi et pour Albertine
quiconque eût connu mes soupçons et son esclavage, du
dehors, pour Françoise, passait pour une vie de plaisirs
immérités que savait habilement se faire octroyer cette
« enjôleuse » et, comme disait Françoise, qui employait
beaucoup plus ce féminin que le masculin, étant plus
envieuse des femmes, cette « charlatante ». Même,
comme Françoise à mon contact avait enrichi son vocabulaire de termes nouveaux, mais en les arrangeant à sa
mode, elle disait d'Albertine qu'elle n'avait jamais connu
personne d'une telle « perfidité », qui savait me « tirer
mes sous » en jouant si bien la comédie (ce que Françoise,
qui prenait aussi facilement le particulier pour le général
que le général pour le particulier, et qui n'avait que des
idées assez vagues sur la distinction des genres dans l'art
dramatique, appelait « savoir jouer la pantomime »).
Peut-être cette erreur sur notre vraie vie, à Albertine
et à moi, en étais-je moi-même un peu responsable
par les vagues confirmations que, quand je causais avec
Françoise, j'en laissais habilement échapper, par désir
soit de la taquiner, soit de paraître sinon aimé, du moins
heureux. Et pourtant, ma jalousie, la surveillance que
j'exerçais sur Albertine, et desquelles j'eusse tant voulu
que Françoise ne se doutât pas, celle-ci ne tarda pas à les
deviner, guidée, comme le spirite qui, les yeux bandés,
trouve un objet, par cette intuition qu'elle avait des
choses qui pouvaient m'être pénibles, et qui ne se laissait pas détourner du but par les mensonges que je
pouvais dire pour l'égarer, et aussi par cette haine
d'Albertine qui poussait Françoise — plus encore qu'à

croire ses ennemies plus heureuses, plus rouées comédiennes qu'elles n'étaient — à découvrir ce qui pouvait les perdre et précipiter leur chute. Françoise n'a certainement jamais fait de scènes à Albertine. Je me demandai si Albertine, se sentant surveillée, ne réaliserait pas elle-même cette séparation dont je l'avais menacée, car la vie se changeant fait des réalités avec nos fables. Chaque fois que j'entendais ouvrir une porte, j'avais ce tressaillement que ma grand-mère avait pendant son agonie chaque fois que je sonnais. Je ne croyais pas qu'elle sortît sans me l'avoir dit, mais c'était mon inconscient qui pensait cela, comme c'était l'inconscient de ma grand-mère qui palpitait aux coups de sonnette alors qu'elle n'avait plus sa connaissance. Un matin même, j'eus tout d'un coup la brusque inquiétude qu'elle fût non pas seulement sortie, mais partie. Je venais d'entendre une porte qui me semblait bien la porte de sa chambre. À pas de loup j'allai jusqu'à cette chambre, j'entrai, je restai sur le seuil. Dans la pénombre les draps étaient gonflés en demi-cercle, ce devait être Albertine qui, le corps incurvé, dormait les pieds et la tête au mur. Seuls dépassant du lit, les cheveux de cette tête, abondants et noirs, me firent comprendre que c'était elle, qu'elle n'avait pas ouvert sa porte, pas bougé, et je sentis ce demi-cercle immobile et vivant, où tenait toute une vie humaine, et qui était la seule chose à laquelle j'attachais du prix ; je sentis qu'il était là, en ma possession dominatrice.

Mais je connaissais l'art de l'insinuation de Françoise, le parti qu'elle savait tirer d'une mise en scène significative, et je ne peux croire qu'elle ait résisté à faire comprendre quotidiennement à Albertine le rôle humilié que celle-ci jouait à la maison, à l'affoler par la peinture, savamment exagérée, de la claustration à laquelle mon amie était soumise. J'ai trouvé une fois Françoise, ayant ajusté de grosses lunettes, qui fouillait dans mes papiers et en replaçait parmi eux un où j'avais noté un récit relatif à Swann et à l'impossibilité où il était de se passer d'Odette[1]. L'avait-elle laissé traîner par mégarde dans la chambre d'Albertine ? D'ailleurs, au-dessus de tous les sous-entendus de Françoise, qui n'en avait été en bas que l'orchestration chuchotante et perfide, il est vraisemblable qu'avait dû s'élever, plus haute, plus nette, plus pressante, la voix accusatrice et calomnieuse des Verdurin, irrités de voir qu'Albertine me retenait involontairement, et moi elle volontairement, loin du petit clan.

Quant à l'argent que je dépensais pour Albertine, il m'était presque impossible de le cacher à Françoise, puisque je ne pouvais lui cacher aucune dépense. Françoise avait peu de défauts, mais ces défauts avaient créé chez elle pour les servir de véritables dons qui souvent lui manquaient hors l'exercice de ces défauts. Le principal était la curiosité appliquée à l'argent dépensé par nous pour d'autres qu'elle. Si j'avais une note à régler, un pourboire à donner, j'avais beau me mettre à l'écart, elle trouvait une assiette à ranger, une serviette à prendre, quelque chose qui lui permît de s'approcher. Et si peu de temps que je lui laissasse, la renvoyant avec fureur, cette femme qui n'y voyait presque plus clair, qui savait à peine compter, dirigée par ce même goût qui fait qu'un tailleur en vous voyant suppute instinctivement l'étoffe de votre habit et même ne peut s'empêcher de la palper, ou qu'un peintre est sensible à un effet de couleurs, Françoise voyait à la dérobée, calculait instantanément ce que je donnais. Si, pour qu'elle ne pût pas dire à Albertine que je corrompais son chauffeur, je prenais les devants et m'excusant du pourboire disais : « J'ai voulu être gentil avec le chauffeur, je lui ai donné dix francs », Françoise, impitoyable et à qui son coup d'œil de vieil aigle presque aveugle avait suffi, me répondait : « Mais non, Monsieur lui a donné quarante-trois francs de pourboire. Il a dit à Monsieur qu'il y avait quarante-cinq francs, Monsieur lui a donné cent francs et il ne lui a rendu que douze francs. » Elle avait eu le temps de voir et de compter le chiffre du pourboire que j'ignorais moi-même.

Si le but d'Albertine était de me rendre du calme, elle y réussit en partie, ma raison, d'ailleurs, ne demandait qu'à me prouver que je m'étais trompé sur les mauvais projets d'Albertine, comme je m'étais peut-être trompé sur ses instincts vicieux. Sans doute je faisais, dans la valeur des arguments que ma raison me fournissait, la part du désir que j'avais de les trouver bons. Mais pour être équitable et avoir chance de voir la vérité, à moins d'admettre qu'elle ne soit jamais connue que par le pressentiment, par une émanation télépathique, ne fallait-il pas me dire que si ma raison, en cherchant à amener ma guérison, se laissait mener par mon désir, en revanche, en ce qui concernait Mlle Vinteuil, les vices d'Albertine, ses intentions d'avoir une autre vie, son projet de séparation, lesquels étaient les corollaires de ses vices, mon instinct avait pu, lui, pour tâcher de me rendre malade, se laisser égarer par ma jalousie ? D'ailleurs sa séquestration, qu'Albertine s'arrangeait elle-même si ingénieusement à rendre absolue, en m'ôtant la souffrance, m'ôta peu à peu le soupçon et je pus recommencer, quand le soir ramenait mes inquiétudes, à trouver dans la présence d'Albertine l'apaisement des premiers jours. Assise à côté de mon lit, elle parlait avec moi d'une de ces toilettes ou de ces objets que je ne cessais de lui donner pour tâcher de rendre sa vie plus douce et sa prison plus belle, tout en craignant parfois qu'elle ne fût de l'avis de cette Mme de La Rochefoucauld, répondant à quelqu'un qui lui demandait si elle n'était pas aise d'être dans une aussi belle demeure que Liancourt, qu'elle ne connaissait pas de belle prison[1].

Ainsi, si j'avais interrogé M. de Charlus sur la vieille argenterie française, c'est que quand nous avions fait le projet d'avoir un yacht[2], projet jugé irréalisable par Albertine — et par moi-même chaque fois que, me remettant à croire à sa vertu, ma jalousie diminuant ne comprimait plus d'autres désirs où elle n'avait point de place et qui demandaient aussi de l'argent pour être satisfaits — nous avions à tout hasard, et sans qu'elle crût d'ailleurs que nous en aurions jamais un, demandé des conseils à Elstir. Or, tout autant que pour l'habillement des femmes, le goût du peintre était raffiné et difficile pour l'ameublement des yachts. Il n'y admettait que des meubles anglais et de vieille argenterie. Albertine n'avait d'abord pensé qu'aux toilettes et à l'ameublement. Maintenant l'argenterie l'intéressait, et cela l'avait amenée, depuis que nous étions revenus de Balbec, à lire des ouvrages sur l'art de l'argenterie, sur les poinçons des vieux ciseleurs. Mais la vieille argenterie ayant été fondue par deux fois, au moment des traités d'Utrecht, quand le roi lui-même, imité en cela par les grands seigneurs, donna sa vaisselle, et en 1789, est rarissime. D'autre part, les modernes orfèvres ont eu beau reproduire toute cette argenterie d'après les dessins du Pont-aux-Choux[3], Elstir trouvait ce vieux neuf indigne d'entrer dans la demeure d'une femme

de goût, fût-ce une demeure flottante. Je savais qu'Albertine avait lu la description des merveilles que Roettiers[1]
avait faites pour Mme du Barry. Elle mourait d'envie, s'il
en existait encore quelques pièces, de les voir, moi de les
lui donner. Elle avait même commencé de jolies collections
qu'elle installait avec un goût charmant dans une vitrine
et que je ne pouvais regarder sans attendrissement et sans
crainte car l'art avec lequel elle les disposait était celui
fait de patience, d'ingéniosité, de nostalgie, de besoin
d'oublier, auquel se livrent les captifs.

Pour les toilettes, ce qui lui plaisait surtout en ce
moment, c'était tout ce que faisait Fortuny[2]. Ces robes de
Fortuny, dont j'avais vu l'une sur Mme de Guermantes,
c'était celles dont Elstir, quand il nous parlait des
vêtements magnifiques des contemporaines de Carpaccio
et de Titien, nous avait annoncé la prochaine apparition,
renaissant de leurs cendres somptueuses, car tout doit
revenir, comme il est écrit aux voûtes de Saint-Marc, et
comme le proclament, buvant aux urnes de marbre et de
jaspe des chapiteaux byzantins, les oiseaux qui signifient
à la fois la mort et la résurrection. Dès que les femmes
avaient commencé à en porter, Albertine s'était rappelé
les promesses d'Elstir, elle en avait désiré, et nous devions
aller en choisir une. Or ces robes, si elles n'étaient pas
de ces véritables anciennes dans lesquelles les femmes
aujourd'hui ont un peu trop l'air costumées et qu'il est
plus joli de garder comme une pièce de collection (j'en
cherchais d'ailleurs aussi de telles pour Albertine),
n'avaient pas non plus la froideur du pastiche du faux
ancien. Elles étaient plutôt à la façon des décors de Sert,
de Bakst et de Benois[3], qui en ce moment évoquaient
dans les Ballets russes les époques d'art les plus aimées,
à l'aide d'œuvres d'art imprégnées de leur esprit et
pourtant originales ; ainsi les robes de Fortuny, fidèlement
antiques mais puissamment originales, faisaient apparaître
comme un décor, avec une plus grande force d'évocation
même qu'un décor, puisque le décor restait à imaginer,
la Venise tout encombrée d'Orient où elles auraient été
portées, dont elles étaient, mieux qu'une relique dans la
châsse de Saint-Marc, évocatrices du soleil et des turbans
environnants, la couleur fragmentée, mystérieuse et
complémentaire. Tout avait péri de ce temps, mais tout
renaissait, évoqué, pour les relier entre elles par la

splendeur du paysage et le grouillement de la vie, par le surgissement parcellaire et survivant des étoffes des dogaresses.

Je voulus une ou deux fois demander à ce sujet conseil à Mme de Guermantes. Mais la duchesse n'aimait pas les toilettes qui font costume. Elle-même n'était jamais si bien qu'en velours noir avec des diamants. Et pour des robes telles que celles de Fortuny, elle n'était pas d'un très utile conseil. Du reste j'avais scrupule, en lui en demandant, de lui sembler n'aller la voir que lorsque par hasard j'avais besoin d'elle, alors que je refusais d'elle depuis longtemps plusieurs invitations par semaine. Je n'en recevais pas que d'elle, du reste, avec cette profusion. Certes, elle et beaucoup d'autres femmes avaient toujours été très aimables pour moi. Mais ma claustration avait certainement décuplé cette amabilité. Il semble que dans la vie mondaine, reflet insignifiant de ce qui se passe en amour, la meilleure manière qu'on vous recherche, c'est de se refuser. Un homme calcule tout ce qu'il peut citer de traits glorieux pour lui, afin de plaire à une femme ; il varie sans cesse ses habits, veille sur sa mine, elle n'a pas pour lui une seule des attentions qu'il reçoit de cette autre, qu'en la trompant, et malgré qu'il paraisse devant elle malpropre et sans artifice pour plaire, il s'est à jamais attaché. De même, si un homme regrettait de ne pas être assez recherché par le monde, je ne lui dirais pas de faire encore plus de visites, d'avoir encore un plus bel équipage, je lui conseillerais de ne se rendre à aucune invitation, de vivre enfermé dans sa chambre, de n'y laisser entrer personne, et qu'alors on ferait queue devant sa porte. Ou plutôt je ne le lui dirais pas. Car c'est une façon assurée d'être recherché qui ne réussit que comme celle d'être aimé, c'est-à-dire si on ne l'a nullement adoptée pour cela, mais, par exemple, si on garde en effet toujours la chambre parce qu'on est gravement malade, ou qu'on croit l'être, ou qu'on y tient une maîtresse enfermée et qu'on préfère au monde (ou tous les trois à la fois) pour qui ce sera une raison, sans savoir l'existence de cette femme, et simplement parce que vous vous refusez à lui, de vous préférer à tous ceux qui s'offrent, et de s'attacher à vous.

« À propos de chambre il faudra que nous nous occupions bientôt de votre robe de chambre de Fortuny », dis-je à Albertine. Et certes, pour elle qui les avait longtemps désirées, qui les choisirait longuement avec moi, qui en avait d'avance la place réservée non seulement dans ses armoires mais dans son imagination, dont, pour se décider entre tant d'autres, elle aimerait longuement chaque détail, ce serait quelque chose de plus que pour une femme trop riche qui a plus de robes qu'elle n'en désire et ne les regarde même pas. Pourtant, malgré le sourire avec lequel Albertine me remercia en me disant : « Vous êtes trop gentil », je remarquai combien elle avait l'air fatigué et même triste. Quelquefois même, en attendant que fussent achevées celles qu'elle désirait, je m'en faisais prêter quelques-unes, même parfois seulement des étoffes, et j'en habillais Albertine, je les drapais sur elle, elle se promenait dans ma chambre avec la majesté d'une dogaresse et d'un mannequin. Seulement, mon esclavage à Paris m'était rendu plus pesant par la vue de ces robes qui m'évoquaient Venise. Certes, Albertine était bien plus prisonnière que moi. Et c'était une chose curieuse comme, à travers les murs de sa prison, le destin qui transforme les êtres avait pu passer, la changer dans son essence même, et de la jeune fille de Balbec faire une ennuyeuse et docile captive. Oui, les murs de la prison n'avaient pas empêché cette influence de traverser ; peut-être même est-ce eux qui l'avaient produite. Ce n'était plus la même Albertine, parce qu'elle n'était pas, comme à Balbec, sans cesse en fuite sur sa bicyclette, introuvable à cause du nombre de petites plages où elle allait coucher chez des amies et où, d'ailleurs, ses mensonges la rendaient plus difficile à atteindre ; parce qu'enfermée chez moi, docile et seule, elle n'était plus ce qu'à Balbec, même quand j'avais pu la trouver, elle était sur la plage, cet être fuyant, prudent et fourbe, dont la présence se prolongeait de tant de rendez-vous qu'elle était habile à dissimuler, qui la faisaient aimer parce qu'ils faisaient souffrir, que, sous sa froideur avec les autres et ses réponses banales, on sentait le rendez-vous de la veille et celui du lendemain, et pour moi cerné de dédain et de ruse. Parce que le vent de la mer ne gonflait plus ses vêtements, parce que, surtout, je lui avais coupé les ailes, elle avait cessé d'être une Victoire, elle était une pesante esclave dont j'aurais voulu me débarrasser.

Alors, pour changer le cours de mes pensées, plutôt que de commencer avec Albertine une partie de cartes ou de

dames, je lui demandais de me faire un peu de musique.
Je restais dans mon lit et elle allait s'asseoir au bout de
la chambre devant le pianola, entre les portants de la
bibliothèque[1]. Elle choisissait des morceaux ou tout
nouveaux ou qu'elle ne m'avait encore joués qu'une fois
ou deux car, commençant à me connaître, elle savait que
je n'aimais proposer à mon attention que ce qui m'était
encore obscur, et pouvoir, au cours de ces exécutions
successives, rejoindre les unes aux autres, grâce à la
lumière croissante, mais hélas ! dénaturante et étrangère
de mon intelligence, les lignes fragmentaires et interrompues de la construction, d'abord presque ensevelie
dans la brume. Elle savait, et je crois comprenait la joie
que donnait les premières fois à mon esprit ce travail de
modelage d'une nébuleuse encore informe. Et pendant
qu'elle jouait, de la multiple chevelure d'Albertine je ne
pouvais voir qu'une coque de cheveux noirs en forme de
cœur, appliquée au long de l'oreille comme le nœud d'une
infante de Velasquez[2]. De même que le volume de cet ange
musicien était constitué par les trajets multiples entre les
différents points du passé que son souvenir occupait en
moi et les différents sièges[3], depuis la vue jusqu'aux
sensations les plus intérieures de mon être, qui m'aidaient
à descendre jusque dans l'intimité du sien, la musique
qu'elle jouait avait aussi un volume, produit par la visibilité
inégale des différentes phrases, selon que j'avais plus ou
moins réussi à y mettre de la lumière et à rejoindre les
unes aux autres les lignes d'une construction qui m'avait
d'abord paru presque tout entière noyée dans le brouillard.
Albertine savait qu'elle me faisait plaisir en ne proposant
à ma pensée que des choses encore obscures et le modelage
de ces nébuleuses. Elle devinait qu'à la troisième ou
quatrième exécution, mon intelligence en ayant atteint, par
conséquent mis à la même distance, toutes les parties, et
n'ayant plus d'activité à déployer à leur égard, les avait
réciproquement étendues et immobilisées sur un plan
uniforme. Elle ne passait pas cependant encore à un
nouveau morceau, car sans peut-être bien se rendre compte
du travail qui se faisait en moi, elle savait qu'au moment
où le travail de mon intelligence était arrivé à dissiper le
mystère d'une œuvre, il était bien rare qu'elle n'eût pas,
au cours de sa tâche néfaste, attrapé par compensation telle
ou telle réflexion profitable. Et le jour où Albertine disait :

« Voilà un rouleau que nous allons donner à Françoise pour qu'elle nous le fasse changer contre un autre », souvent il y avait pour moi sans doute un morceau de musique de moins dans le monde, mais une vérité de plus.

Je m'étais si bien rendu compte qu'il serait absurde d'être jaloux de Mlle Vinteuil et de son amie, comme Albertine ne cherchait nullement à les revoir, et de tous les projets de villégiature que nous avions formés avait écarté d'elle-même Combray si proche de Montjouvain, que souvent ce que je demandais à Albertine de me jouer, et sans que cela me fît souffrir, c'était de la musique de Vinteuil. Une seule fois, cette musique de Vinteuil avait été une cause indirecte de jalousie pour moi. En effet Albertine, qui savait que j'en avais entendu jouer chez Mme Verdurin par Morel, me parla un soir de lui en me manifestant un vif désir d'aller l'entendre, de le connaître. C'était justement deux jours après que j'avais appris la lettre, involontairement interceptée par M. de Charlus, de Léa à Morel. Je me demandai si Léa n'avait pas parlé de lui à Albertine. Les mots de « grande sale », « grande vicieuse » me revinrent à l'esprit avec horreur[1]. Mais, justement parce qu'ainsi la musique de Vinteuil fut liée douloureusement à Léa — non à Mlle Vinteuil et à son amie —, quand la douleur causée par Léa fut apaisée, je pus entendre cette musique sans souffrance ; un mal m'avait guéri de la possibilité des autres. Dans la musique entendue chez Mme Verdurin, des phrases inaperçues, larves obscures alors indistinctes, devenaient d'éblouissantes architectures ; et certaines devenaient des amies, que j'avais à peine distinguées, qui au mieux m'avaient paru laides et dont je n'aurais jamais cru, comme ces gens antipathiques au début, qu'ils étaient tels qu'on les découvre, une fois qu'on les connaît bien. Entre les deux états il y avait une vraie transmutation. D'autre part, des phrases, distinctes la première fois, mais que je n'avais pas alors reconnues là, je les identifiais maintenant avec des phrases des autres œuvres, comme cette phrase de la Variation religieuse pour orgue qui chez Mme Verdurin avait passé inaperçue pour moi dans le septuor, où pourtant, sainte qui avait descendu les degrés du sanctuaire, elle se trouvait mêlée aux fées familières du musicien. D'autre part, la phrase qui m'avait paru trop peu mélodique, trop mécaniquement rythmée de la joie

titubante des cloches de midi, maintenant c'était celle que
j'aimais le mieux, soit que je me fusse habitué à sa laideur,
soit que j'eusse découvert sa beauté. Cette réaction sur
la déception que causent d'abord les chefs-d'œuvre, on
peut, en effet, l'attribuer à un affaiblissement de l'impression initiale, ou à l'effort nécessaire pour dégager la vérité.
Deux hypothèses qui se représentent pour toutes les
questions importantes, les questions de la réalité de l'Art,
de la Réalité, de l'Éternité de l'âme : c'est un choix qu'il
faut faire entre elles ; et pour la musique de Vinteuil, ce
choix se représentait à tout moment sous bien des formes.
Par exemple, cette musique me semblait quelque chose
de plus vrai que tous les livres connus. Par instants je
pensais que cela tenait à ce que ce qui est senti par nous
dans la vie ne l'étant pas sous forme d'idées, sa traduction
littéraire, c'est-à-dire intellectuelle, en rend compte,
l'explique, l'analyse, mais ne le recompose pas comme la
musique où les sons semblent prendre l'inflexion de l'être,
reproduire cette pointe intérieure et extrême des sensations qui est la partie qui nous donne cette ivresse
spécifique que nous retrouvons de temps en temps et que,
quand nous disons : « Quel beau temps ! quel beau
soleil¹ ! » nous ne faisons nullement connaître au prochain,
en qui le même soleil et le même temps éveillent des
vibrations toutes différentes. Dans la musique de Vinteuil,
il y avait ainsi de ces visions qu'il est impossible d'exprimer
et presque défendu de contempler, puisque, quand au
moment de s'endormir on reçoit la caresse de leur irréel
enchantement, à ce moment même, où la raison nous a
déjà abandonnés, les yeux se scellent et, avant d'avoir eu
le temps de connaître non seulement l'ineffable mais
l'invisible, on s'endort. Il me semblait, quand je m'aban-
donnais à cette hypothèse où l'art serait réel, que c'était
même plus que la simple joie nerveuse d'un beau temps
ou d'une nuit d'opium que la musique peut rendre, mais
une ivresse plus réelle, plus féconde, du moins à ce que
je pressentais. Mais il n'est pas possible qu'une sculpture,
une musique qui donne une émotion qu'on sent plus
élevée, plus pure, plus vraie, ne corresponde pas à une
certaine réalité spirituelle, ou la vie n'aurait aucun sens.
Ainsi rien ne ressemblait plus qu'une belle phrase de
Vinteuil à ce plaisir particulier que j'avais quelquefois
éprouvé dans ma vie, par exemple devant les clochers de

Martinville, certains arbres d'une route de Balbec ou plus simplement, au début de cet ouvrage, en buvant une certaine tasse de thé[1]. Comme cette tasse de thé, tant de sensations de lumière, les rumeurs claires, les bruyantes couleurs que Vinteuil nous envoyait du monde où il composait, promenaient devant mon imagination, avec insistance mais trop rapidement pour qu'elle pût l'appréhender, quelque chose que je pourrais comparer à la soierie embaumée d'un géranium. Seulement, tandis que dans le souvenir ce vague peut être sinon approfondi du moins précisé grâce à un repérage de circonstances qui expliquent pourquoi une certaine saveur a pu vous rappeler des sensations lumineuses, les sensations vagues données par Vinteuil, venant non d'un souvenir, mais d'une impression (comme celle des clochers de Martinville), il aurait fallu trouver, de la fragrance de géranium de sa musique non une explication matérielle, mais l'équivalent profond, la fête inconnue et colorée (dont ses œuvres semblaient les fragments disjoints, les éclats aux cassures écarlates), mode selon lequel il « entendait » et projetait hors de lui l'univers. Cette qualité inconnue d'un monde unique et qu'aucun autre musicien ne nous avait jamais fait voir, peut-être était-ce en cela, disais-je à Albertine, qu'est la preuve la plus authentique du génie, bien plus que le contenu de l'œuvre elle-même. « Même en littérature ? me demandait Albertine. — Même en littérature. » Et repensant à la monotonie des œuvres de Vinteuil, j'expliquais à Albertine que les grands littérateurs n'ont jamais fait qu'une seule œuvre, ou plutôt réfracté à travers des milieux divers une même beauté qu'ils apportent au monde. « S'il n'était pas si tard, ma petite, lui disais-je, je vous montrerais cela chez tous les écrivains que vous lisez pendant que je dors, je vous montrerais la même identité que chez Vinteuil. Ces phrases types, que vous commencez à reconnaître comme moi, ma petite Albertine, les mêmes dans la sonate, dans le septuor, dans les autres œuvres, ce serait par exemple, si vous voulez, chez Barbey d'Aurevilly[2] une réalité cachée révélée par une trace matérielle, la rougeur physiologique de l'Ensorcelée, d'Aimée de Spens, de la Clotte, la main du *Rideau cramoisi*, les vieux usages, les vieilles coutumes, les vieux mots, les métiers anciens et singuliers derrière lesquels il y a le Passé, l'histoire orale faite par les pâtres au miroir[3], les nobles cités normandes parfumées d'Angleterre et jolies comme un village d'Écosse, des lanceurs de malédictions contre lesquelles on ne peut rien, la Vellini, le berger, une même sensation d'anxiété dans un paysage, que ce soit la femme cherchant son mari dans *Une vieille maîtresse*, ou le mari de *L'Ensorcelée*, parcourant la lande, et l'Ensorcelée elle-même au sortir de la messe. Ce sont encore des phrases-types de Vinteuil que cette géométrie du tailleur de pierre dans les romans de Thomas Hardy[1]. »

Les phrases de Vinteuil me firent penser à la petite phrase et je dis à Albertine qu'elle avait été comme l'hymne national de l'amour de Swann et d'Odette, « les parents de Gilberte, que vous connaissez je crois. Vous m'avez dit qu'elle avait mauvais genre. N'a-t-elle pas essayé d'avoir des relations avec vous ? Elle m'a parlé de vous. — Oui, comme ses parents la faisaient chercher en voiture au cours par les trop mauvais temps, je crois qu'elle me ramena une fois et m'embrassa », dit-elle au bout d'un moment, en riant et comme si c'était une confidence amusante. « Elle me demanda tout d'un coup si j'aimais les femmes. » (Mais si elle ne faisait que croire se rappeler que Gilberte l'avait ramenée, comment pouvait-elle dire avec autant de précision que Gilberte lui avait posé cette question bizarre ?) « Même, je ne sais quelle idée baroque me prit de la mystifier, je lui répondis que oui. » (On aurait dit qu'Albertine craignait que Gilberte m'eût raconté cela et qu'elle ne voulait pas que je constatasse qu'elle me mentait.) « Mais nous ne fîmes rien du tout. » (C'était étrange, si elles avaient échangé ces confidences, qu'elles n'eussent rien fait, surtout qu'avant cela même, elles s'étaient embrassées dans la voiture, au dire d'Albertine.) « Elle m'a ramenée comme cela quatre ou cinq fois, peut-être un peu plus, et c'est tout. » J'eus beaucoup de peine à ne poser aucune question, mais, me dominant pour avoir l'air de n'attacher à tout cela aucune importance, je revins aux tailleurs de pierre de Thomas Hardy. « Vous vous rappelez assez dans *Jude l'obscur*, avez-vous vu dans *La Bien-Aimée*, les blocs de pierres que le père extrait de l'île venant par bateaux s'entasser dans l'atelier du fils où elles deviennent statues[2] ; dans les *Yeux bleus* le parallélisme des tombes, et aussi la ligne parallèle du bateau, et les wagons contigus où sont les deux amoureux et la morte[3], le parallélisme entre *La Bien-Aimée* où l'homme aime trois femmes, les *Yeux bleus* où la femme aime trois hommes[1], etc., et enfin tous ces romans superposables les uns aux autres, comme les maisons verticalement entassées en hauteur sur le sol pierreux de l'île ? Je ne peux pas vous parler comme cela en une minute des plus grands, mais vous verriez dans Stendhal un certain sentiment de l'altitude se liant à la vie spirituelle, le lieu élevé où Julien Sorel est prisonnier, la tour au haut de laquelle est enfermé Fabrice, le clocher où l'abbé Blanès s'occupe d'astrologie et d'où Fabrice jette un si beau coup d'œil. Vous m'avez dit que vous aviez vu certains tableaux de Ver Meer, vous vous rendez bien compte que ce sont les fragments d'un même monde, que c'est toujours, quelque génie avec lequel elle soit recréée, la même table, le même tapis, la même femme, la même nouvelle et unique beauté, énigme à cette époque où rien ne lui ressemble ni ne l'explique, si on ne cherche pas à l'apparenter par les sujets, mais à dégager l'impression particulière que la couleur produit. Hé bien, cette beauté nouvelle, elle reste identique dans toutes les œuvres de Dostoïevski[2] : la femme de Dostoïevski (aussi particulière qu'une femme de Rembrandt), avec son visage mystérieux dont la beauté avenante se change brusquement, comme si elle avait joué la comédie de la bonté, en une insolence terrible (bien qu'au fond il semble qu'elle soit plutôt bonne), n'est-ce pas toujours la même, que ce soit Nastasia Philipovna écrivant des lettres d'amour à Aglaé et lui avouant qu'elle la hait, ou dans une visite entièrement identique à celle-là — à celle aussi où Nastasia Philipovna insulte les parents de Gania — Grouchenka, aussi gentille chez Katherina Ivanovna que celle-ci l'avait crue terrible, puis brusquement dévoilant sa méchanceté, insultant Katherina Ivanovna (et bien que Grouchenka fût au fond bonne) ? Grouchenka, Nastasia, figures aussi originales, aussi mystérieuses, non pas seulement que les courtisanes de Carpaccio mais que la Bethsabée de Rembrandt[3]. Remarquez qu'il n'a pas su certainement que ce visage éclatant, double, à brusques détentes d'orgueil qui font paraître la femme autre qu'elle n'est (« Tu n'es pas telle », dit Muichkine à Nastasia dans la visite aux parents de Gania, et Aliocha pourrait le dire à Grouchenka dans la visite à Katherina Ivanovna). Et en revanche quand il veut avoir des « idées de tableaux », elles sont toujours stupides

et donneraient tout au plus les tableaux où Munkacsy[1]
voudrait qu'on représente un condamné à mort au moment
où etc., la Sainte Vierge au moment où etc. Mais pour
revenir à la beauté neuve que Dostoïevski a apportée au
monde, comme chez Ver Meer il y a création d'une certaine
âme, d'une certaine couleur des étoffes et des lieux, il n'y
a pas seulement création d'êtres, mais de demeures chez
Dostoïevski, et la maison de l'Assassinat dans _Crime et
châtiment_, avec son dvornik[2], n'est pas aussi merveilleuse
que le chef-d'œuvre de la maison de l'Assassinat dans
Dostoïevski, cette sombre, et si longue, et si haute, et si
vaste maison de Rogojine où il tue Nastasia Philipovna[3].
Cette beauté nouvelle et terrible d'une maison, cette
beauté nouvelle et mixte d'un visage de femme, voilà ce
que Dostoïevski a apporté d'unique au monde, et les
rapprochements que des critiques littéraires peuvent faire
entre lui et Gogol, ou entre lui et Paul de Kock, n'ont
aucun intérêt, étant extérieurs à cette beauté secrète[4]. Du
reste, si je t'ai dit que c'est de roman à roman la même
scène, c'est au sein d'un même roman que les mêmes
scènes, les mêmes personnages se reproduisent si le roman
est très long. Je pourrais te le montrer bien facilement dans
La Guerre et la Paix, et certaine scène dans une voiture[5]...
— Je n'avais pas voulu vous interrompre, mais puisque
je vois que vous quittez Dostoïevski, j'aurais peur
d'oublier. Mon petit, qu'est-ce que vous avez voulu dire
l'autre jour quand vous m'avez dit : "C'est comme le côté
Dostoïevski de Mme de Sévigné." Je vous avoue que je
n'ai pas compris. Cela me semble tellement différent. —
Venez, petite fille, que je vous embrasse pour vous
remercier de vous rappeler si bien ce que je dis, vous
retournerez au pianola après. Et j'avoue que ce que j'avais
dit là était assez bête. Mais je l'avais dit pour deux raisons.
La première est une raison particulière. Il est arrivé que
Mme de Sévigné, comme Elstir, comme Dostoïevski, au
lieu de présenter les choses dans l'ordre logique, c'est-à-
dire en commençant par la cause, nous montre d'abord
l'effet, l'illusion qui nous frappe. C'est ainsi que
Dostoïevski présente ses personnages. Leurs actions nous
apparaissent aussi trompeuses que ces effets d'Elstir où la
mer a l'air d'être dans le ciel. Nous sommes tout étonnés
après d'apprendre que cet homme sournois est au fond
excellent, ou le contraire. — Oui, mais un exemple pour

Mme de Sévigné. — J'avoue, lui répondis-je en riant, que c'est très tiré par les cheveux, mais enfin je pourrais trouver des exemples. Voici une description[1].

— Mais est-ce qu'il a jamais assassiné quelqu'un, Dostoïevski ? Les romans que je connais de lui pourraient tous s'appeler l'Histoire d'un Crime. C'est une obsession chez lui, ce n'est pas naturel qu'il parle toujours de ça.
— Je ne crois pas, ma petite Albertine, je connais mal sa vie. Il est certain que comme tout le monde il a connu le péché, sous une forme ou sous une autre, et probablement sous une forme que les lois interdisent. En ce sens-là il devait être un peu criminel, comme ses héros, qui ne le sont d'ailleurs pas tout à fait, qu'on condamne avec des circonstances atténuantes. Et ce n'était même peut-être pas la peine qu'il fût criminel. Je ne suis pas romancier[2], il est possible que les créateurs soient tentés par certaines formes de vie qu'ils n'ont pas personnellement éprouvées. Si je viens avec vous à Versailles comme nous avons convenu, je vous montrerai le portrait de l'honnête homme par excellence, du meilleur des maris, Choderlos de Laclos, qui a écrit le plus effroyablement pervers des livres[3], et juste en face de celui de Mme de Genlis qui écrivit des contes moraux et ne se contenta pas de tromper la duchesse d'Orléans, mais la supplicia en détournant d'elle ses enfants[4]. Je reconnais tout de même que chez Dostoïevski cette préoccupation de l'assassinat a quelque chose d'extraordinaire et qui me le rend très étranger. Je suis déjà stupéfait quand j'entends Baudelaire dire :

> *Si le viol, le poison, le poignard, l'incendie...*
> *C'est que notre âme, hélas ! n'est pas assez hardie[5].*

Mais je peux au moins croire que Baudelaire n'est pas sincère. Tandis que Dostoïevski... Tout cela me semble aussi loin de moi que possible, à moins que j'aie en moi des parties que j'ignore, car on ne se réalise que successivement. Chez Dostoïevski je trouve des puits excessivement profonds, mais sur quelques points isolés de l'âme humaine. Mais c'est un grand créateur. D'abord, le monde qu'il peint a vraiment l'air d'avoir été créé pour lui. Tous ces bouffons qui reviennent sans cesse, tous ces Lebedev, Karamazov, Ivolguine, Segrev, cet incroyable

cortège, c'est une humanité plus fantastique que celle qui
peuple *La Ronde de nuit* de Rembrandt. Et peut-être
pourtant n'est-elle fantastique que de la même manière,
par l'éclairage et le costume, et est-elle au fond courante.
En tout cas elle est à la fois pleine de vérités, profonde
et unique, n'appartenant qu'à Dostoïevski. Cela a presque
l'air, ces bouffons, d'un emploi qui n'existe plus, comme
certains personnages de la comédie antique, et pourtant
comme ils révèlent des aspects vrais de l'âme humaine !
Ce qui m'assomme, c'est la manière solennelle dont on
parle et dont on écrit sur Dostoïevski. Avez-vous remarqué
le rôle que l'amour-propre et l'orgueil jouent chez ses
personnages ? On dirait que pour lui l'amour et la haine
la plus éperdue, la bonté et la traîtrise, la timidité et
l'insolence, ne sont que deux états d'une même nature,
l'amour-propre, l'orgueil empêchant Aglaé, Nastasia, le
capitaine dont Mitia[1] tire la barbe, Krassotkine, l'ennemi-
ami d'Aliocha, de se montrer "tels" qu'ils sont en réalité.
Mais il y a encore bien d'autres grandeurs. Je connais très
peu de ses livres. Mais n'est-ce pas un motif sculptural et
simple, digne de l'art le plus antique, une frise interrompue
et reprise où se dérouleraient la Vengeance et l'Expiation,
que le crime du père Karamazov engrossant la pauvre
folle, le mouvement mystérieux, animal, inexpliqué, par
lequel la mère, étant à son insu l'instrument des
vengeances du destin, obéissant aussi obscurément à son
instinct de mère, peut-être à un mélange de ressentiment
et de reconnaissance physique pour le violateur, va
accoucher chez le père Karamazov[2] ? Ceci, c'est le premier
épisode, mystérieux, grand, auguste, comme une création
de la Femme dans les sculptures d'Orvieto[3]. Et en réplique
le second épisode, plus de vingt ans après, le meurtre du
père Karamazov, l'infamie sur la famille Karamazov par
ce fils de la folle, Smerdiakov, suivi peu après d'un même
acte aussi mystérieusement sculptural et inexpliqué, d'une
beauté aussi obscure et naturelle que l'accouchement dans
le jardin du père Karamazov, Smerdiakov se pendant, son
crime accompli[4]. Quant à Dostoïevski, je ne le quittais
pas tant que vous croyez en parlant de Tolstoï, qui l'a
beaucoup imité. Et chez Dostoïevski il y a, concentré,
encore contracté et grognon, beaucoup de ce qui
s'épanouira chez Tolstoï. Il y a chez Dostoïevski cette
maussaderie anticipée des primitifs que les disciples

éclairciront. — Mon petit, comme c'est assommant que
vous soyez si paresseux. Regardez comme vous voyez la
littérature d'une façon plus intéressante qu'on ne nous la
faisait étudier ; les devoirs qu'on nous faisait faire sur
Esther : "Monsieur", vous vous rappelez », me dit-elle en
riant, moins pour se moquer de ses maîtres et d'elle-même
que pour le plaisir de retrouver dans sa mémoire, dans
notre mémoire commune, un souvenir déjà un peu ancien[1].

Mais tandis qu'elle me parlait, et comme je pensais à
Vinteuil, à son tour c'était l'autre hypothèse[2], l'hypothèse
matérialiste, celle du néant, qui se présentait à moi. Je me
remettais à douter, je me disais qu'après tout il se pourrait
que si les phrases de Vinteuil semblaient l'expression de
certains états de l'âme — analogues à celui que j'avais
éprouvé en goûtant la madeleine trempée dans la tasse
de thé[3] — rien ne m'assurait que le vague de tels états
fût une marque de leur profondeur, mais seulement de ce
que nous n'avons pas encore su les analyser, qu'il n'y
aurait donc rien de plus réel en eux que dans d'autres.
Pourtant ce bonheur, ce sentiment de certitude dans le
bonheur, pendant que je buvais la tasse de thé, que je
respirais aux Champs-Élysées une odeur de vieux bois[4],
ce n'était pas une illusion. En tout cas, me disait l'esprit
du doute, même si ces états sont dans la vie plus profonds
que d'autres, et sont inanalysables à cause de cela même,
parce qu'ils mettent en jeu trop de forces dont nous ne
nous sommes pas encore rendu compte, le charme de
certaines phrases de Vinteuil fait penser à eux parce qu'il
est lui aussi inanalysable, mais cela ne prouve pas qu'il
ait la même profondeur. La beauté d'une phrase de
musique pure paraît facilement l'image ou du moins la
parente d'une impression inintellectuelle que nous avons
eue, mais simplement parce qu'elle est inintellectuelle. Et
pourquoi, alors, croyons-nous particulièrement profondes
ces phrases mystérieuses qui hantent certains quatuors et
ce « concert » de Vinteuil ? Ce n'était pas, du reste, que
de la musique de lui que me jouait Albertine ; le pianola
était par moments pour nous comme une lanterne magique
scientifique (historique et géographique), et sur les murs
de cette chambre de Paris pourvue d'inventions plus
modernes que celle de Combray[5], je voyais, selon
qu'Albertine jouait du Rameau ou du Borodine[6], s'étendre
tantôt une tapisserie du XVIIIe siècle semée d'Amours sur

un fond de roses, tantôt la steppe orientale où les sonorités
s'étouffent dans l'illimité des distances et le feutrage de
la neige. Et ces décorations fugitives étaient d'ailleurs les
seules de ma chambre, car si au moment où j'avais hérité
de ma tante Léonie, je m'étais promis d'avoir des
collections comme Swann, d'acheter des tableaux, des
statues, tout mon argent passait à avoir des chevaux, une
automobile, des toilettes pour Albertine. Mais ma chambre
ne contenait-elle pas une œuvre d'art plus précieuse que
toutes celles-là ? C'était Albertine elle-même. Je la regardais. C'était étrange pour moi de penser que c'était elle,
elle que j'avais crue si longtemps impossible même à
connaître, qui aujourd'hui, bête sauvage domestiquée,
rosier à qui j'avais fourni le tuteur, le cadre, l'espalier de
sa vie, était ainsi assise, chaque jour, chez elle, près de
moi, devant le pianola, adossée à ma bibliothèque. Ses
épaules, que j'avais vues baissées et sournoises quand elle
rapportait les clubs de golf, s'appuyaient à mes livres. Ses
belles jambes, que le premier jour j'avais imaginées avec
raison avoir manœuvré pendant toute son adolescence les
pédales d'une bicyclette, montaient et descendaient tour
à tour sur celles du pianola, où Albertine, devenue d'une
élégance qui me la faisait sentir plus à moi, parce que c'était
de moi qu'elle lui venait, posait ses souliers en toile d'or.
Ses doigts jadis familiers du guidon se posaient maintenant
sur les *touches* comme ceux d'une sainte Cécile[1] ; son cou
dont le tour, vu de mon lit, était plein et fort et, à cette
distance et sous la lumière de la lampe, paraissait plus rose,
moins rose pourtant que son visage incliné de profil,
auquel mes regards, venant des profondeurs de moi-même,
chargés de souvenirs et brûlant de désir, ajoutaient un tel
brillant, une telle intensité de vie que son relief semblait
s'enlever et tourner avec la même puissance presque
magique que le jour, à l'hôtel de Balbec, où ma vue était
brouillée par mon trop grand désir de l'embrasser ; j'en
prolongeais chaque surface au-delà de ce que j'en pouvais
voir et sous celle qui me le cachait et ne me faisait que
mieux sentir — paupières qui fermaient à demi les yeux,
chevelure qui cachait le haut des joues — le relief de ces
plans superposés ; les yeux, comme dans un minerai
d'opale où elle est encore engainée, les deux plaques seules
polies encore, devenus plus brillants que du métal tout
en restant plus résistants que de la lumière, faisaient

apparaître, au milieu de la matière aveugle qui les
surplombe, comme les ailes de soie mauve d'un papillon
qu'on aurait mis sous verre ; et les cheveux, noirs et
crespelés, montrant d'autres ensembles selon qu'elle se
tournait vers moi pour me demander ce qu'elle devait
jouer, tantôt une aile magnifique, aiguë à sa pointe, large
à sa base, noire, empennée et triangulaire, tantôt massant
le relief de leurs boucles en une chaîne puissante et variée,
pleine de crêtes, de lignes de partage, de précipices, avec
leur fouetté si riche et si multiple semblant dépasser la
variété que réalise habituellement la nature, et répondre
plutôt au désir d'un sculpteur qui accumule les difficultés
pour faire valoir la souplesse, la fougue, le fondu, la vie
de son exécution, faisaient ressortir davantage, en l'interrompant pour la recouvrir, la courbe animée et comme
la rotation du visage lisse et rose, du mat verni d'un bois
peint. Et par contraste avec tant de relief, par l'harmonie
aussi qui les unissait à elle, qui avait adapté son attitude
à leur forme et à leur utilisation, le pianola qui la cachait
à demi comme un buffet d'orgue, la bibliothèque, tout
ce coin de la chambre semblait réduit à n'être plus que
le sanctuaire éclairé, la crèche de cet ange musicien, œuvre
d'art qui, tout à l'heure, par une douce magie, allait se
détacher de sa niche et offrir à mes baisers sa substance
précieuse et rose. Mais non ; Albertine n'était nullement
pour moi une œuvre d'art. Je savais ce que c'était
qu'admirer une femme d'une façon artistique — j'avais
connu Swann. De moi-même d'ailleurs, j'étais, de
n'importe quelle femme qu'il s'agît, incapable de le faire,
n'ayant aucune espèce d'esprit d'observation extérieure,
ne sachant jamais ce qu'était ce que je voyais, et j'étais
moi-même émerveillé quand Swann ajoutait rétrospectivement pour moi une dignité artistique — en la comparant
pour moi, comme il se plaisait à le faire galamment devant
elle-même, à quelque portrait de Luini, en retrouvant dans
sa toilette la robe ou les bijoux d'un tableau de Giorgione[1]
— à une femme qui m'avait semblé insignifiante. Rien de
tel chez moi. Même, pour dire vrai, quand je commençais
à regarder Albertine comme un ange musicien merveilleusement patiné et que je me félicitais de posséder, elle ne
tardait pas à me devenir indifférente, je m'ennuyais
bientôt auprès d'elle, mais ces instants-là duraient peu. On
n'aime que ce en quoi on poursuit quelque chose

d'inaccessible, on n'aime que ce qu'on ne possède pas, et bien vite je me remettais à me rendre compte que je ne possédais pas Albertine. Dans ses yeux je voyais passant, tantôt l'espérance, tantôt le souvenir, peut-être le regret, de joies que je ne devinais pas, auxquelles dans ce cas elle préférait renoncer plutôt que de me les dire, et que, n'en saisissant que cette lueur dans ses prunelles, je n'apercevais pas davantage que le spectateur qu'on n'a pas laissé entrer dans la salle et qui, collé au carreau vitré de la porte, ne peut rien apercevoir de ce qui se passe sur la scène. (Je ne sais si c'était le cas pour elle, mais c'est une étrange chose, comme un témoignage chez les plus incrédules d'une croyance au bien, que cette persévérance dans le mensonge qu'ont tous ceux qui nous trompent. On aurait beau leur dire que leur mensonge fait plus de peine que l'aveu, ils auraient beau s'en rendre compte, qu'ils mentiraient encore l'instant d'après pour rester conformes à ce qu'ils nous ont dit d'abord qu'ils étaient, ou à ce qu'ils nous ont dit que nous étions pour eux. C'est ainsi qu'un athée qui tient à la vie, se fait tuer pour ne pas donner un démenti à l'idée qu'on a de sa bravoure.) Pendant ces heures, quelquefois je voyais flotter sur elle, dans ses regards, dans sa moue, dans son sourire, le reflet de ces spectacles intérieurs dont la contemplation la faisait ces soirs-là dissemblable, éloignée de moi à qui ils étaient refusés. « À quoi pensez-vous, ma chérie ? — Mais à rien. » Quelquefois, pour répondre à ce reproche que je lui faisais de ne me rien dire, tantôt elle me disait des choses qu'elle n'ignorait pas que je savais aussi bien que tout le monde (comme ces hommes d'État qui ne vous annonceraient pas la plus petite nouvelle, mais vous parlent, en revanche, de celle qu'on a pu lire dans les journaux de la veille), tantôt elle me racontait sans précision aucune, en des sortes de fausses confidences, des promenades en bicyclette qu'elle faisait à Balbec, l'année d'avant de me connaître. Et comme si j'avais deviné juste autrefois, en inférant de lui qu'elle devait être une jeune fille très libre, faisant de très longues parties, l'évocation qu'elle faisait de ces promenades insinuait entre les lèvres d'Albertine ce même mystérieux sourire qui m'avait séduit les premiers jours, sur la digue de Balbec. Elle me parlait aussi de ces promenades qu'elle avait faites avec des amies dans la campagne hollandaise, de ses retours le soir à

Amsterdam, à des heures tardives, quand une foule
compacte et joyeuse de gens qu'elle connaissait presque
tous emplissait les rues, les bords des canaux, dont je
croyais voir se refléter dans les yeux brillants d'Albertine,
comme dans les glaces incertaines d'une rapide voiture,
les feux innombrables et fuyants[1]. Que la soi-disant
curiosité esthétique mériterait plutôt le nom d'indifférence
auprès de la curiosité douloureuse, inlassable, que j'avais
des lieux où Albertine avait vécu, de ce qu'elle avait pu
faire tel soir, des sourires, des regards qu'elle avait eus,
des mots qu'elle avait dits, des baisers qu'elle avait reçus !
Non, jamais la jalousie que j'avais eue un jour de
Saint-Loup, si elle avait persisté, ne m'eût donné cette
immense inquiétude. Cet amour entre femmes était
quelque chose de trop inconnu, dont rien ne permettait
d'imaginer avec certitude, avec justesse, les plaisirs, la
qualité. Que de gens, que de lieux (même qui ne la
concernaient pas directement, de vagues lieux de plaisir
où elle avait pu en goûter, les lieux où il y a beaucoup
de monde, où on est frôlé) Albertine — comme une
personne qui, faisant passer sa suite, toute une société,
au contrôle devant elle, la fait entrer au théâtre — du seuil
de mon imagination ou de mon souvenir, où je ne me
souciais pas d'eux, avait introduits dans mon cœur !
Maintenant, la connaissance que j'avais d'eux était interne,
immédiate, spasmodique, douloureuse. L'amour, c'est
l'espace et le temps rendus sensibles au cœur.

Et peut-être pourtant, entièrement fidèle, je n'eusse pas
souffert d'infidélités que j'eusse été incapable de concevoir. Mais ce qui me torturait à imaginer chez Albertine,
c'était mon propre désir perpétuel de plaire à de nouvelles
femmes, d'ébaucher de nouveaux romans ; c'était de lui
supposer ce regard que je n'avais pu, l'autre jour, même
à côté d'elle, m'empêcher de jeter sur les jeunes cyclistes
assises aux tables du bois de Boulogne. Comme il n'est
de connaissance, on peut presque dire qu'il n'est de
jalousie que de soi-même. L'observation compte peu. Ce
n'est que du plaisir ressenti par soi-même qu'on peut tirer
savoir et douleur.

Par instants, dans les yeux d'Albertine, dans la brusque
inflammation de son teint, je sentais comme un éclair de
chaleur passer furtivement dans des régions plus inaccessibles pour moi que le ciel et où évoluaient les souvenirs,

à moi inconnus, d'Albertine. Alors cette beauté qu'en
pensant aux années successives où j'avais connu Albertine,
soit sur la plage de Balbec, soit à Paris, je lui avais trouvée
depuis peu, et qui consistait en ce que mon amie se
développait sur tant de plans et contenait tant de jours
écoulés, cette beauté prenait pour moi quelque chose de
déchirant. Alors sous ce visage rosissant je sentais se
réserver comme un gouffre l'inexhaustible espace des soirs
où je n'avais pas connu Albertine. Je pouvais bien prendre
Albertine sur mes genoux, tenir sa tête dans mes mains,
je pouvais la caresser, passer longuement mes mains sur
elle, mais, comme si j'eusse manié une pierre qui enferme
la salure des océans immémoriaux ou le rayon d'une étoile,
je sentais que je touchais seulement l'enveloppe close d'un
être qui par l'intérieur accédait à l'infini. Combien je
souffrais de cette position où nous a réduits l'oubli de la
nature qui, en instituant la division des corps, n'a pas songé
à rendre possible l'interpénétration des âmes ! Et je me
rendais compte qu'Albertine n'était pas même pour moi
(car si son corps était au pouvoir du mien, sa pensée
échappait aux prises de ma pensée) la merveilleuse captive
dont j'avais cru enrichir ma demeure, tout en y cachant
aussi parfaitement sa présence, même à ceux qui venaient
me voir et qui ne la soupçonnaient pas au bout du couloir
dans la chambre voisine, que ce personnage dont tout le
monde ignorait qu'il tenait enfermée dans une bouteille
la princesse de la Chine[1] ; m'invitant sous une forme
pressante, cruelle et sans issue, à la recherche du passé,
elle était plutôt comme une grande déesse du Temps. Et
s'il a fallu que je perdisse pour elle des années, ma fortune,
et pourvu que je puisse me dire, ce qui n'est pas sûr, hélas,
qu'elle n'y a, elle, pas perdu, je n'ai rien à regretter. Sans
doute la solitude eût mieux valu, plus féconde, moins
douloureuse. Mais la vie de collectionneur que me
conseillait Swann, que me reprochait de ne pas connaître
M. de Charlus, quand avec un mélange d'esprit, d'insolence et de goût, il me disait : « Comme c'est laid chez
vous ! », quelles statues, quels tableaux longuement
poursuivis, enfin possédés, ou même, à tout mettre au
mieux, contemplés avec désintéressement, m'eussent,
comme la petite blessure qui se cicatrisait assez vite, mais
que la maladresse inconsciente d'Albertine, des indifférents, ou de mes propres pensées, ne tardait pas à rouvrir,

donné accès sur cette issue hors de soi-même, ce chemin de communication privé, mais qui donne sur la grande route où passe ce que nous ne connaissons que du jour où nous en avons souffert : la vie des autres[1] ?

Quelquefois il faisait un si beau clair de lune qu'une heure à peine après qu'Albertine était couchée, j'allais jusqu'à son lit pour lui dire de regarder la fenêtre. Je suis sûr que c'est pour cela que j'allais dans sa chambre, et non pour m'assurer qu'elle y était bien. Quelle apparence qu'elle pût et souhaitât de s'en échapper ? Il eût fallu une collusion invraisemblable avec Françoise. Dans la chambre sombre je ne voyais rien que sur la blancheur de l'oreiller un mince diadème de cheveux noirs. Mais j'entendais la respiration d'Albertine. Son sommeil était si profond que j'hésitais à aller jusqu'au lit ; je m'asseyais au bord ; le sommeil continuait de couler avec le même murmure. Ce qui est impossible à dire, c'est à quel point ses réveils étaient gais. Je l'embrassais, je la secouais. Aussitôt elle s'arrêtait de dormir, mais sans même l'invervalle d'un instant éclatait de rire, me disait en nouant ses bras à mon cou : « J'étais justement en train de me demander si tu ne viendrais pas », et elle riait tendrement de plus belle. On aurait dit que sa tête charmante, quand elle dormait, n'était pleine que de gaieté, de tendresse et de rire. Et en l'éveillant j'avais seulement, comme quand on ouvre un fruit, fait fuser le jus jaillissant qui désaltère.

L'hiver cependant finissait ; la belle saison revint, et souvent, comme Albertine venait seulement de me dire bonsoir, ma chambre, mes rideaux, le mur au-dessus des rideaux étant encore tout noirs, dans le jardin des religieuses voisines j'entendais, riche et précieuse dans le silence comme un harmonium d'église, la modulation d'un oiseau inconnu qui, sur le mode lydien[2], chantait déjà matines, et au milieu de mes ténèbres mettait la riche note éclatante du soleil qu'il voyait. Bientôt les nuits raccourcirent, et avant les heures anciennes du matin, je voyais déjà dépasser des rideaux de ma fenêtre la blancheur quotidiennement accrue du jour. Si je me résignais à laisser encore mener à Albertine cette vie où malgré ses dénégations je sentais qu'elle avait l'impression d'être prisonnière, c'était seulement parce que chaque jour j'étais sûr que le lendemain je pourrais me mettre, en même temps qu'à travailler, à me lever, à sortir, à préparer un départ pour

quelque propriété que nous achèterions et où Albertine
pourrait mener plus librement et sans inquiétude pour moi
la vie de campagne ou de mer, de navigation ou de chasse,
qui lui plairait.

Seulement le lendemain, ce temps passé que j'aimais et
détestais tour à tour en Albertine (comme, quand il est
le présent, entre lui et nous, chacun, par intérêt, ou
politesse, ou pitié, travaille à tisser un rideau de mensonges
que nous prenons pour la réalité) il arrivait que
rétrospectivement une des heures qui le composaient et
même de celles que j'avais cru connaître, me présentant
tout d'un coup un aspect qu'on n'essayait pas de me voiler
et qui était tout différent de celui sous lequel elle m'était
apparue. Derrière tel regard, à la place de la bonne pensée
que j'avais cru y voir autrefois, c'était un désir insoupçonné
jusque-là qui se révélait, m'aliénant une nouvelle partie
de ce cœur d'Albertine que j'avais cru assimilé au mien.
Par exemple, quand Andrée avait quitté Balbec au mois
de juillet, Albertine ne m'avait jamais dit qu'elle dût
bientôt la revoir ; et je pensais qu'elle l'avait revue même
plus tôt qu'elle n'eût cru, puisque, à cause de la grande
tristesse que j'avais eue à Balbec, cette nuit du 14 septembre, elle m'avait fait le sacrifice de ne pas y rester et de
revenir tout de suite à Paris[1]. Quand elle était arrivée, le
15, je lui avais demandé d'aller voir Andrée et lui avais
dit : « A-t-elle été contente de vous revoir ? » Or
maintenant, Mme Bontemps étant venue pour apporter
quelque chose à Albertine, je la vis un instant et lui dis
qu'Albertine était sortie avec Andrée : « Elles sont allées
se promener dans la campagne. — Oui, me répondit Mme
Bontemps. Albertine n'est pas difficile en fait de campagne.
Ainsi, il y a trois ans, tous les jours il fallait aller aux
Buttes-Chaumont. » À ce nom de Buttes-Chaumont, où
Albertine m'avait dit n'être jamais allée[2], ma respiration
s'arrêta un instant. La réalité est le plus habile des ennemis.
Elle prononce ses attaques sur le point de notre cœur où
nous ne les attendions pas, et où nous n'avions pas préparé
de défense. Albertine avait-elle menti à sa tante alors, en
lui disant qu'elle allait tous les jours aux Buttes-Chaumont,
à moi depuis, en me disant qu'elle ne les connaissait pas ?
« Heureusement, ajouta Mme Bontemps, que cette pauvre
Andrée va bientôt partir pour une campagne plus
vivifiante, pour la vraie campagne, elle en a bien besoin,

elle a si mauvaise mine. Il eſt vrai qu'elle n'a pas eu, cet
été, le temps d'air qui lui eſt nécessaire. Pensez qu'elle
a quitté Balbec à la fin de juillet croyant revenir en
septembre, et comme son frère s'eſt démis le genou, elle
n'a pas pu revenir. » Alors Albertine l'attendait à Balbec
et me l'avait caché ! Il eſt vrai que c'était d'autant plus
gentil de m'avoir proposé de revenir. À moins que...
« Oui, je me rappelle qu'Albertine m'avait parlé de cela...
(ce n'était pas vrai). Quand donc a eu lieu cet accident ?
Tout cela eſt un peu brouillé dans ma tête. — Mais en
un sens il a eu lieu juſte à point, car un jour plus tard
la location de la villa était commencée, et la grand-mère
d'Andrée aurait été obligée de payer un mois inutile. Il
s'eſt cassé la jambe le 14 septembre, elle a eu le temps
de télégraphier à Albertine le 15 au matin qu'elle
ne viendrait pas, et Albertine de prévenir l'agence. Un
jour plus tard, cela courait jusqu'au 15 octobre. » Ainsi,
sans doute, quand Albertine changeant d'avis, m'avait
dit : « Partons ce soir », ce qu'elle voyait c'était un
appartement que je ne connaissais pas, celui de la
grand-mère d'Andrée, où dès notre retour, elle allait
pouvoir retrouver l'amie que, sans que je m'en doutasse,
elle avait cru revoir bientôt à Balbec. Les paroles si
gentilles, pour revenir avec moi, qu'elle avait eues en
contraſte avec son *opiniâtre* refus d'un peu avant, j'avais
cherché à les attribuer à un revirement de son bon cœur.
Elles étaient tout simplement le reflet d'un changement
intervenu dans une situation que nous ne connaissons pas,
et qui eſt tout le secret de la variation de la conduite des
femmes qui ne nous aiment pas. Elles nous refusent
obſtinément un rendez-vous pour le lendemain, parce
qu'elles sont fatiguées, parce que leur grand-père exige
qu'elles dînent chez lui. « Mais venez après », insiſtons-
nous. « Il me retient très tard. Il pourra me raccompa-
gner. » Simplement elles ont un rendez-vous avec
quelqu'un qui leur plaît. Soudain celui-ci n'eſt plus libre.
Et elles viennent nous dire le regret de nous avoir fait
de la peine, qu'envoyant promener leur grand-père, elles
reſteront auprès de nous, ne tenant à rien d'autre. J'aurais
dû reconnaître ces phrases dans le langage que m'avait
tenu Albertine le jour de mon départ, à Balbec. Pourtant,
je ne devais peut-être pas ne reconnaître qu'elles, mais

pour interpreter ce langage me souvenir de deux traits
particuliers du caractère d'Albertine.

Deux traits du caractère d'Albertine me revinrent à ce
moment à l'esprit, l'un pour me consoler, l'autre pour me
désoler, car nous trouvons de tout dans notre mémoire :
elle est une espèce de pharmacie, de laboratoire de chimie,
où on met au hasard la main tantôt sur une drogue
calmante, tantôt sur un poison dangereux. Le premier trait,
le consolant, fut cette habitude de faire servir une même
action au plaisir de plusieurs personnes, cette utilisation
multiple de ce qu'elle faisait, qui était caractéristique chez
Albertine. C'était bien dans son caractère, revenant à Paris
(le fait qu'Andrée ne revenait pas pouvait lui rendre
incommode de rester à Balbec sans que cela signifiât
qu'elle ne pouvait pas se passer d'Andrée), de tirer de
ce seul voyage une occasion de toucher deux personnes
qu'elle aimait sincèrement : moi, en me faisant croire que
c'était pour ne pas me laisser seul, pour que je ne souffrisse
pas, par dévouement pour moi, Andrée, en la persuadant
que, du moment qu'elle ne venait pas à Balbec, elle ne
voulait pas y rester un instant de plus, qu'elle n'avait
prolongé que pour la voir et qu'elle accourait dans l'instant
vers elle. Or le départ d'Albertine avec moi succédait en
effet d'une façon si immédiate, d'une part à mon chagrin,
à mon désir de revenir à Paris, d'autre part à la dépêche
d'Andrée, qu'il était tout naturel qu'Andrée et moi,
ignorant respectivement, elle mon chagrin, moi sa
dépêche, eussions pu croire que le départ d'Albertine était
l'effet de la seule cause que chacun de nous connût et qu'il
suivait en effet à si peu d'heures de distance et si
inopinément. Et dans ce cas, je pouvais encore croire que
m'accompagner avait été le but réel d'Albertine, qui
n'avait pas voulu négliger pourtant une occasion de s'en
faire un titre à la gratitude d'Andrée. Mais malheureusement je me rappelai presque aussitôt un autre trait du
caractère d'Albertine et qui était la vivacité avec laquelle
la saisissait la tentation irrésistible d'un plaisir. Or je me
rappelais, quand elle eut décidé de partir, quelle impatience elle avait d'arriver au train, comme elle avait
bousculé le directeur, qui en cherchant à nous retenir
aurait pu nous faire manquer l'omnibus, les haussements
d'épaules de connivence qu'elle me faisait et dont j'avais
été si touché, quand, dans le tortillard, M. de Cambremer

nous avait demandé si nous ne pouvions pas remettre à huitaine[1]. Oui, ce qu'elle voyait devant ses yeux à ce moment-là, ce qui la rendait si fiévreuse de partir, ce qu'elle était impatiente de retrouver, c'était un appartement inhabité que j'avais vu une fois, appartenant à la grand-mère d'Andrée, un appartement luxueux à la garde d'un vieux valet de chambre, en plein midi, mais si vide, si silencieux que le soleil avait l'air de mettre des housses sur le canapé, sur les fauteuils des chambres où Albertine et Andrée demandaient au gardien respectueux, peut-être naïf, peut-être complice, de les laisser se reposer.

Je le voyais tout le temps maintenant, vide, avec un lit ou un canapé, une bonne dupe ou complice, et où chaque fois qu'Albertine avait l'air pressé et sérieux elle partait pour retrouver son amie, sans doute arrivée avant elle parce qu'elle était plus libre. Je n'avais jamais pensé jusque-là à cet appartement, qui maintenant avait pour moi une horrible beauté. L'inconnu de la vie des êtres est comme celui de la nature, que chaque découverte scientifique ne fait que reculer mais n'annule pas. Un jaloux exaspère celle qu'il aime en la privant de mille plaisirs sans importance. Mais ceux qui sont le fond de la vie de celle-ci, elle les abrite là où, dans les moments où son intelligence croit montrer le plus de perspicacité et où les tiers le renseignent le mieux, il n'a pas idée de chercher.

Mais enfin du moins, Andrée allait partir. Mais je ne voulais pas qu'Albertine pût me mépriser comme ayant été dupe d'elle et d'Andrée. Mais un jour ou l'autre je le lui dirais. Et ainsi je la forcerais peut-être à me parler plus franchement, en lui montrant que j'étais informé tout de même des choses qu'elle me cachait. Mais je ne voulais pas lui parler de cela encore, d'abord parce que, si près de la visite de sa tante, elle eût compris d'où me venait mon information, eût tari cette source, et n'en eût pas redouté d'inconnues. Ensuite parce que je ne voulais pas risquer, tant que je ne serais pas absolument certain de garder Albertine aussi longtemps que je voudrais, de causer en elle trop de colères qui auraient pu avoir pour effet de lui faire désirer me quitter. Il est vrai que si je raisonnais, cherchais la vérité, pronostiquais l'avenir d'après ses paroles, lesquelles approuvaient toujours tous mes projets, exprimaient combien elle aimait cette vie, combien sa claustration la privait peu, je ne doutais pas qu'elle restât toujours auprès de moi. J'en étais même fort ennuyé, je sentais la vie, l'univers, auxquels je n'avais jamais goûté, m'échapper, échangés contre une femme dans laquelle je ne pouvais plus rien trouver de nouveau. Je ne pouvais même pas aller à Venise¹ où, pendant que je serais couché, je serais trop torturé par la crainte des avances que pourraient lui faire le gondolier, les gens de l'hôtel, les Vénitiennes. Mais si je raisonnais au contraire d'après l'autre hypothèse, celle qui s'appuyait non sur les paroles d'Albertine, mais sur des silences, des regards, des rougeurs, des bouderies, et même des colères dont il m'eût été bien facile de lui montrer qu'elles étaient sans cause et dont j'aimais mieux avoir l'air de ne pas m'apercevoir, alors je me disais que cette vie lui était insupportable, que tout le temps elle se trouvait privée de ce qu'elle aimait, et que fatalement elle me quitterait un jour. Tout ce que je voulais, si elle le faisait, c'est que je pusse choisir le moment, un moment où cela ne me serait pas trop pénible, et puis dans une saison où elle ne pourrait aller dans aucun des endroits où je me représentais ses débauches, ni à Amsterdam, ni chez Andrée, ni chez Mlle Vinteuil, qu'elle retrouverait, il est vrai, quelques mois plus tard. Mais d'ici là je me serais calmé et cela me serait devenu indifférent. En tout cas il fallait attendre pour y songer que fût guérie la petite rechute qu'avait causée la découverte des raisons pour lesquelles Albertine à quelques heures de distance avait voulu ne pas quitter, puis quitter immédiatement Balbec ; il fallait laisser le temps de disparaître aux symptômes qui ne pouvaient qu'aller en s'atténuant si je n'apprenais rien de nouveau, mais encore trop aigus pour ne pas rendre plus douloureuse, plus difficile, une opération de rupture reconnue maintenant inévitable, mais nullement urgente et qu'il valait mieux pratiquer « à froid ». Ce choix du moment, j'en étais le maître ; car si elle voulait partir avant que je l'eusse décidé, au moment où elle m'annoncerait qu'elle avait assez de cette vie, il serait toujours temps d'aviser à combattre ses raisons, de lui laisser plus de liberté, de lui promettre quelque grand plaisir prochain qu'elle souhaiterait elle-même d'attendre, voire, si je ne trouvais de recours qu'en son cœur, de lui avouer mon chagrin. J'étais donc bien tranquille à ce point de vue, n'étant pas d'ailleurs en cela très logique avec moi-même. Car, dans une hypothèse où je ne tenais précisément pas compte des choses qu'elle disait et qu'elle annonçait, je supposais que, quand il s'agirait de son départ, elle me donnerait d'avance ses raisons, me laisserait les combattre et les vaincre.

Je sentais que ma vie avec Albertine n'était, pour une part, quand je n'étais pas jaloux, qu'ennui, pour l'autre part, quand j'étais jaloux, que souffrance. À supposer qu'il y eût eu du bonheur, il ne pouvait durer. Dans le même esprit de sagesse qui m'inspirait à Balbec, le soir où nous avions été heureux après la visite de Mme de Cambremer, je voulais la quitter parce que je savais qu'à prolonger je ne gagnerais rien[1]. Seulement, maintenant encore, je m'imaginais que le souvenir que je garderais d'elle serait comme une sorte de vibration prolongée par une pédale, de la minute de notre séparation. Aussi je tenais à choisir une minute douce, afin que ce fût elle qui continuât à vibrer en moi. Il ne fallait pas être trop difficile, attendre trop, il fallait être sage. Et pourtant, ayant tant attendu, ce serait folie de ne pas savoir attendre quelques jours de plus, jusqu'à ce qu'une minute acceptable se présentât, plutôt que de risquer de la voir partir avec cette même révolte que j'avais autrefois quand maman s'éloignait de mon lit sans me redire bonsoir, ou quand elle me disait adieu à la gare. À tout hasard je multipliais les gentillesses que je pouvais lui faire. Pour les robes de Fortuny, nous nous étions enfin décidés pour une bleu et or doublée de rose, qui venait d'être terminée. Et j'avais commandé tout de même les cinq auxquelles elle avait renoncé avec regret, par préférence pour celle-là.

Pourtant, à la venue du printemps, deux mois ayant passé depuis ce que m'avait dit sa tante, je me laissai emporter par la colère un soir. C'était justement celui où Albertine avait revêtu pour la première fois la robe de chambre bleu et or de Fortuny qui, en m'évoquant Venise, me faisait plus sentir encore ce que je sacrifiais pour Albertine qui ne m'en savait aucun gré. Si je n'avais jamais vu Venise, j'en rêvais sans cesse depuis ces vacances de Pâques, qu'encore enfant, j'avais dû y passer, et plus anciennement encore par les gravures du Titien et les photographies de Giotto que Swann m'avait jadis données à Combray[2]. La robe de Fortuny que portait ce soir-là Albertine me semblait comme l'ombre tentatrice de cette invisible Venise. Elle était envahie d'ornementation arabe comme Venise, comme les palais de Venise dissimulés à la façon des sultanes derrière un voile ajouré de pierre, comme les reliures de la bibliothèque Ambrosienne[1], comme les colonnes desquelles les oiseaux orientaux qui signifient alternativement la mort et la vie, se répétaient dans le miroitement de l'étoffe, d'un bleu profond qui au fur et à mesure que mon regard s'y avançait se changeait en or malléable, par ces mêmes transmutations qui, devant la gondole qui s'avance, changent en métal flamboyant l'azur du Grand Canal. Et les manches étaient doublées d'un rose cerise qui eſt si particulièrement vénitien qu'on l'appelle rose Tiepolo.

Dans la journée, Françoise avait laissé échapper devant moi qu'Albertine n'était contente de rien, que quand je lui faisais dire que je sortirais avec elle, ou que je ne sortirais pas, que l'automobile viendrait la prendre, ou ne viendrait pas, elle haussait presque les épaules et répondait à peine poliment. Ce soir-là, où je la sentais de mauvaise humeur et où la première grande chaleur m'avait énervé, je ne pus retenir ma colère et lui reprochai son ingratitude : « Oui, vous pouvez demander à tout le monde, criai-je de toutes mes forces, hors de moi, vous pouvez demander à Françoise, ce n'eſt qu'un cri. » Mais aussitôt je me rappelai qu'Albertine m'avait dit une fois combien elle me trouvait l'air terrible quand j'étais en colère, et m'avait appliqué les vers d'*Eſther* :

> *Jugez combien ce front irrité contre moi*
> *Dans mon âme troublée a dû jeter d'émoi...*
> *Hélas ! sans frissonner quel cœur audacieux*
> *Soutiendrait les éclairs qui partent de vos yeux[2] ?*

J'eus honte de ma violence. Et pour revenir sur ce que j'avais fait, sans cependant que ce fût une défaite, de manière que ma paix fût une paix armée et redoutable, en même temps qu'il me semblait utile de montrer que je ne craignais pas une rupture pour qu'elle n'en eût pas l'idée : « Pardonnez-moi, ma petite Albertine, j'ai honte de ma violence, j'en suis désespéré. Si nous ne pouvons plus nous entendre, si nous devons nous quitter, il ne faut pas que ce soit ainsi, ce ne serait pas digne de nous. Nous nous quitterons s'il le faut, mais avant tout je tiens à vous

demander pardon bien humblement de tout mon cœur. »
Je pensai que pour réparer cela, et m'assurer de ses projets
de rester pour le temps qui allait suivre, et au moins jusqu'à
ce qu'Andrée fût partie, ce qui était dans trois semaines,
il serait bon dès le lendemain de chercher quelque plaisir
plus grand que ceux qu'elle avait encore eus, et à assez
longue échéance ; aussi, puisque j'allais effacer l'ennui que
je lui avais causé, peut-être ferais-je bien de profiter de
ce moment pour lui montrer que je connaissais mieux sa
vie qu'elle ne croyait. La mauvaise humeur qu'elle
ressentirait serait effacée demain par mes gentillesses, mais
l'avertissement resterait dans son esprit. « Oui, ma petite
Albertine, pardonnez-moi si j'ai été violent. Je ne suis pas
tout à fait aussi coupable que vous croyez. Il y a des gens
méchants qui cherchent à nous brouiller, je n'avais jamais
voulu vous en parler pour ne pas vous tourmenter, et je
finis par être affolé quelquefois de certaines dénoncia-
tions. » Et voulant profiter de ce que j'allais pouvoir lui
montrer que j'étais au courant pour le départ de Balbec :
« Ainsi tenez, vous saviez que Mlle Vinteuil devait venir
chez Mme Verdurin l'après-midi où vous êtes allée au
Trocadéro. » Elle rougit. « Oui, je le savais. —
Pouvez-vous me jurer que ce n'était pas pour ravoir des
relations avec elle ? — Mais bien sûr que je peux vous
le jurer. Pourquoi "ravoir" ? je n'en ai jamais eu, je
vous le jure. » J'étais navré d'entendre Albertine me
mentir ainsi, me nier l'évidence que sa rougeur m'avait
trop avouée. Sa fausseté me navrait. Et pourtant, comme
elle contenait une protestation d'innocence que sans m'en
rendre compte j'étais prêt à croire, elle me fit moins de
mal que sa sincérité quand, lui ayant demandé : « Pouvez-
vous du moins me jurer que le plaisir de revoir Mlle
Vinteuil n'entrait pour rien dans votre désir d'aller à
cette matinée des Verdurin ? » elle me répondit : « Non, cela
je ne peux pas le jurer. Cela me faisait un grand plaisir
de revoir Mlle Vinteuil. » Une seconde avant, je lui en
voulais de dissimuler ses relations avec Mlle Vinteuil, et
maintenant l'aveu du plaisir qu'elle aurait eu à la voir me
cassait bras et jambes. Sans doute, quand Albertine m'avait
dit, quand j'étais rentré de chez les Verdurin : « Est-ce
qu'ils ne devaient pas avoir Mlle Vinteuil ? » elle m'avait
rendu toute ma souffrance en me prouvant qu'elle savait
sa venue. Mais je m'étais sans doute fait depuis ce

raisonnement : « Elle savait sa venue qui ne lui faisait aucune espèce de plaisir, mais comme elle a dû comprendre après coup que c'est la révélation qu'elle connaissait une personne d'aussi mauvaise réputation que Mlle Vinteuil, qui m'avait tant désespéré à Balbec jusqu'à me donner l'idée du suicide, elle n'a pas voulu m'en parler. » Et puis voilà qu'elle était obligée de m'avouer que cette venue lui faisait plaisir. D'ailleurs, sa façon mystérieuse de vouloir aller chez les Verdurin eût dû m'être une preuve suffisante. Mais je n'y avais plus assez pensé. Aussi quoique me disant maintenant : « Pourquoi n'avoue-t-elle qu'à moitié ? c'est encore plus bête que méchant et que triste », j'étais tellement écrasé que je n'eus pas le courage d'insister là-dessus, où je n'avais pas le beau rôle n'ayant pas de document révélateur à produire, et pour ressaisir mon ascendant je me hâtai de passer au sujet d'Andrée qui allait me permettre de mettre en déroute Albertine par l'écrasante révélation de la dépêche d'Andrée. « Tenez, lui dis-je, maintenant on me tourmente, on me persécute à me reparler de vos relations, mais avec Andrée. — Avec Andrée ? ? » s'écria-t-elle. La mauvaise humeur enflammait son visage. Et l'étonnement ou le désir de paraître étonnée écarquillait ses yeux. « C'est chcharmant ! ! Et peut-on savoir qui vous a dit ces belles choses ? est-ce que je pourrais leur parler, à ces personnes ? savoir sur quoi elles appuient leurs infamies ? — Ma petite Albertine, je ne sais pas, ce sont des lettres anonymes, mais de personnes que vous trouveriez peut-être assez facilement (pour lui montrer que je ne craignais pas qu'elle cherchât), car elles doivent bien vous connaître. La dernière, je vous l'avoue (et je vous cite celle-là justement parce qu'il s'agit d'un rien et qu'elle n'a rien de pénible à citer), m'a pourtant exaspéré. Elle me disait que si, le jour où nous avons quitté Balbec, vous aviez d'abord voulu rester et ensuite partir, c'est que dans l'intervalle vous aviez reçu une lettre d'Andrée vous disant qu'elle ne viendrait pas. — Je sais très bien qu'Andrée m'a écrit qu'elle ne viendrait pas, elle m'a même télégraphié, je ne peux pas vous montrer la dépêche parce que je ne l'ai pas gardée, mais ce n'était pas ce jour-là, d'ailleurs, quand même ç'aurait été ce jour-là, qu'est-ce que vous voulez que cela me fasse qu'Andrée vînt à Balbec ou non ? » « Qu'est-ce que vous voulez que cela me fasse » était une preuve de colère, et que « cela lui faisait » quelque chose ; mais pas forcément une preuve qu'Albertine était revenue uniquement par désir de voir Andrée. Chaque fois qu'Albertine voyait un des motifs réels, ou allégués, d'un de ses actes, découvert par une personne à qui elle en avait donné un autre motif, Albertine était en colère, la personne fût-elle celle pour laquelle elle avait fait réellement l'acte. Albertine croyait-elle que ces renseignements sur ce qu'elle faisait, ce n'était pas des anonymes qui me les envoyaient malgré moi, mais moi qui les sollicitais avidement, on n'aurait pu nullement le déduire des paroles qu'elle me dit ensuite, où elle avait l'air d'accepter ma version des lettres anonymes, mais de son air de colère contre moi, colère qui n'avait l'air que d'être l'explosion de ses mauvaises humeurs antérieures, tout comme l'espionnage auquel elle eût, dans cette hypothèse, cru que je m'étais livré n'eût été que l'aboutissement d'une surveillance de tous ses actes, dont elle n'eût plus douté depuis longtemps. Sa colère s'étendit même jusqu'à Andrée, et se disant sans doute que maintenant je ne serais plus tranquille même quand elle sortirait avec Andrée : « D'ailleurs, Andrée m'exaspère. Elle est assommante. Elle revient demain. Je ne veux plus sortir avec elle. Vous pouvez l'annoncer aux gens qui vous ont dit que j'étais revenue à Paris pour elle. Si je vous disais que, depuis tant d'années que je connais Andrée, je ne saurais pas vous dire comment est sa figure tant je l'ai peu regardée ! » Or à Balbec, la première année, elle m'avait dit : « Andrée est ravissante. » Il est vrai que cela ne voulait pas dire qu'elle eût des relations amoureuses avec elle, et même je ne l'avais jamais entendue parler alors qu'avec indignation de toutes les relations de ce genre. Mais ne pouvait-elle avoir changé, même sans se rendre compte qu'elle avait changé, en ne croyant pas que ses jeux avec une amie fussent la même chose que les relations immorales, assez peu précises dans son esprit, qu'elle flétrissait chez les autres ? N'était-ce pas possible, puisque ce même changement, et cette même inconscience du changement, s'étaient produits dans ses relations avec moi, avec moi dont elle avait repoussé à Balbec avec tant d'indignation ces baisers qu'elle devait me donner elle-même ensuite, et chaque jour, et que, je l'espérais, elle me donnerait encore bien longtemps,

qu'elle allait me donner dans un instant ? « Mais, ma
chérie, comment voulez-vous que je le leur annonce
puisque je ne les connais pas ? » Cette réponse était si
forte qu'elle aurait dû dissoudre les objections et les doutes
que je voyais cristallisés dans les prunelles d'Albertine.
Mais elle les laissa intacts ; je m'étais tu, et pourtant elle
continuait à me regarder avec cette attention persistante
qu'on prête à quelqu'un qui n'a pas fini de parler. Je lui
demandai de nouveau pardon. Elle me répondit qu'elle
n'avait rien à me pardonner. Elle était redevenue très
douce. Mais sous son visage triste et défait, il me semblait
qu'un secret s'était formé. Je savais bien qu'elle ne pouvait
me quitter sans me prévenir ; d'ailleurs elle ne pouvait
ni le désirer (c'était dans huit jours qu'elle devait essayer
les nouvelles robes de Fortuny), ni décemment le faire,
ma mère revenant à la fin de la semaine et sa tante
également. Pourquoi, puisque c'était impossible qu'elle
partît, lui redis-je à plusieurs reprises que nous sortirions
ensemble le lendemain pour aller voir des verreries de
Venise que je voulais lui donner, et fus-je soulagé de
l'entendre me dire que c'était convenu ? Quand elle vint
me dire bonsoir et que je l'embrassai, elle ne fit pas comme
d'habitude, se détourna, et — c'était quelques instants à
peine après le moment où je venais de penser à cette
douceur qu'elle me donnât tous les soirs ce qu'elle m'avait
refusé à Balbec — elle ne me rendit pas mon baiser. On
aurait dit que, brouillée avec moi, elle ne voulait pas me
donner un signe de tendresse qui eût plus tard pu me
paraître comme une fausseté démentant cette brouille. On
aurait dit qu'elle accordait ses actes avec cette brouille et
cependant avec mesure, soit pour ne pas l'annoncer, soit
parce que, rompant avec moi des rapports charnels, elle
voulait cependant rester mon amie. Je l'embrassai alors
une seconde fois, serrant contre mon cœur l'azur miroitant
et doré du Grand Canal et les oiseaux accouplés, symboles
de mort et de résurrection. Mais une seconde fois, au lieu
de me rendre mon baiser, elle s'écarta avec l'espèce
d'entêtement instinctif et néfaste des animaux qui sentent
la mort[1]. Ce pressentiment qu'elle semblait traduire me
gagna moi-même et me remplit d'une crainte si anxieuse
que, quand Albertine fut arrivée à la porte, je n'eus pas
le courage de la laisser partir et la rappelai. « Albertine,
lui dis-je, je n'ai aucun sommeil. Si vous-même vous n'avez

pas envie de dormir, vous auriez pu reſter encore un peu, si vous voulez, mais je n'y tiens pas, et surtout je ne veux pas vous fatiguer. » Il me semblait que si j'avais pu la faire déshabiller et l'avoir dans sa chemise de nuit blanche, dans laquelle elle semblait plus rose, plus chaude, où elle irritait plus mes sens, la réconciliation eût été plus complète. Mais j'hésitai un inſtant, car le bord bleu de la robe ajoutait à son visage une beauté, une illumination, un ciel sans lesquels elle m'eût semblé plus dure. Elle revint lentement et me dit avec beaucoup de douceur et toujours le même visage abattu et triſte : « Je peux reſter tant que vous voudrez, je n'ai pas sommeil. » Sa réponse me calma car, tant qu'elle était là, je sentais que je pouvais aviser à l'avenir, et elle recelait aussi de l'amitié, de l'obéissance, mais d'une certaine nature, et qui me semblait avoir pour limite ce secret que je sentais derrière son regard triſte, ses manières changées, moitié malgré elle, moitié sans doute pour les mettre d'avance en harmonie avec quelque chose que je ne savais pas. Il me sembla que, tout de même, il n'y aurait que de l'avoir tout en blanc, avec son cou nu, devant moi, comme je l'avais vue à Balbec dans son lit, qui me donnerait assez d'audace pour qu'elle fût obligée de céder. « Puisque vous êtes si gentille que de reſter un peu à me consoler, vous devriez enlever votre robe, c'eſt trop chaud, trop raide, je n'ose pas vous approcher pour ne pas froisser cette belle étoffe et il y a entre nous ces oiseaux fatidiques. Déshabillez-vous, mon chéri. — Non, ce ne serait pas commode de défaire ici cette robe. Je me déshabillerai dans ma chambre tout à l'heure. — Alors vous ne voulez même pas vous asseoir sur mon lit ? — Mais si. » Mais elle reſta un peu loin, près de mes pieds. Nous causâmes. Tout d'un coup nous entendîmes la cadence régulière d'un appel plaintif. C'étaient les pigeons qui commençaient à roucouler. « Cela prouve qu'il fait déjà jour », dit Albertine ; et le sourcil presque froncé, comme si elle manquait en vivant chez moi les plaisirs de la belle saison : « Le printemps eſt commencé pour que les pigeons soient revenus. » La ressemblance entre leur roucoulement et le chant du coq était aussi profonde et aussi obscure que, dans le septuor de Vinteuil[1], la ressemblance entre le thème de l'adagio qui eſt bâti sur le même thème clef que le premier et le dernier morceau, mais tellement transformé par les différences de tonalité, de mesure, etc. que le public profane, s'il ouvre un ouvrage sur Vinteuil, est étonné de voir qu'ils sont bâtis tous trois sur les quatre mêmes notes, quatre notes qu'il peut d'ailleurs jouer d'un doigt au piano sans retrouver aucun des trois morceaux. Tel, ce mélancolique morceau exécuté par les pigeons était une sorte de chant du coq en mineur, qui ne s'élevait pas vers le ciel, ne montait pas verticalement, mais, régulier comme le braiment d'un âne, enveloppé de douceur, allait d'un pigeon à l'autre sur une même ligne horizontale, et jamais ne se redressait, ne changeait sa plainte latérale en ce joyeux appel qu'avaient poussé tant de fois l'allegro de l'introduction et le finale. Je sais que je prononçai alors le mot « mort » comme si Albertine allait mourir. Il semble que les événements soient plus vastes que le moment où ils ont lieu et ne peuvent y tenir tout entiers. Certes, ils débordent sur l'avenir par la mémoire que nous en gardons, mais ils demandent une place aussi au temps qui les précède. Certes, on dira que nous ne les voyons pas alors tels qu'ils seront, mais dans le souvenir ne sont-ils pas aussi modifiés ?

Quand je vis que d'elle-même elle ne m'embrassait pas, comprenant que tout ceci était du temps perdu et que ce n'était qu'à partir du baiser que commenceraient les minutes calmantes, et véritables, je lui dis : « Bonsoir, il est trop tard », parce que cela ferait qu'elle m'embrasserait, et nous continuerions ensuite. Mais après m'avoir dit : « Bonsoir, tâchez de bien dormir », exactement comme les deux premières fois, elle se contenta d'un baiser sur la joue. Cette fois je n'osai pas la rappeler. Mais mon cœur battait si fort que je ne pus me recoucher. Comme un oiseau qui va d'une extrémité de sa cage à l'autre, sans arrêter je passais de l'inquiétude qu'Albertine pût partir à un calme relatif. Ce calme était produit par le raisonnement que je recommençais plusieurs fois par minute : « Elle ne peut pas partir en tout cas sans me prévenir, elle ne m'a nullement dit qu'elle partirait », et j'étais à peu près calmé. Mais aussitôt je me redisais · « Pourtant si demain j'allais la trouver partie ! Mon inquiétude elle-même a bien sa cause en quelque chose ; pourquoi ne m'a-t-elle pas embrassé ? » Alors je souffrais horriblement du cœur. Puis il était un peu apaisé par le raisonnement que je recommençais, mais je finissais par

avoir mal à la tête, parce que ce mouvement de ma pensée
était si incessant et si monotone. Il y a ainsi certains états
moraux, et notamment l'inquiétude, qui, ne nous présentant que deux alternatives, ont quelque chose d'aussi
atrocement limité qu'une simple souffrance physique. Je
refaisais perpétuellement le raisonnement qui donnait
raison à mon inquiétude et celui qui lui donnait tort et
me rassurait, sur un espace aussi exigu que le malade qui
palpe sans arrêter, d'un mouvement interne, l'organe qui
le fait souffrir, s'éloigne un instant du point douloureux,
pour y revenir l'instant d'après. Tout à coup, dans le silence
de la nuit, je fus frappé par un bruit en apparence
insignifiant mais qui me remplit de terreur, le bruit de la
fenêtre d'Albertine qui s'ouvrait violemment. Quand je
n'entendis plus rien, je me demandai pourquoi ce bruit
m'avait fait si peur. En lui-même il n'avait rien de si
extraordinaire ; mais je lui donnais probablement deux
significations qui m'épouvantaient également. D'abord
c'était une convention de notre vie commune, comme je
craignais les courants d'air, qu'on n'ouvrît jamais de
fenêtre la nuit. On l'avait expliqué à Albertine quand elle
était venue habiter à la maison, et bien qu'elle fût
persuadée que c'était de ma part une manie, et malsaine,
elle m'avait promis de ne jamais enfreindre cette défense.
Et elle était si craintive pour toutes ces choses qu'elle savait
que je voulais, les blâmât-elle, que je savais qu'elle eût
plutôt dormi dans l'odeur d'un feu de cheminée que
d'ouvrir sa fenêtre, de même que pour l'événement le plus
important elle ne m'eût pas fait réveiller le matin. Ce
n'était qu'une des petites conventions de notre vie, mais
du moment qu'elle violait celle-là sans m'en avoir parlé,
cela ne voulait-il pas dire qu'elle n'avait plus rien à
ménager, qu'elle les violerait aussi bien toutes ? Puis ce
bruit avait été violent, presque mal élevé, comme si elle
avait ouvert rouge de colère et disant : « Cette vie
m'étouffe, tant pis, il me faut de l'air ! » Je ne me dis
pas exactement tout cela, mais je continuai à penser,
comme à un présage plus mystérieux et plus funèbre
qu'un cri de chouette, à ce bruit de la fenêtre qu'Albertine
avait ouverte. Dans une agitation comme je n'en avais
peut-être pas eue depuis le soir de Combray où Swann
avait dîné à la maison[1], je marchai toute la nuit dans le
couloir, espérant, par le bruit que je faisais, attirer

l'attention d'Albertine, qu'elle aurait pitié de moi et
m'appellerait, mais je n'entendais aucun bruit venir de sa
chambre. À Combray, j'avais demandé à ma mère de venir.
Mais avec ma mère je ne craignais que sa colère, je savais
ne pas diminuer son affection en lui témoignant la mienne.
Cela me fit tarder à appeler Albertine. Peu à peu je sentis
qu'il était trop tard. Elle devait dormir depuis longtemps.
Je retournai me coucher. Le lendemain[1], dès que je
m'éveillai, comme on ne venait jamais chez moi quoi qu'il
arrivât sans que j'eusse appelé, je sonnai Françoise. Et en
même temps je pensai : « Je vais parler à Albertine d'un
yacht que je veux lui faire faire. » En prenant mes lettres,
je dis à Françoise sans la regarder : « Tout à l'heure j'aurai
quelque chose à dire à Mlle Albertine ; est-ce qu'elle est
levée ? — Oui, elle s'est levée de bonne heure. » Je sentis
se soulever en moi comme dans un coup de vent mille
inquiétudes que je ne savais pas tenir en suspens dans ma
poitrine. Le tumulte y était si grand que j'étais à bout de
souffle comme dans une tempête. « Ah ? mais où est-elle
en ce moment ? — Elle doit être dans sa chambre. — Ah !
bien, hé bien je la verrai tout à l'heure. » Je respirai, elle
était là, mon agitation retomba, Albertine était ici, il m'était
presque indifférent qu'elle y fût. D'ailleurs n'avais-je pas été
absurde de supposer qu'elle aurait pu ne pas y être ?
Je m'endormis, mais, malgré ma certitude qu'elle ne me
quitterait pas, d'un sommeil léger, et d'une légèreté
relative à elle seulement. Car les bruits qui ne pouvaient
se rapporter qu'à des travaux dans la cour, tout en les
entendant vaguement en dormant, je restais tranquille,
tandis que le plus léger frémissement qui venait de sa
chambre, ou quand elle sortait, ou rentrait sans bruit en
appuyant si doucement sur le timbre, me faisait tressauter,
me parcourait tout entier, me laissait le cœur battant, bien
que je l'eusse entendu dans un assoupissement profond, de
même que ma grand-mère dans les derniers jours qui
précédèrent sa mort[2], et où elle était plongée dans une
immobilité que rien ne troublait et que les médecins
appelaient le coma, se mettait, m'a-t-on dit, à trembler un
instant comme une feuille quand elle entendait les trois
coups de sonnette par lesquels j'avais l'habitude d'appeler
Françoise, et que même en les faisant plus légers cette
semaine-là pour ne pas troubler le silence de la chambre mortuaire, personne, assurait Françoise, ne pouvait

confondre, à cause d'une manière que j'avais et ignorais moi-même d'appuyer sur le timbre, avec les coups de sonnette de quelqu'un d'autre. Étais-je donc entré, moi aussi, en agonie ? était-ce l'approche de la mort ?

Ce jour-là et le lendemain nous sortîmes ensemble, puisque Albertine ne voulait plus sortir avec Andrée. Je ne lui parlai même pas du yacht, ces promenades m'avaient calmé tout à fait. Mais elle avait continué le soir à m'embrasser de la même manière nouvelle, de sorte que j'étais furieux. Je ne pouvais plus y voir qu'une manière de me montrer qu'elle me boudait, ce qui me paraissait trop ridicule après les gentillesses que je ne cessais de lui faire. Aussi, n'ayant plus même d'elle les satisfactions charnelles auxquelles je tenais, la trouvant laide dans la mauvaise humeur, sentis-je plus vivement la privation de toutes les femmes et des voyages dont ces premiers beaux jours réveillaient en moi le désir. Grâce sans doute au souvenir épars des rendez-vous oubliés que j'avais eus, collégien encore, avec des femmes, sous la verdure déjà épaisse, cette région du printemps où le voyage de notre demeure errante à travers les saisons venait depuis trois jours de l'arrêter, sous un ciel clément, et dont toutes les routes fuyaient vers des déjeuners à la campagne, des parties de canotage, des parties de plaisir, me¹ semblait le pays des femmes aussi bien qu'il était celui des arbres, et où le plaisir partout offert devenait permis à mes forces convalescentes. La résignation à la paresse, la résignation à la chasteté, à ne connaître le plaisir qu'avec une femme que je n'aimais pas, la résignation à rester dans ma chambre, à ne pas voyager, tout cela était possible dans l'ancien monde où nous étions la veille encore, dans le monde vide de l'hiver, mais non plus dans cet univers nouveau, feuillu, où je m'étais éveillé comme un jeune Adam pour qui se pose pour la première fois le problème de l'existence, du bonheur, et sur qui ne pèse pas l'accumulation des solutions négatives antérieures. La présence d'Albertine me pesait, je la regardais, douce et maussade, et je sentais que c'était un malheur que nous n'eussions pas rompu. Je voulais aller à Venise, je voulais, en attendant, aller au Louvre voir des tableaux vénitiens, et au Luxembourg les deux Elstir qu'à ce qu'on venait de m'apprendre, la princesse de Guermantes venait de vendre à ce musée, ceux que j'avais tant admirés chez la duchesse

de Guermantes, les *Plaisirs de la danse* et *Portrait de la famille*
X[1]. Mais j'avais peur que, dans le premier, certaines poses
lascives ne donnassent à Albertine un désir, une nostalgie
de réjouissances populaires, la faisant se dire que peut-être
une certaine vie qu'elle n'avait pas menée, une vie de feux
d'artifice et de guinguettes, avait du bon. Déjà d'avance,
je craignais que le 14 juillet elle me demandât d'aller à
un bal populaire et je rêvais d'un événement impossible
qui eût supprimé cette fête. Et puis il y avait aussi là-bas,
dans les Elstir, des nudités de femmes dans des paysages
touffus du Midi qui pouvaient faire penser Albertine à
certains plaisirs, bien qu'Elstir, lui — mais ne rabaisserait-
elle pas l'œuvre ? —, n'y eût vu que la beauté sculpturale,
pour mieux dire, la beauté de blancs monuments que
prennent des corps de femmes assis dans la verdure[2].

Aussi je me résignai à renoncer à cela et je voulus partir
pour aller à Versailles. Albertine, qui n'avait pas voulu
sortir avec Andrée, était restée dans sa chambre, à lire,
dans un peignoir de Fortuny. Je lui demandai si elle voulait
venir à Versailles. Elle avait cela de charmant qu'elle était
toujours prête à tout, peut-être par cette habitude qu'elle
avait autrefois de vivre la moitié du temps chez les autres,
et comme elle s'était décidée à venir avec nous à Paris,
en deux minutes. Elle me dit : « Je peux venir comme
cela si nous ne descendons pas de voiture. » Elle hésita
une seconde entre deux manteaux de Fortuny pour cacher
sa robe de chambre — comme elle eût fait entre deux amis
différents à emmener —, en prit un bleu sombre,
admirable, piqua une épingle dans un chapeau. En une
minute elle fut prête, avant que j'eusse pris mon paletot,
et nous allâmes à Versailles. Cette rapidité même, cette
docilité absolue me laissèrent plus rassuré, comme si en
effet j'eusse eu, sans avoir aucun motif précis d'inquiétude,
besoin de l'être. « Tout de même, je n'ai rien à craindre,
elle fait ce que je lui demande, malgré le bruit de la fenêtre
de l'autre nuit. Dès que j'ai parlé de sortir, elle a jeté ce
manteau bleu sur son peignoir et elle est venue, ce n'est
pas ce que ferait une révoltée, une personne qui ne serait
plus bien avec moi », me disais-je tandis que nous allions
à Versailles. Nous y restâmes longtemps ; le ciel était tout
entier fait de ce bleu radieux et un peu pâle comme le
promeneur couché dans un champ le voit parfois au-dessus
de sa tête, mais tellement uni, tellement profond, qu'on

sent que le bleu dont il est fait a été employé sans aucun
alliage et avec une si inépuisable richesse qu'on pourrait
approfondir de plus en plus sa substance sans rencontrer
un atome d'autre chose que de ce même bleu. Je pensais
à ma grand-mère qui aimait dans l'art humain, dans la
nature, la grandeur, et qui se plaisait à regarder monter
dans ce même bleu le clocher de Saint-Hilaire. Soudain
j'éprouvai de nouveau la nostalgie de ma liberté perdue
en entendant un bruit que je ne reconnus pas d'abord et
que ma grand-mère eût, lui aussi, tant aimé. C'était comme
le bourdonnement d'une guêpe. « Tiens, me dit Albertine,
il y a un aéroplane, il est très haut, très haut. » Je regardais
tout autour de moi, mais, comme le promeneur couché
dans un champ, je ne voyais, sans aucune tache noire, que
la pâleur intacte du bleu sans mélange. J'entendais pourtant
toujours le bourdonnement des ailes qui tout d'un coup
entrèrent dans le champ de ma vision. Là-haut, de
minuscules ailes brunes et brillantes fronçaient le bleu uni
du ciel inaltérable. J'ai pu enfin attacher le bourdonnement
à sa cause, à ce petit insecte qui trépidait là-haut, sans doute
à bien deux mille mètres de hauteur ; je le voyais bruire.
Peut-être, quand les distances sur terre n'étaient pas encore
abrégées depuis longtemps par la vitesse comme elles le
sont aujourd'hui, le sifflet d'un train passant à deux
kilomètres était-il pourvu de cette beauté qui maintenant,
pour quelque temps encore, nous émeut dans le bourdonnement d'un aéroplane à deux mille mètres, à l'idée que
les distances parcourues dans ce voyage vertical sont les
mêmes que sur le sol, que dans cette autre direction où
les mesures nous paraissent autres parce que l'abord nous
en semblait inaccessible, un aéroplane à deux mille mètres
n'est pas plus loin qu'un train à deux kilomètres, est plus
près même, le trajet identique s'effectuant dans un milieu
plus pur, sans séparation entre le voyageur et son point
de départ, de même que sur mer ou dans les plaines, par
un temps calme, le remous d'un navire déjà loin ou le
souffle d'un seul zéphyr raye l'océan des flots ou des blés.

   J'avais envie de goûter. Nous nous arrêtâmes dans une
grande pâtisserie située presque en dehors de la ville et
qui jouissait à ce moment-là d'une certaine vogue. Une
dame allait sortir, qui demanda ses affaires à la pâtissière.
Et une fois que cette dame fut partie, Albertine regarda
à plusieurs reprises la pâtissière comme si elle voulait

attirer l'attention de celle-ci qui rangeait des tasses, des assiettes, des petits fours, car il était déjà tard. Elle s'approchait de moi seulement si je demandais quelque chose. Et il arrivait alors que comme la pâtissière, d'ailleurs extrêmement grande, était debout pour nous servir et Albertine assise à côté de moi, chaque fois Albertine pour tâcher d'attirer l'attention de la pâtissière levait verticalement vers elle un regard blond qui était obligé de faire monter d'autant plus haut la prunelle que, la pâtissière étant juste contre nous, Albertine n'avait pas la ressource d'adoucir la pente par l'obliquité du regard. Elle était obligée, sans trop lever la tête, de faire monter ses regards jusqu'à cette hauteur démesurée où étaient les yeux de la pâtissière. Par gentillesse pour moi, Albertine rabaissait vivement ses regards et, la pâtissière n'ayant fait aucune attention à elle, recommençait. Cela faisait une série de vaines élévations implorantes vers une inaccessible divinité. Puis la pâtissière n'eut plus qu'à ranger à une grande table voisine. Là le regard d'Albertine n'avait qu'à être latéral. Mais pas une fois celui de la pâtissière ne se posa sur mon amie. Cela ne m'étonnait pas, car je savais que cette femme que je connaissais un petit peu avait des amants, quoique mariée, mais cachait parfaitement ses intrigues, ce qui m'étonnait énormément à cause de sa prodigieuse stupidité. Je regardai cette femme pendant que nous finissions de goûter. Plongée dans ses rangements, elle était presque impolie pour Albertine à force de n'avoir pas un regard pour les regards de mon amie, lesquels n'avaient d'ailleurs rien d'inconvenant. L'autre rangeait, rangeait sans fin, sans une distraction. La remise en place des petites cuillers, des couteaux à fruits eût été confiée, non à cette grande belle femme, mais par économie de travail humain à une simple machine, qu'on n'eût pas pu voir isolement aussi complet de l'attention d'Albertine, et pourtant elle ne baissait pas les yeux, ne s'absorbait pas, laissait briller ses yeux, ses charmes, en une attention à son seul travail. Il est vrai que si cette pâtissière n'eût pas été une femme particulièrement sotte (non seulement c'était sa réputation, mais je le savais par expérience), ce détachement eût pu être un comble d'habileté. Et je sais bien que l'être le plus sot, si son désir ou son intérêt est en jeu, peut dans ce cas unique, au milieu de la nullité de sa vie stupide, s'adapter immédiatement aux rouages de l'engrenage le plus compliqué ; malgré tout c'eût été une supposition trop subtile pour une femme aussi niaise que la pâtissière. Cette niaiserie prenait même un tour invraisemblable d'impolitesse ! Pas une seule fois elle ne regarda Albertine que pourtant elle ne pouvait pas ne pas voir. C'était peu aimable pour mon amie, mais dans le fond je fus enchanté qu'Albertine reçût cette petite leçon et vît que souvent les femmes ne faisaient pas attention à elle. Nous quittâmes la pâtisserie, nous remontâmes en voiture et nous avions déjà repris le chemin de la maison, quand j'eus tout à coup regret d'avoir oublié de prendre à part cette pâtissière et de la prier, à tout hasard, de ne pas dire à la dame qui était partie quand nous étions arrivés mon nom et mon adresse, que la pâtissière, à cause de commandes que j'avais souvent faites, devait savoir parfaitement. Il était, en effet, inutile que la dame pût par là apprendre indirectement l'adresse d'Albertine. Mais je trouvai trop long de revenir sur nos pas pour si peu de chose, et que cela aurait l'air d'y donner trop d'importance aux yeux de l'imbécile et menteuse pâtissière. Je songeais seulement qu'il faudrait revenir goûter là, d'ici une huitaine, pour faire cette recommandation et que c'est bien ennuyeux, comme on oublie toujours la moitié de ce qu'on a à dire, de faire les choses les plus simples en plusieurs fois.

Nous revînmes très tard dans une nuit où, çà et là, au bord du chemin, un pantalon rouge à côté d'un jupon révélait des couples amoureux. Notre voiture passa la porte Maillot pour rentrer. Aux monuments de Paris s'était substitué, pur, linéaire, sans épaisseur, le dessin des monuments de Paris, comme on eût fait pour une ville détruite dont on eût voulu relever l'image ; mais au bord de celle-ci s'élevait avec une telle douceur la bordure bleu pâle sur laquelle elle se détachait que les yeux altérés cherchaient partout encore un peu de cette nuance délicieuse qui leur était trop avarement mesurée : il y avait clair de lune. Albertine l'admira. Je n'osai lui dire que j'en aurais mieux joui si j'avais été seul ou à la recherche d'une inconnue. Je lui récitai des vers ou des phrases de prose sur le clair de lune, lui montrant comment d'argenté qu'il était autrefois, il était devenu bleu avec Chateaubriand, avec le Victor Hugo d'« Éviradnus » et de « La Fête chez Thérèse », pour redevenir jaune et métallique avec

Baudelaire et Leconte de Lisle. Puis, lui rappelant l'image qui figure le croissant de la lune à la fin de « Booz endormi », je lui parlai de toute la pièce[1].

Je ne peux pas dire combien, quand j'y repense, sa vie était recouverte de désirs alternés, fugitifs, souvent contradictoires. Sans doute le mensonge compliquait encore, car ne se rappelant plus au juste nos conversations, quand elle m'avait dit : « Ah ! voilà une jolie fille et qui jouait bien au golf », et que lui ayant demandé le nom de cette jeune fille, elle m'avait répondu de cet air détaché, universel, supérieur, qui a sans doute toujours des parties libres, car chaque menteur de cette catégorie l'emprunte chaque fois pour un instant dès qu'il ne veut pas répondre à une question, et il ne lui fait jamais défaut : « Ah ! je ne sais pas (avec regret de ne pouvoir me renseigner), je n'ai jamais su son nom, je la voyais au golf, mais je ne savais pas comment elle s'appelait » ; si un mois après, je lui disais : « Albertine, tu sais cette jolie fille dont tu m'as parlé, qui jouait si bien au golf. — Ah ! oui, me répondait-elle sans réflexion, Émilie Daltier, je ne sais pas ce qu'elle est devenue. » Et le mensonge, comme une fortification de campagne, était reporté de la défense du nom, pris maintenant, sur les possibilités de la retrouver. « Ah ! Je ne sais pas, je n'ai jamais su son adresse. Je ne vois personne qui pourrait vous dire cela. Oh ! non, Andrée ne l'a pas connue. Elle n'était pas de notre petite bande, aujourd'hui si divisée. » D'autres fois le mensonge était comme un vilain aveu : « Ah ! si j'avais trois cent mille francs de rente... » Elle se mordait les lèvres. « Hé bien, que ferais-tu ? — Je te demanderais, disait-elle en m'embrassant, la permission de rester chez toi. Où pourrais-je être plus heureuse ? » Mais, même en tenant compte des mensonges, il était incroyable à quel point sa vie était successive, et fugitifs ses plus grands désirs. Elle était folle d'une personne et au bout de trois jours n'eût pas voulu recevoir sa visite. Elle ne pouvait pas attendre une heure que je lui eusse fait acheter des toiles et des couleurs, car elle voulait se remettre à la peinture. Pendant deux jours elle s'impatientait, avait presque des larmes, vite séchées, d'enfant à qui on a ôté sa nourrice. Et cette instabilité de ses sentiments à l'égard des êtres, des choses, des occupations, des arts, des pays, était en vérité si universelle que si elle a aimé l'argent, ce que je ne crois pas, elle n'a pas pu l'aimer plus longtemps que le reste. Quand elle disait : « Ah ! si j'avais trois cent mille francs de rente ! » même si elle exprimait une pensée mauvaise mais bien peu durable, elle n'eût pu s'y attacher plus longtemps qu'au désir d'aller aux Rochers, dont l'édition de Mme de Sévigné de ma grand-mère lui avait montré l'image, de retrouver une amie de golf, de monter en aéroplane, d'aller passer la Noël avec sa tante, ou de se remettre à la peinture.

« Au fond, nous n'avons faim ni l'un ni l'autre, on aurait pu passer chez les Verdurin, dit-elle, c'est leur heure et leur jour. — Mais si vous êtes fâchée contre eux ? — Oh ! il y a beaucoup de cancans contre eux, mais dans le fond ils ne sont pas si mauvais que ça. Mme Verdurin a toujours été très gentille pour moi. Et puis, on ne peut pas être toujours brouillé avec tout le monde. Ils ont des défauts, mais qu'est-ce qui n'en a pas ? — Vous n'êtes pas assez habillée, il faudrait rentrer vous habiller, il serait bien tard. — Oui, vous avez raison, rentrons tout simplement », répondit Albertine, avec cette admirable docilité qui me stupéfiait toujours.

Le beau temps, cette nuit-là, fit un bond en avant, comme un thermomètre monte à la chaleur. Quand je m'éveillai, de mon lit par ces matins tôt levés du printemps, j'entendais les tramways cheminer, à travers les parfums, dans l'air auquel la chaleur se mélangeait de plus en plus jusqu'à ce qu'il arrivât à la solidification et à la densité de midi. Plus frais au contraire dans ma chambre, quand l'air onctueux avait achevé d'y vernir et d'y isoler l'odeur du lavabo, l'odeur de l'armoire, l'odeur du canapé, rien qu'à la netteté avec laquelle, verticales et debout, elles se tenaient en tranches juxtaposées et distinctes, dans un clair-obscur nacré qui ajoutait un glacé plus doux au reflet des rideaux et des fauteuils de satin bleu, je me voyais, non par un simple caprice de mon imagination, mais parce que c'était effectivement possible, suivant dans quelque quartier neuf de la banlieue, pareil à celui où à Balbec habitait Bloch, les rues aveuglées de soleil, et voyant non les fades boucheries et la blanche pierre de taille, mais la salle à manger de campagne où je pourrais arriver tout à l'heure,

et les odeurs que j'y trouverais en arrivant, l'odeur du
compotier de cerises et d'abricots, du cidre, du fromage
de gruyère, tenues en suspens dans la lumineuse congélation de l'ombre qu'elles veinent délicatement comme
l'intérieur d'une agate, tandis que les porte-couteaux en
verre prismatique y irisent des arcs-en-ciel ou piquent çà
et là sur la toile cirée des ocellures de paon.

Comme un vent qui s'enfle par une progression
régulière, j'entendis avec joie une automobile sous la
fenêtre. Je sentis son odeur de pétrole. Elle peut sembler
regrettable aux délicats (qui sont toujours des matérialistes
et à qui elle gâte la campagne), et à certains penseurs,
matérialistes à leur manière aussi, qui, croyant à l'importance du fait, s'imaginent que l'homme serait plus heureux,
capable d'une poésie plus haute, si ses yeux étaient
susceptibles de voir plus de couleurs, ses narines de
connaître plus de parfums, travestissement philosophique
de l'idée naïve de ceux qui croient que la vie était plus
belle quand on portait, au lieu de l'habit noir, de
somptueux costumes. Mais pour moi (de même qu'un
arôme, déplaisant en soi peut-être, de naphtaline et de
vétiver m'eût exalté en me rendant la pureté bleue de la
mer le jour de mon arrivée à Balbec), cette odeur de
pétrole qui, avec la fumée qui s'échappait de la machine,
s'était tant de fois évanouie dans le pâle azur, par ces jours
brûlants où j'allais de Saint-Jean-de-la-Haise à Gourville[1],
comme elle m'avait suivi dans mes promenades pendant
ces après-midi d'été pendant qu'Albertine était à peindre,
elle faisait fleurir maintenant de chaque côté de moi, bien
que je fusse dans ma chambre obscure, les bleuets, les
coquelicots et les trèfles incarnats, elle m'enivrait comme
une odeur de campagne non pas circonscrite et fixe,
comme celle qui est apposée devant les aubépines et,
retenue par ses éléments onctueux et denses, flotte avec
une certaine stabilité devant la haie, mais une odeur devant
quoi fuyaient les routes, changeait l'aspect du sol,
accouraient les châteaux, pâlissait le ciel, se décuplaient
les forces, une odeur qui était comme un symbole de
bondissement et de puissance et qui renouvelait le désir
que j'avais eu à Balbec de monter dans la cage de cristal
et d'acier, mais cette fois pour aller non plus faire des
visites dans des demeures familières avec une femme que
je connaissais trop, mais faire l'amour dans des lieux

nouveaux avec une femme inconnue. Odeur qu'accompagnait à tout moment l'appel des trompes d'automobiles
qui passaient, sur lequel j'adaptais des paroles comme sur
une sonnerie militaire : « Parisien, lève-toi, lève-toi, viens
déjeuner à la campagne et faire du canot dans la rivière,
à l'ombre sous les arbres, avec une belle fille, lève-toi,
lève-toi. » Et toutes ces rêveries m'étaient si agréables que
je me félicitais de la « sévère loi » qui faisait que, tant
que je n'aurais pas appelé, aucun « timide mortel », fût-ce
Françoise, fût-ce Albertine, ne s'aviserait de venir me
troubler « au fond de ce palais » où

> *une majesté terrible*
> *Affecte à mes sujets de me rendre invisible*[1].

Mais tout à coup le décor changea ; ce ne fut plus le
souvenir d'anciennes impressions, mais d'un ancien désir,
tout récemment réveillé encore par la robe bleu et or de
Fortuny, qui étendit devant moi un autre printemps, un
printemps plus du tout feuillu mais subitement dépouillé
au contraire de ses arbres et de ses fleurs par ce nom que
je venais de me dire : « Venise », un printemps décanté,
qui est réduit à son essence, et traduit l'allongement,
l'échauffement, l'épanouissement graduel de ses jours par
la fermentation progressive, non plus d'une terre impure
mais d'une eau vierge et bleue, printanière sans porter
de corolles, et qui ne pourrait répondre au mois de mai
que par des reflets, travaillée par lui, s'accordant exactement
à lui dans la nudité rayonnante et fixe de son sombre saphir.
Aussi bien, pas plus que les saisons à ses bras de mer
influerissables, les modernes années n'apportent point de
changement à la cité gothique ; je le savais, je ne pouvais
l'imaginer, ou, l'imaginant, voilà ce que je voulais, de ce
même désir qui jadis, quand j'étais enfant, dans l'ardeur
même du départ, avait brisé en moi la force de partir :
me trouver face à face avec mes imaginations vénitiennes,
contempler comment cette mer divisée enserrait de ses
méandres, comme les replis du fleuve Océan, une
civilisation urbaine et raffinée, mais qui, isolée par leur
ceinture azurée, s'était développée à part, avait eu à part
ses écoles de peinture et d'architecture — jardin fabuleux
de fruits et d'oiseaux de pierre de couleur, fleuri au milieu
de la mer qui venait le rafraîchir, frappait de son flux le

fût des colonnes et, sur le puissant relief des chapiteaux, comme un regard de sombre azur qui veille dans l'ombre, pose par taches et fait remuer perpétuellement la lumière. Oui, il fallait partir, c'était le moment. Depuis qu'Albertine n'avait plus l'air fâché contre moi, sa possession ne me semblait plus un bien en échange duquel on est prêt à donner tous les autres. Peut-être parce que nous l'aurions fait pour nous débarrasser d'un chagrin, d'une anxiété, qui sont apaisés maintenant. Nous avons réussi à traverser le cerceau de toile à travers lequel nous avons cru un moment que nous ne pourrions jamais passer. Nous avons éclairci l'orage, ramené la sérénité du sourire. Le mystère angoissant d'une haine sans cause connue, et peut-être sans fin, est dissipé. Dès lors nous nous retrouvons face à face avec le problème momentanément écarté d'un bonheur que nous savons impossible. Maintenant que la vie avec Albertine était redevenue possible, je sentis que je ne pourrais en tirer que des malheurs puisqu'elle ne m'aimait pas ; mieux valait la quitter sur la douceur de son consentement, que je prolongerais par le souvenir. Oui, c'était le moment ; il fallait m'informer bien exactement de la date où Andrée allait quitter Paris, agir énergiquement auprès de Mme Bontemps de manière à être bien certain qu'à ce moment-là Albertine ne pourrait aller ni en Hollande, ni à Montjouvain. Il arriverait, si nous savions mieux analyser nos amours, de voir que souvent les femmes ne nous plaisent qu'à cause du contrepoids d'hommes à qui nous avons à les disputer ; ce contrepoids supprimé, le charme de la femme tombe. On en a un exemple douloureux et préventif dans cette prédilection des hommes pour les femmes qui, avant de les connaître, ont commis des fautes, pour ces femmes qu'ils sentent enlisées dans le danger et qu'il leur faut, pendant toute la durée de leur amour, reconquérir ; ou l'exemple postérieur au contraire et nullement dramatique celui-là, de l'homme qui, sentant s'affaiblir son goût pour la femme qu'il aime, applique spontanément les règles qu'il a dégagées, et pour être sûr qu'il ne cesse pas d'aimer la femme, la met dans un milieu dangereux où il lui faut la protéger chaque jour. (Le contraire des hommes qui exigent qu'une femme renonce au théâtre, bien que, d'ailleurs, c'est parce qu'elle avait été au théâtre qu'ils l'ont aimée.)

Et quand ainsi ce départ n'aurait plus d'inconvénients, choisir un jour de beau temps comme celui-ci — il allait y en avoir beaucoup — où Albertine me serait indifférente, où je serais tenté de mille désirs ; il faudrait la laisser sortir sans la voir, puis en me levant, me préparant vite, lui laisser un mot, en profitant de ce que, comme elle ne pourrait à cette époque aller en nul lieu qui m'agitât, je pourrais réussir, en voyage, à ne pas me représenter les actions mauvaises qu'elle pourrait faire et qui me semblaient en ce moment bien indifférentes, du reste, et sans l'avoir revue partir pour Venise. Je sonnai Françoise pour lui demander de m'acheter un guide et un indicateur, comme j'avais fait enfant, quand j'avais déjà voulu préparer un voyage à Venise, réalisation d'un désir aussi violent que celui que j'avais en ce moment ; j'oubliais que, depuis, il en était un que j'avais atteint, sans aucun plaisir, le désir de Balbec, et que Venise, étant aussi un phénomène visible, ne pourrait probablement pas plus que Balbec réaliser un rêve ineffable, celui du temps gothique actualisé d'une mer printanière, et qui venait d'instant en instant frôler mon esprit d'une image enchantée, caressante, insaisissable, mystérieuse et confuse. Françoise ayant entendu mon coup de sonnette entra, assez inquiète de la façon dont je prendrais ses paroles et sa conduite. Elle me dit : « J'étais bien ennuyée que Monsieur sonne si tard aujourd'hui. Je ne savais pas ce que je devais faire. Ce matin à huit heures Mlle Albertine m'a demandé ses malles, j'osais pas y refuser, j'avais peur que Monsieur me dispute si je venais l'éveiller. J'ai eu beau la catéchismer, lui dire d'attendre une heure parce que je pensais toujours que Monsieur allait sonner. Elle n'a pas voulu, elle m'a laissé cette lettre pour Monsieur, et à neuf heures elle est partie. » Et alors — tant on peut ignorer ce qu'on a en soi, puisque j'étais persuadé de mon indifférence pour Albertine — mon souffle fut coupé, je tins mon cœur de mes deux mains, brusquement mouillées par une certaine sueur que je n'avais jamais connue depuis la révélation que mon amie m'avait faite dans le petit tram relativement à l'amie de Mlle Vinteuil, sans que je pusse dire autre chose que : « Ah ! très bien, Françoise, merci, vous avez bien fait naturellement de ne pas me réveiller, laissez-moi un instant, je vais vous sonner tout à l'heure. »

DOSSIER

ESQUISSE

Première version de La Prisonnière

La première version rédigée de la future Prisonnière *date très vraisemblablement de 1914. Proust l'a consignée dans le Cahier 71, qu'il intitule « Dux ». Dans les cent cinq folios de ce cahier de brouillons figurent quarante et un folios paginés par Proust et formant une rédaction continue : le folio 1 contient ce qui est devenu la conclusion de* Sodome et Gomorrhe, *le folio 41 le début d'*Albertine disparue *(voir la préface, p. XII). Vingt-cinq pages — numérotées par Proust de 15 à 39 — correspondent à* La Prisonnière.*

Sans doute ces vingt-cinq pages ne contiennent-elles ni les décors, ni les épisodes mondains, ni les rebondissements de l'intrigue, ni l'esthétique du roman tel que nous le connaissons. Mais on y trouve la situation du huis-clos de La Prisonnière *:* Albertine *« encagée » chez le narrateur jaloux, et déjà la dialectique des sentiments amoureux que conclut la fuite de la captive. Les moments du face à face mettant en scène Albertine et le narrateur sont répétitifs (ils sont décrits à l'imparfait) et intemporels (ils n'apparaissent pas dans l'ordre du récit définitif) : si le thème est bien là, son orchestration manque.*

C'est cette rédaction qu'on pourra lire ici pour la première fois dans sa continuité, les p. 404 (depuis : « Comme d'autre part ») à 406 (jusqu'à : « pas loin de la mienne ») et 411 (depuis : « Mon Dieu ») à 412 (jusqu'à : « la substance de mon cœur ») étant inédites. Ce texte occupe le recto des pages numérotées par l'auteur. Au verso figurent plusieurs ajouts que nous avons insérés dans le texte lorsque Proust a clairement indiqué à quel endroit ils doivent prendre place, rejetant au contraire en notes les additions dont le point d'insertion est incertain. Des étoiles encadrent les indications de montage, « notes de régie » et aide-mémoire de l'auteur, qui ne font pas partie du récit.

La[1] vie réserve quelquefois des joies qui semblaient impossibles. « Mais bien sûr, quel besoin ai-je d'aller à Amsterdam[2], s'écria

Albertine, c'est humide, froid. Comme je serais plus heureuse chez vous. »

Elle y vint, elle eut la chambre bleue, non loin de la mienne. Et tous les soirs après le dîner, elle venait s'asseoir à côté de mon lit. Je ne pensais plus à ses amies d'Amsterdam. Je redevins heureux. Tout le jour, pendant qu'Albertine était sortie (j'avais fait demander à Andrée de tâcher de venir la prendre tous les jours pour sortir[1], car ainsi je savais ce qu'elle avait fait et j'étais tranquille) je connaissais les joies que donne la solitude. *Peut-être ici tout le morceau du troisième volume[2] sur la vie de convalescent. Puis après : Et comme je savais que je ne les éprouvais plus que quand Albertine serait rentrée et causerait avec moi.*

Comme[3] d'autre part la blessure qu'elle m'avait faite en me disant qu'elle était l'amie de Mlle Vinteuil commençait à guérir, comme mon cœur avait refait ceux de ses morceaux que dans ce brusque arrachement le cœur d'Albertine avait emportés, que son cœur n'adhérait plus au mien, qu'il commençait à se mouvoir, à se déplacer sans me faire mal, sans rien arracher de mon cœur, que je pouvais sans que je souffrisse imaginer Albertine vivant loin de moi, je me demandais parfois pendant l'après-midi si en l'épousant je ne gâcherais pas ma vie, si je n'imposerais pas à mes forces une tâche trop lourde tant par la fatigue de me consacrer à un autre être que par l'absence de moi-même où me maintenait cette présence, je ne me priverais pas de ce qui m'avait semblé le bonheur de ma vie, les joies de la solitude[4]. Et je me disais : « Si je pouvais la décider à partir, c'est ce qui vaudrait le mieux pour moi. Sans cela je perdrais ma vie pour quelque chose qui n'est pas le bonheur. »

Sans doute, je savais bien qu'alors elle épouserait quelqu'un d'autre, que peut-être elle aurait des aventures. Mais je n'y attachais pas grande importance si le soleil brillait et si à ce moment-là la crainte d'Amsterdam était hors de ma pensée, même si j'y pensais, j'étais en quelque sorte le maître par un acte vraiment de liberté, de ne pas rester enfermé dans la case particulière de mon cerveau où l'hypothèse d'Albertine appartenant à d'autres m'apparaissait comme la plus terrible qui pût se présenter et à laquelle pour réussir à en écarter la réalisation j'aurais donné fortune et vie[5]. Oui je me sentis libre de pousser la porte de cette case de mon cerveau, j'avais la sensation d'en faire tomber les gonds dans mon cerveau assoupli, de dépasser d'un mouvement musculeux l'état où j'étais confiné, et je riais à l'air libre, dans une région où le mariage d'Albertine avec un autre, ses liaisons avec d'autres me semblaient comme à quelqu'un qui ne l'eût pas aimé des choses sans importance auxquelles il ne valait pas de rien sacrifier. Mais tout d'un coup l'annonce de la visite de la tante d'Albertine qui autrefois m'aurait rempli de joie, m'importuna un de ces jours-là comme une visite ennuyeuse et je me disposais, dans la béatitude ennuyée où j'étais à la congédier au plus vite quand nous parlâmes d'Andrée[6].

« Oui, dit-elle, elle a mauvaise mine. Aussi elle n'a pas pris d'air du tout cette année. Pensez qu'elle a quitté Balbec à la fin de juillet, elle devait revenir passer quelques semaines à Balbec au commencement de septembre... — Elle devait revenir à Balbec au commencement de septembre ? — Oui, vous avez l'air ennuyé, non ? Oui[1], je me rappelle maintenant qu'Albertine m'avait parlé de cela. Mais il me semble que cela s'est décidé bien vite qu'elle ne venait pas. — Cela s'est décidé à la fin d'août n'est-ce pas ? — Je ne me rappelle pas le jour, je crois qu'Albertine a reçu la lettre le 1er septembre. Je vais vous quitter. Vous avez l'air souffrant. »

Du coup Mlle Vinteuil me paraissait inoffensive. C'est d'Andrée que j'étais jaloux. Peut-être était-ce pour la revoir qu'Albertine avait voulu rentrer à Paris, le 1er septembre où elle m'avait brusquement proposé de revenir. Je lui en parlai. Elle me dit qu'elle avait voulu revenir simplement parce qu'elle m'avait trouvé ennuyé. Elle m'en persuada. Mais il n'y avait même pas d'incidents de ce genre pour brusquement réveiller ma jalousie. Dès que revenait le soir, tout d'un coup, à l'heure où jadis à Combray la pensée d'être le soir séparé de ma mère m'apparaissait soudain comme empreint d'une désolation infinie, alors brusquement l'ordre des valeurs dans la vie était entièrement retourné. Surtout il fallait garder pour moi seul Albertine, et j'attendais anxieusement le moment où elle allait rentrer.

D'ailleurs[2] que faisait-elle dans ses promenades ? Tout l'après-midi ma pensée l'y suivait, décrivant un horizon lointain, en gardant autour d'un centre qui était mon lit une zone indéterminée, nue, poétique, dans laquelle parfois Andrée mettait rétrospectivement un point déterminé en me racontant tel détail, tel incident, dont la rencontre de telle personne. Ce fait qu'elle me disait ainsi comme un fragment de réponse à l'immense question indéterminée que je me posais relativement aux actions d'Albertine mais qui ne se rapportant à rien ne pouvait être bien douloureuse et était à la jalousie ce qu'est à un chagrin l'oubli où le calme naît du vague. Mais ce fait, s'il était une réponse posait à son tour beaucoup d'autres questions. Elles avaient rencontré une amie[3]. Albertine ne m'avait jamais parlé d'elle. Qu'avaient-elles dit ? « Je ne sais trop, disait Andrée, car j'ai profité de ce qu'Albertine n'était pas seule pour aller acheter de la laine pour Albertine. — Acheter de la laine ? — Oui c'est Albertine qui me l'avait demandé. — Ah ! Et ne vous avait-elle demandé d'aller l'acheter, de la quitter, qu'une fois que son amie avait été là ? — Non, elle me l'avait dit avant. » J'éprouvais un soulagement. Mais qui sait si elle n'avait pas donné rendez-vous à cette amie et si quand elle avait parlé à Andrée de la laine à aller acheter elle ne savait pas déjà qu'elle aurait besoin de se trouver seule ? D'ailleurs qui m'assurait qu'Andrée me disait la vérité, qu'elle n'était pas d'accord avec Albertine ? Et ainsi chaque fois que j'arrivais à explorer un peu de cette zone mystérieuse qui s'étendait autour de moi, je ne faisais qu'en reculer l'horizon qui s'étendait toujours aussi loin de moi, poétique d'ailleurs, comme l'air et la mer demeurent bleus quand ils sont vides, étendus et distants, et faisait autour de mon lit douloureux un

« fond » bleuâtre, plus mystérieux que celui qui encadre telle figure
de martyr dans les tableaux des primitifs, car il était cette grande
région insondable, d'inconnaissable, qu'est pour nous — quand par
hasard nous nous la représentons en profondeur — la vie d'une autre
personne. Ce n'est pas que sur ces régions inconnues je n'eusse
quelques lueurs comme celles qui nous viennent d'une comète qui
passe dans la voie lactée. Parfois ces signes mystérieux manquaient
et c'était ce qui valait le mieux pour moi parce qu'alors la présence
d'Albertine quand elle rentrait m'apportait l'apaisement car je croyais
tenir toute sa vie près de moi, sur mon lit, entre mes bras.

J'enviais mon bonheur qu'elle ne m'eût encore jamais demandé
à aller en virée, chez des amies, à aller passer 48 heures à la campagne,
et que chaque soir après le dîner elle vînt m'apporter l'apaisement
en venant s'asseoir à côté de mon lit, passant toute une heure à causer
ou à jouer aux cartes[1], jusqu'au moment où elle me quittait, calme
et confiant, pour aller se coucher dans la chambre jaune qui n'était
pas loin de la mienne[2].

On[3] venait me dire qu'elle était là ; et encore avait-on l'ordre de
ne jamais la nommer si je n'étais pas seul, et j'attendais qu'elle fût
rentrée dans sa chambre avant de faire sortir l'ami ou l'amie qui avait
pu venir me voir ; car je cachais qu'elle habitait la maison, et même
qu'elle vînt me voir tant j'avais peur qu'on ne s'amourachât d'elle,
qu'on l'attendît devant la porte, ou que dans l'instant d'une rencontre
dans le couloir ou dans l'antichambre, elle pût faire un signe et donner
un rendez-vous. Même alors quand elle venait auprès de moi et que
je croyais tenir toute sa vie auprès de moi, cette vie ne m'apparaissait
pas comme celle des autres, je la sentais pleine du temps et c'était
d'ailleurs une beauté. Sans doute je ne trouvais pas auprès d'elle un
plaisir aussi puissant que celui que me donnait la solitude, car j'étais,
quand Albertine était là, moins complètement moi-même, mais il était
infiniment plus fort, parce que ma personnalité s'y aliénait moins,
que celui que je trouvais, non seulement dans la vie mondaine et
qui n'était même pas un plaisir, mais que celui que me donnait mon
amitié avec Saint-Loup. Nos relations avec un être modifient d'une
façon si insensible mais si continue ce qu'il avait été pour nous tout
d'abord que c'était pour moi une espèce d'émerveillement quand
Albertine, au bout d'un instant, ayant enlevé ses affaires, venait
s'asseoir au pied de mon lit[4], de penser que cette jeune fille au fond
de laquelle existait une idée de moi fort familière et tout l'amalgame
des sentiments qu'elle avait formés pour moi, et des réactions de mes
sentiments sur les siens au cours de ces derniers mois, était la même
que j'avais vue pour la première fois rieuse devant l'hôtel, le long
de la grève à Balbec.

Je[5] retrouvais cette image ancienne dans ma mémoire ; ses yeux
étaient insistants et rieurs sous le petit polo plat ; elle se détachait
sur la mer ; je me disais : « C'était elle ! » et en touchant ses joues
rebondies, en mettant ma bouche sur ses lèvres, je ne cessais de me
répéter : « C'était elle ! » pour que ce que je possédais fût bien
ce que j'avais désiré, pour replacer la sensation que j'éprouvais dans

le cadre de mon premier désir. J'aurais voulu pouvoir appliquer la figure actuelle sur l'image d'autrefois et les faire se rejoindre. Mais non, je sentis mieux la beauté dans les espèces du temps emmêlées en voyant les diverses positions que l'image d'Albertine avait prises par rapport à moi. D'abord mince, inconnue, une silhouette sur la mer, placée sur un plan parallèle à moi, et dont je n'aurais jamais pu m'approcher. Puis, par Elstir — par ce qu'on appelle la présentation — ma vie était devenue comme perpendiculaire à la sienne, j'étais allé à elle, et dans une certaine mesure, par mes paroles qu'elle entendait, par mes regards auxquels elle répondait, par mes actions de tous les jours auxquelles les siennes répondaient (par ce qu'on appelle être en relation) j'avais dans une certaine mesure pénétré en elle. Elle reparaissait ainsi à certaines années différentes de ma vie, comme dans des plans différents, et où sa position par rapport à moi n'était pas la même. Et avec elle était entrée maintenant[1] cette quatrième dimension, celle du Temps[2].

Cette[3] quatrième dimension, celle du Temps, que je trouvais autrefois à l'église de Combray, combien je la trouvais plus à Albertine ; tandis que les autres êtres se détachaient pour moi comme à plat, ne projetant devant moi que le faisceau de ce qu'ils me représentaient dans la vie actuelle, elle se modelait tendrement pour moi dans le temps qui lui faisait une sorte de volume, donnant de la profondeur aux ombres qui étaient autour d'elle, réservant l'intervalle des années où j'étais resté sans la voir, et après la diaphane épaisseur desquelles elle avait tout d'un coup resurgi[4]. Bien qu'à cause d'elle et pour qu'on l'ignorât je tâchais de ne plus voir personne, si pendant qu'elle était près de moi quelque ami, Bloch ou Saint-Loup, venait pour me voir et que je fusse obligé de les recevoir quelques minutes, je commençais par la faire rentrer dans sa chambre, et m'arrangeais à ce qu'elle n'en sortît que quand ils seraient dans l'escalier, et tandis qu'en s'en allant ils passaient dans le couloir, séparés d'Albertine par une simple porte, je trouvais quelque chose de beau à penser que je possédais ainsi dans cette chambre, pareille au coffret précieux du conte, une personne plus merveilleuse pour moi que la princesse de la Chine, presque une sorte de grande déesse, incarnant cette présence à côté de laquelle nous passons d'ordinaire sans la soupçonner, le Temps[5]. Je disais qu'elle se modelait sur le fond des années écoulées ; pas seulement ; celles-ci étaient en elles comme un abîme que j'apercevais sans pouvoir m'en approcher, cet abîme des minutes inconnues, cet abîme de la vie d'un autre être que d'ordinaire nous ne soupçonnons pas, parce que nous appelons les autres des êtres par commodité de langage, mais sans leur conférer l'existence. Je touchais ses mains, j'embrassais ses joues, comme on aime ces pierres où habite l'antiquité de la terre, ou le schéma des océans profonds, ou un rayon provenant d'un astre. J'écoutais sa voix, je provoquais ses réponses, je caressais ses joues, mais je sentis que je ne faisais que jouer sur l'enveloppe d'un être qui donnait par ailleurs sur un infini.

Je[1] la regardais. Son visage était rose et à cause de son sourire, plissé comme une rose mousseuse *(mettre en son temps qu'elle est ainsi et que c'est une des Albertine)*. Mais comme je me serais trompé moi-même si j'avais cru n'avoir de plaisir à la regarder dans ma chambre, si je n'avais cru ne l'aimer que comme une belle rose mousseuse. Ou plutôt, dans les moments où c'était ainsi, je recommençais à ne plus l'aimer ; mais je recommençais à souffrir par elle, à l'aimer, dès que sous cette surface rose et plissée se creusait, quand je sentais que je remuais et faisais bouger cette tête rose que mon cœur avait voulu remplir, un inexhaustible gouffre, car nous n'aimons que les choses sous l'apparence desquelles nous imaginons quelque chose d'inaccessible. Derrière son visage c'était toutes ses pensées. Je ne la gardais plus près de moi que comme une rose, car derrière elle se creusait perpétuellement le gouffre d'un espace vide que mon cœur aurait voulu remplir. Derrière son visage c'était toutes ces soirées, toute une ville que je sentais inaccessible et continue.

Qu'avait-elle fait dans ces promenades ? Qui l'y avait accompagnée ? Elle rentrait tard, disait-elle, et je sentais ces soirées de la campagne hollandaise qu'elle avait parcourue avec des amies et le retour dans les rues d'Amsterdam où elle connaissait tout le monde, où elle avait peut-être de mauvaises relations, où les soirées se prolongeaient tard, où la foule est compacte et allumée par les bons repas, par ces soirs, dans ces rues, dont je voyais derrière son visage, dans ses yeux comme dans les glaces trompeuses d'une voiture, les feux innombrables, inatteignibles et reflétés.

Mais hélas cette beauté même de contenir, à l'encontre des autres êtres qui pour nous ne contiennent rien, les fluides profondeurs du temps, il y avait certains soirs où elle me devenait atrocement douloureuse, ceux où je sentais tout d'un coup, comme un éclair de chaleur, la présence de la vie inconnue d'Albertine, et elle la reculait jusqu'à ces distances où évoluent dans d'autres cieux des mondes inaccessibles, sentir tout ce qu'il y avait, à côté de moi, d'inconnu en elle, ne m'apportant plus de la beauté mais du désespoir. C'était les soirs où sa présence ne m'apportait aucun apaisement.

*Capital[2].

Il y a deux idées que je n'oublierai pas dans ce livre et que peut-être je mettrai dans cette partie, oui, cela expliquera le départ d'Albertine, pour les rapports de moi avec Albertine.

La première se rapporte forcément à moi (je vois que je fonds les deux et ce n'est pas mal ainsi, explique les départs d'Albertine).* Chose curieuse, car de tous les principes sous lesquels j'avais regimbé si douloureusement pendant mon enfance incomprise, sévérité trop raisonnable de ma grand-mère, arbitraire violent de mon père, qui opprimaient mais du dehors et restaient extérieurs et distants à mon enfance incomprise, maintenant ils nous avaient rejoints, je me les étais incorporés, c'était mon tour d'en faire souffrir les autres. Chaque fois qu'Albertine était triste sans raison je devenais froid, ironique : « Si vous étiez malade, s'il vous était arrivé malheur je serais le premier à vous plaindre, mais au fond vous n'avez aucune tristesse.

peut-être n'en éprouveriez-vous pas si vous perdiez quelqu'un que vous aimez, car ce gaspillage de sensiblerie, etc. » Et me rappelant que c'était là des idées de ma grand-mère, des choses qu'elle disait par exemple à Françoise, j'étais persuadé d'être dans le vrai. D'autre part par une sorte d'arbitraire comme en avait mon père, j'annonçais des déterminations que ma fraternité de nature avec le nervosisme d'Albertine me faisait obscurément pressentir devoir jeter dans son âme le plus grand désarroi. Je ne comptais nullement mettre à exécution mes paroles, pas plus que quand je disais à ma grand-mère que je ferais telle chose qui lui déplaisait je ne comptais le faire, mais en annonçant ainsi les choses qui pouvaient justement affoler sa peur des changements, ses goûts de liberté, etc. en disant négligemment : « Comme je ne compte pas rester dans cet appartement, comme nous allons peut-être aller passer six mois dans un ermitage », j'éveillais en elle des affolements, des résistances, pour des faits qui n'auraient pas lieu, alors que j'eusse pu les lui faire accepter en ménageant ce que ma grand-mère jugeait qui n'était pas digne d'être ménagé, ce que mon père ne ménageait pas par incompréhension, et ce que moi je ne ménageais pas par trop de compréhension qui me faisait haïr comme trop semblables à moi les résistances que précisément moi j'aurais eues, moi qui craignais tant les départs, les changements de maison, etc. *(mettre cette queue de phrase avant pour finir plutôt sur « que précisément j'aurais eues ». D'ailleurs tout cela est à récrire mieux)*.

Quand elle arrivait, si elle avait pour le lendemain quelque projet, quelque désir, je m'en apercevais tout de suite, et je sentais que ma pensée qui d'habitude restait calme comme le petit bouchon de liège à la surface de l'étang de Tansonville, à regarder sans le voir le miroir uniforme et vide des après-midi d'Albertine, allait trembler désespérément, agrippée, tirée par quelque chose d'invisible qui « mordrait ». Certes, parfois ce désir qu'elle avait, elle me le confiait ; et s'il avait pour objet d'entendre une œuvre musicale, d'aller faire une excursion, de prendre ce plaisir que j'aurais pu partager avec elle, je mettais à le lui procurer une ardeur que je n'aurais déployée pour personne. Mais d'autres fois, ce désir que je lui voyais elle ne m'en disait pas l'objet, je me figurais qu'il était provoqué par un autre être, et cela je ne pouvais le supporter. Elle n'avait pas besoin de me dire qu'elle avait un désir, qu'elle avait formé un projet ; ce désir je le voyais, inconnu, rétif, indomptable, et dont son visage rond comme un œuf rose était rempli. Je comprenais qu'elle voulait aller ici ou là, faire telle ou telle chose, je ne savais pas pourquoi, dans quel but, pour arriver à quel plaisir, mais je savais qu'elle voulait le faire rien qu'à la manière nonchalante dont elle disait qu'elle le ferait peut-être, peut-être pas, ce qui était une manière à la fois d'en notifier l'intention, d'en préparer les moyens et d'en diminuer l'importance.

Elle disait ne pas y tenir ; mais ma volonté, soudain soulevée, éperdue, se passionnait pour que cette chose Albertine ne la fît pas, et que je déguisais sous des paroles de feinte indifférence, sous des conseils de tel ou tel emploi de journée pour le lendemain, desquels l'expression était aussi flottante que l'avait été celle du désir d'Albertine ; mes conseils dès qu'ils venaient toucher chez elle cette volonté qu'elle n'avait pas exprimée et que j'avais devinée, sentaient en elle la répulsion d'une électricité contraire, tiraient des étincelles. Je m'arrangeais pour l'obliger à aller le lendemain justement à un autre endroit que celui qu'elle avait choisi et qui m'avait soudain alarmé.

Et ainsi je recommençais comme autrefois à être méchant avec elle. Sans doute je me disais, si je ne l'aimais pas je ne serais pas si méchant avec elle et peut-être elle n'aurait pas de gratitude. Mais cet amour qui me faisait être méchant était aussi la source de gentillesses infinies pour elle que je n'eusse pas eues si je ne l'eusse pas aimée. De sorte qu'il me semblait que tout compte fait mon amour devait plutôt la toucher.

J'aurais pu lui confirmer que j'avais agi par amour. Être méchant du moment que je l'aimais, c'était si naturel. L'intérêt que nous témoignons aux autres, à ce qu'ils désirent, ne nous empêche pas d'être doux avec eux, car cet intérêt est mensonger ; les autres que nous-même nous sont au fond indifférents et l'indifférence ne pousse pas à la méchanceté. Je n'aurais pu m'excuser de mes ruses, de ma duplicité, qu'en lui avouant que j'avais agi par amour. Mais j'avais peur qu'apprendre mon amour — souvent je craignais qu'elle ne s'en doutât — ne refroidît plus jamais ses sentiments pour moi que ne pouvait faire une méchanceté[1]. Puis je sentais entre nous depuis quelque temps l'intervalle d'un silence qui devait consister en des griefs irréparables qu'elle taisait. Pour contrecarrer ses projets j'avais souvent été obligé de ruser, de mentir, de me confier à Andrée et de lui dire : « Empêchez Albertine d'aller ici ou là. » Parfois même, ayant perdu le soupçon qu'Albertine avait pu revenir pour Andrée et ayant bien l'impression qu'il n'y avait rien entre elles, je me demandais si Andrée n'avait pas dit à Albertine que je lui avais fait telle ou telle recommandation. Elle m'affirmait que non. Albertine ne me l'avait jamais dit. Mais pourtant je sentais que depuis ce jour, d'Albertine s'était retirée la confiance qu'elle avait eue longtemps en moi, elle n'avait plus jamais avec moi de ces expansions qu'elle avait encore avec moi à Balbec, il n'y avait pas deux mois, quand elle me disait : « Ce que vous êtes gentil ! »

Je pensais avec douleur que je n'étais plus pour elle ce que j'avais été, qu'elle confiait à d'autres ce qu'elle m'eût jadis confié à moi quand en effet elle avait encore raison d'avoir confiance. Je sentais s'ouvrir en elle des chemins inconnus que sa pensée parcourait seule, encore d'autres, des chemins dans lesquels je ne voyais pas clair et où elle ne m'amènerait pas. Et même une sorte de rudesse hostile protégeait maintenant contre moi son visage, certains soirs, en dehors même de ceux où je m'arrangeais à l'empêcher de faire le lendemain ce qu'elle avait projeté. J'y réussissais d'autant mieux qu'elle ne luttait pas, elle restait douce, cédant, mais je sentais dans ses regards muets le regret de joies que je ne devinais pas et qu'elle préférait renoncer plutôt que de révéler. Combien alors je souffrais de cette affreuse position où nous a réduits le caprice ou les lois de la nature quand elle a institué la division des corps et n'a pas permis l'interpénétration des âmes, combien je souffrais d'être auprès de l'âme de cet autre être comme un spectateur qu'on n'a pas laissé entrer dans la salle et qui par le carreau de verre d'une porte ne peut apercevoir rien de ce qui se passe sur la scène. À quoi bon demander à Albertine ce qu'elle voyait à ce moment-là. Mais je sentais que toute la soirée elle garderait devant les yeux les paysages que je n'apercevais pas et dont la contemplation qui m'était refusée l'empêchait par cela même d'être à ce moment-là pareille à moi.

Je[1] sentais que sa présence ne m'apporterait aucun apaisement, que les minutes nous rapprochaient du moment où elle me dirait . « Bonsoir, je vais aller me coucher », comme d'un malheur inévitable ; une fois qu'elle me l'avait dit, je lui répondis froidement : « Bonsoir. » Mon cœur battait dans l'angoisse de sentir que si je voulais la retenir je n'avais plus qu'un instant pour trouver un prétexte, qu'elle était déjà près de la porte. Et quand elle l'avait refermée, quand je l'avais entendue entrer dans sa chambre, je sautais à bas du lit, je marchais dans le couloir, j'espérais qu'elle m'appellerait ; elle ne le faisait pas, je rentrais dans ma chambre, je cherchais si elle n'avait pas oublié quelque objet que je pusse lui rapporter afin d'avoir un prétexte pour entrer chez elle. Puis je voyais qu'elle avait éteint sa bougie ; j'écoutais, haletant, devant sa porte et quand j'étais gelé, je rentrais dans ma chambre, je me couchais et commençais à pleurer. Alors j'en voulais à Andrée, mais je ne lui en demandais pas moins de promener le lendemain Albertine car si elle m'avait fait ce mal de miner la confiance qu'Albertine avait en moi, du moins était-elle pour elle une amie peut-être un peu ennuyeuse, dont Albertine supportait impatiemment la tutelle, mais enfin une surveillante et un guide et qui la préservait de toutes les jeunes filles louches du genre de Mlle Vinteuil.

Mon Dieu, quand je pense à ce luxe inouï que je m'offris d'avoir à moi cette œuvre d'art prisonnière et vivante quand tant d'autres à ma place ont collectionné plus facilement des chefs-d'œuvre, quand je pense à tout l'effort qu'il me fallut faire pour tâcher de mettre mes forces fléchissantes à même de ne pas se laisser trop dépasser par les forces ardentes de sa jeunesse, et avec la détresse aussi de sentir que j'étais[2] obligé de restreindre de plus en plus sa liberté et ses joies pour tâcher qu'elle n'en connût pas les plus grandes, sinon sans que je les partageasse, du moins sans que je les apprisse, eh ! bien, pour ce qui est de moi-même je ne regrette rien. Je regrette la solitude qui tant qu'elle ne la partageait pas avec moi n'était pas douloureuse et du moins était féconde. Je sais qu'à l'être qu'on aime on ne donne pas de soi comme à l'œuvre d'art que l'on crée. Mais pour les œuvres d'art des autres, pour les statues et les tableaux, je ne les regrette pas. Ils ne m'auraient pas ouvert ce chemin de communication privé, secret, ouvert comme une blessure, sur la vie des autres qu'est la jalousie. Ce qu'avait pu faire tel soir Albertine avec Andrée, ce qui avait pu se passer tel soir dans la maison aux escaliers vernis d'Amsterdam sur l'Herengracht[1], quelle curiosité esthétique, mondaine, historique, ne peut s'appeler de l'indifférence, auprès de la curiosité douloureuse que j'avais, et qui creusait vraiment à même mon cœur une sorte de chemin public, d'ouverture sur l'infini de l'espace et du temps, par où tous les événements où avaient pu être mêlée Albertine entraient en moi, me brûlaient comme du feu, me faisaient souffrir mille morts. Et si ma blessure se cicatrisait, si je recommençais à goûter cet état de bienheureuse indifférence à ce qui n'est pas nous, qui est le seul état que nous puissions connaître, en dehors de l'amour, bien vite quelque mot entendu, quelque geste surpris rouvrait en moi le chemin sanglant. Tout de même la possession d'un tableau n'eût pas fait cela, il n'aurait pas eu cet accès immédiat sur la réalité, sur la vie, qui me permettent avec une avidité douloureuse, d'en donner tout ce que j'avais, pour tenter de connaître, de reconstituer dans leur détail ces soirs anciens, des scènes (comme il s'en était passé à Montjouvain) qui avaient pu se passer dans des maisons détruites ou vendues, et qu'avec une avidité douloureuse j'assimilais à la substance de mon cœur.

Hélas la double hypothèse qu'en toutes choses je formais sur Albertine, je la formais aussi sur l'avenir qui nous était réservé. En tenant compte de ce qu'elle me disait, des projets que je lui soumettais et qu'elle approuvait, je me disais : « Elle restera toujours auprès de moi », et j'en étais plutôt ennuyé. Je me disais : « Consentira-t-elle à me quitter quand je le voudrai ? » En tout cas, cela ne faisait rien parce qu'à ce moment je ne le voulais pas encore. Mais cette certitude de l'avoir auprès de moi durcissait chaque jour, rendait chaque jour plus consistante en moi cette âme calme pour laquelle Albertine comptait si peu, bien moins que mille attraits de la vie dont elle m'empêchait de jouir. J'aurais tant voulu aller à Venise. Mais en gondole, qui sait si elle ne s'éprendrait pas d'un gondolier. J'aimais mieux la tenir dans sa chambre. Seulement, il y avait aussi une autre hypothèse. Celle-là n'était étayée sur rien, que sur des regards, sur de soudains changements, des mauvaises humeurs sans cause. Il m'aurait été facile de lui prouver qu'elle avait tort. Mais j'aimais mieux ne pas l'essayer. Alors, dans cette hypothèse-là, je me disais qu'elle me quitterait un jour. Mais, n'étant pas logique avec moi-même, bien que ce ne fût pas sur les choses qu'elle disait, sur les choses qu'elle annonçait, que cette hypothèse-là était étayée, bien au contraire, puisqu'elle les contredisaient, je me disais qu'il y aurait toujours le temps d'aviser quand elle m'annoncerait qu'elle avait assez de cette vie, quand elle me donnerait ses raisons, alors je la détournerais de ses résolutions, je réfuterais ses raisons. Pourtant, un soir où elle avait été fâchée d'une chose où j'étais sûr d'avoir raison, bien qu'elle ne m'eût rien annoncé, j'éprouvai le besoin de lui dire : si vous voulez, demain soir nous ferons cela, puis après-demain cela, et puis dans quinze jours, et elle ne dit pas non. Seulement son visage, triste, son regard avait l'air d'avoir un secret. Quand elle m'embrassa avant de me dire bonsoir, elle ne m'embrassa qu'une fois au lieu de recommencer comme d'habitude ; quand elle fut à la porte, j'en eus du regret : « Albertine, lui dis-je, je n'ai aucun sommeil. Si vous n'aviez pas sommeil vous auriez pu rester encore un peu, si vous voulez, moi je n'y tiens pas et surtout je ne veux pas vous fatiguer. » Elle me dit : « Mais je peux rester tant que vous voulez, je n'ai pas sommeil. »

Mais elle n'en profita pas pour m'embrasser davantage et je voyais toujours dans sa figure le même secret. Elle n'avait plus l'air irrité comme les jours précédents[1], mais elle avait l'air par une certaine froideur de mettre d'avance son attitude en harmonie avec des choses que je ne savais pas. Quand je vis que d'elle-même elle ne m'embrassait plus, alors je lui dis : « Bonsoir, il est trop tard », pour faire recommencer tout de suite le moment où elle m'embrasserait et le faire durer ensuite toute la partie de la nuit que nous pourrions encore passer ensemble. Elle m'embrassa sur chaque joue, tendit chacune des siennes, mais aussitôt se leva, me tendit la main et dit : « Tâchez de bien dormir. » Mais je ne pus m'endormir qu'au matin. Quand je m'éveillai très tard, Françoise me remit une lettre d'elle et me dit : « Mlle Albertine m'a fait préparer ce matin ses affaires et elle est partie il y a une heure[2]. »

(Cahiers 71, n.a. fr. 18321, f° 72 r°, 78 r°-81 r° et 80 v°-82 v°, 92 r°-v°-98 r°, 84 r°-91 r°, 98 r°-100 r°, 102 r°-104 r°).

BIBLIOGRAPHIE

Éditions

La Prisonnière, Éditions de La Nouvelle Revue Française, 2 vol., achevé d'imprimer le 14 novembre 1923.

À la recherche du temps perdu, édition de Pierre Clarac et André Ferré, préface d'André Maurois, « Bibliothèque de la Pléiade », Gallimard, 1954, 3 vol. *La Prisonnière* figure dans le tome III.

La Prisonnière, édition de Jean Milly, « GF » Flammarion, 1984.

À la recherche du temps perdu, « Bouquins », Laffont, 1987, 3 vol. *La Prisonnière* figure dans le tome III, texte établi par Thierry Laget, notes d'André Alain Morello, préface de Bernard Raffalli.

À la recherche du temps perdu, édition publiée sous la direction de Jean-Yves Tadié, « Bibliothèque de la Pléiade », Gallimard, 1987-1989, 4 vol. *La Prisonnière* figure dans le tome III (1988), texte et esquisses présentés, établis et annotés par Pierre-Edmond Robert.

Études critiques

Pour la bibliographie qui concerne l'ensemble d'*À la recherche du temps perdu*, nous renvoyons à *Du côté de chez Swann*, « Folio », Gallimard, 1988, ainsi qu'aux bibliographies contenues dans Jean-Yves Tadié, *Proust*, Belfond, 1983, *Proust et le roman* (1971), Gallimard, « Tel », 1986, et dans les *Études proustiennes* (Cahiers Marcel Proust, Gallimard, 1973-1987, où les bibliographies sont dues à René Rancœur).

Études concernant plus particulièrement la genèse de *La Prisonnière* :

Albert Feuillerat, *Comment Marcel Proust a composé son roman*, New Haven, Yale University Press, 1934.

Maurice Bardèche, *Marcel Proust romancier*, Les Sept Couleurs, 1971, 2 vol.

Henri Bonnet, *Marcel Proust de 1907 à 1914* (1959), Nizet, 1971 et 1976, 2 vol.

Kazuyoshi Yoshikawa, « Études sur la genèse de *La Prisonnière* d'après des brouillons inédits », thèse de 3ᵉ cycle, Université de Paris IV, 1976 (partiellement publiée dans le *Bulletin d'informations proustiennes*, nº 7, 1978, et dans les *Études proustiennes III*, Gallimard, 1979).

Jean Milly, « Étude génétique de la rêverie des chambres dans l'"Ouverture" de la *Recherche* », *Bulletin d'informations proustiennes*, nᵒˢ 10 et 11, 1979 et 1980.

Matinée chez la Princesse de Guermantes (Cahiers du Temps retrouvé*)*, éd. Henri Bonnet et Bernard Brun, Gallimard, 1982.

Takaharu Ishiki, « Maria la Hollandaise et la naissance d'Albertine dans les manuscrits d'*À la recherche du temps perdu* », thèse (1984) de l'Université de Paris III, 1986 (publiée en version japonaise : 1988).

Jean Milly « L'ouverture de *La Prisonnière* d'après le manuscrit "définitif" et les dactylographies », *Cahiers Marcel Proust* nº 14, Gallimard, 1987.

Bernard Brun, « Étude génétique de l'"ouverture" de *La Prisonnière* », *Cahiers Marcel Proust* nº 14, Gallimard, 1987.

Ouvrages de référence

Jacques Nathan, *Citations, références et allusions de Marcel Proust dans* « À la recherche du temps perdu » (1953), Nizet, 1969.

Maxine Arnold Vogely, *A Proust Dictionary*, Troy, New York, The Whitston Publishing Company, 1981.

Étienne Brunet, *Le Vocabulaire de Proust*, préface de Jean-Yves Tadié, Genève, Slatkine, Paris, Champion, 1983, 3 vol.

Marcel Proust, *Alla ricerca del tempo perduto*, t. III, éd. italienne sous la direction de Luciano De Maria, trad. de Giovanni Raboni, notes d'Alberto Beretta Anguissola, Milan, Mondadori, 1989.

Jean-Yves Tadié, *Marcel Proust,* coll. « Nrf biographies », Gallimard, 1996.

NOTES

Page 4.

1. Dans ses brouillons, Proust avait d'abord indiqué la destination : Amsterdam (rappelons qu'avant l'invention d'Albertine, la jeune fille, qui portait alors le prénom de Maria, était hollandaise — voir la préface, p. XII), destination devenue Nice (souvenir d'Agostinelli) dans le manuscrit, avant d'être corrigée en « faire une croisière » sur la dactylographie.

2. Le capitaine de Borodino : le supérieur de Robert de Saint-Loup à Doncières, lors de la visite du narrateur. Voir *Guermantes*, p. 67.

Page 5.

1. Refrain du *Biniou*, romance d'Hippolyte Guérin et Émile Durand.

2. Premier vers de la dernière strophe de *Pensée d'automne* d'Armand Silvestre, mélodie de Jules Massenet.

Page 7.

1. Cet « article » renvoie à *Swann*, p. 179, pour le contenu, et au projet du *Contre Sainte-Beuve* de 1908 où devait figurer une conversation entre le narrateur et sa mère à propos d'un article de critique de celui-ci dans *Le Figaro* du jour, pour les circonstances de sa lecture. Voir encore p. 110, et p. 361 la conversation littéraire avec Albertine, nouvelle version de la conversation du *Contre Sainte-Beuve*.

Page 11.

1. Lettre de Mme de Sévigné à Mme de Grignan, 5 janvier 1676 : « Vous me dites bien sérieusement en parlant de ma lettre : *monsieur votre père*. J'ai cru que nous n'étions point du tout parentes. Que vous était-il à votre avis ? »

2. Les premiers éditeurs de *La Prisonnière*, en 1923, avaient substitué ici le nom de Françoise à celui de Céleste. Mais Proust s'était bien donné cette indication, dans le cahier de brouillons 59 : « Pour *Sodome III* (ou *II* s'il en est temps encore) Céleste Albaret me dit : "Ô divinité du ciel reposée sur un lit." » Dans *Sodome*, p. 240 et suivantes, Céleste est l'une des deux courrières du Grand-Hôtel de Balbec. Dans *Sodome et Gomorrhe III*, c'est-à-dire *La Prisonnière*, Céleste Albaret figure encore p. 121.

Page 12.

1. *Esther*, I, III, v. 195-196 (Racine écrit : « à leurs yeux », non « à ses yeux »), 199-200, 201-204. Le motif racinien qui court tout au long de la *Recherche* et qu'on a vu plus particulièrement lié à l'homosexualité dans *Sodome* (voir p. 64, n. 1), est, dans *La Prisonnière*, associé au thème de la captivité ; voir les citations des p. 111, 380, 397, ainsi que les allusions des p. 90 et 117.

Page 24.

1. La comparaison avec le voyage aux Enfers d'Orphée, venu en arracher Eurydice, est aussi pour le narrateur un rappel de ses jeux avec Gilberte — aux Champs-Élysées — près du « petit pavillon treillissé de vert » de la « marquise ». Une « fraîche odeur de renfermé » y évoquait Combray (les *Jeunes Filles*, p. 60, 63, 65).

Page 27.

1. Mariano Fortuny y Madrazo (1871-1949), peintre et décorateur, fonda une fabrique d'étoffes à Venise, en 1907, et dessina des robes renouvelées de l'antique. Écrivant à Maria de Madrazo, sœur de Reynaldo Hahn et tante par alliance de Fortuny, Proust lui annonçait dans une lettre du 17 février 1916 : « Le "leitmotiv" *Fortuny*, peu développé, mais capital jouera son rôle tour à tour sensuel, poétique et douloureux. » Décrivant la future *Prisonnière*, alors non dissociée du « 3ᵉ volume » de son roman, il explique : « Quand Albertine plus tard (troisième volume) est fiancée avec moi, elle me parle des robes de Fortuny (que je nomme à partir de ce moment chaque fois) et je lui fais la surprise de lui en donner. La description très brève, de ces robes, illustre nos scènes d'amour (et c'est pour cela que je préfère des robes de chambre parce qu'elle est dans ma chambre en déshabillé somptueux mais déshabillé) et comme, tant qu'elle est vivante j'ignore à quel point je l'aime, ces robes m'évoquent surtout Venise, le désir d'y aller, ce à quoi elle est un obstacle etc. Le roman suit son cours, elle me quitte, elle meurt. Longtemps après, après de grandes souffrances que suit un oubli relatif je vais à Venise mais dans les tableaux de xxx (disons Carpaccio puisque vous dites que Fortuny s'est inspiré de *Carpaccio*), je retrouve telle robe que je lui ai donnée. Autrefois cette robe m'évoquait Venise et me donnait envie de quitter Albertine, maintenant le Carpaccio où je la vois m'évoque Albertine et me rend Venise douloureux » (*Correspondance*, t. XV, p. 57). Pour les robes de Fortuny, voir p. 36, 147, 171, 199, 355-357, 379, 384, 390 et 397.

2. Dans *Les Secrets de la princesse de Cadignan*, cette héroïne de Balzac choisit en effet ses toilettes en fonction des circonstances de sa vie sentimentale (voir *Sodome*, p. 441-442).

3. Comme il l'avait fait par le truchement de Mme de Villeparisis, Proust évoque ici, par narrateur interposé, le phénomène des modes littéraires, des erreurs d'interprétation que provoque une trop grande proximité chronologique et personnelle avec les écrivains. Ces derniers peuvent ne pas se montrer plus perspicaces que le critique littéraire ; si Mérimée a méconnu Baudelaire, Paul-Louis Courier rejeté Victor Hugo première manière et Meilhac ignoré Mallarmé, Stendhal et Balzac, en revanche, se sont témoigné une admiration réciproque (mais on a vu Mme de Villeparisis faire allusion au « haussement d'épaules » de Stendhal à propos de Balzac, *Jeunes Filles*, p. 278 et n. 3).

Page 28.

1. Lorsqu'il passait la saison à Cabourg, Proust dînait parfois dans cette ferme-restaurant, à Dives dans le Calvados.

Page 29.

1. C'est *François le Champi*, et non *La Petite Fadette* (*La Mare au Diable* et *Les Maîtres sonneurs* sont également mentionnés) de George Sand, que la mère du narrateur lui lit à Combray ; voir *Swann*, p. 39, et p. 42 les remarques sur le style de George Sand. Quant à Chateaubriand, il ne fait qu'une rapide allusion à des légendes de Combourg dans les *Mémoires d'Outre-Tombe* (1re partie, livre III, chap. III, et livre V, chap. IV).

2. C'est Louis XIV qui érigea en duché-pairie l'ancienne seigneurie de Warty (aujourd'hui Fitz-James, dans l'Oise) en faveur de James Fitzjames (1670-1734), naturalisé français, fils naturel du duc d'York et neveu du grand Marlbrough.

3. Voir *Swann*, p. 15, n. 1.

Page 30.

1. Pampille est le pseudonyme sous lequel Mme Léon Daudet publiait des recettes de cuisine dans *L'Action française*. Proust l'a déjà évoquée à propos de la duchesse de Guermantes (voir *Guermantes*, p. 486).

2. Le marquis du Lau d'Allemans, mort en 1919 (que Proust a déjà mentionné dans *Sodome*, p. 142), avait, de notoriété publique, une liaison avec Mme Howland, Américaine que Proust avait rencontrée en 1893 à Saint-Moritz en compagnie de Montesquiou, et à qui il dédia dans *La Revue blanche* « Mélancolique villégiature de Mme de Breyves » (repris dans *Les Plaisirs et les Jours*) ; Mme Howland sera à nouveau évoquée dans *Le Temps retrouvé*.

Page 32.

1. Voir *Sodome*, p. 72-73.

2. Dreyfus a été gracié le 19 septembre 1899 et réhabilité par l'arrêt du 12 juillet 1906 ; ce qui place le récit soit en 1901, soit

en 1908. 1901 correspond à la chronologie des personnages de la *Recherche* et 1908 au contexte historique du roman ; le décalage entre les deux chronologies est une des conséquences du gonflement de l'œuvre (voir p. 363, n. 1).

Page 34.

1. Achate : le compagnon d'Énée, dans l'*Énéide*.
2. Nouvelle allusion au procès d'Émile Zola et à sa condamnation, non appliquée, à un an de prison en 1898, à la suite de son éditorial du 13 janvier 1898 dans *L'Aurore* : « J'accuse ! » (voir *Guermantes*, p. 225, n. 2 et 3).

Page 35.

1. Édouard Drumont, auteur de *La France juive* (1886) et *Les Juifs et l'affaire Dreyfus* (1899), fondateur de *La Libre Parole*.

Page 36.

1. Les sœurs Callot, Doucet, Paquin, couturiers parisiens, déjà évoqués par Elstir devant Albertine dans les *Jeunes Filles* (p. 462), étaient situés respectivement, vers 1900, 24, rue Taitbout, 21, rue de la Paix et 3, rue de la Paix.
2. D'origine cubaine, Consuelo de Manchester, née en 1858, était duchesse douairière depuis la mort en 1892 de son mari, le huitième duc. Elle mourut en 1909.

Page 40.

1. L'anecdote se rapporte aux ponts que Xerxès fit jeter sur les Dardanelles pour envahir la Grèce, ponts qui furent rompus par une tempête (Hérodote, VII, 34-35) ; voir encore p. 96.

Page 43.

1. Voir *Sodome*, p. 342.
2. Le petit-fils du maréchal Murat.

Page 44.

1. Voir *Sodome*, p. 396-397.

Page 46.

1. Voir *Sodome*, p. 492, où Morel a été « désagréable » pour Bloch. Nissim Bernard est l'oncle de Bloch.

Page 47.

1. Jacques Thibaud (1880-1953), violoniste ; Proust connaissait sa réputation depuis ses débuts puisqu'il fait allusion dès 1899 à un concert, salle Pleyel, où Thibaud jouait des œuvres de Fauré (voir la lettre à Montesquiou du 21 avril 1899, *Correspondance*, t. II, p. 283). Il avait débuté l'année précédente aux Concerts Colonne. Rappelons que la Sonate de Saint-Saëns servant de modèle à celle de Vinteuil

était, pour Proust, « le triomphe de Jacques Thibaud » (*Swann*, p. 209, n. 1).

Page 50.

1. Voir *Sodome*, p. 191.

Page 51.

1. Après « marches. », Proust a biffé un long passage dans la dactylographie qui fut maintenu dans l'édition originale : « Il [Bloch] me disait que j'allais prendre mal, me faisant remarquer que notre maison était glaciale, pleine de courants d'air et qu'on le paierait bien cher pour qu'il y habitât. De ce froid on se plaignait parce qu'il venait seulement de commencer et qu'on n'y était pas habitué encore, mais pour cette même raison, il déchaînait en moi une joie qu'accompagnait le souvenir inconscient des premiers soirs d'hiver où autrefois, revenant de voyage, pour reprendre contact avec les plaisirs oubliés de Paris, j'allais au café-concert. Aussi est-ce en chantant qu'après avoir quitté mon ancien camarade, je remontais l'escalier et rentrais. La belle saison en s'enfuyant avait emporté les oiseaux. Mais d'autres musiciens invisibles, intérieurs, les avaient remplacés. Et la bise glacée dénoncée par Bloch, et qui soufflait délicieusement par les portes mal jointes de notre appartement, était comme les beaux jours de l'été par les oiseaux des bois, éperdument saluée de refrains, inextinguiblement fredonnés, de Fragson, de Mayol ou de Paulus. »

Page 52.

1. Voir *Sodome*, p. 375 et n. 1.
2. Octave, le neveu des Verdurin. Voir les *Jeunes Filles*, p. 441

Page 58.

1. Voir les *Jeunes Filles*, p. 358.

Page 60.

1. Voir *Sodome*, p. 188-193.

Page 65.

1. Radica (et non *Rosita*, comme l'écrit Proust) et Doodica étaient deux jeunes sœurs siamoises exhibées par le cirque Barnum en 1901-1902.

Page 67.

1. L'« auteur de ce livre » indique, mais au conditionnel, qu'il porte le même prénom que son narrateur : « Marcel ». Il n'y a que dans *La Prisonnière* que figure cette indication, répétée p. 106 (« en me donnant mon prénom », addition à la dactylographie) et 147. Dans les trois cas, il s'agit d'additions tardives, comme en témoignent aussi une note d'un cahier d'« ajoutages » : « Albertine à moi : Mon chéri Marcel » (Cahier 61, datant de 1917-1920), ainsi que trois

additions apportées au manuscrit « au net », et la restriction : « en donnant au narrateur le même prénom qu'à l'auteur de ce livre » est également ajoutée à la dactylographie.

Page 69.

1. Les paragraphes d'ouverture de « La Fin de la jalousie », dans *Les Plaisirs et les Jours*, soulignent déjà la qualité érotique du cou. Pour *La Prisonnière*, voir aussi p. 106 et 128.

Page 71.

1. Rappel de la métaphore appliquée à la petite madeleine (*Swann*, p. 44).
2. Les caricatures de Vinci auxquelles Proust fait allusion peuvent être des dessins conservés à la bibliothèque royale de Windsor, aux Offices à Florence ou au Louvre.

Page 74.

1. Par rapport à la biographie de Proust, les allusions à ces divers événements historiques semblent renvoyer, pour l'« émeute » aux rumeurs de coup d'État boulangiste (1889), pour le contexte du Palais de Justice à l'affaire Dreyfus et au procès d'Émile Zola (1898), enfin pour la « guerre », aux premiers jours d'août 1914.
2. Proust fait peut-être ici allusion à son duel, le 6 février 1897, avec Jean Lorrain qui l'avait attaqué dans *Le Journal* à propos de ses relations avec Lucien Daudet.

Page 77.

1. Voir p. 135, n. 2.

Page 78.

1. Sur la femme de chambre de la baronne Putbus, voir *Swann*, p. 259, n. 1 ; dans *Sodome* (p. 94), on voit le narrateur la désirer, et elle sera à nouveau évoquée dans *La Prisonnière*, p. 294-295, sans jamais apparaître dans le récit.

Page 80.

1. On ne s'étonnera pas de voir M. de Cambremer parler du Vicomte de Borrelli, poète facile, qui a déjà été évoqué dans *Swann* (p. 237) et dans *Guermantes* (p. 204 et 240).

Page 90.

1. Ces remarques injurieuses de Françoise à l'égard d'Albertine sont toutes des additions préparées dans les cahiers d'« ajoutages » 60 et 61.
2. Albertine, captive comme Esther, est poursuivie par l'hostilité de Françoise qui tient ici le rôle d'Aman, tandis que le narrateur est comparé à Assuérus (p. 12 et 117).

Page 91.

1. Voir *Guermantes*, p. 126.

2. En écrivant « nos modernes Boucher », Proust pense peut-être à des peintres dans le goût de Paul Helleu, comme le suggère une variante manuscrite : « de nos modernes Boucher et de ceux que Saniette appelait des Watteau à vapeur » ; or on a vu (*Sodome*, p. 329, n. 5) que le surnom de « Watteau à vapeur » était celui de Paul Helleu. Pour les tableaux de Fragonard, Proust fait sans doute allusion à *La Lettre d'amour* ou à *La Leçon de musique*.

Page 96.

1. Voir *Sodome*, p. 417, et *La Prisonnière*, p. 391, où apparaît de nouveau un aéroplane. En 1913 et 1914, Proust a rédigé sur seize pages d'un des carnets-agendas, le Carnet 2, des fragments destinés à illustrer ce motif de l'aviation, repris une dernière fois dans le Paris de la guerre du *Temps retrouvé*. Puis il a inséré ces fragments dans le manuscrit « au net » de son roman.

Page 100.

1. Voir les *Jeunes Filles*, p. 23.
2. Voir *Sodome*, p. 194-195.

Page 107.

1. *Boris Goudounov*, l'opéra de Moussorgski, fut représenté à Paris en 1908. Proust avait assisté à la représentation du 22 mai 1913, au théâtre des Champs-Élysées.

2. On sait que Proust s'était enthousiasmé pour l'opéra de Debussy, créé en 1902, mais qu'il ne découvrit (au théâtrophone) qu'en 1911.

Page 108.

1. La citation ne se trouve pas dans une œuvre de Rameau, mais dans *Armide*, dont le livret, écrit par Quinault, a servi à Lulli (1686) avant d'être repris par Gluck (1777). La citation exacte est : « Ah ! si la liberté me doit être ravie, est-ce à toi d'être mon vainqueur ? » (III, 1).

2. *Pelléas et Mélisande* met en scène, outre Mélisande, Arkel, le vieux roi d'Allemonde, sa femme Geneviève, et ses fils Pelléas et Golaud. Dans la phrase suivante, Proust cite de mémoire successivement cinq brefs fragments de dialogue, les trois premiers tirés de l'acte I et les deux derniers de l'acte V.

Page 109.

1. Dans son article « L'Étymologie d'un cri de Paris » (1959, repris dans *Études de style*, Gallimard, 1970), Leo Spitzer démontre, grâce à l'étymologie, que le cri de la marchande des quatre-saisons a pour origine la poésie du XIIᵉ siècle, et qu'il procède, avec le chant profane de l'époque, du grégorien.

2. De même que lorsqu'il évoque « le mode lydien » (p. 373), Proust accumule les références savantes sur les cris de Paris. Pour les sept tons de la musique grégorienne, il reprend Émile Mâle, *L'Art religieux du XIII* siècle en France*, Armand Colin, 1958, p. 11 et 75-89. Le quadrivium et le trivium forment les sept arts libéraux, le quadrivium comprenant l'arithmétique, la musique, la géométrie et l'astronomie, et le trivium la grammaire, la rhétorique et la dialectique. Un antiphonaire est un livre contenant les antiennes de la messe.

Page 111.

1. *Esther*, II, VII, v. 632, 638 (« cet ordre » pour « un ordre ») et 669-670.
2. Prémonition de la mort d'Albertine, lors d'une chute de cheval, dans *Albertine disparue*. On notera que le terme de voltige peut s'appliquer à l'aviation.

Page 112.

1. Le narrateur ne répond à la question d'Albertine que six pages plus loin (voir le second paragraphe de la p. 117). Les paragraphes intermédiaires résultent d'un ajout dans la dactylographie. La parenthèse de la phrase suivante rappelle le profond sommeil évoqué dans *Sodome*, p. 370.

Page 114.

1. Dans la mythologie grecque la déesse de la mémoire est Mnémosyne, mère des neuf muses.

Page 115.

1. Voir les *Jeunes Filles*, p. 352-353.

Page 117.

1. Prunier, restaurant parisien, situé 9, rue Duphot, continue d'offrir comme spécialités des « produits de la mer ».

Page 118.

1. Dans le rituel de la messe, cette formule précède le *Pater noster* : « Instruits dans ses préceptes sauveurs et formés par son enseignement divin, nous osons dire [...]. »
2. Allusion aux règles du chant grégorien dont on attribue la création à Grégoire le Grand, pape de 590 à 604. Le chant dit grégorien est en réalité postérieur.
3. Voir *Sodome*, p. 89.

Page 119.

1. Le narrateur a déjà évoqué (dans *Guermantes*, p. 327) le confiseur Rebattet (également mentionné par Mme Swann dans les *Jeunes Filles*, p. 173) et le glacier Poiré-Blanche, dont parle encore Charlus, p. 256.

Page 121.

1. Proust avait vu des bonsaï en 1904, chez Bing, 22, rue de Provence à Paris. Dans une lettre du début février 1904 à Marie Nordlinger, il écrit : « Les arbres nains de Bing sont des arbres pour l'imagination » (*Correspondance*, t. IV, p. 58).

2. C'est la deuxième mention de Céleste, ici avec son patronyme, et presque le même dialogue avec le narrateur qu'à la p. 11.

Page 122.

1. On sait l'importance que les *Contes des Mille et une Nuits* ont dans la *Recherche* depuis Combray. Le narrateur les a relus lors de son second séjour à Balbec (*Sodome*, p. 230) et ils forment un des leitmotive de *La Prisonnière* (voir p. 136, 237, 242).

2. L'hôtel-restaurant Vatel était situé rue des Réservoirs, à Versailles. Dans la même rue, se trouvait l'hôtel des Réservoirs, où Proust avait séjourné d'août à décembre 1906 et en septembre 1908 ; à la fin de 1913, il y avait donné rendez-vous au directeur de l'école de pilotage de Buc pour inscrire Agostinelli.

Page 124.

1. La forme du volant à quatre branches des automobiles d'alors, telles que le taxi dans lequel Agostinelli conduisait Proust à Cabourg, en 1907, a inspiré à Proust cette métaphore, déjà utilisée dans *Sodome*, p. 416.

Page 126.

1. Anticipation des critiques que Proust formulera dans *Le Temps retrouvé* à l'égard des modes esthétiques.

Page 128.

1. Voir p. 118, n. 2. Palestrina fut chargé par le pape Grégoire XIII d'adapter le chant à la liturgie de Pie V. La « déclamation lyrique des modernes » peut faire penser à l'école de César Franck.

Page 130.

1. Si le début de la phrase rappelle le bouquet de violettes que Manet peignit en 1872 à l'intention de Berthe Morisot, « le tapis des sous-bois » fait penser aux fleurs de Monet, dont Proust évoquait déjà l'« étendue bleue » dans un article de 1907 (*Essais et articles*, Pléiade, p. 539).

Page 131.

1. La formule, qui est de Stendhal (*De l'amour*, chap. XVII), est citée par Baudelaire dans le premier chapitre du *Peintre de la vie moderne*.

2. Montage d'extraits de lettres de Mme de Sévigné à sa fille. Mme de Sévigné conclut ainsi sa lettre du 14 juin 1671 : « Quand on se couche, on a des pensées qui ne sont que gris-brun, comme dit M. de La Rochefoucauld, et la nuit, elles deviennent tout à fait noires. » Et on lit dans une lettre du 29 septembre 1675 : « Si les pensées n'y sont pas tout à fait noires, du moins elles en sont

approchantes. Je pense à vous à tout moment ; je vous regrette, je vous souhaite. Votre santé, vos affaires, votre éloignement, que pensez-vous que tout cela fasse entre chien et loup ? »

3. À la même, le 11 février 1671. La citation est pratiquement exacte (« loin » pour « fort éloignés »).

4. À la même, le 27 mai 1680 (« Il a trouvé le moyen » pour Il trouve l'invention »). La mère du narrateur s'est déjà servie de cette lettre dans *Sodome* (p. 406) ; et, dans le temps où il écrivait *La Prisonnière*, Proust la citait encore, en août 1915, à Jacques-Émile Blanche (*Correspondance*, t. XIV, p. 199), en s'appliquant le jugement de Mme de Sévigné.

Page 134.

1. Golf : vêtement féminin à manches, en tricot de laine, destiné au sport — mais non exclusivement à celui dont il porte le nom — et par extension à un ensemble « sportif ».

Page 135.

1. *Les Fourberies de Nérine* : comédie en vers (1864) de Théodore de Banville.

2. Les mœurs de Léa ont déjà été évoquées dans les *Jeunes Filles* (p. 465) et dans *Sodome* (p. 197), où les deux amies de l'actrice sont identifiées avec la sœur et la cousine de Bloch. Proust ne semble pas ici faire le lien avec Esther Lévy, pourtant également cousine de Bloch et lesbienne, évoquée p. 77 et 102, et de nouveau p. 329, 336 et 351.

Page 142.

1. On a vu qu'à la p. 138, le narrateur donnait cinq francs à la laitière. Il s'agissait là d'une addition manuscrite, alors que ce passage-ci fait partie de la rédaction primitive.

2. La mère du narrateur est toujours à Combray. Nous maintenons cette contradiction que Proust n'a pas supprimée.

3. Voir *Sodome*, p. 502.

Page 144.

1. Rappelons que Céleste Gineste, épouse Albaret, est originaire de la Lozère. Sur le patois de Françoise, voir *Sodome*, p. 125.

Page 148.

1. Ce développement sur la musique fait écho aux nombreux passages du roman évoquant Wagner. Au sein même de *La Prisonnière*, cette méditation, qui déborde du domaine de la création purement musicale, se prolonge au cours de deux autres épisodes : l'audition du Septuor de Vinteuil chez les Verdurin (p. 237-252) et la scène où Albertine actionne le pianola (p. 358-361). Le rapprochement entre la Sonate de Vinteuil et *Tristan et Isolde, Parsifal* et *Lohengrin* figure déjà dans *Swann*, p. 344 et 209 (n. 1).

Page 149.

1. Proust assista à une scène de *Tristan et Isolde* jouée le 12 avril 1895 aux concerts Lamoureux, dont le fondateur fut un des grands

adeptes de Wagner (voir ci-dessous, p. 251, n. 1). L'allusion à « un festival Wagner » donné « au concert Lamoureux » se rattachait primitivement (dans les brouillons du Cahier 73) à la scène devant le pianola, avant d'être insérée ici.

2. Proust n'avait pu assister aux représentations de *Parsifal*, en janvier 1914, à l'Opéra de Paris (*Correspondance*, t. XIII, p. 87).

3. Allusion au *Cas Wagner* où Nietzsche, en 1888, instruit le procès de celui qu'il admirait naguère, lui opposant désormais les qualités de la musique de Bizet, en particulier *Carmen* (voir *Guermantes*, p. 383, n. 1). *Le Cas Wagner* avait été publié en France à la librairie Albert Schulz en 1893, dans une traduction de Daniel Halévy (par ailleurs auteur d'une *Vie de Frédéric Nietzsche* parue chez Calmann-Lévy en 1909) et Robert Dreyfus, tous deux condiscuples de Proust au lycée Condorcet. En reprenant Nietzsche, Proust a substitué à Bizet Adolphe Adam (voir Antoine Compagnon, *Proust entre deux siècles*, Seuil, 1989, p. 44-46), dont l'opéra-comique *Le Postillon de Longjumeau* avait été créé en 1836. Bizet n'est mentionné qu'une seule fois dans la *Recherche*, dans *La Prisonnière* (p. 276), sans doute en raison des liens de Proust avec la veuve (remariée à Émile Straus) de Georges Bizet et avec leur fils, Jacques Bizet, le plus chéri de « la petite société des quatre amis » de Condorcet (voir *Écrits de jeunesse 1887-1895*, Institut Marcel Proust International, 1991, p. 51).

4. Proust écrit à Anna de Noailles en juin 1913 : « Les *Adieux de Wotan*, le prélude de *Tristan*, entendus autrefois à l'orchestre Pasdeloup ou Colonne ne pouvaient tout de même pas donner l'idée de l'œuvre wagnérienne entière » (*Correspondance*, t. XII, p. 214). Dans la même lettre, comparant la forme « organique » qu'il distingue à travers les différents opéras de Wagner et les poésies d'Anna de Noailles, il emploie les mêmes termes qu'ici et on les retrouve lors de l'audition du Septuor de Vinteuil où figure également la comparaison évoquant la névralgie (p. 248).

Page 150.

1. « La sonnerie de cor d'un chasseur » peut renvoyer au leitmotiv caractérisant le personnage de Siegfried, ainsi qu'au début du deuxième acte de *Tristan* ; « l'air que joue un pâtre sur son chalumeau », déjà évoqué par le narrateur dans *Sodome* (p. 129), figure au début du troisième acte de *Tristan* ; quant « au chant d'un oiseau », on le trouve dans *Siegfried*.

2. *La Bible de l'Humanité* de Michelet (1864), est une tentative de synthèse de l'histoire humaine, où chaque civilisation est un livre d'une Bible laïque. Les deux préfaces de Michelet auxquelles Proust fait allusion furent en effet écrites après les œuvres elles-mêmes, à l'occasion de rééditions : celle de l'*Histoire de France* en 1869 (l'ouvrage ayant d'abord paru de 1833 à 1867), celle de l'*Histoire de la Révolution française* en 1868 (l'ouvrage ayant d'abord paru de 1847 à 1853, et le contexte exclut que Proust pense ici à la première préface de 1847).

3. C'est dans la préface de l'*Histoire de France* qu'on lit : « Le dirai-je ? »

4. Dans son *Avant-Propos* de 1842 à ce qu'il appelle désormais *La Comédie humaine*, Balzac défend son entreprise d'observation objective de la société. Il se justifie ainsi de ce que tous ses personnages n'ont pas la pureté de ceux du peintre Raphaël, par une comparaison avec la *Clarissa* de Richardson : « Cette belle image de la vertu passionnée, a des lignes d'une pureté désespérante. Pour créer beaucoup de vierges, il faut être Raphaël. La littérature est peut-être, sous ce rapport, au-dessous de la peinture » (*La Comédie humaine*, Pléiade, t. I, p. 17).

Page 151.

1. Proust semble ici viser *Jean-Christophe* de Romain Rolland.

2. Le héros de la Tétralogie, dans la scène de la forge, premier acte de *Siegfried*.

Page 152.

1. Proust a déjà fait allusion, dans *Guermantes* (p. 225), au cygne qui tire la nacelle où apparaît Lohengrin à la fin du premier acte de l'opéra de Wagner.

2. Rappel du premier aéroplane aperçu par le narrateur à Balbec (*Sodome*, p. 417), dans des termes déjà employés par Proust pour critiquer le style de Maeterlinck (Proust vient de lire « La Mort » dans *Le Figaro* du 1er août 1911) dans une lettre à Georges de Lauris du 23/24 août 1911 : « Et puis la beauté même du style, la lourdeur de sa *carrosserie* ne conviennent pas à ces explorations de l'Impalpable. Je dis carrosserie parce que je crois que c'est ainsi que parlent nos amis qui ont des automobiles et que je me souviens que je me suis permis devant vous de petites irrévérences à l'endroit de Maeterlinck — ma grande admiration du reste — en parlant d'Infini quarante chevaux et de grosse voiture marque Mystère » (*Correspondance*, t. X, p. 337). La métaphore de l'aéroplane est déjà contenue dans un des cahiers de brouillons destinés au *Côté de Guermantes*, le Cahier 49.

3. Mme Arnoux, chez Frédéric Moreau, reconnaissant au mur un portrait de Rosanette : « Je connais cette femme, il me semble ? — Impossible ! dit Frédéric. C'est une vieille peinture italienne. » (Cet avant-dernier chapitre de *L'Éducation sentimentale* commence par ces « blancs » qu'admirait Proust : « Il voyagea. Il connut la mélancolie des paquebots... »)

Page 156.

1. Gabriel Davioud (1823-1881) est l'architecte du Trocadéro, construit pour l'Exposition de 1878 et détruit en 1937 pour céder la place à l'actuel Palais de Chaillot (voir les *Jeunes Filles*, p. 60, n. 3).

Page 157.

1. Elstir. Voir *Sodome*, p. 402.

2. La façade (fin du XVe-début du XVIe siècle) de la chartreuse de Pavie est en effet flanquée de clochetons, mais elle peut également faire penser à l'ancien Trocadéro par l'extrême richesse de son ornementation, comme peuvent aussi le rappeler les fortifications visibles à l'arrière-plan du *Saint Sébastien* de Mantegna conservé au Louvre depuis 1910.

Page 158.

1. Les concerts Lamoureux avaient lieu au Cirque des Champs-Élysées au début du siècle (voir p. 149, n. 1).

Page 160.

1. Sur Ski, voir *Sodome*, p. 260 et 266.

Page 162.

1. Péri : génie femelle dans la mythologie persane ; c'est aussi le titre du poème dansé de Paul Dukas (1912).

Page 165.

1. C'était un cocher, à la page précédente, et, p. 156, Albertine elle-même, qui conduisait une auto.

2. Il s'agit plutôt de Mme de La Rocheguyon, mentionnée dans les *Historiettes* de Tallemant des Réaux : « On dit que Mme de La Roche-Guyon, comme quelqu'un luy disoit qu'elle devoit estre bien aise de passer l'esté en un si beau lieu que Liancourt, respondit qu'il n'y avoit point de belles prisons » (Pléiade, t. II, p. 147)

Page 166.

1. Dans *Sodome* (p. 310), on a déjà vu Mme Verdurin témoigner son mépris pour les bronzes de Barbedienne qui décoraient La Raspelière. Barbedienne sert ici d'exemple de contresens artistique que le narrateur tolère — comme précédemment Swann chez les Verdurin, en raison d'Odette (*Swann*, p. 204) — parce qu'il aime Albertine.

Page 169.

1. Cet « étendard de la Sincérité » paraît renvoyer au maître mot de Gide et du groupe fondateur de *La Nouvelle Revue Française*. Dans les lignes qui suivent (et qui font partie d'une addition sans doute tardive au manuscrit), Proust semble résumer d'une manière parodique les relations difficiles qu'il entretint avec éditeurs, directeurs de journaux et de revues, y compris avec Gaston Gallimard et ses collaborateurs : Gustave Tronche, administrateur commercial, Jacques Rivière, directeur de *La N.R.F.*, Jean Paulhan, secrétaire de la rédaction (voir Marcel Proust-Gaston Gallimard, *Correspondance* éd. Pascal Fouché, Gallimard, 1989, p. XXII-XXIII).

Page 171.

1. Le récit de la mort de Bergotte a été ajouté tardivement dans la dactylographie de *La Prisonnière*, après avoir été rédigé dans les cahiers d'« ajoutages » 59 et 62 (voir préface, p. XVII).

Page 173.

1. Plutôt que d'Anaxagore, il semble s'agir d'une formule stoïcienne.

2. Le Cahier 59 porte une note correspondant à ce passage :
« Narcotiques de Bergotte. Rendez-vous vers la mort. Elle vint.
Buissons en plein ciel. »

Page 176.

1. Proust avait vu le tableau de Vermeer à La Haye en 1902 ; il
le revit au Jeu de Paume en 1921, lors de l'exposition de peinture
hollandaise où Jean-Louis Vaudoyer l'accompagna à la fin du mois
de mai, jour où Proust, comme Bergotte, fut victime de malaises (voir
préface p. XVI). « Depuis que j'ai vu au musée de La Haye la *Vue
de Delft*, j'ai su que j'avais vu le plus beau tableau du monde. Dans
Du Côté de chez Swann, je n'ai pu m'empêcher de faire travailler Swann
à une étude sur Ver Meer. Je n'osais espérer que vous rendriez une
telle justice à ce maître inouï », écrivit Proust au début du mois de
mai 1921 à Vaudoyer. Celui-ci publiait alors une étude sur Vermeer,
à laquelle Proust emprunte ici plusieurs éléments : « Au milieu du
siècle dernier, Vermeer de Delft était exactement, non point un
méconnu, mais un inconnu. » À propos de la *Vue de Delft*, Vaudoyer
déclare : « Vous revoyez cette étendue de sable rose doré, laquelle
fait le premier plan de la toile et où il y a une femme en tablier
bleu qui crée autour d'elle, par ce bleu, une harmonie prodigieuse ;
vous revoyez les sombres chalands amarrés ; et ces maisons de brique,
peintes dans une matière si précieuse, si massive, si pleine, que si
vous en isolez une petite surface en oubliant le sujet, vous croyez
avoir sous les yeux aussi bien de la céramique que de la peinture. »
Enfin : « Il y a dans le métier de Vermeer une patience chinoise,
une faculté de cacher la minutie et le procédé de travail qu'on ne
retrouve que dans les peintures, les laques et les pierres taillées
d'Extrême-Orient » (étude parue dans *L'Opinion* les 30 avril, 7 et
14 mai 1921). Voir aussi *Swann*, p. 195, n. 1.
2. Le « petit pan de mur jaune » se trouve à l'extrême droite
de la *Vue de Delft*, où on distingue plusieurs pans de murs jaunes.
On n'y aperçoit pas d'auvent mais la partie supérieure d'un pont
basculant, aux pièces de bois parallèles.

Page 179.

1. La chronologie n'exclut pas que le duc de Guermantes ait pu
rencontrer Rambuteau, qui fut préfet de la Seine sous la monarchie
de Juillet, mais ne mourut qu'en 1869. Proust avait d'abord écrit
Vespasien.
2. « Il en a les pantalons » : sans doute parce que leur couleur
claire sort des normes vestimentaires. Précédemment (p. 29-30), nous
avions appris que « les culottes beiges du beau-frère de Robert »
l'avaient fait prendre pour un Anglais par un « villageois du Léon ».
3. Selon cette notation, l'appartement du narrateur se trouve sur
la rive gauche ; ce même hôtel du duc de Guermantes est cependant
décrit comme le « premier salon du Faubourg situé sur la rive
droite » dans *Guermantes*, p. 24.

Page 182.

1. Proust a modifié le début de cette phrase qui était « Après avoir dit » en « Je dis », sans ajouter « et » avant « je partis ».

Page 185.

1. Non sans humour, Proust rappelle ici que Loti fut un des prosateurs favoris de sa jeunesse (voir *Guermantes*, p. 204, n. 5), ainsi que les liens qui l'unissaient à la famille Daudet.

Page 187.

1. La Raspelière, villégiature des Verdurin, se trouve sur la côte normande, donc en direction de Cherbourg, et leur nouvel hôtel parisien, quai Conti, est à proximité d'un magasin bien réel, de bijouterie et de quincaillerie, à l'enseigne du « Petit Dunkerque », comme le rappelle le pastiche du *Journal* des Goncourt dans *Le Temps retrouvé*.

2. La mort de Swann, annoncée à la fin de *Guermantes*, n'est mentionnée qu'incidemment dans *Sodome* (p. 264), Proust ayant différé les réflexions qu'elle inspire au narrateur. Le passage a été rédigé dans le cahier d'« ajoutages » 59 et, comme pour la mort de Bergotte, inséré tardivement dans la dactylographie (voir la préface, p. XVII).

Page 189.

1. Parmi les « bourgeois ultra-mondains » de la *Recherche*, qui, « aussitôt qu'ils sont morts, se désagrègent », il y a Blanche Leroi, dont on apprend dans *Le Temps retrouvé* qu'elle est oubliée de tous. Proust, la veille de sa mort, est revenu sur la métaphore des glaces d'Albertine dans l'un des trois feuillets qu'il dicta à Céleste (voir la préface, p. XVII) : « Et puis dut-il pour moment *[sic]* prendre la consistance d'un nom ancien et faux. Cela vaut mieux. Car ce serait démouler par trop vite dans le sens où devait *[sic]* rester un peu moulé *[sic]* les glaces d'Albertine » (collection Louis Clayeux).

2. Voir p. 34.

3. Le tableau de James Tissot, *Le Cercle de la rue Royale* (1868), représente douze membres du Cercle, parmi lesquels Charles Haas (modèle de Charles Swann, voir *Swann*, p. 188, n. 1), ainsi que les autres personnages indiqués ici par le narrateur : le marquis de Galliffet, Edmond de Polignac, Gaston de Saint-Maurice, mais aussi le marquis du Lau que la duchesse de Guermantes évoque au début de *La Prisonnière* (p. 30). Ce tableau appartient aujourd'hui aux descendants du baron Hottinguer, l'un des membres du Cercle, également représenté, et à qui il avait été attribué par tirage au sort. *L'Illustration* l'avait reproduit dans son numéro du 10 juin 1922, ce qui date l'addition de ce paragraphe.

4. Voir *Guermantes*, p. 576.

Page 190.

1. Voir *Sodome*, p. 111 et 103
2. Voir *Guermantes*, p. 565.
3. L'incendie chez les Verdurin est mentionné dans le pastiche du *Journal* des Goncourt, du *Temps retrouvé*.

Page 191.

1. Hôtel des Ambassadeurs de Venise : immeuble fictif. Proust a pu penser à l'hôtel des Ambassadeurs de Hollande, dans le Marais.

Page 192.

1. Otto : photographe à la mode, 15, rue Royale, vers 1900, à qui nous devons plusieurs portraits de Proust.
2. Lenthéric : parfumeur (et non coiffeur comme le suggère le contexte), 245, rue Saint-Honoré.
3. La nécrologie de Charles Haas (*Le Gaulois*, 16 juillet 1902) et celle du marquis du Lau (*Le Figaro*, 19 février 1919) soulignent leurs talents de causeurs.

Page 194.

1. Le procès de Landru, à la cour d'assises de Versailles, eut lieu en 1921. Il fut guillotiné l'année suivante. La remarque sur Landru figure dans une addition au manuscrit, qu'elle date donc de 1921.
2. La citation exacte de La Bruyère est : « Un dévot est celui qui sous un roi athée, serait athée » (*Les Caractères*, « De la mode »).
3. Le passage fait allusion aux *Idylles* de Théocrite, notamment à la première et la troisième.

Page 195.

1. *La Divine Comédie* sert à Proust de métaphore. Si l'auteur de la *Recherche* avance seul dans l'enfer de Sodome, son héros y est accompagné par Charlus. Précédemment, Swann l'avait guidé à la manière du Virgile de Dante vers la vérité esthétique.
2. C'est le nom argotique de la pièce de cinq francs, avant 1914, qui a subsisté dans des expressions populaires (« sans une thune »).

Page 196.

1. La remarque de Charlus au narrateur a peut-être ici un double sens pour l'auteur. Celui-ci, reçu au concours de bibliothécaire à la Mazarine — située 23, quai Conti —, aurait dû y commencer ses fonctions d'attaché non rétribué le 6 juin 1895. Mais il se fit mettre aussitôt en congé ; ce congé fut définitif en 1900.

Page 197.

1. Voir *Guermantes*, p. 530.
2. Voir *Guermantes*, p. 368.

Page 198.

1. Kakochnyk : coiffure traditionnelle, en diadème, des femmes russes.

Page 201.

1. Charlus a lui-même évoqué l'acteur Mounet-Sully dans *Sodome*, p. 456.

Page 203.

1. La petite balle de sureau qui, attachée à un fil de soie isolant, sert aux expériences d'électricité statique : repoussée par le bâton de verre électrisé, elle est attirée par le bâton de résine.

Page 204.

1. Selon la formule que Saint-Simon applique au frère de Louis XIV : « Le goût de Monsieur n'était pas celui des femmes, et il ne s'en cachait même pas » (*Mémoires*, Pléiade, t. I, p. 33).

Page 205.

1. La phrase ne sera pas achevée.

Page 206.

1. Morel use du même stratagème qu'Albertine vis-à-vis du narrateur (voir p. 124 et 321).
2. Anticipation de la scène dans l'hôtel de Jupien (*Le Temps retrouvé*).
3. Bloch.

Page 207.

1. Charlus pense peut-être au *Portrait d'un sculpteur*, dit autrefois *Portrait de Baccio Bandinelli*, ou à d'autres portraits de très beaux jeunes gens peints par le Florentin Angelo di Cosimo, dit Bronzino (1503-1572).

Page 209.

1. Le passage qui suit ne tient pas compte du récit de la mort de Bergotte, inséré tardivement dans le roman (voir p. 171, n. 1).

Page 211.

1. Le licite et l'illicite.
2. Le peintre Giovanni Antonio Bazzi, dit Il Sodoma (vers 1477-1549), évidemment choisi ici pour son surnom.
3. Sur Charlus et la comtesse Molé, voir *Sodome*, p. 90. Dans *Le Temps retrouvé*, Morel use du même procédé à l'encontre de Charlus, comme l'auteur l'annonce huit lignes plus loin : « On verra plus tard ».

Page 215.

1. Mme Verdurin. Le sens était clair avant une addition qui commence p. 214, 17e ligne : « Maintenant [...] »

Page 217.

1. En réalité, l'abbé Charles Batteux (1713-1780), auteur d'un *Cours de belles-lettres* (1750), académicien.

2. On se souvient que le duc de Guermantes emploie la même expression à l'annonce de la mort de son cousin Amanien d'Osmond (*Sodome*, p. 123).

Page 219.

1. Mme Verdurin. Le passage qui précède, depuis la p. 218, 2ᵉ ligne : « La raison du refus [...] », est une addition.

Page 222.

1. Charles d'Albert, de la famille florentine des Alberti, avait en effet reçu de Louis XIII le titre de duc de Luynes. Charlus a déjà comparé dans *Sodome* (p. 475) le degré d'ancienneté des différentes familles évoquées ici.

Page 223.

1. Mme Pipelet : la concierge des *Mystères de Paris* (1842-1843), d'Eugène Sue.
2. Mme Gibout, Mme Joseph Prudhomme : personnages des *Scènes populaires* et des *Mémoires de Joseph Prudhomme* d'Henry Monnier.
3. Suzanne Reichenberg (1853-1924), comédienne connue pour ses rôles d'ingénue à la Comédie-Française (voir *Guermantes*, p. 417).

Page 224.

1. Joseph Reinach (1856-1921), homme politique et publiciste, dreyfusard de la première heure, est l'auteur d'une *Histoire de l'affaire Dreyfus* en 7 volumes (1901-1911). Proust y fait allusion dans une lettre du 15 janvier 1915 à son auteur, où il souligne sa propre déception, Reinach ayant refusé d'intervenir pour faire confirmer la réforme militaire de Proust (*Correspondance*, t. XIV, p. 35).
2. Paul Hervieu (1857-1915), anti-dreyfusard, romancier et auteur dramatique. Proust fait allusion à sa pièce, *Les paroles restent* (1892), dans une lettre de condoléances à Mme de Pierrebourg, le 26 octobre 1915 (*ibid.*, p. 253).

Page 225.

1. On sait que Proust avait obtenu la signature d'Anatole France pour la pétition que *L'Aurore* avait publiée le 14 janvier 1898, lendemain de la parution de l'éditorial de Zola : « J'accuse ! »
2. Potel et Chabot : les établissements de ces traiteurs parisiens se trouvaient, au début du siècle, 25, boulevard des Italiens et 28, rue Vivienne.
3. Il s'agit de la jeune marraine des Ballets russes, dont la première saison à Paris date de 1909 (voir *Sodome*, p. 140) : en réalité, Mme Alfred Edwards, née Misia Godebska, chez qui Proust s'était rendu fin janvier 1915 (voir *Correspondance*, t. XIV, p. 43, la lettre de Proust à Lucien Daudet du 30 et 31 janvier 1915).

Page 226.

1. Le lieutenant-colonel Picquart témoigna en faveur de Dreyfus ; Fernand Labori était l'avocat de Dreyfus et de Zola.

2. Le général Zurlinden était ministre de la Guerre pendant l'affaire Dreyfus.

3. Émile Loubet a été président de la République de 1899 à 1906, lors de la révision du procès Dreyfus.

4. Le colonel Jouaust était le président du tribunal militaire de Rennes lors du second procès Dreyfus, en 1899.

5. *Shéhérazade* : ballet, d'après l'œuvre de Rimski-Korsakov, représenté à l'Opéra de Paris en 1910, et auquel Proust assista.

6. Les danses polovtsiennes, tirées du *Prince Igor*, opéra de Borodine, avaient fait l'objet d'une adaptation, en 1909, pour les Ballets russes.

7. Le philosophe Helvétius (1715-1771) et sa femme recevaient le monde intellectuel de leur époque.

8. *Les Sylphides* : ballet sur des orchestrations, par Stravinski, en 1909, de partitions de Chopin.

Page 228.

1. Fondé en 1888 par l'acteur Antoine, le Théâtre libre (qui devint en 1896 le Théâtre-Antoine) a présenté des drames naturalistes — notamment *La Fille Élisa* d'Edmond de Goncourt —, mais aussi des pièces telles que *Boubouroche*, de Courteline, et des œuvres de Tourguéniev, Ibsen, Strindberg, Gerhart Hauptmann.

Page 230.

1. La mort de Cottard, comme celles de Bergotte et de Swann, figure dans une addition tardive à la dactylographie. Annoncée incidemment au cours de ce dialogue, cette mort, non plus que les précédentes, n'est véritablement intégrée au récit : Cottard est de nouveau vivant dans cette même soirée Verdurin (p. 267) ; et sa mort est signalée au cours de la guerre, dans *Le Temps retrouvé*.

Page 231.

1. Charlus.

Page 232.

1. Voir p. 195.

Page 234.

1. Aristide Bruant, le chansonnier montmartrois du « Chat-Noir ».

2. Dans les *Jeunes Filles* (p. 34), Norpois a longuement évoqué le premier voyage à Paris du roi Théodose, inspiré de celui du tsar Nicolas II, en 1896. Nicolas II revint à Compiègne en 1901.

Page 235.

1. La reine de Naples : Marie (1841-1925), veuve depuis 1894 de François II de Naples et des Deux-Siciles, fille de Maximilien-Joseph

de Bavière, avait pour sœurs Élisabeth, impératrice d'Autriche, et Sophie, duchesse d'Alençon (l'une et l'autre décédées tragiquement, en 1898 et 1897).

Page 236.

1. Gaète : dans cette place forte, la reine de Naples avait réellement fait le coup de feu, en 1860, avant de partir pour Paris, en exil. Proust connaissait cet épisode par Pierre de La Gorce, *Histoire du Second Empire*, 1894-1905, 7 vol.

Page 237.

1. Les Nornes, déesses du destin dans les mythologies scandinave et germaine, tissent les fils de l'action au début du *Crépuscule des dieux* de Wagner.

2. Dans les premières rédactions, le Septuor de Vinteuil fut d'abord un quatuor que le narrateur entendait dans *Le Temps retrouvé* chez la princesse de Guermantes (ex-Mme Verdurin). Proust transporta ensuite le développement dans *La Prisonnière* (voir préface, p. XII). Dans le texte définitif, il reste une certaine hésitation sur le nombre des instruments (Proust parle aussi de sextuor et de symphonie : nous avons partout normalisé en septuor) : les quatre premiers (violon et piano, p. 237 ; violoncelle ou contrebasse et harpe, p. 239) témoignent du quatuor disparu. Avec les derniers (les cuivres, la flûte et le hautbois), qui ne sont nommés qu'après coup (p. 264), ils constituent, au moins symboliquement — le pluriel mis à « cuivres » autorise toutes les hypothèses — un ensemble symphonique. Il est enfin question d'une « pièce pour dix instruments » à la p. 251. Pour les modèles du septuor, Proust s'est montré moins explicite que pour ceux de la sonate (sur celle-ci, voir *Swann*, p. 209, n. 1) et il semble nous mettre lui-même en garde contre tout rapprochement trop précis : « Les musicographes pourraient bien trouver leur apparentement, leur généalogie, dans les œuvres d'autres grands musiciens, mais seulement pour des raisons accessoires, des ressemblances extérieures, des analogies plutôt ingénieusement trouvées par le raisonnement que senties par l'impression directe » (p. 244). Les états antérieurs du texte indiquent toutefois certains modèles, le principal étant César Franck, soit pour son Quatuor (en ré majeur) que Proust avait fait jouer chez lui en 1916 par le quatuor Poulet, soit pour son Quintette (en fa mineur), soit encore pour sa Symphonie (en ré mineur). Mais les esquisses mentionnent aussi Wagner, Chopin, Schubert, Beethoven, Fauré. On lit d'autre part dans une note du Cahier 73 : « Je pensais surtout à Chabrier », et une autre note précise : « J'ajoute encore à Vinteuil car c'est encore Chabrier qui me l'inspire mais cette fois c'est *Briséis* et non plus *Gwendoline* » (Proust avait écouté *Gwendoline* au théâtrophone en 1912, l'opéra datant de 1886 ; quant à *Briséis*, il s'agit d'un drame lyrique que Chabrier laissa inachevé à sa mort en 1894). Enfin, « la mer », évoquée p. 238, peut renvoyer au poème symphonique de Debussy (voir George Painter, *Marcel Proust*, t. II, p. 307). Quant au

rapprochement avec Schumann, dont le texte évoque deux *Scènes d'enfants* (p. 241-242), il faut le nuancer par ce que Proust en dit dans une note du Carnet 3 : « Trop souvent c'est un Beethoven étriqué. »

Page 240.

1. Voir les *Jeunes Filles*, p. 476, 480, 492, *Guermantes*, p. 374 et *Sodome*, p. 123, 179.

Page 242.

1. Tels sont les titres de deux morceaux pour piano de Schumann, dans la série des *Scènes d'enfants*. Le titre exact de la seconde est « L'Enfant s'endort ».

Page 244.

1. Voir la reprise — d'ailleurs non poursuivie — sur les phrases « types », littéraires aussi bien que musicales, dans la « conversation littéraire avec Albertine », p. 361.

Page 249.

1. Proust a déjà évoqué dans les *Jeunes Filles* (p. 470) les anges musiciens de Giovanni Bellini.

2. Allusion à *L'Assomption*, fresque de Mantegna qui se trouve dans l'église des Eremitani de Padoue, et où trois anges sonnent du buccin. Proust la visita en 1900, et on sait que Mantegna compte parmi ses peintres préférés.

3. Voir *Swann*, p. 177, pour les clochers de Martinville, les *Jeunes Filles*, p. 284, pour les arbres d'Hudimesnil, près de Balbec et *La Prisonnière*, p. 7 et 360-361. C'est dans *Albertine disparue* que le narrateur lit enfin son article dans *Le Figaro*.

4. La scène de Montjouvain dans *Swann*, p. 157-163.

Page 250.

1. L'amie de Mlle Vinteuil, référence éloignée par une addition au paragraphe précédent (« Du reste, [...] douce. »).

Page 251.

1. Ces deux morceaux tirés de *Tannhäuser* eurent aussitôt la faveur du public. Dans « À propos de Baudelaire », article publié dans *La Nouvelle Revue française* de juin 1921, Proust a évoqué ses souvenirs : « Pour moi qui admire beaucoup Wagner, je me souviens que dans mon enfance, aux concerts Lamoureux, l'enthousiasme qu'on devrait réserver aux vrais chefs-d'œuvre comme *Tristan* ou *Les Maîtres Chanteurs*, était excité, sans distinction aucune, par des morceaux insipides comme la romance à l'étoile ou la prière d'Élisabeth, du *Tannhäuser* » (*Essais et articles*, Pléiade, p. 623).

2. *Odes et ballades* (1822-1828), XIIe et VIe ballades.

3. Poème XIX des *Orientales* (1829). Dans *Guermantes* (p. 476), le narrateur a déjà opposé la poésie du jeune Hugo à celle de sa maturité.

Page 253.

1. Retour en arrière évoquant la cause de la présence à Paris, chez le narrateur, d'Albertine : la crise provoquée chez celui-ci par l'affirmation d'Albertine qu'elle connaît l'amie de Mlle Vinteuil (*Sodome*, p. 499).

2. Voir *Sodome*, p. 254-255.

3. Voir *Swann*, p. 103.

4. On se souvient que Morel est le fils du valet de chambre de l'oncle Adolphe, chez qui le narrateur avait rencontré la « dame en rose » (voir *Swann*, p. 75), et que c'est lors d'une visite de Morel que le narrateur apprend la véritable identité de celle-ci (voir *Guermantes*, p. 257).

Page 254.

1. Voir p. 312-313.

Page 255.

1. Sur le « nom contesté » de Montmorency, voir *Guermantes*, p. 574, n. 3.

2. Dans le chapitre de son *Histoire naturelle*, consacré au chameau, Buffon écrit : « Ils ont autant de cœur que de docilité » (p. 216 de l'édition illustrée de 1869 : *Le Petit Buffon illustré*, Garnier).

Page 257.

1. Proust pense-t-il à ses propres chroniques mondaines, telles que « Le Salon de la comtesse d'Haussonville », ou « Le Salon de la comtesse Potocka », publiées en 1904 dans *Le Figaro*, sous le pseudonyme d'Horatio, parmi d'autres exemples (voir *Essais et articles*, Pléiade, p. 482, 489) ?

Page 260.

1. Voir *Guermantes*, p. 282

Page 262.

1. Allusion à la réception houleuse de *Tannhäuser* à Paris, en 1861, en dépit du soutien de la princesse Metternich, femme de l'ambassadeur d'Autriche. Charlus a déjà affiché son mépris pour « la Metternich » dans *Guermantes*, p. 547.

Page 263.

1. La princesse Murat : l'autre reine des Deux-Siciles (voir p. 235 et n. 1) ; Charlus ne lui reconnaît pas ce titre (voir les *Jeunes Filles*, p. 339, n. 1).

Page 264.

1. Beckmesser : ce personnage des *Maîtres Chanteurs* de Wagner se ridiculise en voulant participer à un concours de chant.

Page 266.

1. Il s'agit sans doute d'une allusion au décret de 1812 signé par Napoléon à Moscou, avant la retraite de Russie, et fixant les statuts de la Comédie-Française et de ses sociétaires.

Page 267.

1. Le comte de Hoyos, ambassadeur d'Autriche à Paris de 1883 à 1894, a déjà été mentionné dans *Guermantes*, p. 473.

Page 269.

1. Voir *Sodome*, p. 477.
2. Chez les Verdurin.

Page 270.

1. Dans *Le Banquet*, Platon discute, parmi les types d'amours, celui des hommes pour les éphèbes, *Le Banquet* était aussi le titre de la revue que Proust et ses anciens condisciples du lycée Condorcet firent paraître en 1892-1893.

Page 271.

1. Rose-croix : Brichot a déjà évoqué dans *Sodome* (p. 346) la secte de Péladan.
2. Charlus est donc, selon Brichot, la somme d'un symbolisme ésotérique à la manière des rose-croix, et de chroniqueurs satiriques, de Pétrone à Saint-Simon : esthétisme, libertinage et élitisme aristocratique.

Page 272.

1. Citation tirée de la *Vie d'Agricola* de Tacite, chap. III : « une grande partie de la vie d'un homme », mais chez Tacite, il s'agit de quinze ans, et non de vingt-cinq comme ici.

Page 274.

1. Lors du dénouement, quand après le mariage d'Hernani et de Doña Sol les invités sont partis, la sonnerie du cor de Don Ruy Gomez rappelle à Hernani son serment de mourir sur-le-champ.

Page 275.

1. Le grand tableau de Thomas Couture (1815-1879), *Les Romains de la décadence* (musée d'Orsay), montre à droite deux philosophes conversant.
2. Charlus joue sur la parenté entre les deux prénoms de Charlie et du Don Carlos d'*Hernani*.
3. Georges Enesco, violoniste et compositeur roumain (1881-1955) ; Lucien Capet, violoniste français (1873-1928), soliste et animateur du quatuor Capet, un des plus grands interprètes de Beethoven ; sur Jacques Thibaud, voir p. 47, n. 1 : Proust les avait tous entendus avant la guerre de 1914, Enesco en 1913, le quatuor Capet également.
4. Le peintre Théodore Rousseau (1812-1867) fut un paysagiste de la forêt de Fontainebleau.

Page 278.

1. L'écrivain Auguste Vacquerie (1819-1895) fut admirateur et disciple de Victor Hugo. Son frère, Charles, mari de Léopoldine Hugo, se noya avec elle à Villequier en 1843. Paul Meurice (1820-1905), disciple et exécuteur testamentaire de Victor Hugo, collabora avec Vacquerie à une *Antigone* (1844).

2. Comme dans *Guermantes*, p. 344, et plus directement qu'au début de *La Prisonnière* (p. 74 et n. 2), le narrateur est ici Proust lui-même, rappelant son duel avec Jean Lorrain en 1897, ou celui qu'il faillit avoir, pour les mêmes accusations d'homosexualité, avec Marcel Plantevignes, ou à défaut son père, en août 1908 à Cabourg.

Page 281.

1. Citation d'Emerson que Proust a réutilisée dans une page sur George Eliot que nous reproduisons ci-dessous (p. 366, n. 4). Proust admirait les essais d'Emerson, dont il a tiré plusieurs épigraphes pour *Les Plaisirs et les Jours*.

2. En sortant de chez Mme de Villeparisis (*Guermantes*, p. 275), Charlus avait proposé au jeune narrateur, dont c'était l'entrée dans le monde, de lui servir de guide.

3. Comme pour Bergotte et Cottard, la mort de Mme de Villeparisis n'est pas intégrée dans le roman puisque le personnage est toujours vivant dans *Albertine disparue*.

4. Voir *Guermantes*, p. 284.

Page 282.

1. Proust a biffé ici le détail de la généalogie précisant que Mme de Villeparisis avait pour sœurs Mme de Beausergent (la mémorialiste des *Jeunes Filles*, p. 221) et la princesse de Hanovre, parenté qui sera détaillée dans le pastiche du *Journal* des Goncourt du *Temps retrouvé* (p. 22).

Page 284.

1. Allusion à *La Vie de Michel-Ange* de Romain Rolland (1906) où, à côté des amitiés masculines de Michel-Ange, est évoqué son attachement à la poétesse Vittoria Colonna, en réalité déjà bien connue des biographes.

2. C'est-à-dire le monde, et son envers : les bouchers et les apaches de La Villette, qui se rencontreront dans la maison de Jupien (*Le Temps retrouvé*).

3. Sans doute est-ce encore une allusion à l'affaire Dreyfus.

Page 285.

1. *Jarniguié* (je renie Dieu) rappelle la scène de Molière dans *Dom Juan* (II, III) où Pierrot, le paysan, à qui Molière fait parler un pseudo-dialecte de comédie, l'emploie à tout propos sous des formes voisines : *jerniguié, jerniguienne, jerni, jarni*. Quant à *goddam*, juron de même sens, c'est sans doute une allusion à la tirade de Figaro dans *Le Mariage de Figaro*, III, V : « Diable ! c'est une belle langue que l'anglais ; il en faut peu pour aller loin. Avec *God-dam*, en Angleterre, on ne manque de rien nulle part. »

2. Voir les *Jeunes Filles*, p. 248.

Page 286.

1. Au cours de sa carrière de député, Barrès dénonça la corruption parlementaire comme membre de la Ligue de la patrie française, dans *Leurs figures* (1902) et dans nombre d'articles concernant le scandale de Panama et l'affaire Dreyfus.

2. L'astronome Leverrier déduisit en 1846, de ses calculs sur l'orbite d'Uranus, la présence de Neptune, qui ne fut effectivement aperçu qu'un peu plus tard.

3. Allusion aux ouvrages de Léon Daudet, tels que *La Vermine du monde, roman de l'espionnage allemand*, 1916, ou *L'Entre-Deux Guerres. Souvenirs des milieux littéraires, politiques, artistiques et médicaux de 1880 à 1905*, 1915. Quant à la chronique quotidienne, c'est celle que Léon Daudet tenait dans *L'Action française*, journal qu'il avait fondé avec Charles Maurras en 1908.

Page 287.

1. Elstir a fait son portrait en 1872 (*Jeunes Filles*, p. 411).

Page 289.

1. Le narrateur a en effet rencontré Pierre de Verjus, comte de Crécy, dans le tortillard de Balbec, et il l'invitait à dîner (*Sodome*, p. 468).

2. Charlus a déjà évoqué Whistler devant le narrateur dans un esprit comparable (*Guermantes*, p. 546) et on se souvient que Whistler fit le portrait de Montesquiou, principal modèle de Charlus (*Sodome*, p. 52, n. 2 ; *Jeunes Filles*, p. 218, n. 1). Dans le pastiche du *Journal* des Goncourt, figurant dans *Le Temps retrouvé*, M. Verdurin est l'auteur d'un ouvrage sur Whistler.

Page 291.

1. Le comte de Vermandois (1667-1683), fils légitimé de Louis XIV et de Mlle de La Vallière ; le prince Louis de Baden (1655-1707), filleul de Louis XIV, homme de guerre ; le duc de Brunswick, chef militaire allemand (1624-1705) ; Charles de Bourbon, comte de Charolais, petit-fils du Grand Condé (1700-1760) ; le duc de Boufflers, maréchal de France (1644-1711) ; le Grand Condé (1621-1686) ; Henri-Albert de Cossé, duc de Brissac (1645-1699), beau-frère de Saint-Simon. Cette liste de grands noms de la cour et des guerres de Louis XIV, à l'exception de Molière, qu'on n'a jamais taxé d'homosexualité sinon en faisant allusion à son amitié pour le jeune Baron, qu'il prit dans sa troupe, paraît avoir été compilée dans la *Correspondance complète* de Madame — la Palatine — (Charpentier, 1863) que Charlus cite à la page suivante. Elle atteste en particulier la réputation de Louis de Baden (lettre du 27 janvier 1707), de Condé (5 juin 1716, t. I, p. 241), de Vermandois (14 juin 1717, t. I, p. 302).

2. Voir les *Mémoires* de Saint-Simon en ce qui concerne Monsieur (voir p. 204, n. 1) et Brissac, au goût « trop italien », selon le mémorialiste qui rapporte « une vie obscure, honteuse, de la dernière et de la plus vilaine débauche » (*Mémoires*, Pléiade, t. I, p.81 et 575).

3. Le duc de Vendôme, arrière-petit-fils d'Henri IV et de Gabrielle d'Estrées (1654-1712), fut le chef militaire de la guerre de succession d'Espagne. Voir la *Correspondance complète* de Madame, éd. citée, lettre du 17 novembre 1718, et Saint-Simon : « Ce qui est prodigieux à qui a connu le roi galant aux dames une si longue partie de sa vie, dévot l'autre, souvent avec importunité pour autrui, et, dans toutes ces deux parties de sa vie plein d'une juste mais d'une singulière horreur pour tous les habitants de Sodome, et jusqu'au moindre soupçon de ce vice, M. de Vendôme y fut plus salement plongé toute sa vie que personne, et si publiquement, que lui-même n'en faisait pas plus de façon que de la plus légère et de la plus ordinaire galanterie, sans que le roi, qui l'avait toujours su, l'eût jamais trouvé mauvais, ni qu'il en eût été moins bien avec lui » (Pléiade, t. II, p. 693-694).

4. Le marquis de La Moussaye, mort en 1650.

5. « Mon cher ami La Moussaye, / Ah ! Bon Dieu ! quel temps ! / Landerirette, / Nous allons périr par la pluie. / — Nos vies sont en sécurité, / Car nous sommes Sodomites / Et ne devons périr que par le feu / Landeriri » (chanson notée par le traducteur de la *Correspondance complète* de Madame, éd. citée, t. I, p. 241). En face de ces vers, Proust a indiqué : « Insister sur ce que l'homosexualité n'a jamais empêché la bravoure, de César à Kitchener. » Kitchener (1850-1916), maréchal anglais, fut ministre de la Guerre en 1914.

6. Le duc de Villars (1653-1734), maréchal de France, est signalé dans une lettre de Madame, du 28 octobre 1718 : « Le maréchal de Villars était exclusivement passionné pour un prince d'Eisenach ; il lui fit une déclaration d'amour » ; du prince Eugène, Eugène de Savoie-Carignan (1663-1736), homme de guerre au service de l'Autriche, une lettre du 30 octobre 1720 rapporte que les jeunes gens l'appelaient « Mme Putana » ; le prince de Conti (1664-1709), neveu du Grand Condé, est signalé le 11 août 1717.

7. Charlus fait référence aux campagnes du Tonkin, de 1883 à 1887, et donc aux troupes du corps expéditionnaire ; et, dans l'actualité du récit, au débarquement de Casablanca, en 1907.

Page 292.

1. De Paul Bourget, Proust paraît évoquer outre *Le Disciple* (1889) et *Essais* et *Nouveaux essais de psychologie contemporaine* (1883-1885), qui posent le problème de la responsabilité des « aînés » vis-à-vis de « la nouvelle génération », un ouvrage de 1890 : *Physiologie de l'amour moderne*.

2. Le marquis d'Huxelles, maréchal de France (1652-1730) ; Charlus cite ici sa source, Saint-Simon, que Proust a consulté pour l'occasion (il le signale en marge du Cahier de brouillon 73) : « Il ressemblait tout à fait à ces gros brutaux de marchands de bœufs, paresseux, voluptueux à l'excès en toutes sortes de commodités, de chère exquise, grande, journalière, en choix de compagnie, en débauches grecques, dont il ne prenait pas la peine de se cacher et accrochait de jeunes officiers, qu'il adomestiquait, outre de jeunes valets très

bien faits, et cela sans voile, à l'armée et à Strasbourg » (Pléiade, t. II, p. 303).

3. Selon Madame, ce serait le prince Eugène plutôt que le maréchal d'Huxelles (voir p. 291, n. 6).

4. Proust cite incomplètement La Rochefoucauld : « Les vices sont de tous les temps ; les hommes sont nés avec de l'intérêt, de la cruauté et de la débauche ; mais si des personnes que tout le monde connaît avaient paru dans les premiers siècles, parlerait-on présentement des prostitutions d'Héliogabale, de la foi des Grecs, et des poisons et des parricides de Médée ? » (*Réflexions diverses*, Folio, p. 211.)

Page 294.

1. Voir *Sodome*, p. XV.
2. Voir *Swann*, p. 55, 61, 149.

Page 295.

1. Voir p. 78, n. 1.

Page 296.

1. Voir *Guermantes*, p. 418, et *Sodome*, p. 13.
2. Voir *Swann*, p. 12.

Page 297.

1. Nous apprenons p. 303 que M. Verdurin s'appelle Gustave.

Page 298.

1. Charlus vient d'annoncer (p. 265) à Mme Verdurin que Mme de Duras « a engagé Morel chez elle où on redonnera le même programme ».

Page 299.

1. Camille Chevillard (1859-1923), compositeur français, dirigea les concerts Lamoureux à partir de 1897.

Page 301.

1. Emmanuel Chabrier (1841-1894) : l'une des clés du Septuor de Vinteuil, d'après les esquisses de Proust (voir p. 237, n. 2).

Page 304.

1. Voir *Guermantes*, p. 536-540.

Page 309.

1. Cette remarque annonce la « conversation littéraire avec Albertine », où Dostoïevski est discuté, p. 363 et suivantes.
2. La sortie de Charlus au bras de la reine rappelle, dans *Jean Santeuil* (Pléiade, p. 681-682), le camouflet publiquement infligé aux Marmet — ils avaient invité, puis désinvité le jeune Jean — par la duchesse de Réveillon et le roi de Portugal se promenant en

compagnie de Jean, pendant l'entracte à 1'Opéra. Plus précisément encore (*ibid.*, p. 693), la duchesse de Réveillon offrira son bras à Jean, chez les Marmet, qui viennent d'humilier le jeune homme. L'avanie de Charlus fait penser à celle de Montesquiou lors d'un récital que celui-ci organisa en 1897 pour le pianiste Léon Delafosse, son protégé, chez la baronne de Rothschild : Montesquiou y fut insulté par Henri de Régnier. Il y eut par la suite une brouille avec Delafosse, mais qui ne semble pas liée à cette soirée (Henri de Régnier cité par Philippe Jullian, *Robert de Montesquiou, un prince 1900*, Librairie académique Perrin, 1965).

Page 311.

1. L'archange Gabriel annonce à Daniel la venue du Messie (Daniel, IX, 21).

2. « Sept semaines et soixante-deux semaines » est la durée impartie à la reconstruction de Jérusalem, dans la prophétie de Gabriel (Daniel, IX, 25).

3. Dans le livre de Tobie, le jeune Tobie amène à son père un inconnu, l'archange Raphaël, qui le guérit de sa cécité (épisode déjà évoqué dans *Sodome*, p. 460). La piscine probatique (destinée à la purification des victimes avant le sacrifice) de Bethsaïda, près de la porte des brebis à Jérusalem, est décrite dans l'Évangile selon Jean (V, 2-4) comme un lieu de miracles.

Page 312.

1. Cottard, dont la mort avait été annoncée p. 230, a assisté à la soirée Verdurin (p. 267) ; nous le retrouvons encore plus bas dans cette page et à la page suivante.

Page 314.

1. Dans *Swann*, p. 196, c'est le grand-père du narrateur qui était l'ami de M. Verdurin.

2. Proust ayant ici laissé un blanc dans le manuscrit les éditeurs de 1923 l'ont complété par Peary, dont la presse avait signalé l'arrivée au pôle Nord en 1909.

Page 315.

1. La deuxième *Églogue* présente le berger Corydon et son ami Alexis.

2. C'est ici la deuxième mention de l'égyptologue Gaston Maspero (1846-1916), dont le narrateur lisait *Au temps de Ramsès et d'Assourbanipal* (1912) dans les *Jeunes Filles*, p. 49.

3. Brichot passe d'une allusion cocasse (l'asile d'aliénés de Charenton) à un jeu de mots (blanc et grand d'Espagne) avant d'évoquer à contre-emploi l'autorité morale de Mgr d'Hulst (1841-1896), qui fut l'organisateur et le recteur de l'Institut catholique.

Page 316.

1. Diderot, dans la *Satire I. sur les caractères et les mots de caractère. de profession. etc.*, cite le début de « l'ode troisième du troisième livre » d'Horace (*Œuvres* de Diderot, Pléiade, p. 1198), dont on peut traduire ainsi le premier vers : « L'homme juste et ferme dans sa résolution. »

Page 317.

1. Allusion aux *Promenades* et aux *Nouvelles promenades archéologiques* de Gaston Boissier (1823-1908), que Brichot a déjà cité dans *Sodome*, p. 443.

2. Proust a déjà utilisé (dans *Guermantes*, p. 518) ce vers de *La Colombe et la fourmi* (*Fables*, II, XII).

3. « Que les dieux détournent ce présage ! » (exactement, *quod di omen avertant*), Cicéron, *Philippiques*, III, XXXV.

4. Au début du *Crime de Sylvestre Bonnard* (1881), d'Anatole France, le héros répond à l'homme qui veut lui vendre une *Clef des songes* : « Oui, mon ami, mais ces songes et mille autres encore, joyeux et tragiques, se résument en un seul : le songe de la vie ; et votre petit livre jaune me donnera-t-il la clef de celui-là ? »

Page 320.

1. Voir p. 126-127.

Page 322.

1. Voir *Sodome*, p. 499-500.

Page 329.

1. Albertine avait d'abord affirmé au narrateur qu'elle ne « reconnaîtrait » pas Esther, la cousine de Bloch (voir p. 102).

Page 332.

1. « Le bon sens est la chose du monde la mieux partagée » . première phrase du *Discours de la méthode*. La même citation approximative apparaît dans les *Jeunes Filles*, p. 308.

Page 337.

1. Voir *Sodome*, p. 246.

Page 343.

1. Voir *Sodome*, p. 246-247.

Page 346.

1. Parmi les Jugements derniers du Moyen Âge qui se présentent de la manière qui est évoquée ici, on peut citer celui de la cathédrale de Laon et le « portail des libraires » à la cathédrale de Rouen, toutes deux visitées par Proust.

Page 347.

1. Il s'agit des protagonistes de l'incident diplomatique annoncé à la fin du premier paragraphe ; le deuxième paragraphe est en addition dans le manuscrit.

Page 348.

1. Théophile Delcassé fut ministre des Affaires étrangères de 1898 à 1905. Proust semble ici faire allusion à sa démission du cabinet Rouvier le 6 juin 1905 en raison de la tension avec l'Allemagne au sujet du Maroc (Saint-Loup évoque l'affaire dans *Guermantes*, p. 400) Il est vrai qu'à la veille de la guerre, Delcassé fit partie, comme ministre de la Guerre, du cabinet Ribot, qui ne reçut pas l'investiture de la Chambre, le 12 juin 1914. Il n'est pas impossible que Proust fasse allusion à ces deux événements à la fois. Comme pour l'affaire Dreyfus, ils soulignent l'écart entre le temps du récit et celui de l'écriture.

2. Ici, l'allusion, appliquée aux manœuvres du narrateur à l'égard d'Albertine, fait clairement référence aux mesures militaires qui précédèrent la déclaration de guerre d'août 1914.

Page 350.

1. Citation approximative de la lettre du 25 octobre 1679 de Mme de Sévigné à sa fille, à propos de Charles de Sévigné : « Pour moi, je suis persuadée que non [...]. Pourquoi troubler cette fille, qu'il n'épousera jamais ? Pourquoi lui faire refuser ce parti, qu'elle ne regarde plus qu'avec mépris ? [...] troubler, de gaieté de cœur, l'esprit et la fortune d'une personne qu'il est si aisé d'éviter. »

Page 352.

1. Alors que, dans l'ouverture de *La Prisonnière*, l'article dont le narrateur attend la parution dans *Le Figaro* n'est qu'un premier essai littéraire, les événements vécus avec Albertine ont maintenant pour contrepartie romanesque la rédaction par le narrateur d'« Un amour de Swann ».

Page 354.

1. Cette citation est déjà notée p. 165 (voir n. 2 de cette page).

2. Voir, p. 171, la première mention de ces cadeaux : le yacht, sa décoration, l'argenterie, les conseils demandés à Elstir, les robes de Fortuny.

3. Le Pont-aux-Choux était une manufacture parisienne de porcelaine et de faïence qui tirait son nom de l'endroit où elle se trouvait (entre 1749 et 1789, date où elle fut détruite) : en face du Pont aux Choux (qui traversait les fossés de la ville), rue Saint-Sébastien, dans le quartier de la Bastille.

Page 355.

1. « La description des merveilles que Roettiers avait faites pour Mme du Barry » se trouve dans la monographie que les Goncourt

consacrèrent en 1860 à *La du Barry* ; la vaisselle, les flambeaux et tous les services livrés par « ce grand sculpteur d'argenterie » à la favorite du roi y sont décrits en détail.

2. Voir, p. 27, n. 1.

3. Léon Bakst et Alexandre Benois figurent parmi les plus grands décorateurs des Ballets russes (voir *Sodome*, p. 140, n. 1), auxquels collabora également le peintre catalan José-Maria Sert (1876-1945), mari de Misia Godebska, la « marraine » des Ballets russes (voir ci-dessus, p. 225, n. 3). Proust semble penser à *La Légende de Joseph*, ballet de Richard Strauss créé à l'Opéra de Paris le 14 mai 1914. Sert et Bakst étaient les auteurs des décors et des costumes, inspirés de l'opulence décorative de Véronèse. Dans *Albertine disparue*, le narrateur évoque expressément ce ballet, dont la chorégraphie était de Fokine et le livret du comte Harry Kessler et Hugo von Hofmannsthal.

Page 358.

1. Proust avait acheté un pianola en 1913 (voir la lettre du 5 janvier 1914 à Mme Straus, *Correspondance*, t. XIII, p. 31).

2. Velasquez : dans *Les Ménines* (1656).

3. Comprendre : « sièges de ce souvenir ».

Page 359.

1. Voir p. 204.

Page 360.

1. Voir p. 6.

Page 361.

1. Plus explicitement que p. 352 (voir la n. 1), le narrateur souligne qu'il est l'auteur « de cet ouvrage », tout en revenant sur les impressions des clochers de Martinville et des arbres d'Hudimesnil, déjà évoquées p. 249, auxquelles s'ajoute la tasse de thé ; mais il retarde encore, comme lors de l'audition du Septuor de Vinteuil, leur interprétation définitive.

2. Proust évoque quatre œuvres de Barbey d'Aurevilly : *L'Ensorcelée* (1854), avec le personnage qui lui donne son titre, ainsi que les autres protagonistes, le mari, la vieille Clotte et le berger jeteur de sorts. Aimée de Spens sauve le chevalier chouan dans *Le Chevalier des Touches* (1864), mais non son compagnon qu'elle va pleurer dans un couvent. Dans « Le Rideau cramoisi » (*Les Diaboliques*, 1874), Mlle Alberte saisit furtivement la main du jeune officier, son voisin de table, pensionnaire chez les parents de la jeune fille. Une nuit, l'officier découvrira Alberte morte à son côté. Enfin, la Vellini est l'héroïne d'*Une vieille maîtresse* (1851).

3. Proust fait allusion à une scène de magie dans *L'Ensorcelée*, où le berger suscite une vision horrible à l'aide de son miroir. Proust avait déjà noté l'expression « le miroir des bergers » dans des notes

du Carnet 1 qui préparent directement ce passage (voir *Le Carnet de 1908*, éd. Philip Kolb, p. 95).

Page 362.

1. Thomas Hardy fut d'abord architecte, profession qui s'apparente à celles des personnages évoqués ici : le héros de *Deux yeux bleus* (1873), Stephen Smith, est lui-même architecte, son père était maçon ; Jude (*Jude l'obscur*, 1895) est tailleur de pierre ; Jocelyn Pierston (*La Bien-Aimée*, 1892) est sculpteur. Proust, qui avait lu ces trois ouvrages dans leur traduction française, *Jude* en 1906, *Deux yeux bleus* et *La Bien-Aimée* en 1910, leur a consacré dans le Carnet 1 un développement qui prépare celui-ci (voir *Le Carnet de 1908*, p. 114).

2. Dans *Jude l'obscur*, Jude, comme Stephen Smith dans *Deux yeux bleus*, travaille à la restauration d'églises gothiques. Dans *La Bien-Aimée*, le père de Jocelyn Pierston est carrier dans leur petite île natale, l'île des Slingers.

3. Allusions aux épisodes de *Deux yeux bleus* : d'abord la scène d'amour entre Stephen Smith et Elfride Swancourt, l'héroïne aux yeux bleus ; les deux jeunes gens sont assis sur la tombe de Jeathway, premier prétendant d'Elfride. La scène est suivie d'une autre, parallèle, entre Elfride et son troisième prétendant Henri Knight (voir note suivante). C'est de la falaise que ces deux derniers voient s'approcher le bateau de Stephen Smith. Enfin, Knight et Smith se retrouvent dans le train qui les ramène de Londres vers Elfride, croient-ils, mais celle-ci est morte et son cercueil se trouve dans le wagon contigu.

Page 363.

1. Dans *Deux yeux bleus*, Elfride Swancourt aime successivement Jeathway, Smith et Knight. Dans *La Bien-Aimée*, Jocelyn Pierston aime successivement Avice Caro, sa fille et sa petite-fille. On peut voir une ressemblance avec la *Recherche*, où, de vingt ans en vingt ans, le narrateur rencontre successivement « la dame en rose », Gilberte, et sa fille Mlle de Saint-Loup. Par la suite Proust, en raison du gonflement de l'œuvre (voir p. 32, n. 2), a substitué aux cycles de vingt ans des périodes d'une dizaine d'années, auxquelles le retour des expositions universelles de Paris, de onze ans en onze ans, en 1867, 1878, 1889, 1900, sert de point de repère. Il a ainsi essayé de justifier la chronologie du personnage d'Odette — non sans incohérence, puisqu'il a substitué une date d'exposition à l'autre dans le manuscrit du *Temps retrouvé*. Proust avait reconnu une similitude entre ce qu'il écrivait et *La Bien-Aimée* de Thomas Hardy dans une lettre de mars 1910 à Robert de Billy : « Je viens de lire une très belle chose qui ressemble malheureusement un tout petit peu (en mille fois mieux) à ce que je fais : *La Bien-Aimée* de Thomas Hardy. Il n'y manque même pas la légère part de grotesque qui s'attache aux grandes œuvres » (*Correspondance*, t. X, p. 55). D'autre part, Hardy nota dans son journal, en juillet 1926, que la théorie de l'amour

qu'il avait exposée dans *La Bien-Aimée*, en 1892, avait été développée par Proust et il cite à l'appui deux passages des *Jeunes Filles* (voir Florence Emily Hardy, *The Later Years of Thomas Hardy*, New York, Macmillan, 1930, p. 248).

2. Proust paraît avoir lu Dostoïevski tardivement (voir *Jeunes Filles*, p. 126, n. 2, et le narrateur dit ici à Albertine, p. 366 : « Je connais très peu de ses livres »), sur lequel il laissa un projet d'article rédigé en 1921 (*Essais et articles*, Pléiade, p. 644). On reconnaît dans le passage les héros de *L'Idiot* (Nastasia Philipovna, Aglaé, Gania, Muichkine, Rogojine, Lebedev, Ivolguine) et ceux des *Frères Karamazov* (Grouchenka, Aliocha, Katherina Ivanova, le père Karamazov, le capitaine, Mitia, Krassotkine, Smerdiakov) ; quant à Segrev (p. 365), Proust pense sans doute au Snégirev des *Frères Karamazov*.

3. Deux tableaux que Proust avait vus, *Les Courtisanes* de Carpaccio au musée Correr à Venise, où Ruskin les admira, et la *Bethsabée* de Rembrandt au Louvre. La phrase suivante est inachevée.

Page 364.

1. Michael Munkacsy (1844-1900), peintre, né à Munkacs en Hongrie, vécut à Paris de 1872 à 1896. Il y exposa en particulier, au Salon de 1870, *Le Dernier Jour d'un condamné à mort en Hongrie*, ainsi que, dans son atelier, *Le Calvaire*, en 1883, et *Les Saintes Femmes au tombeau*, au Salon de 1895, tableaux auxquels Proust reproche leur cadrage dramatique banal. Implicitement, il leur oppose le décalage habituel dans la *Recherche*, où l'action est rarement saisie directement à son point culminant.

2. Dvornik : portier.

3. Dans *L'Idiot*, parce que Nastasia aime le prince Muichkine.

4. Paul de Kock (1793-1871), l'auteur de *Mon voisin Raymond*. Proust paraît rejeter par ces nouveaux exemples les classifications des historiens de la littérature, portant sur des catégories extérieures aux œuvres : le roman russe, ou le roman populaire, etc.

5. Dans la *Recherche*, Tolstoï fait toujours partie des « grands écrivains étrangers », ce qui reflète l'opinion de Proust : « On élève maintenant Balzac au-dessus de Tolstoï. C'est de la folie. L'œuvre de Balzac est antipathique, grimaçante, pleine de ridicule, l'humanité y est jugée par un homme de lettres désireux de faire un grand livre, dans Tolstoï par un dieu serein » (« Tolstoï », *Essais et articles*, Pléiade, p. 657). Plusieurs scènes de *La Guerre et la Paix* se passent en voiture ; on peut penser à la conversation entre le prince André et Pierre Bezoukhov (livre II, 2ᵉ partie, chap. XII), à la traversée de la forêt de bouleaux lorsque le prince André visite le domaine de Riazan (livre II, 3ᵉ partie, chap. I à III), ou encore au retour en fiacre de Pierre Bezoukhov au début du roman, lorsqu'il sort de chez le prince André (livre I, 1ʳᵉ partie, chap. IX).

Page 365.

1. L'exemple « tiré par les cheveux » n'a pas été donné à cet endroit où Proust a laissé un blanc dans le manuscrit, mais il l'avait

fourni dans les *Jeunes Filles*, p. 222. Il y cite la lettre de Mme de Sévigné du 12 juin 1680 : « Je vais dans ce mail dont l'air est bon comme celui de ma chambre ; je trouve mille coquecigrues », et Proust souligne : *« des moines blancs et noirs, plusieurs religieuses grises et blanches, du linge jeté par-ci par-là, des hommes ensevelis tout droits contre des arbres »,* pour conclure : « Je fus ravi par ce que j'eusse appelé un peu plus tard (ne peint-elle pas les paysages de la même façon que lui, les caractères ?) le côté Dostoïevski des *Lettres de Madame de Sévigné.* »

2. À peine a-t-il dévoilé ses batteries (voir p. 334, 352), que le narrateur revient sur l'expression de ses intentions romanesques.

3. Laclos se montre un mari attentif dans sa correspondance.

4. Mme de Genlis (1746-1830), auteur de *Contes moraux* (1802), avait été la gouvernante du futur Louis-Philippe, fils du duc (« Philippe-Égalité »), dont elle avait été la maîtresse, et de la duchesse d'Orléans.

5. La citation complète est : « Si le viol, le poison, le poignard, l'incendie, / N'ont pas encor brodé de leurs plaisants dessins / Le canevas banal de nos piteux destins, / C'est que notre âme, hélas ! n'est pas assez hardie » (*Les Fleurs du mal*, « Au lecteur »).

Page 366.

1. L'épisode du capitaine se trouve au chapitre V du livre IV des *Frères Karamazov*, où il est rapporté par Katherina Ivanova. Pour travailler à ce passage, Proust avait emprunté en 1917 un exemplaire des *Frères Karamazov* à Antoine Bibesco (voir la *Correspondance*, t. XVI, p. 138).

2. Le père Karamazov, personnage d'abject bouffon, a engrossé Lizaveta, la folle (livre III, chap. II).

3. À la cathédrale d'Orvieto, des XIIIᵉ et XIVᵉ siècles, les sculptures de la façade, auxquelles Proust fait allusion, représentent Adam et Ève.

4. Ce « second épisode » des *Frères Karamazov* : la vengeance accomplie, vingt ans après, par Smerdiakov, le fils de la folle, a inspiré à Proust (note sur George Eliot, *Essais et articles*, Pléiade, p. 656) les mêmes commentaires que ceux qu'il a portés sur les romans de George Eliot, *Adam Bede* et *Silas Marner* : « Adam perd Hetty et cela était nécessaire pour qu'il trouvât Dinah. Silas perd son or et c'était nécessaire pour qu'il fût ouvert à l'amour de l'enfant (cf. Emerson, *Compensation*, et « l'homme s'agite et Dieu le mène »). » Une fois de plus, comme chez Thomas Hardy, Proust reconnaît et approuve une construction romanesque bâtie autour d'épisodes symétriques, cycliques, ainsi que ce système moral de *compensation*, dont il dit, toujours dans la note sur George Eliot : « C'est aussi, par-dessus l'enchaînement de nos vices et de nos malheurs, une sorte d'ordre supérieur de providence puissante qui fait de notre mal l'instrument incompréhensible de notre bien. »

Page 367.

1. Voir les *Jeunes Filles*, p. 472.

2. C'est-à-dire l'une des deux hypothèses présentées p. 360 : réalité ou caractère illusoire de l'art, de l'âme.

3. Reprise de l'analyse interrompue, p. 361), avant le développement de la « conversation littéraire avec Albertine ».

4. Voir les *Jeunes Filles*, p. 63-65, où des sensations olfactives de même nature mettent en rapport le « petit pavillon treillissé de vert » des Champs-Élysées à la « fraîche odeur de renfermé », ou « de moisi », avec la petite pièce de l'oncle Adolphe à Combray, « laquelle exhalait en effet le même parfum d'humidité », décors, pour le narrateur, des jeux érotiques.

5. Voir *Swann*, p. 9.

6. Rameau et Borodine ont déjà été évoqués, respectivement p. 108 et 226. Du second, Proust fait ici allusion à *Dans les steppes de l'Asie centrale* (1880).

Page 368.

1. La même image était présente dans « Journées en automobile » (*Pastiches et mélanges*, Pléiade, p. 67), où Proust évoque ses randonnées de septembre 1907 avec Agostinelli : « Sainte Cécile improvisant sur un instrument plus immatériel encore — il touchait le clavier et tirait un des jeux de ces orgues cachées dans l'automobile. »

Page 369.

1. Les portraits peints par Bernardino Luini mettent en valeur la beauté du modèle. Giorgione est associé par le narrateur à ses désirs de voyage à Venise (*Swann*, p. 384) et à Parme (*Guermantes*, p. 413). C'est comme un Giorgione que le narrateur imagine la femme de chambre de la baronne Putbus, dans sa conversation avec Saint-Loup (*Sodome*, p. 94).

Page 371.

1. Autre vestige du passé hollandais de Maria, future Albertine (voir p. 4, n. 1).

Page 372.

1. La source de cette anecdote se trouve dans une lettre de Mérimée : « Il y avait une fois un fou qui croyait avoir la reine de Chine (vous n'ignorez pas que c'est la plus belle princesse du monde) enfermée dans une bouteille. Il était très heureux de la posséder et il se donnait beaucoup de mouvement pour que cette bouteille et son contenu n'eussent pas à se plaindre de lui. Un jour il cassa la bouteille, et, comme on ne trouve pas deux fois une princesse de la Chine, de fou qu'il était il devint bête » (lettre du 29 juillet 1855 à Mrs Senior, *Correspondance générale*, éd. Maurice Parturier, t. VII, p. 511). Cette lettre a été publiée en 1885 par Othenin d'Haussonville dans *Prosper Mérimée, Hugh Elliot*, puis évoquée par Anatole France

dans *Le Temps* le 19 février 1888, article repris dans *La Vie littéraire*. Proust a pu connaître l'anecdote soit par les Haussonville, dont il était familier, soit par l'article de France. Elle le frappa au point qu'il la cita à trois reprises : dans un projet de roman par lettres de 1893, dans *Guermantes* (p. 281), et ici.

Page 373.

1. Les thèmes et la formulation de ce paragraphe sont ceux de la première version du roman d'Albertine (voir l'Esquisse p. 407 et suivantes). Proust revient sur cette conclusion que « c'est le chagrin qui développe les forces de l'esprit » dans *Le Temps retrouvé*.

2. Le mode lydien est l'un des modes du chant grégorien, que le Moyen Âge assimila au mode lydien de la musique grecque. Il rappelle ici l'orchestration des cris de Paris, p. 109.

Page 374.

1. Voir *Sodome*, p. 508-509.
2. Voir p. 13.

Page 377.

1. Voir *Sodome*, p. 509-510.

Page 378.

1. Chez le narrateur, le désir d'aller à Venise prend un tour de plus en plus exacerbé, à mesure que le roman approche de sa conclusion. Alors que, dès le début de *La Prisonnière*, le narrateur regrettait que sa vie avec Albertine l'empêchât de s'y rendre (p. 22, 78, 100, 272 et 318) — regrets répétés, par la suite, directement (p. 159, 160, 165), ou par le biais des robes de Fortuny (p. 27, 355, 357) ou d'autres références artistiques (p. 126-176) —, il ajoute ici, à propos d'un voyage hypothétique à Venise avec Albertine, des raisons supplémentaires d'être jaloux d'elle. Les cinq autres mentions successives de Venise apparaissent dans les vingt dernières pages de *La Prisonnière*, annonçant le voyage, dans *Albertine disparue*, du narrateur avec sa mère. On se souvient que Proust alla deux fois à Venise en 1900, l'année même de la mort de Ruskin, à qui il emprunte plusieurs analyses de l'art vénitien.

Page 379.

1. Voir *Sodome*, p. 229. Dans la marge du manuscrit, Proust a noté : « Dire mieux ».

2. Le projet, avorté, de « vacances de Pâques à Florence et à Venise » (*Swann*, p. 382) est postérieur au cadeau fait par Swann au narrateur de reproductions photographiques de Giotto (reproduction de fresques qui se trouvent en fait à Padoue, et non à Venise), ainsi que d'une gravure de Venise d'après un dessin du Titien — offert par la grand-mère du narrateur, mais sur les conseils de Swann encore (*ibid.*, p. 80, 40). Ainsi les noms de ces artistes sont

associés à la première image de Venise. Après le retour sur la mort de Swann (p. 187-190 du présent volume) et les souvenirs évoqués par Charlus (p. 287-289) lors de la soirée Verdurin, le rôle de modèle qu'a joué Swann pour le narrateur vient d'être rappelé à deux reprises, p. 369 et 372, soulignant sa fonction d'initiateur.

Page 380.

1. La bibliothèque Ambrosienne de Milan possède une collection de manuscrits et d'éditions anciennes.

2. *Esther*, II, VII, v. 647-648 et 651-652 (« émoi » pour « effroi » et « partent » pour « partaient »). Comme toujours, aussi bien dans sa correspondance que dans ses articles ou dans la *Recherche*, Proust cite de mémoire. Ce rappel final de Racine souligne le dénouement de la tragédie, voir la préface, p. XV.

Page 384.

1. La mort d'Albertine, dans un accident de cheval, a été envisagée par le narrateur, p. 111-112. *La Prisonnière* s'achève par une série de présages annonciateurs du départ et de la mort d'Albertine, p. 386-388.

Page 385.

1. Voir p. 238.

Page 387.

1. Voir *Swann*, p. 23.

Page 388.

1. Dans la version de 1914 de la future *Prisonnière* (voir l'Esquisse p. 413), ce lendemain matin était le dernier du roman : celui du départ d'Albertine. Proust en a retardé le dénouement dans la version finale par une sixième journée accolée à la précédente.

2. Voir *Guermantes*, p. 323-334.

Page 389.

1. Proust a noté entre parenthèses : « Dire mieux. »

Page 390.

1. On peut penser à Renoir pour ces deux tableaux. Le premier évoque *Le Moulin de la Galette*, de 1876 (legs Caillebotte 1894, présenté au Luxembourg dès 1897), et le second *Mme Charpentier et ses enfants*, qui « lança » Renoir au Salon de 1879.

2. Proust paraît penser à certains grands tableaux de baigneuses par Renoir, comme les *Baigneuses* de 1887 (musée de Philadelphie) ou les *Baigneuses dans la forêt* de 1897 (Fondation Barnes, Merion).

Page 394.

1. Chateaubriand évoque « le jour céruléen et velouté de la lune » en Amérique au dernier chapitre de l'*Essai sur les révolutions*,

expression qui, dans le *Génie du christianisme* (I, V, XII), devient : « le jour bleuâtre et velouté de la lune » (Mme de Villeparisis avait déjà rappelé le leitmotiv des clairs de lune chez Chateaubriand dans les *Jeunes Filles*, p. 289). Pour Hugo, le narrateur fait allusion aux vers suivants : « Sous les arbres bleus par la lune sereine » (*Eviradnus*, *La Légende des siècles*, III, XV, XI) ; « le clair de lune bleu qui baignait l'horizon » (*La Fête chez Thérèse*, *Les Contemplations*, I, XXII, vers déjà cité par Charlus dans *Guermantes*, p. 545 ; « le croissant fin et clair parmi ces fleurs de l'ombre [...] / Cette faucille d'or dans le champ des étoiles » (*Booz endormi*, *La Légende des siècles*, II, VI). Chez Baudelaire, la lune paraît sous un « domino jaune » dans *La Lune offensée*. Chez Leconte de Lisle enfin, les effets de lune sont innombrables, et le narrateur peut penser à ce vers des *Clairs de lune* dans les *Poèmes barbares* : [la Terre regarde] « La lune, dans l'air pur, tendre son grand arc d'or ». Proust avait également noté, à propos des clairs de lune, les noms de Flaubert et de Paul Bourget dans un passage du cahier de brouillons 54, qu'il n'a finalement pas repris, bien qu'il ait laissé un blanc de huit lignes dans le manuscrit « au net ».

Page 396.

1. Voir *Sodome*, p. 400.

Page 397.

1. « Hélas ! ignorez-vous quelles sévères lois / Aux timides mortels cachent ici les rois ? / Au fond de leur palais leur majesté terrible / Affecte à leurs sujets de se rendre invisible » (*Esther*, I, III, v. 191-194).

ESQUISSE

Page 403.

1. Cahier 71, f° 72 r° (paginé 15 par Proust).
2. Voir p. 4, n. 1.

Page 404.

1. Voir p. 11.
2. C'est-à-dire, en 1914, *Le Temps retrouvé*.
3. Voir p. 14 et 22.
4. Voir p. 21 et 22.
5. Proust a noté en marge : « Détestable comme forme. »
6. Voir p. 374.

Page 405.

1. Dans le texte définitif, p. 375, c'est le narrateur qui dit cette fin de réplique.

2. Ce paragraphe est une addition, f°s 80-82 v^{os}, non paginés par Proust.

3. Voir p. 53.

Page 406.

1. Voir p. 59.

2. Proust a noté en marge : « La décrire en son temps. »

3. Proust a substitué « On » à « Françoise ». Voir p. 49, 60.

4. Proust a noté dans l'interligne : « Non, ce sera au pianola. »

5. Ce paragraphe est une addition, f° 92 v°, non paginé par Proust.

Page 407.

1. En regard de ces lignes, Proust a noté : « Regarder au verso précédent quelque chose qui [*un mot illisible*] peut-être ici avant de reprendre en face. »

2. Voir p. 372.

3. Voir p. 370-372, 94-95, 101-102, 82-83.

4. Proust a noté en marge : « C'est plutôt à un de ces endroits que je montrerai que quand les différentes images qui constituent les différents moi sont envolées il ne reste rien, que je me demande qu'est — [*interrompu*] Il faudra surtout penser à montrer que ce n'est pas encore cela le *Temps retrouvé*, car le temps que je sens en elle je ne peux l'atteindre — ce n'est pas encore l'Éternel que je trouverai dans la tasse de thé. »

5. Proust a noté en marge : « Mettre au moment où je suis si triste. Rien dans le monde ne pouvait calmer ce que j'éprouvais. »

Page 408.

1. Proust a noté en marge : « Je crois que pour fondre avec plus d'unité, il faudrait mettre cela quand elle joue du pianola, ne faire en somme qu'une seule scène, elle rentre, joue, me parle jusqu'au moment du coucher. Et peut-être (?) à l'endroit où je marque ce signe +, mettre ceci qui est très important : Quelquefois elle faisait allusion à quelques-unes de ses promenades d'autrefois en bicyclette (dire en son temps que j'avais bien admiré qu'elle en avait fait beaucoup) et l'évocation de ce temps imprimait sur son visage le sinueux sourire (mettre en son temps, le premier jour) qu'elle avait alors. Et aussitôt je sentais de nouveau sous ce visage auquel je m'étais assez accoutumé pour qu'il me devînt indifférent de se creuser, se réserver l'espace impossible à combler des jours que je n'avais pas connus. *Cette rédaction est elle-même surmontée d'une note postérieure, qui renvoie au texte en regard :* Toutes réflexions faites à propos de ce signe +, je crois qu'il vaudrait mieux mettre le morceau qui finit par le signe +, c'est-à-dire le mystère du temps creusé au fond d'un être, *après* ce qui vient ci-dessous, de sorte qu'après avoir dit comme dans la glace d'une voiture, innombrables et reflétés, je pourrai mettre ce morceau (celui sur le Temps) en conclusion en rattachant par quelque chose comme ceci : D'ailleurs quand cette souffrance n'était pas trop vive, c'était

la beauté de mes relations avec Albertine et la raison *[plusieurs mots illisibles]*. »

2. Les deux paragraphes suivants sont une addition marginale.

Page 410.

1. Proust a noté en marge, sans en préciser l'insertion : « À un de ces endroits : Le secret, innocent ou coupable, de ses relations avec Andrée, cette chose si petite — toujours plus précieuse — plus < que > pour l'archéologue tel petit objet authentique et perdu qui lui serait pour toute une époque un témoignage révélateur — c'était pour moi un bijou précieux. Il gisait en ce moment bien près de moi ; Albertine pouvait le voir ; elle savait quel il était ; elle le contemplait peut-être en ce moment ; il gisait tout près de moi, mais dans un élément au seuil duquel j'étais obligé de m'arrêter, où je n'avais pas d'organe pour pénétrer, bien plus inaccessible pour tout autre être qu'elle, que l'air ou la mer pour l'homme ; son âme. » Notre transcription continue au f° 89 r°.

Page 411.

1. Voir p. 103-104.
2. Voir p. 371-373.

Page 412.

1. Herengracht : canal d'Amsterdam, au bord duquel Proust avait situé la maison du tuteur de Maria dans ses ébauches de 1910. En 1914, Maria a disparu du roman au profit d'Albertine, mais son décor hollandais subsiste.

Page 413.

1. Voir p. 384-386 et 598-399.
2. Ici, au f° 104 r° (paginé 39 par Proust), s'achève le texte correspondant à *La Prisonnière*, la suite ébauchant le début d'*Albertine disparue*. Proust a noté en marge : « Je vais mettre dans le cahier Vénusté à partir de la page *[un blanc]* des choses essentielles sur ceci à mêler avec et qui commenceront sans doute à la croix en face. » Cette addition renvoie au folio 10 r° du Cahier 54, où Proust a indiqué : « C'est-à-dire pour intercaler dans la page 39 du Cahier Dux. Au lieu de le mettre à la croix, je le mettrai un peu avant et les signes avant-coureurs seront reportés quelques jours avant, puis je n'y pense plus (comme c'est arrivé à la première rupture d'ailleurs en réalité). »

RÉSUMÉ

Vie en commun avec Albertine : première journée. Bruits de la rue, réveil en musique (3). Albertine à Paris sous le même toit que moi (4). Les rengaines d'Albertine (5). Le petit bonhomme barométrique (6). La lettre de Maman, son hostilité à mon projet de mariage avec Albertine (7) ; elle-même est retenue à Combray (8). Règles imposées à Albertine pour mes heures de sommeil (9). Françoise et le respect de la tradition (9). Développement intellectuel et changement physique d'Albertine (11-12). Andrée accompagne Albertine dans ses promenades ; je leur déconseille d'aller aux Buttes-Chaumont (13). Ma confiance en Andrée (13). Je n'aime plus Albertine ; mais ma jalousie survit à mon amour (15). Impossibilité de la soustraire à Gomorrhe, dispersée aux quatre coins du monde (16-17). Plaisirs de la solitude après le départ d'Albertine (19). L'odeur des brindilles dans le feu me rappelle Combray et Doncières (20). Des inconnues, aperçues de ma fenêtre, me font regretter ma claustration avec Albertine (21). La jalousie, maladie intermittente (23).

À la fin de l'après-midi, mes visites à la duchesse de Guermantes (24). Elle n'est plus la mystérieuse Mme de Guermantes de mon enfance (25). Je viens lui demander des renseignements sur des parures pour Albertine (25). Les robes de Fortuny que porte la duchesse (27). Sa conversation délicieusement française (27). Elle a oublié la présence, à la soirée de la princesse de Guermantes, de Mme de Chaussepierre, conséquence minuscule de l'affaire Dreyfus (32). Je ramène précipitamment la conversation de l'affaire Dreyfus aux robes de la duchesse (35). En rentrant de chez elle je rencontre dans la cour Charlus et Morel allant prendre le thé chez Jupien (37).

Scène de Charlus à Morel à propos de l'expression « payer le
thé » (37). Billet reçu par Charlus du chasseur d'un cercle de
jeu (38). Charlus et M. de Vaugoubert ; l'auteur explique à son
lecteur la raison de peintures si étranges (39). L'expression
« payer le thé », employée par la nièce de Jupien, venait de
Morel (40-41). La distinction naturelle de la jeune fille (41).
L'idée du mariage de Morel avec elle satisfait le baron (42). Il
s'imagine en guide et protecteur des futurs mariés (44). Les
projets cyniques de Morel (44) ; sa nervosité maladive (45),
vis-à-vis de Bloch et de Nissim Bernard (46).

Au retour de chez la duchesse de Guermantes, l'incident des
seringas (47). Habituellement, les œuvres d'Elstir, de Bergotte,
de Vinteuil calment mon impatience du retour d'Albertine et
exaltent mes sentiments pour elle ; je cache à mes amis qu'elle
habite à la maison (49). La discrétion d'Albertine depuis qu'elle
me sait jaloux (50). Le plaisir que me donne sa présence (51). Les
défauts d'Andrée se sont accusés ; son aigreur (52). Elle calomnie
le jeune homme de Balbec qui jouait au golf (52). Mes enquêtes
auprès d'elle sur les sorties d'Albertine ; elles ne m'apprennent
rien : la jalousie engendre défiance et tromperie (53-54). Après
son départ, Albertine, en robe d'intérieur, vient près de moi (55).
Son goût pour les raffinements de la toilette (55) ; son élégance,
elle est aussi devenue très intelligente (56). Variabilité de la nature
que nous percevons chez les jeunes filles (57). De la même
manière, la nièce de Jupien a changé d'opinion sur Morel et
Charlus (59). Soirées où Albertine me fait de la musique ;
persistance du désir que m'avait inspiré la jeune fille, libre et
convoitée à Balbec, aujourd'hui enfermée chez moi (59). Les
différentes Albertine, au fil des années (60). Son sommeil (62).
La regarder dormir (63) ; parfois un plaisir moins pur (64). Ses
réveils (66) ; « Mon chéri Marcel » (67). Ce n'est plus une
Albertine mystérieuse que je cherche, comme à Balbec la première
année, mais une Albertine aussi connue de moi que possible (67).
Ses baisers aussi apaisants qu'autrefois ceux de ma mère (68). Peu
à peu, je ressemble à tous mes parents (70) ; surtout à ma tante
Léonie (70). Sous la douceur des jeux amoureux avec Albertine,
il y a la permanence d'un danger (72-73).

Deuxième journée. Je m'éveille par un temps différent, sous un
autre climat ; ma paresse ainsi entretenue (73). Je me rappelle
qu'Aimé m'avait annoncé, à Balbec, la présence d'Albertine. Pourquoi lui avait-il trouvé « mauvais genre » (76) ? Je
soupçonne toutes les amies d'Albertine (76). La jalousie après
coup (77), et même après la mort de l'être aimé (78).

Ce soir-là, Albertine me révèle son projet d'aller faire une visite
à Mme Verdurin le jour suivant (79). Je devine le sens caché
de ses paroles, de ses regards (80). Pour empêcher cette visite,

je suggère à Albertine d'autres buts de promenade (83). Elle est
un de ces êtres de fuite (84). Mon inquiétude sans cesse ravivée
par ce qu'elle me dit (85). On sacrifie sa vie moins à un être
qu'à la trame d'habitudes tissée autour de lui (88). La haine de
Françoise, ses paroles sybillines à l'égard d'Albertine (89).
Pendant qu'Albertine va ôter ses affaires je téléphone à
Andrée (90) ; les divinités du téléphone (91). Je suis seul à
pouvoir dire « Albertine » d'une certaine façon, exprimant la
possession (91). Je demande à Andrée d'empêcher Albertine
d'aller chez les Verdurin, puis j'annonce que je m'y rendrai avec
elles (92). Au retour d'Albertine dans ma chambre, je lui dis
que je viens de téléphoner à Andrée ; elle m'annonce qu'elles
ont rencontré Mme Verdurin (93). Les feux tournants de la
jalousie (94-95). Albertine veut me dissuader de l'accompagner
chez les Verdurin ; elle se propose d'aller dans un grand magasin
le lendemain ; elle n'est plus pour moi qu'une suite de problèmes
insolubles (95). Son temps m'appartient en quantités plus grandes
qu'à Balbec ; je l'accompagne aux terrains d'aviation proches de
Paris (96). Je ne rentre pas calmé de ces promenades, comme
autrefois à Balbec (97). Je lui conseille d'aller le lendemain à
une représentation au Trocadéro ; je répète à Albertine ce que
mes parents me disaient, enfant (98). L'homme sévère que je suis
devenu à son égard recouvre l'être exalté et sensible que j'avais
été (99). Je songe de nouveau à partir pour Venise (100). Il est
naturel d'être dur et fourbe avec ce qu'on aime ; angoisse des
baisers refusés (102), ou qui ne me satisfont pas (103). Parfois
je ruse pour qu'elle s'endorme dans ma chambre (104). De
nouveau j'observe son sommeil (104), et son réveil (105).

Troisième journée. Le lendemain de cette soirée, je m'éveille par
un matin de printemps, interpolé dans l'hiver (107). Bruits de
la rue, cris musicaux des marchands (107). Françoise m'apporte
Le Figaro et m'annonce, ce qui m'est désormais égal, qu'Albertine
se rendra au Trocadéro et non chez les Verdurin (110). Entrée
d'Albertine, citant *Esther* ; nous échangeons des paroles menteuses (111). Prémonition de sa mort dans un accident de
cheval (111). Digression sur les différents sommeils, la paralysie
et la perte de la mémoire qui les accompagnent (112). L'effet
des narcotiques, rêves (115). Les *Pietà* de la Renaissance (116).
Retour aux cris de Paris ; goût d'Albertine pour les nourritures
vendues par ces marchands (117). Son morceau éloquent et
suggestif sur les glaces (119).

Albertine sortie, je sens la fatigue de sa présence (122). Je suis
content qu'Andrée l'accompagne, car j'ai moins confiance dans
le chauffeur : lors d'une excursion à Versailles, Albertine l'avait
renvoyé pendant sept heures (122). Confidence de la femme de
chambre de Gilberte : à l'époque de mon amour pour Gilberte,

j'étais dupe (125). Seul à la fenêtre, j'écoute de nouveau les bruits et les cris de la rue (127) ; j'observe les jeunes employées qui font les livraisons pour les commerçants (128). Je demande à Françoise de m'envoyer une de ces fillettes pour une course : une jeune crémière, que j'avais remarquée (129). En attendant, je lis une lettre de Maman qui, à Combray, s'inquiète de la prolongation du séjour d'Albertine à la maison (131). Françoise fait entrer la jeune crémière (131). Écart entre les femmes imaginées et approchées (132) ; la jeune fille est bientôt réduite à elle-même (133). Tout en lui parlant je lis dans *Le Figaro* que Léa, dont je connais la réputation, doit jouer *Les Fourberies de Nérine* à la matinée du Trocadéro (135). À Balbec, Albertine s'était contredite à son sujet (135). Il faut empêcher Albertine de retrouver Léa au Trocadéro (136). Je renvoie la petite laitière pour y réfléchir (138). La jalousie me remet en mémoire les images d'une Albertine vicieuse et infidèle (139). J'envoie Françoise la chercher au Trocadéro (142). Décadence du parler de Françoise, sous l'influence de sa fille (144). Elle me fait annoncer au téléphone le retour d'Albertine (145), ce que celle-ci me confirme par un mot qu'elle me fait porter (147). En l'attendant maintenant sans impatience, et même avec le sentiment de mon esclavage, je joue au piano la Sonate de Vinteuil (148). La musique de Vinteuil, comme celle de Wagner, m'aide à redescendre en moi-même (149). Unité essentielle, perçue après coup par leurs auteurs des grandes œuvres du XIXe siècle, littéraires (150) et musicales (151). Mes rêveries musicales se détournent vers Morel, le mystère de son emploi du temps pour Charlus (152). Peu après, dans la cour, je suis le témoin de la scène que Morel faisait à la nièce de Jupien : « grand pied de grue » (153). Mon calme avant le retour d'Albertine ; sa nouvelle bague (154). Nous allons en auto au Bois (156). Toutes les jeunes femmes aperçues par la vitre avivent mes regrets (156). À propos du Trocadéro, conversation sur l'architecture avec Albertine (157). Sans lui en parler, j'ai décidé d'aller ce soir chez les Verdurin (158). Ma vie avec Albertine me prive d'un voyage à Venise comme de toutes les midinettes aperçues ; mon amie semble les regarder aussi (159). Similitude de la déception éprouvée auprès de femmes que j'avais connues et de villes où j'étais allé (160). Le servage d'Albertine restitue à la beauté du monde toutes les jeunes filles, mais, captive, elle a perdu sa beauté (162) ; seuls les souvenirs de mes premiers désirs à Balbec la lui rendent (163). Au Bois, nos ombres parallèles ; à notre retour, la pleine lune au-dessus de l'Arc de Triomphe (164).

Nous dînons dans sa chambre ; « il n'est pas de belle prison » (165). Contrastant avec sa docilité, certains faits me font me demander si Albertine n'avait pas formé le projet de secouer sa chaîne (166). Les propos de Gisèle, rencontrée par hasard, confirment — malgré, ou à cause de sa prudence — mes soupçons (167). Les mensonges de la petite bande s'emboîtent bien les uns dans les autres (168), comme, dans un autre domaine, ceux des éditeurs, des directeurs de journaux et de leurs collaborateurs (169). Sous les aveux d'Albertine, d'autres mensonges ; tout être aimé est un Janus (170). Je tais, pour l'instant, mon projet mensonger de rompre avec elle ; pour la distraire je veux lui commander une robe de Fortuny (171).

J'apprends que ce jour-là Bergotte est mort ; sa maladie artificiellement prolongée par les médicaments (171). Il y avait des années qu'il ne sortait plus de chez lui, entretenant des fillettes qui lui redonnaient le goût d'écrire (172). Ses cauchemars, dans les derniers mois de sa vie (173). Les avis contradictoires de ses médecins (174). Essai de tous les narcotiques (175). Sa mort pendant la visite d'une exposition hollandaise, devant la *Vue de Delft* de Ver Meer ; mort à jamais (176) ? Les obligations morales, si visibles chez l'artiste, ne rendent pas invraisemblable une réponse négative (177). Mensonge d'Albertine me racontant avoir rencontré Bergotte, alors qu'il était déjà mort en réalité (177). Le témoignage des sens ne m'aurait pas plus appris si Albertine avait menti (178) ; des exemples prouvent qu'il est aussi une opération de l'esprit : ainsi pour les « pistières » de notre maître d'hôtel et la « vieille rombière » du concierge d'un restaurant (179). Heureuse aptitude d'Albertine au mensonge, pourtant surpassée par une de ses amies (180).

Les Verdurin se brouillent avec Charlus. Après avoir annoncé à Albertine, qui ne veut pas sortir, d'autres buts de visite, je me rends chez les Verdurin (182). Dans la rue, je rencontre Morel en pleurs, se repentant d'avoir insulté sa fiancée (183). Sa versatilité et son cynisme (184) ; sa rancune à l'égard des êtres qu'il fait souffrir (185). Les deux produits de ma journée : la résolution de rompre avec Albertine et, d'autre part, l'idée que l'Art participe au néant de la vie ; mais ils ne seront pas durables et vont au contraire s'inverser au cours de la soirée (186). En arrivant au quai Conti, je rencontre Brichot, descendant d'un tramway ; en dépit de ses puissantes lunettes il est presque aveugle (187). Nous parlons de Swann ; retour sur sa mort qui m'avait à l'époque bouleversé (187). Il me devra de survivre parce que j'ai fait de lui un héros de roman (189). J'avais encore des renseignements à lui demander (190). Brichot évoque pour moi l'ancien salon des Verdurin, rue Montalivet, où Swann avait connu Odette (190).

Au moment d'arriver chez les Verdurin, rencontre de Charlus, suivi comme souvent d'un voyou attaché à ses pas ; il est devenu monstrueux (193). Il inspire à Brichot un sentiment pénible (193). L'homosexualité et l'affinement des qualités morales (194). La déchéance de Charlus se lit sur son visage et déborde dans ses propos (195). Il me parle des toilettes de ma « cousine » (Albertine) ; c'est un domaine où il excelle, il aurait pu devenir un maître écrivain (196). Ses familiarités (199) ; ses manières conjugales et paternelles avec Morel (200). Il s'est détaché des contraintes sociales et affecte les façons qu'il flétrissait autrefois (201). Il nous affirme avoir vu Morel par hasard ce matin, ce qui me prouve qu'il l'a vu il y a une heure (202). Peu de temps après cette soirée, une lettre de Léa à Morel — elle l'appelle « grande sale » — ouverte fortuitement par le baron, est une cause de douleur et de stupéfaction (204). Que signifie l'expression « en être » ? Charlus n'étant qu'un amateur, de tels incidents ne peuvent lui être utiles (205). Il me demande des nouvelles de Bloch (206) ; il admire les succès féminins de Morel (207).

Charlus m'explique qu'il a organisé la soirée chez les Verdurin : la Patronne est dessaisie, il a lancé les invitations (209), choisi un public qui fera parler de Morel (209). C'est aussi pour pousser son protégé dans le journalisme littéraire qu'il entretient des relations utilitaires avec Bergotte (209). Charlus m'annonce qu'on attend la venue de Mlle Vinteuil et de son amie (212). Souffrance que cela me cause (212). Ma jalousie se reporte sur elles (214). Dans la cour de l'hôtel des Verdurin nous sommes rattrapés par Saniette (214). Dans l'antichambre, familiarités de Charlus avec le valet de pied ; M. Verdurin reprend grossièrement Saniette qui emploie des expressions archaïques (216), puis il le rabroue pour avoir annoncé la mort de la princesse Sherbatoff (217). Habitude des Verdurin de rapprocher ou au contraire de brouiller leurs invités (218). Mme Verdurin est furieuse parce que Charlus a refusé les noms qu'elle lui proposait pour sa soirée (219). La versatilité du baron (221) ; ses philippiques contre la comtesse Molé (222). Le salon Verdurin commençait à bénéficier de l'affaire Dreyfus (223). Les Ballets russes placeront encore Mme Verdurin au premier plan (225). Elle affiche son indifférence devant la mort de la princesse Sherbatoff (227). Ses précautions médicinales avant la musique de Vinteuil (229). Elle m'apprend que Mlle Vinteuil et son amie ne viendront pas (230). Morel a acquis de meilleures manières (230). Propos furtifs de Charlus avec plusieurs hommes importants qui partagent ses goûts (232). Mme Verdurin se prépare à brouiller Charlus et Morel (232). Mauvaise éducation des invités du baron à l'égard de Mme Verdurin (233), à l'exception de la reine de Naples (235).

Charlus impose le silence aux invités ; le concert va commencer (236). On joue une œuvre inédite de Vinteuil (237) ; elle me rappelle la Sonate, en la renouvelant (238). Attitude de

Mme Verdurin, des musiciens et de Morel (239). Cette musique me ramène à la pensée de mon amour pour Albertine (240). Pourtant, quelque chose de plus mystérieux semble promis au début de cette œuvre (241). Les audaces des sonorités de Vinteuil (242). L'art n'est peut-être pas aussi irréel que la vie (243). L'accent propre à Vinteuil (244). La patrie perdue de chaque musicien (245). La Musique, exemple unique de ce qu'aurait pu être la communication des âmes (246). Reprise du Septuor (247) ; triomphe final du motif joyeux (248). Cette joie serait-elle jamais réalisable pour moi (249) ? C'est l'amie de Mlle Vinteuil qui, en transcrivant les papiers laissés par le compositeur, avait révélé son œuvre (249). L'étrange appel qu'elle a fait parvenir jusqu'à moi (251). Union profonde entre le génie et les vices qui ont permis l'audition de cette œuvre de Vinteuil (252).

Le concert terminé, M. Verdurin chasse Saniette qui a une attaque dans la cour de l'hôtel (254). Défilé des invités devant le baron ; il ne les prie pas de remercier Mme Verdurin (254). Les mots d'esprit de Charlus (255). Travaux d'approche de Mme de Mortemart pour une soirée où elle compte faire jouer Morel (257). Charlus en règle les invitations, à rebours des intentions de l'intéressée (257). M. d'Argencourt et les invertis (260). Rage de Mme Verdurin, dédaignée par les invités et exaspérée par les propos de Charlus (261). L'éventail oublié par la reine de Naples (262). L'auto-satisfaction du baron (263), il se félicite de l'absence bénéfique de la Molé (264). Mme Verdurin ne peut accepter de voir son rôle de Patronne menacé (266). Conversation de Charlus avec le général Deltour (267). Mme Verdurin demande à Brichot d'occuper Charlus pendant que son mari entreprendra Morel (268). Brichot accepte à contrecœur (269) ; ses justifications pédantes (270). Il évoque l'ancien salon Verdurin, ajoutant aux objets leur double spirituel (271). Brichot et Charlus m'entraînent avec eux (271). Charlus commente le jeu de Morel : la Mèche (275) ! Il ne me renseigne pas sur la fille de Vinteuil, mais il est amical avec moi (275). Ses raisons d'apprécier l'esprit de Brichot (277). La pitié que m'inspire Charlus ; mon absence d'amour-propre (278). Charlus aux cours de Brichot à la Sorbonne (279). Je demande au baron de m'avertir de la venue de Mlle Vinteuil ; il me rappelle l'intérêt qu'il m'avait témoigné autrefois ; la mort de Mme de Villeparisis, sa véritable situation mondaine (280). La certitude de retrouver Albertine en rentrant fait que je reste (282) ; j'envisage à mon retour de simuler une rupture avec elle (283). Brichot lance Charlus dans une conversation sur l'homosexualité (284). Statistiques de Charlus (285). Il évoque Swann, Odette et ses multiples amants, dont il a été (287) ; M. de

Crécy (288). L'homosexualité à travers les âges : le Grand Siècle (291) ; considérations de Charlus (292). Il est déconcerté que les homosexuels se recrutent parmi les hommes les plus enragés pour les femmes (294). Il est scandalisé que les femmes se mettent à parler de tels sujets (296).

Pendant ce temps, M. Verdurin fait la leçon à Morel (297) ; puis Mme Verdurin (297). Elle n'a aucune peine à convaincre Morel (298). Elle aggrave ses accusations contre le baron (299). Nous rentrons au salon, Morel repousse Charlus, qui demeure stupéfait (303). Il ne comprend pas les causes de cette rupture publique (305). La reine de Naples, revenue chercher son éventail, est indignée par la scène (307). Elle emmène fièrement Charlus à son bras (308). Charlus très changé après cette soirée, sa maladie (310). Son perfectionnement moral, qui disparaît avec le retour de la bonne santé (311). Générosité des Verdurin pour Saniette, ruiné et au plus mal (312). Les mots particuliers à certaines familles (313). Ma découverte de la nature insoupçonnée de M. Verdurin (314).

Disparition d'Albertine. Retour de la soirée Verdurin en compagnie de Brichot (314). Il commente et complète avec érudition les discours de Charlus (315). Arrivé devant ma porte, j'aperçois la fenêtre allumée de la chambre d'Albertine (317). Elle est le symbole de ma servitude (318). La dissimulation d'Albertine, sa colère en apprenant que je viens de chez les Verdurin (319). Ma propre colère (320). Elle avoue le voyage inventé à Balbec (321). Je veux l'accabler à propos de Mlle Vinteuil (322). Son intimité avec elle n'était qu'un mensonge d'Albertine pour se rendre intéressante à mes yeux (323). Une Albertine inconnue se révèle à moi quand je reconstitue son expression : « casser le pot » (324). Pour mieux la retenir, je lui propose mensongèrement de nous séparer (328). Nouvelle révélation à propos de la photo d'Esther, la cousine de Bloch (329). Rappel de ma tristesse d'autrefois quand je disais à Gilberte qu'il fallait nous séparer (330). Chez Albertine, l'intention de me quitter ne se manifestait que d'une façon obscure (332). Une Albertine entièrement contraire à celle que ma raison s'en faisait (333). Difficultés d'être le narrateur de sa propre histoire (334). Duplicité d'Albertine, vérifiée par sa correction toute nouvelle à l'égard des jeunes filles de mauvais genre (335). Nouvel aveu d'Albertine : un voyage de trois semaines avec Léa. Facilité avec laquelle les gomorrhéennes se rallient (336). Part des réserves obscures de l'hérédité dans cette comédie de la rupture : la tante Léonie, autrefois avec Françoise (339). Je suis pris au jeu (341). Je demande à Albertine de ne plus me revoir (342). Mes recommandations minutieuses (343). Le projet d'Albertine d'aller en Touraine chez sa

tante me glace ; je mets brusquement fin à la scène par un
« renouvellement de bail » (345). Signification prophétique de
cette scène ; dans la chambre, Albertine endormie : figure
allégorique de la mort (346).

Quatrième ensemble de journées. Le lendemain matin j'analyse la
scène de la veille : un « bluff », comme en diplomatie (347).
Une lettre de ma mère : elle s'inquiète de mes intentions vis-à-vis
d'Albertine (349). Celle-ci cherche à apaiser mes soupçons,
comme autrefois, sans y parvenir (351). La sagacité et les
médisances de Françoise à l'égard de mon amie (352) ; elle veut
nous brouiller, comme sans doute les Verdurin (353). Les goûts
artistiques de la captive (354). Les robes de Fortuny (355). Elle
n'est plus qu'une pesante esclave dont je voudrais me débarrasser ; elle me joue de la musique, au pianola (357). Un ange
musicien (358). Elle me joue des œuvres de Vinteuil (359). Vérité
de cette musique ; je la mets en rapport avec le plaisir ressenti
devant les clochers de Martinville, les arbres d'Hudimesnil, en
buvant une certaine tasse de thé (360). La preuve du génie n'est
pas dans le contenu de l'œuvre mais dans la qualité inconnue
d'un monde unique révélé par l'artiste, en littérature aussi bien
qu'en musique (361). J'en trouve des exemples pour Albertine
chez Barbey d'Aurevilly, Thomas Hardy, Dostoïevski (362). Je
reviens à l'hypothèse matérialiste, celle du néant de l'art, en
repassant en revue mes propres impressions (367). Albertine
est-elle chez moi comme une œuvre d'art, sainte Cécile devant
le pianola (368) ? Nullement : je ne l'aime que pour des raisons
étrangères à l'art, pour tout ce que j'ignore d'elle (369). Ma
curiosité douloureuse, inlassable de sa vie passée ; l'amour, c'est
l'espace et le temps rendus sensibles au cœur (371). Elle est
comme une grande déesse du Temps ; son sommeil paisible (372).

Dernière série de journées. La belle saison revient ; mes vaines
résolutions de changer de vie (373). J'apprends de Mme Bontemps les promenades d'Albertine, il y a trois ans aux Buttes-
Chaumont, ainsi que l'explication a posteriori de la docilité
d'Albertine à revenir de Balbec avec moi, l'année précédente (374). Deux traits de son caractère me reviennent à l'esprit :
l'utilisation multiple d'une même action — dans ce cas faire plaisir
à Andrée et à moi (376), et la vivacité à saisir la tentation
irrésistible d'un plaisir (376). Fatalement, elle me quittera un jour,
mais je veux choisir le moment, « à froid » (378). Ma colère,
un soir où elle avait mis une robe de Fortuny (379). Je lui fais
mes excuses (380), puis je reviens sur la matinée du Trocadéro
et la soirée Verdurin, nouveaux aveux (381), nouvelles accusations sur ses relations avec Andrée et les raisons de son départ
de Balbec (382). Après de nouvelles excuses de ma part, elle
refuse de m'embrasser comme les autres soirs (384). Pres-

sentiments (384). Par deux fois elle refuse de me rendre mon baiser (384). Le bruit de la fenêtre ouverte dans la nuit, nouveau présage de mort (387).

Le lendemain, à mon réveil, je crains qu'Albertine ne soit partie ; quand Françoise me dit qu'elle est dans sa chambre, elle me redevient indifférente. Nouvelle prémonition de mort (388). Notre sortie ensemble à Versailles (390). Bourdonnement d'un aéroplane dans le ciel (391). Tandis que nous goûtons elle attache ses regards sur la pâtissière (391). Notre retour à la nuit (393) ; le clair de lune sur Paris me rappelle les descriptions des grands poètes du XIXe siècle, je les cite à Albertine (393). Elle veut passer chez les Verdurin, mais accepte de rentrer à ma demande (395).

Une belle matinée de printemps m'entoure à mon réveil ; les bruits et les parfums familiers (395). L'odeur et le bruit d'une automobile me rappellent Balbec et m'invitent à une partie de campagne avec une femme inconnue (396). Désir de partir pour Venise sans Albertine que je suis résolu à quitter immédiatement (397). Je sonne Françoise pour qu'elle m'achète un guide et un indicateur, mais elle m'annonce que Mlle Albertine est partie ce matin à neuf heures (399) !

DU MÊME AUTEUR

Dans la même collection

COLLECTION FOLIO

Dernières parutions

Impression Société Nouvelle Firmin-Didot
le 12 juillet 2001.
Dépôt légal : juillet 2001.
1ᵉʳ dépôt légal dans la collection : octobre 1989.
Numéro d'imprimeur : 56285.

ISBN 2-07-038177-3/Imprimé en France.

5528